《三国志演义》面面观

刘博仓／著

辽宁大学出版社
Liaoning University Press

图书在版编目（CIP）数据

　　《三国志演义》面面观/刘博仓著. －沈阳：辽
宁大学出版社，2017.12
　　ISBN 978-7-5610-9001-5

　　Ⅰ.①三…　Ⅱ.①刘…　Ⅲ.①《三国演义》研究
Ⅳ.①I207.413

　　中国版本图书馆 CIP 数据核字（2017）第 324859 号

《三国志演义》面面观
《SANGUOZHI YANYI》MIANMIAN GUAN

出 版 者：辽宁大学出版社有限责任公司
　　　　　（地址：沈阳市皇姑区崇山中路 66 号　　邮政编码：110036）
印 刷 者：沈阳航空发动机研究所印刷厂
发 行 者：辽宁大学出版社有限责任公司
幅面尺寸：170mm×240mm
印　　张：22.5
字　　数：420 千字
出版时间：2017 年 12 月第 1 版
印刷时间：2017 年 12 月第 1 次印刷
责任编辑：王　健
封面设计：韩　实
责任校对：齐　悦

书　　号：ISBN 978-7-5610-9001-5
定　　价：68.00 元

联系电话：024-86864613
邮购热线：024-86830665
网　　址：http://press.lnu.edu.cn
电子邮件：lnupress@vip.163.com

前　言

　　《三国演义》是一部内蕴深厚、成就卓越的历史演义小说，由于作者以审美眼光在前人创作的基础上成功地驾驭和处理了历史题材和艺术真实的关系，使这部小说集文学性、知识性、应用性于一体。这种特点，使它成为历史演义小说的奠基之作，也因其具有谋略参考的"工具书"性质成了拥有读者群最为广泛的古典小说。

　　就这部小说整体而言，它以审美的方式回溯与透视了三国时期的历史行程，叙述了一个鲜明活脱、生机勃勃的艺术世界，作者的审美思绪，穿过"一时多少豪杰"的历史烽烟，展示出许多个性鲜明、概括深广的乱世英豪形象。其中，有审时度势、开创基业的割据霸主，有坚韧刚毅、勇略超群的威猛武将，更有运筹帷幄、决胜千里的智士谋臣，艺术境界之恢宏壮阔，人物形象内涵之深沉丰厚，叙事语言之浅近典雅，使它产生了历久弥新的艺术魅力，无论是其内在意蕴，还是其艺术成就，值得从各个层次和角度予以研究、介绍。

　　鉴于目前从不同层次研究《三国演义》、介绍三国历史知识的著述已有很多，本书旨在以专题方式，对小说做出整体性分析和介绍，使读者能够领会其内涵，理解其在文学发展史上的意义。本书分为知识概览、意蕴评析、艺术撮要、人物聚焦、名段赏析、解读拾零六个部分，在思路上相互联系，或互有穿插，着重从文学性的角度予以分析和介绍，主要构思特点重在以下方面：一是侧重艺术欣赏，除选择小说主要情节片段予以赏析之外，还选择了小说引用的部分著名诗词作品加以分析鉴赏，并说明了它们在小说叙事中所起的作用。这些作品，有些为明代嘉靖本原有，有些为清代毛评本所加。这些后增加的作品，显示出毛氏父子非同一般的鉴赏力，其特点所在，在鉴赏过程中都做了相应说明。二是在对小说的艺术描绘和史实的对照分析中，着力分析、总结和概括小说描绘的艺术效果，使读者在领会史实记述与艺术创作的差异的同时，对小说叙事和历史叙事的各自特征有所明辨。三是尽可能将理论分析和鉴赏过程融为一体，以求深入浅出、生动形象地剖析和总括小说的艺术技巧，同时，在分析叙述的过程中，以对小说整体艺术特质的理解为基础，使读者对小说的艺术成就和特质有较为深入的理解。四是行文方式和篇章结构力求有所变化，以增强阅读兴趣，其中个别篇目较长，实是因为小说本身描绘叙述极尽精彩之故，需要以较长文字以求具体细致。这自然也与阅读欣赏中的个人偏爱有关，而文学欣赏本身，是允许欣赏者个人的情感与思绪渗透其间的，愿与读者共赏这部古典名著中的精彩华章。

由于小说内涵的丰富厚重和艺术技巧的纯熟精湛，分析鉴赏的各个方面会有诸多遗漏和不当之处，谨请读者谅解和指正，某些内容若能使读者有所会心，则是本书作者的荣幸了。

需要说明两个方面。一是从史传《三国志》到广为流传的演义小说，经过了漫长的成书变迁过程。相对来说，嘉靖本《三国志通俗演义》叙述文字粗糙一些，清初的毛评本则对文字做了较多的润饰加工，更为流畅明快，故分析引文中引述毛评本文字较多。本书所引毛评本文字，依据内蒙古人民出版社1981年第一版的毛评本，涉及嘉靖本与毛评本的差异时，在行文中予以说明。二是本书的写作希望各部分具有相对独立性和完整性，有意使具体分析内容能够单独成篇，这就使个别篇目的表述或是引述史料略有重复。

本书在写作过程中，参考了许多学界前贤的研究成果与读书心得，书中未能一一说明，在此谨向各位学界前贤表示深挚的感谢！同时，向关心、支持本书写作的师友和为本书的出版付出辛勤劳动的出版社编辑同志和工作人员表示由衷的感谢！

刘博仓

2002 年 8 月

目　录

知识概览

意蕴评析

艺术撮要

人物聚焦

名段赏析

解读拾零

从"有志图王"到"湖海散人"：关于
作者罗贯中

　　《三国演义》是我国文学史上流传广泛、影响深远的长篇历史小说，其中塑造的许多人物形象，性格鲜明，栩栩如生，可以肯定地说，它的作者是一位具有天才的艺术创造力的文学家，可是，关于这位作者的生平经历，现在却所知甚少，只能从零散片断的记载中勾勒出一个大致的轮廓。这是因为，在中国封建社会，从事小说创作，被认为是不登大雅之堂的"末技"，小说家的身世遭际也当然不会被认为是"正统文人"的封建文人所重了。

　　或许是由于记载者的远见，也许是出于幸运，《三国演义》作者的名字、生平简要情况被刻书人的题署和私家著述保存下来了，这对于后人铭记这位天才作家对文学以至文化发展的贡献，应当说是历史性的贡献了。

　　后人知道《三国演义》的作者是罗贯中，是因为现存最早的完整刻本上题署着这样两行字"晋平阳侯陈寿史传、后学罗本贯中编次"，从这里，后人明确地知道了小说作者的名字：罗本，字贯中。从这个题署中透露出罗贯中创作《三国演义》的史书依据是后世称之为"前四史"之一的《三国志》。《三国志》是陈寿撰写的一部记述三国时代重大历史事件和重要历史人物生平经历的历史学著作。（陈寿是晋朝人，曾任过平阳侯相的官职，不是平阳侯，或许是编辑者的疏漏，也或许是为了题署字样的对称而去掉了"相"字，这一点与史实不符，是需要说明的。）在这个题署中，重要的不是介绍陈寿，而是交代了罗贯中"编次"过《三国志通俗演义》，"编次"含有"编辑"和"再加工"二者兼有的含义，可以理解为包含着"文学创作"的成分。这个最早、最完善的版本刊行于明代嘉靖（明代万历皇帝朱厚照年号）壬午年，即公元1522年，它的题署，一般认为是可信的，按照这一线索，发现了罗贯中的其他有关记载，虽然很少，却是非常珍贵，其中，最完备的要首推贾仲明在《录鬼簿续编》中的记载了，这应当是贾仲明对中国文学史所做的杰出贡献了，记载原文不长，浅近流畅，全文引录如下：

　　罗贯中，太原人，号湖海散人，与人寡和，乐府隐语极为清新，与余为忘年交，遭时多故，天各一方，至正甲辰复会，别来有六十余年，竟不知其所终。

这段文字为后世了解这位天才小说家的生平、艺术才能、生活时代，提供了最重要的参考依据。从这则简略的记载中，可以推知罗贯中的大致情况。首先，从这里了解到，他是山西太原人；其次，他自号"湖海散人"，其中透露出他的志趣。"湖海"在古代往往和不同凡响的理想和抱负联系在一起。一般说来，古人起别号不是漫不经心、随随便便的，作为一个熟知历史，而且具有文学创作天赋的作家，罗贯中也应当如此，这个别号也一定是体现了他的志趣；再次，他是个性情孤傲、不合流俗的人，这一点和别号中透露出的志趣是一致的；从次，罗贯中有多方面的创作才能，"乐府"指散曲，"隐语"当是近似于后世谜语一类的文学形式，记载中，以推崇备至的语气说"极为清新"，看来罗贯中的作品应当是构思精巧、语言生动活泼的；最后，他生逢社会动荡不安的时代，生活不安定，他与贾仲明在至正年间会面之后，竟然不知道他流落何方，也就是说，贾仲明也不知道他最后的归宿。

罗贯中具体的生活年代，主要是根据"与余为忘年交"、"至正甲辰复会"、"别来有六十余年"推断出来的，因为贾仲明《书录鬼簿后》写于明代永乐二十年（公元1422年），他当时八十岁，由此可推断出，元末至正甲辰年（公元1364年），他二十二岁，记载中说罗贯中与他为"忘年交"，罗贯中当时应值五十岁左右，"忘年交"指因为性情、志趣相投而不虑年岁上的辈分差距而结交的朋友，按这一称谓，只能是罗贯中年长，因为二十二岁的贾仲明不可能与一个儿童成为"忘年交"的。

从贾仲明的记载中可以推断出，罗贯中是生活于元末明初的作家，具体的生卒年，后世学者的推断各有差异，在整体的时间框架上，属于元末明初，则没有大的出入。

从罗贯中生活在元末明初这一时代框架上，可以知道，他应当是经历了元末社会动荡的历史行程的。元朝末年，民族矛盾、阶级矛盾的尖锐化，引发了元末的农民大起义，在镇压农民大起义的过程中，许多地主武装纷纷起兵，割据称雄，逐鹿中原，相互征战，争夺帝位。后来朱元璋统一了全国，建立了明王朝。这种历史特征与行程，和三国时期的历史状况有某种相似之处，这种亲身经历的历史变迁，使罗贯中对三国历史产生了浓厚的兴趣，他通过艺术形象的描绘，在艺术的殿堂中重塑三国的历史，以寄托自己的理想和愿望，关于这一点，明代王圻《稗史汇编·院本》有这样的记载：

> 文至院本、说书，其变极矣，然非绝世轶才，自不妄作，如宗
> 秀、罗贯中，国初葛可久，皆有志图王者，乃遇真主，而葛寄神医工，
> 罗传神稗史。

这段记载，本是针对罗贯中作《水浒传》而说的，其中有两点值得注意，一是指出了罗贯中等人是"有志图王者"，即他们都曾是有理想、有抱负的人；二是说明了罗贯中曾经从事小说创作，"传神稗史"既是指小说创作而言，又是断言具有高水平的艺术创作能力，才可以从事小说创作，即"非绝世轶才，自不妄作"之义。

从其他文献记载中可以知道，除创作了《三国演义》之外，罗贯中还是个戏剧家，写有《赵太祖龙虎风云会》《忠正孝子连环谏》等杂剧，流传下来的只有《赵太祖龙虎风云会》一种，写宋太祖赵匡胤的故事，其中赵匡胤、曹彬、郑恩等人的结义故事与《三国演义》中"桃园结义"是有内在的相通之处的。据记载，在小说创作领域，罗贯中还创作了《隋唐两朝志传》《残唐五代史演义》《三遂平妖传》，而且是《水浒传》的作者之一。

关于这位天才文学家的情况，现在所能了解的大致就是这些了，这里需要说明两点：第一，关于罗贯中和《三国演义》的创作，专家学者的意见至今仍是见仁见智、分歧很大，各有自己的考据思路和依据，使罗贯中的生平，《三国演义》的加工、创作情况及罗贯中和《三国演义》的关系等方面的问题，仍然是中国文学史上悬而未决的"公案"。不过，在更为确切、更具说服力的历史资料被发现之前，《三国演义》的著作权还是归元末明初的文学家罗贯中所有为好，这是迄今为止古典小说研究领域的普遍意见，或许著作权的归属会随着古典小说研究工作的深入，被新发现的史料所证实，这大概是每一个喜爱《三国演义》的读者由衷的希望吧；第二，明代嘉靖年间刊行的《三国演义》名为《三国志通俗演义》，《三国演义》这一名称盛行于世，是由清代初年毛纶、毛宗岗父子的评点本广泛流传以后开始的，可参阅书中相关内容。

人物品鉴与人物逸事：三国历史人物与
三国人物故事的流传

  清代毛宗岗在《读三国志法》中说："古史甚多，而人独贪看《三国志》者，以古今人才之众未有盛于三国者也。观才与不才敌，不奇；观才与才敌，则奇；观才与才敌，而一才又遇众才之匹，不奇；观才与才敌，而众才尤让一才之胜，则更奇。"的确，历史上的汉末至三国时代，是一个群雄并起、战乱频仍的时代。从东汉末期开始，由于朝政腐败，宦官专权，社会矛盾日益激化，汉灵帝中平元年（公元 184 年）终于爆发了张角领导的黄巾起义，虽然起义最后在地主武装的联合镇压下失败了，但它也摧毁了汉王朝的统治基础，在镇压黄巾起义的过程中，拥兵自重、独霸一方的割据势力日益增多，其中，三个鼎立国家魏、蜀、吴基业的开创者曹操、刘备、孙坚都是在镇压黄巾起义中起家的，他们在当时群雄四起、角逐吞并的过程中，凭借自己的优势和才能，逐步强大起来，建立了自己的帝王基业。曹操和孙坚自己并没有登基称王，但帝王基业是由他们开创的。曹操一生身为汉相，在平定北方之后与吴、蜀抗衡，在他"挟天子以令诸侯"的过程中，汉王朝实际上早已是名存实亡了。在曹操、刘备、孙坚创立帝业的进程中，剿灭吞并其他割据势力，三者之间为谋求统一的征讨攻伐，使三国时代成为风起云涌、波澜迭起的历史行程。在这一历史行程中，涌现出许许多多神采各异、才能卓荦的英才俊杰，既有审时度势、高瞻远瞩的深谋远虑，也有运筹帷幄、出奇制胜的兴兵布阵，还有明辨利害、巧施智谋的不战而胜，谋臣武将，高人才士，以自己的个性风采，才略所长，在三国这一特定背景的历史舞台上，各展抱负，一试锋芒。

  应该说，是三国这一特定的历史环境造就了当时人才之众的局面。在社会历史发展的进程中，社会的动荡变迁为各种人才的成长提供了深厚的土壤，更为各路英才大显身手提供了更多的机遇，使他们能够比在僵化、凝定的社会秩序中更为充分地展示出自己的聪明才智。不同的才情，不同的选择，不同的人生际遇，不同的胸襟与处世风范，在交游往还、碰撞冲突和世人的品鉴评说中，三国的历史显得尤为错综复杂、底蕴深厚。

　　由于三国时代人才众多，而且其理想抱负、才略所长、立身行事、浮沉际遇各不相同，能够使后人从他们的性情智慧、人生遭际中获得有益的启迪，因而，从三国后期开始，三国人物故事就已广为流传了。

　　陈寿的《三国志》是记述三国历史的主要史学著作。《三国志》是一部纪传体史书，记载了三国时期主要历史人物的生平概况、业绩作为，重大历史事件，则在主要人物的编年式传记中予以交代或说明。作为历史著作，《三国志》所记述的自然是重大事件的轮廓，对于人物的浮沉际遇，也重在撮要记述其过程特征与结果，对于事件的具体过程，一般则略而不记，那些能够显示出人物的个性、才能、品质等某一方面鲜明特征的轶事，开始的时候，主要是以人物故事的形式在社会各阶层流传，后来被记载下来，这些轶事，往往以对具体事件的叙述，从某个角度或侧面，生动形象地展示出人物的品质禀性，识见才能。这些民间流传的人物轶事，与史书中记述的军国大事相比，包含了更多的细节描述，能够鲜明地再现出人物的个性，具有更为充分的艺术表现的审美特征，这些人物轶事，流传广泛，影响深远，为后世深入理解这一段历史的文化特征，塑造个性鲜明的艺术形象，提供了有益的借鉴。

　　魏晋时期，人物品鉴之风盛极一时，自然，刚刚过去的三国人物会成为当时人们品评的对象。在刘义庆的《世说新语》、干宝的《搜神记》、葛洪的《抱朴子》中对三国人物轶事都有所记述。刘义庆的《世说新语》是魏晋时期志人小说的代表作，其中分为"德行"、"言语"、"政事"、"文学"等三十六门，主要记载的是汉末至魏晋时期的人物轶事，故事简短而文笔隽永生动，其中的优秀篇目，能够鲜明地刻画出人物的性格特征，对后世小说家刻画人物的技巧，具有深远的影响。在《世说新语》中，记载了三国时期主要历史人物曹操、诸葛亮、邓艾等人的轶事，这些轶事，成为后世文学创作的素材来源之一。这些故事的记载，生动活泼，形象鲜明，能够展示出人物的鲜明个性。如"谲诈"篇记载的曹操系列故事，则表现出曹操从小即有诡诈权变的性格：

　　　　魏武少时，尝与袁绍好为游侠。观人新婚，因潜入主人园中，夜叫呼云："有偷儿贼！"青庐人中皆出观，魏武乃入，抽刃劫新妇。与（袁）绍还出。失道，坠枳棘中，绍不得动，复大叫云："偷儿在此！"绍遑迫自掷出，遂以俱免。

　　　　魏武行役，失汲道，三军皆渴。乃令曰："前有大梅林饶子，甘酸可以解渴。"士卒闻之，口皆出水，乘此得及前源。

　　　　魏武常谓人欲危己，己辄心动，因语所亲小人曰："汝怀刃密来我侧，我必说心动，执汝使行刑。汝但勿言其使，无他，当厚相报。"执者信焉，不以为惧，遂斩之。此人至死不知也。左右以为实。谋逆者挫气矣。

魏武常云："我眠中不可妄近，便斫人亦不自觉。左右宜深慎此。"后阳眠，所幸一人，窃以被覆之，因便斫杀。自尔每眠，左右莫敢近者。

这些故事表明，曹操的"奸雄"性格，有其早期生活经历中就已形成的性格特征为基础，随着在统治阶层角逐的过程中权力的极端膨胀，他内心的忧惧也越来越沉重，以至于用残忍的手段来保障自己的安全。在《世说新语》中记载的三国人物故事中，还有袁绍、杨修、曹植、祢衡、诸葛亮、邓艾等人的轶事，这些轶事的记述，为后人了解人物的个性品行，提供了具体的依据。当然，也为文学形象的塑造提供了丰富的素材。

在《世说新语》中，既有关于人物传闻和轶事的记述，也有一些具有幽默色彩的人物故事，如"言语"篇记载的邓艾口吃的故事：

邓艾口吃，语称"艾艾"，晋文王戏之曰："卿云艾艾，定是几艾？"对曰："凤兮凤兮，故是一凤。"

故事很有趣，通过君臣之间的玩笑，说明了邓艾的口语表达能力的欠缺，但同时也充分展示出了邓艾思维敏捷和精明机智的特点，这些故事的记述，为后世的文学创作提供了形象描绘的依据。

除了《世说新语》《搜神记》等书籍之外，晋代裴松之为陈寿《三国志》所作的注释中，保存了大量的传说。裴松之，字世期，祖籍河东闻喜，于元嘉六年向宋文帝进献《三国志》注本，深得宋文帝赏识。裴松之注《三国志》，广采博引，补阙备异，所引用数目达二百余种，文字超过《三国志》两倍，他所引书籍，已大多失传，其中的部分内容，只是借助他的引述才流传至今，这些注文是了解三国历史的重要参考资料。在裴松之的注文中，引用了许多属于野史的著述，其中包括许多民间传说，对《三国志》中记述的历史框架作了许多形象化的补充或说明，大抵正史记述人物事件简略而较为完备，野史记述则更为具体细致，这些记述为后世的艺术再创造保存了丰富的素材，如《魏书·武帝纪》中，记载曹操一生行事，就引用了《曹瞒传》一书中关于曹操轶事的记载。

《三国志》中有这样的记述：

太祖少机警，有权术，而任狭放荡，不事行业，故世人未之奇也。

在这段文字之后，裴松之注文引用了《曹瞒传》中的记载：

太祖少好飞鹰走狗，游荡无度，其叔父数言之于（曹）嵩。太祖患之，后逢叔父于路，乃阳败面喎口，叔父怪而问其故，太祖曰："卒中恶风。"叔父以告嵩。嵩惊愕，呼太祖，太祖口貌如故。嵩问曰："叔父言汝中风，已差（通"瘥"：痊愈）乎？"太祖曰："初不中风，但失爱于叔父，故见罔耳。"嵩乃疑焉。自后叔父有所告，嵩终不复信，太祖于是益得肆意矣。

这段记述文字生动鲜明，以具体的故事形象地解释了正史的相关记载，展示出了曹操从小既已形成的善于权变诡诈的性格。

在"年二十，举孝廉为郎，出洛阳北部尉，迁顿丘令"的记载之后，裴松之引《曹瞒传》中这样的记载：

太祖初入尉廨，缮治四门。造五色棒，县（县通"悬"）门左右各十余枚，有犯禁，不避豪强，皆棒杀之。后数月，灵帝爱幸小黄门蹇硕叔父夜行，即杀之。京师敛迹。莫敢犯者。近习宠臣咸疾之，然不能伤，于是共称荐之，故迁为顿丘令。

《三国志》中只是记载了曹操迁为顿丘令这一事件，对于其原因则没有做出交代，而在《曹瞒传》中则具体说明了迁为顿丘令的原因，而且，还从其原因的记述中，展示出了曹操的不畏权贵、敢于任事的管理才能。

在《三国志·诸葛亮传》中，记述诸葛亮平定南方，只有简短的一句说明："三年春，亮率众南征，其秋悉平。"而在所引的《汉晋春秋》中，则记载了有关七擒孟获的事，为后世作家展开艺术想象提供了凭借：

亮至南中，所在战捷。闻孟获者，为夷、汉所服，募生致之。既得，使观于营陈（通"阵"）之间，问曰："此军何如？"获对曰："向者不知虚实，故败。今蒙赐观看营陈，若祗如此，即定易胜耳。"亮笑，纵使更战，七纵七禽（通"擒"），而亮犹遣获，获止不去，曰："公，天威也，南人不复反矣。"遂至滇池。……

在《三国志》裴松之注文中，类似这样的故事性轶事的记载还有许多，这些故事，主要是来源于民间传说，同时，这些传说在流传的过程中，不断得到润色和丰富，为后世的文学家通过对鲜活生动的艺术形象的塑造，展示出三国历史风云的时代画卷，奠定了基础，而且，民间传说具有强大的艺术生命力，到了唐代以后，三国故事成了艺术创作的题材，并与民间传说相互影响，丰富着三国故事的艺术画廊。至今，在三国人物生活过、活动过的许多地方，仍保留着大量三国人物的逸闻轶事的传说，当然，这其中包含着不同时代民间艺人的加工润色和艺术再创造。可以说，在历史发展的过程中，民间创作和文学家的艺术创造相互影响、相互作用，共同丰富着三国故事的艺术殿堂，为后世通过对三国题材的文学创作寄托理想、表达愿望提供了取之不尽的艺术营养。

讲唱搬演　不断丰富：作为艺术创作
题材的三国故事

　　从裴松之为陈寿的《三国志》所作的注释、刘义庆的《世说新语》和干宝的《搜神记》等魏晋小说中可以了解到，早在三国末期，三国人物的轶事就已在民间广为传播了，一些主要人物已经成为时人品鉴的对象。随着社会历史的发展，三国故事不断得到润色和丰富，其中一些主要人物故事逐渐成为艺术创作的题材。

　　在唐代，随着经济文化的发展和当时士人对建功立业的渴望，三国人物的轶事更是成为士人抒写情怀、寄托理想和抱负的凭借，而士人对于三国故事的热衷与吟咏，则进一步促进了三国故事的流传与影响。许多唐代诗人吟咏过三国人物和三国故事，其中，为唐代诗人所吟诵的最主要的三国人物便是忠诚廉明、鞠躬尽瘁的诸葛亮。唐代的"诗仙"李白和"诗圣"杜甫，都曾对诸葛亮的人生际遇和志节风范表现出由衷的赞叹和倾慕之情。李白的代表作有《读诸葛武侯传抒怀赠长安崔少府昆季》一诗："汉道昔云季，群雄方战争。霸图各未立，割据资豪英。赤伏起颓运，卧龙得孔明。当其南阳时，陇亩躬自耕。鱼水三顾合，风云四海生。武侯立岷蜀，壮志吞咸京。何人先见许，但有崔州平。余亦草间人，颇怀拯物情。"以诸葛亮和刘备的风云际会传达出自己匡时济世、成就功业的理想和抱负。杜甫对诸葛丞相更是推崇备至、倾心仰慕，写下多首凭吊诸葛丞相的诗篇，他的《蜀相》一诗是其中的代表作之一："蜀相祠堂何处寻？锦官城外柏森森。映阶碧草自春色，隔叶黄鹂空好音。三顾频烦天下计，两朝开济老臣心。出师未捷身先死，长使英雄泪满襟。"对诸葛亮的精神志节，表达出由衷的敬意，并对他最终未能完成统一大业，表达出深切的遗憾（这首诗为毛评本所引用，可参看鉴赏篇）。李白和杜甫两位大诗人对三国故事的推崇，无疑对引发时人对三国故事的浓厚兴趣、促进三国故事的进一步流传起到积极的推动作用。在其他唐代诗人的笔下，也有不少以三国故事为题材，或以三国人物为吟咏对象的诗作，如刘希夷的《邺城怀古》、岑参的《先主武侯庙》、刘禹锡的《观八阵图》等等。这些以三国人物和三国故事为题材的诗，其吟咏的重点所在，诗中所表达的情感意向，对于三国故事的丰富、润色、充实和艺术加工，自然会产生积极的启示。

尤为值得注意的是，随着世人对三国故事的兴趣日益浓厚，在唐代，三国故事已开始进入了讲唱艺术创作的领域。晚唐时期著名诗人李商隐在他的《骄儿诗》中有这样两句诗："或谑张飞胡，或笑邓艾吃。"这两句诗描绘的是小儿子衮师模仿张飞和邓艾容貌神情的娇憨情状，从儿童能够熟知并模仿三国人物可知当时三国故事流传的广泛程度，由此可以进一步推测，儿童对三国人物的活灵活现的模仿，不可能来自他对三国史书的阅读，而只能来自说书艺人对三国故事的讲述，或是来自戏剧性表演中的三国故事。早在隋朝时，三国故事就已成为民间艺术的题材来源，在唐代颜师古《大业拾遗记》中，记载了隋炀帝与群臣观看的"水饰"中，就有"曹瞒浴谯水，击水蛟"、"魏文帝兴师，临河不济"、"吴大帝临钓台望葛玄"、"刘备乘马渡檀溪"等名目。这些"水饰"，是一种木偶戏，记载中说："若此等总七十二势，皆刻木为之，或乘舟，或乘山，或乘平湖，或乘盘石，或乘宫殿。木人长二尺许，衣以绮罗，装以金碧，及作杂禽兽鱼鸟，皆能运动如生，随曲水而行。"从这段记载来看，当时的木偶制作技术已相当精巧，而且有了人物造型设计，由此可以推测，李商隐的小儿子对三国人物的模仿，极有可能是来源于这种木偶戏。从李商隐所描绘的小儿子对三国人物的模仿中，还可以进一步推测出，三国故事在这一历史时期的流传中，已不再全是零落分散的单个故事，而是能够联系聚合的较为完整的故事形态了，因为李商隐在诗中提到的人物是两个没有什么关联的三国人物，其中则必然有某种能够将这些人物串接起来的较为完整的故事体系。

到了宋代，随着城市经济的发展繁荣、市民阶层的迅速壮大，出现了专门的娱乐场所"瓦肆"（也称为"瓦子"）、勾栏，说书艺术在唐代"市人小说"的基础上，有了新的发展，在这种新的历史局面中，三国故事更是得到了当时人们的普遍喜爱，不仅三国故事盛传不衰，而且出现了讲说三国故事的专家，孟元老的《东京梦华录》中记载说，当时说书技艺已出现了明显的专业分工，有的专攻讲史，有的专攻小说，其中，霍四究是专门"说三分"的说书艺人，"说三分"就是讲述三国故事。据孟元老记载，当时的说书技艺生意兴隆："不以风雨寒暑，诸棚看人，日日如是。"从中可以想见三国故事流传的广泛。宋代的说书艺人，不仅是讲故事，而且把讲故事和影人演出结合在一起，使故事更为形象生动，宋代高承在《事物纪原》中有这样的记载："宋朝仁宗时，市人有能谈三国事者，或采其说加缘饰作影人，始为魏、蜀、吴三分战争之像。"当时的影戏演出具有很强的感染力，《宋史·范纯礼传》

就记述了一个观众看戏之后头顶木桶模仿刘备的事。

宋代三国故事不只是盛传一时，还出现了鲜明的拥刘贬曹的思想倾向，这一点，在苏轼的《东坡志林》中有明确记载，家里小孩调皮，大人便叫他们去听三国故事，听到刘备打败仗时，这些小孩就很是难过，而听到曹操败北时，便欢欣雀跃（关于这一点，可参看意蕴篇中的有关内容），可以说，宋代对三国故事的讲说和演出，使三国故事进一步完善和初步系统化，其思想倾向也对三国故事的演化趋势，产生了深远的影响。

到了元代，讲说三国故事更为普遍，从流传至今的《全相三国志平话》中即可想见当时三国故事发展的完备程度。《全相三国志平话》是元代至治年间（公元1321——1323）新安虞氏刊印的，是今天所能见到的"三国"小说最早的写定本。全书分为上、中、下三卷，上图下文，共约八万字。故事以蜀汉为中心，叙事始于刘、关、张桃园结义，终于三国归晋，形成了三国故事完整的叙事框架。在人物描绘上，着墨最多的人物是张飞，刻画出了张飞的粗豪性格，其他人物，如关羽、刘备、诸葛亮、赵云、曹操、周瑜等，都为《三国演义》的创作提供了人物形象塑造的雏形。从这部平话的内容来看，所叙故事具有明显的民间色彩，如其中叙述的刘、关、张三人太行山落草的情节，与史实相距过远，从艺术技巧来看，叙述描写文字也较为粗糙，其中还有不少错别字，这些特征表明，这部平话当出于说书艺人之手，也可能是在说书人讲说故事的基础上加工整理而成的。这部《全相三国志平话》自身虽然艺术成就不高，但它的人物形象塑造、叙事框架和情节安排，为《三国演义》的产生奠定了基础，是《三国演义》成书过程中至关重要的一环。

元代不仅出现了这样一部《全相三国志平话》，在戏剧创作领域，三国故事也是重要的创作题材，元代三国戏的创作，深化了三国故事的人物形象塑造，丰富了艺术情节的构成。据记载，金代的院本中，就有了"赤壁鏖兵"、"刺董卓"、"襄阳会"等回目。到了元代，随着杂剧艺术的成熟和繁盛，三国戏的创作更是兴盛一时，数量可观，风格多样，据《录鬼簿》、《录鬼簿续编》、《太和正音谱》等历史文献著录，元杂剧中以三国故事为题材的剧目有六十余种，现存二十余种，内容相当丰富和广泛，在舞台艺术中，塑造出了许多三国主要人物的艺术形象，如《三战吕布》《连环计》《千里独行》《王粲登楼》等。在当时的杂剧创作中，许多著名的杂剧作家，如关汉卿、王实甫、尚仲贤、郑光祖等，都曾满怀热情地创作过三国戏。元代杂剧作家在戏剧舞台上塑造三国人物形象，是为了寄托自己的理想和愿望，曲折地表达对当时社会的体验与认识，其中关汉卿创作的《单刀会》是公认的三国戏中的优秀剧目。在《单刀会》中，关汉卿成功地塑造出了豪壮威武、胆略非凡的关羽形象，他为了汉家基业，驾着一叶小舟单刀赴会，以无所畏惧的威风与气概慑服了鲁肃，捍卫了蜀汉的正义性。剧中，通过人物的唱词表现出了关羽的豪迈气概，实际上，剧中关羽形象的塑造，并不是完全按照历史记载的本来面貌刻画的，而是在民间传说的基础上，按照作者寄托民族情感的需要刻画的。元杂剧中这些人物形象的塑造，为小说《三国演义》中的人物塑造，提供了有益的借鉴。

从上述介绍中可以了解到，三国故事是在历史发展过程中不断丰富的，也是在民间艺人和文人的艺术创作相互作用的过程中不断完善的，在三国故事的累积过程中，积淀了许许多多民间艺人和文人才士的创作智慧，正是在前人创作的基础上，元末明初的罗贯中才能在时代的感召下，创作出了不朽的历史演义小说《三国演义》。

天才的再创造：长篇小说发展史上的第一

　　长篇历史小说《三国演义》的创作，是累积型的文学创作，三国故事在历史发展过程中，经过在民间的长期流传，进入了民间艺术创作的领域，又经过历代文人创作的系统加工，不断得到丰富和完善，到了元代，出现了在说书艺术基础上产生的可供案头阅读的《三国志平话》，其主要人物形象的塑造和重要故事情节的艺术安排，又在戏剧创作领域得到了丰富与提高，罗贯中正是在前人创作的基础上，在充分掌握历史资料的基础上，根据自己的审美理想、价值尺度和文学观念，以自己天才的艺术创作能力，对民间流传下来的和已经成为艺术创作题材的三国故事做了创造性的加工整理，以塑造真实深刻、个性鲜明的艺术形象为根本，成功地处理了历史真实与艺术真实的关系，舍弃了民间流传故事中粗糙和荒诞的成分，重新梳理了三国故事的情节结构，创作出了鸿篇巨制《三国志通俗演义》（清初经过毛纶、毛宗岗父子评点的通行本，称为《三国演义》）。

　　罗贯中创作的《三国志通俗演义》，在中国小说发展史上具有里程碑意义，它和创作时间大致相同的《水浒传》（一般认为，《水浒传》的创作时间略晚于《三国志通俗演义》）的产生，标志着中国古代长篇通俗小说的成熟，从此，中国古代文学的发展进入了长篇叙事文学长足进展的新时代。

　　《三国志通俗演义》的内容广博深厚，叙写了自东汉末年至三国归晋百年间纷繁复杂的历史事件，通过对曹魏、蜀汉、东吴三个政治集团角逐征战、兴亡图霸的历史进程的生动描绘，形象地展示出了三国时代波澜壮阔、风云激荡的历史画卷，体制宏伟，人物众多，情节曲折，结构严密，所叙时间跨度之大，所及空间地域之广，使古代小说的叙事艺术取得了历史性突破，其创作所体现出的"第一"，奠定了它在文学史上的不朽地位。

　　首先，《三国志通俗演义》是中国文学史上第一部长篇小说。从中国小说发展的历史行程来看，中国小说的产生具有多源共生的特点，其中，在记事写人方面，与历史著作有密切关系，而与稗官野史的关系则尤为紧密。正是由于这一特点，到了魏晋南北朝时期，小说创作开始萌生出自身独立的特征，使魏晋南北朝时期成为古代小说发展的第一个历史阶段，按照其创作特征与命意可划分为志人小说和志怪小说，志人小说以刘义庆的《世说新语》为代表，志怪小说以干宝的《搜神记》为代表。《世说新语》记述的是魏晋时期历史人物的言语和轶事，也可以称之为轶事小说，文笔简约而生动传神，以寥寥数语就能使人物的风神个性凸显出来，如写王蓝田性急，就通过一连串的动作刻画出了人物的禀赋性情，其写人的艺术技巧，为后世的文学创作，提供了许多有价值的借鉴。《搜神记》则记载的是当时世上传闻的奇诡怪异之事，其中也保存了相当数量具有认识价值、审美价值的优秀民间传说，如《李寄》《韩凭夫妇》《董永》《吴王小女》《干将莫邪》等，但在这一时期，无论是志人小说，还是志怪小说，在篇幅上，都还处于简短记述的阶段，主要是记述人物语言、行动的某个单一侧面，或者是粗略叙述事件发展变化的过程，尤为需要说明的是，这一时期的小说创作，严格一些，应该说只是包含了小说创作的因素，其本身并不是明确的小说创作的产物。志人小说的出发点是记载历史人物语言和轶事自不待言，就是志怪小说中所记载的荒诞不经、怪异反常之事，作者也是把它们作为确实发生和存在过的事件记载下来的，干宝在《搜神记》序中就声明自己记述怪异现象的目的在于"发明神道之不诬"。对于志怪小说的这一特点，鲁迅先生在《中国小说史略》中作过精当的分析与总结，"自晋迄隋，特多鬼神志怪之书。其书有出于文人者，有出于教徒者。文人之作，虽非如释、道二家，意在自神其教，然亦非有意为小说。盖当时以为幽明虽殊途，而人、鬼乃皆实有。故其叙述异事，与记载人间常事，自视固无诚妄之别矣。"从这里可以明了，这一时期的小说创作，实际上还处于小说的萌芽阶段。作者有意识地从事小说创作，是在唐传奇小说产生之时。唐传奇小说作者摆脱了魏晋小说粗陈梗概的阶段，有意识地编排故事、描绘人物，以表现作者对社会人生的感受和认识，抒写积聚心中的情感意绪，展示自己的文笔才情。唐传奇中，涌现出了许多人物鲜明、故事曲折的优秀之作，如《霍小玉传》《李娃传》《南柯太守传》等。唐传奇小说标志着古代小说的发展达到了新高度。唐传奇小说以人物传记式的人生经历叙述作为结构模式，重点记述一个主要人物的生活经历和人生际遇，在体制上，属于短篇小说的范围。

唐代随着社会经济文化的发展，在寺院俗讲的基础上产生了"说话"艺术。"俗讲"是寺院僧徒向俗众宣讲佛家教义的通俗方式。唐代前期国力强盛，思想活跃，儒、释、道三家思想都广为传播，为了扩大佛教的影响，寺院中的僧徒以讲经的方式宣讲佛家教义，讲经分为"僧讲"和"俗讲"，僧讲的对象是出家人，俗讲的对象则是一般俗众，为了招揽香客听众，俗讲在讲说佛经故事的基础上，增加了非宗教的世俗故事的内容，成为当时市井俗众文化娱乐的方式，其讲说世俗故事的成分，与当时兴起于民间的"市人小说"相互贯通，产生了新的通俗文学形式——变文，变文是唐代俗讲的底本，其得名的原因在于它是把深奥的佛经变为通俗文，变文的形式多以韵散相间、诗文结合的形式敷衍故事，如《目连救母变文》等。唐代也是"说话"技艺兴起和发展的时代，"说话"即是讲故事，这种说话技艺还和传奇小说相互影响，著名作家白行简的传奇名篇《李娃传》就是在当时"一枝花话"的基础上创作出来的。变文和"说话"技艺的相互影响、相互渗透，开启了文学史上通俗叙事文学的先声。到了宋代，"说话"技艺得到了进一步发展，而且出现了颇为专业化的分工，如前已提到的霍四究就是专门讲说三国故事的职业说书人。宋元时期的讲史一科，其故事具有连续性和系列性的特征，长篇故事可能要划段分回，在较为确定的时日内讲完，故事内容由说书艺人向听众讲述，在讲述的过程中，说书艺人还会以语气节奏的变化和适当的动作表演，来强化表达效果，其中，还可能会加入说书艺人即兴创作的成分，因而，说书是诉之于听觉和直观视觉的通俗文艺形式，故事的情节过程虽然较长，但其主要特征，则处于口头讲述阶段，还不足以称其为长篇小说的创作。从流传下来的宋元讲史小说来看，大多情节简略，文字粗糙，也说明了这一点。

从以上对小说发展史的粗疏介绍中可以了解到，在中国文学史上，标志着初步成熟形态的长篇小说的创作，始于罗贯中创作的《三国志通俗演义》，无论是从小说反映社会历史生活的容量与塑造人物形象的众多，还是从它情节的丰富复杂和结构的完整方面来看，《三国志通俗演义》都标志着古代长篇小说创作的成熟。

其次，《三国志通俗演义》的创作，标志着古代章回体小说的初步完备。章回体小说是中国古代小说典型的情节结构模式，《三国志通俗演义》奠定了这种模式的基础。这种情节结构模式，以划段分回、后文承接为情节安排与设置的特点，在每一回的结尾处，一般也是情节发展过程中的紧要或激烈之处，由作为叙事人、讲述人的作者直接出面，设置引发读者兴趣的悬念，多以"未知性命如何""毕竟如何，且听下回分解"等表述方式对情节进程的故意中断唤起读者对情节发展的阅读期待。这种模式与长篇小说形成过程中的讲史渊源密切相关。讲史所叙述的是长篇历史故事，说书艺人为了调动听众连续来听的兴趣，在每次讲完故事内容之后，会留下吸引听众兴趣的悬念，这种特征，为《三国志通俗演义》的情节安排继承下来，作为长篇小说情节结构的模式。这种结构模式，适合于长篇小说情节进程的需要，有助于在小说的叙事过程中提高叙述人调整自身叙事视角的自由度，也有助于灵活自如地安排与穿插不同层次的情节头绪，一方面可以使主要情节的发展更为合理严密，另一方面，也使围绕着主要情节的其他情节头绪相对自由地伸展开去，有利于拓展小说反映社会生活的范围，或是对人物不同的性格侧面作补充性的说明和具体刻画，以增强小说情节构成的丰富多彩，强化小说的艺术吸引力。

现存最早的《三国志通俗演义》明代嘉靖刊本，还没有明确地以"回"作为情节序列的标志。《三国志通俗演义》明代嘉靖刊本，是《三国演义》现存的最早的刊本，它共分为二十四卷，每卷十则，总计二百四十则。每一则以七言单句标目，用以概括所叙内容并对读者的阅读起一定程度的提示作用，某些概括虽然在精当恰切上存在不足，但这种方式为后来的对句方式标目奠定了基础，如卷之一中前四则的标目，"祭天地桃园结义""刘玄德斩寇立功""安喜张飞鞭督邮""何进谋杀十常侍"，从列举的这四则标目中可以看出，在标目上，还没有以数字标出情节序列。在每一则的结尾处，则体现出了章回体的特征，如小说的第一则，其结尾处是这样写的："刘焉差马步校尉邹靖，着引刘玄德为先锋，前去破敌。玄德大喜，即与关、张飞身上马，来干大功。试看怎生取胜？"

在嘉靖本之后，出现了多种《三国演义》的刻本。16世纪90年代的刊本开始调整了《三国演义》的卷数，将二十四卷合并为十二卷、二十卷或六卷，但仍分为二百四十则。到17世纪初期，一些刊本开始将二百四十则合并为一百二十回，并对回目文字做了一些修饰，合成为对句形式。其中，《李卓吾先生批评三国志》是其中有代表性的版本，它把嘉靖本的两则合并为一回，标目改为对句形式，这种形式的调整，为清代初期毛评本的出现做了铺垫。需要说明的是，这个版本中的评语，并非出自李卓吾之手，而是叶昼所写的。

17世纪70年代，毛宗岗评本的出现，使《三国演义》章回体的形式进一步完善，并正式得以定型，全书分为一百二十回，标目则修饰为对仗更为工稳严整的七言或八言形式，如第一回和第一百二十回的标目分别是"宴桃园豪杰三结义　斩黄巾英雄首立功""荐杜预老将献新谋　降孙皓三分为一统"。从《三国演义》章回体的变迁过程中，可以看出章回体小说历史发展进程的概貌。

由《三国志通俗演义》所铺垫的章回体小说形式，以其所体现出来的适合长篇叙事、有利于刻画人物形象的艺术活力在后世的小说创作中成为情节结构特征的主导形式，如明清小说中的代表作《水浒传》《西游记》《儒林外史》《红楼梦》等著名长篇小说，都是章回体的形式。

在历史发展的过程中，长篇小说和一些中篇小说创作中章回体的情节结构形式，构成了我国古代小说民族传统的有机组成部分，为广大人民群众所喜闻乐见,《三国志通俗演义》的创作,是这种形式的开山之作。

再其次,《三国志通俗演义》是小说史上第一部历史演义小说。《三国志通俗演义》既是文学史上历史演义小说的开创性作品,又是古代历史演义小说中影响最大的一部小说,"演义"一词本指敷陈义理并加以阐发引申之意,在唐代佛经典籍中即用这一含义,如澄观《大方广佛华严经随疏演义钞》中的"演义"一词即是如此。罗贯中以"演义"为自己取材于历史题材的小说定名,所用含义与之相近,是用以表达所叙内容与历史记载之间的密切关系。明代嘉靖刊本"晋平阳侯陈寿史传 后学罗本贯中编次"的题署和以"通俗"二字对"演义"特征的限定与说明,显示出作者是有意识地在历史记载的基础上从事通俗小说创作的,即小说是对史籍故事化、形象化的敷陈与阐发。庸愚子(本名蒋大器,庸愚子是其别号)在为《三国志通俗演义》所作的序言中,对小说的这一特征做了概括性的说明与总结:"若东原罗贯中,以平阳陈寿传,考诸国史,自汉灵帝中平元年,终于晋太康元年之事,留心损益,目之曰《三国志通俗演义》。文不甚深,言不甚俗,事纪其实,亦庶几乎史。"着重强调了小说创作与历史记载之间的密切关系。自《三国志通俗演义》开始,"演义"就成了取材于历史的长篇叙事性文学作品的体裁名称。据记载,罗贯中不仅创作了《三国志通俗演义》,还曾创作过《残唐五代史演义传》,关于这部小说是否为罗贯中的作品,目前还不能确定,不过,从这里可以看到,"演义"的概念已在小说创作中被推广沿用了。

在《三国志通俗演义》的影响下,从明代中期以后,出现了数量可观的历史演义小说,从远古时期到明代的历史,几乎被通俗演义完整地演绎了一遍。在这些历史演义小说中,影响较大的有余劭鱼的《列国志传》、甄伟的《西汉演义》、谢诏的《东汉演义》、周游的《开辟演义》、钟惺的《开辟唐虞传》等,其中,《列国志传》在明末经过冯梦龙加工为《新列国志》,清代又经蔡元放加工润色为《东周列国志》,成为《三国演义》之外流行最为广泛的历史演义小说。对于《三国志通俗演义》在历史演义小说创作中的示范作用,署名为吴门可观道人所作的《新列国志序》中,概括地说明了当时的创作风尚:"自罗贯中《三国演义》一书,以国史演为通俗演义百余回,为世所尚,嗣是效颦日众,因而有《夏书》、《商书》、《列国》、《残唐》、《南北宋》诸刻,其浩瀚与正史分签并架",从这里可以想见《三国志通俗演义》对后世的小说创作所产生的巨大影响,不过,后来所产生的这些历史演义小说,在艺术成就上,都没有达到和《三国演义》并驾齐驱的水平,其原因在于,后世出现的历史演义小说,没有能够处理好历史真实和艺术真实之间的关系,大多过于拘泥史实,人物形象的塑造缺乏开掘的深度和对鲜明个性的生动刻画。由于《三国志通俗演义》成功地处理了遵循历史和艺术虚构之间的关系，因而为读者普遍地接受，成为历史演义小说的典范之作。

事实上，时至今日，历史演义小说仍是小说创作领域中重要的体裁类型。成功的历史演义小说，一方面，可以使读者在审美愉悦中增进对历史的了解，另一方面，也是更为重要的方面，则是使读者从作者以自己的情感孕育所创造的形象世界中，获得对历史的感悟和对人生的理解，至于在小说创作中，该如何处理和把握虚实关系，则是取决于作者对历史认识的程度和艺术表现能力等多方面的具体因素了。

争相誊录 以便观览：《三国演义》的流传与版本

　　罗贯中的《三国志通俗演义》作为三国故事集大成者，它是对民间流传和文人创作的三国故事创造性的艺术整理和加工，它的叙事智慧、结构技巧、人物塑造艺术和语言运用等方面所取得的成就，使它得到了各个阶层读者的喜爱，被迅速传播开来。尽管如此，由于在封建社会，小说的创作被正统文人视为"末技"和"小道"而受歧视，《三国志通俗演义》在开始流传于社会的时候，是以手抄本的形式流传的，在庸愚子（名蒋大器）为明代嘉靖刊本所作的序言中，概要说明了《三国演义》成书之后在读书人阶层广为传抄的盛况："（《三国志通俗演义》）书成，士君子之好事者，争相誊录，以便观览，则三国之盛衰治乱，人物之出处臧否，一开卷，千百载之事，豁然于心胸矣。"从这简短的评述式的记载中，可以想见《三国演义》在当时社会上传播的情况。

　　明代中后期，随着社会经济的发展，商业性经营活动更为繁荣，商品流通的程度更为广泛，在这种历史形势下，市民阶层迅速壮大起来，市民阶层的思想愿望、情感需求和封建正统观念产生了激烈的对抗，他们娱乐生活的需要，促进了通俗文学的勃兴与繁盛，小说这种文学形式以其思想观念上的新因素、反映生活容量大、形式通俗易懂等方面的优势，得到了市民阶层的普遍喜爱，同时，也受到了有识见的士大夫的关注与重视，如当时思想界影响巨大的李贽就对通俗文学作品表现出极大的热情，充分肯定了通俗文学作品的价值，正是在这种历史背景之下，《三国演义》开始以刻本的形式更为广泛地在社会各阶层中传播开来。

　　《三国演义》不只是在汉民族中广为传播，家喻户晓，而且很早就已传播到了少数民族中，据资料记载，《三国演义》在明代中后期就已传入满族，努尔哈赤就是"幼时爱读《三国演义》，又爱《水浒传》"的，皇太极则更为重视《三国演义》的"应用指南"作用，命达海将《三国演义》译为满文，以为参考借鉴：

　　　　崇德初，文皇帝患国人不识汉字，罔知治体，乃命达文成公海，
　　翻译国语《四书》及《三国志》各一部，颁赐耆旧，以为临政规范。

　　　　　　　　　　　　　　（清）昭梿《啸亭续录·卷一翻书房》

从记载中提到的翻译文献有《西厢记》《金瓶梅》等作品来看，其中的《三国志》指小说《三国演义》无疑。

在清代王嵩儒的《掌故零拾》中，有这样的记载：

> 本朝未入关之先，以翻译《三国演义》为兵略，故其崇拜关羽，其后有托为关神显灵卫驾之说，屡加封号，庙祀遂遍天下。

从这两条笔记中，可见《三国演义》在满族流传的程度。此外，《三国演义》在蒙古、朝鲜等民族中也有流传。

古代典籍在作者修订、传抄、刊刻的流传过程中，各不同版本和不同的版本系统之间，常常会产生文字上的差异，这种现象，在古代小说中，尤为突出。造成同一部作品版本差异的原因很多，主要有作家本人在创作过程中的修订、传抄刻写过程中产生的笔误，也包括后世书商的改动和小说评点人根据自己的理解和主观态度对原有文本的私自润色和改写，了解各不同版本间的差异以及渊源关系，尽可能在对照、判断的基础上明确作品的原貌，这对于了解作家创作的指导思想、剖析阐释作品的内涵和思想意蕴、客观公正地确定作品在文学史上的地位，有着至关重要的作用。

《三国演义》是流传最为广泛的古代小说，传世版本很多，据文献著录和现存情况来看，明代刻本有近三十种，清代刻本有七十多种。现存《三国演义》的最早刻本是明代嘉靖壬午年（公元1522年）的刻本，题"晋平阳侯陈寿史传　后学罗本贯中编次"，前有庸愚子（本名蒋大器）序和修髯子（本名张尚德）引，据孙楷第先生《中国通俗小说书目》著录，北京图书馆藏足本，另有日本文求堂主人、商务印书馆、日本德富苏峰藏残本。继嘉靖本之后，《三国演义》的版本层出不穷，在流传、刊刻的过程中还有程度不等的差异，所以，无论是对于研究性的阅读，还是欣赏性的阅读，尽可能多了解小说的版本概貌，对于深入理解小说的内涵，是大有裨益的。

《三国演义》由于传世版本较多，这里只能是择要作简略介绍。

据专家学者多年研究，从版本形态来看，《三国演义》的版本大致可分为三个系统，一是《三国志通俗演义》系统，二是《三国志传》系统，三是毛纶、毛宗岗父子评《三国志演义》系统。以下分别做简要介绍。

《三国志通俗演义》系统：这一系统的最早刻本是嘉靖元年刻本，这一点，前面已作了说明。在这一版本系统中，还包括（1）金陵周曰校刊本，名为《新刊校正古本大字音释三国志通俗演义》，刊于明万历十九年（公元1591

年）。（2）武林夷白堂刊本《通俗三国演义》，万历年间刊行。（3）夏振宇刊本，名为《新刊校正古本大字音释三国志传通俗演义》，刘世德先生认为这一刊本当是出于周曰校刻本。这一系统的刊本，都分为二百四十则，每则之前以单句标目，其中，嘉靖本和夷白堂刊本分为二十四卷，每卷十则，周曰校本和夏振宇刊本分为十二卷，每卷二十则。

《三国志传》系统：主要包括（1）余氏双峰堂（余象斗）刊本《新刻按鉴全像批评三国志传》，刊于万历二十年（公元1592年）。（2）余象斗刊本《新刊校正演义全像三国志传评林》，万历年间刊本，现存残本。（3）联辉堂刊本《新锲京本校正通俗演义按鉴三国志传》，刊于万历三十三年（公元1605年）。（4）杨春元刊本《重刻京本通俗演义按鉴三国志传》，刊于万历三十八年（公元1610年）。这一系统的版本还有熊清波刊本、汤宾尹刊本、郑世容刊本、笈邮斋刊本、刘龙田刊本等多种。这一系统的版本以《三国志传》定名，均为二十卷本，多刊行于万历年间，采用上图下文的版式，多数刊本中增加了关索的故事，但这一系统刊本的文字大多较为粗糙，在后世的流传不很广泛。

毛评本系统：毛评本系统是清代流传最为广泛的版本，现存清代刻本中，大多属于毛评本系统。毛评本本名《四大奇书第一种》，后改称《第一才子书》。现存最早的毛评本是康熙年间醉耕堂刊本《三国志演义》。毛评本对《三国演义》的文本作了不少修改与润色，并加了许多评语，在思想倾向上，毛评本进一步突出和强化了小说的封建正统观念，但其所加评语和对小说艺术技巧的总结与说明，对于读者的阅读是具有启发和引导作用的，这也是毛评本比其他版本流传更为广泛的原因，对于绝大多数欣赏《三国演义》的读者来说，恐怕都是从阅读毛评本开始的。

除上述版本外，另有李卓吾评本，这一系统的版本不多，但具有过渡性特征，它源于周曰校本或是夏振宇本，是毛评本产生的基础，主要有（1）《天德堂刊本李卓吾先生评三国志》。（2）雄飞馆刻英雄谱本《三国志》。（3）吴观明刊本《李卓吾先生批评三国志真本》。另有绿荫堂刊本、宝翰楼刊本、黎光楼刊本等。需要说明的是，书中评点，并非出自李卓吾本人之手，而是文人与书商合作伪托的产物。

以上对《三国演义》的版本概貌作了粗略介绍，至于哪一种版本更接近罗贯中创作的文本原貌，到目前为止，学术界还没有取得普遍的共识，仍处于考察、探索和研究的过程中。一般认为，嘉靖本在现存版本中，是产生最早的版本，其中，又存在以元代地名为"今地名"的注释，因而认为嘉靖本是最为接近罗贯中创作原貌的版本，袁世硕先生在《明嘉靖刊本〈三国志通俗演义〉乃元人罗贯中原作》一文中，对这一问题作了深入详尽的分析和论证。也有学者认为，嘉靖刊本虽刊刻最早，但其文字，已经过了后人较大改动与润色，而后出的《三国志传》等，因其文字较为粗疏，且包含了较多的民间传说故事成分，可能出于更早的版本。对于这一问题，还有待于作进一步的研究。

新中国成立以后，通行版本为人民文学出版社以毛本为底本的整理本，20世纪七八十年代以后，经过专家学者的努力，又出版了多种《三国演义》的版本，此处，简略介绍几种，以供读者参考：

1. 上海古籍出版社出版嘉靖本《三国志通俗演义》，章培恒、马美信先生写前言。

2. 中州古籍出版社出版毛本《三国演义》整理本，沈伯俊先生整理。

3. 齐鲁书社出版毛本《三国演义》。

4. 内蒙古出版社出版《全图绣像三国演义》。

5. 醉耕堂本"四大奇书第一种"《三国志演义》点校本，刘世德、郑铭先生点校。

其他新校版本还有许多，或是侧重学术价值，或是面向普及，可酌情参看。

推崇赞叹　促进流传：功不可没的毛评本

　　小说评点，是我国具有鲜明民族特点的文学批评方式，它出现于明代中后期，是随着世人对小说审美价值和教育作用的认识程度的迅速提高应运而生的。明代中后期，由于市民阶层的迅速壮大，在思想文化领域，出现了要求反对封建道统、要求个性解放的思想洪流，在这种历史形势下，小说这一为正统文人所歧视的通俗文学样式，受到了具有进步思想的文人才士的推崇与赞扬，当时的著名思想家李贽，就将《水浒传》摆到了与儒家经典相提并论的位置，这种时代氛围，促成了小说评点这种批评方式的产生，到了明末清初，小说评点达到了鼎盛时期。

　　小说评点所运用的主要方式，是评点者在阅读小说文本的过程中，针对某一具体方面，或品评高下，或辨析优劣，或抒发阅读感受和感想，或是对具有规律性、普遍性的现象做出会心的概括与总结。这种文学批评方式的优长，在于其直接性和情感性，它对读者的阅读和欣赏，具有直接的引导作用，一方面可以指导读者的思绪进入小说文本所创造的艺术世界之中，帮助读者深入理解文本的内涵，使读者从中获得有益的启示，另一方面，在评点人主观情感的抒发中，也可以调动读者的情绪，使读者对具体人物或是具体情境产生强烈的情感共鸣，因而，这种方式深受读者的喜爱，几百年来，盛行不衰。

　　在古代优秀长篇小说中，大多有享誉后世的评点本广为流传，如金圣叹对《水浒传》的评点，张竹坡对《金瓶梅》的评点，脂砚斋对《红楼梦》的评点等，在这些评点本中，毛纶、毛宗岗父子对《三国演义》的评点，无疑是流传最为广泛的小说评点本，毛氏父子的《三国演义》评点本，在清代初年刊行之后，几乎成了"一枝独秀"的通行本，其他版本的流传则日见稀落了。

　　毛氏父子对《三国演义》的评点，是在金圣叹评点《水浒传》的影响下完成的，它对当时流行的《三国演义》作了多方面的精心润色与艺术加工，使《三国演义》以更为雅致精纯、细致流畅的艺术风貌盛行于世。毛氏父子对《三国演义》的加工整理体现于小说文本的方方面面，既有对外在形式的加工，也有对小说语言文字细微之处的梳理和修饰，在所加的评点文字中，在有关小说情节安排、人物塑造和叙述技巧等方面，也发表了许多有会心、有识见的议论，这些议论，体现着评点人的小说美学观，在今天，仍有着积极的借鉴作用，就其流传与影响的程度来看，似乎可以认为，毛评本是《三国演义》的最后写定本。

令人遗憾的是，对于促进《三国演义》的流传功不可没的毛氏父子，他们的生平经历，目前还所知甚少，只能根据零星的记载做大致的勾画。

毛纶，字德音，号声山，长洲（今江苏省苏州）人，生活于明末清初，具体生卒年不详，他学识渊博，却一生穷困不得志，清顺治年间，曾在同乡官宦蒋灿家中坐馆教书，与小说评点家金圣叹有来往。晚年因患眼疾，闭门不出，著书自娱。据褚人获《坚瓠补集》卷二记载，除了评点《三国演义》之外，他还评点过戏曲《琵琶记》。毛纶之子毛宗岗，生于明崇祯五年（1632年），字序始，号子庵，也终身不仕，大约也是以坐馆教书为生的，他和当时的著名文人尤侗有交往。他们父子的这种生活经历，与和他们大体同时的文言小说家蒲松龄的遭遇，有着某种相似之处。对《三国演义》的评点，是由他们父子合作完成的，至于每个人所做的具体工作，今天已难知其详了。

《三国演义》的毛氏父子评点本，现存最早的版本是康熙四年（1665年）刊本，由醉耕堂刊行，此后，通行的《三国演义》读本，大多是从这一版本衍生而出的。

毛氏父子对《三国演义》从文辞修饰、梳理情节到技巧的鉴赏点评，其贡献是多方面的，从中体现出了毛氏父子对当时先进文学观念的自觉接受和识见出众的艺术鉴赏力。具体来看，毛评本评点《三国演义》的主要贡献体现在以下几个方面：

一、评点本对小说的回目作了润色和艺术加工，使回目的对仗更为整洁工稳，有助于提高小说的艺术吸引力

现存最早的嘉靖本《三国志通俗演义》分为二十四卷二百四十则，每则前以七言单句概括所叙内容，其中有些概括显得粗糙一些，万历时期出现的李卓吾评本，将小说合并为一百二十回，对回目则未加修饰，毛评本以李卓吾评本为底本，对小说的回目作了精心修饰，不只是对得更为工整，而且还突出了形象性特征，从回目中就使小说增添了艺术吸引力。读者在阅读之时，首先接触到的便是在不同程度上概括了描绘内容或叙述重点的回目，工稳生动、精彩活泼的回目，无疑会引发读者的阅读期待，激起读者深入小说艺术世界中去领略一番的兴趣。只要稍作比较，两者之间的差异就会显示出来。

如小说第一回，嘉靖本的两则回目是"祭天地桃园结义""刘玄德斩寇立功"，毛评本改为"宴桃园豪杰三结义　斩黄巾英雄首立功"，对得很工整，同时，又突出了"三结义"的特征，从中也显示出了作为英雄豪杰的三人那种豪爽气派，而"斩寇"改为"斩黄巾"的称呼变化，则透露出评点人的情感态度。小说第二回，嘉靖本的两则回目是"安喜张飞鞭督邮""何进谋杀十常侍"，毛评本改为"张翼德怒鞭督邮　何国舅谋诛宦竖"，在嘉靖本中，"安喜张飞鞭督邮"只是叙述了事件的发生，而"张翼德怒鞭督邮"的概括则已是透露出了疾恶如仇的"张三爷"的气度性情。同样，"何进谋杀十常侍"一句，叙述的只是事件的发生，而且情感倾向不明确，毛本改为"何国舅谋诛宦竖"一句，其情感的倾向性则是不言而喻的了。再如小说的结尾，嘉靖本的两则回目是"羊祜病中荐杜预""王濬计取石头城"，毛评本改为"荐杜预老将献新谋　降孙皓三分归一统"，不只是内容更为明确了，而且从中还表达出了肯定天下统一的观念。

从这几例比较中，可以见出，毛评本在小说回目修饰润色上，是精心细致的，渗透着评点人对小说内涵和人物特征的理解。对于小说回目引导读者的作用，毛氏父子是有明确认识的，评点本《凡例》中说："俗本题纲，参差不对，杂乱无章，又于一回之中，分上下两截。今悉作者之意而联贯之，每回必以二语对偶为题，务取精工，以快阅者之目。"

二、对小说的叙述描写文字做了加工和润色，使小说的情节进展更合理，人物性格的刻画更统一

嘉靖本是三国故事的集大成之作，在前人创作的基础上，完成了规模宏大的长篇小说，但在嘉靖本的叙述和描写中，还存在相当的粗疏草成之处，有些描写与人物整体性格特征有抵触，显得不尽合理，毛评本在对人物形象深入理解的基础上，对小说中的文字做了精当的梳理与再加工，提高了小说的艺术质量。从《赵云单骑救主》一段文字的对照阅读中，即可见出二者之间的差异。

嘉靖本描写文字如下：

> 赵云慌来追寻，只见一个人家，被火烧坏矮墙，糜夫人抱着三岁幼子，坐地上而哭。赵云慌忙下马，入见糜夫人。夫人曰："妾身得见将军，此子有命矣。望将军可怜他父亲飘荡半世，只有这点骨肉。将军可护持此子，教他得见父面，妾死无恨矣！"赵云曰："夫人受难，是云之罪也。不必多言，请夫人上马。云自步行，遇敌军

必当死战。"糜夫人曰:"不然。将军若不乘此马,此子亦失矣。妾已重伤,死何惜哉!望将军速抱此子去,勿以妾为累也。"云曰:"喊声又近,兵又来到,速请夫人上马。"糜氏将阿斗递与赵云,曰:"此子性命在将军身上,妾身委实不去也。休得两误!"赵云三回五次请夫人上马,夫人不肯上马。四边喊声又起,云大喝曰:"如此不听吾言,后军来也!"糜氏听得,弃阿斗于地上,投枯井而死。赵云恐曹军盗尸,推土墙而掩之。

毛评本的文字则是这样的:

> 赵云听了,连忙追寻。只见一个人家,被火烧坏土墙,糜夫人抱着阿斗,坐于墙下枯井之傍啼哭。云急下马伏地而拜。夫人曰:"妾得见将军,阿斗有命矣。望将军可怜他父亲飘荡半世,只有这点骨血。将军可护持此子,教他得见父面,妾死无恨!"云曰:"夫人受难,云之罪也。不必多言,请夫人上马。云自步行死战,保夫人透出重围。"糜夫人曰:"不可!将军岂可无马!此子全赖将军保护。妾已重伤,死何足惜!望将军速抱此子前去,勿以妾为累也。"云曰:"喊声将近,追兵已至,请夫人速速上马。"糜夫人曰:"妾身委实难去,休得两误。"乃将阿斗递与赵云曰:"此子性命全在将军身上!"赵云三回五次请夫人上马,夫人只不肯上马。四边喊声又起。云厉声曰:"夫人不听吾言,追军若至,为之奈何?"糜夫人乃弃阿斗于地,翻身投入枯井中而死。赵云见夫人已死,恐曹军盗尸,便将土墙推倒,掩盖枯井。

从这两段文字在对照阅读中,可以感受到毛本的改动,使情节的发展的逻辑更为严密,赵云的性格也和其他情节中的性格更为一致了。如毛本在叙述中,特意点出糜夫人"坐于枯井之傍啼哭",就为后文中赵云推倒土墙(毛本将"矮墙"改为"土墙"也更为合理)做了铺垫,赵云见糜夫人伏地而拜的细节,也与赵云的性格更为和谐。在毛评本中,类似这样凝聚着评点人艺术眼光的地方还有许多,如"煮酒论英雄"一节中对刘备反应的描写等,通过对照阅读,可以从中获得叙述行文的有益启示。

三、对小说中引用的诗文作了删改,使小说的叙事结构更为严密和完整

由于《三国演义》这部历史小说的产生,和民间讲史技艺有密切关系,

同时，其本身又是以特定时期的历史为题材的，这两个方面，就使小说的叙事，呈现出了韵散相间的特征，其中，还引用了不少源于史籍的文献，相对来说，在嘉靖本中，引用的诗文较为芜杂一些，有些诗文的艺术水平也不是很高。毛本则对所引用的诗文做了进一步的清理调整，一方面使引用文字与小说的故事情节结合得更为紧密，另一方面，则是删除了部分艺术水平较低的作品，而从名家名作中予以增补，这就从整体上提高了小说的艺术品质。例如，"诸葛亮秋风五丈原"中，诸葛亮去世之后，嘉靖本引了八首诗，还有史论和赞文，显得堆砌与芜杂，造成了情节的松弛，而在毛评中，删除了嘉靖本中的史论和赞文，保存了原有的白居易和元稹各一首诗，增补了杜甫的一首诗，这就使情节的进展更为紧凑。再如，对小说开头和结尾的改写，毛本在开头以明代杨慎的《临江仙·怀古》一词作为卷首词开篇，增加刘禹锡的《西塞山怀古》一诗做结，首尾呼应，一脉贯穿，使小说的意蕴既澄澈明晰，又丰厚沉郁，令读者回味三思。

四、对历史演义小说的创作原则和叙事技巧提出了精当见解

如前所述，在评点这种批评形式中，评点人往往从阅读感触和体验中，引申出对具有普遍性问题的思考，从而使评点超出就事论事的范围，上升到具有理论意义的概括和归纳，毛氏父子对《三国演义》的评点正是如此，他们在评点中，对小说创作中的许多理论问题，提出了今天仍有参考价值的意见。

毛氏父子的评点，不是单纯地就某一细节抒写出自己的阅读感受，他们的评点，应该说，是包含着他们对小说艺术的理解的。如在置于小说文本之前的《读三国志法》中，就对小说创作中要以生活本身的丰富多彩为基础别具会心地进行艺术加工和创造发表了精彩议论：

在对小说所选择的叙事起始时间做了评述之后，评点人说："古事所传，天然有此等波澜，天然有此等层折，以成绝世妙文，然则读《三国》一书，就胜读稗官万万耳。"这里强调了现实生活基础的决定作用。

在对魏、蜀、吴三国开国君主的差异做了比较之后，评点人说："今之不善画者，虽使绘两人亦必彼此同貌。今之不善歌者，即使唱两调亦必前后同声。文之合掌，往往类是，古人本无雷同之事，而今人好为雷同之文，则何不取余所批《三国志》读之。"这里强调的是在生活基础上的创造性。

对评点中的这些议论综合起来看，可以见出其中体现出着毛氏父子对小说创作特性的认识与理解。

在《读三国志法》对小说具体描绘的评点中，毛氏父子对小说的叙述方

法和叙述技巧做了相当系统完整的的总结和归纳，其总结和归纳，大多从具体情节的分析中引发而出，并常常以比喻的形式予以描述，既有见地，又活泼形象，如对伏笔的议论："《三国》一书，有隔年下种，先时伏著之妙。善圃者投种于地，待时而发。善弈者下一闲著于数十著之前，而其应在数十著之后。文章叙事之法亦犹是也。"真可谓是对伏笔作用的精当总括。

以上着重从提高艺术质量的角度对毛评本的贡献做了简要评述，实际上，毛氏父子对《三国演义》在艺术质量提高方面所做的贡献远不止此，请读者在欣赏的过程中注意参考和对照。

需要说明的是，毛氏父子在评点的过程中，对小说中所包含的军事学、人才学应用学科等方面的原则，也做了许多精彩的阐发与议论。

在对小说进行润色和评点的过程中，毛氏父子同时也突出和强化了小说中的封建正统观念，着力渲染和强调蜀汉集团的正统地位，这也是需要指出的，但这种思想倾向的强化，和评点人所处的明末清初这一特定的历史背景有深刻的联系，在这种思想情绪的表现中，曲折地寄托了汉民族的民族情绪，明确了这一点，今天的读者，也就不应该对他们做过多的苛求了。

毛氏对《三国演义》的艺术成就推崇备至，甚至认为《三国演义》的叙事成就，超过了《史记》这部历史名著，也超过了《西游记》《水浒传》这两部小说杰作，堪称"才子书"第一，如在与《史记》比较时，《读三国志法》中说："《三国》叙事之佳，直与《史记》仿佛，而其叙事之难，则有倍难于《史记》者。《史记》各国分书，各人分载，于是有本纪、世家、列传之别。今《三国》则不然，殆合本纪、世家、列传而总成一篇。分则文短而易工，合则文长而难好也。"这种比较是否合理，这种看法是否公允，另当别论，但毛氏父子对《三国演义》的这种不遗余力的褒扬与推崇，对《三国演义》的流传，会起到积极的促进作用，则是毫无疑问的。

民族瑰宝　当之无愧：《三国演义》在海外的流传与影响

　　《三国演义》这部思想意蕴丰富深厚、艺术成就卓越的长篇历史演义小说，以其生动鲜活人物形象的成功塑造、严整宏大的艺术结构和雅俗共赏的叙事语言，在社会各阶层中广为流传，拥有众多的读者群体，不仅在文学创作领域，而且在民族的精神文化生活领域，都对后世产生了深远影响，从这一点上看，在古代小说中，《三国演义》所产生的艺术感召力是其他通俗文学作品难以与之并驾齐驱的。关于《三国演义》的艺术魅力，明代陈际泰在《太乙山房文稿》中记载他自己小时候阅读《三国演义》时的情状说：

　　　　从族舅借《三国演义》，向墙角曝日观之，母呼我食粥，不应，呼饭食，又不应。后忽饥，索粥饭，母怒捉襟，将与之杖，既而释之。母后问舅："何故借尔甥书？书中有人马相杀之事，甥耽之，大废服食。"

　　清末黄人在《小说小话》中说："今西人之居我国者，稍解中文，即争读《三国演义》，偶与论及中国英雄传记，则津津乐道者，必此书矣。陈、习之书（指陈寿《三国志》和习凿齿《汉晋春秋》），则知者鲜矣，且亦不欲知也。则《三国演义》之感应力，并及于域外矣。"

　　从这两段记述中，可以想见《三国演义》中曲折跌宕、丰富多彩的故事情节描绘，生动鲜明的人物形象，对中外读者所产生的强大艺术吸引力。

　　正是由于《三国演义》的创作以其精当完美、具有鲜明民族特征的艺术形式，通过寄托着人民爱憎情感和伦理评价尺度的人物形象塑造，反映出了对历史兴亡的感悟、对封建时代社会本质性特征的认识，在深层次上，凝聚和反映了我国的民族文化精神和审美心理，因此，在社会历史发展的过程中，它不仅为我国各个阶层的读者所喜爱，还很早就传到海外，受到世界上其他许多民族的喜爱，产生了跨越国界的广泛影响。现在，《三国演义》不仅在海外吸引了众多读者的阅读欣赏兴趣，它还成了了解和认识中华传统文化、从中探讨和开掘艺术借鉴的研究对象，并受到了高度评价，可以说，《三国演义》不仅是中华民族的文化瑰宝，而且已汇入了世界各民族文化创造的历史长河，成了世界文化创造的有机组成部分。

早在清代前期，《三国演义》就已传到了日本，后来又传到欧美各国，深受各国人民的喜爱，下面对《三国演义》在海外的流传与影响，从几个主要方面，作简要介绍：

一、《三国演义》在海外的流传

先看《三国演义》在东南亚的流传，由于我国和日本文化交流的历史渊源，《三国演义》也很早就传到了日本，现在，日本仍然保存着《三国演义》许多具有研究价值的早期版本，如文求堂主人收藏了现存最早的嘉靖刊本《三国志通俗演义》（二十四卷二百四十则本），日本内阁文库蓬左文库藏有金陵周曰校刊本《新刻校正古本大字音释三国志通俗演义》（明万历年间刻本，十二卷二百四十则本）和明代夏振宇刻本《新刊校正古本大字音释三国志通俗演义》（十二卷本），早稻田大学图书馆藏有余象斗刊本《新刊校正演义三国志传评林》（明万历年间刻，二十卷本），蓬左文库还藏有明代吴观明刻本《李卓吾先生批评三国志》，从中可见日本对《三国演义》的重视与喜爱。清康熙二十八年（公元 1689 年），日本僧人湖南文山把《三国演义》译成日文本《通俗三国志》，这是《三国演义》最早的外文译本，这一译本由于文字古朴流畅，至今还在流行。

继湖南文山的译本之后，日本又出现了多种《三国演义》的译本，如《三国志》《三国志四传》《绘本通俗三国志》等。20 世纪三四十年代，又出现了野村爱正的《三国志物语》和吉川英治的《三国志》两种译本。吉川英治自幼即非常喜爱《三国演义》，他在译作的序言中说："余少年时代即耽读《三国演义》，一读再读，百读不厌。"并以自己的切身体味，高度评价了《三国演义》的艺术成就："《三国演义》结构之宏伟与人物活动地域舞台之广大，世界古小说均无与伦比。其登场人物数以千计。其描写笔调或华丽豪壮，或哀婉凄切，或悲愤慷慨，或幽默夸张，读来令人趣味横生，不禁拍案三叹。"推崇赞美之情，洋溢于字里行间。20 世纪 50 年代之后，日本汉学家小川环树和金田统一又再次翻译了一百二十回本的《三国演义》。

从上面的简要介绍中，可以了解到《三国演义》在日本受欢迎的程度。随着传播媒体的发展，在日本，《三国演义》还被改编成其他艺术形式，20 世纪 80 年代，将《三国演义》改编成连续木偶剧，90 年代，又拍成了电影，受到了普遍欢迎，这些新型媒体的运用，更是促进了三国故事在日本公众中的广泛传播。

《三国演义》在日本的广泛流传，对日本文学从古文体小说向俗文体小说的发展，产生了重要影响，日本作家泷泽马琴创作的《南总里见八犬传》深受欢迎，据研究，其中不少情节即脱胎于《三国演义》。

《三国演义》在日本受到普遍喜爱的原因，一方面是《三国演义》深邃的思想意蕴和精湛的艺术成就所蕴藏的艺术魅力，另一方面，则还有着应用学上的因素。在《三国演义》中所描绘的动荡时代三个政治集团兴亡图霸的过程中，其对人才的招揽和任用，战略方针的确定，具体战役中各种机谋的运筹与实施，都包含着重要的军事学、人才学、管理学、心理学等多学科的原理与智慧，对于经营管理具有不可估量的借鉴和启示作用。据介绍，日本企业界对《三国演义》推崇备至，在一些企业公司中，《三国演义》是职员培训中的必读书目。有些企业还从刘、关、张桃园结义中，汲取了其中所包含的积极思想因素，着力强调其中的以诚待人、团结协作的精神品质。

《三国演义》对亚洲其他国家如韩国、越南、泰国等国家的文学创作和精神生活都有程度不等的影响。

在越南，《三国演义》广为流传，为公众所喜爱。《三国演义》越南文的译本有多种，其中，以阮莲锋和潘继柄的译本为早。越南民众对三国故事很是熟悉，甚至产生了对关羽的崇拜。

在泰国，《三国演义》同样影响深远，在 18 世纪，昭披耶帕康与另一位学者合作，将《三国演义》译成了泰文，一版再版，盛传不衰，据文献介绍，泰国著名诗人舜通普的长诗《帕阿派玛尼》就受到了《三国演义》的影响，不仅如此，三国戏和以三国故事为题材的说唱文学作品，也深受泰国民众的喜爱。

在朝鲜，《三国演义》更是影响巨大，17 世纪的小说家金万重在《西浦漫笔》中说："今所谓三国衍义者，出于元人罗贯中，壬辰后盛行于我东，妇孺皆口诵说。"这一记载，充分表明了《三国演义》在朝鲜流传的广泛。朝鲜小说《壬辰录》中，出现了关羽显灵帮助朝鲜军队抵抗外来侵略的描写。1703年，出现了最早的朝鲜文译本，后来又出现了多种译本，三国故事成为朝鲜戏剧创作的题材。

此外，《三国演义》在柬埔寨、印度尼西亚等国家也有广泛的流传。

在欧美国家，由于历史文化传统的差异，《三国演义》的流传和影响还没有对亚洲周边国家的影响那么大，但这部凝聚着华夏文化精神和叙事智慧的伟大作品，已受到了西方学术界的关注，并得到了高度评价。

《三国演义》英文译本的出现，是在 20 世纪初以节译开始的。1922 年翟理思将"十常侍专权"和关羽故事译为《宦官挟持皇帝》和《战神》，收入《古文珍选》。20世纪30年代末，翟林奈将《三国演义》中的华佗故事译为《华佗传》，收入贾尔斯编《中国的不朽长廊》，在伦敦出版。1925年，上海出版了邓罗翻译的全译本，在美国，由罗伯茨翻译的《三国演义》节译本《三国：中国的壮丽戏剧》，于1976年在纽约出版。据王丽娜先生在《国外研究〈三国演义〉综述》一文介绍，芝加哥大学的美籍学者俞国藩正在筹备、从事《三国演义》英文全译本的翻译工作，法籍学者李治华夫妇正在从事《三国演义》法文全译本的翻译工作。尽管还没有一部完备周全的《三国演义》译本，小说精湛卓越的艺术成就已得到了高度评价，1980年版的大英百科全书中第十卷"元朝白话小说"条就认为《三国演义》的作者是"第一位知名的艺术大师"，认为《三国演义》是一部"广泛批评社会的小说"，从这种评价中，充分显示出了《三国演义》所具有的艺术魅力。

二、海外对《三国演义》的研究

《三国演义》在海外的传播与流传，不只是引起了不同民族公众的欣赏兴趣，它的思想、艺术成就还引起了许多专家学者的研究热情。

在日本，著名汉学家盐谷温著有《中国小说概论》一书，其中对《三国演义》作了这样的评价："《三国演义》是最适于家庭的读物，明宫中，此书为皇帝必读之书，与《四书》、《五经》、《通鉴》等同，有内府的刻版。从隆中三顾到赤壁之战，很有趣味，文章虽小说体而近雅驯典丽的古文，读来非常痛快而容易，可编入汉文教科书内。中国人没有不读《三国演义》的，无论如何，我劝大家要读读。"关于《三国演义》具体学术课题的研究，有小川环树《三国演义的毛声山评本与李立翁本》、立间祥介的《关于三国演义的七实三虚》等，在周兆新先生主编的《〈三国演义〉丛考》（北京大学出版社出版）一书中，收录了日本学者大塚秀高、金文京等学者的研究论文。

美籍学者的研究，则从西方文学理论的角度，对《三国演义》中的问题作了多方面的探讨，提出了不少具有创建性的观点，其中，有代表性的著述有韩南《早期中国短篇小说》、鲁尔曼《中国通俗小说与戏剧中的传统英雄人物》等，波特的论文《诸葛亮与蜀汉》和克罗尔的论文《曹操的肖像：人与虚构的故事》则对历史人物和小说中的人物形象作了对照分析。美籍学者夏志清，在专著《明代四大奇书》中，对《三国演义》的人物形象塑造、叙事技巧等方面的问题，作了深入分析与评述。

在原苏联学术界，从20世纪50年代开始，很重视对中国古典小说《三国演义》的研究。《三国演义》已有巴拿休克翻译的一百二十回全译本。对

《三国演义》研究用力甚勤、成绩卓著的是中国民俗学家李福清，著有《中国历史演义与民间文学传统——〈三国演义〉的口头与书写变体》和《中国书本史诗的风格问题——书本史诗文献，风格与类型学特点》两部专著和多篇专题论文，对《三国演义》成书过程中史书《三国志》、民间传说、戏剧创作中的三国故事的演变作了梳理，对《三国演义》的艺术风格和叙事特征方面的问题，作了详细分析，并探讨了《三国演义》的创作对后世通俗文学创作的影响。《中国历史演义与民间文学传统》这部专著，已由尹锡康和田大畏译成中文，以《三国演义与民间文学传统》书名，由上海古籍出版社出版。

从上述简略介绍中，可以大致了解《三国演义》在海外流传和研究的概况，我们相信，随着世界各国文化艺术交流的日益密切，《三国演义》这部民族文化瑰宝的影响会越来越大，受到更多不同民族人民的欣赏与喜爱，小说中形象地展示出的人生修养、处世风范以及军事学、人才学、管理学等应用学上的价值，必将随着研究、阐释的深入，在当代世界文化建设的历史进程中，焕发出新的光彩。

敷衍历史　寄寓情怀："演义"简释

　　《三国演义》是一部以三国历史为题材的小说，这早以为世人所熟知，后世也多以历史题材的小说创作称为"演义"，"演义"成了历史小说的统称，那么，"演义"一词是从何时成为小说体式之称的呢？

　　三国故事在魏晋时期就已在民间广泛流传了，不过，当时流传的故事，还是以单独的人物故事为主，到了元代至治年间刊行的《三国志平话》，将民间流传的三国故事和前代戏剧创作中的三国故事串接起来，形成了《三国演义》的雏形，它本身带有明显的说话艺术底本的痕迹，在艺术表现技巧和人物形象的塑造上，还很是粗糙，不过，它标志着三国故事由民间讲说技艺向小说家文学创作的本质性转化，今天所见到的《三国演义》的最早刊本，是明代嘉靖年间刊行的《三国志通俗演义》，这是最早以"演义"之名指称以历史为题材的小说创作作品。

　　在《三国演义》成书的过程中，《三国志平话》无疑起了至关重要的桥梁作用，由"平话"改称"演义"，实际上，体现着作者对小说创作艺术规律的深入理解和自觉实践的艺术追求，这一点，从小说具体体现出来的对历史素材以审美视镜所作的筛选和重新组构即可明了。

　　"演义"一词最早出自《后汉书周党传》，："文不能演义，武不能死君。"《文选》卷十潘安仁《西征赋》："晋演义以献说。""演义"一词指推演、详述道理之义。宋元时期，随着商业经济的繁荣，市民阶层的壮大，讲唱技艺得到了迅速发展，四科当中，"讲史"为其中一科，以讲述历史故事为题材和故事来源，当时亦普遍称之为"演史"，到了罗贯中在前人创作基础上构筑三国历史的形象画卷时，将自己的创作定名为《三国志通俗演义》，据后世著录，罗贯中本人还创作有《残唐五代史演义》。

　　在《三国志通俗演义》的影响下，明代中后期，出现了历史演义小说创作的热潮，产生了《西汉通俗演义》《东汉通俗演义》等历史演义小说，还有不少以"志传"为名的历史演义小说，从明中后期至近代，演义小说层出不穷，代有新作，从盘古开天辟地，一直写到当代，这说明，历史演义小说的创作，有着深厚的历史积淀，既形成了历史小说创作的民族传统，又滋育了民族欣赏习惯。

对于演义小说的特征，明代蒋大器在《三国志通俗演义序》中说出了他对"演义"的理解："若东原罗贯中。以平阳陈寿传，考诸国史，自汉灵帝中平元年，终于晋太康元年之事，留心损益，目之曰《三国志通俗演义》，文不甚深，言不甚俗，事纪其实，亦庶几乎史。盖欲读诵者，人人得而知之，若诗所谓里巷歌谣之义也。"这实际上是把《三国演义》当成通俗历史来看的，并强调了其中的教化作用，虽然与从小说创作的艺术特质上去理解，还有相当的距离，毕竟没有直接把它视为历史学著述，而且注意到了"留心损益"的特点，即《三国演义》的创作既尊重历史事实，又在史实的基础上有所选择与润色，不是照搬历史素材，同时，高度肯定了小说面向大众的通俗性特征，就这两个方面而言，序言作者把握到的已不再完全是史书的写作模式，开始偏向于其艺术化的叙述特征了。杨尔曾《东西两晋演义序》中说："一代肇兴，必有一代之史，而有信史，有野史，好事者蒐取而演之，以通俗谕人，名曰演义。盖自罗贯中《水浒传》、《三国传》始也。"他所说的"演义"，在其艺术特征上，则又略进了一层，演义是综合了信史和野史两方面的内容，毫无疑问，野史中传说成分和故事成分会占有更大比重，与史实的距离也相对更远一些，其生动活泼的部分，也会为进一步加工创作，提供有益的借鉴。

明代高儒《百川书志·卷六·史部野史》中著录《三国志通俗演义》二百四卷，介绍评述说："晋平阳侯陈寿史传　明罗本贯中编次。据正史，采小说，证文辞，通好尚，非俗非虚，易观易入，非史氏苍古之文，去瞽传诙谐之气，陈叙百年，该括万事。"从题材内容和语言特征上概括了"演义"的特点。

清代刘廷玑《在园杂志·卷二》说："演义者，本有其事，而添设敷演，非无生有者也。蜀、吴、魏三分鼎足，依年次序，虽不能体《春秋》正统之义，亦不肯效陈寿之徇私偏侧，中间叙述曲折，不乖正史，但桃园结义，战阵回合，不脱稗官窠臼。"这一看法，体现出对演义特征的认识，演义与历史事件有着不可分割的联系，需要在历史框架的前提下进行创作，即"本有其事"，并要"添设敷演"，已经涉及了历史真实与艺术真实的问题，其中虽不免有儒家正统偏见，但其理解是有道理的。

从上述介绍中可以了解到，对"演义"内涵的理解大致相似，其具体内涵则有所变化，从把"演义"视为通俗历史，到更加重视其润色虚构的作用，肯定了演义是在历史记述基础上，通过搜集野史、传闻、故事的再加工。

由于演义中包含了故事性、虚构性的成分，在历史上，"演义"一词也偶尔用为小说的统称，明代胡应麟《少室山房笔丛》中说："今世传街谈巷语，有所谓演义者，盖尤在传奇演义下。"《古今小说》天许斋题辞说："小说如《三国志》、《水浒传》，称巨观矣。其有一人一事，足资谈笑者，犹杂剧之于传奇，不可偏废也。本斋购得古今名人演义一百二十种，先以三之一为初刻云。"《古今小说》为明代流行的话本小说集，多以世俗故事为题材，这里的说法，实际上已经将"演义"和"小说"基本等同了，即"演义"可用于指称广义的小说。

一般来说，"演义"这一概念，后世多用于指称以历史为题材的通俗小说，以《三国演义》创制的章回体为主要体式。明代刊行的《三国志通俗演义》以单句标目，已基本奠定了章回体的体式，经过清代毛纶、毛宗岗父子的加工润色，演义小说以对仗句式标目的形式得到了完善，为后世演义小说创作所沿用。

自明中期以后，演义小说作品很多，据记载，有一二百种之多，但在艺术成就上，并没有达到《三国演义》的水平，这也是《三国演义》流传最广泛、拥有读者最多的原因，关于《三国演义》的优长，清代徐时栋在《烟屿楼笔记·卷四》中说："史事演义，惟罗贯中之《三国志》最佳。其人博极典籍，非特借陈志裴注，敷衍成书而已；往往正史及注，并无此语，而杂史小说乃遇见之，知其书中无来历者希矣。至其序次前后，变化生色，亦复高出稗官，盛传至今，非幸也。乃至周、秦、列国、东西两汉、六朝、五代、李唐、赵宋，无不有演义，则无不可覆瓿者，大约列国两汉，不过抄袭史事，代为讲说，而其人不通文法，平铺直叙，惊人之事，反弃去之。隋、唐、汉、周、宋初诸书，则其人并不曾一见正史，直是信口随意，捏造妄说，有全无情理，一语不可究诘者。"话说得重了点儿，却是符合事实的，可供借鉴。其他演义小说创作没有达到《三国演义》的成就，原因很多，不是某种单一因素造成的，其中一点是显而易见的，即这些小说，大多数没有处理好历史真实和艺术真实的关系，或是过于拘泥史实，生动性不足，或是离开历史框架太远，凭空臆造，后者实际上已是英雄传奇之属了。

从上述介绍中可以了解到，"演义"这一概念基本上是指取材于史传、以章回体为形式特征的小说创作，其基本特征大致可概括为以下两方面，一是正确处理历史真实与艺术真实的关系，在整体框架上，须与历史真实基本一致，重大历史事件的描绘，应有史实记述提供的脉络或依据，二是在叙述方式上，历史记述侧重在事件，而小说创作的决定性因素在于鲜明生动、个性突出的人物形象塑造，小说叙述的焦点不是人物曾做过什么事，而要具体细致地叙述其过程，展示出人物的思想性情和情感动机等主观方面的个体性因素，当然，这一过程是渗透和交织着创作者的审美情感与价值尺度的。

意蕴评析

宋代儿童的眼泪：尊刘贬曹倾向
的历史形成及评价

　　读过小说《三国演义》的读者会有同样感触与领会，那就是小说是以刘备集团作为描绘重点的，尤为明确的是，小说表现了强烈的尊刘贬曹的思想倾向，这种特点与倾向，既体现在小说人物形象的塑造上，也体现在小说的情节结构上，使这一思想倾向表现得充分鲜明，具有强烈的情感导向作用，这种倾向，不只是体现了小说整体思想意蕴的主要方面，在小说流传的过程中，在社会生活中也产生了广泛深远的影响。

　　小说中尊刘贬曹思想倾向的形成，并非是《三国演义》作者个人情感渗透的结果，这种倾向，在《三国演义》成书之前的三国故事的流传中，这种倾向就已鲜明地体现出来，并在社会上产生了深刻的影响，在宋代大文豪苏轼的笔记《东坡志林》中，有这样一段记载：

　　　　王彭尝云："涂巷中小儿薄劣，其家所厌苦，辄与钱，令聚坐听说古话。至说三国事，闻刘玄德败，频蹙眉，有出涕者；闻曹操败，即喜唱快，以是知君子、小人之泽，百世不斩。彭，恺之子，辜式吏，颇知文章，余尝为作哀辞，字大年。"（《卷一　怀古涂巷小儿听说三国话》）

张耒《明道杂志》记载：

　　　　京师有富家子，甚好看弄影戏。每弄至斩关羽，辄为之泣下，嘱弄者缓之。

　　从这两段记载中，可以知道，尊刘贬曹这一思想倾向在宋代就已深入民间，为广大民众所接受，而且其情感导向作用，已经深深地植根于儿童的心灵世界之中了，他们为刘备集团吃败仗而心中不悦，甚至眼泪夺眶而出，对曹操集团的失败，则欢欣雀跃。从苏轼记载的友人王彭的这段话来看，三国故事在北宋时是广为流传的，尊刘贬曹的倾向已为民众所接受，从这一记载中，也可想象出故事本身就已体现出了鲜明的情感导向。

这种倾向的形成，与当时特定的时代背景下的社会心理有直接的关系，可以说，其形成是历史的产物。事实上，尊刘贬曹倾向的形成，是从宋元时期开始的，而且在历史上，是以魏为正统，还是以蜀汉为正统，一直有争议。在陈寿的《三国志》中，尊曹魏为正统，曹魏帝王的传记以"纪"来写，蜀汉帝王的传记则以传来写，显然低了一格，在记述的过程中，《魏书》中写到刘备时，直称刘备其名，而在《蜀书》提及曹魏帝王时，则尊称为"曹公""魏文帝""魏明帝"等。这种以曹魏为正统的修史原则，与当时的历史条件直接相关，因为西晋政权是承袭曹魏政权而来，作者在修史中要为西晋正名分，他就必然要以曹魏为正统。在西晋覆亡后，在江左建立起来的东晋王朝，偏安一方，许多有志之士怀有强烈的故国之思，其地理形势、对峙局面、社会心理和三国时期蜀汉所处的形势有着相似性，这时的史学家，就开始尊蜀汉为正统，借以表达恢复中原的心愿，习凿齿作《汉晋春秋》，就是如此。到了南北朝时期，裴松之为《三国志》作注，虽是延续了陈寿《三国志》的体例，但在引用书目中，明显地加强了不利于曹魏政权正统地位的轶事、传说，这些轶事、传说大多见于私家著述，如所引《曹瞒传》中就有些内容是揭露曹操放荡轻狂、奸诈暴虐本性的，在《魏书武帝纪》载曹操死后"葬高陵"引用了《曹瞒传》中的如下记载：

> 太祖为人佻易无威重，好音乐，倡优在侧，常以日达夕。被服轻绡，身自佩小鞶囊，以盛手巾细物，时或冠恰帽以见宾客。每与人谈论，戏弄言诵，尽无所隐，及欢悦大笑，至以头没杯案中，肴膳皆沾污巾帻，其轻易如此。然持法峻刻，诸将有计画胜出己者，随以法诛之，及故人旧怨，亦皆无余。其所刑杀，辄对之垂涕嗟痛之，终无所活。初，袁忠为沛相，尝欲以法治太祖，沛国桓邵亦轻之，及在兖州，陈留边让言议颇侵太祖，太祖杀让，族其家，忠、邵惧俱避难交州，太祖遣使就太守士燮尽族之。桓邵得出首，拜谢于庭中，太祖谓曰："跪可解死邪！"遂杀之。尝出军，行经麦中，令"士卒无败麦，犯者死"。骑士皆下马，持麦以相付，于是太祖马腾入麦中，敕主簿议罪；主簿对以《春秋》之义，罚不加于尊"。太祖曰："制法而自犯之，何以帅下？然孤为军帅，不可自杀，请自刑。"因援剑割发以置地。又有幸姬常从昼寝，枕之卧，告之曰：

"须臾觉我。"姬见太祖卧安，未即寤，及自觉，棒杀之。常讨贼，廪谷不足，私谓主者曰："如何？"主者曰："可以小斛以足之。"太祖曰"善。"后军中言太祖欺众，太祖谓主者曰："特当借君死以厌众，不然事不解。"乃斩之，取首题徇曰："行小斛，盗官谷，斩之军门。"其酷虐变诈，皆此类也。

从注文中引用的这段文字可以看出，注者增补的形象化资料对于了解人物的整体面貌起到了重要的参考作用，注文中记述的事件，多数成了后世小说创作的素材来源。尽管注者沿用了《三国志》的修史原则和体例，但注文内容则对拥刘贬曹倾向的形成，有着不可低估的影响作用。裴松之增添这一类注文，同样有着时代因素，裴松之生活在南朝，其与北朝对峙的历史局面，与三国时代的曹魏和蜀汉、东吴对峙有着相似性，自然会把时代特征的因素带入对前代历史著述的注释过程中。

到唐代，因历史形势的变化，对三国时期的历史评价也相应地发生了变化。李唐王朝是从西北进入中原而立国，因而尊立国于中原的曹魏为正统，唐太宗李世民曾写过《祭魏太祖文》，体现出对曹操的敬仰之情。在唐代流行的观念中，是把曹操视为英雄的，杜甫写有《丹青引赠曹将军霸》一诗，称赞曹霸的绘画才能，开头两句，先是介绍了曹霸的身世门风："将军魏武之子孙，于今为庶为青门。英雄割据今已矣，文采风流今尚存。"杜甫将曹霸的绘画才能与曹操的流风余韵联系在一起，可见，在当时人的心目中，是将曹操视为英雄的。

对曹魏评价的变化，当是开始于宋代中后期，而且官方的正统观和民间对三国人物的评价是大相径庭的，这从上文所引《东坡志林》中的记载即可明了。北宋文学家欧阳修曾写过《魏论》力主以曹魏为正统，史学家司马光主持纂修《资治通鉴》，也是以曹魏为正统，他们的主张，代表了北宋王朝的态度。而到了南宋以后，由于历史形势的变化，使得当时的正统观又发生了变化。理学家朱熹在《通鉴纲目》中，则强调血统论，以蜀汉政权作为刘姓汉王朝的合法继承人，以对历史的解释为偏安江南的南宋小朝廷寻找正统依据。到了元代，蒙古族以少数民族入主中原，使深受阶级压迫、民族压迫的汉族人民产生以赞颂蜀汉集团及其代表人物以寄寓民族意识的倾向，这种状况，在元杂剧创作和产生于元代的《三国志平话》中，都表现得很鲜明，关汉卿曾创作有《关大王单刀会》杂剧，剧中关羽极力强调"汉家基业"，实际上是以对关羽的赞美寄托民族心理。

从上述介绍中，可以看出，后世对三国历史行程中谁为正统的观念，并非是一成不变的，究其实质，都是特定历史时代的产物。历史上出现过那么多封建王朝，每一个王朝的创业者都会为自己的立国编排修饰出自己本是应天而立、当为正统的依据来。就统治阶级来说，对历史的态度，也往往取决于对现实的封建王朝的舆论作用，产生于民间的尊刘贬曹观念，虽和统治阶级的正统观念不无关系，但主要方面，并非是出于血统观念上的正统观，而主要是从道德天平上所做的评判。

在《三国演义》这部小说中表现出的尊刘贬曹倾向，实质上是对民间评判标准的继承、发展和进一步强化，作者并没有以单一的尺度作为评判标准，而是在尊重历史事实的基础上，根据小说以形象塑造反映生活的特点，从不同的角度和方面对历史现象和所塑造的人物形象做出审美化判断，充分展示出社会生活的复杂性，在这一点上，显示出作者严谨的创作态度。

小说创作与史学著述不同，其特征在于通过艺术形象的塑造，开掘和概括出社会生活的某些本质性特征，人物形象与历史人物既有联系，又有区别，不是对历史材料的复述，它需要在历史真实的基础上，进一步把握历史进程中具有规律性的现象。小说作者没有被不同历史时期中尊蜀汉还是尊曹魏为正统的争论所牢笼，他在民间社会心理的基础上，采取了双重评判标准。从历史作为的方面来看，小说对曹操统一北方是持肯定态度的，对他能够广揽人才、知人善任是称颂的，刻画出了他乱世英雄的胸襟与气度，对于东吴政权中招揽人才、稳定江南基业，同样是以肯定态度描写的，而在具体的人物形象塑造的过程中，以道德的评判标准来衡定人物的品质时，作者的倾向显然偏向于刘备集团，这并不是因为刘备是"中山靖王之后"的皇家血统，而是刘备躬行仁义、深得民心的立身立国原则。

从小说的整体艺术构思中可以看出，作者对三国历史素材和历史人物人生旅程的描绘，其笔墨集中于蜀汉集团这一点，非常明确，对于有蜀汉集团中人物的活动或是他们参与的行动，则浓墨重彩予以描绘，对魏、吴集团的行动或是他们之间的矛盾纠葛，则尽可能简略，这种题材处理特征本身，已体现出尊刘贬曹的倾向。在具体的人物塑造中，作者有意识地将刘备和曹操的行事准则对照来写，以使二者的道德品行高下自见。

小说通过人物形象的口，反复强调："天下者，非一人之天下，乃天下人之天下，惟有德者居之。"这实际上是作者所持的伦理观，也是他评判人物的价值尺度。刘备和曹操都是在纷争动荡的时代中崛起的乱世豪杰，相对来说，刘备的行事立身以仁义为准则，曹操则更多的是以诡谲奸诈谋求自己的权势与利益，在刘备这一人物形象的塑造上，体现着作者的仁君理想。在小说中，作者处处将刘备和曹操对照来写，如曹操以欺诈手段骗徐庶到许昌，而刘备则是挥泪相送，对待手下谋士，刘备是以诚相待，曹操则是权术笼络。对待百姓，刘备是宽厚仁爱，曹操为了自己的目的和欲望，不惜枉杀无辜。小说中刘备在自身难保中携民渡江，而曹操则为了报父仇下令但得城池，将城中百姓尽行屠戮，"操大军所到之处，杀戮人民，发掘坟墓"，其暴虐行径，已达到了令人发指的地步。小说中不仅是在结撰构思、形象塑造中具体体现尊刘贬操的倾向，还通过刘备之口，明确地将刘备的道德准则和曹操予以鲜明的对照，在庞统建议刘备取西川时，刘备对庞统说："今与吾水火相敌者，曹操也。操以急，吾以宽；操以暴，吾以仁；操以谲，吾以忠；每与操反，事乃可成。"从这里也可见出小说的倾向所在。

从历史记载来看，刘备也确实在道德水准上，比曹操要好得多，《三国志·蜀书·先主传》引王沈《魏书》记载："刘平结客刺备，备不知而待客甚厚，客以状语之而去。是时人民饥馑，屯聚钞暴。备外御寇难，内丰财施，士之下者，必与同席而坐，同竹而食，无所简择。众多归焉。"从这里可以看出，历史上的刘备和曹操确是有区别的，相对来说，刘备宽仁长厚的一面，符合百姓心目中仁君的理想，而曹操的所作所为，尽管有其现实功利的合理性，毕竟是违背人的道德准则，因而在后世人物故事的流传过程中，人们自然从道德的尺度和天平上，将刘备和曹操作为对立的艺术形象来刻画了。

从社会历史状况的变迁来看，宋代以后，随着经济的发展，市民阶层兴起，他们以某种技艺谋生，聚集在城镇中，离开了土地的束缚，他们的道德尺度与正统观念产生了差异，他们在扩大了交往范围之后，渴望在新的环境中建立新型的人际关系，刘备集团内部和谐融洽的关系，重然诺、重恩义的行事立国准则，就成了市民阶层寄托理想的对象，实际上，小说中所描绘的刘、关、张三结义之后名为君臣、情同手足的亲密关系，毫无疑问，是寄托了民众理想的君臣关系，并非是历史上真实的君臣关系，他们将非血缘的人际关系通过一种结义的仪式固定下来，罩上了一层血缘关系的色彩，而且在其一生中都矢志不移，这是在市民阶层的社会心理的基础上刻画出来的，更是符合于市民阶层的理想和愿望的。

在小说的描绘中，确实表现出了一定的正统观念，刘备时时不忘自己汉室宗亲的高贵血统，这一点，也确实产生了感召力，尽管他出身寒门，以织席贩履为生。但小说中尊刘贬曹的倾向主要方面不在这一点上，而是在于刘备和他集团中的人物所奉行的道德准则，包含了民众所崇尚的道德理想，并在故事流传和小说创作中得到了强化的结果。这一点，从小说对其他汉室宗亲的描绘中，即可明了，小说中那位被曹操挟持的汉献帝，应是正统自不必说，小说中写到的刘表、刘璋也比刘备正统得多，但他们在小说中既不可敬，更无可爱之处，刘备之子刘禅，也当属正统之列，但小说对他荒淫昏聩，是持谴责态度的。

综上所述，小说中的尊刘贬曹倾向，是在历史发展的过程中形成的，且随着历史条件的变化而变化，《三国演义》小说中的尊刘贬曹倾向，主要是在下层民众的道德尺度和价值评判标准上产生的，其中有封建性的正统观念，但其内涵中，则是体现着市民阶层的理想与愿望，不宜做简单化的否定评价。

寻章摘句小儒与经纶济世之士：作者理想的人才模式

　　三国时代，是一个涌现出许多豪杰人物的动荡时代，既造就了许多英雄豪杰富有传奇色彩的人生历程与命运拼争，更为许多胸怀韬略的有志之士为了自我价值实现的人生追求，提供了许许多多的偶然性机遇，一时间，纷纷扰扰，群雄并起，英才代出，对这一时代特征，清代的毛纶、毛宗岗父子在《读三国志法》中做了这样的概括："古史甚多，而人独贪看《三国志》者，以古今人才之众，未有盛于三国者也。"这既是三国这一特定历史时期的时代特征，也是历史资料着力记述的主要方面，而对于以塑造人物形象为宗旨的小说创作来说，通过各种艺术手段，形象生动地展示这一历史时期奔走浮沉、谋略相抗的各具性情的人才风貌，自然成了小说艺术表现的核心内容之一。

　　小说在史料记述的基础上，刻画出了形形色色的才智之士的形象，作者对各个集团首领尊崇与延揽人才，是以歌颂的态度描绘的，在小说中，凡是成就了一番事业的集团首领，在其身旁四周，都聚集了一批识见出众、韬略超群的智谋之士，对于集团首领来说，能否延揽人才，能否知人善任，是其功业成败的关键。从历史上看，某一政治军事集团在与其他集团纷争抗衡中能否取得成功，或是开创基业，或是固守前人所创基业，其原因自然是多方面的，但能否招揽和任用天下贤士，则是决定性的因素之一。在小说的艺术描绘中，在群雄角逐中最后得以发展壮大并形成三国鼎立的局面，与刘备、曹操、孙权这三位集团首领善识人才和善用人才有直接关系。刘备礼贤下士，亲到隆中三请诸葛亮出山辅佐，已成为千古佳话，自不必说。在曹操的身旁，更是聚集了一大批智谋之士和文人学士，应该说，人才之盛，当数曹魏集团，谋士如郭嘉、荀攸、荀彧、贾诩、许攸，文人如杨修等。东吴孙权的身旁，同样聚集了一批智谋之士，如周瑜、鲁肃、陆逊等，其中有些人还是文武兼备，这些人才智谋才智的充分发挥，是其各自集团在乱世中壮大强盛的智慧资源和支撑力量。

　　在小说所展开的艺术世界中，刻画出了各具性情的人才，描绘出了形形色色的谋略，作者对智谋的崇尚和对人才的颂赞，必然是以作者对智慧的理解和他对人才的认识与评判尺度为其前提和依据的。事实上，作者不仅通过艺术形象的塑造，以审美的方式展示出了作者的人才观，还通过小说中人物的口，直接说明了自己理想中的人才模式，这种具体的艺术描绘和作者借人物之口所做的"声明"，充分体现了作者对人才的尊崇，并在其中交织和渗透了作者的人生渴望和价值追求。

小说第三十五回"玄德南漳逢隐贤　单福新野遇英主"中写，蔡瑁设下"鸿门宴"，意欲加害刘备，刘备经伊籍通风报信，离开宴席，乘的卢马，单人独骑，从城西门只身逃走，的卢马跳过檀溪，摆脱蔡瑁的追兵之后，遇到了隐士司马徽的书童，经书童带路，刘备来到水镜庄上，与道号水镜先生的隐士司马徽相见。司马徽在小说中是一个有些神异色彩的隐士，他隐居林下，却深明天下时局和历史走向，在小说中，实际上充当着作者代言人的作用。刘备与司马徽相见之后，二人有一番对话，这段话，鲜明地体现了作者理想中的人才模式：

> 水镜问曰："明公何来？"玄德曰："偶尔经由此地，因小童相指，得拜尊颜，不胜欣幸！"水镜笑曰："公不必隐讳。公今必逃难至此。"玄德遂以襄阳一事告之。水镜曰："吾观公气色，已知之矣。"因问玄德曰："吾久闻明公大名，何故至今仍落魄不偶耶？"玄德曰："命途多蹇，所以至此。"水镜曰："不然。盖因将军左右不得其人耳。"玄德曰："备虽不才，文有孙乾、糜竺、简雍之辈，武有关、张、赵云之流，竭忠辅相，颇赖其力。"水境曰："关、张、赵云，皆万人之敌，惜无善用之人。若孙乾、糜竺辈，乃白面书生耳，非经纶济世之才也。"

在这段对话中，实际上是作者借小说中人物之口所表现出来的人才观，在这位隐居高士看来，刘备本是一个能够成就帝王霸业的乱世豪杰，他自知"举大事必以人为本"，从他和关羽、张飞二人桃园结拜后，奔波转战十几年，却还没有自己的立足之地，一败再败，刘备以为追随自己的武将勇不可当，文人儒士又能尽心辅佐，已是颇有点"人才济济"了。可是，从司马徽对刘备手下众人的评判中，可以看出，作者理想中的人才模式，是能够审时度势、学以致用的人，在他看来，重要的并不是饱读典籍、熟知名物，他强调的是在读书求知的过程中滋育和开发出自身的智慧潜能，并能够具体灵活地应用到现实的社会生活之中，确实成为人生追求、建功立业的支撑点。在崇尚智慧的同时，作者并没有否定具有不同才能人士的作用，这种见识，应当说，是了不起的。水境说，关、张、赵云之流，都是勇武超群的武将，可惜的是，刘备还没有找到能够使他们充分发挥其力量与作用的智谋之士，其中，传达着作者对人才各自的作用和如何使用人才的重视，即人才应根据其特点和能力用其所长，使其能够在适合自身特点的位置上，尽展其才。在水境先生这段简短的评述中，实际上，也包含了人才层次的含义，对于关、张、赵云等，如果只是靠其自身的冲杀征战能力，或许一时间会在两军对垒中取胜，但仅凭其勇武，却不可能成就一番大事业。对于那些只知熟读经典的迂腐书生，在这位高士的眼中，则是成就不了大事的"白面书生"，远远没有"经纶济世"的才干，这自然是这位隐居高士对刘备到此时为止还没有能够建立立足之地原因的分析和评论。

在小说所展开的艺术世界中，刘备与司马徽这段对话，在情节进程中，是为小说最卓越的智谋人物诸葛亮的出场所做的渲染和铺垫，使诸葛亮的形象在还没有现出其"庐山真面目"之前，就已产生了先声夺人之势，其出场亮相则更是气韵超群，不同凡响，这就增强了小说引人入胜的艺术魅力。从小说通过艺术形象的塑造传达思想意蕴的角度来看，刘备和司马徽之间的这段对话，则是着力突出了小说人才观，为小说情节运行的趋势与走向，做了概括性的预示与说明。

在情节发展的过程中，善识人才、延揽人才、善用人才，构成了小说精心描绘艺术情节的主要组成部分，从这个意义上讲，小说前面的情节同样具有某种铺垫的意味，曹操平定北方的过程，实际上，是和他善识人才、善用人才的统帅才能紧密相关的。在官渡之战中，曹操之所以能够以少胜多，击败袁绍，其重要原因就在于曹操能够在正确分析和把握双方军事状况的前提下，当机立断，采用了刚刚从袁绍处投奔自己的故交许攸的建议，以火烧袁绍军粮的战略，为自己一方的获胜，找到了克敌制胜的突破口。从小说的情节进程来看，曹操消灭袁绍、统一北方之后，为了统一天下，必然要在时机成熟之时进兵江南，而刘备此时尚无立足之地，正是在这种情势下，诸葛亮出场，在为刘备定下东结孙权、北拒曹操的长远立国方略之后，立即以自己的谋略和军事指挥才能，在阻击曹操军队的伏击战中，显示出了谋略的作用与价值。诸葛亮的谋略，赢得了关羽、张飞的信任。紧接着，便是决定三国鼎立局面的赤壁之战，在这次战役中，诸葛亮的形象塑造更是神采倍增，他以自己卓越的智慧，周旋于东吴的君主、将帅和谋臣之间，在接踵而至的险境中，既保全了自己的安全，更维护了孙刘两家的联盟，使赤壁之战取得了胜利，从此使刘备摆脱了一再奔走败退、寄人篱下的处境。

赤壁之战是决定曹、孙、刘三家基业前程的决定性战役，每一方都调集了各色谋士参与到了这次战役的过程之中，使这次大战，确确实实地成了三国人才各显身手的"群英会"。值得注意的是,这次战役的斗智决策过程,实际上,就是作者人才观的形象展示。

在赤壁之战中,最为著名的情节片段都是具有实际效益的智慧和才能的实施过程的形象化描绘,其中,正确地分析军事形势、准确地判断和把握对方的心理、恰当合理地运用天文地理知识成为小说着力表现的方面。小说通过诸葛亮舌战群儒的议论、一连串的用计和对用计依据的说明,充分体现出了小说尊崇能力型、应用型人才的倾向。在舌战群儒的情节片段中,当东吴谋士严峻问诸葛亮"治何经典时",诸葛亮回答说:"寻章摘句,世之腐儒也,何能兴邦立事?且古耕莘伊尹、钓渭子牙,张良陈平之流,邓禹耿弇之辈,皆有匡扶宇宙之才,未审其治何经典。——岂效书生,区区于笔墨之间,数黑论黄,舞文弄墨而已乎?"在这里,诸葛亮的一番议论,否定了那些"世之腐儒"的所作所为,崇尚那些确有兴邦治国才能的贤相谋臣。当程德枢诘问"好为大言,未必真有实学,恐适为儒者所笑"时,诸葛亮回敬说:"儒有君子小人之别。君子之儒,忠君爱国,守正恶邪,务使泽及当时,名留后世。若夫小人之儒,惟务雕虫,专工翰墨;青春作赋,皓首穷经;笔下虽有千言,胸中实无一策。且如扬雄以文章名世,而屈身事莽,不免投严峻而死,此所谓小人之儒也。"进一步从"君子之儒"和"小人之儒"的区别上,强调了具有世功价值的智慧,虽然其中掺杂着当时的时代背景下的忠君正统观念,但其中所表现出来的重视实际能力的价值趋向,则是一致的。小说中写,诸葛亮以自己的智慧,以草船借箭的方法,在三天之内,为周瑜措办了十万支箭,在鲁肃问起他"何以知今日如此大雾"之时,诸葛亮回答说:"为将而不通天文,不识地利,不知奇门,不晓阴阳,不看阵图,不明兵势,是庸才也。"同样强调的是对知识的具体应用能力。在这一情节中,诸葛亮借东风以助周瑜破曹兵当属最能体现诸葛亮超群智慧的情节了,就在周瑜为冬季没有东南风、无从纵火烧曹军时,诸葛亮主动提出高搭祭坛,为周瑜借三日东风。这一情节,具有高度理想化的成分,以着力突出诸葛亮出神入化的卓绝智慧,如果将小说的情节过程联系起来看,是能够从中寻绎出其中的因果关联的。作者在描绘的过程中,注意到了情节发展的逻辑性。小说中交代,诸葛亮之所以在十一月二十甲子日为周瑜借东风,是因为这一天是冬至日,按照季节变化的规律,从这一天开始,长江沿岸的风向可能由西北风转为东南风,而且诸葛亮本人还曾对鲁肃说:"子敬自往军中相助公瑾调兵,倘亮所祈无用,不可有怪。"而且对冬至日可能发生风向变化的天文规律,曹操也有所了解,只是由于他过于骄纵而大意,才使黄盖的苦肉计得以成功。小说中写,谋士程昱见东南风起,提醒曹操当心时,曹操说:"冬至一阳生，来复之时，安得无东南风？"他是从阴阳相互转化的方面说明此时有东南风不足为怪，这也就从另一个方面说明，诸葛亮的借东风，不过是在掌握大自然运行规律的前提下用自神其道的方式来愚弄周瑜，并为自己脱身而去、为刘备集团在战争中获取实际利益创造有利条件而已。

小说中，以诸葛亮形象的塑造表达作者所尊崇的人才模式的情节还有许多，在情节进程中，作者通过诸葛亮的口，多次说到为将之道的前提和基础，其中，重要的方面包括"通天文""识地利""晓阴阳""察阵势"、准确揣摩对方心理等，实质上，诸葛亮所强调的是知识在实践中应用和面对突变时的应对能力，不是单纯的雕章酌句和记诵经典，小说通过丰富具体的情节描绘，形象地表现出了这方面的特征。如小说第九十九回"诸葛亮大破魏兵　司马懿入寇西蜀"中，写司马懿率大军四十万，诈称八十万，杀奔汉中而来，小说中写诸葛亮以自己对时令气候的观察为依据，令张嶷、王平二人引一千军马去守陈仓，二人不敢前往，待诸葛亮解释了其中原委之后，二人才欣然而去，这段情节有声有色，活泼生动：

> （诸葛亮）遂唤张嶷、王平吩咐曰："汝二人先引一千兵去守陈仓古道，以当魏兵，吾却提大兵便来接应。"二人告曰："人报魏军四十万，诈称八十万，声势甚大，如何只与一千兵去守隘口？倘魏兵大至，何以拒之？"孔明曰："吾欲多与，恐士卒辛苦耳。"嶷与平面面相觑，皆不敢去。孔明曰："若有疏失，非汝等之罪。不必多言，可疾去。"二人又哀告曰："丞相欲杀某二人，就此请杀，只不敢去。"孔明笑曰："何其愚也！吾令汝等去，自有主见：吾昨夜仰观天文，见毕星躔于太阴之分，此月内必有大雨淋漓；魏兵虽有四十万，安敢深入山险之地？因此不用多军，决不受害。吾将大军借在汉中安居一月，待魏兵退，那时以大兵掩之：以逸待劳，吾十万之众可胜魏兵四十万也。"二人听毕，方大喜，拜辞而去。

这段对话描绘具有戏剧性效果，以张嶷、王平二人的不知所措，衬出了诸葛亮对于天文地理知识的应用能力。正是在对各种知识规律的综合应用中，显示出了诸葛亮的超群绝伦的智慧。对于这一点，毛纶、毛宗岗父子在这一回的回评中说："为将者不可不知天时。知天时而后能战，亦惟知天时而后能不战。赤壁之风，南徐之雾，破铁车之雪，所以助战者也。蜀道陈仓之雨，所以阻战者也。知其战而有战之备，知其不战而有不战之备。乃孔明知之而御之，司马懿亦知之而不早避之，则司马懿终逊孔明一筹。"这段议论，自然包含了推崇诸葛亮的倾向，但其中所表现出来的对实际才能的重视，则是从中把握到了小说人物形象塑造的深层底蕴的。

小说通过诸葛亮及其他智谋人物的形象塑造，不仅体现了推崇知识应用能力和智谋方略的倾向，还刻画出了人才合理应用、充分发挥其潜能对于成败的关键性作用。小说着力把诸葛亮塑造成谋士和军事统帅集于一身的特征，能够说明这一点。在诸葛亮用智时，他会充分考虑到人物各自的才能和性情，以使他们承担不同的职责，确保计谋实施过程的顺利无误。小说多次写到诸葛亮和赵云之间的密切协作，这是因为诸葛亮深知赵云心细谨慎的缘故。刘备到东吴招亲，诸葛亮以自己的计谋使周瑜的美人计落了个"赔了夫人又折兵"的结局，但诸葛亮深知他所定下的计谋"非子龙不可行也"，果然赵云不负诸葛亮重托，以自己的威武勇猛而又细心沉稳的性格使刘备协同孙夫人安然返回，类似职责倘用张飞相随，恐怕是难当其任的。

在小说中，对诸葛亮审时度势、预见事态的描绘还有许多，从这一不朽的艺术形象的塑造过程中，可以见出作者重视真才实学、赞美实际能力的人才衡量尺度与准则，这一点，从小说对其他儒生形象刻画的对比中，可以理解得更全面。

在小说中，作者对只知道搬弄经典，在面临重大抉择时却实无良策的迂腐书生，是持否定态度的，这一点，从诸葛亮赤壁之战前舌战东吴"才俊"中雄辩滔滔的议论中，即可明确这一点。小说对有文才却不注重实际世功而好卖弄小聪明的儒士同样是持否定态度的，如小说中的蒋干，不明当时客观情势，也不明对方心理，自以为有"三寸不烂之舌"，自告奋勇去游说周瑜，结果被周瑜将计就计，为曹操水军的覆灭招来了祸患。再如曹操手下的谋士杨修，他善于揣摩曹操的心理活动，但他却没有把自己的能力投放到为曹操的军事行动出谋划策上，而是以自己的才能显示与众不同的小聪明，结果落了个自取其祸的结局，作者对这些文士没有表现出同情，是因为他们自身的聪明只是用在了不切世功甚至可能招致严重后果的地方，如杨修对曹操军中口令"鸡肋"心理含义的猜测。

小说中通过各具性情的人物形象的塑造所体现出来的重视知识的综合应用能力，在熟知各种应用学科知识的基础上开发智慧潜能的人才观，体现着作者对能力型、应用型人才模式的尊崇，这种人才模式，在今天，仍有着启发思考，更新教育理念的积极作用。

小说作者在小说世界中所塑造出来的体现着理想与追求的人才模式，是作者在当时的时代条件下，继承了古代文化中重世功、重实践的优秀传统积淀而产生的。作者生逢元末明初的动荡乱世，他本人又曾是有理想、有抱负的人，在现实的人生追求受到挫折之后，通过艺术形象的塑造来传达对优秀文化传统的追寻，对人生理想的憧憬，就成了他作为一个小说家的人生使命。

用审美的方式重塑历史：内蕴的深邃与丰厚

　　小说创作与历史记述不同，它要求以鲜明生动的艺术形象的塑造，概括和反映社会生活的本质特征，在对事件过程的生动描绘中，刻画人物形象，传达内在意蕴。小说所关注的焦点不是历史上所发生的事件的结果，而是事件像生活本身一样的流淌奔涌的过程，其本质性特征，在于小说可以按照生活的逻辑进行合理的艺术想象与虚构，对于历史小说来说，则是不拘泥于历史资料的记载，从史料记述的框架中进行艺术的再创造，使小说更具有艺术概括性，能够在更为广泛和更为深刻的层次上开掘出社会生活的本质特征，给读者以人生智慧的启迪和审美情感的陶冶。

　　小说所展示出来的，是一个经由作者审美理想的寄托和审美情感的浸润而构筑起来的独立自主的审美世界，这一世界，既与客观真实的社会生活紧密相关，又具有其自身的特征。在这一世界中，人物形象在作者所给定的具体环境中，以其自身的言语行动呈现出独特的个性，在如同生活本身一般生动活泼的艺术情境的发展与流动中，形象地展现出特定时代的生活状况和时代风貌，在具体情境流动延伸的过程中，作者的情感态度、社会理想、价值尺度寄寓在人物形象塑造的过程中，由人物形象所包孕的丰富深厚的内涵具体地呈现出来。人物形象的塑造是否成功，在于作者通过人物形象的塑造所寄托的社会理想是否符合人民大众的愿望和符合历史发展的前景，在形象的内涵中，是否开掘和概括出了社会生活的某些本质方面，在形象的特征上，则在于是否刻画出了人物形象鲜明独特的个性。

　　《三国演义》这部历史演义小说，取材于从东汉末年到西晋初年的历史行程，反映了近一百年的历史风云的形象画卷，小说中所描绘的内容，在整体上符合于历史记载的面貌，但许多具体生动的艺术情境，则是在生活的基础上通过充分发挥艺术想象力描绘出来的，清代史学家章学诚在《丙辰杂记》中批评《三国演义》"七实三虚"，结果"以至读者多所惑乱"，这一批评，恰恰是说明了《三国演义》作为小说的特征所在，实际上，小说中的虚构成分还超出了"七实"的程度，小说中精彩生动、引人入胜的情节大多是小说在民间和前代艺人创作的基础上以艺术再加工完成的。正是《三国演义》这一特征，才使得它拥有广泛的读者，不仅是在艺术创作领域，而且对社会生活，也产生了深远影响。

小说创作的这一主观情愫和客观真实性交织融和建构全新的审美世界的特征，使小说的底蕴呈现出丰富复杂、深邃厚重的特点，对于反映将近一个世纪社会历史风云变幻的长篇小说来说尤其如此。从小说创作的这一普遍性特征和《三国演义》这部鸿篇巨制的特点来看，《三国演义》中展示出的历史，是审美化了的三国历史，它取材于真实的历史阶段，但其主体部分，主要是在民间传说、前代创作的基础上，经由罗贯中创造性的加工来完成的，其目的不是力求客观地记述历史上曾经发生过的事件和主要历史人物的平生大略，而是以作者在他所处的历史条件下，以他对历史、现实和人生的认识与理解，以他自身的理想追求与憧憬，以他的审美理想将三国历史纳入自己的心灵世界之中，经过理想的温煦和内在情感的浸润，将形象化的三国历史以语言文字的形式，凝结化生出一个人物形象鲜活灵动、艺术情境真切如见的审美世界，其深层底蕴，则要读者从这一审美的世界中去领略、品味与把握了。

如上所述，小说的深层意蕴是通过作者所创造出来的具体的艺术情境和在这一情境中所刻画出的人物形象展示出来的，在结撰情节和人物塑造的过程中，融注着作者的主观情愫，对于作品的意蕴，则主要应从作品构思的方式和人物形象的意蕴中去把握，同时，文学作品是一个有机整体，从不同角度去审视，总会有新的感受和发现，也正是因为这一点，对于《三国演义》的意蕴，如思想内容、主题等方面的问题，曾有过多种研究结果，前人的研究、总结，对于读者深入理解小说的内在意蕴，无疑会有至关重要的启示作用。

专家学者对《三国演义》主题的研究，主要有以下几种看法：（1）悲剧说，认为小说表现的是民族的悲剧。（2）仁政说，小说通过对曹操刘备形象的对比塑造，表现了追求仁政的思想。（3）战争史说，认为小说的宗旨在于形象地展示三国时代的战争，是一部形象化的战争史。（4）歌颂理想英雄说，认为作者的用意在于通过塑造理想化的仁君刘备、贤相诸葛亮和义士关羽的形象，表现出了歌颂理想英雄的倾向。（5）人才说，认为小说的命意在于通过三国征战和建国的过程，表现出了崇尚人才的思想，谁拥有人才，谁就会成功。（6）天命说，认为在小说的整体结构中，表现出了对天命的理解与敬畏，小说中人物的命运都是由天命决定的。对小说内容和主题的阐释还有许多，这些分析与阐释，各有侧重，各自言之成理，从某一个特定的角度和方面，对小说的意蕴作出阐释并作出价值判断。就一部成功的文学作品而言，它总是包孕着丰富深厚的审美内涵，在不同时代价值观和审美观的衡定下，自然会有不同的评价，从不同的角度审视和开掘，也往往会得出不同的结论，这种状况，是小说自身的复杂性和丰富性所决定的。就长篇小说而言，则尤为如此。对于鸿篇巨制来说，由于其所反映生活时间跨度大和生活范围广阔等因素，难以用某一方面的内容概括整体面貌。事实上，就《三国演义》这部长篇历史小说的意蕴来看，难以用某一突出的方面涵盖和包容整体内容，应从几个不同的角度和侧面来理解小说的多重内涵与意蕴。

一、小说在形象地描绘特定时代的艺术情境的过程中，真实深刻地反映出了动荡时代下层人民的苦难，体现了对安定和平生活的向往与憧憬

小说从东汉末年宦官专权、祸乱朝政写起，当时社会黑暗，朝政腐败，随着阶级矛盾的激化，爆发了黄巾起义，在镇压黄巾起义的过程中，封建军阀借机扩充势力，割据称雄，东汉王朝名存实亡，各个新起的割据者互相征战，或为消灭其他割据势力、一统天下而攻伐，或是为了保全自己的割据利益而对抗，在不同局势的利益驱动之下，不同割据者在开创基业的过程中，时而互相联手，时而互相攻伐，经过长时期的互相兼并，最后剩下了魏、蜀、吴三国鼎立的历史局面。在这一历史行程中，经受苦难最为深重的无疑是下层民众，他们在烽烟遍地的历史环境中，饱受兵燹战乱之苦，许许多多的无辜百姓惨遭屠戮，对这一点，小说做了较为细致的描绘，这种描绘，既作为小说中人物形象的活动环境而具有意义，同时，其本身也以具体细致的描绘体现出了对百姓苦难的深切同情而具有独立的意义，如小说第四回"废汉帝陈留为皇　谋董贼孟德献刀"中写董卓下令屠杀无辜百姓的暴行：

（董卓）尝引军出城，行到阳城地方。时当二月，村民社赛，男女皆集。卓命军士围住，尽皆杀之，掠妇女财物，装载车上，悬头千余颗于车下。连轸还都，扬言杀贼大胜而回；于城门外焚烧人头，以妇女财物分散众军。

小说第六回写董卓由洛阳西迁长安时烧杀抢掠的暴行：

（董）卓即差铁骑五千，遍行捉拿洛阳富户，共数千家，插旗头上，大书"反臣逆党"，尽斩于城外，取其金赀。李傕、郭汜尽驱洛阳之民数百万口，前赴长安。每百姓一队，间军一队，互相拖押；死于沟壑者，不可胜数。又纵军士淫人妻女，夺人粮食；啼哭之声，震动天地，如有行得迟者，背后三千军催督，军手执白刃，于路杀人。卓临行，教诸门放火，焚烧居民房屋，并放火烧宗庙宫府。南北两宫，火焰相接，长乐宫庭，尽为焦土。又差吕布发掘先皇及后妃陵寝，取其金宝。军士乘势掘官民坟冢殆尽。董卓装载金珠缎匹好物数千余车，劫了天子并后妃等，竟望长安去了。

等到孙坚到洛阳时，已是"火焰冲天，黑烟铺地，二三百里，并无鸡犬人烟"的残败景象了。

曹操为报父仇攻打徐州时，下令"但得城池，将城中百姓，尽行屠戮，以雪父仇"，在攻打过程中，则是"操大军所到之处，杀戮人民，发掘坟墓"。

小说中的这种描写，是战乱年代的社会状况的真实写照，其描绘的过程，体现了作者对和平安定生活的向往，在小说以后的描绘中，由于题材本身的关系，像这样直接写到民生疾苦的笔墨不多，但从小说所描绘的各个集团之间相互征战兼并的过程中，不难想见下层百姓在这种社会环境中所蒙受的苦难。在明代嘉靖刊本《三国志通俗演义》中，有张尚德所写的一篇引，开头四句写道："今古兴亡数本天，就中人事亦堪怜。欲知三国苍生苦，请听三国演义篇。"从这一概括中，可以体味到，揭露动荡时代的社会黑暗，谴责枉杀无辜的残暴行径，渴望安宁和平的生活，是小说中的主导倾向之一。

二、以对照的方式塑造曹操和刘备的形象，体现出了赞美忠义、抨击谲诈的倾向

前已述及，小说的素材来源既有历史资料的记述，又有民间创作的累积，其累积的过程，是和市民阶层逐步壮大的社会历史进程大致同步的，小说中不可避免地会将市民阶层的伦理观念、价值追求包容到小说的意蕴之中。小说表现出了鲜明的尊刘贬曹的倾向，实质上，是市民阶层的理想和愿望在小说艺术世界中的投影与折射。小说中尊刘贬曹的倾向主要体现于艺术构思和人物形象的塑造两个方面。从构思角度来说，小说无疑是以刘备集团开创基业作为描绘重点的，这一点，与《三国志》的记载在内容的详略上已产生了鲜明差别，从人物形象塑造的角度来看，则有意识地将曹操的立身行事准则与刘备相对照，刘备奉行以人为本的道德准则，对其集团内部成员，以诚信相待，对百姓，以仁义相待，对桃园结义的关羽、张飞自不必说。对于先从公孙瓒、后追随自己的赵云同样如此，在长坂坡溃败中，有人对刘备说赵云投曹操去了，刘备则对赵云的人格品行深信不疑："子龙从我于患难之中，心

如铁石，非富贵所能动摇也。"对徐庶，曹操是以诡诈手段蒙骗他到许昌，刘备正在用人之际，则是挥泪相送，对隐居高士诸葛亮，则是躬身三请，而且对诸葛亮一直信任不疑，直至白帝城托孤。对百姓，以实行仁义为创业准则，在安喜县尉任上，"署县事一月，与民秋毫无犯，民皆感化"。弃樊城投襄阳时，使孙乾、简雍在城中声扬说曹兵将要追到，有愿随者，一同过江，不愿随者留下，此时，"两县之民，齐声大呼曰'我等虽死，亦愿随使君！'即日号泣而行。扶老携幼，将男带女，滚滚渡江"。这些品行，与曹操形成了鲜明的对比。

小说中对刘备和曹操这两个艺术想象的对照刻画，渗透着市民阶层的理想与愿望。市民阶层主要是以技艺在城镇中谋生的各个行业人所构成的，对于其中的大多数来说，他们离开了土地，来到新的生存环境之中，建立相互信任、平等相待、友爱相助的人际关系，是他们所渴望的新型伦理尺度与道德准则，小说在刘备集团的描绘中则体现出了这一时代特点。刘备与关羽、张飞关系融洽，在《三国志》中有三人"恩若兄弟"的记载，但"桃园结义"的开篇情节，是在历史记述和前代文学创作的基础上，经过创造性的艺术加工写出来的，小说中，刘备、关羽、张飞三人之间"名为君臣，情同兄弟"的相互关系，显然不是历史上真实的君臣关系，而是在市民阶层理想与愿望的基础上创造出来的，这种理想体现了社会历史发展的要求，又经过了作者审美理想的温煦，使这一呈现了新型伦理追求的君臣关系模式具有了情感典范的意味，本来素不相识、来自不同地域的人，只要理想与志向一致，则可以通过共同认可的结义形式，将非血缘的人际关系罩上血缘关系的色彩，达到誓同生死的程度。小说中写刘备为给二位结义兄弟报仇，而不顾江山社稷，尤为强化了小说这一方面的意蕴。刘备从国家利益考虑，应维护早在诸葛亮隆中决策时就已提出的联吴抗曹的立国方略，而从结义情意出发，又不能违背当初立下的誓同生死的誓言，刘备的选择则是在道德与现世功利的悖谬中完成了自己的人格形象，使得他的结局更多地具有了悲剧意味，产生了审美化的悲剧情感力量。

小说对曹操形象的塑造与刘备正相反，他善于招揽人才，也能够知人善任，但他与手下谋士和将士的关系，则阴森可怕，他以权术和诡诈作为笼络手段，如为人所熟知的嫉杀杨修，借仓官王垕的头以稳定军心，虽是显示出了他过人的谋略，但以杀害无辜来达到目的毕竟是有悖道德的残忍行径。

经过两相对照的着力刻画，在小说所构筑的艺术世界中，体现出了小说所产生时代的社会理想和道德理想，在作者的叙述过程中，体现了他对现实世界的关注和捕捉时代特征的艺术创作才能。

三、小说通过艺术地描绘从东汉末年、三国征战到西晋统一的历史行程，形象地展示出了这一历史阶段的整体风貌，综合性地概括出了历史发展过程中具有规律性的现象，对于从不同角度认识历史现象、理解历史进程、感悟人生哲理，有着积极的启示作用

《三国演义》这部历史小说，反映了丰富深广的社会历史内涵，作者的笔触，穿透了历史风烟，延伸到了社会历史生活的深处，开掘出了重大历史事件中所包孕的深层底蕴和哲理，在历史真实与艺术真实高度契合的艺术世界中，具体生动地展示出了社会生活的形象流程，并在描绘艺术情境和塑造人物的过程中，形象地总结与概括出了许多应用学科的知识应用原则，在这一方面，《三国演义》堪称古典小说中的奇迹，其中所包孕的军事学、心理学、人才学、管理学等学科的实践应用原则，从小说流传以后，即产生了难以估量的影响，其中许多方面，至今仍具有积极的启示意义与借鉴价值，值得从不同的学科角度做深入研究与探讨，就这一方面而言，这既是小说的艺术真实性的生动体现，也是小说审美价值和应用学价值完美结合的典范性的具体体现，在涵容多学科应用原则借鉴价值方面，《三国演义》当之无愧地堪称古典小说的经典之作，堪称民族智慧的结晶，事实上，这也是对小说主题阐释众说纷纭的原因之一。

我们说，《三国演义》中蕴含了许多应用学科的原则，值得从不同学科的角度进行深入细致的分析与阐释，这里，仅就其主要方面作粗疏的概括：

首先，由于小说的题材特点，其中体现出了丰富具体的军事学上的重要原则，这一点毫无疑问。小说描绘了大大小小的许多次战役和战争，在描绘战争的过程中，小说叙述的重点放在军事统帅与谋士对战争或是战场的决策智慧上，而不是重在两军阵前的拼杀较量，这一方面有利于凸显人物形象的特征，也为读者提供了形象化的军事学智慧，如在作战之前预先了解地理状貌、双方军事力量的对比、引兵将帅的个性与才能、合理调度自己一方的军事力量、以心理学的原则引诱或迷惑对方等，以充分掌握主动权，保证以少胜多，或是在退却中自我保全，这一特点，在小说所刻画的智谋人物身上均有体现，对于其他人物在特定情境下的巧施机谋，同样是以赞叹之情予以生动具体的描绘。如曹操在官渡之战中以弱胜强，击败袁绍，孙刘两家相互联合在赤壁击败曹操的过程中，都包含了丰富的军事学原则。在小说中，充分体现出智慧力量的理想人物，无疑是诸葛亮的形象，他能够因地因时制宜，以超凡的预见性，使自己一方的军事力量，发挥出最大的潜力，关于这一点，可参看相关部分的介绍。

其次，小说包含了至今仍具有重要参考价值的决策学原则。在小说中所展示的艺术世界中，最为重要的应用学原则莫过于决策，因为决策直接关系到事业追求的兴衰、人生选择的成败，对于这一点，小说做了淋漓尽致的描绘，如诸葛亮隐居隆中而明辨天下时局的描绘，即是人生选择的形象化展示。

特定历史环境的产物：如何理解小说中
的忠义思想

　　历史上的三国时代，是一个豪杰并起、才人辈出的时代，社会的混乱动荡，无疑对当时封建专制秩序是一种冲击，同时也为意欲在乱世有所作为的英雄人物提供了自我选择机遇。《三国演义》是取材于这一真实历史进程的历史演义小说，既要生动形象地反映出三国时代的历史，更应通过个性鲜明的人物形象的塑造，表达出作者对历史的认识与理解，寄托作者的愿望与情感，融注作者的审美理想。小说通过主要人物形象的塑造，体现出了渴望统一，反对分裂，渴望仁政，反对暴政的理想与愿望。作者的理想与愿望，在小说中，是通过赞美和崇尚"忠"和"义"这两种伦理道德尺度具体体现出来的。小说中人物形象的特征，鲜明地体现了作者的道德评价，如谴责董卓、曹操的暴行，歌颂刘备的宽厚仁慈。能够充分体现作者的道德理想的人物形象，毫无疑问是关羽。

　　在封建社会，"忠"和"义"本是既有联系又有区别的伦理规范，"忠"主要是指上层对下层由隶属关系而决定的思想行为的道德约束，它要求下对上要绝对地、无条件地服从。如臣下要忠于君主、奴仆要忠于自己的主子等，其中，最主要的是君臣之间单方面的道德约束。相对来说，"义"的内涵更为宽泛，指的是人与人之间以诚相待、相互信任、相互扶持救助的关系，它主要是朋友、兄弟间的道德准则和伦理规范。这两个方面是既有联系，又有所区别的。在封建社会的历史发展过程中，到了封建社会的后期，随着手工业的发展、城镇人口的增加和市民阶层的不断扩大，"义"这种传统的伦理道德规范，因其强调朋友间的信誉和相互扶持，更是为逐渐发展壮大的市民阶层所接受。在封建社会中，市民阶层的主体是凭借某种技艺摆脱土地束缚到城镇中谋生的农民，陌生的环境、人际交往的扩大，使他们更为渴望朋友间的情分与信义，以建立具有新的特质的人际关系，这种以"义"为准则建立起来的人际交往规范，与被紧紧束缚在土地上的宗法关系下的农民的观念是有所区别的，这实际上就扩展了"义"的内涵，使它具有了新的时代内容，小说中所崇尚的这种"义"，实际上就是《三国演义》产生的社会心理基础，在今天看来，则应该具体分析其特征与差异，不应该简单化地肯定或否定。

在小说中，作者崇尚的是"忠"与"义"两种道德规范的完美结合，当然这是被作者高度理想化了的，小说开宗明义的第一回"宴桃园豪杰三结义　斩黄巾英雄首立功"中所描写的刘、关、张三人的桃园结义，之所以深为作者所赞叹，是因为三人的誓词是以"忠"为前提条件的，"同心协力，救困扶危，上报国家，下安黎庶"。其中，"上报国家，下安黎庶"无疑是属于"忠"的要求，而三人本不相识，只是因为志趣相投便通过结拜仪式结为兄弟，"同心协力"则是属于"义"的要求，由此可以看出，桃园结义的道德内涵在于歌颂"忠"和"义"，二者是并重的，而在实际的人物形象塑造过程中，则是更多地倾向于赞美"义"，既不是二者均等，更不是以"忠"掩盖"义"。小说所体现出的这种倾向，是具有进步的社会历史内涵的。在小说的艺术描绘中，"匡扶汉室"是"忠"的要求，而自觉地为汉王朝献身，则是"忠"的具体体现，如小说中对设连环计以除董卓的王允和反抗曹操擅权的董承、伏完等人物的描写就是这样，肯定了他们对汉王朝的忠诚，其中不无愚忠的成分。对于在当时汉王朝已经名存实亡的历史形势下拥兵自重、角逐争霸的割据群雄来说，"匡扶汉室"不过成了一句各个割据者壮大自己的势力、扩充地盘的口号与招牌，失去了它所应具有的特定内涵。在小说中，作者多次借人物之口说过"天下者，非一人之天下，乃天下人之天下也"的话（需要说明的是，这句话，在明代嘉靖刊本中出现了六次，而在毛评本中，则做了较大的改动，突出了小说的正统观念），这种以封建伦理道德为基础的主张，成为当时各割据势力之间抗衡角逐的思想武器。同时，小说对人物的道德评价，也不是单一的，而是根据不同情势具体变化的。小说中对有些"不忠"行为也并非一概贬斥，严颜因感张飞之义，不只是自己降了刘备，还将部下唤出，一同投降，就体现出了这一特点。可见，在"忠"与"义"的对立统一中，作者更多的是崇尚"义"，而且与人物的品质个性联系在一起，而对性情不定、见利忘义的行为是谴责的，如小说对吕布的描写，即可作为作者态度的参照。

小说中所崇尚、赞美的"义"，从某种程度上可以说是一种包含着"忠"的"义"。这种"义"的内涵是宽泛的，它既有君臣间的忠义，更有朋友间的义气，而且明显是以后者作为歌颂对象的。刘、关、张三人结拜之后"名为君臣，情同手足"的描绘，充分体现出了小说的思想倾向，而这一倾向的产生，和宋代之后市民阶层的壮大和发展有密切关系，其中体现了市民阶层的理想、愿望和情感。小说中刘备和关羽、张飞之间的君臣关系，显然不是封建专制时代真实的君臣关系，而是包含了市民阶层思想意识的君臣关系。这一点，在关羽形象的塑造上，体现得尤为突出。在小说中，关羽被塑造成为"义"的化身，这种道德楷模的特征，毛纶、毛宗岗称为"义绝"。桃园结义之后，他们弟兄三人亲如手足、祸福同当，决不背弃桃园结义时立下的誓言。小说中写，兄弟三人在战乱中失散，关羽保护刘备的二位夫人死守下邳，身陷重围，后来在张辽的劝降下，关羽以"降汉不降操"的名义归降了曹操，但其中最重要的条件是一旦知道刘备的下落，便要前去投奔。为留住关羽的心，曹操着实用了不少心思，三日小宴，五日大宴，上马赠金，下马赠银，还赠送美女，赠宝马，上表保奏为汉寿亭侯，希望能够收服关羽的心。可是，当关羽在白马坡为曹操斩了颜良、文丑，报答了曹操的礼遇之恩以后，得知刘备在袁绍处的消息，便毅然挂印封金，保护二驾皇嫂，千里走单骑，投奔刘备而去，一路上，闯关斩将，历尽艰难。关羽的行动，连曹操也深为所动，虽然关羽斩将夺关，曹操却没有为难他，并要自己手下将领也要学关羽的忠义，说："云长封金挂印，财贿不以动其心，爵禄不以移其志，此等人吾深敬之。"虽然说曹操这样做有为自己的将领树立样板的用意，能做到这种程度，应该说，曹操的胸怀是广阔的。终其一生，关羽对刘备忠心耿耿，直到败走麦城，处于内无粮草，外无救兵的绝境时，关羽对东吴前来劝降的诸葛瑾说："玉可碎不可改其白，竹可焚而不可改其节，身可殒，名可垂于竹帛也。"这番慷慨豪壮的内心表白，展现出"威武不能屈"的大丈夫的志节与气概，其中，既有至死忠于蜀汉集团的"忠"，也有临危不忘结义誓言的"义"，这一情节，实际上强化了关羽个性中"义"的伦理尺度的亮色。

关羽一生奉行"义"的尺度和准则，正是因为他把"义"视为最高道德准则，在"义释曹操"的情节中，才把他置于"义"与"忠"的两难境地，使他在经过思想斗争之后的选择中尤为突出了"义"这一伦理准则的作用和力量。对于"义释曹操"这一情节，历来有不同评价，或是肯定其重义的品格，或是认为他放走曹操是不顾大局的行为。但是从关羽这一形象塑造的完整性来看，这一情节恰恰体现出了关羽形象身上"义"的内涵，深化了这一形象的心理深度，也使小说的思想倾向更为鲜明。从关羽放走曹操的行为来看，他所体现的忠义更多的是符合下层民众理想和愿望的"义"。关羽之所以在华容道放了曹操，是因为他在曹营时曹操待他的恩义，而且他挂印封金、不辞而别去寻找刘备时，曹操并没有为难他，那本身也是对关羽"义"的成全。可以说，关羽的"忠"是以义为基础的，在这一点上，曹操可以说是关羽明其心地的知己，他的宽容大度也可以看作是一种"义"的体现，虽然其中包含了对他的将士进行道德教化的成分。正因为如此，关羽才能够在已经为诸葛亮立下军令状的形势下，不顾自己性命安危而念昔日之恩放走了曹操。

这一方面有他崇"义"的道德精神作用，也和他斗强不凌弱的个性有关。就刘备正在开创帝业的大局来看，关羽释放曹操应该说是犯了原则性的错误，但从道德角度去看的话，则正是道德精神的自我完善，使这一情节，成为刻画关羽"义绝"形象最为浓重的一笔。毛纶、毛宗岗氏父子在评本的回末赞叹说："拼将一死酬知己，致令千秋仰义名。"正是从道德完善和世俗功业相互对照的角度肯定了关羽放走曹操的"义举"。

小说崇尚"义"的倾向，在张飞、刘备身上也有具体充分的体现。小说中写，关羽保护二位皇嫂，过关斩将，千里独行，好不容易才到了张飞所占据的古城，张飞误以为关羽背弃了结义誓言，彻底投靠了曹操，不问青红皂白，便要与关羽决一死战，只是到关羽斩了蔡阳之后，兄弟二人才得相认，互道以往。张飞的做法，固然有其性格莽撞的一面，但其原因，仍是出于对结义誓言终生不渝地恪守。对"义"这种道德准则的恪守在身为结义大哥的刘备身上也有充分体现。小说对这一点，同样做了浓墨重彩的艺术描绘。刘备并没有因为自己登基称帝而忘记结义兄弟的情分，在关羽死于东吴之手、刺杀张飞的凶手也逃到东吴之后，由于他同样恪守"不求同年同月同时生，但愿同年同月同日死"的结义誓言，刘备在情感冲动之下，认定"朕不为弟报仇，虽有万里江山，何足为贵"，不顾群臣谏阻，连诸葛亮早在隆中就已确定的立国方略也弃置脑后，发倾国之兵进攻东吴，去为关、张二弟报仇，结果，被东吴年少将军陆逊火烧连营，不但仇未能报了，自己也在白帝城因恼怒气恨而病逝。刘备不以江山社稷为贵，而以兄弟情分为重的性格品德，同样具有深化"义"的内涵的作用，身为帝王的刘备也以自己的"义"证实了这一伦理价值尺度在决定人的交往准则和行为方式中所应具有的作用与意义。进攻东吴虽然以失败告终，并为蜀国的灭亡留下了祸患，但这一情节却使刘备成全了当年的结义之情。

从以上的简要分析中可以看出，小说中所表现的"忠义"观念，并不是一个内涵明确单一的概念，它既包含封建性的思想因素，又融合封建时代广大人民群众的伦理观念和道德准则。"忠"多指对封建王朝的忠心，有时也指对国家、民族的忠诚。小说中所推崇的"义"，则更多地包含了进步的思想因素，其进步的内涵来源于市民阶层的理想愿望，其主导方面就是待人以诚，讲求信誉，恪守诺言，能够牺牲自身的利益以回报他人的待我之义，小说作者所推崇的这种道德准则，在封建专制时代，应该说，是具有历史进步性的。从中也可以看到，"义"的内涵既很宽泛，也很复杂，有时又会自相冲突，需要通过具体分析，理解和借鉴其进步的一面，批判其封建性的一面。

时代观念造成的阴影：女性美的失落

　　《三国演义》是历史演义小说的奠基之作，它和大体同时产生的《水浒传》一起，又是英雄传奇小说的开山之作，其思想艺术成就的许多方面，为后世确立了不朽典范，其思想意蕴，对后世产生了深远的影响，其艺术成就，为后世文学艺术的发展，提供了宝贵的艺术经验。但文学作品毕竟是特定历史阶段的产物，创作者的思想会受到所处时代思想意识的影响。就其主导方面来说，一个有艺术创作才能的作家，他的思想必然会有超越其时代的因素，作品中只有体现出作者站在时代高度对社会生活的独特领略与认识，作品才会有思想意义和价值，可是，作者的思想都是复杂的，对于古代作家来说尤其如此，其世界观会受到时代某些占据主导倾向，却是落后愚昧观念的制约和影响，对于古代作品的分析来说，应从今天的观念和意识，对古代作品做出客观具体的分析，肯定其进步性主导方面，对反映在作品中的落后一面，也应做出具体剖析，以使今天的读者能够以客观公正的态度欣赏和分析文学作品。就《三国演义》来说，其落后思想倾向的一个明显体现，是小说中女性美的失落。

　　自宋代理学兴起并得到统治者的尊崇之后，理学观念逐渐渗透到了社会的各个阶层，理学强调森严的等级观念和"存天理，去人欲"的道德准则，给女性设定了严酷的精神枷锁。在理学观念看来，女性不应有独立的人格，更不能自主地追求自己的情感生活，社会为她们开通的唯一的人生选择是做男人的附庸，为男人做传宗接代的工具。在这种观念的牢笼与禁锢下，社会蔑视女性的独立人格，女性则应自觉接受人格的蔑视，在这种社会历史条件下，女性的独立人格被严重扭曲，她们缺乏自己的人格意识，或是以男性人格为参照，跻身于男性的现实利益的争夺之中，或是纯粹认命为男性的附庸，而女性自身的性别特征和人格意识则在这一过程中荡然无存了。

　　这种落后的女性观在《三国演义》中有突出的反映，在这一点上，小说同样体现了它所赖以产生的特定历史时代的特征。小说中描绘的女性形象本来就不多，在写到的女性形象中，大多个性不鲜明，未做具体生动的性格刻画，写得笔墨稍多的女性形象中，又被高昂已极的男性意识所扭曲，女性自身的价值则被残酷地泯灭了。

在小说所展开的以男性为主体的艺术世界中，身处社会最高层的女性，都被卷进了男性权力争斗的旋涡，其品行作为，散发着男性化的气息，其人生的追求，不是出自女性天性的以爱为目标，而是以男性所追逐的权力、忠义为中心。"袁绍孙坚夺玉玺"一节，写孙坚的部下从皇宫的水井中捞出一个宫女的尸身，她的身上，还带着传国玉玺，显而易见，她已被卷入到了封建社会的最高权力的争斗之中。小说中写何太后设下计谋，鸩杀董太后的情节，令人不寒而栗。小说三十二回"夺冀州袁尚争锋 决漳河许攸献计"中，写道："袁绍既死，审配等主持丧事。刘夫人便将袁绍所爱宠妾五人，尽行杀害，又恐其阴魂于九泉之下再与袁绍相见，乃髡其发，刺其面，毁其尸：其妒恶如此。"虽然一夫多妻的封建婚姻制度必然会造成不可调和的家庭矛盾，但刘夫人性情之酷虐，手段之残忍，恐怕是会令人毛骨悚然的，在她身上，毫无女性的慈爱、同情之心，她所有的，只有完全出于本身利益的残酷争夺。

小说中描绘了几位贤德女性的样板，如徐庶的母亲。徐庶托名单福，连续帮助刘备击败曹军，曹操接受谋士程昱建议，将徐庶母亲赚至许昌，在曹操令徐母作书把徐庶召至许昌时，徐母正言厉色地斥责了曹操："汝何虚诳之甚也！吾久闻玄德乃中山靖王之后，孝景皇帝阁下玄孙，屈身下士，恭己待人，仁声素著，世之黄童、白叟、牧子、谯夫皆知其名：真当世之英雄也。吾儿辅之，得其主矣。汝虽托名汉相，实为汉贼。乃反以玄德为逆臣，欲使吾儿弃明投暗，岂不自耻乎！"一番深明大义的议论，颇似一篇维护汉家正统血脉的宣言。可见，徐庶的母亲是自觉地以王朝正统的维护者作为人生准则的，她对儿子的情感，则完全维系在儿子是否为正统王朝效力这一点上，徐庶被程昱伪造的一封家书所骗，辞别刘备，来到许昌，结果，徐母以忠孝不能两全的大义，斥责了徐庶后，为成就儿子的忠义，悬梁自尽。

小说中着墨最多的女性形象无疑是"王司徒巧使连环计"中的貂蝉，她本是自幼王允府中的充乐女，当王允要她去担当美人计的主角，离间董卓和吕布之间的义父子关系，以借吕布之手除掉横暴酷虐的董卓时，貂蝉当即答应，并机警干练地周旋于董卓和吕布之间，使王允的连环计如愿以偿，除掉了恶贯满盈的董卓，后来貂蝉嫁了吕布，吕布被曹操杀死之后，貂蝉下落不明。从貂蝉这一女性形象的塑造来看，她体现出了作者落后的妇女观。貂蝉当时只有十八岁，她是否有在统治阶级最高层周旋斗智的经验和才能，暂且不论，只就她对自己个人的前程命运丝毫不加思考，一心将自己的价值定在"大义"上，就表明了她是没有自己独立的人格意识的。担当美人计的主角，需要她演出人身属于董卓、心迹属于吕布的戏来，这也就意味着要以她的青春和幸福为代价去完成这项"崇高的使命",心甘情愿地为统治阶级的内部争斗充当工具,这表明,貂蝉这一形象,并不是一个识大局、晓大义的巾帼英雄,而是恰恰表明,她还处于独立人格意识的蒙昧状态。一个年轻的女性,对自己的青春幸福,根本不加任何思考,将自己的聪明才智完全用在充当权力角逐的工具之上,只有以她处于人格意识的蒙昧状态才可以作出说明与解释。从人物性格发展来看,貂蝉在作了吕布的妾之后,她的聪明机智、识见胆略全都无影无踪了,成了和吕布妻子一样糊涂昏聩的妇人,这种性格刻画,缺乏变化的依据,不合人物性格发展逻辑,在艺术表现上,也是不成功的。造成这种现象的原因,其根源在于作者落后的妇女观,女性不该有自己独立的人格意识,应当以自己的生命为代价,充当权力争夺的工具。貂蝉这一形象的描绘,实际上是这种主观观念的产物,她是根据小说情节进程的需要而被生硬地编织到故事情节之中的。对于貂蝉的作用和价值,小说称之为"义烈",褒扬了她的道德样板作用,这正体现了作者世界观中落后的成分。

作者浓墨重彩予以描绘的诸葛亮"二气周瑜"的故事,事实上,同样是以对女性自主人格的轻蔑为前提的。孙权之妹实际上也是孙刘两家利益争夺的牺牲品,周瑜制定美人计是为了杀掉或是囚禁刘备索取荆州,只因吴国太怕杀掉刘备女儿名声不好,见了刘备又"大喜",对乔国老说了一句"真吾婿也",一桩老夫少妻的婚姻就算弄假成真了。时当妙龄的女子,在母亲、兄长的安排下,任凭摆布。小说只是写了成婚后,她是一心一意跟随刘备,而对她的情感心理活动,则丝毫未予具体细致的描绘,恐怕也是不合情理的。

从上述介绍中,可以看出,作者女性观中的落后因素,使他对女性形象作了脱离生活真实和缺乏理想主义精神的刻画,把女性形象不是作为男性争斗的工具,便是作为情节发展的道具。小说中的理想人物刘备的名言,体现了作者对女性的人格歧视态度。吕布和刘备之间产生矛盾,发生了军事冲突,吕布攻陷徐州后,刘备的妻子陷于城中,张飞因没有保护好刘备家小,羞愧难当,要自尽谢罪,刘备却情深意重地安慰张飞说:"古人有云,兄弟如手足,妻子如衣服,衣服破,而尚有更换,使手足若废,安能再续乎?"不啻为是令结义兄弟感激涕零的"义气"宣言,自然会使兄弟情分再深一层,可是,对自己的妻子竟是毫无情分,任其死活。事实上,刘备的这种态度真真切切地贯穿了他的一生,而他的两位妻子,在刘备兵败之时,多次沦落敌手,却是从无怨言,在长坂坡,当赵云找到糜夫人时,她腿上中箭,怀抱阿斗坐在一户人家的矮墙下,见到赵云时,她唯一的希望便是要赵云救出刘备唯一的儿子,而且为了赵云能够救护阿斗顺利脱身,跳进枯井自尽身亡了,她一生的自我价值的认定,就是全心全意地为争雄争霸的丈夫保护其后代。当赵云怀抱阿斗杀出重围，见到刘备时，刘备为了表示对部属的仁爱，只是对赵云说了一句关切的话，对于因为他一再落难的妻子糜夫人，却是只字未提。小说中最为令人毛骨悚然的情节莫过于第十九回"下邳城曹操鏖兵　白门楼吕布殒命"中叙写的刘安杀妻的情节了。小说写刘备为吕布击败，兄弟失散，也顾不得妻小，匹马逃难而去，路上，遇到孙乾，建议刘备去投曹操。二人在投许都的路上，到年轻猎户刘安家投宿，刘安听说是豫州牧，仓促之中，找不到野味供食，便将自己的妻子杀掉以供二人。次日，刘备将行时，得知真相，此时，刘安对刘备说，他本来要追随刘备，但家中还有老母，才"未敢远行"，从中可见封建道德观念的深重。对于自己的母亲，要以孝道为至高伦理准则，对于自己的妻子，则与对待一般动物的态度毫无两样，其残忍程度，已经达到了人性泯灭的程度。刘备与曹操相见后，小说中出现了这样的景象：

> 玄德知是曹操之军，同孙乾径至中军旗下，与曹操相见，具说失沛城、散二弟、陷妻小之事。曹亦为之下泪。又说刘安杀妻为食之事，操乃令孙乾以金百两往赐之。

这段描写，颇有意味，它反映出在当时那些英雄的心目中女性的位置，无论曹操是真为刘备伤心难过，还是为了笼络刘备的假慈悲，毕竟他落下了泪，是一种感情的表达，对于无辜被杀的刘安之妻，则丝毫不见同情之意，他要孙乾带金前往赐谢，只不过是因为刘安对刘备表现了"不同凡响"的"敬意"而已，至于刘安的妻子，则是无关紧要的。遗憾的是，刘安这种泯灭人性的行径，在小说中是以肯定的态度叙写出来的，以彰显刘备深得民望之德。

由于题材的关系，小说描绘的重点放在了杀伐征战、运筹帷幄的军国大事上，女性的情感世界在小说中是不占什么位置的，大多数的英雄豪杰也没有家庭生活。周瑜是一个年少得志、文武全才的人物，小说中只是介绍了他有一个美貌的妻子，对于其家庭生活，则没有描绘。

作者寄托理想最重的智慧型英雄人物诸葛亮，虽然有家室，但对他的家庭生活也没有做任何具体描写。按照小说情节的交代，诸葛亮在高卧隆中时，便已娶了黄承彦之女为妻，刘备第二次到隆中去请诸葛亮时，返回的路上，遇到了前来看望女婿的黄承彦，但他的女儿在小说情节中，却没有露过面，只是到了三国历史即将结束时，在介绍诸葛亮的儿子诸葛瞻时，才用补叙的方式做了笼统的介绍："原来武侯之子诸葛瞻，字思远。其母黄氏，即黄承彦之女也。母貌甚陋，而有奇才：上通天文，下察地理；凡韬略遁甲诸书，无所不晓。武侯在南阳时，闻其贤，求以为室。武侯之学，夫人多所赞助焉。及武侯死后，夫人寻逝，临终遗教，惟以忠孝勉其子瞻。"这一介绍，当是从《三国志》裴注引《襄阳记》的记述化裁而来并加了一些润色："黄承彦者，高爽开列，为沔南名士，谓诸葛孔明曰：'闻君择妇；身有丑女，黄头黑色，而才堪相配。'孔明许，即载送之。"以诸葛亮之才、之志，却能娶丑女为妻，应当说，这是不合俗流的选择，这一故事框架，本来可以通过艺术加工叙写出精彩情节的，但作者对这一方面的内容，没有任何思考和描绘的兴趣，因为，他对于女性价值的认识本来就是以封建理学的道德观为基础和依据的。

回顾古代文学史的发展历程，可以看出，前代作品中塑造出了许多有个性、有胆识、有才能的女性形象，她们有着较为强烈的自主意识，有着丰富的内心世界，如唐传奇中的《李娃传》中的李娃、《柳毅传》中的龙女、《霍小玉》中的霍小玉等和元杂剧中的赵盼儿、崔莺莺、窦娥等，不论其身份地位如何，但其人格自主意识，则是明确的，从这一方面看，《三国演义》中体现出来的妇女观，比起前代作品来，是明显地退步了。

通过以上的分析可以看出，与前代作品相比较，女性的美在《三国演义》中彻底失落了，作者以封建理学蔑视女性人格的道德观念来定位女性的价值，使得女性在男性英雄的世界中失去了自己的独立人格，失去了所应有的美。这种现象充分表明，文学作品是特定时代的产物，作家的世界观会受到当时社会主流意识形态的影响，并把这种影响自觉或不自觉地渗透到创作过程之中，会在叙述内容的确定、人物形象的塑造和情节组织安排等方面具体地显现出来。通过具体的形象分析指出小说中消极乃至悖谬现象的存在，不是贬低小说的价值，而恰恰是为了客观允当地评价小说的历史功绩。

艺术撮要

包容历史的艺术想象力：小说中的"虚"与"实"

《三国演义》这部历史演义小说，描绘了从汉灵帝中平元年到晋统一的历史行程，时间跨度长达一百年，在作者所精心构筑的艺术世界中，塑造出了一大批鲜活灵动、个性鲜明的艺术形象，生动地展示出了从东汉末社会动荡、三国鼎立到重新统一的历史风云的形象画卷。由于历史上的三国时代是一个战乱频仍、动荡不安的时代，同时，也是为许许多多胸藏韬略的有志之士和武艺超群的勇将提供了展才施谋的许多机遇的时代，个人的荣辱浮沉，功业成败，在竞相奔走、争斗角逐的人生拼搏中，充满了难以预料、莫可名状的偶然性，选择的成败，才艺的较量，个性的比照，形形色色，纷纷登场，并且使许多人物的人生经历具有了传奇性色彩。在这一历史时期，豪杰辈出，英才代兴。清代的毛宗岗在评点时说："古史甚多，而人独贪看《三国志》者，以古今人才之众，未有盛于三国者也。"从人才辈出的角度，精当地把握住了三国时代的社会历史特征。正是三国时期这种独特的历史风貌，使后世对三国人物产生了浓厚兴趣，三国的历史刚刚过去，三国人物故事就已在民间广为流传了，这一点，从魏晋时代的志人小说和记载人物轶事的私家著述中，即可看出这些故事流传的普遍性，南朝裴松之为陈寿的《三国志》作注，引用了许多当时记载下来的民间传说，如《魏书》《曹瞒传》《英雄记》等。在历史的发展过程中，三国人物故事和三国历史事件进入了艺术创作领域，并在民间自发创作的基础上，不断得到艺术的再加工，到元末明初罗贯中创作《三国演义》的时代，三国时期许多重大的历史事件，许多人物的人生经历、功业作为，已经在民间传说、讲史技艺和戏剧艺术中故事化了。这种故事化了的三国历史事件和历史人物的际遇浮沉，作为艺术创作的题材，自然会在发展衍化的过程中不断得到加工润色，丰富提高，同时，这些故事在各自的变迁中，在罗贯中之前，大多处于相对独立状态，尚未构成统一的整体，到了至治年间刊行的《三国志平话》中，才有了重新组构三国故事的意向，但这本平话，还只是在整体上组构三国故事的草创，描绘出了大致的框架，将不少传说故事和前代创作的题材吸纳到了这个整体框架之中，但描绘文字还相当粗糙，有些人物性格逻辑还不统一。把丰富多彩而又相对各自独立的三国故事通过发挥艺术创造力，匠心独运地连接贯穿起来，并和真实的历史行程切合一致，构建出一个生动形象的艺术世界，是罗贯中进行《三国演义》创作时，首先面对的艺术课题。

就小说创作本身而言，它是以个性鲜明的艺术形象的塑造，来直观具体地呈现出一定历史阶段的社会生活风貌，并从中开掘出社会生活的本质性特征。在艺术形象塑造的过程中，作者是按照自己的审美理想和价值观念，来把握形象的外在特征、孕育形象的内在蕴涵的，他会把自己的理想、愿望、情感等主观因素，通过对美的赞美和对丑的鞭挞，具体明确地呈现出来。从读者的角度而言，则是从阅读过程中与作者的情感交流，获得审美愉悦，从中得到对历史的认识，对生活的理解，对人生的领悟。对历史小说创作来讲，应该说，还多了一层束缚，那就是作者必须以对特定历史阶段的认识、理解和把握为前提，对历史素材进行统筹、梳理和贯通，然后通过充分发挥自己的艺术创造力，依据历史资料的记述，在遵从历史生活逻辑的基础上，对史料记载中事件结局的因果关系进行合理想象，辨析其发生、发展过程中与其他事件的相互关联和相互作用以及影响事件走向与结果的各种因素。同时，还要理清这些因素所在的层次和所起的具体作用。这样，才能通过对历史生活艺术的把握，构建出各种事件错综交叉，在滚动运行中呈现整体风貌的社会历史生活的形象画面。

罗贯中在创作过程中，以深邃的历史眼光，广阔的艺术视野，深刻的人生洞察力，将风云变幻的三国历史全部纳入了自己的心灵世界之中，经过理智的判断，情感的孕育和理想的融注，构建出了一个完整自足、有机统一的艺术世界。在这个艺术世界中，活跃着数以千计的人物形象，其中个性鲜明、栩栩如生的人物不下几十个，这些人物，按照自己的性格逻辑与人生浮沉，从不同的侧面和角度，呈现或折射着三国时代的社会生活风貌，体现出了深刻的艺术真实性，这种真实性源于作者对历史真实和艺术真实相互关系的深刻理解和在艺术创作实践中匠心独具的运用，即他对"实"与"虚"之间关系的成功的艺术处理。

清代历史学家章学诚在《丙辰杂记》中说："惟《三国演义》，则三分实事，七分虚构，以至观者，往往为所惑乱，如桃园等事，学士大夫直作故事用矣。故演义之属，虽无当于著述之伦，然流俗耳目渐染，实有益于劝惩。但须实则概从其实，虚则明著寓言，不可虚实错杂如《三国》之淆人耳。"后世在评论《三国演义》中的虚实关系时，常常引用"三分实事，七分虚构"来说明《三国演义》历史真实和艺术真实之间的关系。实际上，章学诚是以历史学家的眼光，批评《三国演义》中的描写导致了人们把某些虚构故事当成历史事件的误会，甚至于许多文人也在所难免。论者常常说明章学诚对《三国演义》的批评态度，恰恰是小说创作所具有的优势。问题在于，从"以至观者，往往为所惑乱"的状况中进一步思考，即可体味到，读者会被小说的艺术描绘所"惑乱"，原因在于小说的描绘达到了高度真实性和可信性的程度，并且具有使读者信以为真的艺术感染力，才会出现使得读者把虚构故事当成历史事实的误会，正是在这一点上，显示出作者在梳理历史事件，架构事件系统中杰出的艺术创造力。

《三国演义》这部小说的创作包含了艺术想象和艺术虚构，这一点毫无疑问，具体体现在：

一、整体结构框架为实，具体过程则在前人创作的基础上进一步虚构

按照真实的历史进程，以时间的自然延伸为叙事顺序，叙写了从汉末豪杰纷争、三国鼎立到晋代统一的过程，这一时间过程的安排与设定，符合真实客观的历史进程，使小说在整体框架结构上，产生了史传的宏伟规模和阅读效应。在作者所叙述的艺术世界中，明确地以蜀汉集团作为小说的主线和叙述的重点，将当时发生的许多重大历史事件主要通过蜀汉集团中人物的交往、行踪、对抗、争斗贯通串接起来，将纷繁复杂的历史事件和各具性情的众多历史人物统摄在一起，按照不同层次熔铸为有机整体，这样，就使小说对历史事件的叙述与描绘主线突出，层次明晰，显示出囊括三国时代历史进程的创作宗旨和叙事特征。在具体的叙述过程中，作者以这一指导原则筛选和取舍历史素材，并以近似编年的方式把事件连接起来，而重要历史事件，又大多在史书上有明确记载，当然史书上可能记载简略，或是只记载了事件的结果，但这些事件在历史上，曾经发生过，则是有历史文献可查的。例如，小说开宗明义的第一回，在简要说明了汉末致乱之由后，即转入了小说艺术殿堂的入口，作者首先交代了具体的历史时间，"建宁二年四月望日"，再如第二回中写完张飞鞭打督邮后刘备三人的去向，接着叙写朝中发生的事件，仍是交代了具体的时间背景，"中平六年夏四月"，第四十八回中对赤壁之战时间的交代则更为细致，写曹操在赤壁大战前夕，大会群臣，横槊赋诗，时间是"时建安十三年冬十一月十五日"，第七十回写到刘备进位汉中王的时间在"建安二十四年秋七月"。明确写明历史事件发生的时间，自然会使读者在阅读中产生了解历史的感觉。当然，时间交代在具体情境中所起的作用并不一样，有时是突出事件本身的重要性，有些则是起勾连不同情节头绪的作用，即通常所说的"花开两朵，各表一枝"，以这种方式叙写，既使读者对主体事件的发展变化有清晰的了解，也使读者对发生在不同时空中与之相关的各种事件有充分的了解，使小说在整体情节结构上，产生了如同在浏览观赏滚滚前行的动态历史流程图的感觉，读者的情感与思绪，自然随着情节的发展而波动，从形象的特征中感受这一特定历史时期的社会风貌。

小说的特征，在于它是以艺术形象的塑造概括性地反映生活的艺术形式，它不以直接向读者给出事件的结果为目的，而是要读者通过对直观生动的艺术形象蕴涵的理解和领悟，达到对社会生活的本质性特征的认识，从这个意义上说，小说创作和历史记述的差异之一，是小说可以在尊重历史记载的基础上，按照生活的逻辑进行艺术虚构，以塑造活泼生动、富有艺术感染力的形象。《三国演义》这部历史小说的成就即主要体现在这一方面。小说以切合历史进程的叙事原则作为小说情节结构的基础，但这并不意味着作者在创作过程中，是依赖于历史记载的。事实上，小说中精彩纷呈、引人入胜的情节，绝大部分是在民间创作和前代艺术创作的基础上润色、加工、提高而成的，并在主要人物形象的刻画和主要情节安排上寄寓作者的审美情感和审美理想，其创作的宗旨，不是让读者从中了解历史上曾经确实发生过某事，而是要读者从中受到情感的熏陶，从艺术形象人生选择和人生旅程所包孕的内涵中感受历史，体悟人生。自然，在小说所展示的具象化的艺术世界中，既包含着从前代创作中承继的艺术创作中的虚构成分，更包含着作者按照自己的审美理想所改造和重新虚构的成分，这些虚构成分构成了小说的主体部分，也标志着小说所取得的艺术成就，如刘备从"贩履织席为业"的小商人成为蜀汉开国君主的拼搏进取历程，在史书上只是勾画了大致的轮廓，而其具体行动过程则没有明确细致的描绘。如在《三国志·蜀书·先主传》中记载："灵帝末，黄巾起，州郡各起义兵，先主率其属从校尉邹靖讨黄巾贼有功，除安喜尉。"而在小说中则增饰了许多具体细致的描写与刻画。在小说中，"除安喜尉"是桃园结义以后的事，刘备率领关羽、张飞在镇压黄巾军中立功，经他人帮助才被朝廷任为安喜县尉的，而史书记载中的邹靖在小说的情节中则不知去向了。再如，赤壁之战这次决定三分天下局面的重大战役，在《先主传》中，只有这样简略的记载："先主遣诸葛亮自结于孙权，（孙）权遣周瑜、程普等水军数万，与先主并力，与曹公战于赤壁，大破之，焚其舟船。先主与吴军水陆并进，追到南郡，时又疫疾，北军多死，曹公引归。"将这段史书的记述和小说中的艺术描绘作对照，即可见出二者之间的差异。小说中所描写的赤壁之战，从参战三方着笔，在紧张激烈的矛盾冲突中，塑造出了诸葛亮、周瑜、曹操、孙权等多个栩栩如生的艺术形象，将生动如画的战争过程和战争场面展现在读者的眼前，舌战群儒、游说孙权、智激周瑜、草船借箭、黄盖诈降等都是流传广泛、脍炙人口的故事。再如官渡之战，这是曹操统一北方的决定性战役，在《三国志·魏书·武帝纪》中记述稍详，但小说情节比史书的记载要形象生动得多，为后世读者所乐道的许攸向曹操献计烧袁绍粮草具体过程的情节，不见于曹操本传的记载，当是作者在历史记述的基础上虚构出来的，记载中说："（袁）绍臣许攸贪财，绍不能足，来奔，因说公（指曹操）击（淳于）琼等，左右疑之，荀攸、贾诩劝公。公乃留曹洪守，自将步骑五千人夜往，会明至。琼等望见公兵少，出阵门外，公急击之，琼退保营，遂攻之。绍遣骑救琼。左右或言贼骑稍近，请分兵拒之。公怒曰：'贼在背后，乃白。'士卒皆殊死战，大破琼等，皆斩之。绍初闻公之击琼，谓长子谭曰：'就彼攻（破）琼等，吾攻拔其营，彼固无所归矣！'乃使张郃、高览攻曹洪。郃等闻琼破，遂来降。绍众大溃，绍及谭弃军走，渡河，追之不及，尽收其辎重图书珍宝，虏其众。"将史书记载和小说的艺术描绘作对照，自然会分辨其差异所在，小说中写的许攸夜投曹操那段绘声绘色、人物形象神情毕现的情节，在《三国志》正文中并未出现，在裴松之注引《曹瞒传》中，记述了许攸见曹操时，曹操"跣足迎之"的事，许攸向曹操献计去烧袁绍粮草时，曹操只说"其实可支一月"，并没有写到曹军"粮已尽矣"的危亡处境，更没有许攸向曹操出示他所截获的曹操手书的事，显而易见，《三国演义》中曹操见许攸的情节是在史书记载的基础上进行艺术再创作的结果，使情节进程更为生动具体，而且有助于凸显曹操奸诈而又心怀开阔的个性特征。再如为读者所熟知的"三顾茅庐"的情节的主体部分也是在简要的史籍记载的基础上虚构出来的。

二、在历史记载的基础上增饰细节，完善事件发展的具体过程，使人物形象个性更鲜明，更具有艺术概括性

在小说中，主要人物形象性格特征的主要或是主导的性格侧面大多在史书中有迹可循，小说中的艺术描绘根据人物形象塑造的需要，对记载中的材料做了必要的调整与艺术虚构，主要是按照人物的性格特征逻辑，对曾发生过事件的具体进程增饰大量细节，予以细致深入的描绘，以展示生动具体的历史生活画面，塑造鲜明突出的人物形象，这是因为，小说取材于真实的历史行程，其中主要历史人物、重大历史事件自然应按照历史记载的本来面貌去写，但小说创作的目的，是创作者通过描绘出一个艺术世界，以寄寓自己对社会历史和现实人生的理解与认识，在创作中，必然会依据自己的审美理念和价值尺度对历史记载中的有关内容作出必要的增饰与润色，这些艺术加工与提高，其结果在历史记载中有迹可循，其过程是否与历史事件发生的真实过程相吻合，则是难以确知的，但它符合生活逻辑、人物性格逻辑，使人物形象所概括的内涵更具有普遍性，也更能够体现作者的理想与愿望。例如，在《三国志·蜀书·诸葛亮传》中，写到刘备请诸葛亮出山辅佐，只有"凡三往，乃见"的记述，在诸葛亮的《出师表》中，写到"三顾臣于草庐之中"，作者根据可以想象生发的"三"字做文章，描绘出了三次相请的具体过程，充分显示了诸葛亮这位主人公在小说中不可比拟的地位。刘备去请诸葛亮出山辅佐，史籍上明载是去了三次，但怎么去的，何时去的，有哪些所见所闻，则是小说作者综合了其他记载，通过发挥艺术想象力的作用虚构出来的。再如，小说中的精彩片段曹操杀吕伯奢的情节，也是根据历史材料的有关记述经过艺术的虚构写出来的，着重突出了曹操残忍、利己的个性。在历史记载中，曹操的个性中本来即有无赖奸诈的一面，小说中，综合了相关记载，创造出了曹操杀害吕伯奢的情节，尤其是曹操杀害吕伯奢之后所说的"宁教我负天下人，休教天下人负我"的那句"名言"，赤裸裸地暴露了曹操极端利己主义的人生哲学。但在历史记载中，各家记载虽互有不同，但都没有关于曹操杀吕伯奢本人的明确记载，而且，按照记载来看，曹操本来和吕伯奢是朋友关系，到了小说中，则把吕伯奢改写成了曹操父亲的朋友，他杀害吕伯奢，是明知已杀错了人，要斩草除根才杀的，这就进一步强化了曹操身上自私而又残忍的个性。

三、根据塑造艺术形象的需要，在历史记述的基础上，铺展具体的情节描绘，使人物形象的刻画更充分，情节进程的具体性更完备

这一方面，在《三国演义》中同样很突出，在小说的艺术描绘中，这一特点与上面所分析的特点既有相似之处，又有所区别，在上文中所涉及的主要是在某一点上通过艺术想象所做的润色与增饰，而这里所说的"铺展情节"，则是从更为宽泛的视野所说的，它从史料的记述中化裁而出，其描绘过程，能够构成序列化的情节进程，如小说中为了强化诸葛亮的智慧，在点滴史料的基础上，虚构出了诸葛亮三气周瑜的情节，这一情节写得起伏跌宕，引人入胜。第一次是在赤壁之战后不久，周瑜率军击败魏将曹仁、曹洪，结果却被诸葛亮"渔翁得利"，占了南郡，第二次是周瑜借以孙权之妹招亲为名，设美人计以索取荆州，第三次，是周瑜在气恼之中，又想出"假途灭虢"的计谋，想趁诸葛亮不备夺回荆州，但周瑜每次用计，都败在诸葛亮的将计就计之中，结果，周瑜被诸葛亮气得箭疮进裂，气绝身亡。历史记载中，并没有诸葛亮三气周瑜的记载，而吴蜀之间既联合又矛盾重重的现象是存在的，而周瑜也确实曾想要囚禁刘备，刘备到京口见孙权时，周瑜上书给孙权说："刘备以枭雄之姿，而有关羽、张飞熊虎之将，必非久屈为人用者。愚谓大计宜徙刘备置吴，盛为筑宫室，多其美女玩好，以娱其耳目，分此二人，各置一方，使如瑜者得挟与攻战，大事可定也。今猥割土地以资业之，聚此三人，俱在疆场，恐蛟龙得云雨，终非池中物也。"（《三国志·吴书·周瑜传》）后来，周瑜上书孙权，请求伐蜀，结果病逝于取蜀的路上，从这些史料记述中，小说作者虚构出了诸葛亮与周瑜相互斗智的情节，将两个集团之间的势力冲突，集中概括为两个智者"代表"之间的激烈矛盾，写得有声有色，通过序列情节的渲染，塑造出了性格鲜明的人物形象。

小说中所浓墨重彩予以描绘的"七擒孟获"同样是这样的情节，这一情节的来源，只是在《三国志·蜀书·后主传》中提及建兴三年三月至秋季诸葛亮南征的事，在注文中所引的《汉晋春秋》中提到了孟获的名字和七擒七纵的事，但具体过程却没有交代，小说作者就是根据《汉晋春秋》的记述敷衍而成的，当然其中会包含着民间创作的成分，这一情节，虽有概念化的描写和荒诞不经的成分，对于塑造诸葛亮以德使其心服的贤相形象，是起了积极的作用的。

从上述介绍中可以了解到，小说中所描绘的形象化了的三国历史，与史籍记述是有较大出入的，可以说，《三国演义》中的精彩部分，是罗贯中在前代创作的基础上，充分发挥了艺术想象力所创造出来的，其"虚"的成分是大于"实"的，之所以令后人产生虚实混淆的现象，是小说的叙事技巧所引发的艺术效果而造成的。

移花接木　统一性格：人物塑造技巧之一

　　人物形象的塑造，是叙事性小说创作中至关重要的组成部分，对小说的成败，起着决定性的作用。《三国演义》这部历史演义小说，既要在整体上反映出三国时代的历史进程，同时，又要以鲜明的性格刻画，展示出这一特定历史阶段历史风烟漂浮聚散的形象画卷，这就为小说人物形象的塑造提出了更高的要求。在《三国演义》中，大多数重要历史人物的性格特征都是在历史上有迹可循的，但作者在具体的创作过程中，为了在自己心灵世界中孕育出的艺术世界中寄寓和传达自己的审美理想和价值评判，则在充分把握历史人物主导性格侧面的基础上，不仅对历史记载中事件的过程做了大幅度的润色与增饰，还对事件的当事人做了必要的移位与置换，使小说中的人物形象个性更为鲜明与突出，人物性格的展开更为符合其自身的逻辑，同时，在人物形象的塑造中，也包容了作者对历史的认识和对生活的理解，融注着作者自己的审美理想和艺术追求。

　　现实中的人都有着不同的心理特征和外在的行为表现，能够通过艺术手段，将人物的性格特征真实生动地刻画出来，是小说作者艺术创作才能的具体体现。《三国演义》这部历史演义小说，由于和诉之于听觉的讲史艺术有着渊源关系，就人物形象塑造的整体特征而言，更为注重对人物鲜明个性的刻画，对人物深层心理活动的开掘仍嫌不足，当然，这种特征与小说的时间跨度大，所需要刻画的人物众多也不无关系。在这一方面，体现了长篇小说开创时代的艺术特点。但小说在刻画人物形象方面所取得的高度艺术成就，是为后世所公认的，在历史演义这种体式的小说创作中，有些方面至今仍然有许多值得深入探讨和借鉴的艺术经验。

　　《三国演义》中出现了数以千计的人物，其中塑造出了几十个具有突出个性特征的人物形象，集团首领如曹操、刘备、孙权，军事统帅如诸葛亮、周瑜、司马懿、陆逊，谋士如郭嘉、荀攸、徐庶、庞统，武将如关羽、张飞、赵云、典韦、许褚、夏侯惇、程普、黄盖等，都有鲜明突出的个性特征，当然，上述介绍，只是从一个角度列举一些主要的人物形象而已，并非严格的分类。事实上，许多人物是智勇集于一身的，如诸葛亮的形象，他既是智慧绝伦的谋士，又是刘备集团中的军事统帅，虽然他的职务或是军师，或是丞相。

在《三国演义》中，作者塑造出了如此众多的人物形象，和作者所运用的艺术手段有着密切关系，其中，移花接木、统一性格是作者塑造形象过程中运用娴熟的艺术技巧之一。所谓"移花接木"指的是出于统一人物性格的需要，对历史记载中的事件的角色进行必要的调整和置换，事件本身在史籍记述中有迹可循，但事件的角色则在作者审美理想的筛选过滤中发生了变化，这种艺术技巧，应该说，是历史题材小说创作成功的艺术经验。历史事件本在史籍中有所记述，这实际上，就为小说所展开的艺术世界中真实强烈的历史感和历史的社会生活氛围提供了前提，使小说的艺术描绘在整体上具有了历史生活的可信度，使读者在阅读过程中，由于情感和再造性想象的作用，能够产生犹如置身于历史生活空间中的感觉，尤为重要的是，作者对历史事件承担角色在艺术创作领域中别具匠心的置换，是为了对人物形象进行概括和提纯的需要，一方面，使人物的个性特征更为鲜明突出，增强小说的艺术传达效果，另一方面，则是使人物个性所驱动的行为方式，在艺术的世界中更能够起到标识人物个性的作用，从而使人物个性在故事情节中的展开，呈现出作者对人物形象的艺术的把握和审美的再现。

在《三国演义》中，这种移花接木的方式有两种具体体现：

一是集中式移植，即将发生在其他历史人物身上的事件连缀牵合到同一个人物形象的身上，以突出人物某一方面的特征，寄托并渗透作者的审美情感，在这一方面，小说对诸葛亮形象的塑造，表现得最为明显。小说为了渲染和赞颂诸葛亮超群绝伦的智慧与谋略，将历史上发生在许多其他人物身上的事件移植到了诸葛亮的身上，使诸葛亮这位三国时代旷世奇才的形象特征，展示得淋漓尽致。在赤壁之战中，诸葛亮草船借箭的情节，充分展示了诸葛亮以非凡的预见性为根基的雍容气度和飘逸神情。他预见三天后有大雾垂江，便在周瑜面前主动缩短了造箭的时间，明知是险境，偏在险上行。到带领鲁肃拨给他的船队到曹营去"借箭"时，鲁肃的紧张不安，更衬出了诸葛亮预料准确、分毫不爽的自信，而在文献记载中，"草船借箭"一事本是孙权所为，而且发生在赤壁之战后五年，这一记载见于《三国志·吴书·吴主传》裴松之注引《魏略》："（孙）权乘大船来观军，公（指曹操）使弓弩乱发，箭着其船，船偏重将覆，权因回船，复以一面受箭，箭均船平，乃还。"这段记述文字，是"草船借箭"故事的最早来源，从这一记述中也可以看出，孙权当时并非是有意用计，而是在困境中的急中生智，后来，为突出诸葛亮的智慧，这一故事经过民间的流传与创造，便归到了诸葛亮的身上。再如，小说中所写的诸葛亮博望坡初用兵的情节，是第一次在小说中表现诸葛亮的谋略，对这一情节，小说做了细致全面的描绘，从分兵派将到安排功劳簿，井井有条，调度有方，而在史籍记载中，指挥博望坡之战的并非诸葛先生，而是刘备本人，在《三国志·先主传》中有这样的记载："（刘表）使（刘备）拒夏侯惇、于禁等于博望。久之，先主设伏兵，一旦自烧屯伪遁，惇等追之，为伏兵所破。"从中可以看出，博望之战与诸葛亮没有直接关系，至少诸葛亮不是主要的指挥者，作者为了在小说中展示诸葛亮的智慧与地位，把指挥权毫不吝惜地交到了诸葛亮的手上。再如，为后世所称道不绝的"空城计"的情节，也是将历史记述中的素材综合起来，集中到诸葛亮身上的。实际上，诸葛亮这一文学形象作为智慧的化身，许多事件并非是诸葛亮本人所为，诸葛亮这一形象身上所展示出来的超凡入化的智慧，是历史上许多发生在其他人身上的事件，经过作者心灵的化合而生成的艺术结晶。

二是置换式移植。人物形象的创造，总是交织渗透着作者的评判尺度和审美情思的，他要通过艺术形象的塑造，概括出社会生活的某些本质性特征，同时，还要求人物形象的性格逻辑更为合理可信。在这一方面，小说用了许多置换式移植的艺术技巧，即将历史文献上有所记述的素材，重新梳理和分派，使这些事件和作者希望塑造出来的人物个性更为切合一致。这里的"移花接木"，指的是事件本身在历史记述中曾发生过，但作者为了寄托理想、保全人物性格的精纯度，对事件的当事人做了改动或更换，这种改动，与历史记述出入较大，因其刻画生动，符合于人物性格自身的逻辑，因而为后世读者所认可，小说这一方面的具体描绘，更是小说中精彩纷呈的有机组成部分，如在赤壁之战的情节中，首先向统帅周瑜提出用火攻以败曹操的计谋的人，本是周瑜部将黄盖，而在小说中，则成了诸葛亮和周瑜二人相互斗智的情节，智者斗智，更显其才智绝伦，成为塑造诸葛亮形象的精彩片段。实际上，为后世人津津乐道的"空城计"，同样是突出诸葛亮超群智慧的艺术情节，而这一情节却是依据其他历史记载所做的艺术创造。为人所熟知的鞭打督邮的情节，在历史上，并非张飞所为，而恰是刘备本人所做，为了突出刘备作为"仁君"那种宽厚仁慈的风范，也为了强化张飞那种威猛莽撞的性格，作者将这件事"转嫁"到张飞的身上，是再合适不过了。再如，小说中所描绘的关羽单刀赴会的情节，在历史记载上，并非关羽，而恰恰是鲁肃所为。关羽单刀赴会的故事，在民间流传已久，元代关汉卿写过《关大王独赴单刀会》杂剧，歌颂了关羽威猛超群、无所畏惧的英雄气概。在元代的《三国志平话》中，也曾写到关羽单刀赴会的事，同样是歌颂关羽的勇敢无畏，到了小说中，则继承了这一情节模式，以塑造义勇双全的关羽形象，而在这种变化中，鲁肃则由原本事实中的主角变成了故事的配角，这一记载，见于《三国志·吴书·鲁肃传》。

　　这种移花接木的方式塑造人物形象，体现了作者创作中的严肃态度，他是在掌握大量历史资料的基础上进行创作的，他根据自己的审美理想，在对历史人物的主导性格特征做了深入把握的基础上，依据相关史料做了必要的突出与强化，这种方式，一方面在整体上保存了历史风貌的真实感，另一方面，则保全了小说中承担着作者社会理想和价值评判尺度的人物个性，活脱灵动地凸显出来。

细节润饰　灌注生气：人物塑造技巧之二

细节描写是小说这种叙事性艺术样式必不可少的艺术表现技巧，细节描写既可以使小说所展示的艺术情境产生令读者信服的真实性，更能够使作者笔下的人物形象的个性特征突出出来。一般来说，细节指的是对细微之处的慧心开掘和精当表现，精彩的细节描写，能够于细微处见精神，通过细小之处似乎是不经意的说明或刻画，而使情景如画，人物则性情毕现。对于《三国演义》这种历史演义小说来说，因为它取材于历史生活，细节描写则尤为重要，通过细节描写，来强化小说的历史真实感，突出人物性格的鲜明性和生动性。《三国演义》在其成书过程中，受到了兴起于民间的讲史艺术"说三分"的直接影响，讲史艺术是诉之于听觉和视觉的艺术形式，其叙述方式更侧重情节的故事性，以达到吸引听众注意力的讲说效果，与此相适应，在人物形象的塑造中，则偏重以夸饰、烘托、反复渲染等艺术技巧凸显人物的鲜明个性，当然，这种特点的形成，与小说本身以动荡时代的群雄争霸的题材也有着必然和直接的联系。

小说由于反映的是重大历史题材，且时间跨度大，人物众多，因而在情节特征上，以叙述故事为主体，罗贯中在综合前代创作积淀，重新展示三国历史进程的艺术世界时，高度重视了小说的细节描绘，使小说的艺术情境更为真实，也更为具体。在《三国演义》中，细节描绘是直接与情节发展交织聚合在一起的，既保留了小说源于讲史艺术主要以人物自身的行动显示其个性的特征，又在情节的展开过程中，以细节描绘强化了小说的形象性和审美特质。细节描写在小说中的具体运用主要体现在以下几个方面：

一、注重在叙述故事的过程中，以简明扼要的细节说明，使小说展示的具体艺术情境更符合生活逻辑和艺术真实性

如前所述，《三国演义》这部奠基性的小说，故事性的叙述在小说的情节构成中占有主体地位，但小说在叙述故事的同时，高度重视了以必要的细节说明和交代作为情节发展与情节贯通的基础和前提，这就使小说的描绘，更为符合艺术创作的规律，更具有生活气息，从而提高了小说艺术表现的真实性，如小说第三十九回"荆州城公子三求计　博望坡军师初用兵"，写诸葛亮出山辅佐刘备的第一仗，诸葛亮本人运筹帷幄，关羽、张飞将信将疑，对于诸葛亮的破敌之计，连刘备也"疑惑不定"，在这种情势下，小说中的人物自是在服从中以观其效，对于叙述故事的作者来说，则是文思细密，铺垫井然，方更显示出诸葛亮过人的才智与谋略。在这段情节中，小说先作了这样的描写："却说夏侯惇与于禁等引兵至博望，分一半精兵作前队，其余尽护粮车而行。时当秋月，商飙徐起，人马趱行之间，望见前面尘头忽起。"这段文字非常仔细，处处与后文相映。其一，夏侯惇与于禁"分一半精兵作前队，其余尽护粮车而行"，与诸葛亮的预见完全吻合，并为后文的火烧粮车做了铺垫，其二，小说在此处特意交代了季节特征，"时当秋月，商飙徐起"，秋季天高气清，晚间多风，为小说后文中用火攻时火借风势的威力做了铺垫，而正行军间，"望见前面尘头忽起"，则既与季节特征相符，又表明了这是孔明施计的开端，具有引发下文的作用。随着情节的发展，夏侯惇先后遇到了赵云、刘备两路诱敌之兵，赵云诈败后已走了十余里，再遇刘备，二人又退后而走，之后小说写："时天色已晚，浓云密布；昼风既起，夜风愈大。夏侯惇只顾催军赶杀。于禁、李典走到窄狭处，两边都是芦苇。典谓禁曰：'期敌者必败，南道路狭，山川相逼，树木丛杂，倘彼用火攻，奈何？'"于是二人分头行动，以望能退兵自保。当李典想要止住后军时，作者以叙述人的角色直接作了评判性的说明："人马走发，哪里拦挡得住？"这一句说明，照应了前文所写的环境特征，天色已晚，没有月色，夜风越来越大，而且道路狭窄，自然难以止住正在行进的军队，这就为下文中曹军的惨败做了伏笔，结果，就在夏侯惇刚刚猛醒之时，"只听背后喊声震起，早望见一派火光烧着，随后两边芦苇亦着。一霎时，四面八方，尽皆是火；又值风大，火势愈猛。曹家人马，自相践踏，死者不计其数"。曹军惨败的结局，实际上，在作者的叙述行文中，对具体环境的精心描绘，已经做了充分铺垫，使这一情节，显得合情合理，真实可信。

再如，小说中写赵云在长坂坡乱军中寻找到糜夫人的情节，同样如此，小说写："（赵云）只见一个人家，被火烧坏土墙，糜夫人抱着阿斗，坐在墙下枯井之傍啼哭。"这几句描写很仔细，一是点出了战场的特点，墙是"土墙"，而且被火烧坏，二是墙下有一口枯井，为下文糜夫人跳井和赵云推倒土墙掩盖枯井做了铺垫，使情节的发展顺理成章。

从以上的介绍中，可以见出小说细节描写的特点，是在情节进程之中对影响故事真实性和逻辑性的细微之处作出简明精当的说明，并使这些细节起到推动情节发展的作用。

二、通过具有典型意义的细节描写，着力突出人物鲜明的个性特征

能够刻画出人物的鲜明个性，是叙事性小说创作中最为关键的艺术价值指标，而人物的个性，在很大程度上，取决于细节选择的精当、艺术传达的准确和与所塑造的人物形象个性特征的契合程度。《三国演义》这部小说，在塑造人物形象方面，取得了高度的艺术成就，其塑造形象的方式，是在情节发展的过程中，通过人物自身的话语、行动来展现出来的，即侧重于动态的呈现，很少停下情节的发展，作静态的说明性的介绍和描述，这也就要求作者在叙述故事的过程中，精心选择能够生动具体地呈现出人物个性特点的细节，犹如画龙点睛一般，直接形象地昭示出特定情境中人物内在的心理活动、外貌神情和举止行为，使人物的个性特征凸显于笔墨之间，如小说中的曹操形象，是一个统治阶级中既有雄才大略，又有奸诈诡谲、自私残暴性格特征的人物，他总是从自己的利益为出发点判断情势、采取行动，由于他本是一个有智慧与谋略的人物，而不是徒有权势的庸碌昏聩之辈，因而他的外在行为又产生了胸怀广阔，知人善任的一面，这一面，又是和他的主导性格侧面紧密联系在一起的，第三十回"战官渡本初败绩　劫乌巢孟德烧粮"中曹操深夜出迎许攸的情节片段，充分显示出了曹操这种独特的性格特征。许攸向袁绍献计，乘曹操屯兵官渡时去袭击曹操的大本营许都，结果未被袁绍所采纳，许攸连夜投奔曹操，在此之前，曹操军中粮草已尽，催荀彧措办粮草的手书已被许攸截获，在这种情势下，小说做了这样的描写：

时操方解衣歇息，闻说许攸私奔到寨，大喜，不及穿履，跣足出迎。遥见许攸，抚掌欢笑，携手共入，操先拜于地。攸慌扶起曰："公乃汉相，吾乃布衣，何谦恭如此？"操曰："公乃操故友，岂敢以名爵相上下乎！"攸曰："某不能择主，屈身袁绍，言不听，计不从，今特弃之来见故人。愿赐收录。"操曰："子远肯来，吾事济矣！愿即教我破绍之计。"攸曰："吾曾教袁绍以轻骑乘虚袭许都，首尾相攻。"操大惊曰："若袁绍用子言，吾事败矣。"攸曰："公今军粮尚有几何？"操曰："可支一年。"攸笑曰："恐未必。"操曰："有半年耳。"攸拂袖而起，趋步出帐曰："吾以诚相投，而公见欺如是。岂吾所望哉！"操挽留曰："子远勿嗔，尚容实诉：军中粮实可支三月耳。"攸笑曰："世人皆言孟德奸雄，今果然也。"操亦笑曰："岂不闻兵不厌诈"，遂附耳低言曰："军中只有此月之粮。"攸大声曰："休瞒我！粮已尽矣！"操愕然曰："何以知之？"攸乃出操与荀彧之

书以示之曰:"此书何人所写?"操惊问曰:"何处得之?"攸以获使之事相告。操执其手曰:"子远既念旧交而来,愿即有以教我。"

　　在这段描写中,曹操在许攸面前一再撒谎,直到许攸拿出了曹操写给荀彧的催粮手书,曹操才无话可说了,充分展示出了曹操诡谲奸诈而深算多谋的个性特征,活灵活现,神情毕现。这段文字,主要是对话描写,在叙述过程中,作者对情节发展过程中的细微之处,做了必要的说明与铺垫,使二人对话过程中的内心活动生动活泼地刻画了出来。曹操听说许攸到寨后大喜,这是真实的心理,此时曹操与袁绍相持已久,军粮已尽,正在无奈之中,故人前来相投,自是令他喜出望外,因为许攸从袁绍营中而来,不论出于何种目的,曹操均能从中获得一些有关袁绍虚实的情况,故而不及穿鞋就亲自前去迎接了,不仅是二人携手进帐,曹操还抢先一步,拜于地上,显然,曹操的下拜是有功利目的在内的,他要从许攸的口中,了解袁绍的情况,而且当即向许攸问破袁绍之计,这种发问,显然是真假参半的,他在试探许攸的虚实和来意,因为对当时的情势,曹操自己非常清楚,无论许攸所献的计策是什么,他都可以自己做出判断。在许攸对曹操说自己曾献攻许都之计时,曹操"大惊",这种吃惊是真实的,因为许攸的确看到了曹操的弱点与劣势,从这里,曹操可以判断出许攸是有诚意来投的,但他自己却对许攸有着森严的心理防范,在许攸问起军粮多少时,曹操接连撒谎,还一次比一次"诚恳",最后一次,则是"附耳低言曰",这一动作的描绘,既表明了曹操的"诚意",更是显示出了二人之间的"亲近",而实际上,曹操仍然没有说实话。对话过程中,写到了二人的笑,许攸的笑,是气恼加讥刺的笑,而曹操的笑,则是搪塞加自我隐藏的笑,两人的笑,显示了各自的心理活动,使人物性格特征更为鲜明地突显出来。

　　在《三国演义》中,类似这样的细节描写很多,只要在阅读过程中,以读者自己的想象力去补充描写中的艺术空白,便会从中体味到其中的丰富的艺术蕴涵。

　　总括起来说,《三国演义》中的细节描写,体现了长篇小说奠基时代的特征,其描绘的方式是在情节的发展进程中,对影响情境真实性和情节贯通的细微之处做必不可少的说明与交代,它以作者对艺术情节的整体构思为前提,在刻画人物形象方面,细节描写更是具有至关重要的作用,经过精心选择、能够显示人物性格特征的细节刻画,会使人物的性格特征更为鲜明生动,它以作者对人物个性的全面把握为基础,在情节过程或是某一具体场景中,选择富有艺术表现力的词语,恰当准确、形象贴切地勾摄出人物的神情、特定情境中心理反应以及这种心理支配下的言语行为方式，呈现出人物形象独具的个性与风貌。同时，这种把细节描写贯通渗透在情节进程中的描写方式，以其情节节奏明快、故事性强等优势，开启了我国小说叙事方式的民族传统，其中包含着许多值得深入开掘和借鉴的艺术经验。

对照烘托　衬出风采：人物塑造技巧之三

　　人物形象塑造是小说这种叙事性文学样式的核心，如何使人物形象个性鲜明、生动活脱，是作者在构思结撰情节时所要考虑的首要因素。《三国演义》小说善于以对照、烘托得艺术技巧塑造人物形象，使人物在彼此映衬中凸显其与众不同的个性特征，对这一方面，毛纶、毛宗岗父子在《读三国志法》中将其列为突出的艺术特征之一，认为"《三国》一书，有以宾衬主之妙"。其所举例证中，有些虽不免牵强，但从整体上说，则充分肯定了小说运用这一艺术技巧的成功，其中有些例证，则确实揭示出了小说这一方面的艺术成就，如评论中说："刘备将遇诸葛亮而先遇司马徽、崔州平、石广元、孟公威等诸人，诸葛亮其主也，司马徽诸人其宾也。诸葛亮历事两朝，乃又有先来即去之徐庶，晚来先死之庞统，诸葛亮其主也，而徐庶、庞统又其宾也。"在第四十五回"三江口曹操折兵　群英会蒋干中计"回评中又说："文有正衬与反衬。写鲁肃老实以衬孔明之乖巧，其反衬也。以周瑜乖巧以衬孔明乖巧为加倍乖巧，其正衬也。譬如写国色者，以丑女形之而美，不若以美女形之而觉其更美。写虎将者，以懦夫形之而勇，不若以勇夫形之而觉其更勇。读此可悟文章相衬之法。"这两段话，联系具体情节，概括出了小说在运用对照、烘托技巧方面所取得的艺术成就，其中，也体现了毛氏父子对艺术创作技巧内在辩证关系的深入理解。

　　对照与烘托这两种艺术手段，在具体运用过程中，既有共同性又有区别，其共同性在于，二者都不是直接单一地描绘或刻画某一对象，而是在两种事物、两个对象的关联中以突出其中一种事物或一个对象的更为鲜明突出的特征；其不同之处表现为，对照一般是把两种事物直接展示出来，在相互比较中显示其差异所在，烘托则重在描绘某一对象中与所要表现的对象具有相似性的方面，使另一对象内在的精神气韵通过这一对象的描绘刻画呈现出来，也就是说，作者所着力描绘某一对象，是为了表现另一对象服务的，其价值由它对另一对象的表现程度而决定，由于这两种艺术技巧在思维方式、运用方法上的相似性，这里，将二者合在一起作分析介绍。

　　特征是在对照比较当中呈现出来的，人物的个性、才能也是如此。小说在情节进程中，善于在复杂多样的人际关系、矛盾纠葛中着力刻画人物某一方面的特征，使人物这一性格侧面或某一方面的才能生动鲜明地凸显出来。由于小说所描写的时代人物众多，且发生着相对稳定的或是激烈变化的各种关系，为小说运用对照烘托的艺术技巧提供了现实基础，在创作过程中，作者又意欲通过人物间的对照比较寄寓社会理想和审美理想，这种艺术技巧在小说中的广泛采用，就成了现实与理想碰撞的必然产物了。

在小说中，为了表现渴望仁君、抨击暴虐的思想倾向，作者是有意识地将刘备和曹操在对比中来刻画的。刘备在小说中宽厚仁德，所到之处，深得百姓拥戴，而曹操则既有雄才大略的一面，又有暴虐残忍的一面，小说中描绘的新野百姓历尽艰难也要追随刘备和曹操为报父仇下令屠杀徐州百姓的情节两相对照，这一倾向是显而易见的。小说第六十回"张永年反难杨修　庞士元议取西蜀"中写庞统建议刘备当机立断去取西蜀时，刘备说："今与吾水火相敌者，曹操也。操以急，吾以宽；操以暴，吾以仁；曹以谲，吾以忠：每与操反，事乃可成。若以小利而失信于天下，吾不为也。"这既是小说中刘备的处世准则，也是有意通过刘备的"夫子自道"，将刘备的立身行事准则与曹操作鲜明的对比，这是小说情节结撰的一条明晰线索。如对待徐庶的态度，刘备和曹操二人有着根本的差异。刘备和曹操为了个人基业，都在千方百计地延揽人才，刘备对托名为单福的徐庶以诚相待，曹操则是以奸诈的手段，靠谋士模仿徐母的笔迹，将徐庶骗往许昌，在徐庶出于无奈要赴许昌时，刘备正在用人之际洒泪相送，这一情节，突出了刘备和曹操二人个性气度和道义准则之间的对立。

小说中，有意识地运用对比以突出人物特征的情节还有许多，如小说对袁绍与曹操同样是以对照的方式来刻画的。小说第二回"张翼德怒鞭督邮　何国舅谋诛宦竖"中，袁绍向何进进言谋诛宦官，袁绍的主张是："可召四方英雄之士，勒兵来京，尽诛阉竖。此时事急，不容太后不从。"当时主簿陈琳已提出此举不可，被何进视为"懦夫之见"，此时曹操鼓掌大笑，说："此事易如反掌，何必多议？"曹操的见解是："宦官之祸，古今皆有；但世主不当假之权宠，使至此。若欲治罪，当除元恶，但付一狱吏足矣，何必纷纷召外兵乎？欲尽诛之，事必宣露。吾料其必败也。"从曹操的议论中，可以见出曹操的识见远在袁绍之上，本来除掉元恶无须兴师动众，何进听信了袁绍的建议，结果招致了危害更甚的董卓之乱。在官渡之战中，小说也是在对比中刻画曹操和袁绍形象的。袁绍外松而内忌，既不能自己审时度势，又不能采用谋士的正确建议，相比之下，曹操则足智多谋、精敏善断，他知己知彼，深明自己一方的劣势和对手的优势，在瞬间即判断出了许攸进献的火烧袁绍粮草的建议对利在速战的己方扭转被动局面所包含的实效价值，并从许攸能够留在自己营中判断出许攸确是真心来投，对他的这一计谋深信不疑，当即采用。事实上，曹操对许攸计谋当机立断的采用，对曹操取得官渡之战的胜利，起了至关重要的作用，袁绍则寡断少谋，屡次坐失良机，致使一败不可收拾。小说第二十一回"曹操煮酒论英雄　关公赚城斩车胄"中写曹操请刘备到相府饮酒，曹操让刘备试述当今天下英雄，刘备述及袁绍，在曹操看来："袁绍色厉胆薄，好谋无断；干大事而惜身，见小利而忘命；非英雄也。"在刘备所列述诸"英雄"都被曹操否定后，小说写曹操对"英雄"的判断标准："夫英雄者，胸怀大志，腹有良谋，有包藏宇宙之机，吞吐天地之志者也。"在刘备问"谁能当之"时，曹操先是用手指刘备，然后自指，说："今天下英雄，惟使君与操耳。"曹操的这一判断，竟吓得刘备手中筷子落在了地上，幸而当时雷声大作，使刘备借机巧妙地掩饰了自己的真实心理活动。在这里，实际上借小说中人物的自评将当时能够争衡天下的多数人物做了对比，袁绍、曹操、刘备三者则是其中的主要人物，曹操判断英雄的标准和他对刘备的评价，体现了曹操过人的见识，他已认定刘备是胸藏大志之人，只是刘备以忙于种菜为遮掩，将自己的真实心理深深地隐藏在心底，才一时瞒过了曹操。

在小说的情节进程中，为了突出人物某一方面的特征，经常运用对照的方式使主导方面展示得更为生动鲜明。例如，小说在传说基础上描绘的诸葛亮与周瑜斗智的情节，就以周瑜的战略远见、智慧谋略和军事指挥才能，反衬出了诸葛亮奇绝无伦的智慧，周瑜与诸葛亮在两家联合共抗曹操这一点上是有共识的。

小说在其他人物形象的塑造中，运用对比这种艺术表现技巧之处也很多，毛氏父子在评说中提到的赤壁之战的情节中，诸葛亮与周瑜、鲁肃之间同样是对比的方式，以鲁肃的忠厚诚实以衬诸葛亮的乖巧多谋，以周瑜屡次加害诸葛亮的计谋被诸葛亮识破，以显示诸葛亮智高一筹、料事如神的非凡智慧，在相互对照中，三人的性情、才智、识见都得到了形象的展示，三人对战略局势的认识完全一致，只有孙刘两家合兵一处，共抗曹操，才能够各自保全，免于被曹操各个击破的命运，但对具体情势下的行为选择，则差异很大。诸葛亮是只身往东吴游说，主要是借东吴的军事力量与曹操抗衡，鲁肃则为了东吴的利益，竭力维护两家联盟，周瑜同样是从东吴利益出发，但他过于相信自己的智慧和力量，并为了东吴的长远利益，几次要杀掉诸葛亮，这种对照的方式，使每个人物各自不同的个性才情，生动活脱地展现出来了。小说中描绘的诸葛亮"三气周瑜"的情节，同样是以对照的方式刻画人物形象的。

以对照的方式刻画人物形象，可以说贯穿于小说的始终，在小说的前半部分，诸葛亮的主要军事对手是曹操。诸葛亮在刘备去世后，尽心竭力辅佐后主刘禅，为统一北方，多次率军北伐，他北伐过程中智慧较量的主要对手是魏军的军事统帅司马懿，他们二人在抢占军事要地，策划军事行动部署、分析对方心理与决策意图等许多方面，有许多相似之处，可谓是良才相遇、棋逢对手，司马懿的谋略与才能，连诸葛亮也心怀忧惧，曹丕死后，曹睿即位，任司马懿为骠骑大将军，又封司马懿提督雍州、凉州兵马，细作报入西川，小说写道："孔明大惊曰：'曹丕已死，孺子曹睿即位，余皆不足虑：司马懿深有谋略，今督雍、凉兵马，倘训练成时，必为蜀中之大患。不如先起兵伐之。'"诸葛亮用马谡所献反间计，使曹睿心生猜疑，将司马懿削职回乡，小说又写道："孔明闻之大喜曰：'吾欲伐魏久矣，奈有司马懿总督雍、凉之兵。今既中计遭贬，吾有何忧！'"从诸葛亮先是大惊，后又大喜的心理变化中，可以想见诸葛亮对司马懿谋略的了解和佩服。在后来二人的智慧较量中，如对待孟达反魏投蜀过程的预见，对兵出斜谷、抢占街亭等战略要地的部署，真是英雄所见略同，只是诸葛亮过于谨慎和能够在退却中以绝伦智慧自我保全，使得诸葛亮在智谋上比司马懿险胜一筹。诸葛亮与司马懿相互斗智的情节，奇境迭出，腾挪变化，同样是运用了对照的艺术表现技巧，使二人的统帅才略得到了充分展示，也正是由于有了司马懿这位深有谋略的魏军统帅的烘托，诸葛亮那种超群绝伦、出神入化的智谋才刻画得尤为鲜明突出，令人叹为观止，这一点，如毛氏父子在《读三国志法》中所说："观才与不才敌，不奇；观才与才敌则奇。"

从上述介绍中，可以看出，小说在塑造人物形象的过程中，自觉地运用了对照这种艺术技巧，既使小说人物形象在对照中能够凸显出其主导方面，又以这种对照的方式增强了情节的紧张曲折和引人入胜的艺术魅力。

如前所述，烘托与对照有所不同，二者都是通过描绘两个对象来达到刻画人物形象的目的，但二者在实际应用中有所不同，其差异在于烘托是重点描绘这些对象的某些方面，使之呈现出另一对象的特征来，如小说中重点描绘的情节片段"温酒斩华雄"。在小说第五回"发矫诏诸镇应曹公　虎牢关三英战吕布"中，写各路诸侯推举袁绍为盟主讨伐董卓时，写华雄到寨前挑战，俞涉、潘凤前去迎战，在袁绍的上将颜良、文丑未到时，关羽请求出战，这段描绘，运用的即是烘托的艺术技巧：

（袁）绍曰："可惜吾上将颜良、文丑未至！得一人在此，何惧华雄！"言未毕，阶下一人大呼出曰："小将愿往斩华雄头，献于帐下！"众视之，见其人身长九尺，髯长二尺，丹凤眼，卧蚕眉，面如

重枣，声如巨钟，立于帐前。绍问何人。公孙瓒曰："此刘玄德之弟
关羽也。"绍问现居何职。瓒曰："跟随刘玄德充马弓手。"帐上袁术
大喝曰："汝欺吾诸侯无大将耶？量一弓手，安敢乱言！与我打出！"
曹操急止之曰："公路息怒。此人既出大言，必有勇略；试教出马，
如其不胜，责之未迟。"袁绍曰："使一弓手出战，必被华雄所笑。"
操曰："此人仪表不俗，华雄安知他是弓手？"关公曰："如不胜，请
斩某头。"操教酾热酒一杯，与关公饮了上马。关公曰："酒且斟下，
某去便来。"出帐提刀，飞身上马。众诸侯听得关外鼓声大振，喊声
大举，如天摧地塌，岳撼山崩，众皆失惊。正欲探听，鸾铃响处，
马到中军，云长提华雄之头，掷于地上。——其酒尚温。

　　在这段描绘中，并没有具体描绘关羽与华雄在两军阵前拼杀较量的场面，
着重写了关羽出战前诸侯军所面临的情势、关羽出战前的自信和关羽出战的
结果，但关羽威猛绝伦、勇武盖世的气概展现得生动活泼，能够给读者留下
深刻印象，其艺术表现效果源于烘托这种艺术技巧的精当运用。在这段不长
的情节片段中，用了三个层次的描绘以烘托关羽的勇武，一是华雄已连斩盟
军两员将，二是众人失色，三是曹操不以职位量才，慧眼识英雄，对于交战
过程，则用"其酒尚温"以渲染其超群的勇武，具体的交战过程，则要由读
者的创造性想象去补充了，经过读者创造性想象的积极参与，关羽的形象就
在小说叙述所留下的艺术空白中凸显出来了。

　　在小说中，运用烘托这种艺术表现技巧最为出色的情节当首推"三顾茅
庐"的情节了。毫无疑问，诸葛亮是寄托作者理想的最主要的主人公，"三顾
茅庐"是小说中浓墨重彩、精心结撰的情节，经过层层铺垫，步步渲染，才
把这位隐居隆中的主人公请出茅庐。在叙写"三顾茅庐"之前，先是由司马
徽对诸葛亮作了语焉不详的介绍，又经过徐庶走马荐诸葛的进一步铺垫，又
经过司马徽的进一步的渲染，才引出了刘备到隆中去请诸葛亮的情节，刘备
第一次到隆中未见到诸葛亮，在返回的路上遇到诸葛亮的好友崔州平，一身
隐士气派，为刘备讲述了一番治乱兴衰的道理，然后飘然而去。第二次去时
遇到了诸葛亮的朋友石广元、孟公威、诸葛亮的弟弟诸葛均，返回的路上，
又遇到了诸葛亮的岳父黄承彦，直到第三次去，才遇到诸葛亮春睡未醒。在
刘备所遇到的这些人中，对在千呼万唤中将要出场的诸葛亮形象，都有烘托
作用，叙述中对隆中自然环境和自然景致的描绘，对人物形象同样具有烘托
作用，作者所要塑造的人物形象尚未出场，人物内在的精神气韵、风采标格
已闪现流溢在艺术情境之中了，取得了先声夺人的艺术传达效果。

　　《三国演义》是古代长篇小说的奠基之作，能够成功地运用对照和烘托这两种艺术表现技巧，显示了作者杰出的艺术创作才能，虽然他没有以理论概括的方式申明自己的理论主张，但他以自己的艺术创作实践，充分表现出他对艺术技巧辩证法的深刻理解和成功运用。

纪传与记事的默契：小说叙述故事的特点

从基本特征来看，小说是叙事性的文学样式，其构成是作者以叙述人的角色讲述具有逻辑关系的事件，并在这一过程中，主要通过人物形象的塑造，渗透或寄托作者对事件的感受、认识等主观情感因素，传达作者对于生活独到的发现、体悟和理想与追求。叙述的基本方式是讲故事，即叙述有一定长度并具有因果层次关系的系列事件。小说创作的这一基本特征，使小说作品在形态上，呈现出客观性特点，这种客观性特点，指的是小说所描绘的对象相对于作者来说，是外在的、客观的事物，在整体上展示出来的艺术世界，是一个虚拟的"真实的世界"，对于优秀小说作品来说，其中描绘的事件，犹如曾经发生过一般，其中活跃着的人物，如同现实生活中曾经出现过或是仍然在现实中生活着一样，即是说，小说中所描写的事件与人物应具有真实感，引发读者对作品情境和人物命运的情感共鸣，对读者产生认识历史、社会、人生的有益启迪。从作者创作的角度来看，小说中的事件和人物是由作者在叙事过程中"活"起来的，作者所创造的艺术世界，是一个经由作者自己对生活的开掘和发现构筑出来的一个独特个别的审美世界，作者对事件的选择，对人物形象的塑造，必然包含着作者对生活的独特理解与认识，这种理解与认识，则又必然通过他对故事的叙述方式具体地体现出来。

如上所述，叙述方式源于作者对生活的认识的角度、深度和他所要寄托的情感态度，其具体特征体现在他对外在世界整体的审美把握之中，对于历史小说创作来说，则体现在作者对历史素材的取舍、剪裁和以艺术的方式重新组构的过程之中。

《三国演义》这部取材于真实历史阶段的历史小说，要求作者在叙述过程中要遵循历史事件的脉络与框架，不能像一般小说创作那样任意虚构事件与人物，同时又不能拘泥于历史材料的记述，只是交代出曾经发生的事件及其结果，因为小说的任务不在对事件的记述与说明，而在于通过别具慧心地组构情节塑造人物形象，展示出一个形象化、审美化的自足世界。三国故事经过近千年的流传与丰富，又经过罗贯中创造性的加工与提高，使小说在叙事方式与技巧上，融注了史家叙事、民间艺人和小说家叙事的三重智慧，为古代小说叙事艺术的历史性发展，开拓了宽阔的道路，奠定了古代小说叙事的典范。

具体来说，《三国演义》叙事上的特点主要体现在以下方面：

一、在遵循历史进程框架的前提下，调整叙事重点

与历史记述不同，小说的创作目的不是为后人留下回味历史行程的资料，而是为了传达作者对历史与人生的审美化认识，以这一目的为根本，以作者所处时代的社会心理特征和情感投向为基础，小说调整了叙事重点。《三国志》以魏为正统，在叙述分量上，魏书占三十卷，吴占二十卷，蜀只占十五卷，而到了小说中，则明显以蜀汉为叙事重点，小说共一百二十回，其中以蜀汉人物和事件为重点叙述对象或是与蜀汉人物有关联的章节占了百分之六十左右的篇幅，其中尤以对诸葛亮的叙述最多，也最为精彩，小说开宗明义的第一回"宴桃园豪杰三结义　斩黄巾英雄首立功"，便先从蜀汉集团的创业者刘备和关羽、张飞的结义叙起，奠定了小说情节进程的基调，叙事中心的历史性迁移，使形象化的三国历史画卷呈现出了自身的审美功能。在东汉末年群雄并起、角逐兼并日益剧烈的社会形势下，刘备建立的蜀汉集团立国时间最晚，所据地域最小，国力又最弱，可是蜀汉一方却是承载着仁义道德力量的一方，小说以蜀汉集团艰辛困苦的立国过程和后期诸葛丞相为统一天下鞠躬尽瘁的生命历程作为艺术描绘的重点，自然会强化小说深层结构中内蕴着的情感力量和悲剧力度。从情节结构整体特征来看，小说的叙事结构可分为紧密相承的五个段落，即子结构系统。第一部分：1～9回，汉末纷争与兼并。这一部分共九回，所写历史时间跨度为九年，在这一部分中，着力描绘在镇压黄巾军的过程中，各路诸侯趁机扩大自己势力与地盘的社会状况，其中，刘备、关羽、张飞可以说是从民间崛起的乱世豪杰，他们以"上报国家，下安黎庶"为理想与号召，在其他强大的割据势力相互争夺的夹缝与空隙中，逐渐壮大自己的势力。实际上，在这段历史进程中，刘、关、张三人的作为在历史生活中并不占重要地位，但小说叙事，却是以他们三人相识结义后的创业行踪作为描绘重点，通过他们的行踪贯通与串联了当时重大的历史事件，展示出了当时的社会历史背景，当然，这一背景是在历史真实的基础上展示出来的艺术化了的背景，其中，体现的颂赞刘备集团崇尚道义与仁义的情感导向，是显而易见的。第二部分：10～34回，曹操统一北方，孙权坐领江北，刘备兄弟失散而聚合。这一部分二十五回，历史时间跨度为十六年。主要描绘了汉末豪强兼并和官渡之战两个段落，在这两个段落中，以描绘曹操崛起并逐渐剿灭其他割据势力统一北方为重点。曹操以其非凡的胆识与魄力，迅

速崛起于群雄之中，很快取得了"挟天子以令诸侯"的资本，以分化瓦解、各个击破为策略，逐渐清除了北方的割据势力，在官渡之战中，曹操以其政治家的方略、军事家的胆识，谋略家的智慧，在官渡转弱为强，以少胜多，彻底击溃了袁绍的军事力量，统一了北方。在这一过程中，充分鲜明地刻画出了曹操的性格特征。在情节整体进程中，小说穿插了刘备集团辗转于各军事集团之间、逐渐形成独立势力的描绘。刘备与吕布、曹操、袁绍等都曾因利益关系有过合作，更有过接连不断的反目争斗。在这一过程中，刘备寻找着自己一方独自成事的机会，他以带军在半路截杀袁术为名，从曹操集团中脱身而去，后被曹操击败，经过关羽千里走单骑，失散多年的结义兄弟在古城相聚，又新得了赵云，步上了创建帝业的新起点。从这里看出，小说以曹操平定北方为重点，其中同样穿插了对于刘备集团军事力量崛起过程的必要叙写，还以突出显要的文字，赞美了关羽千里寻兄的"忠义"。第三部分：35～73回，各据一方，三国鼎立。这一部分历史时间跨度十三年，计三十九回，其中包括三顾茅庐、曹刘争斗、赤壁之战、三气周瑜、进取西川和据守汉中六个情节单元，这是小说集中展示三国人物风采、呈现主要人物形象鲜明个性特征的部分。这一段落叙事密度最大，平均每一年，用三回篇幅来叙述，其突出特点则是以刘备集团的壮大崛起过程为叙事的焦点与轴心，其他历史事件则围绕着刘备集团的作为而展开，在具体情节进程的叙述中则尤为如此，如赤壁之战本是以吴军为主体的战役，在小说以审美方式点化出来的情节过程中，则是出使东吴的蜀汉使臣诸葛亮的绝伦智慧在操纵主导着战役的过程与结局。第四部分：74～115回，三国征伐，谋求统一。共四十二回，历史时间跨度为四十四年。这部分主要写魏、蜀、吴三方为谋求统一相互征战的过程，就三方集团首领来说，都有统一天下的愿望，在这种愿望的驱动和彼此间实力相互牵制之下，三者相互之间时敌时友，都在为自己一方寻找有利的形势与机会，构成了三国之间错综变幻的军事对抗和外交活动形势。前半部分围绕着蜀汉和东吴对荆州的争夺展开，后半部分以诸葛亮南定蛮荒、北伐中原为主体，着力刻画诸葛亮为实施隆中决策所做的不懈努力。第五部分：116～120回，三国归晋，天下统一。共五回，历史时间跨度为十六年。叙述曹魏灭蜀、司马氏篡魏、东吴降晋的过程，相对来说，这一部分的历史时间跨度并不小，但叙事密度却很小，只是按照历史进程的框架，交代了天下一统的历史结局。

通过对小说叙事结构的简要介绍，可以看出，小说始终以蜀汉集团创业过程中君臣际遇和命运遭际为叙事焦点与轴心，其他重要历史人物的作为和当时发生的重大历史事件，几乎都是以刘备集团中人作为参与者和见证人而显示其意义的，作者采取的这一叙述原则，制约控制着小说的整体情节结构及其构成层次，左右着小说对历史素材的遴选、提炼、加工和重组，同时也制约着艺术表现过程中的主次详略，形神虚实，自然也引导着小说的叙事节奏和格调。正是在作者审美理想的引导和驱动下，作者对叙事焦点的调整，使小说展示出来的不是向历史状貌还原式的材料罗列，而是一个交织渗透着作者鲜明强烈的主观情感态度的审美世界，其中记述的事件，是以像生活流程一样滚动前行的情态呈现出来的，其中的人物，不是只是记述了他曾经做过什么，而是具体活泼地展示出他的动机、选择、原因和效果，在这个过程中，刻画出人物独具风神的个性特征，并在其中包孕着作者开掘生活、感悟人生的内在意蕴。

二、贯通史家叙事和小说家叙事，各取优长，熔铸审美世界

小说由于时间跨度大，且有历史框架的约束，而小说创作有其自身的艺术特性，这就要求作者退开一段距离，在整体上透视那一历史阶段的各种复杂现象，使自己的思绪穿透历史的云烟，以艺术想象力，在历史的长河中去探求历史人物的作为和相互关联的历史事件所包含的哲理意味。历史小说创作的这一特点和要求，是对作者历史认识程度、人生感悟层次和艺术把握能力的综合检验。《三国演义》的作者，在前代艺术创作累积的基础上，以天才的艺术创造力，经受住了这一考验，并为后世的小说创作树立了不朽的典范。在叙事技巧上，作者贯穿了史家叙事和小说家叙事的方式，构架起了小说艺术图卷的支撑轴。

历史叙事主要有三种方式，即以记述事件为主体的纪事本末体，记述人的生平大略的纪传体，按照时间顺序记述事件的编年体。小说叙事有其自身特征，它是以人物性格逻辑为依据，构筑艺术情节，使情节的发展和人物性格的刻画与呈现统一起来，且不受历史记述的限制，只要人物性格逻辑是合情合理的，尽可以在生活真实的基础上进行虚构，更为重要的一点是，小说叙事不应只是说明曾发生过的事实，而是要按照人物个性特征，具体描绘出事件发生、发展的过程和它本身所具有的价值与意义，也就是说，此一事件是作为整体结构的有机组成部分，在与其他事件发生相关联系的动态行程中，显示出其不可替代的价值与作用。鲜明具体的形象可感性，是小说叙事的根本要求，不是直接交代出事件的结果，而要从其过程的形象化呈现过程，凸显出人物或是具体情境的审美特征，从中渗透或是寄寓叙述者的情感态度。如小说浓墨重彩予以精心描绘的关羽过五关斩六将的故事，是体现关羽忠心盖世、义气干云的个性特征的主要情节。关羽千里寻兄，历尽艰辛，小说家

以时间为序，按照他投奔刘备的行踪，详细具体地描绘这段富有传奇性的经历。关羽先是以降汉不降曹的名义堂堂正正地归顺了曹操，以见其不忘汉室，斩颜良、诛文丑报曹操礼遇，以明其知恩必报的情怀，得知刘备消息后挂印封金，千里相投，以显其忠义气概。对关羽过关斩将的经过，小说做了形象细致的描绘，在投洛阳的路上，先在东岭关杀了把关将孔秀，接着杀了洛阳太守韩福，到了汜水关，又杀了把关将卞喜，接着赶往荥阳，斩了太守王植，对过每一关的经过，都做了细致具体地描绘，其详细程度，几乎和曹操平定北方的决定性战役——官渡之战差不多，这是因为，在作者的审美意识中，不这样写，不足以凸显关羽忠义绝伦的形象，不展示出关羽的形象，则难以体现出小说颂赞忠义的思想倾向，这种以纪传式的体式刻画人物形象的情节结撰，实质上是作者审美意识在创作过程中的具体体现。这段生动细致的情节片段，其实并不出于真实的历史记述，其主体部分是小说家在民间传说和前代创作的基础上虚构出来的，包含着许多民间创作和作者虚构的成分。在《三国志·蜀书·先主传》记载，建安五年（公元 200）时，"曹（操）公与袁绍相拒于官渡，汝南黄巾刘辟等叛曹公应（袁）绍。绍遣先主将兵与辟等略许下。关羽亡归先主"。这里只有"亡归先主"四字，表明关羽确实是从曹操处又逃至刘备处，既没有记述过关斩将的事，更没有记述具体关隘和守将名姓，显然，这一情节是在民间创作的基础上虚构出来的。这种方式，是小说创作所必需的，虽然这一情节有许多知识细节上的疏漏，由于艺术描绘的形象性，小说读者自会忽略其中存在的不足。

史家叙事和小说叙事既有相通之处，又各有特点，那么作者是如何将不同形式的史家叙事和小说家叙事贯通融会在一起来建构小说的艺术世界的呢？作者所应用的叙述方式主要有以下方面：

其一：在整体框架上，按照史家编年体体式结撰情节，以主要人物的人生经历串接历史事件。

这一点与小说取材于真实的历史素材直接相关，由于素材本身时间跨度大，人物众多，事件繁杂，这就要求小说在整体情节结构框架上，符合历史事件运行的概貌，其中活泼生动的细节可以依赖形象和虚构。小说的形象世界，从汉灵帝中平元年展开，这一年正月，疫气流行，张角以行医的方式，组织黄巾起义，各个割据势力正是在镇压黄巾起义的过程中形成的，从真实的历史时间为切入点，拉开了乱世中豪杰云起、三国征战的序幕。在小说情节推进和人物塑造的过程中，作者有意识地以时间切入，来中断和续接情节进程，使小说的叙事既能脉络清晰，又能够详略得当，略去作者选择之外的事件，集中笔墨叙述作为整体艺术世界有机组成部分的事件。纳入作者叙述的这些事件，当然是经过作者选择和重新组合的事件，它们呈现了作者对其意义的感受或认识，在跨越过去的历史时间中，应当说，同样会发生许多具有不同意义的事件，但它们或是在作者的筛选中被舍弃，或是没有进入作者审美意识的关注范围，作者以直接交代出时间刻度的方式，使叙述中的情节得以能够独立完整地运行。在小说的情节进程中，作者直接点出或标明时间的语句很多，如小说第二回中的叙述："中平六年夏四月，灵帝病笃，招大将军何进入宫，商议后事。"第二十三回中叙："建安五年，元旦朝贺，见曹操骄横愈甚，（董承）感愤成疾。"第二十九回追叙东吴崛起的过程时，叙写道："却说孙策自霸江东，兵精粮足。建安四年，袭取庐江，败刘勋，使虞翻驰檄豫章，豫章太守华歆投降，自此声势大振，乃遣张纮往许昌上表献捷。"接下去叙写孙策之死、孙权即位，割据势力的变化构成了官渡之战的前奏。第四十八回中曹操大宴群臣，横槊赋诗，小说写道："时建安十三年冬十一月十五日，天气晴明，平风静浪。操令：'置酒设乐于大船之上，吾今夕大会诸将。'"赤壁之战是形成三国鼎立局面的关键性战役，时间交代得非常具体，同时，这里的时间及气候概述，还有衬托情境和人物心理的作用。第五十四回，刘备到东吴招亲，时间交代得也很是具体："时建安十四年冬十月。玄德与赵云、孙乾取快船十只，随行五百余人，离了荆州，前往南徐进发。"像这样具体的时间说明在小说中还有许多。

从上述介绍中可以清楚地了解到，小说在整体框架上，是以史书的编年体体式架构其艺术世界的。经由历史时间的提示，在具体描绘过程中，则是选择能够展示人物形象的素材，予以生动细致的艺术描绘，从人物的言行活动中呈现出历史事件的具体过程，当然，这里所说的历史事件，是被艺术化了的事件。

其二：按照塑造人物形象和推进情节的要求，灵活转换叙述视角和叙述人称，使不同层面情节片段紧密相承，使整体叙事构成统一的艺术整体。

在这一点上，应当说，小说充分借鉴并提升了说书技艺的优长，这与小说的成书过程有着血缘关系，体现在小说的叙述特征上，则是叙述人称的灵活转换，将读者的思绪自然而然地带入作者所叙述出来的审美世界中。

一般来说，小说主要有第一人称、第二人称和第三人称三种叙述人称，在古典小说中，由于其产生与说书技艺有密切联系，其叙述多以第三人称叙述为主。《三国演义》的总体叙述人称用的是第三人称，即它主要是以一个讲故事的人在讲历史故事的方式展开艺术世界的，而在叙述具体事件的过程中，又在灵活自如地转换叙述人称，实际上，也就是叙述方式的转换。叙述人称的转换，并不单纯地指的是人称代词的使用，而是指的是一种带领读者进入小说艺术世界的角度与方式。小说开头这样写道："话说天下大势，分久必合，合久必分：周末七国纷争，并入于秦；及秦灭之后，楚、汉纷争，又并入于汉；汉朝自高祖斩白蛇起义，一统天下，后来光武中兴，传至献帝，遂分为三国。推其致乱之由，殆始于桓、灵二帝。"这几句叙述，显然是以讲故事的口吻和方式叙述的，在小说的形象世界展开之后，作者的叙述人身份就隐退了，以第三人称方式叙述，即通过小说中人物视角的转换来呈现其具体艺术情境，同时，在叙述过程中，"却说""且说"两个说书人口语词出现频率非常高，这不单是两个词的问题，而是作者通过它们转换了叙述人称，即具有了第二人称叙述的特点，在这一过程中，作者的叙述口气具有与读者对话的特征，他在提醒读者，他是在为读者讲述故事，给读者以和叙述者对话的特点，叙述人也好像是一分为二，一是他是一个讲述故事的局外人，另一方面，其本身也是听众的一员，这种叙述方式，自然会拉近与读者的心理距离，紧接着，便直接转入第三人称的叙述，这种灵活生动的转换，会调动读者的欣赏心理节奏，刚刚在作者的引导下，拉开一段距离来观照那已经成为过去的历史，马上经由在作者叙述角色的转换中，不知不觉地随着作者的引导直接进入小说的审美世界之中，去领略和感受伸展延伸着的时代历史的形象画卷。这种方式，体现在情节结撰上，则是作者能够灵活自主地中断和续接情节进程，既可根据塑造人物形象的需要调整叙述的密度，也可以根据情节推进的需要运用铺垫和补叙等叙述方式，使情节发展更具有逻辑性。如小说第三十六回"玄德用计取樊城　元直走马荐诸葛"中的转化叙述人称的文字：

> 却说曹仁忿怒，遂大起本部之兵，星夜渡河，意欲踏平新野。
>
> 且说单福得胜回县，谓玄德曰："曹仁屯兵樊城，今知二将被诛，必起大军来战，"玄德曰："当何以迎之？"福曰："彼若尽提兵而来，樊城空虚，可乘间夺之。"玄德问计，福附耳低言如此如此。……
>
> 却说曹仁输了一阵，方信李典之言；因复请典商议，……
>
> 却说单福正与玄德在寨中议事，忽狂风骤起。福曰："今夜曹仁必来劫寨。"玄德曰："何以敌之？"福笑曰："吾已预算定了。"……

从上述引文中，可以看出，作者有意识地通过叙述角色的转换，将读者时而带进曹仁的营寨，时而引入刘备的营帐，将双方较量的过程形象地展示出来了，进入具体的艺术情境之后，则是人物形象自身的言语行动在情节延伸的过程中，自然而然地呈现了。

承传了说书艺人的表现技巧，将其用在供书面阅读的小说创作中，应当说，体现了小说作者驾驭宏大题材的艺术自觉和艺术才能，奠定了古代历史小说的叙事典范。

需要说明的是，"却说""且说"以转换叙述人称的方式，在建构小说的艺术审美世界上具有不可或缺的作用，但它的应用频率过高，显得单一和粗疏了一些，这一点，也体现出长篇小说奠基之作的形式特征。

聚焦于智慧和勇略：小说描绘战争的特点

　　由于小说取材于从汉末群雄角逐、三国鼎立征战到并归于晋的历史行程，对各个崛起的政治、军事集团之间战争的描绘，自然会成为小说的重要内容。就其整体特征而言，战争是政治、外交斗争中的利益纷争、矛盾冲突达到极限时的必然产物。在小说取材的这段历史进程中，先是各地豪强借镇压黄巾起义纷纷起兵，扩充地盘与军事实力，在东汉王朝名存实亡之后，便是各个割据势力之间的混战纷争，在曹操平定北方，孙权承父兄基业据守江东、刘备在新野壮大自己的势力之后，便形成了曹、刘、孙三家对峙抗衡、谋求一统天下的历史局面，出于各自的利益关系，这三家之间，形成了复杂微妙的矛盾关系，时而孙刘联合共抗曹魏，时而曹孙联手，共击刘备，有时则是曹刘默契，对付孙权，战争作为解决矛盾冲突的方式或是实施战略意图的步骤，自然会是接连不断的酝酿与爆发。小说真实地反映出了这一历史时期的动荡起伏、错综变幻的时代战争风云。

　　小说中的战争描绘，堪称形象化的战争史，其中，既有排山倒海、波澜壮阔的大战役，也有巧施机谋、攻城略地的速决战，还有交战双方统兵将领施展武艺、逞勇斗力的拼杀场面，惊心动魄，扣人心弦。据统计，小说描绘的大小战役四十余次，具体的战斗场面上百次，在小说叙述过程中，无论是大战役，还是具体作战场面，都描绘得生动鲜明，各有特色，千变万化，波诡云谲。在描绘过程中，小说在其人物刻画和情节进程中凝聚了丰富深刻的军事学上的智慧和经验，这是小说具有经久不衰的艺术魅力的原因之一，称《三国演义》为古代小说中描写战争的典范之作，它自是当之无愧。

　　小说创作是以写人为核心的艺术形式，塑造出个性鲜明突出并有深刻意蕴与内涵的艺术形象，是小说的根本任务。《三国演义》的作者深明小说创作的审美要求，在描绘战争的过程中，始终将人物形象的刻画置于情节叙述的核心地位，使小说的战争描绘呈现出艺术化的审美形态，既充分展示出战争的复杂性、多样性，又能够通过人物形象的塑造，寄托作者的价值追求和审美理想。

　　概括起来说，小说战争描绘的特征可归纳为以下几个方面：

一是以人物个性刻画为中心,着力描绘参战各方对时局情势的分析与把握,运筹帷幄的决策过程和机谋实施的效果,即重在表现斗智的经过。

在这一方面,《三国演义》充分体现出小说艺术作品的特质,在描绘战争时,时刻注意将叙述焦点对准参战各方主帅、谋士的韬略与运筹,把战争的成因,即政治、外交等方面的情势充分具体、鲜明生动地展示出来,以刻画出决策人物的风神性情、智慧才干,小规模的军事冲突是如此,事关集团前程与命运的大战役则更是如此。小说这样叙写,符合于艺术创作的规律,它所要着重表现的对象,是交战各方决策胜负、起主导作用或核心作用的人,不是战场上群体冲阵拼杀的过程,这就使小说的战争描绘,是具有艺术品质和审美形态的战争,不是罗列交战史料的战争史。小说中战争描绘的精彩场面很多,如刘备请诸葛亮出山后的第一战——博望坡军师初用兵,写得紧张活泼,饶有兴味,既表现出了卧龙先生不负其名的谋略,又刻画出了刘、关、张三人不同的心理活动,在这一过程中,也同样刻画出了曹军将领夏侯惇的性情。小说写刘备自得诸葛亮,以师礼相待,并说:"吾得孔明,犹鱼之得水也。"等得到消息说夏侯惇引兵十万杀奔新野时,刘备请关、张商议,张飞快人快语,说道:"哥哥何不使'水'去?"显示出其爽直粗豪的性格。小说对诸葛亮首次用兵的差遣分派过程,描绘得非常详细,连刘备也给派上了差,以突出诸葛亮确有运筹帷幄之中、决胜千里之外的机谋与韬略,在诸葛亮调度已毕之后,命孙乾、简雍安排"功劳簿",连刘备"亦疑惑不定",这就从不同角度衬出了诸葛亮的自信和才略。在交战过程中,则从夏侯惇在赵云、刘备的诱惑下进入伏击地段的过程,印证了诸葛亮谋略的准确无误,同时,也刻画出了夏侯惇恃勇骄纵、急躁贪功的武将性格。对于大的战役,小说叙述更是聚焦于主要人物形象的刻画上,着力展示出形形色色的谋略与智慧。如官渡之战是曹操击败袁绍、平定北方的关键性战役,小说着重描绘了曹操坚忍刚毅、多谋善断的性格侧面,他在军粮不继的情势下,采纳谋士荀彧进言,坚持与袁绍对峙,并能果断采纳从袁绍营垒中深夜来投的谋士许攸袭击乌巢的计谋,转变了当时情势,为彻底击败袁绍铺开了道路。小说中描绘的赤壁之战,更是精彩纷呈、云霞满纸的锦绣文字。这次战役,是形成三国鼎立局面的决定性战役,参战三方的主帅、主要谋士在这次战役中纷纷亮相,各展才略与识见,的确堪称三国时代的群英会。当时,刘备新败不久,孙权势单力孤,单凭一方力量不可能与情势正盛的曹军抗衡,只有两家联合,才能自保,在这种情形下,刘备、孙权两方都预见到对方会与自己一方主动联合,在刘备与诸葛亮正在谈论时,果然,东吴鲁肃前来探听虚实,诸葛亮当即决定随鲁肃前往东吴,游说孙权,拉开了赤壁之战的序幕。到东吴后,诸葛亮凭借其超群绝伦的智慧、谋略与辩才，智激孙权和周瑜，坚定了孙权联合刘备、共抗曹操的决心。在这一过程中，小说展示出了各式各样的计谋与策略，刻画出了一批个性鲜明的艺术形象。如诸葛亮对孙权心态的观察与把握，施计谋草船借箭等。对曹操，则既刻画了他雄才大略、智谋过人的一面，又刻画出了他在实力壮大过程中形成的狂傲骄纵的心理和所引出的残暴与昏聩，他因蒋干中周瑜的计，以一封假信便不由分说，斩了水军都督蔡瑁、张允，使自己一方的水军失去了优势，在横槊赋诗之时，只因刘馥说了在他听来是不吉的话，便将刘馥刺死；蒋干盗书，已经使他上了周瑜的当，在蒋干第二次愿到东吴打探虚实时，竟不加思考地让他再次前往，结果，请了个来献连环计的庞统，为自己一方的惨败准备了条件。对于孙权，小说重点刻画了他有抱负、有识见、性情坚毅的特点，他不愿向曹操投降，希望能够保全父兄基业，具有善纳忠言的决策能力。在他听了诸葛亮和周瑜对曹军劣势的分析之后，并见周瑜及众武将誓死对敌的士气，使他坚定了破曹的信念。对于周瑜，则是小说中着力刻画的智谋人物，他忠于东吴集团，具有非凡的战略远见和杰出的军事指挥才能，深通谋略，智勇兼备，蒋干两次过江探听虚实，都被他将计就计所蒙骗，为自己发挥水军优势、击败曹军拓开了道路，虽然在"才与才敌"的较量中，比诸葛亮略逊一筹，但其才智，自非一般人物可比，至于他对诸葛亮的加害，主要是出于诸葛亮为刘备所用的原因，并非是忌诸葛亮之才。小说对其他许多人物的刻画，同样很出色，如识见非凡、性情温厚的鲁肃，忠勇豪迈、坚毅果敢的黄盖，自作聪明、眼高手低的蒋干，胸藏韬略、精敏仔细的庞统，沉稳冷静、机智敏锐的程昱等，都在情节进程中显示出了鲜明的个性特征，这些人物形象，着墨的程度不同，但作者能够在事件发展进程的关键时刻表现其反映和应对策略，从而体现人物的个性特征，体现出作者对人物性格、人物作用把握的精当和情节叙述的巧妙。

从上述分析可以看出，小说对战争的描绘，其叙述焦点在于人物形象的刻画，重点展示智谋人物对特定情势的认识、把握与应对决策，充分表现出战争的复杂性，在这一点上，体现了小说推崇智谋人物的倾向，同时，从中开掘出了战争爆发、情势转化和以智取胜的规律性因素。在描绘战争的过程中，作者对巧施机谋、以智慧取胜的争战经过予以充分的叙述与描绘，以凸显出人的智慧因素在战争过程中的主导作用与核心地位，就小说着重描绘的官渡之战、赤壁之战和夷陵之战这三次对三国情势与局面具有决定性意义的战役来说，都有胜利的一方从被动转为主动，从劣势转为优势的过程，其转变的支点与轴心，则是决策者的智谋和意志。在官渡之战中，曹军乏粮，已到了无以支持的程度，但曹操从荀彧的回书中，判断出了退兵所可能导致的兵败如山倒的严重后果，在这种情势下，曹操及时采纳许攸进言，以轻骑兵烧掉了袁绍的屯粮，极大动摇了袁绍的军心，使自己一方把握了主动权；在赤壁之战中，诸葛亮和周瑜都对曹操虽势大却面临的不利形势做出了正确分析和判断，并在英雄所见自同的会意中，定下了以火攻取胜的军事计谋，随之而来的便是围绕着实施火攻策略所进行的各种布置；在夷陵之战中，东吴都督陆逊对进攻势头正盛的蜀军采取了坚守不出、以逸待劳的策略，等蜀军疲惫松懈时，严密布置，火烧蜀军连营七百里，使蜀军在措手不及中险些全军覆没，若非陆逊料及曹魏会乘虚袭其后方，蜀军更会败得不可收拾。这三次大的战役中，可以看出小说作者对智谋的重视，都体现了作者对运用正确的战略决策与部署使自己一方转劣势为优势、最后以弱胜强的推崇与赞叹。

二是与小说的英雄传奇的艺术品质紧密相关，对具体的冲阵拼杀场面的描绘，聚焦于统兵将帅的勇武威猛，意志坚韧和胆略超群，在整体上，使小说建构的艺术世界呈现出浓厚的英雄主义格调，表现出礼赞英雄的倾向。

就小说的艺术特质来看，《三国演义》具有英雄传奇的色彩，这一特征渗透体现于小说艺术世界的方方面面，对于武将形象的胆略和武艺的夸饰性描绘与渲染，对小说这一特征的形成，起着至关重要的作用。在乱世纷争、豪杰并起的时代，必然会涌现出许许多多的英雄人物，其中有识见非凡的人物，也有威武勇猛的人物，还有勇略将才集于一身的人物。割据势力的形成，既要有谋士的出谋献计，更要有武将的冲锋陷阵、斩将夺关，在各个集团中，都聚集了众多武将，这些武将的勇略，在小说中大多是以称颂的态度描绘出来的。

小说中刻画出了一大批武将形象，着力展示其勇武与胆略，如曹魏集团的典韦、许褚、夏侯惇、张辽、张郃，刘备集团中的关羽、张飞、赵云、黄忠、马超、姜维，东吴集团的黄盖、甘宁、周泰、徐盛、丁奉，都是勇武非凡的人物，由于小说以刘备集团为叙事主体对象，其笔墨自然是重点刻画出了刘备集团的武将形象，不只是展现了其勇武的一面，同时，也展开了其他性格侧面的描绘，对其他集团中的武将形象，则由于叙述角度与叙述线索的关系，重点刻画了他们勇武的一面，其他性格侧面的展示，相对来说，则不够充分，这种状况，并非是作者的失误，恰恰体现出作者对叙述详略选择的精当，而对其他武将勇略的展示，在与刘备集团中将领的相互映衬下，其武将风采相得益彰，既突出了叙述重点，又兼顾了整体艺术世界的描绘。小说中最能展示勇武豪俊、意志坚韧的武将本色的情境，莫过于和敌将的斗勇拼杀了。

在小说对两军交战场面的描绘中，叙述的焦点始终放在引兵将帅的勇武上，着力突出其武艺胆略，在两军阵前，总是将领率先出马，与敌将兵戎相见，若自己一方将领获胜，则可乘势掩杀，赢得一阵，若自己一方将领败归本阵或是为敌将所杀，则会大伤士气，输掉一阵。如小说中关羽温酒斩华雄的情节，便是华雄连斩了诸侯联军俞涉、潘凤两员将后，关羽请缨出战，在杯中酒尚温时，就已将华雄人头提进大帐，掷于地上。小说这里用的是烘托技巧，渲染出了关羽超群绝伦的神勇，在关羽斩了华雄之后，华雄的手下自然是溃不成军了，"却说华雄手下败军，报上关来。李肃慌忙写告急文书，申闻董卓"，可见，主将的勇武在交战中起的作用。小说描绘赵云大战长坂坡，在曹军中往来冲杀如入无人之境，更是展现出了赵云忠勇英俊、威猛无敌的神采。小说描绘赵云这位常胜将军的情节很多，直到晚年，赵云的勇武威风不减当年，如小说中所描绘的"赵子龙力斩五将"的情节，既生动地表现出赵云老当益壮的赫赫威风，又充分体现出小说描绘两军交战时竭力突出引兵将领个人作用的特点。小说写诸葛亮出师北伐时，赵云执意要做先锋，诸葛亮只得应允，遣邓芝为副将，随赵云同去，与夏侯懋手下先锋韩德相遇，小说交代，"德有四子，皆精通武艺，弓马过人"，对交战过程，小说描绘道：

韩德带四子并西羌兵八万，取路至凤鸣山，正遇蜀兵。两阵对圆。韩德出马，四子列于两边。德厉声大骂曰："反国之贼，安敢犯吾境界！"赵云大怒，挺枪纵马，单搦韩德交战。长子韩瑛，跃马来迎；战不三合，被赵云一枪刺死于马下。次子韩瑶见之，纵马挥刀来战。赵云施逞旧日虎威，抖擞精神迎战。瑶抵敌不住。三子韩琼，急挺方天戟骤马前来夹攻。云全然不惧，枪法不乱。四子韩琪，见二兄战云不下，也纵马抢两口日月刀而来，围住赵云。云在中央独战三将。少时，韩琪中枪落马，韩阵中偏将急出救去。云拖枪便去。韩琼按戟，急取弓箭射之，连放三箭，皆被云用枪拨落，琼大怒，仍绰方天戟纵马赶来；却被云一箭射中面门，落马而死。韩瑶纵马举宝刀便砍赵云。云弃枪于地，闪过宝刀，生擒韩瑶归阵，复纵马取枪杀过阵来。韩德见四子皆丧于赵云之手，肝胆皆裂，先走入阵去。西凉兵素知赵云之名，今见英勇如昔，谁敢交锋？赵云马到处，阵阵倒退。赵云匹马单枪，往来冲突，如入无人之境。邓芝见赵云大胜，率蜀兵掩杀，西凉兵大败而走。韩德险被赵云擒住，弃甲步行而逃。云与邓芝收军回寨。

这是小说中描绘引兵将领交锋经过生动细致的情节，描绘出赵云老当益壮、勇如当年的神采气概，蜀军这一阵的胜利，主要取决于赵云在两军阵前力斩五将。从这里可以见出小说描绘两军交战的特征，即充分展现引兵将领的作用，从情节进程中张扬出崇尚个体英雄气度、勇力体魄的理想主义精神。

在情节进程中，这样的情节还有很多，如曹操的勇将许褚与马超的裸衣恶战，张飞与马超的大战，东吴将领甘宁率领百骑冲闯曹营的描绘，都有同样的特征。实际上，小说中对两军交战的描绘并不符合古代作战的实际，似乎交战双方的胜负，完全取决于引兵将领的才能，不管有多少士兵，其作用似乎只是呼唤呐喊，擂鼓助威，只要主将一败，便一败不可收拾。小说中的交战场面，是高度艺术化了的，寄托着作者对张扬个体生命力量、充分迸发自然生命力潜能的呼唤与憧憬。尽管这种描绘并非完全忠实于生活的真实，却因其体现着人对生命力强度的渴望和追求，得到了读者广泛地接受，这种表现方式，被后来的历史演义小说所继承。小说中从忍耐力、意志力等方面颂扬英雄气派和神采的情节还有许多，如关羽千里走单骑经过洛阳时，左臂中了一箭，关羽用口拔出箭，尽管血流不住，他还能斩将夺关；夏侯惇与高顺交锋时，被射中左眼，拔箭时，连眼珠一同拔出，仍能挺枪纵马，搠死敌将曹性；在孙权与曹操交战时，曹军将孙权围住，周泰三番杀入重围，"左右遮护，身被数枪，箭透重铠，救得孙权"，冲出重围后，得知徐盛仍被困在垓心，周泰"遂抢枪复翻身杀入重围之中，救出徐盛。二将各带重伤"，再如写周瑜率军攻南郡时，左肋中毒箭，"痛不可当，饮食俱废"，在他从程普口中得知众将欲回江东时，小说写道：

> （周）瑜听罢，于床上奋然跃起曰："大丈夫既食君禄，当死于战场，以马革裹尸还，幸也！岂可为我一人，而废国家大事乎？"言讫，即披甲上马。诸军众将，无不骇然。遂引数百骑出营前。望见曹兵已布成阵势，曹仁自立马于门旗下，扬鞭大骂曰："周瑜孺子，料必横夭，再不敢正觑我兵！"骂犹未绝，瑜从群骑中出曰："曹仁匹夫！见周郎否！"曹军看见，尽皆惊骇。

这里的描绘同样是刻画了周瑜忠勇坚韧，毅力超群的武将本色。小说对武将无所畏惧的胆略气度和超群出众的意志力，在叙写过程中，倾注了热诚赞叹的笔调，体现出对个体强劲生命力和生命意志的礼赞，凝聚着文化传统深层心理结构中的英雄崇拜情结。表现生命力的张扬，崇尚坚韧刚毅的生命意志，这是人自我实现的永恒渴望，这就使小说对英雄人物的塑造具有了人的深层心理愿望的象征和寄托的意味，这是小说具有历久弥新的艺术魅力的内在奥秘。从小说的情节叙述中，可以体味到，作者对英雄气度与英雄本色的渲染，在其根本上，是出于英雄人物自身的意志和品质，其主导思想倾向往往会被英雄人物身上的意志与神采所抑制，即作者并不完全因为他是刘备集团中的人物便赞赏不已，也不因为他是曹操、孙权集团中的人物便加以丑化与挞伐，从这一点上来看，小说作者对英雄人物形象的塑造是公正的，真实地反映了当时英雄辈出的时代特征。

三是依据人物形象塑造的需要，对战争的经过与进程予以变形处理，或是形象化拉伸，或是概括性紧缩，强化战争描绘的审美特征。

小说战争描绘的这一特征，与小说的情节叙述焦点的确定紧密相关。为使战争描绘能够开掘与概括出丰富深厚的社会历史底蕴，并从情节进程的叙述和人物形象的塑造中寄寓人生憧憬和审美理想。显而易见的是，小说描绘了大大小小近百次战争，但描绘的细致程度不一样，叙事密度则更是大为不同。这种状况，与小说的思想倾向直接相关，和人物个性的刻画更是密不可分。大致说来，有刘备集团参与的战事，则尽可能予以详尽叙写与描绘，没有刘备集团参与的战事，则尽可能紧缩，以在这一过程中，将叙述重点聚焦于刘备集团中人物身上，还能够兼顾展现时代总体状貌的创作原则。如小说描绘官渡之战时，重点描绘了曹操用计袭击袁绍屯粮之地的过程，然后，则立即将叙述焦点转向刘备一方，写了刘备袭击许都失败被迫投奔刘表的经过。在以简练笔墨叙写了曹操破冀州、定辽东的经过后，又将重点转向了刘备一方，详细描绘了刘备到荆州后得民心、得徐庶、请诸葛的经过，然后重点描绘了火烧新野、火烧樊城和当阳之战。当阳之战在历史上的作用远远不能和官渡之战相比，但作者饱含热情，浓墨重彩地描绘了当阳之战的过程，一方面着力表现出了刘备躬行仁义、深得民心的仁君品德，另一方面，则着重塑造出了赵云和张飞的形象。赵云为救二位夫人和少主，单枪匹马，在曹军中往来冲杀，所到之处，战无不胜，耿耿忠心，凛凛威风，跃然纸上，刻画出忠勇刚猛的形象。赵云怀揣阿斗突出曹军包围后，曹操大军追至长坂桥，又将叙述焦点转到张飞身上，极力刻画张飞以疑兵计不战而能屈曹操百万大军的神威，其胆略气概，犹如战神一般威猛雄豪，大喝三声，竟吓死曹操部将夏侯杰，惊得曹军惶恐后退。小说这种叙事方式，体现出尊刘贬曹的倾向，刘备部将超凡绝伦的勇武神威，使刘备集团的整体溃败，产生了虽败犹胜的叙事效果。小说对当阳之战的描绘，显然是经过高度艺术加工后的战争场面，既为了塑造出寄托英雄情结的艺术形象，也是为了体现小说的思想意蕴。

小说中叙事密度最大的情节单元当首推赤壁之战的描绘了，这次战役是形成三国鼎立局面的关键性战役，参战三方都投入了主要力量，雄才汇聚，波澜壮阔。小说从战争爆发的缘起、刘备与孙权对局势的判断和联合的过程、战役进展过程中的智慧较量、战役的结局等各个方面，都做了生动细致、形象鲜明地描绘，塑造出了三方主帅和各具性情的一大批谋士、武将的形象，这一单元，前后用了九回篇幅，可见其叙事密度之大，可参阅鉴赏部分。

通过上述介绍可以看出，小说战争描写的特征与小说的叙述重点和意蕴开掘紧密联系在一起，其聚焦核心则是对人物形象的刻画，无论是对智谋人物的刻画，还是对武将神采的渲染，都是如此，这样，就使小说描绘出来的战争，成为艺术化、审美化了的战争，不是战争原因、经过和结局的刻板记述，其价值和意义，附着在其艺术世界建构的审美层面上，它不只是让读者从中了解一般化的古代战争知识，更为重要的是，使读者从小说的形象塑造中感受历史的意蕴，体验生命的意味。

数字序列的聚合功能：情节结构技巧之一

在《三国演义》中，出现了不少以数字序列关合凝结起来的情节单元，这些单元，有的是承接推进，有的则是中间穿插了其他情节而后续接起来的，但由于数字所特有的概括性和凝聚性功能，使这些情节片段前后相承，构成了序列化的有机统一体。

数字是人的思维产物，体现了人对外在世界万事万物的把握方式，它既是高度抽象化的结果，也是想象力的结晶，数字本身并不存在于可以直接感知的物质世界之中，它需要人通过逻辑抽象和感性想象相统一的能动思维过程，才能够认识与理解。正是由于数字的这一奇妙特性，在中国文化史上，很早就以数字作为哲学概念，以把握丰富多彩、内蕴着无限生机与活力的客观世界了。在先秦哲学流派道家的创始人老聃的《道德经》中，对于万物生成，有"道生一，一生二，二生三，三生万物"（《老子四十二章》）的哲学理解。这里的"一"不单纯是数字概念，而是作为认识世界的方式的哲学概念，其含蕴为整体，即世界本身。

文化传统对后世的文化发展的影响，会渗透到文化创造的方方面面，因传统文化思想中有数字形式的哲学概念，并有"三生万物"的思想，这一观念也渗透到了小说的情节结撰中。作为小说史上第一部成熟的长篇小说，《三国演义》明显地体现了以数字的聚合效应结撰故事情节的自觉追求。

从《三国演义》的情节构成可以看出，小说中的精彩情节单元，大多是以数字的总括和涵盖功能次第有序、层次明晰地组构在一起的，在这些数字中，尤以"三"或是"三"的倍数为主，这种现象，不会是漫不经心中的巧合，而是作者为了强化情节单元的凝聚力，并使情节在推进展开的过程中，从其内在结构深处，生成一种整合与对照的审美效应，其整合作用在于，它使穿插于其间的不同事件，由数字的统摄，按照其意义与层次，构成有机整体；其对照作用在于，它使情节展开过程中的不同事件，形成前后的映衬，形成情节的摇曳起伏，生动活泼。

小说开宗明义的第一回"宴桃园豪杰三结义　斩黄巾英雄首立功"，首先是以刘备、关羽、张飞三人的生死结义为开端，小说的开端，应是作者经心安排的叙述切入点，对于情节的展开有预示作用，这一情节，是在史料记述的基础上虚构出来的，在《三国志·蜀书·关羽传》《张飞传》中，只有简略记载，《关羽传》

中说刘备任平原相时，"先主与二人寝则同床，恩若兄弟"。说明三人之间的亲密关系，却没有关于三人结义的记载。如果说，历史记述中三人关系确是非同一般，作者理应这样写的话，从其他情节单元的安排则可明显感受到，以"三"作为情节结撰的内在聚合力，当是作者对情节体系整体构成的自觉追求。

从小说的情节系列中可以看出，以数字聚合的情节单元占了相当比重，其中，以"三"或是以"三"的倍数结撰的情节单元尤占多数，如"陶公祖三让徐州""屯土山关公约三事""荆州城公子三求计"，"曹孟德会合三将"等简略叙写的情节，展开描绘，叙写得形象活脱的情节则有"三顾茅庐""过五关斩六将""三气周瑜""六出祁山""九伐中原"，从中也可见出，这些情节大多是以蜀汉集团人物活动为叙述主体的，这一点，与小说的整体思想意蕴直接相关。对于小说情节的这一特征，毛评本在《读三国志法》中作了精当评述：

> 《三国》一书，有横云断岭、横桥锁溪之妙。文有宜于连者，有宜于断者。如五关斩将、三顾茅庐、七擒孟获，此文之妙于连者也。如三气周瑜、六出祁山、九伐中原，此文之妙于断者也。盖文之短者，不连叙则不贯串；文之长者，连叙则惧其累坠，故必叙别事以间之，而后文势乃错综尽变，后世稗官家鲜能及此。

从小说的整体情节序列来看，以数字的凝聚效应组构情节，有着平直叙写难以比较的优长，具体说来，其作用有以下几个方面：

以数字所具有的高度抽象的思维特征，即使情节单元内部生成内在的有机性，更为生动丰富的情节流程构建出高度简洁化的形式框架，使情节呈现出意蕴丰厚的形式美。

如前所述，数字本身是想象中的抽象化，是逻辑抽象和感性想象高度统一的思维产物，以数字作为对具象事物的概括必然会容纳极为丰富的具体内容，具体到小说情节对数字这一特征的运用，体现出文化传统对艺术创作的深刻影响，也体现出《三国演义》对叙事性文学创作的历史性贡献。

以数字可以将丰富鲜活的生活流程，纳入极为简洁的形式框架之中，使情节进程在其结构特征上，展示出简洁明净之美，以数字组构起来的情节，自然会因其概括内容的深厚，成为"有意味的形式"，耐人寻味。

如在后世广为流传的刘备三顾茅庐的情节，则显然是以数字"三"聚合而成的情节单元，在这一情节进程中，体现着丰富厚重的传统文化的底蕴。刘备亲到隆中的过程，在时间流程中，分别发生在依次顺延的刻度上，"三"这一数字，不只是说明了去的次数，还将发生于其间的许许多多的具体时间聚合成了一个完整的整体。司马徽两次相荐，徐庶又走马举荐，这三次举荐，使刘备三到隆中，请诸葛亮出山辅佐，二人相见之后，诸葛亮为刘备定下了占荆州、据西川而三分天下的战略决策。刘备三到隆中的过程中，第一次见到友人崔州平，第二次见到友人石广元、孟公威、弟弟诸葛均和岳丈黄承彦，到第三次才见到诸葛亮。作者这样构思，不是故弄玄虚，而是为了深入揭示人物深层心理，更好地传达小说的思想意蕴。诸葛亮与刘备一见面，就为他定下三分天下的战略决策，并让童子拿出西川五十四州地图，其讲解可谓是图文并茂，从这里可以想见，诸葛亮隐居隆中，并非是真正散淡逍遥、忘怀世事，而是用心关注着时局的变化，对自己的人生选择，经过一番艰苦的心理波涛的激荡，才做出了最后的决断，体现出传统文化影响下知识阶层的典型心理特征——儒道互补，即入世和出世的内心矛盾，在适宜的环境中，以儒家思想为主导，力求实现其建功立业的人生价值，在难以实现理想与抱负的境遇中，则以道家思想为主导，在淡泊宁静中寻求道德人格的自我完善，小说通过刘备三请的过程，实际上，真切生动而又含蓄厚重地展示出了诸葛亮人生选择的心路历程，在这一过程中，也刻画出了刘备求贤若渴、礼贤下士的诚挚情怀，形象描绘过程中的深层心理内涵，被小说家精巧地浓缩到了以"三"为极致的形式结构之中，体现了作者对传统文化心理的深切感悟和精湛的艺术传达。

毛评本第三十七回回评中评述说："顺天者逸，逆天者劳。无论徐庶有始无终，不如不出；即如孔明尽瘁而死，毕竟魏未灭、吴未吞，济得甚事！然使春秋贤士尽学长沮、桀溺、接舆、丈文人，而无知其不可而为之仲尼，则谁著尊周之义于万世？使三国名流，尽学水镜、州平、广元、公威，而无志决身歼、不计利钝之孔明，则谁传扶汉之心于千古？玄德之言曰：'何敢委之数与命！'孔明其同此心与！"

这段话中，虽是从儒家正统立场所发的议论，但其中有其积极的借鉴意义，其中高度肯定了积极进取的人生选择，对只是隐居退避、忘怀世事的处世方式，表现出了不赞成的态度，诸葛亮虽然最终没有实现其一统天下的抱负而病逝，但他渴望在纷争乱世奋发进取的人生态度，是应当肯定的。评述中接着说：

> 淡泊宁静之语是孔明一生本领。淡泊，则其人之冷可知。宁静，则其人之闲可知。天下非极闲极冷之人，做不得极忙极热之事。后来博望烧屯以至六出祁山，无数极忙极热文字，皆从极闲极冷中积蓄得来。

这段文字，对诸葛亮的一生心态做出了精当概括，即其隐居是为了在审视时局中待时而出，刘备是当时乱世中难得的仁君，对自己的志节才能，又是如此看重，自然会使诸葛亮为之感动，出山辅助，而这一深厚的传统心理积淀的内涵，则凝聚在了"三"请的形象描绘的过程之中。

数字形式聚合起来的情节单元具有强大的整合功能，能够将相对续接的情节组构为有机整体。

数字的概括性在这一点上有充分体现。小说情节在具体展开推进的过程中，为了反映更为广阔的生活，也使所描绘出来的生活具有浑融圆通的整体性，小说要不时中断主体情节的叙述，插入其他情节分支的叙述，使小说能够反映出同时异地或是同地异时的复杂事件，既使情节呈现出生活原生状貌的生动性和整体性，又能够使情节的情调产生相应的变化，以充分激发读者的欣赏兴趣，这对于长篇叙事性文学作品来讲，尤为重要，它关系到作品情节结撰的成败。《三国演义》中，由于运用了数字聚合情节单元的艺术技巧，因而其情节产生了起伏波折而又紧凑完整的艺术效果。

作者为了凸显诸葛亮形象经心结撰的三气周瑜的情节，堪称这一方面的典范。三气周瑜是作者按照"才与才敌，则奇"的对照原则铺展开来的艺术情节，使三国时代两个智谋之士在斗智中显示出各自的风采，使周瑜的形象进一步衬托出诸葛亮盖世绝伦的智慧。一气周瑜紧在赤壁之战后，周瑜看出刘备有取南郡的意图，心中大为不安，去见刘备，刘备用诸葛亮的计谋，尽着周瑜去和曹仁厮杀，待计赚曹仁成功，南郡已如在囊中之时，赵云却乘虚攻占了南郡，气得周瑜金疮迸发，不只如此，进占南郡后，立即用得到的兵符诈调曹军，使张飞取了荆州，关羽取了襄阳，三处城池，尽被刘备所得。周瑜为索取荆州，定下美人计，以孙权之妹许配刘备为名，想囚禁刘备，在诸葛亮的运筹之下，结果弄假成真，刘备挟孙夫人安然返回荆州；一计不成，又生一计，周瑜又想以假途灭虢之计，擒拿刘备，结果又被诸葛亮识破。直气得周瑜长叹"既生瑜，何生亮"，在气恼交加中身亡。"三气"本身，是自成序列的情节单元，但这一情节单元并不是连续发生的，而是中间穿插了其他事件，这样写，更为符合生活的真实，显示出吴、蜀之间既联合又争斗的关系。从内容来看，三气的计谋也不可能连续展开，只能是在经过一段时间的消解之后，才有可能，这样写来，既符合艺术规律，也更切合于生活的真实。在"一气"和"二气"之间，穿插描绘了刘备进占南方四郡，孙权与张辽的合肥之战。为争荆州，周瑜又设下美人计，想要诓骗刘备到东吴，结果，将错就错，在诸葛亮的计谋之下，竟成了穿插于金戈铁马之间的旖旎片段，刘备真的成了东吴的女婿，情节的情调产生了相应的变化。在"二气"和"三气"之间，描绘了曹操志得意满、大宴铜雀台的情节，经由曹操的心态，写出了刘备势力强大后对曹、孙两家的威胁，节奏又急促起来，同时为周瑜再一次想以计谋夺回荆州做了铺垫，他想出的实在不怎么高明的假途灭虢之计，又被诸葛亮识破，直气得周瑜金疮复发而身亡。

在这"三气"的过程中，由于中间穿插了其他情节，因而整体情节的进程更为丰富多彩，因为这些情节，并非是完全游离于主体情节之外，而是对主体情节的伸展变化起着各自的影响作用和导引作用，同时，这样安排情节，还使情节进程的格调有所变化。这"三气"的过程，虽不是连续描绘出来的，由于数字结撰的凝聚与整合作用，这"三气"实际上是完整的叙事单元，穿插进来的情节，因其与主体情节有着某种必然的联系，被整合到了整体情节的进程之中，使之构成了完整的有机体。

小说中所描绘的六出祁山的情节同样如此。据《三国志》记载，诸葛亮伐魏只有五次，而且只是第一次和第四次到过祁山，建兴八年（230）魏、蜀对抗，实际是曹魏攻蜀，蜀方是防御战，诸葛亮在斜谷口击败曹真，司马懿用反间计，刘禅将诸葛亮召回，这一过程，在小说的艺术描绘中，也成了诸葛亮的一次出祁山。在小说描绘的六出祁山的情节中，虚构的成分远多于史实成分，写得有声有色的情节如诸葛亮骂王朗、与夏侯懋对峙、智收姜维等，大多出于小说家的艺术虚构。小说家为了更好地塑造人物形象，对历史记述进行了创造性的加工，将诸葛亮与曹魏之间的军事较量写成了六次主动的军事出击，在艺术结构上，则构成了一个完整的情节序列，以充分刻画诸葛亮鞠躬尽瘁的贤相形象。这"六出"情节序列中，穿插了吴军和曹军的军事较量，这些穿插的情节，和诸葛亮当年确定的联吴抗曹的战略决策是一致的。小说中写，吴将陆逊在击败曹休后，即进言孙权，请诸葛亮出兵伐魏，被孙权所采纳，诸葛亮再上《出师表》，后主敕令诸葛亮出兵。由此可见，小说的情节进程经过了作者有意识的艺术创造，所叙写的出祁山与曹魏交兵的情节被"六"所标识的次第进程统摄在了一起，其中吴、魏交兵的事件也被吸纳到了整体事件的发展之中。

以数字为标识的单元整一性，能够充分激发读者的阅读期待，使小说的情节产生引人入胜的无穷魅力。

这一点，是从读者阅读与欣赏的角度来讲的。每一个人都会有好奇心与求知欲，读者的阅读过程，实际上是由作者所精心设定的叙事视角进入小说的艺术世界的，在这一过程中，情节的组构和安排起着至关重要的作用。一般说来，叙事性小说的情节和人物性格的刻画应是一个统一的过程，情节的展开过程即为人物个性呈现的历史。就情节本身而言，它是具有因果相承关系的事件流程的序列组合，情节既要有人物性格的逻辑基础，也要在其展开过程中经由不同事件或是不同层次事件的描绘，使情节产生扣人心弦的趣味性，在起伏波折、跌宕腾挪中调动读者的再造性思维活动与情感活动参与到重建审美表象的过程之中。

由数字所聚合起来的有机情节单元，自然会使读者的思绪沿着情节的推进而追索，在极度简洁化的审美形式提示下，自觉激发欣赏热情，去感受和品味情节的整体过程，简言之，即数字这一高度抽象的美的形式，为读者设下了序列化的悬念，令读者在阅读过程中难以割舍，想一睹这一过程的结局为快。如"三请诸葛亮"这一情节，在读过"一请"之后，必然会被另外的"二请"所吸引，虽有可能预想到其结局如何，毕竟这一过程的经过到底如何，遇到了哪些人物，是否一帆风顺，还是不得而知，必然引导着读者的思路继续读下去。

就调动读者的欣赏兴趣这一方面来说，小说数字聚合情节方式的运用，也和小说的创作与讲唱文学传统有着不可分割的联系。小说以这种方式组构情节进程，自然会强化小说吸引听众的艺术效果，在这一点上，和小说的章回体形式的效果有着相似性。

总括起来说，以数字为聚合情节的艺术形式，是《三国演义》的艺术创造，其中，既体现出传统文化的内在影响，也保存了小说历史形成的痕迹，更为重要的是，它是作者的创造，体现出作者对艺术创造特征与创作规律的深刻理解与精当运用。

伏笔与补叙：情节结构技巧之二

对于长篇小说的情节结撰来讲，由于人物众多，一般来说，时间跨度又大，叙述方式的选择与运用至关重要，如果一味按照时间顺序罗列事件的进程，则不仅会使故事的叙述索然无味，更往往会使主体情节淹没在对旁生枝节的叙述中。为突出情节主干，对序列事件的因果关系和相互影响又要说明其来龙去脉，并在这一过程中凸显出人物的个性特征，塑造出个性鲜明、具有高度艺术概括力的艺术形象，这就需要运用不同的叙述技巧，既使小说的整体情节结构主线突出，又使各个组成部分详略得当、严密紧凑，构成一个有机统一的整体，在这一方面，伏笔与补叙方式的成功运用，则会对小说审美世界的构成，能够起支撑和密合的作用。

毛纶、毛宗岗父子对《三国演义》中伏笔与补叙的运用，赞叹不已。在《读三国志法》中，以形象化的语言做了概括与归纳，高度评价了小说作者对这两种叙事技巧领悟的深刻和运用的娴熟：

> 《三国》一书，有隔年下种，先时伏著之妙。善圃者投种于地，待时而发。善弈者下一闲著于数十著之前，而其应在数十著之后。文章叙事之法亦犹是也。
>
> 《三国》一书，有添丝补锦，移针匀绣之妙。凡叙事之法，此篇所阙者补之于彼篇，上卷所多者匀之于下卷，不但使前文不拖沓，而亦使后文不寂寞；不但使前事无遗漏，而又使后事增渲染，此史家妙品也。前能留步以应后，后能回照以应前，令人读之真一篇如一句。

在赞叹小说这两种叙述方式时，毛氏父子列举了不少例证，其中有些不免琐细一些，但在整体上，确实是阐发出了伏笔与补叙在小说情节结撰有机性上所起的重要作用。

伏笔和补叙是既有联系又有区别的两种叙述方式。一般来说，伏笔是在主体情节进程中，对某种在后来情节发展中与以前事件有关联，或产生作用与影响的事件预先做出简略的说明和交代，有时则做出暗示性的形象描绘。伏笔自身是主体情节的副产品，其作用主要在于它对后来情节进程的影响作用，一般不做充分完整的描绘。成功的伏笔在后来的情节发展过程中都会得到相应的呼应，以强化整体结构的严整性。补叙则是根据主体情节发展或人物形象塑造的需要，中断主体情节的发展，对与主体情节或人物个性刻画紧密相关的事件所做的补充性的叙述，以使当下描绘的人物个性更为鲜明突出，事件进展的因果脉络更为完整，更为具有严密的逻辑性。从其应用方式来看，伏笔是在事件进展的时间顺序上，后面的事件与前面发生的事件有因果或是承继关系，有时时间跨度会相当大，这取决于小说的题材和表现方式。补叙则是在中断主体情节进程的某一点上的横向展开，或是对相关事件予以回溯式的说明或是描绘，以凸显或呈现当下事件的特征或是其必然性。如前所述，伏笔的运用，一般是在主体情节运行的过程中对在后来产生影响与作用的事件所做的附带说明，这一特征，决定了运用伏笔时，叙述人一般隐退在事件之后，在情节的自然流程中所完成；补叙则有所不同，它需要由叙述者直接介入、中断主体情节才能完成，以见其事件的完整性。相对而言，用于伏笔的事件本身不如由它所引发的事件更为重要，作为补叙的事件本身，在其重要性上，则一般不如当下发生的事件更为重要，大多是用以表现当下事件发生的逻辑前提，在表现方式上，则是将某一件或某几件相关、相近的事连在一起予以叙述，使读者能够对当下事件产生的必然性有深切的理解和领悟。

《三国演义》完整严密的艺术世界的建构，在相当大的程度上有赖于对伏笔和补叙这两种叙述方式的运用，从中可见出作者对小说情节结撰艺术的深刻理解和对叙事艺术的精湛运用。

概括起来说，伏笔在小说中的作用可大致归纳为几个方面：

一是强化情节发展的自然合理性，使后来情节进程中产生的事件不显得突兀，使得整体情节犹如生活本身的流程一般自然。

如小说中开篇写黄巾起义爆发时，幽州太守刘焉接受校尉邹靖进言，出榜招募义兵，以镇压黄巾军，榜文发到涿县，引出县中一个英雄，这位英雄便是小说的主人公刘备。毛评本在《读三国志法》中对这一点评述说："如西蜀刘璋乃刘焉之子，而首卷将叙刘备先叙刘焉，早为取西川伏下一笔。"从小说的艺术构思方面来看，小说先写刘焉以引出刘备，确有这种做伏笔的意图，小说六十五回写刘备进占西川，自领益州牧，将刘璋佩振威将军印绶，安置于南郡公安，则刘备所得西川，本为东汉皇族刘焉父子的基业。小说这样写，对历史记述做了改动。据记载，刘焉做过冀州刺史，并未做过幽州太守，黄巾起义爆发时，幽州刺史是郭勋（幽州长官是刺史，而非太守）。小说这样改动之后，使前后情节之间产生了承继关系。刘备由邹靖引见去见刘焉时，"玄德说起宗派，刘焉大喜，遂认玄德为侄"。这样描写，就使刘备的皇叔身份显得更真实，另一方面，则有助于表现在刘备不得已才进占西川的仁义品德。再如第三十一回"曹操仓亭破袁绍　玄德荆州依刘表"中，写刘备被曹操击败，谋士孙乾进言去投荆州刘表，刘备应允后，孙乾到刘表处游说，他先说刘备新败后欲投孙权，是在自己的"不可背亲而向疏"的进谏下，才决意转投刘表的，在刘表想接纳刘备时，蔡瑁进言斩孙乾而事曹操，结果，在孙乾的游说下，刘表决心已定，"乃叱瑁曰：'吾主意已定，汝勿多言。'蔡瑁惭恨而出"。毛评本在此处评述说："便伏后文谋害刘备事。"这段文字中，用了多处伏笔，诚如毛评本回评中所说："刘备投托孙权，尚隔数卷，而在孙乾口中先伏一笔；檀溪跃马逃难，亦在后文，而于蔡瑁口中先伏一笔。——此伏笔之法也。"这里的总括是有道理的，随着情节的发展，刘备投到荆州之后，蔡瑁设下"鸿门宴"，意欲除掉刘备，引出了刘备马跳檀溪、巧投水镜庄、得遇水镜先生司马徽评点人才的一番议论。刘备回到新野后，先得徐庶辅佐，后得卧龙孔明辅佐，但在曹操的进攻之下，由于兵微将寡，引出了孙、刘两家共抗曹操的战略联合。可见，这里的伏笔对小说情节发展所起的引发与铺垫作用。

二是使人物形象的刻画更为具体细致，人物之间的关系更为明晰。

人物形象的刻画是小说的主体，小说的艺术成就主要体现于人物形象描绘。《三国演义》由于人物众多，作者对人物形象的刻画，采取了不同的方式，有的是集中笔墨予以刻画，有的则是在不同的情节中逐次描绘，使人物的行踪更具有生活气息，从而在整体上强化小说的艺术真实性。如对赵云投刘备的描绘，便是如此。赵云在小说中露了几次面，才投入到刘备集团中，在这一过程中，表现出了赵云的见识、性情，为后来的情节中细致全面地刻画赵云形象做了充分铺垫，并对与之相关的人物做了必要的刻画。赵云出场是在第七回"袁绍磐河战公孙　孙坚跨江击刘表"中，写公孙瓒与袁绍手下大将文丑交锋，战不到十余合，公孙瓒即抵挡不住，被文丑冲入军中，刺一将下马，手下另外三员将败走，公孙瓒落荒而逃，在马失前蹄、文丑捻枪来刺的危难时刻，赵云出场，拦住文丑厮杀，战五六十合，胜负未分，由于公孙瓒手下救军赶到，文丑拨马而去，小说写道：

　　瓒忙下土坡，问那少年姓名，那少年欠身答曰："某乃常山真定人也，姓赵，名云，字子龙。本袁绍辖下之人。因见袁绍无忠君救民之心，故特弃彼而投麾下。——不期于此处相见。"

赵云的出场写得不同凡响，展示出了少年将军的神采英姿，并刻画出了赵云身为武将却斯文有礼的神情，为后文中具体刻画赵云的英武威猛而又机警心细的个性特征做了铺垫。小说中写赵云与袁绍手下大将文丑交锋五六十合胜负未分，回应了第五回关羽斩华雄时袁绍所说的当时颜良、文丑不在的情形，同时，以赵云之勇，文丑能与之战五六十合，则一方面突出了二人的勇武，另一方面，也为后文中关羽斩文丑、渲染关羽的神勇做了铺垫。在赵云保护公孙瓒冲出袁绍军包围而被袁绍军追赶时，刘备、关羽、张飞三人带兵赶到，杀退袁绍后，公孙瓒教赵云与刘备相见，小说写，"玄德甚相敬爱，便有不舍之心"，毛评本评述说："眼力绝胜公孙瓒，此为后文子龙归刘张本。"在公孙瓒与袁绍讲和并表举刘备为平原相时，小说写道：

> 玄德与赵云分别，执手垂泪，不忍相离。云叹曰："某曩日误认公孙瓒为英雄；今观所为，亦袁绍等辈耳！"玄德曰："公且屈身事之，相见有日。"洒泪而别。

小说从情态动作上着意突出了刘备与赵云之间的亲近情感，为后来赵云归刘备做了铺垫。小说这样写，也同时呼应了第一回中刘备与公孙瓒为友的介绍，此时，刘备未有基业，又本与公孙瓒为友，如此时赵云相从，则对刘备的形象刻画有所损害。

从上述介绍中可以看出，伏笔的作用主要在对情节进展起预示作用，在具体应用方式上，有时以形象描绘的方式，有时则通过人物语言来完成，在后一种方式中，人物语言实际上已经具有了一定的暗示性叙事功能，这需要作者对小说的整体情节结构有深入理解才可能做到。

再看补叙在小说中的作用：

如前所述，补叙与伏笔有所不同，它是在情节进程中由作为叙事人的作者直接出面介入，中断主体情节发展，对与当下事件相关的事件予以补充性的说明与描绘，可以是某一件事，有时则是集中几件事，它在情节进程中的作用大致可概括为以下方面：

一是对当下事件的前因做出必要的回溯性说明与交代，使事件的发生更具有生活的真实性与艺术的逻辑性。

在这一方面，补叙主要是对主体情节发展的逻辑性起关合作用，一般通过简要的交代与说明即能完成，使与主体情节相关的事件以其结果汇注到整体情节的流程之中，使主体情节发展更明确，也更具有生活的真实性。

　　如小说写关羽过五关，斩六将，又得周仓相随后，往汝南进发时，途经一座山城，关羽问土人这是何地时，土人回答说："此名古城。数月前有一将军，姓张，名飞，引数十骑到此，将县官逐去，占住古城，招军买马，积草屯粮，今聚有三五千人马，四远无人敢敌。"关羽听后，心中喜悦，教孙乾进城通报，教来接二位嫂嫂。接下来，小说便以简洁的语言交代了张飞到此的由来："却说张飞在芒砀山中，住了月余，因出外探听玄德消息，偶过古城，入县借粮；县官不肯，飞怒，因就逐去县官，夺了县印，占住城池，权且安身。"这里的介绍，就使关羽得以在这里巧遇张飞的情节合情合理了，同时，补叙内容也与张飞的个性契合一致，所介绍内容，则具有高度的概括性，主要交代了结果，对张飞在这一时间段中的具体经历，没有展开具体的描绘，然后则立即转回到了对主体情节的叙述之中。毛评本对这一段文字评述说："补叙张飞事，断不可少。"肯定了这里补叙对主体情节进程所起的续接作用。

　　再如，小说写刘备携民渡江时，不忍抛弃百姓，行进缓慢，刘备接受诸葛亮进言，要关羽到江夏向刘琦求救，曹操识破张飞在当阳桥上所设的疑兵计，搭起浮桥，引兵追赶，小说写道：

　　　　却说玄德行近汉津，忽见后面尘土大起，鼓声连天，喊声震地。玄德曰："前有大江，后有追兵，如之奈何？"急命赵云准备抵敌。曹操下令军中曰："今刘备釜中之鱼，阱中之虎；若不就此时擒捉，如放鱼入海，纵虎归山矣。众将可努力向前。"众将领命，一个个奋威追赶。忽山坡后鼓声响处，一队军马飞出，大叫曰："我在此等候多时了！"当头那员大将，手执青龙刀，坐下赤兔马——原来是关云长从江夏借得军马一万，探知当阳长坂大战，特地从此路截出。

　　刘备一军正面临着全军覆没的险境，恰在这时，关羽引兵到来，这才使刘备集团绝处逢生，化险为夷，这一巧合情节，由于前有铺垫，后有补叙，则显得既是惊险突然，又在情理之中，恰如毛评本夹批的评述所说："云长一边事于此地才补出，正妙在突如其来。"关羽突然杀出，让曹军以为又中了诸葛亮的计谋，惶恐撤兵，在合乎逻辑的前后关合中，使情节产生了浓厚的趣味性，扣人心弦而又意趣横生。

　　二是对当下发生事件的原因做出必要的交代与说明。

　　小说中的艺术世界是在生活的基础上建构起来的严整和谐的艺术世界，是一个事件经过选择、融注着作者理想与情感的审美世界，这就决定了事件之间存在着各种各样的联系，相对来说，比生活中的联系更要明晰具体，严密直接,以使各种具有自身意义与价值的事件按照塑造人物形象和安排情节的需要组构成有机和谐的统一体,从这一方面而言,补叙不仅起着密合情节的作用,而且还具有深化形象意蕴的审美意义。

小说第四十一回中的补叙能够突出地表现出补叙的这种作用与价值。小说写曹操追赶刘备到襄阳时,刘备携百姓往江陵而去,曹操派于禁追杀了刘琮母子之后,小说写道:"便使人往隆中搜寻孔明家小,却不知去向——原来孔明先以令人搬送至三江内隐蔽矣。——操深恨之。"这里对曹操追杀诸葛亮家小的补叙,具有多方面的作用:其一,有助于刻画出曹操残忍酷虐的性格。这一情节紧接在杀害刘琮母子之后,又去追杀诸葛亮家人,对诸葛亮家人而言,则充分体现出曹操在接连被诸葛亮的计谋所败之后报复心理的恶性膨胀,追不到本人,即找其家人报复;其二,充分展示出了诸葛亮的足智多谋、料事在先的个性,也体现了他对曹操奸雄本色的深刻洞察,在他出山辅助刘备取得军事上的胜利后,即对自己的家人做了妥当安置,同时,这一补叙引发出的令曹操"深恨之"的心理活动,为曹操与诸葛亮的斗智做了伏笔,可见,这里对事件的补充交代,既是当下事件原因的回溯,也是对后来情节发展的预示。毛评本在这里评述说:"徐庶之母被执,而孔明之家杳然,毕竟卧龙妙人胜元直十倍。"这种议论虽说有推崇诸葛亮的倾向,但其评述是有道理的,体现了诸葛亮虑事周延谨慎的性格特征。再如,小说第七十三回写曹操得知刘备进位汉中王后大怒,遣满宠为使臣到东吴见孙权,约其攻取荆州,对这件事,诸葛瑾体现出了其识见的长远,向孙权进言道:"某闻云长自到荆州,刘备娶于妻室,先生一子,后生一女。其女尚幼,未许字人,某愿往与主公世子求婚。若云长肯许,即与云长计议共破曹操;若云长不肯,然后助曹取荆州。"诸葛瑾的进言,实际上已起了叙事的作用,关羽的家世从他的口中补叙出来,使情节的推进合理自然,衔接严密,同时,对后来刻画关羽个性和推动情节发展,起了铺垫作用。

三是以补叙方式介绍人物背景或是刻画人物形象,使事件的因果关系更为明确,主体情节的进展更为合理与严密。

一般来说,这种方式主要用于和主要人物紧密相关的人物的介绍及刻画,对主要人物的个性或背景起深化或是衬托作用。如小说第五回写曹操矫诏讨董卓时,各路诸侯纷纷响应,其中第十三镇是西凉太守马腾,但此时对马腾并未展开具体刻画,到第五十八回"马孟起兴兵雪恨 曹阿瞒割须弃袍"中,对马腾的身世做了补叙:"却说腾字寿成,汉伏波将军马援之后。父名肃,字子硕,桓帝时为天水兰干县尉;后失官流落陇西,与羌人杂处,遂娶羌女生腾。腾身长八尺,体貌雄异,秉性温良,人多敬之。灵帝末年,羌人多叛,腾招募民兵破之。初平中年，因讨贼有功，拜征西将军，与镇西将军韩遂为弟兄。"这里对马腾身世的补叙，说明了讨董卓时马腾的家世，同时，对他与韩遂关系的说明，则有着为下文伏线的作用，尤为重要的是，对马腾的介绍，更是为了说明后来投到刘备集团中的马超的身世。

补叙不只是具有补充性说明的作用，它还能够通过序列事件的记述或描绘，塑造出与主要人物紧密相关的人物形象，一方面刻画出这一人物的个性特征，另一方面，则对主要人物的个性起衬托与强化作用，使之更为鲜明突出，如小说中的杨修形象主要就是以这种方式塑造出来的。杨修出场是在第六十回张松反难杨修之时，但对杨修并未作充分刻画，到第七十二回"诸葛亮智取汉中　曹阿瞒兵退斜谷"中，因曹操在与蜀军相持时，以"鸡肋"为口令，杨修从中猜出曹操犹疑不定、想要退兵的心理，擅自叫随行军士收拾行装，准备归程，他的这一举动，经由夏侯惇扩散其军中，曹操得知后大怒，以惑乱军心的罪名将其斩首示众。接下去，小说便以"原来"二字为时间回溯提示，叙写了杨修的几件轶事及其后果："原来杨修为人恃才放旷，数犯曹操之忌。"从作者的叙写中可以看出，杨修不只是在曹操与其僚属间卖弄才情，还参与到了曹操家世的立世子之争中，其"忌"越犯越大，这一次，他不顾大局，擅自扩散将要撤军的消息，自然会令曹操恼恨交加，其性命难保也就在所难免了。这一情节，固然表显出了曹操残忍酷虐的一面，杨修本人的个性也同样是造成其悲剧性命运的决定性因素。杨修的形象虽不是在整体情节的运行过程中刻画出来的，但其个性特征则从作者的补叙中鲜明地凸显出来了，这种刻画方式，既从不同角度反映出了封建时代社会生活的本质性特征，又突出与强化了主要人物的个性，同时，还具有丰富情节的作用。

总括起来看，伏笔与补叙这两种叙事艺术技巧，在小说中得到了充分应用，在其具体方式上，或是在主体情节的进程中予以暗示性描绘，或是赋予人物对话以叙事功能，不着痕迹地完成其艺术使命，对建构小说的整体艺术大厦起了支撑与密合作用。可以说，小说严整和谐的艺术结构和艺术世界的形象直观、生动自然审美形态的呈现，与这两种叙事技巧的运用有着内在的实质性联系，其中的叙事操作的奥妙，值得细细品味，并做出深入思考与探求。

典雅浅近　雅俗共赏：小说的语言艺术

　　在艺术创作领域，创作者对社会生活的认识和内心感受，只有通过某种可以被读者感知的物质材料外化和固定下来，才会被读者所欣赏，产生其应有的社会作用。文学作品是语言的艺术，它所应用的物质材料媒介是语言，或是记录语言的符号——文字，掌握、运用和加工提炼语言素材的能力，是一个作家创作才能的标志，每一个作家，都会根据创作的题材、自己所要表达或寄托的思想情感和塑造人物形象等因素精心选择和润色语言，以有效、完美地传达自己对生活的开掘与认识，并形成自己独特的叙述语言风格。《三国演义》选取的是历史题材，因而在语言特征上，运用了适合于表现历史生活的通俗文言形式，既使小说能够产生浓厚的历史感，同时，又能够为广大的社会阶层所欣赏和接受。

　　在分析《三国演义》的语言特征时，人们常常引用序中的精当概括："若东原罗贯中，以平阳陈寿传，考诸国史，自汉灵帝中平元年，终于晋太康元年之事，留心损益，目之曰《三国志通俗演义》，文不甚深，言不甚俗，事纪其实，亦庶几乎史。盖欲诵读者，人人得而知之，若诗所谓里巷歌谣之义也。"其中对小说语言特点的概括"文不甚深，言不甚俗"，可以说在整体上把握住了小说的语言特征。小说中所运用的语言，既不同于历史文献运用的纯文言那样古奥艰深，也不同于通行白话的浅俗粗朴，而是取二者之长，经过作者的匠心独运，使之融合为一种典雅浅近而又富有表现力的语言，这种语言风格，既切合小说的题材特征，又使小说产生了含蓄传神的艺术魅力。

　　小说是以语言为媒介的叙事性文学形式，作者以自身的语言风格交代背景、叙事状物、塑造形象、勾连情节，在作者按照自己的审美理想所铸造出来的艺术世界中，实际上包含了各种不同的语言成分，而每一种语言又要根据表现对象和表现目的的差异，显示出不同的风貌，同时，在整体上，还要保持整体语言风格的一致性，这一点，要求作者既要对生活状况有深刻的理解，同时，又要能够准确地把握住人物形象的个性特征，以使小说具有深刻的艺术真实性，产生强烈的艺术感染力。

　　以上述思考为依据，《三国演义》中运用的语言，大致可分为四类：第一类，是作者所运用的叙述语言，这一部分语言，主要是用于交代背景和勾连情节；第二类，是用于描绘环境、具体艺术情境和刻画人物形象；第三类，是刻画人物形象时人物自身个性化的语言；第四类，是小说中引述的文献材料。这四种语言形式，在构筑小说的艺术世界中起着各自的作用，在整体上，则体现出小说厚重的历史感，下面，就不同语言特点作简要概括。

就小说所运用的叙述语言来说，由于小说题材时间跨度大，反映的地域辽阔的关系，其特征在于简练明快，浅近流畅，寥寥数语，即能将叙述说明的重点内容传达给读者，而后立即转入对小说情节进程的描绘，使小说的自身情节进程衔接自然，和谐紧凑，这样的叙述语言在小说中有很多，如小说第七回"袁绍磐河战公孙　孙坚跨江击刘表"中，写孙坚在与刘表作战时，中了蒯良的计谋，在单人独骑追赶突围而出的吕公时，被吕公伏兵用石子、箭杀死，江东诸军溃败时，孙坚部将黄盖引水军赶来，生擒黄祖，孙坚长子孙策以黄祖换回父亲尸首，到第八回"王司徒巧使连环计　董太师大闹凤仪亭"中，小说写道："孙策换回黄祖，迎接灵柩，罢战回江东，葬父于曲阿之原。丧事已毕，引军居江都，招贤纳士，屈己待人，四方豪杰，渐渐投之。——不在话下。"这几句叙述，简洁流畅，而又交代明确，侧重在孙策回江东后养精蓄锐、励精图治的作为与效果，重点不在东吴割据势力崛起的过程，而是其原因所在，这一点，既为小说荡开笔势，先写董卓乱国做了小结，又为小说叙写东吴强大后的情节做了必要的铺垫，同时，这一说明性的叙写，还与小说重视人才作用的意蕴有着深层联系，可见，小说行文的严密细致。到了小说第二十九回"小霸王怒斩于吉　碧眼儿坐领江东"中，小说在叙述完刘备、关羽、张飞等古城聚会后，前去汝南，袁绍用郭图计策，遣陈震为使臣，前去结交孙策，引出对江东的介绍，这一介绍，与第七回的伏笔前后相应："却说孙策自霸江东，兵精粮足。建安四年，袭取庐江，败刘勋，使虞翻驰檄豫章，豫章太守华歆投降。自此声势大振，乃遣使张纮往许昌上表献捷。曹操知孙策强盛，叹曰：'狮儿难与争锋也！'"从这两段文字中，可以见出小说叙述语言方面的特点，这种语言形式，重点虽不在于对所描绘事件的具体详细的叙述，却能够在简练的叙述中，以粗线条的勾画交代出事件的变化过程，详略得当，线索清晰。

小说用于描绘艺术情境、刻画人物形象所运用的语言，则充分发挥了文言生动传神、含蓄凝练的特点，通过精心选择切合对象特征的富有表现力的语言，在简练的叙述和描绘的过程中，凸显出景物和人物形象的神采风韵来，如第六十六回写关云长单刀赴会一段，即是在简洁的叙述中刻画出了人物的精神气韵："次日，（鲁）肃令人于岸口遥望。辰时后，见江面上一只船来，梢公水手只数人，一面红旗，风中招飐，显出一个大'关'字来。船渐近岸，见云长青巾绿袍，坐于船上；旁边周仓捧着大刀；八九个关西大汉，各跨腰刀一口。鲁肃惊疑，接入庭内。叙礼毕，入席饮酒，举杯相劝，不敢仰视。云长谈笑自若。"这几句描写，情景生动，形象鲜明，以衬托的方式，着力突出了关羽沉稳豪壮、无所畏惧的气概。叙述中"遥望"一词体现了鲁肃焦虑的心情，"一只船""只数人"渲染出关羽的胆识与气魄，一个"显"字，既写出江面上风吹红旗的情状，又以红旗为后面的情节做了伏笔，并呈现出这是从远处遥望时的视觉特点，船近岸后，又见到关羽青巾绿袍，坐于船上的描绘，则重在突出关羽儒雅而威武的风采，"旁边周仓捧着大刀"，一个"捧"字，以周仓的恭谨庄重，渲染和凸显出了青龙偃月刀无往不胜的威力，大刀和大刀的主人相互映衬，倍增神采，同时，又体现出这一情节单元的叙述重点——"单刀赴会"，可谓是精心选择，接下去写"鲁肃惊疑"，则从鲁肃的视角，再次衬托关羽的气魄，他对关羽的如此赴会的行动既感到难以置信，又产生了无从应对的胆怯，以对方的心理活动展示出关羽的勇武神威。对叙述关羽小船过江的文字，毛评本点评说："写情景如画，今日演'单刀赴会'者，未必能如此写生也。"充分肯定了描绘文字的精彩和所取得的艺术效果。

小说中的第三类文字是用于人物形象的个性化语言。一般说来，小说为了刻画出鲜明生动的人物形象，要在把握和理解人物个性的基础上，通过人物自身的言语特征以展示出其独特的个性，使人物的言语切合自身的出身、教养、阅历和在生活磨炼中形成的性情，对于小说创作来说，能否以个性化的言语展示人物个性，与小说整体的艺术成就息息相关。在《三国演义》中，作者充分运用了个性化语言这一根本性的艺术创作原则，以刻画人物形象，小说虽以粗线条的叙述为主体，但人物个性化的语言运用得非常成功，对于揭示出人物形象的风神性情，起着至关重要的作用，如曹操、诸葛亮、张飞、关羽、刘备、周瑜等人物形象，大多能够以言语特征显示自身的个性，如第三十七回"司马徽再荐名士　刘玄德三顾茅庐"中写张飞与刘备对话：

> 三人回至新野，过了数日，玄德使人探听孔明。回报曰："卧龙先生已回矣。"玄德便教备马。张飞曰："量一村夫，何必哥哥自去，可使人唤来便了。"玄德叱曰："汝岂不闻孟子云：'欲见贤而不以其道，犹欲其入而闭之门也。'孔明当世大贤，岂可召乎！"遂上马再往访孔明。关、张亦乘马相随。时值隆冬，天气严寒，彤云密布。行无数里，忽然朔风凛凛，瑞雪霏霏；山如玉簇，林似银妆。张飞

曰："天寒地冻，尚不用兵，岂宜远见无益之人乎！不如回新野以避风雪。"玄德曰："吾正欲使孔明知我殷勤之意。如弟辈怕冷，可先回去。"飞曰："死且不怕，岂怕冷乎！但恐哥哥空劳神思。"玄德曰："勿多言，只相随同去。"

在这段对话中，刻画出了刘备和张飞的不同性格，刘备斯文而沉隐，张飞粗豪而爽直，能够从他们的言语中体现出来。张飞用"使人唤来"的方式去请贤士，既表明他对智慧型人才重视远远不足，也表明他对孔明才学的不信任，刘备以孟子的话作为自己的依据，则既可令张飞信服，更在不经意中透露出自己的愿望，事实上，刘备自己的出身，并不比张飞高多少。在张飞提出且回新野以避风雪时，刘备在道出自己的用意后，还以话语相激，"如弟辈怕冷，可先回去"，连关羽也捎上了，在此透露出刘备的知人之明，他明知道张飞不会因为怕冷而畏缩，故而以言语相激，引出张飞"死且不怕"的话，从后一句"勿多言，只相随同去"一句话，即表明刘备是希望张飞和关羽同去的，如果是他孤家寡人自去，其感动力量自然是会大打折扣的，刘备内在的心理活动，从他自己的言语中得到了形象的体现。在小说着力描绘的情节中，类似这样的对话有许多，如曹操与许攸的对话，火烧博望坡之前刘备与张飞的对话，诸葛亮在赤壁之战中和周瑜、鲁肃的对话等，都以对话显示人物内心活动的方式来刻画人物形象，并取得了凸显人物个性特征的艺术效果。

为了进一步强化小说的历史真实性，小说中直接引述了不少历史文献资料和文学作品，如诸葛亮的《出师表》，诸葛亮背诵的曹植的《铜雀台赋》和曹操所作的《短歌行》等，此外，小说中所用的公文、书信、檄文等应用文体也都在整体上呈现了古朴典雅的特点。这些引用文献和保存了古文传统风貌的应用文体，使小说描绘的艺术情境更具有历史的社会生活气息，强化了小说的历史真实性和艺术真实感。

从上述分析说明可以看出，小说的叙述过程，主要包括了四种言语成分，作者善于根据具体情境或是表现对象的不同，使语言表述方式和语体色彩产生相应的变化，这一特征，体现出小说作者认识生活、把握人物、驾驭语言的艺术才能。

小说中的四种语言成分，虽有表述方式上的差异，在遣词用字、组词成句的方式上，则以文言句式为主体，单音词为多，句式简短，并多用四字句式，形成鲜明的节奏感，所用俗词，也融会到文言的遣词方式和句式中，如人物对话中人称代词的应用即是如此，文言中常用的"吾""汝"和口语中常用的"我""你"等交错应用，则使小说语言体现出浅近流畅的一面。既能在变化中各尽其妙，又能体现出简约凝练、生动活泼的一致性，标志着小说叙述语言上取得的高度艺术成就。

宏伟严整　细密精巧：整体结构的统一性

　　对于任何存在物来说，都有其自身的结构，结构是存在物系统内部各个组成要素之间相互联系、有机组合的特定方式，结构有其决定事物特征与性质的功能，同样的构成要素，因其结构的差异，其性质可能大有差异，甚至大相径庭。就文学作品来说，它是作家以语言文字形式构筑出来的审美客体，自然有其内在的结构特征。文学作品的结构，与作品所要表现的思想情感、作家的审美理想和作品所描绘的内容有着必然联系，可以说，文学作品的结构是作家的创作意图和审美观念的外化形式。一般说来，长篇叙事性的作品因其人物众多，事件繁复，需要作者精心安排艺术结构，使内容和形式统一起来。

　　《三国演义》这部历史小说，时间跨度长达近百年，事件发生的地域又遍及东西南北，不同的人物在事件的进程中有着不同的作用，不同的事件又有其自身的意义，但作者能够把如此众多的人物和繁复的事件叙述得线索清晰、主次分明、张弛有度，体现出了作者高度的艺术匠心和卓越的艺术才能，对于小说史上第一部历史演义小说来讲，其结构艺术为后世的创作确立了永远的典范。

　　总起来看，由于题材本身的关系，《三国演义》的结构必然要以历史事件在时间流程的推进和展开为基本前提，以次序递进的线性链条结构为其主线，在这一前提下，作者依据塑造人物形象寄寓审美理想的需要，把发生在不同时空之中却又有着各种联系的事件统摄缩结起来，以构建出一个丰富多彩、活泼生动的历史进程的形象世界。

　　具体来看，《三国演义》艺术结构的主要特征体现在以下方面：

一、以历史进程为结构主线，情节在时间流程中推进展开，使整体结构脉络清晰，和谐自然

　　如上所述，小说的历史题材的特征决定了作者构建其艺术世界的基本前提，而这一点，自然成了小说艺术结构的基础。从其整体艺术布局来看，它以三国纷争的历史行程为主线，以魏、蜀、吴三国兴亡过程为描绘对象，以三国割据征战、谋求统一为叙事焦点，其中，以魏、蜀之间的矛盾为侧重点，使整体叙述构成了完整有机的艺术整体。

就小说所反映的历史时间进程来看，其跨度长达近百年，这百年历史进程体现于小说的情节单元的构成上，可分为五个前后贯穿、因果相连的组成部分，这五个组成部分，与历史时间契合一致，同时，又在自然而然的次递铺展过程中，呈现着事物发展的一般规律，在这一点上，或许是作者在不经意中，表现出了他对事物发展一般规律的深切理解与洞察。

这五个部分是：

第一部分序曲：1～9回。这一部分以东汉末年由于宦官专权造成社会动荡为叙述重点，并初步刻画魏、蜀、吴三国割据政权创业者的崛起。由于社会黑暗，民不聊生，汉末爆发了黄巾起义，在镇压黄巾起义的过程中，由于宦官外戚争权夺势，造成了董卓之乱，董卓之乱直接引发了汉末军阀混战，在讨伐董卓的过程中，各地豪强纷纷起兵，当然是各有算盘，希望借机壮大自己的势力，扩充自己的割据地盘，当时虽是十八路诸侯组成盟军，军事实力远远超过董卓，却由于心思各异，结果，董卓尚未势败，各路诸侯却已开始了割据征战。这部分内容，从历史时间上看，是三国征战的序曲，从描绘内容来看，则是初步交代了三国割据的创业者，从人物塑造来说，侧重描绘了刘备、曹操、关羽、张飞、袁绍、孙坚等主要人物，初步展示了主要人物的个性特征。小说第一回即叙述刘、关、张桃园三结义，介绍了三人的身世，体现出叙述重点的确立，并预示了小说的整体倾向。小说叙写了三结义"上报国家 下安黎庶"的誓言，在他们与黄巾军作战中，小说随即让曹操登场亮相，介绍了曹操的家世，并通过曹操向何进进言，说明招四方英雄进京必生祸端的情节，对曹操和袁绍两人的性情见识做了对照，为情节的发展做了铺垫。孙坚在得到传国玉玺之后，背叛盟约，返回江东创建自己的基业去了。从简要的介绍中，可以看出，作者的构思极为严密，对主要的头绪线索都做了必要的交代与铺垫。

第二部分开端：10～34回。写曹操平定北方，形成了可以和孙刘两家抗衡的力量。随着各地割据势力的增多，开始了互相攻伐、互相兼并的过程，在这一过程中，曹操势力的强大经过和他最后占据"挟天子以令诸侯"的有利地位，是小说描绘的焦点。相对来说，曹操的识见和才能远远超出了袁绍等人，很快培植起了自己的雄厚军事实力。在混战开始时，有陶谦、吕布、袁绍、袁术、公孙瓒等割据势力，这些割据者之间，围绕着各自的利益关系，时而联手，时而反目，在相互兼并的过程中，曹操采取了各个击破的战略方针，消灭吕布，击溃袁术，降服张绣，又击败刘备，使其实力迅速壮盛起来，达到了能够和当时最大的北方割据者袁绍抗衡的程度。曹操在整体实力上虽逊于袁绍,但曹操凭他的魄力胆识和正确决断,在官渡出奇兵烧掉袁绍乌巢军粮,以少胜多,彻底击败了袁绍,基本统一了北方。在这一过程中,叙写了刘备集团失散后兄弟相聚和孙策身亡、孙权即位的经过,预示出这两个集团与曹操鼎足而三的局面。

第三部分又包括发展、高潮两个小部分,集中叙写三足鼎立局面的形成。

发展:35~42回。集中笔墨写刘备集团崛起的过程。刘备屡屡失败,后在水镜先生司马徽的指引下到隆中请诸葛亮出山辅佐。诸葛亮隐居隆中,待时而起,他对当时时局了如指掌,为刘备定下了联吴抗曹的帝业方略和占荆州、取西川的战略步骤。这一单元,着重描绘了诸葛亮出山的经过,他的隆中对策的战略价值,既展示出了诸葛亮谋略家的远见卓识,又刻画出了他超群出众的军事智慧与才能。对诸葛亮出山过程浓墨重彩的精心描绘,体现了小说认识历史的思想原则和人格理想,在艺术结撰上,则体现了人物形象塑造的重心所在。实际上,小说的整体结构框架便是以《隆中对》为指导原则的,诸葛亮自辅佐刘备之后,一直奉行着这一原则。就人物塑造看,诸葛亮从出山至病逝五丈原,写了七十回,显而易见,诸葛亮是寄托着作者人格理想和审美理想的主人公。通过对诸葛亮火烧博望坡、火烧新野等情节的描绘与渲染,基本上树立起了诸葛亮智谋之士的形象,刘备虽同样是在退败过程中,但已经开始了他创建帝业的转折。

高潮:43~73回。写赤壁之战到争夺汉中的经过。曹操击溃袁绍之后,率大军南下,意欲统一天下,客观历史情势促成了孙刘两家的战略联合。孙刘两家联手合兵,有望三分天下,以待时机,不联合,则会被各个击破。诸葛亮出使东吴,舌战群儒、巧说孙权,智激周瑜,达成了孙刘两家的协作。在赤壁之战的情节单元中,展示出了三国形成之初群英会的奇情壮彩的场面,刻画出了三方主公、各色谋士和武将的风采与气概,其中,着力突出了诸葛亮集谋略家、军事家、外交家于一身的鲜明形象。由于诸葛亮和周瑜的运筹帷幄和曹操本人的骄纵狂傲,结果被孙刘联军在赤壁以少胜多,使他失去了自己一方统一天下的实力。这是小说中描绘最为出色的情节。赤壁之战后,本来既有联合又有矛盾的孙刘两家,围绕着荆州的争夺,你来我往,争斗不休。诸葛亮执行他早已定下的战略原则,最后与东吴和好,在孙权的帮助下,刘备趁势夺取了西川,由此,三国鼎立局面正式形成。

第四部分持续:74~115回。写三国鼎立局面形成之后,为了谋求统一,相互征战的过程。围绕着荆州的争夺,孙刘两家矛盾激化,由于刘备伐吴,导致蜀汉国力大伤。后期,诸葛亮辅佐后主刘禅,六出祁山,与曹魏争锋,希望一统天下，终因国力不足，刘禅昏聩，北伐并未取得预期成效，诸葛亮鞠躬尽瘁，病逝五丈原军中。后来的姜维北伐，则更是无力回天的余响了。

第五部分尾声：116～120 回。写曹魏灭蜀、司马氏篡魏和晋灭吴、天下一统的结局。这一部分，历史时间是二十七年，但作者用了粗线条描画的方式，对历史的必然趋势与结局做了归结，使小说的艺术描绘符合于历史本身的走向，也使小说自身的艺术结构完成了逻辑行程。

从情节段落的分析可以看出，小说的整体结构是在历史真实的框架基础上架构起来的，既突出了主体内容，又具有一脉贯穿、首尾关合之效，其情节运行经过了合——分——合的纵向复位过程。

二、叙述过程主体明确，宾主转换自然，既体现出小说的整体倾向，又使各个具体部分和谐严密地连接组合在一起

毫无疑问，小说是以刘备集团为描绘主体的，这从开宗明义的第一回就确定了情感基调和叙述焦点，就这一方面而言，也可以说蜀汉集团的兴衰过程是小说情节运行的内在线索。在情节的推进过程中，小说基本上遵循着以刘备集团为叙事重点的结撰原则，凡是有刘备集团参加的活动或是战役，理所当然地以刘备集团为叙述重点，诸葛亮出山辅佐刘备之后，诸葛亮的行踪与活动自然成了小说精心描绘的部分，从火烧博望坡、火烧新野、草船借箭、借东风到后期七擒孟获、六出祁山，直至病逝在五丈原，都是小说予以精心描绘的情节，没有刘备集团参与的活动，则尽可能简略，以重点描绘胜利的一方为主，失败的一方则主要是简要交代结局，这样，有利于情节的集中。由于事件繁杂，作者在展开情节的过程中，始终把握着主宾关系层次清晰的叙事准则，在某一情节单元中，无论是对蜀汉集团也好，还是对其他人物与事件的描绘也好，叙述过程中的主次关系始终是明确的，一般说来，是以胜利的一方或是蜀汉一方为主。其他错综繁复的各种事件，则穿插在主次双方为支点所构建的艺术框架之中。如小说在叙曹操平定北方的过程中，自是以曹操一方为叙事主体，其间有关曹操与刘备的冲突，则写得较为详细。刘备自徐州被曹操击败，投奔袁绍，袁绍进兵白马，与曹操争衡，这次军事较量，实际上是官渡之战的前奏，在对抗过程中，小说叙写的是曹操和袁绍两个当时北方最具实力的集团之间的较量，小说却以较多的笔墨叙述了关羽和刘备的活动与行踪，直到引出了关羽千里走单骑的情节，这一情节，一方面和崇尚忠义的思想意蕴有关，另一方面，则是由关羽的行踪串联起刘备集团重新聚合相会的过程，为自然而然地过渡到对刘备集团开始转折的描绘，做了充分铺垫。曹操与袁绍在官渡对峙，结果曹操以少胜多，击败了袁绍，乘势进兵,又在仓亭大败袁绍,由此曹操统一了北方。刘备脱离袁绍后,再次被曹操击败,转投刘表,因刘表家庭内部矛盾,蔡瑁摆下"鸿门宴",要加害刘备,由刘备乘的卢马跃过檀溪的情节,将叙事主体对象轻巧自如地转到了刘备一方,重点叙述了刘备见隐居高人司马徽、先得徐庶辅佐(托名单福)、后得徐庶走马相荐、刘备到隆中三请诸葛亮的情节,使小说的整体情节向高潮推进,其间的其他事件,则退居其次,诸葛亮为刘备定下隆中决策后,随即以诸葛亮为叙述的主体对象了。在赤壁之战的过程中,直接的军事对抗,是以东吴水军为主体的,但实际上,是诸葛亮的绝伦盖世的智慧预示甚至是在左右着整个战役的进程,在曹操、诸葛亮、周瑜三人斗智的过程中,诸葛亮始终计胜一筹,而在决战开始后,小说在对战役结果做了必要的整体描绘之后,叙述重点立即转到了诸葛亮运用智谋,为刘备开基创业的描绘之上。

在小说的情节进展中,为了驾驭繁复的历史事件,使之统摄到小说的情节网络之中,以显示其对整体事件的作用与影响,小说承继并强化了说书技法中由叙述人介入情节进程,直接中断和续接的方式,使同时异地或同地异时的事件脉络清楚地展示出来,并为情节的进一步发展留下伏笔,几乎有一笔多用之妙,如周瑜使庞统为曹操献连环计,以顺利实施火攻,庞统献计后,正要下船离开,却被徐庶扯住,揭出了周瑜欲以火攻胜曹操、庞统来献连环计的底细,徐庶担忧曹操兵败之后玉石不分,要庞统教他脱身之术,庞统于是对徐庶耳语几句,教他在军中散布西凉韩遂、马腾谋反的谣言,说完后,庞统自回江东,结果,在徐庶的主动要求下,曹操派他领兵去防西凉。这一情节,保全了徐庶智谋之士的完整形象,与他当初辅佐刘备时的情节前后相承,更突出了庞统了解时局的智谋,他再回江东的交代,为诸葛亮哭吊周瑜、寻访谋士做了伏笔,这一情节,为赤壁之战后,曹操与韩遂、马超的吞并征战也做了铺垫,可见其文思的细致严密,这一交代,又非常简略,是以自然转换叙述对象来完成的,在说明徐庶离开后,小说立刻将叙述的焦点转到曹操身上,因为此时正是赤壁决战的前夕。

三、以人物刻画为宗旨,情节进展与人物个性刻画相统一,由人物活动组织情节

叙事性小说的根本艺术特征在于通过塑造人物形象来反映社会生活,寄寓作者的理想和情感,这一要求体现在艺术结构上,便是以人物个性的刻画为出发点组织和安排情节,使情节成为人物性格的历史。在《三国演义》中,作者善于根据塑造人物形象的需要安排情节,包括典型环境的描绘,人物形象之间矛盾冲突的展开,人物的意识情感活动对事件产生的影响等等,事件

的推进延伸由人物对环境的认识、把握和对自身的认识程度为依据，在以人物形象塑造为原则组织起来的情节中，主线明晰，事件选择与展开丰富而精当，即作者所描绘的事件，与人物性格的刻画有着内在联系，这样，就能够使情节紧凑合理，体现在结构特征上，则是事件按照人物个性的呈现过程，按不同层次和谐完整、因果相承地组合起来，形成一个头绪纷繁而明晰、事件交错而有序的动态运行的有机整体。在这一结构原则的支撑下，一般说来，事件的选择、描绘的角度、展开的节奏，都会成为整体结构中的有机组成部分，可能游离于意蕴传达，人物形象塑造之外的事件，会在组织情节的过程中淡化乃至舍弃。例如，小说写诸葛亮被刘备请出隆中，开始了他实现理想抱负的用世旅程，他一出山，便是火烧博望坡、火烧新野，使得曹操大为恼怒，进兵进攻樊城，刘备弃樊城，携百姓而行，曹操至襄阳，追杀了刘琮母子。然后小说写道："便使人往隆中搜寻孔明妻小，却不知去向。——原来孔明先以令人搬送至三江内隐蔽矣。——操深恨之。"叙写了这几句之后，立即转入了对曹操追击刘备的描绘。在小说中，这虽是简短的叙述，并非形象化的具体描绘，但这一事件，却是必不可少的交代和铺垫，是情节进程的有机组成部分，对于情节的过渡和展开有着至关重要的作用，一是从另一个角度印证了诸葛亮的先见之明，二是真实地揭示了曹操的阴暗心理，三是为以后曹操与诸葛亮的斗智做了铺垫。这一事件，虽有其不可忽视的作用，但在整体结构中，对于直接在运筹斗智中形象地刻画人物个性，作用不很突出，故以补叙的方式作概括性交代，而精彩情节，则在赤壁之战的隔江斗智中作醋畅淋漓、生动深入的具体刻画。

艺术结构和情节的安排、叙述方式的选择、题材的处理等方面密切相关，这里的分析，是就其总体方面而言的，从这里，已可以见出小说情节结构的精巧严整的特征了。

对于《三国演义》的结构艺术，评点家毛纶、毛宗岗父子大为赞叹，在《读三国志法》中有这样一段话："《三国》一书，总起总结之中，又有六起六结。其叙献帝，则以董卓废立为一起，以曹丕篡夺为一结。其叙西蜀，则以成都称帝为一起，而以绵竹出降为一结。其叙刘、关、张三人，则以桃园结义为一起，而以白帝托孤为一结。其叙诸葛亮，则以三顾茅庐为一起，而以六出祁山为一结。其叙魏国，则以黄初改元为一起，而以司马受禅为一结。其叙东吴，则以孙坚匿玺为一起，而以孙皓衔璧为一结。凡此数段文字，联络交互于其间，或此方起而彼已结，或此未结而彼又起，读之不见其断续之迹，而按之则自有章法之可知也。"这段评论，从情节起伏交错的角度，概括出了小说总体结构特征，可供参考。

贯穿情节　架构多维时空：军事信息的缩结作用

　　小说是以语言为载体的艺术形式，它通过运用语言叙写故事情节、描绘生活场景、刻画人物形象来寄托作者对生活的认识，对理想的追求。语言这种特殊媒体的性质，决定了小说的时间性特征，也就是说，从文体形态上看，小说是时间艺术，它需要按照一定的时间顺序和时间刻度来叙述故事，难以在某一时间刻度上同时展示其空间形态，这是小说艺术的特点，也是其局限性所在。但生活本身是整体运行的，各种事件具体地呈现为立体交错的形态，或是同时而异地，或是同地而异时，各种事件之间还会有层次各异的因果联系，这一事件的发生可能是其他事件的结果，同时，也会成为其他事件的原因。小说作为反映社会生活的艺术形式，其反映出来的艺术化了的生活，必然要求具有更高的概括性和整体性，形象地展示出完整和谐、有机统一的艺术世界，以强化小说情境描绘和人物形象塑造的审美特性，这就要求小说通过运用不同的叙事技巧，避其所短，扬其所长，使小说中反映出来的艺术化了的生活保持现实生活立体交错、滚动运行的状貌，以呈现社会现实生活气息，达到生活真实和艺术真实的高度统一，如灵活自如地转化叙述人称，运用顺叙、伏笔、补叙、插叙等叙述方法。

　　为使小说叙述出来的艺术世界映现和概括生活的立体性和完整性，作者不仅巧妙地运用了各种顺序、补叙、插叙等叙事方法，还对小说题材特征进行了深入开掘，匠心独运地赋予了军事信息以叙事功能，这是小说题材本身所包含的叙事要素，作者根据刻画人物形象和组构艺术情节的需要，对各个集团之间的军事信息做了审美化的驱遣，使之成了构建小说整体艺术世界的有机组成部分，这就是小说中几乎随处可见的探听行为。

　　探听本是不同集团之间刺探对方虚实底细的军事行为，它是各个集团在特定情势中出于利益争夺实施的军事谋略，以获取的信息作为己方确定方略计谋的依据，小说不只是真实地反映出了三国时代这一特定历史背景下各集团之间无时不在的刺探行为，并由于开掘出了其中的叙事功能，使其具有了构建小说艺术世界的审美质素。从小说的描绘中可以看出，某个集团中发生的大事，几乎都会通过探听而在其他集团引起相应的反应，并及时做出机谋对策的调整。无论是集团内部核心发生的大事，还是征伐攻讨中的军事情报，都会通过探听使双方以某种具体的方式联系起来，探听中所获取的政治、军事等方面的信息可能是准确的，也可能包裹着对方巧施计谋、令对手做出错误判断的陷阱，最典型的例子莫过于蒋干到周瑜处探听虚实，结果被周瑜将计就计，让蒋干误传假象信息，借曹操之手除掉了曹军水军都督蔡瑁、张允，为充分发挥东吴水军优势创造了有利条件。在探听行为的具体应用方式中，形形色色，明暗皆有，有的是直接派密探或探马直接搜集对方各种信息，有的则是直接派遣使臣到对方去观察虚实，查看动向，并从中以功利关系游说陈词，充分而深刻地反映出社会生活的丰富性与复杂性。

在小说艺术世界的构建中，小说明显地具有尊刘贬曹的倾向，这种倾向，体现于叙述焦点的定位上，包含于人物形象内在意蕴的开掘中，同时，也反映在情节结构的结撰上，这三个方面以叙述定位和叙述技巧的精当运用为核心统一在一起，将立体滚动的生活内容绾结架构成在不同层次上相互联系、互有因果关系的有机世界，从这一角度予以审视，则会发现，探听这种军事行为对小说体现其意蕴，架构立体性生活情境中起着至关重要的作用。

具体来说，探听行为在小说艺术世界构建中的作用大致可概括为以下几个方面：

一是通过充分发挥探听行为的叙事功能，使小说能够反映出立体化的生活状貌，同时，又能突出主体情节的运行，强化小说的整体倾向。

如前所述，社会生活是立体运行的，许许多多的事件是同时而异地发生的，这些事件既有其自身的意义，又与整体情节中的事件紧密相关，作者在叙述过程中，又需要依据其思想观念、审美情感寄托对不同事件的描绘刻画程度做出必要的定位，不可能对每一件事都做程度相当的介绍与描绘，更不可能事无巨细地逐次叙述，事件在小说中被叙述描绘的程度，实际上体现着小说作者的思想倾向和审美追求，对事件描绘程度的确定，尤其是对详细描绘的事件和非详细描绘事件之间的关联方式的选择，则是体现小说情节结撰技巧的重要因素，在这一方面，《三国演义》中的探听行为，对事件之间的关联，起了维系与架接的作用。

例如，小说的叙述聚焦于刘备集团，对于有刘备集团中参与的活动尽力展开形象化的艺术描绘，对曹操集团和东吴集团的某些活动，则通过探听方式予以必要的交代，相对来说，对东吴集团的描绘则尤为简略一些，如小说描绘官渡之战时，在重点描绘曹操与袁绍的斗智和军事行动后，随即以主要笔墨描绘刘备集团的行踪，具体描绘了刘备依附荆州刘表的经过，从其到荆州，为刘表平定张武、陈孙之乱，引军驻新野、马跳檀溪后见水镜先生、得徐庶、请诸葛等情节都做了浓墨重彩的描绘，在刘备请诸葛亮出山辅佐之后，小说写道：

> 玄德等三人别了诸葛均，与孔明同归新野。玄德待孔明如师，食则同桌，寝则同榻，终日共论天下之事。孔明曰："曹操于冀州作玄武池以练水军，必有侵江南之意。可密令人过江探听叙实。"玄德从之，使人往江东探听。

毛评本在本段之后评述说："下文将叙东吴事，此乃过枝连叶处。"可谓是深得小说叙事之妙的议论。接下来，小说便以"却说"续接语提示，话分两头，用概括性的笔墨叙述了孙权继承父兄基业，据住江东，广揽人才、励精图治的状况，然后，以一回的篇幅描绘了孙权破黄祖的经过，然后写到东吴军事事态的壮盛趋势："东吴自此广造战船，分兵守把江岸；又名孙静引一枝军守吴会；孙权自领大军，屯柴桑；周瑜日于鄱阳湖教练水军，以备攻战。"这段文字对下文有着铺垫作用。叙完东吴这一状况后，小说立即承继上文脉络，将叙述焦点转到了刘备一方："话分两头。却说玄德差人打探江东消息，回报：'东吴以攻杀黄祖，现今屯兵柴桑。'玄德便请孔明计议。正说话间，忽刘表差人来请玄德赴荆州议事。"由此，引出荆州城公子求计、刘备返回新野、诸葛亮博望坡初用兵等一系列情节，其间穿插了曹操令夏侯惇引兵攻新野的经过，这样，既展示出当时情势的整体风貌，又突出了主体情节，以集中笔墨，刻画寄寓了作者审美理想的主要人物形象。

二是通过探听行为的叙事性功能强化主要人物的个性特征与机谋才略，使人物的个性特征更为鲜明突出。

探听是刺探对方虚实或机密的军事行为，及时安排探听，及时掌握各方面的情况，体现着决策人物统揽全局的指挥与调度才能，对所得到的信息做出敏锐判断并采取正确的应对策略，则体现了决策人物的识见、才略与机谋，从这一角度来说，探听行为在其叙事功能的实现过程中，对塑造人物形象起着重要的辅助作用。

例如，小说中写赤壁之战后周瑜取南郡的情节，其中包含了多重探听描写，这些探听，各有其作用，对刻画人物形象起了重要作用。周瑜赤壁得胜后，大犒三军，要进兵攻取南郡，正在与众人商议之时，刘备遣孙乾前来作贺，当周瑜从孙乾口中得知刘备与诸葛亮都在油江时，吃惊非浅，当即决定亲自前去答谢，孙乾返回报知刘备，刘备问周瑜"来意若何"时，诸葛亮笑着说："那里为这些薄礼肯来相谢。止为南郡而来。"从这里隐隐透露出孙乾前去致谢的缘由，恐怕其中也是有试探对方虚实的意图。在诸葛亮的安排下，周瑜中了诸葛亮的激将法，定要去取南郡，承诺若取不来时，再任由刘备去取。在周瑜和曹仁交战的过程中，小说用了探听行为，使双方的情势展示得真实具体。一是甘宁先带三千精兵去取彝陵，在甘宁被曹军围在彝陵时，小说写道："探马飞报周瑜，说甘宁困于彝陵城中，瑜大惊。"引出了周瑜亲统大军和曹军决战的情节。后来的探听则更令读者叹为观止，周瑜和曹仁苦战，自己左肋还中了毒箭，以自己箭疮迸发身亡为诱兵计，终于击败曹仁，曹仁不敢再回南郡，投襄阳而去，南郡似乎已成东吴囊中之物了，可是，等吴军赶到城下时，却是一番令周瑜无从预料、恼恨交加的情形：

> 周瑜、程普收住众军，径到南郡城下，见旌旗布满，敌楼上一将叫曰："都督少罪！吾奉军师将令，已取城了。——吾乃常山赵子龙也。"

情急之下，周瑜下令攻城，结果被乱箭射回，这时，小说写道：

> 瑜命且回军商议，使甘宁引数千军马，径取荆州；凌统引数千军马，径取襄阳；然后却再取南郡未迟。正分拨间，忽然探马飞来报说："诸葛亮自得了南郡，遂用兵符，星夜诈调荆州守城军马来救，却教张飞袭了荆州。"又一探马飞来报说："夏侯惇在襄阳，被诸葛亮差人赍兵符，诈称曹仁求救，诱惇引兵出，却教云长袭取了襄阳。二处城池，全不费力，皆属刘玄德矣。"周瑜曰："诸葛亮怎得兵符？"程普曰："他拿住陈矫，兵符自然尽属之矣。"周瑜大叫一声，金疮迸裂。

在这一情节过程中，描绘出了周瑜的军事指挥才能，他亲统大军攻南郡时，并没有忘记及时了解其他城池的情况，派出探马随时侦探，这表明，周瑜在取南郡的同时，也在考虑着其他几处战略要地，这一点，从他分兵派将的军事部署中即可明了，但其才略，与诸葛亮相比，终究是逊色一筹，诸葛亮抢先一步，不只是得了南郡，又以所得兵符，用诈调兵马的机谋，毫不费力地连取了另两座城池。从叙述方式来看，此时笔墨集中于周瑜一方，对诸葛亮军事部署的过程，则以探马所得的军事信息虚写出来，但在这一过程中，却是充分映现与衬托出了诸葛亮超群绝伦的谋略，他以坐收渔利的策略，使周瑜落了个"为谁辛苦为谁忙"的结局。这里的虚写，从叙述效果来看，则具有某种反客为主的意味，在两相对照之下，体现出诸葛亮超群绝伦、料事如神的机谋与智慧。这种叙写技巧，既简化了情节，又突出了人物的性格特征，从中可见探听行为的叙事性功能对刻画人物形象所起的作用。

三是小说在叙述魏、蜀、吴复杂微妙的矛盾纠葛与冲突时，通过强化探听的叙事功能，自如从容地切割与架接时间与空间坐标，使探听行为增殖出结构功能，以真实地反映出丰富复杂的生活状貌。

如前所述，社会生活本身是立体滚动前行的，各种事件处在纵横交错的相互关联、相互影响和相互作用之中。在小说展示的各个军事集团之间的矛盾冲突和利益争夺中，有些事件大体上是同时异地发生的，这就要求小说作者在叙述过程中自觉切割与架接时间、空间坐标，从反映的生活的形态上，真实地呈现出纷繁复杂的立体生活状貌，体现于结构上，则以线性的语言叙述，建构出一个事件交错而又次序井然、严整和谐的立体艺术空间，使读者犹如感受到生活本身的自然运行一般，在这一方面，探听行为同样起着重要作用。

如小说中对猇亭之战的描绘即是如此，作者通过军事探听和使臣来往，将三方面的关系、战事和反应叙述得条理清晰、错落有致，对小说的整体情节框架起了支撑作用。刘备起兵之后，先是诸葛瑾使蜀讲和，被刘备叱回，此时，中大夫赵咨请出使曹魏，游说曹丕袭汉中，以解吴军之危，孙权受封后，遣人赍进谢恩，小说写道："早有细作报说：'蜀主引本国大兵，及蛮王沙摩柯番兵数万，又有洞溪汉将杜路、刘宁二枝兵，水陆并进，声势震天。水路军已出巫口，旱路军已到秭归。'"这就在描绘吴魏间外交机谋的同时，将刘备的军事行踪具体地叙述出来了，期间，省却了许多笔墨，然后，小说的叙述焦点立即转到吴蜀交战上，在刘备接连取胜后，孙权听从步骘进言，起用陆逊为大都督，以抵蜀军，陆逊到任后，小说则通过探听行为将叙述焦点转到蜀军一方："却说先主自猇亭布列军马，直至川口，接连七百里，前后四十营寨，昼则旌旗蔽日，夜则火光耀天。忽细作报说：'东吴用陆逊为大都督，总制军马。逊令诸将各守险要不出。'"使情节主体又回到吴蜀军事对峙的进程上来。在刘备驱兵深入吴境、连营七百里下寨时，小说的笔触转到了坐观虚实的曹魏一方："细作探知，连夜报知魏主，言'蜀兵伐吴，树栅连营，纵横七百余里，分四十余屯，皆傍山林下寨；今黄权督兵在江北岸，每日出哨百余里，不知何意。'"魏主闻之，仰面笑曰："刘备将败矣！"群臣请问其故。魏主曰："刘玄德不晓兵法：岂有连营七百里，而可以据敌者乎？包原隰险阻屯兵者，此兵法之大忌也。玄德必败于东吴陆逊之手。——旬日之内，消息必至矣。"

　　小说这里的描绘，实际上呈现出了三方情势，使小说建构起了从魏蜀吴三方不同角度体现战役进程的恢宏壮阔而又严密细致的艺术结构。

　　以上对探听这种军事行为在小说中体现出的叙事功能和在架构多维时空上所起的作用，做了大致概括，同时，这里是就其不同层次和侧面所作的分析，在实际的叙述过程中，这几个方面交织渗透，相互为用，经由其带动的叙述视角的转换有机和谐地组构在一起，使小说在其叙述过程中建构出一个多维时空的艺术世界。

礼赞志士豪杰：怎样理解小说的艺术特质

　　小说是一种艺术形式，它是用来反映具体的活生生的社会生活的，这一点毫无疑问，历史小说是反映社会发展过程中某一特定历史阶段的社会生活的，这一点也是毫无疑问的，当然，作者在进行创作的时候，不可能像拿着一把镜子那样对着生活，把能照得到的东西直截了当地搬到自己的小说中来。原因是显而易见的，作家是有思维、有感情的人，必然会把自己的思想立场、个性气质、爱憎感情融会贯通在小说的整个创作过程中，从而在小说表现或寄托自己的理想和愿望，当然作者认识生活的角度、把握生活方式、艺术表达的技巧都是有差别的，这也就决定了文学作品的形式丰富多彩，特质各有不同。从特质方面来说，每一部、每一篇成功的作品都会有自身的特质。所谓作品的特质，就是指作者在反映生活、叙述情节、刻画人物形象时所表现出来的整体特征，这种整体特征是渗透交织在小说的各个方面的。这种特质的形成，来源于作者理解和把握生活的方式和具体艺术技巧的运用。从作者理解和把握生活的方式来看，大致上可分为两种情况：一是作者在创作中，从实实在在的生活本来面目出发，经过加工概括之后，又按照社会生活面貌与逻辑的原生态情状描绘生活，使作家笔下反映出来的生活仍然保留着自然状态的现实生活气息；另一种情况则是作者在不违背生活逻辑的基础上，在加工概括的基础上更多地融入自己的理想愿望、主观情感，使反映出来的生活面貌与客观本源的社会生活产生一定的距离，从艺术表现上对生活进行微变形的艺术处理，以便更鲜明、更充分地表达作者本人的社会理想、人生追求和情感态度。从这个方面来说，《三国志通俗演义》这部杰出作品在艺术特质上，表现为具有英雄传奇的色彩。

　　《三国志通俗演义》取材于三国时期的历史。在那个历史时期，社会动荡，时局难料，群雄并起，兴亡图霸，人才辈出，各显身手，各路英杰都在寻求重新稳定社会秩序的途径，当然，他们的目标高下有别，每个人的选择也各有差异，这就使当时许多人的命运充满了偶然性、戏剧性，盛衰不定，荣辱有时，这种特定的历史背景，使个体命运在社会狂涛的席卷之下，起伏升沉，福祸相依，使当时许多人的生活际遇本身就具有一定的传奇色彩，再加上他们的故事在后世流传的过程中的添枝加叶、文学创作中的润色增饰，这种传奇性的特征得到了进一步的强化。罗贯中在创作过程中，汲取了前代累积下来的创作成果，同时，又为了在小说的创作过程中表现自己的理想和愿望，从而使小说这一方面的特点得到了有意识的凸显与提升。

读者在阅读小说的过程中，可以欣赏到许许多多在战场上所向披靡、勇冠三军的武将气概，更可以领略到一大批识见卓异、胸藏玄机的谋士风采。为武将的攻城略地、奋不顾身，作谋士的明辨利害、多谋善断。小说对这两类人士的描写可谓妙笔生花，多姿多彩，令读者应接不暇、赞叹不绝。在武将中，曹魏中的许褚、典韦、张郃、夏侯惇等人，刘备集团中的关羽、张飞、赵云、马超、黄忠，东吴集团中的程普、黄盖、韩当等，皆为一时名将。在谋士中，曹魏集团中的荀彧、郭嘉、荀攸、贾诩、司马懿等人，刘备集团中的诸葛亮、庞统、姜维等人，东吴集团中的周瑜、鲁肃、陆逊等人都是当时涌现出来的智谋之士。这里提到的人物，不是严格的分类，不过是略举数例而已，其中有些主帅，本身即是足智多谋之士，如曹操，这里提到的人物形象，有些是文武兼备的，如周瑜、姜维。小说对这些人物的刻画以及由这些人物的行动所构成的艺术情节，在整体上符合于历史的逻辑和生活的逻辑，但小说中所呈现出来的真实则是高度艺术化了的真实，是经过作者的提炼、概括、加工后，被作者的理想与情感放大后的艺术真实，并不是完完全全地保留着生活原生态风貌的真实。

在小说所描绘的艺术世界中，由于作者准确地把握住了人物的个性特征，主要人物的个性刻画是性情各异、生动鲜明的，在欣赏、解读的过程中需要注意的是，在作者对人物形象的描写与刻画中，是有夸饰和浓缩成分在内的，这是作者对社会生活的真实风貌按照生活逻辑作了过滤和提升的结果。

只要读者的思绪进入了作者所精心构筑的艺术世界，小说的这种特征自然会从读者的阅读认知和生活体验的对照中浮现出来。小说中的武将大多威猛超常，作者笔下的谋臣更是奇谋盖世。小说第四卷"夏侯惇拔矢啖睛"一节，写夏侯惇在两军阵前杀败吕布部将高顺后，纵马追赶，阵中曹性一箭射去，正中夏侯惇左眼，夏侯惇拔箭时带出眼睛，他竟然能吞下眼睛，直取曹性，一枪把曹性刺死于马下。这种超出常情的意志力和威猛绝伦的武将本色，恐怕是常人所不及的。再如小说中写"赵子龙单骑救主"一节，写赵云为了寻找刘备家小，在曹军中来往冲杀、斩将砍旗的赫赫雄风，自然也是经过夸饰与提升的，虽然小说有明确交代，曹操为了活捉赵云，下令不得放冷箭，使赵云得了便宜，但小说在整个情节单元中所塑造出的赵云形象，威武坚贞，完美纯净，真可谓跃然纸上，呼之欲出。为救刘备家小，赵云不虑生死，匹马单枪，冲杀于曹军之中，银枪所向，无人能敌，剑光闪处，敌将落马，直杀得血满征袍，救回幼主而返，耿耿忠心，凛凛威风，令人叹为观止。这一情节描绘，使刘备集团在溃退过程中产生了败中犹胜的整体效果。这样的情节描绘和人物塑造，无疑是经过高度艺术加工的。这种特点体现于小说的整体结构中，在其他情节单元中，同样如此，只是程度不同而已。

《三国演义》这种特点的形成，一方面与讲史的传统有密切关系，保留了讲唱文学的特点，也与作者在特定时代背景下的理想寄托有关，同时，也与小说这种艺术形式与现实生活的联系还不够紧密有关。小说直接地描写具有原生状貌的现实社会生活，是从明代的长篇小说《金瓶梅》和拟话本开始的。这一点，反映了小说这种艺术形式自身功能不断发展的历史行程。《三国演义》与《水浒传》诞生于同一历史时期，其艺术特质的相似和相通也说明，这一特点的形成是有历史原因的。这样评价，并不是降低这两部伟大小说的历史地位，而恰恰是在具体的、历史性的评价中充分肯定它们在中国长篇小说史上开创性、奠基性的历史地位。

人物聚焦

智慧绝伦　忠贞廉明：生动饱满的诸葛亮的形象

在中国古典小说所塑造的艺术形象中，诸葛亮形象无疑是传诵最广泛、影响最深远的艺术形象之一，其影响虽然也与后来的戏剧和讲唱文学有关，但这一不朽艺术形象最为突出的思想性格特征，是在罗贯中的笔下就已基本定型了的。在长期的历史发展过程中，诸葛亮的名字，已经具备了智慧符号的意味。诸葛亮形象之所以产生超出文学范围的深远影响，不仅是由于《三国演义》塑造出了诸葛亮鲜活灵动、有血有肉的文学典型形象，更是因为在这一形象的深层内涵中，凝聚了优秀传统文化精神的复合底蕴，其儒道互补的人格结构，道家权变和兵家谋略贯通为用的济世才能，法家、墨家各取优长的施政方略，有机和谐地汇聚贯通在诸葛亮这一形象各个结构层次的有机组合中。

说得夸张些，《三国演义》简直就是一部诸葛亮传。诸葛亮出场之前和他在五丈原病逝之后的情节，叙述得大多简略，而以诸葛亮为主要描写对象的故事情节，无一不是描写细致，绘声绘色，波澜迭起，引人入胜。小说通过诸葛亮登场亮相后的一系列情节，如隆中定三分、火烧博望坡、火烧新野、赤壁之战、三气周瑜、安居平五路、六出祁山、七擒孟获等，从多重侧面刻画了诸葛亮鲜明生动的形象，而在诸葛亮性格的多重侧面中，贯穿始终的主导方面，是他审时度势、料事如神的超常智慧。

毫无疑问，诸葛亮是作者寄托最深的主人公，在这一形象的塑造过程中，寄寓着作者在特定时代背景下对人格理想、智慧结构、道德美感的景仰与渴慕。以诸葛亮为描绘对象或是与诸葛亮相关的情节叙述，无不具有浓厚的情感色彩，或是通过人物映衬，或是以景物烘托，在特定的情感氛围的润泽下，使人物的精神气韵、节操风范展示得更充分，形象特征更饱满。在阅读过程中，读者可以深切地感受到作者的赞叹和崇敬之情。在心爱的主人公身上倾注饱满真淳的感情，是小说艺术形象塑造取得成功的关键所在，也是小说能够打动读者，唤起读者强烈情感共鸣的必要条件，几百年以前的罗贯中以自己的创作实践，证实了这一点，体现出他对艺术创作内在本质特征的深刻体味与领悟。

　　小说中诸葛亮形象丰满生动的特征不是由作者抽象化的评介直接做出说明的,而是在错综复杂、激烈尖锐的矛盾关系中生动活脱地展示出来的,其性格内涵主要体现在以下几个层次的动态组合中,其不同的性格侧面,在具体的艺术情境中,有着程度不同的展示与刻画,在其整体上,则是以独特的个性所统率的鲜活生动的有机体。

　　如上所述,由于诸葛亮形象的塑造凝聚着优秀传统文化的复合内涵,同时,在其审美层面上,又有着个性鲜明而独特的审美特性,仅凭笼统地概括,难于在整体上把握其丰富内涵,只能机械地划分不同层面来审视,以求尽可能地阐发出人物形象的深厚内涵。

　　从其人格结构层面来看,显而易见,诸葛亮具有儒道互补的人格结构,其人生价值的定位,以儒家"达则兼善天下"的积极用世精神为根基与核心。他胸怀大志,抱负非凡,在动荡不安的乱世中以天下苍生为念,渴望奋发有为,匡时济世,建立功业,一展宏图。隆中隐居,他自比管仲、乐毅,洞察时局,积学储宝,他精通典籍,博学多识,但他所深究精研的取向,并非单纯地记诵典籍经书,而在于通过各不同学科知识的交织渗透、融会贯通,从中生发出具有实践应用价值的济世谋略。同时,在其人生理想的追求上,既有热诚执着的用世情怀,又有高标人格、功成身退的自主选择。刘备"三顾茅庐",恳请他出山辅佐,成就一番开创帝业并一统天下的事业时,他已对天下局势了然于胸。从其对时局变迁趋势的精当把握、准确分析及早已画出西川五十四州地图的情形来看,可以想见,诸葛亮隐居隆中,并非是真想在乱世中选择隐居避世、弃绝俗世的生活,而是在审时度势中等待用世时机,他之所以要刘备前往三次才与之相见,恐怕其中包含着试探刘备诚意的用心。二人见面后,他当即为刘备定下了占荆州、取益州、据西川以三分天下的战略步骤和东合孙权、北拒曹操的战略方针,这一番千古传诵的"隆中对",使刘备有如拨云见日一般,直令"玄德闻言,顿首拜谢"。但诸葛亮对自己的用世选择,并非是热衷于滚滚红尘中的纷纷扰扰,而是一直保持着他高洁飘逸的志节风范、气度神情。在刘备三至隆中的过程中,小说以诸葛亮友人、家人的隐士风采来衬托诸葛亮的精神气韵,又用他隐居之处的自然环境烘托诸葛先生超然飘逸的志趣,在刘备等人的回马观望中,但见"山不高而秀雅,水不深而澄清,地不广而平坦,林不大而茂盛。猿鹤相亲,松篁交翠",山水相映,动静相衬,犹如世外仙境一般,这种景物描绘,无疑是对诸葛亮风采气度的烘托。刘备与诸葛亮见面之后,刘备眼中的诸葛亮更是一身世外高士气派,"身长八尺,面如冠玉,头戴纶巾,身披鹤氅,飘飘然有神仙之概"。刘备请诸葛亮出山辅佐,诸葛亮以"久乐耕锄,懒于应世"假意推脱时,刘备则用"先生不出，如苍生何"的当世忧患来表白自己以黎民为念的仁义情怀，诸葛亮这才最后答应辅佐他。诸葛亮临行前，叮嘱弟弟诸葛均说："吾受刘皇叔三顾之恩，不容不出。汝可躬耕于此，勿得荒芜田亩。待吾功成之后，即当归隐。"诸葛亮的这种人生选择表明，他自觉的以儒家的匡时济世和道家的高蹈尘世相互融通的人格结构为人生理想的核心。在小说后来的情节推进中，对诸葛亮仪表神采的描绘，一直保持着身披鹤氅、手持羽扇的特征。这种特征，与文化传统中知识阶层儒道互补的人格追求有历史承继关系，与元代道教兴盛的时代背景也有着必然联系。需要说明的是，作为哲学流派的道家与后世的道教有历史渊源关系，但二者并不相同，就这一人物形象身上"道"的方面而言，其思想内核源于道家，其仪表神情则当是出自后世道教的"仙人"渴望，体现出他所产生的时代特点，这也使形象的内涵更为丰富和复杂。在诸葛亮高士的辅佐之下，刘备集团从此羽翼丰满，后来在西川站稳了脚跟，与曹操、孙权两个割据政权，形成了鼎足三分之势。

就其才能方面来看，在情节延伸过程中，生动鲜明地展示出了诸葛亮自觉开发出来的具有实践应用价值的智能结构。读书求知是基础，从知识的交叉贯通中生发出具有应用价值的智谋与才干，是应用型人才的具体标志。强调智慧的重要性，是小说深层文化内涵的有机组成部分，对诸葛亮形象的刻画，呈现出了作者的人才观。在小说构筑的艺术世界中，超越流俗的智慧是诸葛亮这一艺术典型形象最为光彩夺目的特征与内蕴。智慧是一个人综合能力和素质的具体体现，它往往是人在具体情境中由被动转为主动的自我选择和应变能力中展现出来的，在这一方面，小说对人物形象的刻画可谓是淋漓尽致，而又合情合理。诸葛亮出场之时，恰是刘备集团在曹兵的追袭下节节败退之际，诸葛亮在"受命于危难之中"以后，很快便以一系列以计取胜的战役，使刘备集团增强了信念，并在赤壁之战以后有了自己的栖身之地——荆州。就人物的智能结构来分析，小说对人物形象的刻画集中体现于四个方面：一是审时度势、高瞻远瞩的战略家的眼光与远见。这一点，已见于上文的分析中。诸葛亮根据当时的客观历史情势定下的"联吴抗曹"的战略决策，是蜀汉集团能够崛起于乱世的立国方略。诸葛亮自出山后，终其一生，一直竭尽全力维护孙刘两家的战略同盟关系，确保了蜀汉集团的利益。诸葛亮所定下的这一立国方略，是他对当时的历史情势所做的审慎分析和判断的结果，这在"隆中对"中有具体阐述，充分体现出一个战略家的深谋远虑。二是谋士之才和统帅之才集于一身。诸葛亮出山后一连串的火攻，扭转了当时的局面。博望坡一战，是诸葛亮出茅庐后的第一仗，当时刘备部下不过几千人，而曹军则是勇将夏侯惇引大军追来。此时，刘备对于新近得到的军师以师礼相待，使尚未了解诸葛亮才略的关羽、张飞心中不悦。这段情节有声有色，饶有兴味。当时的情势对诸葛亮非常不利，内部因为关羽、张飞的不信任而产生摩擦，外部则是强敌压境，胜败攸关。正是在这种复杂纷乱的矛盾纠葛中，诸葛亮那种成竹在胸的远见卓识和调度有方的指挥能力，审时度势的谋士韬略和分兵派将的统帅才干和谐地集于一身的特点，得到了具体展示。由于刘备得到诸葛亮后说过"吾得孔明，如鱼得水"的话，在夏侯惇杀奔新野时，关羽、张飞先知道消息，二人在商议之时，张飞就说："可着孔明前去应敌便了。"待刘备请二人商议，问到"如何应敌"时，关羽还在踌躇，不知如何表态，张飞则快人快语："哥哥使'水'去便了"，既有对诸葛亮智谋才略的不信任，更有对刘备过分礼遇这位书生的牢骚与讥刺。在这种境况下，刘备的答话则体现出他持重而机敏的性格："智赖孔明，勇须二弟，何须言也？"这种情势，诸葛亮自然已是了然于胸，到刘备请他议事时，第一句话便是"但恐二弟不肯宾服，如欲亮行兵，须假剑、印。"借主公刘备的信任调兵遣将。等到关羽、张飞、关平等人的职责分拨已定，要求"依计而行，勿使有失"之时，关羽、张飞仍是不信，而且张飞还是"冷笑而去"，大概是既想看看诸葛亮是否真有智谋，另一方面，又碍于大哥的情面与军令不得不去。到诸葛亮也让刘备参战，而自己留在县中并要孙乾、简雍准备喜庆宴席、安排功劳簿时，小说写了四个字，"玄德亦疑"。这就从刘备的心态中，衬托了诸葛亮对自己运筹谋划的必胜信念，滴水不漏，万无一失，同时，对尚有疑虑的刘备也是一种增强必胜信心的最好方式。从诸葛亮分兵派将和计谋实施的过程可以看出，作者的描写符合生活真实和认识逻辑，丝丝入扣，严密合理。诸葛亮超常的智慧并非来自某种神秘的力量，而在于他对地理环境、地势地貌、节令物候有深入了解，另一方面，是对对方引兵将帅的心理性情有着充分的估计和把握。果然，战役过程和结局完全按照他的事前预见发展过来，关羽、张飞不得不惊叹"孔明真英杰也"，并在见到稳坐车中的诸葛亮时，"拜伏于车前"。

在博望坡初用兵的情节中，不仅从刘备集团内部关、张、刘三人的疑虑尚存衬托诸葛亮的自信，还以曹军猛将夏侯惇的骄纵狂傲衬出了诸葛亮对对方心理揣摩的透辟和诱敌谋略安排的细密。这次成功的以逸待劳的伏击战，是诸葛亮初出茅庐的第一功，在以后的情节发展过程中，小说则紧扣人物形象的这一特征，把它作为主导方面，予以全面细致、具体完整的刻画。从上述的分析介绍中也可以看出，对人物的性格特点，作者从不中断情节过程作静态的介绍和描写，而是把需要着力表现的方面融合交织在情节推进的过程中，通过人物的语言、行动和行动的结果展示出人物的特征，这是我国古代小说的叙述特点，其功能在于强化情节的故事性，提高小说引人入胜的艺术魅力。

其三是能言善辩，辞锋犀利。这本是外交家所应具有的才智和禀赋，在这一方面，小说通过舌战群儒、智激孙权、哭吊周瑜、骂死王朗等情节，刻画了诸葛亮作为外交家的风范与辩才，最能展现诸葛亮这方面才能的情节单元当首推舌战群儒。当时孙权势单力弱，刘备立足未稳，此时曹操率八十万大军南下，孙、刘两家如不联合，就有被各个击破的危险，在紧要关头，诸葛亮出使东吴，凭借自己的谋略与辩才，说服了尚在犹豫不决的孙权，斥退了东吴以张昭为首的力主投降的论调。在见孙权之前，孙权也有意让诸葛亮领教江东才俊的风采，岂料张昭、虞翻、步骘、薛综、陆绩、严畯、程秉七人的质问责难，都被诸葛亮犀利雄辩的回敬反驳得不知所措、无言以对。诸葛亮的对答有理有节，征引有据，议论风生，气势凌厉，使一班江东才俊露出了迂腐书生的本相。诸葛亮回敬过七人之后，作者情不自禁地以赞叹笔调作了总括性的叙述："坐上诸人见孔明对答如流，滔滔然如江河之水，众皆失色。"这种外交家的风采在激周瑜、瞒鲁肃、骂王朗等情节中都作了绘声绘色的叙述。有时候，胸怀韬略的人未必能词锋机敏，口若悬河，而在诸葛亮这一人物形象身上，又是二者集于一身。

其四，诸葛亮不仅博学多识，更能够化裁融通，学以致用，这是其智能结构的核心，在前面的分析中，已涉及了这一特点。在作者看来，那些只知道治经学典、寻章摘句的迂腐儒生，不值得称道，像诸葛亮那样既熟知各个学科的知识而又能在实践中应用这些知识的人，才是作者推许称道的有识之士。在诸葛亮形象的塑造中，体现出了作者进步的人才观。各不同学科的知识积累只有被某一个人创造性地接受和应用，知识才会体现出其自身的意义与价值。从小说的描写中可以看出，诸葛亮是掌握了多学科知识的优异人才，他不仅能把天文学、地理学、水文学、心理学等学科的知识具体地运用到战略谋划和军事指挥中，而且还是一个出色的发明家。由于道路崎岖，运送粮草困难，诸葛亮便造木牛流马以运粮草，这应该是机械制造知识的具体应用，不仅解决了蜀军的粮草运送问题，还使魏军上了大当。关于"木牛流马"到底是什么，曾有专家做过考证，认为是一种独轮车。不过，对于这一点，不要过于拘泥，因为读者毕竟是在读塑造出了活生生人物形象的小说，不是一定要弄明白"木牛流马"的制造，对于古代小说来说，在塑造人物形象的过程中，由于高度的理想化而产生一些不足也是可以理解的，何况在《三国志·蜀书·诸葛亮传》中就已记载"木牛流马"的事，在《三国志》注《魏氏春秋》中，还记载了"木牛流马"的尺寸。

　　从小说对诸葛亮才能特征的描绘与展示中可以看出，诸葛亮才能的核心在于以济世准则为内在尺度的智能结构，诸葛亮施展智慧与谋略的过程，即是其智能结构在社会实践中外化和应用的过程。作者饱含激情的情节叙述，体现着对能力型、应用型人才的景仰与崇敬。小说不仅以具体的情节展开称颂了诸葛亮的盖世奇才，还通过小说中人物的评价和人物的自我认识，强化了这一倾向，当然，也使人物形象这一特征更为鲜明和突出。刘备马跳檀溪后与水镜先生司马徽的对话，实际上体现着作者对人才的认识，刘备以为"备虽不才，文有孙乾、糜竺、简雍之辈，武有关、张、赵云之流，竭忠辅相，颇赖其力"，司马徽则以为，"关、张、赵云，皆万人敌，惜无善用之人。若孙乾、糜竺辈，乃白面书生，非经纶济世之才也"，可见，作者所推重的人才是具有用世之才的人物，不是只能熟读经典的迂腐儒生。诸葛亮在舌战群儒时，小说以人物的自我认识，表现出同样的态度。诸葛亮在回敬严峻和程德枢的诘问时说，"寻章摘句，世之腐儒也，何能兴邦立事？且古耕莘伊尹，钓渭子牙、张良、陈平之流，邓禹、耿弇之辈，皆有匡扶宇宙之才，未审其生平治何经典。——岂亦效书生，区区于笔砚之间，数黑论黄，舞文弄墨而已乎？"，"……若夫小人之儒，惟务雕虫，专工翰墨，青春作赋，皓首穷经。笔下虽有千言，胸中实无一策。……"小说中冷眼旁观者的议论和主人公的"自我声明"，深化了人物形象的内涵与底蕴。就人物智能特征的渊源看，对智慧的追求和古代思想领域中道家、兵家崇尚权变智谋的传统不无关系。作为哲学学派的道家经典《老子》，虽不是重在讲述兵家策略的著述，但以其对事物间辩证关系及对立面相互转化的识见，对谋略的应用具有启发作用，其中有些内容还直接讲到了用兵之道，如"将欲弱之，必固强之；将欲废之，必固兴之；将欲夺之，必固与之"，"以正治国，以奇用兵"等，这与兵家对用兵计谋的总结与阐发有着内在的一致性。小说中诸葛亮形象的"道家"内涵和道士风范，应当说，其中渗透与体现出了对道家与兵家思想贯通为用的实践精神，这就使得诸葛亮形象具有了更为深邃厚重的文化底蕴，他与后世重在强调个人人格操守的儒生形象不同（至于后世儒生是否确实按照儒生标准立身行事，是另外的问题），是一个具有复合性文化内涵的人物形象。

　　再从诸葛亮的外在性格特征看，他虽是智慧绝伦、谋略非凡，但在把设定的计谋外化为具体行动时，他所表现出的外在性格特征则是虑事周密、行事谨慎。诸葛亮初出茅庐的两仗火烧博望坡和火烧新野，杀得曹兵损兵折将，曹操在气恨恼怒之时，报复心理的恶性膨胀达到了顶点，捉不到诸葛亮，便派人去捉诸葛亮的家人，而诸葛亮却已是预知在先，把家人早迁走了，这是双方在特定情势下智谋的交锋抗衡，从中刻画出了诸葛亮虑事周密的性格特征。小说中虽是在战后用补叙所作的交代，对于反映双方生死敌对的形势，凸显诸葛亮的性格特征，却是必不可少的一笔。

自出山之后，诸葛亮无论是兴兵遣将，还是处理政务，都始终体现着这种性格特征，连诸葛亮后期最主要的对手司马懿也深知诸葛亮"平生谨慎，从不弄险"的性格。恰恰是诸葛亮深入分析了司马懿对自己这种性格的一贯认识，再加上这种性格特征着实让司马懿吃了不少苦头，因而，诸葛亮才能在街亭失守、西城空虚的情况下，于情急无奈之中出演了一场千古绝伦的"空城计"，使诸葛亮这一形象在败中犹胜的超凡智慧中，增添了无穷的魅力。"空城计"的情节，是真实的艺术描绘，它符合于生活的逻辑和人的思考逻辑，其成功的基础，实际上是双方心理素质的较量。"空城退司马"这一计谋的成功实施，在于诸葛亮准确地把握了对方的心理特点，并以此为依据设下疑兵，使对方深信本是空城的西城是设伏诱敌的沙场，才得以在险境中自我保全。由此可以进一步了解到诸葛亮外在性格特征的另一个方面，胆量过人。像"空城计"这样事关国家命运的计谋，即使考虑再周全，安排再细密，如果没有临危不乱的心理素质和超越流俗的胆识，绝不敢冒险行之，也不可能在面对强敌的凭栏操琴中做到沉稳从容、心绪不乱。从这里可以回想到，当年在赤壁之战中，诸葛亮以使臣身份，前往东吴游说孙权，虽自信有三寸不烂之舌，但只身一人，面对东吴各有打算的文武臣僚，没有过人的胆量，也难以从容周旋、不辱使命。赤壁之战前夕，为显示自己的智谋，更是为进一步激起周瑜抗曹的信心，诸葛亮"草船借箭"那一计，同样是胆识出众的体现，虽然有掌握自然规律的信心，第三天夜间，江上必然浓雾弥漫，如果胆量不足，恐怕也是不敢船近曹军水寨、乘雾借箭的。

从形象道德美感的角度来看，诸葛亮形象的突出特征在于忠贞廉明，克己奉公。诸葛亮自辅佐刘备之后，终其一生，忠心耿耿，鞠躬尽瘁，死而后已，在他身上，体现着在乱世有志于实践儒家仁政理想的人生价值追求。他出于救护苍生于乱世的心愿辅佐刘备，将自己的智慧才略奉献于当世，这一特征，使人物形象的人生选择和立身风范呈现出了道德崇高感。他前为军师，后为丞相，手握重权却从不倚势谋私，而是克己奉公，一心为国，对蜀汉政权忠贞不渝。刘备在白帝城弥留之时，将刘禅托付于他，诸葛亮则更是时刻铭记先帝重托，兢兢业业，辅佐刘禅。他率军南征，深入蛮荒不毛之地，平息孟获之乱，稳定了南方局势，而后统兵北伐，尽心竭力，不思反顾地去谋求实现天下一统的志愿。在统帅三军时，他军纪严明，赏罚公允。马谡因不听良策，骄纵专断而失了街亭，致使功亏一篑，无奈之中，诸葛亮挥泪斩了马谡，以正军法，而对在撤军中不损一兵一卒的老将军赵云则按功行赏（赵云没有接受，并建议在建功之后赏赐将士）。诸葛亮的廉明，就连因过失被他废为庶民的廖立、李严二人都感念不已，以为孔明死后，自己再没有希望被起用了。在这一方面，胸怀淡泊，生活简朴同样是小说着力称颂的特征。诸葛亮后来虽身居相位，却从不贪图奢华安逸，"羽扇纶巾，身披鹤氅"的道士装束，伴随了他的一生。诸葛亮不仅自己生活简朴，还能做到在财产上不为子孙计，而是只留些许园林，使其聊以自足即可，这一点，在"秋风五丈原"的情节中有具体描绘，这在封建社会的官宦中，是极为难得的人格修养，也正因为这样，历史上诸葛亮的节操风范已是深得后世有志之士的景仰，如杜甫就对诸葛亮充满了景仰之情。通过小说典型化的艺术加工和生动具体的精彩描绘，作为小说人物形象的这一方面的特征则更是具有了审美价值和艺术感染力。

以上从人格结构、智能结构、外在性格特征及人生理想的道德美感几个层次与方面，分析了诸葛亮形象的内涵和特征，综合起来看，可以说作者饱含钦敬和推崇之情，塑造出了一个忠诚廉明的贤相、机敏善辩的外交家、谋略卓绝的军事家集于一身，同时又有着洒脱飘逸情怀的高士风采的典型形象，这一形象的成功塑造，清初的小说评点家毛纶、毛宗岗父子称之为"三绝"之一——"智绝"，"智"是诸葛亮形象中最为突出的质素，这一质素和其他方面的有机统一，完满聚合，使得这一形象有了生命的活力，鲜活生动、跃然纸上，体现出了传统文化精粹的多重意蕴。

对人物形象内涵的分析是建立在归纳、判断的基础上的，而作者塑造人物形象的过程，则是在矛盾冲突的错综交织中，以人物自己的言语、行动具体地展示个性特征的，这是小说创作所遵循的美学原则，唯其如此，人物形象才会经由具有生命活力的外在特征从纸上活起来，而不会只是作者干巴巴的主观断言，就读者接受的角度而言，则要在具体地审美阅读的过程中，才会领略到人物形象丰富深厚的内涵，既从中得到审美情感的陶冶，又得到人生智慧的启迪。

我们说《三国演义》中的诸葛亮在总体上是封建时代卓越的政治家、外交家、军事家的成功形象，并不是说诸葛亮的性格就是完美无瑕的。事实上，作者遵循着生活的逻辑，也刻画出了诸葛亮性格上的欠缺与不足，正是这些不足，使得这一形象更为真实可信。诸葛亮是一个智慧卓越的人，并不是超凡入圣的"仙"。如他听信马谡自幼熟读兵书的大话而把扼守街亭的重任交付于他，致使那次北伐无功而返，而这也是诸葛亮疏忽了刘备临终时"马谡言过其实，不可大用"的告诫的结果。再如对魏延，诸葛亮一直没有处理好与他的关系，认定魏延"脑后有反骨，久后必反"，北伐中不听魏延提出的经由子午谷进兵、直逼长安的建议，而选取陇右平坦大路依法进兵的路线，增加了北伐中的许多消耗，错过了有利时机。从这一方面来看，则是任何一种事物或现象都有其两面性，诸葛亮谨慎小心是对的，但过于谨慎又囿于成见，以至于失去了速战取胜的时机，又是其负面作用。同样，由于对魏延一直不信任且没有处理好内部关系，致使诸葛亮死后，内部出现了兵戎相见的对抗，他虽然用锦囊计杀了魏延，却也大大损耗了蜀国的实力。从这些方面可以看出，对诸葛亮形象的塑造，主要是以历史的现实生活为基础的，并没有过分神化他。

或许是作者对诸葛亮的品格和智慧过于尊崇的缘故，在这一形象的塑造上，也的确存在着过分理想化的偏失，如"七星坛诸葛祭风"的描写，由于必要的铺垫不足，而又过多地渲染了诸葛亮得"异人传授"的道术，使这一形象在一定程度上脱离了生活的真实性，如同鲁迅先生所说，"状诸葛之多智而近妖"（见《中国小说史略》），这是小说家在刻画形象中所显露出来的不足，不过，对于几百年前的小说家，我们不应以今天的标准去苛求，应当承认，这一形象虽有过于理想化的成分，在其整体上是一个成功的艺术典型形象。

"奸"与"雄"集于一身：开掘深刻的曹操形象

在中国古代文学艺术形象的画廊中，历史演义小说《三国演义》中曹操形象的塑造，堪称最为成功的艺术形象之一。曹操的形象，性格内涵复杂深厚而个性生动鲜明，这一形象，开掘深刻，包孕深广，概括出了既有雄才大略，又有残暴酷虐本性的封建时代的政治家、军事家、谋略家的本质性特征。清代的毛纶、毛宗岗父子在《读三国志法》中，总结《三国演义》中的人物有三奇，可称"三绝"，诸葛亮"智绝"，关羽"义绝"，曹操"奸绝"，对这三个主要人物的整体特点的概括，应该说，是有道理的，因为他所把握和总括的是人物形象最为突出的性格侧面，对于曹操，《读三国志法》中评价道："历稽载籍，奸雄接踵，而智足以揽人才而欺天下者莫如曹操。"这一概括，虽然是从尊刘贬曹的观念为基础所作的评价，却是准确地概括出了曹操形象的性格特征中最为突出两个方面，那就是"奸"和"雄"。

在小说的具体描绘中，作者是紧扣"奸"和"雄"两个主导性格侧面来刻画曹操形象的。一方面，曹操性情奸诈，精于权变，另一方面，则是一个具有远见卓识和雄才大略的乱世英豪，在小说第一回"宴桃园豪杰三结义斩黄巾英雄首立功"中，曹操一亮相，就用不同方式，对他的个性和才略作了概括性介绍，这些介绍，无论是作者的直接叙述，还是小说中人物的评价，其内涵和倾向则完全一致。

> 为首闪出一将：身长七尺，细眼长髯；官拜骑都尉；沛国谯郡人也，姓曹，名操，字孟德。操父曹嵩，本姓夏侯氏；因为中常侍曹腾之养子，故冒姓曹。曹嵩生操，小字阿瞒，一名吉利。操幼时，好游猎，喜歌舞，有权谋，多机变。操有叔父，见操游荡无度，尝怒之，言于曹嵩。嵩责操。操忽心生一计：见叔父来，诈倒于地，作中风之状。叔父惊告嵩，嵩急视之，操故无恙。嵩曰："叔言汝中风，今已愈乎?"操曰："儿自来无此病；因失爱于叔父，故见罔耳。"嵩信其言。后叔父但言操过，嵩并不听。因此，操得恣意放荡。时人有桥玄者，谓操曰："天下将乱，非命世之才不能济。能安

之者，其在君乎？"南阳何颙见操，言："汉室将亡，安天下者，必此人也。"汝南许劭，有知人之名，操往见之，问曰："我何如人？"劭不答。又问，劭曰："子治世之能臣，乱世之奸雄也"，操闻言大喜。

    在这段叙述中，既有叙述者直接介入的评判性叙述，也有以补叙方式所作的故事性叙述，还有作品中人物，即当时高士对他所下的定评，三种叙述方式并用，总括和明确了曹操的个性特征，为在情节展开的过程中生动具体地刻画曹操形象，作了充分的铺垫。这段文字包含了这样几方面的内容。其一是交代了曹操奸诈诡谲、狂傲自负的性格及其成因。对人物身世的介绍虽然简短，却足以说明人物个性的成因。据小说所叙，曹操之父名叫曹嵩，本姓夏侯氏，是中常侍曹腾的养子，所以冒姓曹，这就表明，曹操出生于官宦之家，而东汉末年，奸佞弄权，朝政窳败，出生于这样的家庭，不可能不对统治阶级中尔虞我诈、争权夺利感同身受。"中常侍"是传达诏令和掌管朝中文书的官职，他们能够出入宫廷，侍随皇帝，奔竞在最高统治阶层之中。到了东汉时期，中常侍由宦官担任，又为正统官僚所不耻，其人格会产生不同程度的扭曲。出生和生活在这样的环境中，曹操从小即圆滑刁钻、狡黠无赖，出现了善于权变、长于权谋的成长趋势，这就使曹操个性的具体展开有了依托。介绍了身世后，对曹操年少时即用心计欺骗叔父的事做了具体的补叙性描写，其中体现着曹嵩的昏聩糊涂，其重点所在，则是充分体现出曹操自幼即已形成的善用心计、一心为己的个性。其三，小说特意叙写了当时人对曹操的评价，一方面表明曹操已在社会上具有了相当的名望和影响，另一方面，三人的评价中，突出的一点是共同的，那就是曹操卓越不凡的智慧与才干。这种叙述方式，省却了许多笔墨，对人物个性的整体概括却是鲜明突出，能够给读者留下相当深刻的印象。这段介绍性文字，构成了刻画曹操性格特征的情节基础。

    从艺术形象的塑造方式和形象所包孕内涵丰富深广的角度来看，任何成功的文学艺术形象的塑造，都是个性鲜明突出而又生动饱满的，不能只是呈现出性格特征的主导方面，同时，在人物性格的内涵中，还应当开掘出社会生活中某些本质的方面，使人物形象的塑造，达到审美价值和认识价值的高度完美的统一。从文学创作本身这一层次的要求与标准来看，曹操形象的塑造无疑是小说中最具艺术美的文学形象，这是因为，作者虽然在人物出场时对人物作了整体性评价，但作者没有从固定的概念认识和定型框架出发去做简单化的处理，而是在对封建时代的政治家、军事家、谋略家有了深刻认识的基础上，经过集中概括、加工提炼，遵循艺术真实性的创作原则，着力从人物作为活生生的个体的人这一角度，在复杂纷繁的矛盾冲突中具体刻画，不仅使人物展示出自身独一无二的个性，而且刻画出人物的多重性格侧面，使得人物形象在整体上，构成立体的、多重层面的有机体，让人物从纸上"活"起来。

在小说中，读者会感受到，曹操的形象塑造具有立体感，鲜活饱满、生气勃勃，这取决于作者对生活逻辑和人物性格逻辑的尊重，在突出主导性格侧面的同时，还展示了其他性格侧面，这些侧面不是单独呈现的，而是表现为多重侧面的动态组合。在小说中作者对人物个性作了定性式的总括，但在情节的展开中，则把人物置于真实具体的历史环境中刻画其鲜明个性，这种性格侧面动态组合的人物形象塑造方式，符合艺术创作的特征和规律。小说首先对曹操自幼即形成的个性特征做了概括性介绍，然后，则通过情节的发展过程，具体生动地刻画其不同侧面，这种方式，能够使读者对曹操的个性有更为深刻地理解。

曹操既是一个想在乱世有所作为的人，更是一个胆略超群、识见非凡的人。小说第二回写袁绍向何进进言召四方英雄诛杀宦官时，曹操鼓掌大笑，对何进说："宦官之祸，古今皆有；但世主不当假之权宠，使至于此。若欲治罪，当除元恶，但付一狱吏足矣，何必纷纷召外兵乎？欲尽诛之，事必宣露。吾料其必败也。"在遭到何进申斥后，曹操退出后说："乱天下者，必进也。"事态发展果然不出曹操所料，其识见远远高出了袁绍。王允设宴请朝中旧臣哭诉董卓专权之事，结果"众官皆哭"，此时曹操则抚掌大笑，说道："满朝公卿，夜哭到明，明哭到夜，还能够哭死董卓否？"其神色举止，犹如鹤立鸡群一般，在王允的责问下，曹操说出了自己愿以献刀为名刺杀董卓的计谋。曹操在行刺过程中，虽因董卓从穿衣镜中看见曹操在背后拔刀的行动和吕布此时已牵马至阁外，谋刺未成，但曹操能够在瞬间想出诈称献刀于董卓的应变策略而巧妙脱身，可见其临难不慌的稳定心态和权变机谋的才干。

曹操回到陈留后，立即培植自己的势力，招募义兵，矫诏各路诸侯联盟，讨伐董卓。他通过参与镇压黄巾起义和矫诏诸侯讨伐董卓之后，有了自己的军事武装和割据地盘，置身于统治阶级争权夺势的旋涡之中，其欲望也日益膨胀起来，贪欲和权势欲很快成了他为人处世和人生角逐的主宰，极端利己主义成了他性格的核心，但同时，曹操又是一个确有远见卓识、雄才大略的军事家，他凭借自己的智谋与才干，使自己的势力迅速壮大起来。小说中写到，曹操在青州积聚了自己的势力，号称拥兵四十万，割据管辖之地有百姓一百余万，而且全部屯田，使他具备了和其他割据势力逐鹿争雄的资本，声名日高，威权益重，他及时采纳了谋士荀彧的建议，以匡扶汉室为名，率领自己的武装力量入朝，"挟天子以令诸侯"，从此，控制了朝政大权，威名传于天下。可是，曹操并没有就此罢手，接着，便是逐个铲除北方其他的割据势力，在三十年接连不断的征战剿杀过程中，灭吕布，败袁术，平袁绍，统一了北方，而这时，他一统天下、独占江山的欲望也随着北方的统一和平定达到了顶点，亲率大军南征孙权，意欲把孙权和刘备各个击破，统一全国，遗憾的是，随着力量的强大，权势的高涨，他性格中骄纵狂傲的一面凸显出来，赤壁之战前夕，志得意满的横槊赋诗就鲜明地表现出了他这一性格侧面。他之所以在激战前夕横槊赋诗，是因为他在志得意满、不可一世的骄纵心态中，使他忽视了自己一方在所处环境和战斗力方面的劣势，低估了对方借助自然优势和策划严密的火攻计谋，结果，一场豪兴，落得个惨败不堪、败走华容道的结局，使他失去了统一天下的军事实力。

在情节进程中，小说具体形象地刻画了曹操"奸雄"个性的具体体现，首先是他既有雄才大略而又极端自私。如上文所述，曹操是一个在乱世渴求作为的人，他也确有在乱世大展身手、逐鹿争雄的非凡才能。他是一个出色的军事家，善于用兵，智谋多端，从他用离间计大败马超、白马坡以诱兵计击败文丑、乌巢烧粮草破袁绍等一系列情节，即可明了他的军事指挥才能，同时，小说还刻画了曹操多谋善断的一面，他采用郭嘉的隔岸观火之计，轻而易举地铲除了袁氏兄弟，他识破了孙权催促他尽早称帝的用意在于挑起自己和刘备的争端而孙权从中渔利的计谋。

曹操既胸怀大志，又极端自私和残忍。为世人所熟知、更是为世人所谴责的当首推杀害吕伯奢的情节。曹操谋刺董卓失败后，逃至中牟县，县令陈宫见曹操是个有志向的人，便放了他，并弃官追随。二人在逃亡的路上，途经曹操父亲的朋友吕伯奢的住处，二人前去投奔，吕伯奢一家盛情招待，由于二人听到磨刀的声音，心生疑虑，以为吕伯奢一家要杀害他二人，抢先下手，杀了吕伯奢的家人。二人在杀人之后搜索，发现原来是要杀猪款待他们二人，二人匆匆出逃，结果在路上恰巧遇到了买酒回来的吕伯奢，明知已杀错了人，可是，曹操竟用蒙骗吕伯奢回头的诡诈之计，又杀了吕伯奢。在他杀了吕伯奢之后，曹操说出了他的处世哲学："宁教我负天下人，休教天下人负我。"阴冷可怖，令人不寒而栗，极端的利己主义本性暴露无遗。曹操的这一"座右铭"伴随了他的一生，在以后率军征战的过程中，自私而残忍成了曹操性格中非常突出的一面，也是曹操这一形象最为令人深恶痛绝之处。如第十七回写曹操与袁术交战时，因军粮匮乏，他令仓官王垕以小斛放粮，等激起众怒时，他诈称仓官克扣军粮，"借"其头稳定军心，并明确告知仓官，他本无罪，只是出于稳定军心的需要，才这样做的。他的这一计谋，虽有着从战役大局出发的缘故，但其手段，未免过于狡诈残忍。再如他为报父仇攻打徐州时，下令但得城池，将城中百姓，尽行杀戮，以雪父仇。其结果是，"操大军所到之处，杀戮人民，发掘坟墓。"为自己父亲报仇，却迁怒于无辜百姓，可见其残忍本性。在他击败吕布后，当年救他的陈宫被擒，虽是陈宫愿死不愿生，曹操大可不必一定杀死他，但曹操还是将他杀了。

曹操与其部属的关系，也笼罩在阴森恐怖的阴影中。曹操在阳平关与蜀军对峙时，因主簿杨修多次猜透他的心思，这次又自作聪明地解释口令"鸡肋"的含义，造成了军心的动荡，便以动摇军心为名，处死了杨修。谋士荀彧因谏阻曹操进位魏公，加九锡，就在下江南的路上，强迫荀彧服毒自尽。此外，如他梦中杀人，同样体现着他的狡诈与残暴。

其次，曹操既有忌刻残暴的一面，同时，还有着胸怀广阔的恢宏气度。他善识人才，更是能够延揽人才，使用人才，其文武人才之胜，自非孙、刘两家可比。曹操在移驾许都的路上，遇到徐晃统兵拦截，见徐晃威风凛凛，是良将之才，便心生爱惜，经手下行军从事满宠游说，徐晃归顺曹操，后来成为曹操帐下一员得力武将。击败吕布之后，张辽一同被俘获，在武士将张辽拥到曹操面前时，张辽毫不畏惧，痛骂曹操："可惜当日火不大，不曾烧死你这国贼。"曹操大怒，亲自操剑来杀张辽，在刘备和关羽为张辽求情时，曹操把剑掷于地上，笑着说："我亦知文远忠义，故戏之耳。"而且"亲释其缚，解衣衣之，延之上座"，其心态调整之快，令人惊讶，在盛怒之下能够保持清醒的理智与瞬间决断的能力，其能够赏识人才，招揽人才的姿态，是值得称道的。与赵云大战长坂坡时，曹操对赵云，同样有收留之意，下令不要放冷箭，要活捉赵云，这一命令，虽是使赵云得了便宜，突出了包围，从中也可见出他对将才的爱惜。对关羽，更可见其心胸的开阔，关羽为他解白马围之后，保护刘备两个夫人，去寻刘备，曹操赠袍相送，关羽一路上过关斩将，在赴汝南的路上，被夏侯惇领兵追上，而两人正欲交战时，曹操两个使节接踵而至，最后，张辽亲自赶来，告知曹操已知关羽过关斩将之事，要夏侯惇放行。对谋士文人，则更是如此。在官渡与袁绍对峙时，他采用谋士刘晔的建议，用发石车和绕营掘堑的办法破了袁绍军的"土山弓箭阵"和"掘地透营"的计谋。袁绍的谋士许攸深夜来投，并向曹操进献了突袭袁绍屯粮之地乌巢的建议，曹操当即采纳，当然，这是以曹操对彼方优势、己方劣势的深入洞察为前提的，他在瞬间即做出了正确判断，这对官渡战役胜负具有关键性作用，曹操亲统兵马突袭乌巢取得成功，使自己一方变被动为主动，创下了以少胜多的战例。尤为值得赞叹的是，击败袁绍之后，出现了这样一个场面：

> 于图书中检出书信一束，皆许都及军中诸人与绍暗通之书。左右曰："可逐一点对姓名，收而杀之。"操曰："当绍之强，孤亦不能自保，况他人乎？"遂命尽焚之，更不再问。

这一片段表明，曹操有胸怀大度的一面，曹操在这种形势下的行为选择，自然有其稳定人心的计谋在内，但若没有一个政治家的才略气度，是难以做出这种选择的。此外如哭吊谋士郭嘉，祭祀得力武将典韦等情节，都体现出曹操这一方面的性格特征。

从心理学的方面来看，外在行为是内在心理的具体体现。曹操在其个性心理特征上，有着常人所难以企及的坚韧、刚毅和乐观，他善于调整和稳定自己的心态，同时，又会在情绪的支配下产生狂悖的行为，看似矛盾，却又和谐地统一在曹操的个性之中。曹操戎马一生，南征北讨。在与对手交战时，他能够以沉稳的心态指挥作战，如前已述及的官渡之战中，在军粮严重不足的情势下，他能以自己的智慧对面临的形势做出准确判断，没有半途而废，招致不可挽回的结局。在作战失利时，他总能够保持清醒的理智和乐观自信的精神。被吕布击败时，吕布已将画戟放在他头上，他还能以其镇定骗过吕布，在与马超交战时的"割须弃袍"同样如此。赤壁一战，惨败不堪，在华容道上亡命途中，他三次大笑，以嘲笑周瑜、诸葛亮智慧不足，这其中自然有掩饰其惶恐心理的成分在内，但以三次大笑的姿态面对惨败结局，也体现着确非常人可比的个性。曹操在志得意满之时，却又会做出失去理智的行动。赤壁之战前夕，他大宴群臣，横槊赋诗，只因扬州刺史刘馥进言说"月明星稀，乌鹊南飞；绕树三匝，无枝可依。"几句诗为战前不吉之言，便以为刘馥有意败兴，手起一槊，刺死刘馥，他的这一行为，既是他骄纵已极性情的具体体现，也是他残忍暴戾个性的必然产物，此时，他以为凭借他势不可当的军事实力，孙权、刘备无异于以卵击石，江南指日可得，自在胜算之中。在他的心目中，"周瑜、鲁肃，不识天时"，刘备、诸葛亮"不料蝼蚁之力，欲撼泰山"，在这种情绪支配下，曹操自是容纳不下他人丝毫偏离其主观心愿的情绪，借酒生怒的枉杀行径，也就在所难免了。

从上述分析可以看出，对曹操形象的塑造，小说以把握其个性特征为基础，然后在情节展开的过程中，具体鲜明地刻画不同性格侧面，这些侧面，从其外在特征看，似乎是矛盾着的不同方面，在其深层心理上，则是有机组合的统一体。在其实质上，曹操的个性特征是以特定历史环境下的功利主义、利己主义态度为处世哲学的最高准则的，其心理特征和外在行为受其统摄与支配，他的雄才大略，于乱世中建功立业的志向抱负，使他具有心胸广阔、招贤纳士的气度胸襟，而他的凶残暴戾，则是为了他个人权势的绝对确立，为自己的割据霸业奠定基础，其诡谲狡诈的一面，实际上即是他实现其人生愿望的智慧，这几个方面和谐有机地统一在曹操的整体性格之中。曹操统一北方，随着"挟天子以令诸侯"的权威日重，威逼献帝，弑杀皇后，其谋逆迹象越来越明显，不过，曹操终生并未自己称帝，表明曹操对时局有着清醒的认识，他不愿再更多地授人以"汉贼"的攻讦之柄。大宴铜雀台时，他在意得兴浓之时，对文武说道："念自讨董卓、剿黄巾以来，除袁术、破吕布、灭袁绍、定刘表，遂平天下。身为宰相，人臣之贵已极，又复何望哉？如国家无孤一人，正不知几人称帝，几人称王。或见孤权重，妄相忖度，疑孤有异心，此大谬也。孤常念孔子称文王之至德，此言耿耿在心。但欲孤委捐兵众，归就所封武平侯之国，实不可耳。诚恐一解兵柄，为人所害；孤败则国家倾危，是以不得慕虚名而处实祸也。诸公必无知孤意旨者。"这一番自我表白，不乏言不由衷的成分，但从其身世与当时声威来分析，他所说的也是实情。曹操就是具有这样一种高度个性化的性情，在豁达坦率之中往往包含着诡谲与机谋，在运筹用诈中又往往出之以豪爽和坦诚。其性格特征，与刘备的性格刻画比较起来，显得更为生动丰满，个性鲜明。

如前所述，曹操的主导性格侧面是其"奸雄"本色，小说围绕着他这一主导性格侧面展开。曹操在乱世中以个人的拼争角逐，逐渐达到了封建时代权力控制的顶峰，在这一过程中，以其主导性格侧面为基础和前提，既刻画了他雄才大略的一面，又刻画了他暴虐残忍的一面。曹操这一艺术形象鲜明独特的个性特征，概括了深广丰厚的社会历史内涵，其个性是在动荡乱世的社会背景下造就出来的一代豪杰的个性，又是在尖锐激烈的矛盾冲突中塑造出来的，既有深刻的艺术真实性，又有高度的艺术概括性。在其鲜明个性的深层内涵中，概括出了封建统治阶级中权势人物的本质性特征。

最后，需要说明的是，作为艺术形象的曹操，与历史人物曹操，既有联系，又有区别，不宜混淆。小说中的曹操，是更为具有概括性和典型意义的审美形象，他表现着作者对封建统治阶级本质的深刻认识，对曹操个性的刻画，体现着作者卓越的艺术才能。

粗豪莽撞也能粗中有细：张飞性格的多侧面

"猛张飞"的名号，传布民间，妇孺尽知，在当今的现实生活中，还是常常用作体现不同情感色彩的称谓，或是表达包含着喜爱成分的抱怨，或是表达对某人诚恳的批评等，其共同的原因则是近似的，大多指的是某人礼数欠斟酌，办事不周严，而这种状况的产生，则是与《三国演义》中对张飞形象的成功塑造紧密相关的。

在《三国演义》中，张飞的个性刻画得活灵活现，生动鲜明。他有着在乱世成就一番功业的愿望，有着疾恶如仇、忠勇耿介的品质，更是有着快人快语、粗豪莽撞的鲜明个性，在他的个性中，既有令人喜爱的一面，也有令人不快的一面，但在整体上，张飞是为作者所颂赞，也为读者所喜爱的人物形象，是作者着力塑造的艺术形象之一。

在小说中，张飞是紧随在刘备之后即登场亮相的，这种艺术安排，自然与作者描绘"桃园结义"，以体现小说的思想倾向直接相关，但这种安排方式，应该说，也与张飞的形象在小说艺术群像中的地位密切相关。

张飞的出场，是在第一回"宴桃园豪杰三结义　斩黄巾英雄首立功"中，当时刘备正在看幽州太守刘焉发布的招募义兵的榜文，小说中写道，刘备见了榜文之后，慨然长叹，就在此时，张飞以他独有的、显示着他自身个性的方式亮相了。他见刘备在长叹，便在刘备的身后，厉声说道："大丈夫不与国家出力，何故长叹？"未见其人，先闻其声，他的声音，并非如常人的平心静气或是先打招呼再说明自己的看法，劈头就是器宇非凡的"厉声言曰"，话语之中，更是包含了对刘备这位陌生人的知觉与判断，同时，也充分显示出了粗豪爽快的个性特征，在张飞的眼中，当是刘备这位前来读榜文的陌生人心态形貌与众不同引起了张飞的注意，接下去，小说从刘备的视角，写出了他眼中同样是形貌异常的张飞，并通过张飞的自我介绍，写出了张飞的确不同凡响的志向与气概，小说中写道：

> 玄德回视其人：身长八尺，豹头环眼，燕颌虎须，声若巨雷，势如奔马。玄德见他形貌异常，问其姓名。其人曰："某姓张，名

飞，字翼德。世居涿郡，颇有庄田，卖酒屠猪，专好结交天下豪杰，
恰才见公看榜而叹，故此相问。"

　　这一段简短的自我介绍，展开并预示了张飞那种爽快勇武的性格特征，
有意思的是，在这种描写中，也同时初步透露出了张飞粗中有细的性格侧面。
张飞在做过自我介绍之后，特意做了说明："恰才见公看榜而叹，故此相问。"
礼数是补上了，可是，平平静静的"相问"与刚才那句冲口而出的"厉声言
曰"，不知相去多远，而这一点，恰恰是张飞这一艺术形象独具的性格。从张
飞的自我介绍中，可以了解到，他是一个生活于市井之中，以卖酒屠猪为业
的富户，但他并非是市井中的等闲寻常之人，而是一个胸藏志向、意欲在动
荡时代凭借自己的勇武做出一番功业的人，他在市井之中，"专好结交天下豪
杰"，即表明了他的愿望。而刘备自我介绍时所说的那番话，正是张飞所期待
已久的豪杰中人："我本汉室宗亲，姓刘，名备。今闻黄巾倡乱，有志欲破贼
安民；恨力不能，故长叹耳。"从小说的介绍中可知，刘备本是形貌不俗之
人，再加上他"汉室宗亲"的血统，这在封建时代，对有志之士是具有极大
感召力的先决条件，因而，二人一见如故，便同到村店中饮酒叙谈去了。正
在饮酒之间，遇到了在家乡摊上人命官司而流落江湖的关羽，三人各叙志向，
情投意合，第二天，三人便在张飞庄后的桃园中盟誓结义，使本来萍水相逢
的三人关系，通过结义的形式，罩在了精神认可的血缘关系之中，他们怀着
"上报国家，下安黎庶"的志愿，结为异姓兄弟，"不求同年同月同日生，只
愿同年同月同日死"，从此，张飞这位市井中的豪杰，成为刘备的结义三弟，
蜀汉集团中的威猛豪壮、忠心不二的"三将军"。

　　在小说中，作者通过不同的情节，从不同的角度，刻画了张飞生动鲜明
的个性，他疾恶如仇，敢作敢当，也常常虑事不细，做事莽撞，瞻前不顾后，
正是由于小说作者在深刻把握人物性格特征的前提下，刻画出了人物的不同
性格侧面，才使这一人物活气灌注，既有艺术加工的概括性，又有切合生活
逻辑的现实真实性。

　　张飞的形象特征，首先体现为粗豪威猛。在小说的描绘中，三人结义之
后，从跟随幽州太守刘焉参与镇压黄巾军开始，步上了在动荡乱世创立蜀汉
基业的艰苦历程。在这一历程中，在逞武斗勇的征战拼杀中，张飞身上粗豪
威猛的特征得到了充分的艺术描绘。小说第五回"发矫诏诸镇应曹公　虎牢
关三英战吕布"中，写八路诸侯齐出迎战吕布，公孙瓒与吕布战不数合即败
阵而走，吕布骑赤兔马随后追赶，就在"（吕）布举画戟望瓒后心便刺"，公
孙瓒性命难保之时，小说写道："旁边一将，圆睁环眼，倒竖虎须，挺丈八

矛，飞马大叫：'三姓家奴休走！燕人张飞在此！'吕布见了，弃了公孙瓒，便战张飞。飞抖擞神威，酣战吕布。连战五十余合，不分胜负。"以小说中描绘的吕布之勇武，当时形势之急迫，若非胆识过人，勇武超群，是不敢与吕布争锋的。这段描写，声情并出，神采毕见。作者先写公孙瓒战不数合即败阵而走，为张飞的出战做了铺垫，同时，充分展示出了张飞威猛的性情，识人的准则和他那种粗中有细的个性特征。他见公孙瓒在瞬息之间即有性命之危，故而"飞马大叫"，将吕布的目标转移到自己这边来，在他的叫声中，首先以对吕布的嘲骂激起吕布的恼恨，这样，吕布的注意力就全部被吸引了过来，公孙瓒即可借机逃生了。张飞在两军阵前出口即嘲骂吕布为"三姓家奴"，则体现着张飞疾恶如仇的性格，他对吕布徒有容貌武艺却性情不定，品行低劣的人格极为蔑视，这一声嘲骂，果然奏效，吕布当即舍下公孙瓒，来斗张飞，为公孙瓒从吕布画戟下逃脱赢得了机会。在张飞与吕布的交锋中，张飞毫不示弱，抖擞精神，与吕布拼杀了五十回合，在八路诸侯面前，显示出了自己威猛勇武的神采气派。后来，由于关羽、刘备先后参战，吕布抵挡不住，最后还是从刘备处荡开阵角，突出了包围。

小说在后来的情节发展过程中，通过不同的征战斗杀场面和激烈的矛盾冲突，着力强化和突出了张飞这种主导性格特征，如第二十二回中，张飞以酒醉赚曹操部将刘岱劫寨，交马只一合，就将刘岱生擒活捉，第六十三回中，张飞计赚严颜抢夺粮草辎重，结果张飞在后，二人相遇，交马战不十合，被张飞卖个破绽，扯住严颜勒甲绦，将他又是生擒活捉，能够充分显示张飞勇武程度的情节莫过于第二回中"张翼德大闹长坂桥"了。曹操统兵追赶只身突出重围的赵云，到了长坂桥，赵云策马过桥而去，张飞则只身一人，横矛立马于长坂桥上，他的三声大喝，竟然使曹操的部将夏侯杰吓得肝胆俱裂，落马身亡。经过小说情节的反复渲染，作为虎将的"猛张飞"形象，活跃在了作者精心构建的艺术世界之中。

小说人物形象塑造的成功与否，不只在于能够刻画出人物形象的主导性格侧面，它要求在突出主导性格侧面的基础上，刻画出人物形象的多重性格侧面，这样，人物形象才能既个性鲜明突出，而又能血肉饱满，使人物通过符合自身性格逻辑的行动，呈现出生动鲜活，栩栩如生的审美特性，产生引人入胜的艺术效果。《三国演义》中对张飞形象的塑造，正是如此，作者不是一味地围绕着勇武的特征去描绘，而是在不同的艺术场面中，展示出了人物性格的多重性格侧面，从而使这一人物形象更真实，也更生动。

在小说中，作者还刻画出了张飞身上疾恶如仇的品质，这一点，在上面的分析中已有涉及，最能体现张飞这一方面特征的是小说第二回"怒鞭督邮"

的描写。按照小说的交代，刘备、关羽、张飞三人在镇压黄巾军的过程中，为朝廷立了功，许多人被朝廷除授了官职，但他们兄弟三人却迟迟不见朝廷动静，好不容易经郎中张均帮助，刘备才被任为安喜县尉。刘备到任之后，"署县事一月，与民秋毫无犯，民皆感化"，可是，到任不及两月，朝廷降诏，凡以军功任为长吏的人要被淘汰掉，恰在此时，考察政绩的督邮来到安喜县，他为了收取贿赂，对刘备傲慢无礼，还逼迫县吏，要加害刘备。在这种情况下，张飞喝了几杯闷酒后，乘马从驿馆门前经过，恰好遇见几十个前来为刘备求情的老人被看门人打出，正在门前痛哭的情形，张飞见状，按捺不住心头怒火，闯入驿馆后堂，揪住头发，将督邮扯出驿馆，绑到门前系马桩上，用柳条痛打了一顿。张飞喝过闷酒之后痛打督邮，一方面是因为朝廷不公，他已多时闷闷不乐，另一方面，则是因为督邮骄横跋扈，倚势压人，而且心术不正，想要索取贿赂，贪赃纳贿，这才使张飞怒不可遏，将他痛打了一顿，即张飞痛打督邮，不只是因为他们弟兄三人的不遇于时，而且具有为民除害的正义性质，使张飞性格中疾恶如仇的一面鲜明活脱的凸显出来，给张飞这种莽撞性情增添了可爱的一面。

在张飞的性格中，还有着使酒逞气、鲁莽暴躁的一面，他的爽快直率，有着憨直可爱的一面，但他的火爆急躁，也确实常常误事。刘备去隆中请诸葛亮出山相佐时，到刘备第三次要去相请时，张飞耐不住性子，竟然想到："他如不来，我只用一条麻绳缚将来。"这种前所未有的请贤士的方式，大概也只有张飞这种个性才想得出来，毛评本在此处加了这样的批语："如此请客，可发一笑。"等到了诸葛亮草堂时，诸葛亮春睡未醒，张飞等得不耐烦，想要到屋后放上一把火，把诸葛先生给烧起来，要不是关羽拉住他，他是否真的去放火，也未可知，豪爽得可气，也包含着几分可爱。他的使酒逞气，则更是误事。刘备要他守小沛，他兴致上来，不管不顾，竟要众人都要一醉方休，强令吕布的岳丈曹豹饮酒，只为曹豹不肯多喝，便乘机将他打了五十鞭，致使吕布夺了小沛，尚未稳定下来的栖身之处，又在内部起了争斗。

作者在塑造人物形象时，并不是单纯地刻画人物源于自身禀赋的个性特征，而是将人物置于小说的整体艺术世界所规定的情境中，使人物性格的显示与展开，和具体的环境结合起来，这样，性格展示的过程和环境的客观逻辑相互统一，人物的性格更为真实与可信。《三国演义》取材于动荡时代逐鹿争霸的历史行程，在这种特殊的形势下，无论是集团之间的角逐、军队之间的征战，还是个人之间的斗杀拼争，都和用智施计有"不解之缘"。以智取胜，是小说在整体上着意描绘的内容，这一点，也体现在了张飞这位"猛将军"的身上。

　　小说作者在整体艺术构思中对智慧因素的突出与强调，体现着小说价值取向的重要方面，而在张飞身上刻画这一特征，则是集中反映了作者对智慧重要性的深刻认识，既使张飞这一人物形象刻画得更完整，也从中寄寓了作者把握和反映生活的角度与层面。在小说中，多次写到了张飞在战事中以智取胜的情节，当然，"莽撞人"用智有其性格主导方面所决定的自身特征。在第二十二回中，张飞自告奋勇去活捉刘岱，刘岱在寨中坚守不出，情急之中，张飞心生一计，他宣称要去劫寨，自己却饮酒诈醉，寻事打了军士，故意放他去对方营中报信，结果，刘岱中计，被张飞活捉，刘备得知以后，深感快慰，说："翼德自来粗莽，今亦用智，吾无忧矣。"从刘备的快慰中，可见小说作者对用智取胜的崇尚。后来的情节如义释严颜、智取瓦口隘都描绘了张飞用智，对这一点，作者显然是以称颂的态度予以刻画的。如上所述，张飞性格的主导侧面毕竟是粗豪莽撞，他的用智，仍然有着他瞻前却有时不顾后的特点。这集中体现在大闹长坂桥的情节中。曹操亲率大军在当阳击败刘备，刘备与结义兄弟和妻子失散，赵云为救失陷于乱军中的两位夫人，在乱军中往来拼杀。在不明真相的时候，张飞率领二十多名骑兵，到长坂桥去找赵云，如发现赵云因刘备势穷而投降曹操，就想要将赵云"一枪刺死"，当张飞赶到长坂桥时，发现不远处有一片树林，张飞立即心生一计，令随从军士将马尾拴上树枝，在树林中往来奔跑，远远望去，飞尘滚滚，犹如其中埋伏着千军万马一般。这一疑兵计的确起了作用，曹操率军追击赵云至长坂桥，见赵云策马过桥，张飞横矛立于桥上，张飞的三声大喝，吓死了曹操部将夏侯杰，致使曹操大军在张飞的豪壮威猛中惊惧而退。显然，小说的描写是有夸饰成分的，但由于铺垫和情节展开的严密，这一情节合乎艺术描绘的逻辑，一是诸葛亮的计谋已着实让曹军吃了不少苦头，二是当年关羽在斩颜良、诛文丑之后曾对曹操介绍说他的结义三弟勇冠三军，于百万军中取上将之首，犹如探囊取物一般，三是张飞自己所设的疑兵计也起了至关重要的作用。有了三方面的支撑，自然使情节的进程严密合理。但张飞用计有他的性格特点，在曹操退兵之后，张飞令军士拆断长坂桥，然后追赶刘备而去，待他向刘备讲述了事情的经过之后，刘备当即判断出了张飞拆桥的失误，如不拆桥退去，曹操疑有伏兵，断不敢贸然引兵追赶，拆桥之后，曹操会判断出拆桥的举动必然出于心虚，实际上并无埋伏。不出刘备所料，曹操架起浮桥，引兵追来，若非关羽从东吴借兵及时赶到，必被曹操所擒获。正是由于作者把握住了人物性格的主导方面，使这一情节既波澜起伏，绘声绘色，又使人物的性格特征展示得更真实，更充分。

　　不唯如此，小说还在张飞勇于改过、礼贤下士方面写了浓重的一笔，使张飞的爽快性情刻画得更为深入细致。小说第五十七回"柴桑口卧龙吊孝 耒阳县凤雏理事",写庞统来投刘备,但他并未出示鲁肃和诸葛亮的荐书,刘备见其无礼,且形貌丑陋,便将他发落到耒阳去做县令。以庞统之才,实是令他大失所望,到县则以醉酒度日,刘备得知,便令张飞、孙乾前去巡查,结果,当着张飞和孙乾的面,庞统将累积百余天的案件,在半天之内,尽皆判完,且情理曲直,分毫不爽。张飞见状,赶紧以礼相待,小说写道:"飞大惊,下席谢曰:'先生大才,小子失敬,吾当于极力举荐。'"认定庞统是位"大贤",并对孙乾对他的提醒表示谢意,他的前倨后恭和他对孙乾的感谢,同样体现着粗中有细的性格特征。

　　总括起来看,《三国演义》对张飞形象的塑造是成功的,不仅凸显出了人物性格的主导方面,还刻画出了人物其他性格侧面,使这一人物形象生气灌注,呼之欲出。遗憾的是,他的性格主导侧面毕竟是粗豪莽撞,关羽为东吴杀害之后,他为了备办悼祭关羽的应用之物,急躁之中,鞭挞士卒,结果为部下所杀,这是他的性格造成的悲剧。

胆大心细的常胜将军：忠勇沉稳的赵云形象

在《三国演义》的艺术世界所描绘出的人物画廊中，最令读者喜爱的人物莫过于赵云形象的塑造了，他沉稳忠勇，谨慎细心，品格出众，顾全大局，是具有浓厚的传奇色彩、又具有深刻的艺术真实性的文学艺术形象。在小说中，他是诸葛亮最为得力的助手，许多需要谨慎行事、还要胆大心细和随机应变的任务，都是由赵云去完成的，在蜀汉集团中，他武艺高强，却从不自诩骄矜，他功绩卓著，却从不恃功自傲，他虽身为武将，却能在关键时刻表现出智谋之士的远见，可以说赵云的性格和人格内涵，使他成了《三国演义》英雄群像中个性气度、识见品行最为完美的武将形象，这是赵云形象历来深受读者喜爱的原因。

毫无疑问，小说中的赵云形象，是饱含着作者的赞美之情塑造出来的，他身为武将，威猛勇武，却不是个只知拼杀斗力的一勇之夫，而是一个有识见、有抱负的武将，小说对赵云这一方面的性格特征，作了充分的刻画，在公孙瓒被袁绍部将文丑追杀时，赵云出场，小说作了这样的描绘：

> 公孙瓒就桥边与文丑交锋。战不到十余合，瓒抵挡不住，败阵而走。文丑乘势追赶。瓒走入阵中，文丑飞马径入中军，往来冲突。瓒手下健将四员，一齐迎战；被文丑一枪，刺一将下马，三将俱走。文丑直赶公孙瓒出阵后，瓒望山谷而逃。文丑骤马厉声大叫："快下马受降！"瓒弓箭尽落，头盔堕地；披发纵马，奔转山坡；其马前失，瓒翻身落于坡下。文丑急捻枪来刺。忽见草坡左侧转出个少年将军，飞马挺枪，直取文丑。公孙瓒爬上坡去，看那少年：生得身长八尺，浓眉大眼，阔面重颐，威风凛凛，与文丑大战五六十合，胜负未分。瓒部下救军到，文丑拨回马去了。那少年也不追赶。瓒忙下土坡，问那少年姓名，那少年欠身答曰："某乃常山真定人也，姓赵，名云，字子龙，本袁绍辖下之人。因见绍无忠君救民之心，故特弃彼而投麾下。不期于此处相见。"

　　小说这一番对赵云出场的描绘，运用了衬托和侧面描绘的艺术方式，使赵云一出场就显得雄姿英发，勇武非凡。小说一方面以文丑的勇悍衬托赵云非等闲可比的勇武，另一方面通过公孙瓒的观察写出了赵云的身姿，更以赵云的答话突出了赵云身为武将却既有识见又具文雅之风的个性，在回答公孙瓒的问话时，小说着力突出了赵云的动作，"欠身答曰"，谦和逊让，斯文有礼，显示出了赵云并非一勇之夫的性情，这段描写，实际上已经预示了赵云的性格特征，为后文中具体刻画赵云的艺术形象做了铺垫。

　　赵云的形象塑造，具有浓厚的英雄传奇色彩，作者在生活真实的基础上，调动多种艺术技巧，来刻画赵云的形象，使这一形象既有切合生活逻辑的生活真实性，又具有鲜明的浪漫主义色彩。在小说中，作者首先着力突出了赵云威武勇猛、所向无敌的武将风采，最能体现赵云这一方面能力特征的情节当首推长坂坡之战。

　　刘备不忍舍弃自愿随他而行的十万百姓，结果，在当阳长坂被曹军追上，混战之中，刘备兄弟失散，两位夫人也流落在百姓中一同奔逃，当时赵云的职责是保护刘备家小，在乱军之中，糜芳对刘备说赵云投奔曹操的消息，刘备对赵云则是深信不疑，说道："子龙从我于患难，心如铁石，非富贵所能动摇也。"这番话，体现出了刘备的知人之明，事实上，确是如此。小说中写赵云自四更时分，与曹军一直杀到天亮，在乱军中，既找不到刘备，也寻不到刘备家小，在这种危难情势下，赵云决意要找回主母和小主人，因而继续在乱军中往来冲杀，到处寻找，结果在一户人家的破墙下找到了已经中箭的糜夫人，在糜夫人将阿斗托付于赵云，自己跳枯井自尽之后，赵云怀抱阿斗，单枪匹马，在曹军中冲撞拼杀，最后终于突出曹军的包围，直杀得精疲力竭，赶到长坂桥，得到了张飞的接应。赵云大战长坂坡这一情节，是小说直接描绘斗战拼杀场面最为精彩和最为富有艺术魅力的片段。在这场大战中，赵云先是在乱军中救了甘夫人、糜竺，送回长坂桥，然后，又引着数十骑再回旧路，去寻找失散于乱军中的糜夫人和阿斗，将阿斗抱护在怀中之后，曹将晏明率军赶来，被赵云刺死，冲开一条路，又遇曹操名将张郃，交锋十几回合后，赵云夺路而走，在赵云连人带马颠入土坑时，张郃挺枪来刺，赵云的马却从土坑中一跃而出，惊退了张郃，小说在这一细节中，将赵云得以脱身的原因归之于怀抱阿斗，体现着正统观念，不过，读者从这一细节中所领略到的主要还是赵云无所畏惧，勇猛顽强的意志与精神，使其忠勇坚韧、威猛非凡的特征得到了形象的体现。在袁绍手下四员降将前后夹攻赵云时，赵云毫不胆怯，力战四将，杀透重围，曹操在景山顶上见赵云如此英勇，心生爱惜，下令不许放冷箭，要活捉赵云，却使赵云得了便宜，冲出了曹军的包围。在离开大阵脱身之后，又杀了拦截去路的钟缙、钟绅兄弟，直奔长坂坡而去。对赵云在长坂坡的这一番厮杀，作者直接转换了叙事视角，以旁观者的身份对赵云的气势声威和胆识风采做了热情洋溢的赞叹，从欣赏的角度看，能够使读者的紧张情绪得以稍适缓解，另一方面，则以情节的中断所产生的间离效果，在读者的心目中树立起赵云的形象，"这一场杀：赵云怀抱幼主，直透重围，砍倒大旗两面，夺槊三条；前后枪刺剑砍，杀死曹营名将五十余员。后人有诗曰：'血染征袍透甲红，当阳谁敢与争锋！古来冲阵扶危主，只有常山赵子龙。'"这一番赞美之声，强化了读者对赵云威风凛凛、所向披靡的勇武气概的印象。

作为武将，小说着力展示了赵云勇武超群的一面，经过长坂坡一战，赵云的威名产生了令对手心寒胆怕、闻风而退的威慑力量。小说写诸葛亮借东风时，赵云驾小船去接，在吴将徐盛和丁奉分别从水路和旱路追赶诸葛亮时，赵云一箭射断徐盛船上篷索，自己的船则拽起满帆，顺流而去，岸上丁奉对徐盛说道："诸葛亮神机妙算，人不可及。更兼赵云有万夫不当之勇，汝知他当阳长坂时否？吾等只索回报便了。"可见赵云的声威。在赵云保刘备去东吴招亲时，吴国太问带剑而入、立于刘备之侧的人是谁时，刘备回答说："常山赵子龙也。"吴国太当即想起了当年长坂坡之事："莫非当阳长坂抱阿斗者乎？"刘备回答说："然。"吴国太立刻赞叹道："真将军也！"从吴国太的闻名与亲见中渲染出了赵云不同凡响的武将气派与风采。

小说不只是突出了赵云的勇武，更突出了赵云机警心细的一面，这在小说塑造的武将形象中，显得独具性情与风采，体现着他鲜明的个性特征。如他在长坂坡糜夫人跳井后，在危急紧张的时刻，赵云在临战前，还将土墙推倒，掩盖了土井，体现着他的细心之处。刘备马跳檀溪后，赵云前来寻找刘备盘问蔡瑁的经过，充分展示了赵云这一性格侧面：

> 却说蔡瑁方欲回城，赵云引军赶出城来。原来赵云正饮酒间，忽见人马动，急入内观之，席上不见了玄德。云大惊，出投馆舍，听得人说："蔡瑁引军望西赶去了。"云火急绰枪上马，引着原带来三百军，奔出西门，正迎着蔡瑁，急问曰："吾主何在？"瑁曰："使君逃席而去，不知何往。"赵云是谨细之人，不肯造次，即策马前行。遥望大溪，别无去路，乃复回马，喝问蔡瑁曰："汝请吾主赴宴，何故引着军马追来？"瑁曰："九郡四十二州县官僚俱在此，吾为上将，岂可不防护？"云曰："汝逼吾主何处去了？"瑁曰："闻使君匹马出西门，到此却又不见。"云惊疑不定，直来溪边看时，只见

隔岸一带水迹，云暗忖曰："难道连马跳过了溪去？"令三百军四散观望，并不见踪迹。云再回马时，蔡瑁已入城去了。云乃拿守门军士追问，皆说："刘使君飞马出西门而去。"云再欲入城，又恐有埋伏，遂急引军归新野。

这段文字，通过赵云盘问蔡瑁的言语、行动和心理活动，生动地展示出了赵云机警心细的个性，他内心焦急，却能够控制住自己的情绪，以冷静的心态做出分析和判断，在不明就里的情况下，不贸然行事，对这段描写，毛评本从人物形象刻画的角度，做了精当的议论："写子龙四番盘问，两度到溪，两次回马，极慌张，又极精细。"可谓是深得这段文字描绘的神韵，体味到了作者对人物个性的把握的准确和刻画的生动。

小说表现赵云机警心细的情节相当丰富，使赵云的形象与其他武将形象显出了明显不同，这一特征，使他表现出了关羽和张飞所不及的优长，勇武而不暴躁，精细而不刚愎自用。诸葛亮出茅庐辅佐刘备后，深知赵云的这种性格特征，其计谋的具体实施，往往有赖于赵云的这一性情，他是与诸葛亮的妙算神机配合得最为默契的人物。博望坡军师初用兵中，诸葛亮设下诱兵计，意欲以火攻胜曹军，将其他人安排好后，特意从樊城取回赵云，"令为前部，不要赢，只要输"，赵云是担当诱兵计谋的最合适的人选，因为赵云行事谨慎，能够以大局为重，在关键时刻不会由着个人性情莽撞行事。在周瑜定下美人计，想以招亲为名，将刘备骗到东吴除掉以索取荆州时，诸葛亮见刘备心有疑虑，不敢前往，便说道："吾已定下三条计策，非子龙不可行也。"然后，"遂唤赵云近前，附耳言曰：'汝保主公入吴，当领此三个锦囊。囊中有三条妙计，依次而行。"果然，赵云谨遵诸葛亮的锦囊计，凭着他的机警心细和声名远播的勇武，保护刘备和孙夫人安然返回荆州，使周瑜的索取荆州的计谋再次落了空，使东吴落了个"赔了夫人又折兵"的结局。

小说中浓墨重彩地描绘赵云的忠勇与精细的情节很丰富，他在后期，更是在随诸葛亮北伐的过程中立下了显赫战功，在这些情节中，同时强化了赵云舍身为公的品德。如小说中写诸葛亮安排北伐时，没有用赵云，赵云不服老，力争要做先锋，展示出了赵云的武将性情：

忽帐下一老将，厉声而进曰："我虽年迈，尚有廉颇之勇，马援之雄。此二古人皆不服老，何故不用我耶？"众视之，乃赵云也。孔明曰："吾自平南回都，马孟起病故。吾甚惜之，以为折一臂也。今将军年纪已高，倘稍有参差，动摇一世英名，减却蜀中锐气。"云厉声曰:"吾自随先帝以来,临阵不退,遇敌则先。大丈夫得死于疆场者,幸也,吾何恨焉?愿为前部先锋!"孔明再三苦劝不住。云曰:"如不教我为先锋,就撞死于阶下!"

请缨当先的一番豪壮话语,刻画出了赵云悍勇超群、老骥伏枥的情怀。果然,出兵之后,力斩五将,威猛不减当年,小说写赵云在贪胜求功的心理驱动下,产生了轻敌情绪,竟没有识破夏侯懋平平常常的诱兵计,被陷在包围圈中,危急之时,幸得诸葛亮早已安排下关兴、张苞前来接应,才得脱身,并转败为胜。小说的这一情节,约略展示了赵云作为武将的性格弱点,使赵云的形象更为真实可信,不是一味地展示其长处,使人物绝对的完美。从这里,体现出作者在人物形象塑造中对生活逻辑的认同与遵循,同时,这一情节,也从侧面刻画了诸葛亮深知武将性情、虑事周严的特点。对赵云误中夏侯懋的诱兵计,毛评本评点说:"此计亦平常,不过赵云太猛,故中之耳。"可谓把握住了人物在特定情境中的心理状态,赞同了这一情节的真实性和它对人物形象塑造的作用。

如前所述,赵云虽是武将,却并非是只知拼杀斗勇,而是相当有远见的人物,同时,他还是个品德出众、顾全大局的人物,这在武将中是难能可贵的品质。对这一点,小说做了具体描绘。如刘备领益州牧后,意欲将成都有名田宅分赐众官,赵云进谏说:"益州人民,屡遭兵火,田宅皆空;今当归还百姓,令安居复业,民心方定;不宜夺之为私赏也。"这一谏言,为刘备所采纳,可见赵云的识见,自非一般武将可比。诸葛亮兵出祁山,由于马谡失了街亭,蜀军被迫撤回,当时赵云和邓芝率兵伏于箕谷之中,得知退兵消息之后,赵云要邓芝引兵先行,亲自引兵断后,以突袭刺死魏将苏颙,用箭射中万政盔缨,惊退魏兵,使所率蜀军在撤退过程中毫无损失,退回汉中后,邓芝向诸葛亮讲述了撤兵经过,诸葛亮要取金五十斤赠予赵云,赵云则辞谢说:"三军无尺寸之功,某等俱个有罪;若反受赏,乃丞相赏罚不明也。且请寄库,候今冬赐予诸军未迟。"诸葛亮听后赞叹说:"先帝在日,常称子龙之德,今果如此!"紧接着小说写道:"乃倍加钦敬。"这既是小说中人物的评价,也是小说作者的赞美之声。

尤为难能可贵的是,赵云不只是忠勇超群,严于律己,更有着对蜀国利害的长远思考,他不单是尽心竭力于自己的武将职责,对事关国家前程的决策也有着思考与见识。在关羽被害后,刘备欲起兵为关羽复仇,赵云进谏说:"国贼乃曹操,非孙权也。今曹丕篡汉,神人共怒。陛下可早图关中,屯兵渭河上流,以讨凶逆,则关东义士,必裹粮策马以迎王师;若舍魏以伐吴,兵势一交，岂能骤解。愿陛下察之。"这几句谏言，深明大义，识见出众，要言不烦，有理有据，对刘备面临的形势做了精当分析，在刘备强调杀害二弟之仇时，赵云接着进谏道："汉贼之仇，公也；兄弟之仇，私也。愿以天下为重。"从这里，可以看出赵云的胸襟与气度。从人物形象塑造方面来看，这里显示着赵云性格的变化。赵云是小说中着墨最多的武将形象之一，其活动时间比关羽、张飞要长，是蜀汉后期的主要将领，他早年追随刘备，已显示出他的精细与忠勇，长期与诸葛亮的合作，又使他对诸葛亮所主张并竭力实施的联吴抗曹的立国方略深有领会，此时，关羽已亡，张飞又镇守在外，在这事关蜀汉前程的时刻，他既明了自己的职责，更能以多年追随刘备的身份犯颜直谏，更以他的识见晓之以理，虽然刘备在个人情感的驱动之下，没有采纳赵云的进言，赵云性格的光彩则在这一进言中得到了鲜明的展现。刘备举兵伐吴，被陆逊火烧连营，则从反面证实了赵云的见识。

文武兼备的军事统帅：周瑜的性格与谋略

在《三国演义》中，吴主孙权的军事统帅周瑜，是小说作者着力塑造的艺术形象之一。小说在史料记述和前代创作的基础上，经过出色的艺术再创造，塑造出了一个个性鲜明、生动饱满的艺术形象。

一般来说，读者从《三国演义》的艺术形象塑造中所了解的周瑜，是一个具有战略决策能力和军事指挥才能的人物，同时，还是一个具有心胸狭隘、妒才嫉能性格侧面的人物，从小说对赤壁之战的描绘中，大多数读者会形成这样的印象。事实上，对于文学作品的解读与阐释来说，小说的艺术描绘对人物形象的塑造是其客观存在的方面，同时，读者的意识观念和情感投向，对解读作品，理解人物形象的蕴涵，并形成对人物形象的伦理尺度和情感价值评判，同样起着不可忽视的制约和支配作用，正是在读者主观因素的投射与参与这一点上，周瑜的形象在读者的解读中产生了心胸狭隘的一面。

在小说中，周瑜第一次出场是在第十五回"太史慈酣斗小霸王　孙伯符大战严白虎"中，在这一回中，小说写"小霸王"孙策以到江东救母舅吴景为名，用传国玉玺作为抵押，从袁术处借得三千士兵，五百匹马，带领朱治、吕范和旧将程普、黄盖、韩当等前往江东，行至历阳时，遇到往丹阳省亲的周瑜，在这里小说对周瑜的风采和家世作了简要的介绍：

> 当先一人，资质风流，仪容秀丽，见了孙策，下马便拜。策视其人，乃庐江舒城人，姓周名瑜，字公瑾。原来孙坚讨董卓之时，移家舒城，瑜与孙策同年，交情甚密，因结为昆仲。策长瑜两月，瑜以兄事策。瑜叔周尚，为丹阳太守，今往省亲，到此与策相遇。

从这段简略的介绍中，可以了解到周瑜和孙策之间非同一般的关系，为后文中周瑜尽心竭力辅佐孙权作了铺垫。周瑜与孙策见面之后，周瑜当即向孙策推荐了"皆有经天纬地之才"的张昭和张紘，请他们一同辅佐周瑜，从这里即可看出，周瑜是一个很重视招揽人才的人。小说在这一回中写到，孙策在神亭岭北下营与刘繇对峙，孙策带领程普等去拜汉光武庙，正与太史慈相遇，二人较量拼杀，在刘繇接应兵马杀到，围住孙策等人厮杀时，周瑜带兵赶来才化险为夷。次日，两军对阵之时，太史慈与程普战到三十余合，刘繇鸣金收兵，从刘繇口中得知，他收兵的原因是周瑜带兵袭取了曲阿，夺了刘繇的家业。这里虽然没有具体展开，实际上已经初步显示出了周瑜的军事指挥才能，小说虽然在这里没有明确说明与描写周瑜的计谋，不过联系起来看，则会对周瑜的智谋与才能有初步的认识，救孙策，是周瑜带兵前来，用计袭击刘繇后方以克敌制胜，也是周瑜带兵前往，从这些简略或是侧面的描述中，读者自会对周瑜形象主要性格特征形成较为完整的印象，当然，最能显示周瑜的谋略与才能的战役莫过于赤壁之战的艺术情节。

从历史上看，赤壁之战是形成三国鼎立局面的关键性战役，从小说的艺术构思来看，则是充分展示曹、孙、刘三家谋士风采和武将气概的"群英会"，这次战役，自会成为作者精心结撰、浓墨重彩地予以描绘的艺术单元，使这一情节过程，成为集中展示曹、刘、孙三家之主、各具性情与神采的谋士和武将的"艺术舞台"。在这次战役中，周瑜是孙刘联军的前台总指挥，对周瑜的刻画，作者自然会投入更多的情思与笔墨，在描绘过程中，周瑜的形象是和诸葛亮的形象相互对照与映衬来写的，周瑜的形象塑造，既有其本身的思想意蕴，在艺术构思上，也体现着作者的艺术匠心。从艺术构思的方面来看，周瑜的形象在这一情节单元中，起着中心和纽带的作用，当时的许多重要人物和重大事件都是通过周瑜形象联系贯穿在一起的。这次战役，对于曹操一方来说，是关系到曹操能否一统天下的关键性战役，对于孙、刘两家来说是事关存亡的战役，三方人物自然是各有所见，各有主张，正是在这种矛盾错综复杂的客观情势中，不同的目的决定了不同的主张，不同的主张引出了不同的行动，而不同的人物行动所产生的各种矛盾构成了小说的情节过程，也把周瑜这位吴军统帅推上了各种矛盾汇聚冲撞的焦点，对于吴军本身来说，周瑜起着决策核心的作用，对于刘备一方来说，周瑜起着被依托、也是被利用的作用，对于曹操一方来说，周瑜则起着驱遣与对抗的作用，正是在当时情势下各种矛盾集合点的角度，作者刻画出了周瑜鲜明独特的个性。

在刻画周瑜个性的过程中，作者首先展示出了周瑜不同凡响的见识，在孙权接到曹操下江南的檄文时，与文武臣僚商议，结果武将有要战的，文官都是要降的，各有打算，议论纷纭，使孙权犹疑不决、无从决断，就在此时，吴国太提醒孙权说："先姊遗言云：'伯符临终有言：内事不决问张昭，外事不决问周瑜。'今何不请公瑾问之？"在孙权遣使去请周瑜议事时，周瑜得知曹操进兵的消息，已先赶到了。从情节过程中可以了解到，作者为周瑜的出场亮相，是做了刻意安排的，其用意就在于把周瑜置于内外矛盾的焦点上，来充分展示周瑜的战略远见和军事谋略。

就在周瑜要休息的时候，文官、武将先后来见周瑜，各说各的理，而周瑜则是在顺口答应中了解了各种心态，使他对当时面临的情势有了更为具体深切的了解，这一点，显示出了周瑜行事细心周详的一面。对文臣，随口附和，对武将，也是随口附和，就在这一过程中，实际上已经了解了当时的形势和孙权所面临的犹疑处境，而周瑜本已对两军状况做了精到的分析，这从情节的发展过程中即可明了。周瑜的随口附和不过是想在见吴侯孙权之前先掌握情况的计谋，并非是毫无主见，经过诸葛亮巧改《铜雀台赋》的"桥"字为"乔"字的一场智激周瑜，周瑜才在诸葛亮、鲁肃的面前说出了自己早已下定的抗曹决心："吾承伯符寄托，安有屈身降曹之理？适来所言，故相试耳。吾自离鄱阳湖，便有北伐之心，虽刀斧加头，不易其志也！望孔明助一臂之力，同破曹贼。"这是周瑜出自肺腑的心声，而且他的抗曹决心，主要的并非来自于诸葛亮的"智激"，而在于他对双方军队战斗力的精当分析。

第二天清晨，孙权升堂之时，周瑜当众指斥张昭等力主降曹的论调为"迂腐之论也"，进而为孙权分析了曹军的用兵之弊，明辨时局，切中要害："且操今此来，多犯兵家之忌：北土未平，马腾、韩遂为其后患，而操久于南征，一忌也；北军不熟水战，操舍鞍马，仗舟楫，与东吴争衡，二忌也；又时值隆冬盛寒，马无藁草，三忌也；驱中国士卒，远涉江湖，不服水土，多生疾病，四忌也。操兵犯此数忌，虽多必败。将军擒操，正在今日。瑜请得精兵数万人，进屯夏口为将军破之。"周瑜对曹操所处劣势的分析与判断，与诸葛亮的判断如出一辙，也正是从他们智者相逢的较量中，生发出了紧张曲折、波澜迭起的艺术情节。

周瑜从他对曹操军事劣势的准确分析与精当判断中，坚定了他抗曹必胜的信念，也以他的这种必胜信念，打消了孙权的顾虑，决心保全江东已历三世的基业。

在赤壁之战的过程中，周瑜无疑是重要的核心人物，小说细致具体地描绘了孙刘联军在与曹军隔江对峙中双方斗智的经过，这是小说艺术表现上的成功之处，对于双方的军事行动，作者没有投入过多的笔墨，而把重点放在了能够展示人物个性的智慧较量方面。在这一点上，小说的艺术处理是卓越的。

小说既然把周瑜形象的塑造，放在了当时矛盾冲突的焦点上，自然会在这些冲突中着力刻画周瑜的性格特征。周瑜不只是识见远远高出了东吴许多谋士，而且对吴主孙权忠诚不渝。他见孙权时对孙权所说的话，与鲁肃一般见识，是从以孙权的利益为出发点的："江东自开国以来，以历三世，安忍一且废弃。"并以东吴的正义立论:"操虽托名汉相,实为汉贼。将军以神武雄才,仗父兄基业,据有江东,兵精粮足,为国家除残去暴,奈何降贼也。"从这里,可以见出周瑜对当时曹操的评价和对东吴的一片至诚,他同样有着辅佐吴主一统天下的志愿,这种情怀,与他早年与孙策结为昆仲之好紧密相关,而他与诸葛亮之间尖锐激烈的矛盾冲突,实是由周瑜的这种志愿与心理状态所决定了的。

小说在情节进程中,多次写到了周瑜与诸葛亮智慧的较量,周瑜的用计,蒙得了同窗蠢材蒋干,瞒得了忠厚诚实的自家谋士鲁肃,骗得了正处在骄纵狂傲情绪中的曹操,但周瑜的每次用计,却都早已在诸葛亮的预料和掌握之中,为诸葛亮识破其用意所在,并预见事态的结局,出于对诸葛亮才能谋略的敬服,产生了铲除诸葛亮的念头,而且越来越强烈,屡次生事要置诸葛亮于死地。小说的这种情节安排,一方面是为了在"才与才敌"的斗智中益发展现出诸葛亮计高一筹的绝伦才智,同时,也是为了刻画出周瑜对吴主孙权的忠诚。

读者常常会从周瑜几次设计要杀诸葛亮的行为中,得出周瑜具有妒贤嫉才性情的结论,其实,这样评价周瑜的形象是有失公允的。周瑜几次要杀诸葛亮是事实,但这并非出自周瑜对诸葛亮才能的妒忌,而是出自他对孙权的忠诚和他能够独立破曹的强烈自信心。关于这一点,小说描写得很清楚。在孙权封周瑜为都督,要他调兵遣将以抗曹操时,周瑜回到下处请诸葛亮议事时,诸葛亮说还需要以军数开解孙权、进一步坚定孙权的抵抗信心,周瑜在孙权处得到了证实,便自觉诸葛亮计谋高过自己一筹,产生了除掉诸葛亮的念头,但他的出发点,并不是出自对诸葛亮才能的嫉妒,而是源于诸葛亮辅佐刘备对东吴的潜在威胁,他对鲁肃说:"此人助刘备,必为江东之患。"有意思的是,在周瑜刚对鲁肃说过这话之后,小说紧接着写第二天周瑜升帐的情况。因为程普比周瑜年长,现在见周瑜位列自己之上,心中不服,托病不出,令自己的儿子程咨代替自己,在这种情况下,周瑜并没有对年长于自己的副都督有任何不满意的表示,而是尽心竭力履行着自己军事统帅的职责,当程咨回去对程普说周瑜调度有方,确实堪当重任时,程普知错即改,到营中见周瑜谢罪,在此小说写了四个字"瑜亦逊谢",身为都督,执掌军权,而且手中尚有孙权所赐、象征着最高权力的随身佩剑,周瑜不只是没有责怪程普,还有"逊谢",请程普原谅自己考虑不周之处,应该说,周瑜的心胸与器量,绝非是那种偏执狭隘、不能容人的,他对诸葛亮的敌意,完全出自他的智慧对东吴集团的威胁,对这一点,小说作了细致的描绘。

在鲁肃进言让正在东吴作谋士的兄长诸葛瑾去游说诸葛亮时,小说中写道："瑜善其言。"即是说，如果诸葛亮能够归顺东吴，与他和鲁肃等人同侍孙权，周瑜丝毫不会妒忌诸葛亮的才略与机谋，只因在几次智谋的较量中，诸葛亮的见识都高于周瑜，其对各色人等心理的把握是那么精当，预见又是如此准确，自是让周瑜心怀畏惧，他每次设谋杀诸葛亮，结果都为诸葛亮的智高一筹所败，也正因此，周瑜除掉诸葛亮的心理才越来越强烈。

在诸葛亮正确地判定了孙权畏惧曹操兵多的心理时，周瑜已是认定："此人助刘备，必为江东之患。"产生了除掉诸葛亮的念头，在诸葛亮说破周瑜让他去断曹操粮草，想借曹操之手除掉他的计谋时，周瑜则顿足曰："此人见识胜吾十倍，今不除之，后必为我国之祸。"在诸葛亮登坛祭风，为周瑜借来破曹的东南风时，周瑜"出帐看时，旗角竟飘西北，——霎时间东南风大起。"这时，小说接着写到；"（周）瑜骇然曰：'此人有夺天地造化之法、鬼神不测之术，乃东吴祸根也。及早杀却，免生他日之忧。'急唤帐前护军校尉丁奉、徐盛二将：'各带一百人。徐盛从江内去，丁奉从旱路去，都到南屏山七星坛前，休问长短，拿住诸葛亮便行斩首，将首级来请功。'"小说对周瑜要除掉诸葛亮的心理活动的描绘虽未具体展开，但其过程是显而易见的，一次比一次强烈，同时，在周瑜的语言所呈现出来的心理活动中，他并不是出于自己的得失或脸面才执意要杀诸葛亮，他的出发点，在于东吴的利益，时时以东吴的安危作为判断与思考的基础，并非出于妒忌心理。关于这一点，小说通过诸葛瑾游说诸葛亮做了铺垫，诸葛瑾想以二人的手足情分，要诸葛亮与他共同辅佐吴侯，而诸葛亮则以君臣大义，险些反过来游说了诸葛瑾，诸葛瑾游说未成的情节，为周瑜除掉诸葛亮做了充分铺垫，倘若诸葛亮与诸葛瑾二人同侍孙权，恐怕周瑜是不会屡次设计，以图除掉诸葛亮的，另一方面，小说写到了庞统在周瑜的安排下去向曹操献连环计的情节，从小说的描绘中可以知道，当时庞统因为避乱寓居江东，鲁肃曾向周瑜推荐他，但还未及见面，只因蒋干二次过江到吴军中打探虚实，周瑜想起了庞统，通过鲁肃向庞统问破曹之计，庞统说道："欲破曹兵，须用火攻，但大江面上，一船着火，余船四散，除非献'连环计'，教他钉作一处，然后功可成也。"庞统这种见识，实与诸葛亮毫无二致，但周瑜听过之后，其态度是"深服其论"，而且对鲁肃说："为我行此计者，非庞士元（庞统字士元）不可。"对庞统的见识大为首肯，没有丝毫嫉妒之意，更没有因为庞统的见识与诸葛亮几乎不相上下而产生除之而后快的心理，庞统的名号在当时与诸葛亮齐名，在隐居高士司马徽眼中是"'伏龙''凤雏'，二人得一，可安天下"，从这种不同态度的对照中，可以进一步说明，周瑜意欲除掉诸葛亮的心理，不是出于个性气质上的心胸狭隘，器量不足，主要是出于他对吴侯的忠诚，而诸葛亮的才能谋略，是东吴的潜在威胁。这一点，清代的评点家毛纶、毛宗岗已经明确地作了评价："周瑜非忌孔明也，忌玄德也。孔明为玄德所有则忌之，使孔明而为东吴所有，则不忌也。观其使诸葛瑾之意可见矣。"（第四十二回回评），在四十二回夹批中，又说："不是患孔明，乃患玄德之得孔明耳。"这些评论，为今天能够公允地阐释周瑜形象的内涵，具有积极的借鉴意义。

在赤壁之战中，小说着力刻画了周瑜的谋略和军事指挥才能，他两次将计就计，戏弄蒋干，使他为自己所用，而且每次用计，都安排的妥当严密，滴水不漏，使曹操身蹈陷阱而浑然不觉，甚至自以为得计，可见，周瑜的谋略并非等闲可比。

赤壁之战后，小说又描绘了周瑜和诸葛亮的三次智慧较量，即广为人知的"三气周瑜"，第一次是诸葛亮借周瑜与曹军作战的机会，巧取了南郡，之后，用兵符诈取了荆州和襄阳，直气得周瑜金疮迸裂，第二次是周瑜和孙权为索取荆州，以孙权之妹招亲为名，定下美人计，想要软禁刘备，结果，由于诸葛亮用计，使得周瑜的计谋落了个"赔了夫人又折兵"的结局，第三次，是周瑜设下假途灭虢之计，想要夺取荆州，又被诸葛亮所识破，来了个将计就计，气得周瑜金疮复裂，坠于马下，在看到诸葛亮写给他要他以抗曹大局为重的信时，周瑜恼恨交加，大叫："既生瑜，何生亮"，气绝身亡。周瑜在临亡之前，对众将说："吾非不欲尽忠报国，奈天命已绝矣。"这是真实的内心表白，周瑜既对吴侯忠心耿耿，又怀有强烈的个人功名愿望，这两个方面，使他产生了除掉诸葛亮的强烈愿望。

从周瑜形象的分析中，使我们可以了解到，读者主观观念的介入，会引发对艺术形象理解上的差异，在这一点上，读者或是阐释者应从小说所描绘的整体情境出发，对人物形象做全面具体的分析，对人物性格特征和这一形象的底蕴才能有中肯公允的评价。在《三国演义》中，很明显，作者是尊蜀汉集团为正统的，这从小说的整体艺术构思和对蜀汉集团中人物形象的保护性、美化性的塑造中，即可感受到这种鲜明的倾向性，也就是说，对周瑜形象内涵的阐发中，得出周瑜具有器狭量窄的结论，是不妥当的，这是无形中受了小说思想倾向影响和左右的缘故。事实上，说周瑜有急于求成的功名愿望，是正确的，而认为他嫉贤忌才，实在是让这位对吴主忠心赤诚，又具有远见卓识和军事指挥才能的人物受了委屈。周瑜在临死之前，向孙权荐举鲁肃，以代己任，说："鲁肃忠烈，临事不苟，可以代瑜之任。"从周瑜的荐举言辞中，也可看出周瑜并非忌才之辈，而且鲁肃一直是竭力维护孙刘同盟的人物，实际上应该说，周瑜对自己建功心切，而多次做出不利于孙刘两家和好的事，最后还是有所领悟的。

不同凡响的老实人：鲁肃的远见与风范

　　《三国演义》中有一位忠厚可爱的长者形象，那就是东吴的谋士鲁肃，在小说所描绘的赤壁之战的过程中，鲁肃的形象一直是作为诸葛亮的陪衬刻画的，他往来奔走于诸葛亮与周瑜斗智用计的夹缝中，一再为诸葛亮所利用，相形之下，显得很是有点憨态可掬，老实得出众，实际上，鲁肃是一个有着远见卓识的政治家，他的老实，固然有着个人性情的因素，但主要是在明辨时局的前提下为了东吴自身利益的老实，他在诸葛亮和周瑜之间的奔忙调节，是为了孙刘两家保持联合、共抗曹操，以确保东吴基业，在审时度势、目光长远这一点上，鲁肃是可以和诸葛亮并肩的。

　　小说中的鲁肃形象，是在史料记述的基础上塑造出来的，或许是为了突出诸葛亮的超凡智慧，并强化情节的戏剧性特征，对鲁肃的形象做了艺术加工，着力突出了他忠厚老实的性格侧面，从艺术形象塑造的角度而言，这一形象的塑造是成功的。

　　鲁肃在小说第二十九回"小霸王怒斩于吉　碧眼儿坐阵江北"中亮相。小说写孙策死后，孙权承遗命掌江东之事，周瑜自巴丘提兵回吴晋见孙权，在孙权问以何策略可守江东基业时，周瑜当即进言要以招揽有识见的人才为当务之急，并向孙权荐举了鲁肃，小说写道：

　　权曰："今承父兄之业，将何策以守之？"瑜曰："自古'得人者昌，失人者亡'。为今之计，须求高明远见之人为辅，然后江东可定也。"权曰："先兄遗言：内事托子布，外事全赖公瑾。"瑜曰："子布贤达之士，足当大任。瑜不才，恐负倚托之重，愿荐一人以辅将军。"权问何人。瑜曰："姓鲁，名肃，字子敬，临淮东川人也。此人胸怀韬略，腹隐机谋。早年丧父，事母至孝。其家极富，尝散财以济贫乏。瑜为居巢长之时，将数百人过临淮，因乏粮，闻鲁肃家有两囷米，各三千斛，因往求助。肃即指一囷相赠，其慷慨如此。平生好击剑骑射，寓居曲阿。祖母亡，还葬东城。其友刘子扬欲约彼往巢湖投郑宝，肃尚踌躇未往。今主公可速召之。"权大喜，即命周瑜往聘。瑜奉命亲往，见肃叙礼毕，具道孙权相慕之意。肃曰："近刘子扬约某往巢湖，某将就之。"瑜曰："昔马援对光武云：'当今之世，非但君择臣，臣亦择君。'今吾孙将军亲贤礼士，纳奇录异，世所罕有。足下不须他计，只同我往投东吴为是。"肃从其言，遂同周瑜来见孙权。权甚敬之，与之谈论，终日不倦。

这段文字，具有一笔两用之妙，一方面通过周瑜的口，叙述了鲁肃的身世大略、韬略智谋和其慷慨豪爽的性情，另一方面，则充分展示出了周瑜的心胸、识见与知人之能，从孙权与鲁肃相见后"甚敬之，与之谈论，终日不倦"的描写，即可见出这一点。孙权是一个有才干、善识人、善用人的割据之主，他与鲁肃攀谈能够终日不倦，显示出鲁肃的识见、智慧与性情绝非等闲可比，在这里也从侧面写出了孙权礼遇贤士的襟怀与气度。这几句叙述，实际上写出了周瑜、鲁肃和孙权识见相近、心气相通的关系，为后文赤壁之战中二人力主孙权抵抗曹操的精彩情节的展开，做了铺垫。

鲁肃在小说中亮相后，孙权一直对他礼遇有加，小说写道："一日，众官皆散，权留鲁肃共饮，至晚同榻抵足而卧。"可见孙权对鲁肃才略的器重。当晚，孙权向鲁肃问保全江东之策，鲁肃对当时时局有一番精当的分析议论，令孙权起身相谢。这番议论，与诸葛亮在隆中为刘备所做的时局分析完全一致，只是所为之主不同而已，可谓是英雄所见：

> 夜半，权问肃曰："方今汉室倾危，四方纷扰；孤承父兄余业，思为桓、文之事，君将何以教我？"肃曰："昔汉高祖欲尊事义帝而不获者，以项羽为害也。今之曹操可比项羽，将军何由得为桓、文乎？肃窃料汉室不可复兴，曹操不可卒除。为将军计，惟有鼎足江东以观天下之衅。今乘北方多务，剿除黄祖，进伐刘表，竟长江所极而据守之；然后建号帝王，以图天下：此高祖之业也。"权闻言大喜，披衣起谢。

鲁肃这番议论，实际上是对孙权所面临情势的精辟分析，其目光，是要孙权先稳定江东局势，然后再等待时机图霸天下，与曹操争锋，实力不足，剿除黄祖的割据势力以稳定局势，凭借长江天堑与其他割据势力抗衡，这是当时情势下的上策，而且，鲁肃也已看到刘表所据荆襄之地的战略地位和刘表难以长期据守荆襄之地的客观趋势。占据荆襄，是形成鼎立之势、进而争霸天下的重要条件。对鲁肃的这一见识，毛评本在夹评中说："天下大势已了然胸中，其识见不在孔明之下。"在第二十九回回评中，更是对鲁肃的远见谋略赞叹不已："周瑜之荐鲁肃，是荐贤不是酬意。试观鲁肃初见孙权数语，与孔明隆中所见略同。人但知其为谨厚，而不知其慷慨；但知其为诚实，而不知其英敏，岂得为知子敬者耶。"可见其评价之高。从情节进程和叙述技巧方面来看，这段文字还预示着日后孙刘两家对荆州的争夺。

在鲁肃得到孙权信任后，他向孙权荐举了诸葛亮的哥哥，"博学多才"的诸葛瑾，孙权拜之为上宾，诸葛瑾向孙权进言"勿通袁绍，且顺曹操，然后乘便图之"的计谋，为孙权所采纳，以明鲁肃的知人之能，这一情节，对赤壁之战情节的进展，起了不可或缺的推动作用。

对鲁肃性格的刻画，集中体现在赤壁之战的情节进程中。曹操平定北方之后，又刚刚击败刘备，乘势统率大军南下，以和孙权联合，共破刘备为名，威胁孙权归顺，意欲各个击破，一统天下。在这种情势下，东吴集团内部意见不合，文臣主降者多，武将主战者多，各持己见，议论纷纷，这种局面，更使得孙权心神烦乱，难以决断。孙权与其臣下不同，降操意味着父兄基业毁于一旦，他也会永远失去争雄天下的资本，武力抵抗，又担心势小力弱，抵抗不成，还会招致难以想象的祸患。事实上，抵抗曹操，保全父兄两代的基业，是孙权的主导倾向，他所忧虑的是自己的军事力量难以和曹操的大军对抗而已。就在决定其前程与命运的关键时刻，鲁肃切切实实地表现出了卓越不凡的洞察能力和政治远见。小说中写曹操用谋士荀攸之计，发檄文于孙权，请孙权会猎江夏，共擒刘备，另一方面，则点起八十三万人马，诈称百万，向江南进发，实际是以武力威胁之下的诱惑。在这种形势下，孙权召集文武商议对策，鲁肃进言说："荆州与国邻接，江山险固，沃野千里，士民殷富。若据而有之，此帝王之资也。今刘表新亡，刘备新败，肃请奉命往江夏吊丧，因说刘备使抚刘表众将，同心一意，共破曹操；备若喜而从命，则大事可成矣。"这番话，是深知孙权心理的话，也是鲁肃原已向孙权进献过的战略步骤，这不过是在顺从形势变化的具体实施而已，故而孙权"喜从其言"，当即派遣鲁肃到江夏探听虚实。鲁肃对时局的见识，与诸葛亮毫无二致，在诸葛亮的预见中，"今操引百万之众，虎据江汉，江东安得不使人来探听虚实？"事实上，诸葛亮的战略意图同样是集中于荆州这一军事要地："若有人到此，亮借一帆风，直至江东，凭三寸不烂之舌，说南北两军互相吞并。若南军胜，共诛曹操以取荆州之地，若北军胜，则我乘势以取江南可也。"可见，在共抗曹操，保全两家各自利益这一点上，鲁肃和诸葛亮的见识完全一致。毛评本对鲁肃这一见识大加赞赏："孔明欲得荆州，鲁肃亦欲得荆州；孔明欲合东吴以破曹，鲁肃意欲合刘备以破曹。——是鲁肃识见过人处。"

在刘备和鲁肃会面过程中的对话，既体现出鲁肃对孙刘联合抗曹心情的诚恳与迫切，又体现出鲁肃的外交才能。他对刘备说："孙将军虎踞六郡，兵精粮足，又极敬贤礼士，江东英雄，多归附之。——今为君计，莫若遣心腹往结东吴，以共图大事。"在诸葛亮说无心腹人可使之时，鲁肃说道："先生之兄，现为江东参谋，日望与先生相见。肃不才，愿与公同见孙将军，共议大事。"鲁肃的话，既褒奖了自己的主公，又似乎是在为刘备着想，自然会产生说服力，他又以诸葛亮兄弟之间的手足之情以打动诸葛亮，确实体现着他的外交才干，这一情节，和他对诸葛瑾的荐举前后相应。虽然争取与东吴联合，早在诸葛亮的预料之中，鲁肃的才能还是得到了应有的展示。在这一点上，也体现出二人的相互对照，鲁肃有远见卓识，但其具体智谋的运用，终是略逊诸葛亮一等，其态度的真诚恳切，也体现着他忠厚诚实的性情。

诸葛亮与鲁肃一同到柴桑郡见孙权时，鲁肃叮嘱诸葛亮不要对孙权讲曹操兵多，这是他深知孙权的体现，但以他臣下的位置，忠厚的性格，是无从想出智激孙权的计谋来的，这一计谋当然也只好由诸葛先生去实施了。二人到东吴后，正值孙权与众谋士商议对策，以张昭为首的众谋臣力主投降，鲁肃乘孙权更衣之际向孙权进言，要他早定大计，抵抗曹操，其见识，远远超过其他谋士，犹如鹤立鸡群一般，使孙权大为感动："诸人议论，大失孤望。子敬开说大计，正与吾见相同。此天以子敬赐我也。"孙权经过诸葛亮的智激，要与曹操对抗，在力主降曹的众谋士的纷纷议论下，孙权再次波动，此时鲁肃再次向孙权进言，要他莫被众人所误："适张子布等，又劝主公休动兵，力主降议，此皆全躯保妻子之臣，为自谋之计耳。愿主公勿听也。"又接着说："主公若迟疑，必为众人误矣"。从这里，不仅可以见出鲁肃非同俗流的谋略与远见，而且可以见出他对孙权的坦荡忠诚。

在赤壁之战的过程中，小说着力突出了鲁肃忠厚诚实的性格，在他身上，有着长者般的风范，他多次为诸葛亮所用，似乎他在诸葛亮智慧的操纵与左右下，在尽力为诸葛亮奔忙。周瑜虽是力主抗曹，更自信他的军事才能和东吴的军事实力，但出于诸葛亮智慧对东吴日后的威胁，几次设计要置诸葛亮于死地，鲁肃则极力回护刘备集团和东吴的关系，为诸葛亮计谋的成功实施，做了实实在在的努力。周瑜让诸葛亮带兵去截曹操的粮草，想借曹操之手除掉诸葛亮，是鲁肃及时将诸葛亮的分析转告周瑜，使他打消了这一念头。诸葛亮草船借箭，是鲁肃为他私下准备了船只等所用之物，才出现了孔明草船借箭的精彩情节，在这一过程中，既体现着鲁肃忠厚的性格，也体现着他的心细。诸葛亮给周瑜立下军令状，要在三天打造十万支箭，在鲁肃受周瑜之托到诸葛亮处探听虚实之时，诸葛亮向他借船只等物，并嘱托鲁肃"只不可又教公瑾得知。——彼若知之，吾计败矣。"鲁肃回见周瑜，只说了诸葛亮不用常用的造箭之物，却丝毫未提诸葛亮借船之事。这里体现着鲁肃的心细之处，他担心周瑜又会想出对付诸葛亮的计谋来。

鲁肃能够为诸葛亮所用，既不是他偏向于刘备一方，更不是他缺乏主见而为诸葛亮所用，事实上鲁肃的忠厚主要是出于他自己的战略远见，只有与刘备集团联合，共抗曹操，东吴集团才可能保全下来，一旦两家关系破裂，必被曹操各个击破，他这样做有个人性情上的原因，但主要还是从东吴长远利益的深思为其出发点的。

小说在赤壁之战这一情节过程中，着重突出的是鲁肃坦诚忠厚的性格侧面，对其他性格侧面的展示，则不是很充分，但其个性特征刻画得很鲜明，其心理内涵也展示的相当充分，使鲁肃这一形象成了小说中成功的艺术形象之一，对于题材宏大、人物众多的小说来讲，能达到这样的程度，不能不令读者叹服作者的艺术才能了。周瑜被诸葛亮气死之后，不出诸葛亮所料，接替周瑜职务的是鲁肃，实际上，周瑜本来就了解鲁肃的智慧与谋略，只不过是因为二人性情上的差异，在对待与刘备集团的态度与方式上有差别而已。

在以后的情节中，刻画鲁肃的情节不多，但有一点是突出的，在他去世之前，孙、刘两家虽有利益争斗，但关系始终没有破裂，这说明与小说中鲁肃的性格刻画是一致的，他以自己的远见卓识，一直尽心竭力地维护着两家的战略联盟，无论是在诸葛亮"三气周瑜"的过程中，还是后来的一再退让中，都是如此，从而在小说中树立起了一个具有战略家襟怀与风范的谋士形象。

需要说明的是，由于小说的整体倾向在于尊刘，突出诸葛亮的智慧和关羽的勇武，小说对鲁肃形象的塑造以及对历史记述有所改动和调整，使其性格的逻辑展开不是很严密。在赤壁之战中，诸葛亮与周瑜的斗智，能够充分显示出智者斗智的神采，显得鲁肃过于忠厚了一些，在关羽单刀赴会的情节中，则更是笔酣墨畅地渲染了关羽的神威与勇武，而事实上，根据史料记述，单刀赴会的并不是关羽，而是鲁肃，在这一方面，使鲁肃这位智谋之士受了委屈。从艺术形象塑造的角度来看，鲁肃形象的主导性格侧面刻画得鲜明出色，是一个成功的形象。

善于流泪的仁君：刘备的谋略

《三国演义》的主导思想倾向是尊刘贬曹，这一倾向的实质在于作者通过刘备形象的塑造，寄托自己的社会理想和道德理想，表现出对"仁君贤相"的清平天下的渴望与憧憬。在小说中，刘备形象是作为理想化的仁君形象塑造的，着力突出了刘备所信奉的道德准则和人格风范。在刘备生命理想的价值定位上，是以他的身世为背景，以继承汉家大统为己任，这在小说开宗明义的第一回"桃园结义"的描绘中，便充分展示出了刘备的理想与抱负。刘、关、张三人的结义，是为了"同心协力，救困扶危；上报国家，下安黎庶"，在人格风范上，是宽仁长厚，慈善诚信，礼贤下士，躬行仁义，小说以蜀汉集团为情节结撰的主体，着力刻画了刘备这种仁义品德和性格特征。为了强化刘备的仁义慈善的美德，小说还突出了刘备富有其个性特征的行为细节，这就是刘备的善哭，小说中多次写到刘备的哭，以明其真诚蔼善，以至于在民间产生了这样的歇后语，刘备的江山——哭出来的，事实上只是善哭而无实际才能，恐怕是不可能在当时的动荡时代与群雄角逐并开创自己的帝王基业的。在其创业的过程中，刘备的善哭，应当做具体分析，他的哭有时包含着真情实感，但在大多数情境下，是内藏机谋的"公关"策略与手段。

如上所述，小说是把刘备作为理想中的仁君形象来塑造的，这就决定了作者对刘备形象一定程度的美化，其个性的鲜明程度与曹操形象相比，有些单薄，就其形象塑造的整体而言，刘备形象的塑造是成功的。这种现象，与作者主观观念的渗透有直接关系。小说作者处在封建社会乱世，他对封建社会中统治阶级利己主义本质有着深刻认识，无论是历史记述，民间创作的积累，还是作者对社会现实生活的感受和体验，应当说，都为他提供了丰富的创作素材，而理想化的"仁君"，在历史行程中，恐怕他难以找到可资借鉴的"范本"，他更多地需要依赖于自己的艺术创作才能，发挥艺术想象和艺术虚构来完成寄托着自己审美理想和道德理想的"仁君"形象，因而刘备形象塑造的难度，要大于曹操形象塑造，从这一角度来说，罗贯中在刘备形象塑造的过程中，已是充分体现出了他的理想追求和艺术创作才能。

小说中的刘备，确实是善哭。哭是人的消极情感积聚得接近或是达到极限时产生的自我疏泄的外在反应，在特定情境中，哭可以引起他人的同情关切以拉近彼此的心理距离。刘备的哭，哭的是时候，而且哭的有技巧，哭表现着他的诚信笃厚，使他在与曹操的对照中显示出他的仁义品德，使他赢得了部属的忠义回报，也深得百姓的拥戴。他的哭所体现出来的性情，使他在群雄纷争中，确实显示出他与众不同的感召力和聚合力，这与曹操的谲诈暴虐、奸险残忍形成了鲜明对照。如徐庶托名单福，投奔刘备，帮助刘备击败了曹操军队，曹操用谋士程昱谋略，囚禁徐母，以伪造家书骗徐庶赴许昌，徐庶收到伪造家书后，告知刘备，刘备正在用人之际，他却没有硬性留住徐庶，而是挥泪相送。在徐庶向他来辞行时，刘备"闻言大哭"，孙乾进言要他留住徐庶时，刘备说："不可。使人杀其母，而吾用其子，不仁也；留之不使去，以绝其子母之道，不义也。吾宁死，不为不仁不义之事。"在为徐庶饯行时，"送了一程，又送一程"，相别时，"泪如雨下"，徐庶走后，又"哭曰：'元直去矣，吾将奈何？'"，然后又"凝泪而望"，在刘备这接连不断的"哭"中，包含着他对徐庶的情分，他的哭，同时更是对自己失去人才的伤感，此时的哭，应当说，是有真实情感在内的。他三到隆中去请诸葛亮出山辅佐，诸葛亮在托出了那段著名的"隆中对"后，推脱自己不愿出仕时，小说写到，"玄德泣曰：'先生不出，如苍生何！'言毕，泪沾袍袖，衣襟尽湿。"同样，此时刘备的哭中包含着自己的真实感情，他急欲得到能够辅佐自己的经纶济世之才，以实现自己争霸天下的愿望，在其话语中，则是用儒家的经时济世的人生理想来打动诸葛亮，同时，表明自己是以儒家理想为功业准则的，这种表白，对于当时有志于用世的读书士人来说，无疑是具有难以抵抗的情感召唤力量的。

小说写刘备哭的情节很多，除了渴望贤才时哭，在百姓落难时更是哭得伤心。在曹军的进攻下撤离樊城时，小说写到，"两县之民，齐声大呼曰：'我等虽死，亦愿随使君！'即日号泣而行。扶老携幼，将男带女，滚滚渡河，两岸哭声不绝。玄德于船上望见，大恸曰：'为吾一人而使百姓遭此大难，吾何生哉！'欲投江而死，左右急救止。闻者莫不痛哭。"见百姓遭难而难过，是可能的，而想投江，则是掺杂了矫饰的成分。

从上述分析中可以看出，刘备的哭是有明确地功利目的在内的，其中有真情实感的成分，更有着他为自己笼络人心、笼络人才的功利因素，在其他的外交场合下的哭，则更是用做一种外交策略了，如小说第五十六回"曹操大宴铜雀台 孔明三气周公瑾"中写鲁肃来索要荆州，诸葛亮为刘备定计，鲁肃只要提起讨还荆州之事，刘备便放声大哭，哭到悲切处，由他来解劝。果然，鲁肃一提荆州，"玄德闻言，掩面大哭"，鲁肃惊问"皇叔何故如此"

时，刘备"哭声不绝"，在诸葛亮说出还了荆州无处安身一番议论后，"触动玄德衷肠，真个捶胸顿足，放声大哭"。刘备这里的哭，实际上是一种软化对方态度的外交手段，为自己赢得继续占据荆州的时间。再如张松献地图时的哭，则更是获取自己现实利益的策略机谋。张松欲献西川地图给曹操，不想被曹操所轻，转而献与刘备。刘备在诸葛亮的安排下，以礼相迎，盛情款待，一连饮宴三天，并不提西川之事，在张松临行时，小说写道：

> 松辞去，玄德于十里长亭设宴送行。玄德举杯酌松曰："甚荷大夫不弃，留叙三日；今日相别，不知何时再得听教。"言罢，潸然泪下。张松自思："玄德如此宽仁爱士，安可舍之？不如说之，令取西川。"

在刘备"潸然泪下"，如倾衷肠的感召下，张松献言，要刘备取西川为基业，并将西川地图献于刘备。显而易见，刘备这里的哭是出于现实"公关"需要的计谋。对这一细节，毛评本评论说："非为张松而泪，为西川而泪也。"可谓是参透了刘备之哭的心理玄机。

小说在情节进程中，多次以哭来显示刘备的宽仁长厚，虽然刘备在哭的过程中更多地深隐机谋。对于一个在乱世中从民间崛起的割据英雄来说，只凭善哭，绝不可能成为蜀汉集团的创业之主，在这一方面，小说在历史记述的基础上，遵循着人物性格的历史真实性，刻画出了刘备性格的另一面，那就是刘备的枭雄本色和决策用人之能，使刘备的性格具有了较为深刻的历史真实性和较为生动的艺术真实性。

从小说的描绘中可以看出，刘备在时人的心目中，是一个深隐机谋、心智非凡的枭雄。赤壁之战的过程中，周瑜便以想和刘备相见为名，设下"鸿门宴"除掉刘备，其理由是："玄德世之枭雄，不可不除。吾今乘机诱至杀之，实为国家除一后患。"在曹操眼中，刘备同样是当世英雄，可谓是英雄识英雄，"煮酒论英雄"的情节，通过曹操的评价，道出了刘备的豪杰本色。刘备为防曹操加害，在后园种菜以隐藏自己的动机与志向。曹操请刘备饮酒，评论天下英雄，刘备生性矫饰提出的袁术、袁绍、刘表、孙策、刘璋等，全被曹操以对其欠缺劣性的准确评价给否了，接着，小说写道：

> 操曰："夫英雄者，胸怀大志，腹有良谋，有包藏宇宙之机，吞吐天地之志者也。"玄德曰："谁能当之？"操以手指玄德，后自指，曰："今天下英雄，惟使君与操耳！"玄德闻言，吃了一惊，手中所

执匙箸，不觉落于地下。时正值大雨将至，雷声大作。玄德乃从容俯首拾箸曰："一震之威，乃至于此。"操笑曰："丈夫亦畏雷乎？"玄德曰："圣人迅雷风烈必变，安得不畏？"将闻言失箸缘故，轻轻掩饰过了。操遂不疑玄德。

曹操对刘备的评价，显示着刘备在当时乱世豪杰心目中的位置。刘备忠厚为怀，拘谨慎微，实际上是他韬光养晦、以待时机的心机与谋略。这段文字虽不长，却是绘声绘色，展示了二人不同的性格特征。曹操谲诈多智却能直率豪爽，刘备畏避胆怯，则是刻意掩饰。对这一情节过程，毛评本的评论揭示出了刘备在这种情境下的心理状态："半晌装呆，却被一语道破，安得不惊！""亏此一语，随机应变，平白地掩饰过去。"

小说除了以其他人物的识见评论侧面显示刘备的豪杰本色外，在情节进程中，也刻画了刘备在情绪大幅度波动时对真实心态的流露。如刘备依刘表时，饮宴之间，刘备有感于自己髀肉复生，对刘表长叹道："备往常身不离鞍，髀肉皆散；今久不骑，髀肉复生。日月蹉跎，老将至矣，而功业不建：是以悲耳！"在刘表问起在许昌与曹操煮酒论英雄，曹操以英雄独许他二人时，刘备乘着酒兴答道："备若有基本，天下碌碌之辈，诚不足虑也。"刘表"闻言默然"。刘备对时光的感伤和表达出来的内心活动，透露出了他的英雄本色，诚如毛评本的批语所说："前于曹操面前，假作愚人身份，今在刘表面前，却露出英雄本色。"刘备的话虽是酒后失言，但其中一方面显示着刘备的真实心理，另一方面，则透露出刘备的知人之能，他在势力强大且胆略非凡的曹操面前刻意掩饰，而在碌碌平庸的刘表面前，则松懈了心理防卫，露出了英雄本色的峥嵘。再如刘备到东吴招亲时，在甘露寺中，险些被预先埋伏的刀伏手所杀，多亏吴国太相中刘备，才幸免于难，接着，小说写道：

> 玄德更衣出殿前，见庭下有一石块。玄德拔从者所佩之剑，仰天祝曰："若刘备得勾回荆州，成王霸之业，一剑挥石为两段。如死于此地，剑剁石不开。"言讫，手起剑落，火光迸溅，砍石为两段。孙权在后面看见，问曰："玄德公如何恨此石？"玄德曰："备年近五旬，不能为国家剿除贼党，心尝自恨。今蒙国太招为女婿，此平生之际遇也。恰才问天买卦，如破曹兴汉，砍断此石。今果然如此。"

刘备的言语举止，透露出他潜藏心底的理想与抱负，虽然在感叹年景中表现的是对继承汉室正统的"责任感"，同时也表现着非等闲可比的信心与自负，自是乱世枭雄的本色。

作为小说的主要描绘对象之一，只是通过其他人物的评价从侧面描写和人物自己的心理流露，难以刻画出人物生动形象的个性特征，因为人物个性更多地需要从其自身的言语行为中展示出来。在情节进程中，小说并没有忽视对刘备"枭雄"本色的直接刻画，从而使刘备的形象的塑造具有了生动性和形象性。

小说对刘备才略的描绘集中在两个方面，一是对重大事件的决策，二是识人之能。从对事件的决策来看，刘备是能够审时度势的人物。在小说中，他虽有"大汉皇叔"的名分，实际上，不过是从社会底层崛起的乱世英雄，其职业，不过是"织席贩履"，与关羽、张飞结义后，通过镇压黄巾起义跻身于角逐争霸的行列之中，起初他只能以深藏真实心理、利用"皇叔"的身份和躬行仁义为立身兴业的根基，周旋于比他强大得多的割据势力之中，保全自己，等待时机，时而依附曹操，时而结交吕布，又时而投靠袁绍，在这一过程中，不时使出一些计谋，让各势力之间互相吞并，如刘备曾与吕布结交，吕布还曾辕门射戟解救过刘备，可是，在吕布被曹操擒获后，刘备火上浇油，鼓动曹操杀了吕布。刘备本在曹操营中，以伏击袁术为借口，求得曹操五万军马，星夜收拾，匆忙起程，在关羽、张飞问这次出征为何匆忙时，刘备回答说："吾乃笼中鸟，网中鱼。——此一行如鱼入大海、鸟上青霄，不受笼网之羁绊也。"到了徐州，留下军马，要朱灵、路昭回许都，而且"亲自出城，招谕流散人民复业"，看准时机，借曹操的兵马以建立起自己角逐争雄的基业，并安抚百姓，以继续壮大势力，可见，刘备有着决非平庸之辈可比的识见与机谋。刘备立足未稳，为曹操击败，曹操乘势南下，诸葛亮进言联吴抗曹，并提出如曹军胜，则乘势取江南，若孙权胜，则共诛曹操以取荆州，刘备对诸葛亮的计谋心悦诚服，赞之为"此论甚高"，从中显示着他对时局的见识。在礼敬张松、进占西川的过程中，也具体地刻画出了刘备的见识。

小说对刘备另一特征的描绘是，他善于识人，并能以自己"匡扶汉室"的理想和诚信恳切的情感表现招募和使用人才。他三次躬身前往隆中去请诸葛亮的事，为小说家浓墨重彩的予以渲染和铺排，在他得知庞统确有不同凡响的才略时，立即自责："屈待大贤，吾之过也"，"敬请庞统到荆州"，"下阶请罪"，并"拜庞统为副军师中郎将，与孔明共赞方略"。在兵败当阳之时，糜芳对他说亲眼见赵云去投曹操，张飞信以为真，刘备则深信赵云"从我于患难之中，非富贵可以动摇也"，事实证明，刘备的判断是确切无误的，赵云于乱军之中救回了他的儿子阿斗。再如对马谡，他在白帝城托孤之时，叮嘱过诸葛亮，"马谡言过其实，不可大用"，但后来由于马谡一再请求，并以军令状担保，诸葛亮将守卫咽喉要道街亭的重任交给了他，结果导致了半途而废的结局。对于诸葛亮，则更是深知其心，自请他出山辅佐，直到白帝城托孤，一直信任不疑。虽然刘备上阵拼杀不如关、张、赵云等武将，在具体情势下的运筹帷幄不及诸葛亮，但刘备善于识人才和用人才，使有智慧的才士为他所用，从这一方面看，他确实是个有雄才大略的创业之主。就其人才数量来看，刘备的确不及曹操，但这主要是因为他崛起较晚，曹操有"挟天子以令诸侯"的根基等客观原因造成的差别。

刘备对百姓的仁爱，对关羽、张飞的"义"，是小说着力渲染和崇尚的美德。对刘备的爱民之举，小说竭力予以赞美。如前已提到的当阳败退时还舍不得丢下百姓的仁爱之举，再如刘备初到平原作县尉时，小说写道："署县事一月，与民秋毫无犯，民皆感化"，刘备到新野时，小说写到，"玄德自到新野，军民皆喜，政治一新"，百姓歌颂刘备说："新野牧，刘皇叔，自到此，民丰足。"可见其对百姓的仁爱。对于其部属及他人，刘备也以仁爱相待，他那匹的卢马，徐庶说此马妨主，应将马先让他人乘骑，妨过此人后，自然无事，但刘备不赞成，说道："公初至此，不教吾以正道，便教作利己妨人之事，备不敢闻教。"小说以这一细节，以彰显刘备的仁爱之心。对于刘备身上所体现出来的"义"，作者更是倾注了满腔热情予以赞美，他自桃园结义以后，始终恪守结义誓言，登基称帝之后，为了给被害的结义兄弟复仇，竟可以付出江山社稷的代价，他表白心迹说："朕不为弟报仇，虽有万里江山，何足为贵？"客观的情势，将刘备推入了是恪守誓言，还是守卫江山的两难选择的困境之中，刘备出兵伐吴为结义兄弟复仇的选择，使他轻忽了江山社稷的大局，却使他成就了"义"的楷模，使小说从其内在结构中，生发出了感人至深的悲剧情感力量。对于刘备身上体现出来的这种为了所结之"义"，可以抛弃已经所拥有的一切身外之物的决断，体现出了市民阶层所崇尚的道德理想。刘备为"义"而死的结局，使他完成了寄托新兴市民阶层道德理想和伦理价值追求的艺术使命。

总括起来说，刘备形象是在历史记述的基础上，依据寄托社会憧憬和道德理想的需要塑造出来的，基本上刻画出了刘备乱世枭雄的本色和他作为蜀汉创业之主的才略，他的哭，既是作者赋予他的表现其长厚仁爱性情的特征，更是他用作外交"公关"的机谋，这比起曹操的谲诈残忍来，自然是更具有人情味了。由于作者对刘备宽仁长厚的一面在主观愿望上推崇过了头，也使得刘备的形象显得不如曹操形象更为生动鲜活，从作为寄托理想的方面来看，因为当时的社会背景不可能为作者提供出"仁君"形象的现实基础，作者将这一形象塑造到这一程度，确实已是难能可贵的了。

善纳忠言　明察得失：孙权的才干与作为

　　由于《三国演义》以蜀汉集团为叙述重点，在三方的矛盾冲突中，又主要着眼于曹刘两家的冲突，因而相对来说，吴主孙权的形象在小说中展示得不如曹操和刘备那么充分，对孙权形象的刻画，主要集中在赤壁之战的过程中，但小说通过这一主要情节片段，刻画出了孙权明察得失、善识人才的性格特征，在简短的情节中，就能凸显出人物性格的主导方面，表现出小说在把握人物性格和驾驭情节结构方面的艺术创造才能。

　　孙权在小说中亮相是在第二十九回"小霸王怒斩于吉　碧眼儿坐领江北"中。孙策被许贡门客刺杀身亡，遗言由孙权继承基业，并嘱托激励道："若举江东之众，决机与两阵之间，与天下争衡，卿不如我；举贤任能，各尽其心，以保江东，我不如卿。卿宜念父兄创业之艰难，善自图之！"在母亲担心孙权年幼，难以任大事时，孙策说："弟才胜儿十倍，足当大任。倘内事不决，可问张昭；外事不决，可问周瑜。"他对孙权的评价，实际上也是小说对孙权才能所做的概括性介绍，一方面说明了孙权的长处，另一方面，则为展示孙权的独立识见做了铺垫。在赤壁之战前夕，以张昭为代表的文臣力主降曹，以周瑜、鲁肃为首的武将则力主抵抗，在纷纷议论之中，孙权的决断过程展示了他的个性。

　　孙策凭他的勇武果敢，创建了东吴基业，他死时年仅二十六岁，孙权只有十九岁，他所面临的首要任务是稳定局势，以保全父兄两代开创的基业。小说对孙权的直接描绘，是孙策将印绶交给孙权时，小说写到，"权大哭，拜授印绶"，这里只是从手足之情的方面描绘了孙权的情感表现，难以见出其个性特征，紧接着，小说描绘了孙策死后的情形，"孙策既死，孙权哭倒于床前。张昭曰：'此非将军哭时也。宜一面治丧事，一面理军国大事。'权乃收泪。"这里仅写了前后相承的动作，一是"哭倒"，二是"收泪"，从这一变化行动过程可以见出孙权非同一般的自我克制能力，表现出了他明辨情势的才略和刚强坚毅的个性，为其性格的进一步展开提供了基础。

　　从小说的描绘中可以看出，孙权在创业拓土方面的雄才大略确是不如曹操和刘备，但他在守成立业方面的才略不失为一代英主，小说着重从善于招揽应用人才和善于从众人的不同意见中做出自己的独立判断两个方面，刻画了孙权的形象。

孙权年少即执掌国事，又处在群雄纷争的客观情势中，他首先认识到的是如何确定治国方略以与群雄抗衡，保全江东基业。在周瑜回来拜见孙权时，他首先问起的就是保全江东基业的问题："今承父兄之业，当何策以守之？"周瑜则以开阔的胸襟向孙权荐举了"胸怀韬略，腹隐机谋"的鲁肃，并简述了鲁肃的生平大略，孙权听后"大喜，即命周瑜往聘"，鲁肃投来之后，孙权"甚敬之，与之谈论，终日不倦"。周瑜的荐举人才之举，表明了周瑜的心胸，如毛评本所评，"才如周郎而能推贤、让能，是其大过人处。"这对于孙权来说，无异于最为重要的治国启示——以招揽和应用人才为立业之本。孙权的"大喜"态度和他对鲁肃的礼遇，显示出孙权的睿智和胸怀。果然，鲁肃不负周瑜的荐举和孙权的礼遇，在孙权向他征询立国方略时，鲁肃向他准确地分析了东吴所面临的客观历史情势，为孙权提出了"鼎足江东以观天下之衅"的战略决策，这和诸葛亮为刘备提出的据西川而三分天下的决策如出一辙，只不过是献计之主不同而已，可谓是英雄所见，使孙权犹如顿开茅塞一般：

> 一日，众官皆散，权留鲁肃共饮，至晚同榻抵足而卧。夜半，权问肃曰："方今汉室倾危，四方纷扰；孤承父兄余业，思为桓、文之事，君将何以教我？"肃曰："昔汉高祖欲尊事义帝而不获者，以项羽为害也。今之曹操可比项羽，将军何由得为桓、文乎？肃窃料汉室不可复兴，曹操不可卒除。为将军计，惟有鼎足江东以观天下之衅。今乘北方多务，剿除黄祖，进伐刘表，竟长江所极而据守之；然后建号帝王，以图天下：此高祖之业也。"权闻言大喜，披衣起谢。

鲁肃这番议论，实际上是对孙权所面临情势的精辟分析，其目的是要孙权先稳定江东局势，然后再等待时机图霸天下，与曹操争锋，实力不足，剿除黄祖的割据势力以稳定局势，凭借长江天堑与其他割据势力抗衡，这是当时情势下的上策，而且，鲁肃也已看到刘表所据荆襄之地的战略地位和刘表难以长期据守荆襄之地的客观趋势。占据荆襄，是形成鼎立之势、进而争霸天下的重要条件。孙权从其对时局的精辟分析中，确定了自己的立国方略。这一方面显示出了招揽人才的重要性，另一方面则显示出孙权本人对于天下时局和自己一方优势与不足的深刻洞察。经由周瑜荐鲁肃，鲁肃又荐举了诸葛瑾，其且顺曹操、勿通袁绍以观其变的策略当即为孙权所采纳。又得张纮回东吴，张又荐举了"严厉正大"的顾雍。由于孙权下力量招揽人才，并能善纳忠言，因此，"自是孙权威震江东，深得民心"。在进一步理解了人才的重要性之后，孙权更是下力量广招贤士，第三十八回"定三分隆中决策　战长江孙氏报仇"中，集中笔墨，对这一点做了叙述，以见孙权用人之明：

> 却说孙权自孙策死后，据住江东，承父兄基业，广纳贤士，开宾馆于吴会，命顾雍、张纮延接四方宾客。连年以来，你我相荐。时有会稽阚泽，字德润；彭城严畯，字曼才；沛县薛综，字敬文；汝阳程秉，字德枢；吴郡朱桓，字休穆；陆绩，字公纪；吴人张温，字惠恕；乌伤骆统，字公绪；乌程吾粲，字孔休；此数人皆至江东，孙权敬礼甚厚。又得良将数人：乃汝南吕蒙，字子明；吴郡陆逊，字伯言；琅琊徐盛，字文向；东郡潘璋，字文珪；庐江丁奉，字承渊。文武诸人，共相辅佐，由此江东称得人之盛。

开列名单的叙述方式，不是刻板的罗列，而是为了突出孙权招揽人才的诚信和取得的效果，在叙述方法上，将所得人才合在一起做简要介绍，既为情节的展开做了铺垫，又省却了许多笔墨。毛评本对这一点做了充分肯定："前分叙，此总叙，或详或略，笔法各妙。"

小说突出孙权招揽人才，从形象刻画的角度来看，是为了展示孙权知人识人的才略，从情节结撰的角度来讲，则是为情节进程蓄势。在接下来的赤壁之战的情节中，则集中刻画了孙权的明辨之才和决策之能。

孙权的个性是在尖锐激烈的矛盾冲突的聚合点上凸显出来的。曹操统大军南下，发檄文给孙权，要孙权与他联手，消灭刘备，实际上隐藏着武力胁迫孙权投降、然后各个剿灭的机谋。降曹或许可以苟全性命于一时，却意味着父兄所创基业将不复存在，如抵抗曹操，保全江东基业并等待图谋天下的时机，又恐怕实力不足，一旦失败，后果更是难以设想。在曹操大军进逼的情势下，东吴文武主战主降，意见不合，各有议论，莫衷一是，使孙权更是在一时间难以决断。就在此时，到江夏探听虚实的鲁肃与诸葛亮同回江东，在鲁肃看完曹操檄文后问孙权"主公尊意若何"时，孙权回答："未有定论。"此时张昭率先发表了一通降曹主张的议论，众谋士也赶紧随声附和，孙权"沉吟不语"，张昭再次进言降曹有利时，孙权"低头不语"，两次沉默，表现出他正在进行着两难选择的激烈心理冲突，就在他起身更衣之时，鲁肃则对他讲了谁都可降曹，唯孙权不可降曹的道理，降曹则会永远失去他南面称孤的可能性，自然想要一统天下的志愿则更不可能实现了。此时，小说写道：

"权叹曰：'诸人议论，大失孤望。子敬开说大计，正与吾见相同。此天以子敬赐我也。'但操新得袁绍之众，近又得荆州之兵，恐势大难以抵敌。"这里呈现出了孙权的深层心理。其本愿是要抵抗曹操，只是担心难以取胜。鲁肃的一番话，正是孙权心中所想，不过由于此时他尚未真正明了曹军劣势所在，才心绪不定。当鲁肃说诸葛亮已经与他同来之后，孙权对鲁肃说："今日天晚，且未相见。来日聚文武于帐下，先教见我江东英俊，然后升堂议事。"孙权的这一安排，导演出了诸葛亮舌战群儒的好戏。孙权这样做，体现着他性格特征中的一个突出方面，心高气盛，易于受情绪支配。与曹操对抗的大计虽然已定，而且也已明确地知道众多谋士力主降曹，在这种情势下，他还要诸葛亮先见他的"江东英俊"，不过只是为了显示一下他所招揽的人才之盛而已，这一细节表现出来的性情，使孙权形象更具有生气，更具有生活的真实性，不只是具有识人之才略的单一性格。

正是因为孙权有被情绪支配的性情，才让诸葛亮又导演了一出生动活泼的"智激孙权"。诸葛亮一见他"碧眼紫髯，堂堂一表"，便认定此人"只可激，不可说"，在孙权面前对曹操的力量着实虚张声势了一番，然后，又对刘备的身价大加渲染了一番，致使孙权"勃然变色，拂衣而起，退入后堂"。经过鲁肃周旋进言，孙权明了诸葛亮是在用"激将法"后，他能够立即"回嗔作喜"，并自责道："原来孔明有良谋，故以言辞激我，我一时浅见，几误大事。"请回诸葛亮以求破曹之策。易于受情绪支配，却能在瞬间以明智的理性判断控制情绪，这一点，恰恰是孙权生动活泼的个性特征。

孙权不仅善于招揽人才，更善于放手使用人才，这更是孙权能够保全江东基业的原因。孙权放手使用人才的特征体现在他敢于信任和起用年轻谋士和将领上，他自己年少即担当大任，而且敢于以自己的魄力和睿智信任与起用年轻人才。周瑜本是孙策重用的将领，二十四岁即任建威中郎将，到赤壁之战时，孙权二十七岁，周瑜三十六岁，孙权以自己的愿望为根基，集中了鲁肃、诸葛亮、周瑜等人的识见与智慧，决心与曹操一决雌雄，委任周瑜都督的重任，充分发挥了周瑜的智谋和军事指挥才能。对于周瑜举荐的鲁肃，孙权同样是信任有加，对鲁肃提出的立国方略钦敬备至，这一点，上文已做了介绍，当时，鲁肃还不到三十岁。后来孙权起用的军事统帅吕蒙、陆逊也都是年轻将领，在与蜀军的作战中都建立了显赫战功。吕蒙本是低级军官出身，因其有勇有谋，治军有方，得到孙权重用，他以托病辞职为计，以骄关羽之心，在关羽调荆州重军到樊城时，孙权拜他为大都督，总制江东诸路军马，以军士扮作商人、船中暗藏精兵为计，袭取了荆州。陆逊继吕蒙之后，被孙权拜为大都督，在猇亭用以逸待劳之计大破刘备连营。

在拜吕蒙和陆逊为都督的过程中，表现出孙权识人与断事之明，这两个方面往往联系在一起，能识人，不能断事，则难以使人才发挥其应有的作用，能断事，不能识人，则往往会使有利时机流逝而去，孙权的用人之能，在这两个方面的联系统一中，得到了鲜明的刻画。在孙权得知关羽已将重兵调往樊城后，意欲夺得荆州，小说写道：

（陆）逊察知备细，即差人星夜报知孙权。孙权召吕蒙商议曰："今云长果撤荆州之兵，攻取樊城，便可设计袭取荆州。卿与吾弟孙皎同引大军同去，如何？"孙皎字叔明，乃孙权叔父孙静之次子也。蒙曰："主公若以蒙可用，则独用蒙；若以叔明可用，则独用叔明。岂不闻昔日周瑜、程普为左右都督，事虽决于瑜，然普自以旧臣而居瑜下，颇不相睦；后因见瑜之才，方始敬服。今蒙之才不及瑜，而叔明之亲胜于普，恐未必能相济也。"

权大悟，遂拜吕蒙为大都督，总制江东诸路军马；令孙皎在后接应粮草。

从这番对话和孙权的决策中，可见其洞明世事的睿智和用人以才的豁达心胸，由此，也可见出吕蒙的识见和坚韧倔强的个性。破敌为重，如以族弟用为副帅，一旦对吕蒙有所牵扯，必然会造成号令不行，乃至军事失利的后果，其决断表现着他的用人之明。

刘备为给结义兄弟复仇，发倾国之兵进攻东吴，在吴军节节失利之时，阚泽推荐陆逊担当破蜀军之任，小说写道：

当下（陆逊）奉召而至，参拜毕，权曰："今蜀兵临境，孤特命卿总督军马，以破刘备。"逊曰："江东文武，皆大王故旧之臣；臣年幼无才，安能制之？"权曰："阚德润以全家保卿，孤亦素知卿才。今拜卿为大都督，卿勿推辞。"逊曰："倘文武不服，何如？"权取所佩剑与之曰："如有不听号令者，先斩后奏。"逊曰："荷蒙重托，敢不拜命；但乞大王于来日会聚众官，然后赐臣。"阚泽曰："古之命将，必筑坛会众，赐白旄黄钺，印绶兵符，然后威行令肃。今大王宜遵此礼，择日筑坛，拜伯言为大都督，假节钺，则众人自无不服矣。"权从之，命人连夜筑坛完备，大会百官，请陆逊登坛，拜为大都督，右护军镇西将军，进封娄侯，赐以宝剑印绶，令掌六郡八十一州兼荆楚诸路人马。吴王嘱之曰："阃以内，孤主之；阃以外，将军制之。"

在这段对话中，刻画出了陆逊自信而有机谋的性格，更主要的是，体现出了孙权知人善任、敏于决断的性格侧面。在大敌当前之时，需要有胆识、有魄力，更需要有充分的信任，并给他以慑服众人的权力与威望，才能使他令行禁止，充分发挥其智慧谋略的作用与效益。

从上述分析中可以看出，小说着力刻画了孙权善识人才、善用人才的方面，正是由于他招揽了众多谋士良将，才使得能够与曹操、刘备抗衡，虽然他没有在开疆拓土上有太大的作为，但其能够固守父兄基业，不失为当时的明主。对于孙权的才能，曹操也赞叹不已。曹操进兵濡须时，在山坡上遥望孙权战船，"遥望战船，各分队伍，依次排列。旗分五色，兵器鲜明。当中大船上青罗伞下，坐着孙权。左右文武，侍立两边。操以鞭指曰：'生子当如孙仲谋！若刘景升儿子，豚犬耳！'"从曹操的视角，写出了孙权的治军才能，突出了孙权在时人心目中的英雄地位。

孙权不仅善识人才，善用人才，他还善于以情感投入来褒奖激励文臣武将，使他们能够竭尽心志与力量为己所用，这一点应当说，更具有人才学上的借鉴意义。如逍遥津一战，孙权得凌统、谷利二人敌住张辽，孙权才得以脱险，回营后即重赏二人。甘宁率一百精锐马兵袭击曹操营寨，得胜归来，孙权亲自迎接，并扶起拜伏于地的甘宁，接着写道："携宁手曰：'将军此去，足使老贼惊骇。非孤相舍，正欲观卿胆耳！'即赐绢白匹，利刀百口，宁拜受讫，遂分赏众人。权语诸将曰：'孟德有张辽，孤有甘兴霸，足以相敌也。'"孙权对甘宁和众将的一番话，不啻为对甘宁的最高奖赏，对其他人的精神激励，毛评本在此处加的评语说："宁善将兵，权善将将。"颂赞了孙权理解武将心理，并善于驾驭其才能的用人之智。在乐进和凌统交战的过程中，曹操令曹休暗放冷箭，正中凌统坐骑，在生命攸关之时，甘宁放箭射中乐进面门，救了凌统，在凌统拜谢孙权时，孙权没有自己揽功，而是不失时机地告诉凌统说："放箭救你者，甘宁也。"原来甘宁在黄祖手下时，曾杀了凌统之父，甘宁投孙权之后，凌统一直不忘杀父之仇，孙权利用这一有利时机，化解了二人的矛盾，增强了内部的聚合力，"自此与甘宁结为生死之交，再不为恶。"

小说中写到孙权优抚谋臣武将之处还有许多，如孙权在合肥，闻鲁肃到来，"权乃下马立待之"，使"众将见权如此待肃，皆大惊异。"宋谦为救孙权而被李典射死，孙权"放声大哭"，并自责："是孤之过也。从今改之。"对周泰两番杀入曹军相救，孙权更是感念不已，设宴款待，小说写道：

　　　权亲自把盏，抚其背，泪流满面，曰："卿两番相救，不惜性命，被枪数十，肤如刻画，孤亦何心不待卿以骨肉之恩，委卿以兵马之重乎！卿乃孤之功臣，孤当与卿共荣辱、同休戚也。"言罢，令周泰解衣与众将视之：皮肉肌肤，如同刀剜，盘根遍体。孙权手指其痕，一一问之。周泰具言战斗被伤之状。一处伤令吃一觥酒。是日，周泰大醉。权以青罗伞赐之，令出入张盖，以为显耀。

　　这段文字，突出了孙权对有功将士的优抚奖赏之情，其场面相当感人，孙权的举动，自然是包含了激励将士的用心在内，但其情感的表现，是出自志诚的。

　　总括起来说，小说着力描绘与表现了孙权善于识人、用人和感召人才的才能，刻画出了一个在乱世虽无一统天下的雄才大略，但能够固守前人基业的英明之主的形象。刻画角度虽然较为单一，但从上面的分析中可以看出，作者充分注意到了通过人物富有特征性的行动来展示其心理活动，使这一形象的塑造具有了一定的心理深度，从而产生了生动性和鲜明性。在这一形象塑造中所体现出来的"人才学原理"，至今仍具有借鉴价值。

　　需要说明的是，小说中的孙权形象，是在历史记述的基础上塑造出来的，小说主要展示的是孙权英明睿智的一面，历史上的孙权，同其他许许多多封建帝王一样，还有着他忌才的一面，这在他的晚年尤为突出，小说的叙述重点由于集中在蜀汉集团的兴衰上，对孙权性格的丰富性则没有做更为充分的刻画，但小说能够从这一角度，揭示出如此丰富的性格内涵，已是令读者惊叹不已了。

忠义神勇　刚而自矜：关羽的理想化人格和性格悲剧

　　在《三国演义》中，关羽的"忠义"是作者饱含热情予以赞美的理想道德人格，在这一人物形象身上所体现出来的"义"，对后世的社会生活也产生了深远影响，被尊奉为神，受到不同阶层民众的顶礼膜拜，这既有小说对关羽形象塑造特征的因素，也有后世统治者利用关羽形象强化封建伦理道德教化的因素，这一点与"义"这种伦理准则内涵的复杂性也有着必然的联系，"义"既是理想化了的儒家最高道德规范之一，同时，也概括和凝聚了民间英雄崇拜情结和对笃厚诚信、历尽患难而不改其志节的人际关系的心理渴望。

　　毛评本在《读三国志法》中，把关羽称之为"三绝"之一，以为"历稽载籍，名将如云，而绝伦超群者莫如云长"，"是古今来名将中第一奇人"，可见评价之高。实际上，小说一方面对关羽形象做了高度理想化的描绘，另一方面，则按照人物形象塑造的审美要求，既刻画出了关羽义气干云、勇武绝伦又具儒雅气度的性格特征，同时，也刻画出了他心高气傲、刚愎自用的一面，这是他悲剧结局的决定性因素。

　　关羽本出身于社会下层，因在家乡杀了人而奔走江湖，在他身上，有着常人不可企及的对正统儒家人生理想和人格理想的自觉认同和执着追求，终其一生，无怨无悔。他所追求的人生理想，是在汉末乱世中建立匡扶汉室的功业，以显其忠，其人格理想，则是自觉按照儒家理想化人格的要求立身行事，恪守异姓结义兄弟的结义誓言，决不动摇，以明其义。在建功立业的人生追求中，既施展其威猛超凡、盖世无双的神勇，更能以超越常情的意志力承受普通人难以承受的剧痛，既有豪壮慷慨、无所畏惧的英雄气概，更能自觉克制官能享乐上的诱惑，使关羽的人格建构，呈现出了儒家理想中的完美人格。

　　对关羽的忠义，小说在描绘过程中倾注了满腔热情，小说的忠义观在很大程度上是通过关羽形象表现出来的。关羽一出场，小说就介绍出了他见义勇为的肝胆性情。他在刘备和张飞饮酒时出场，其相貌是从刘备眼中见出的：

　　　　正饮间，见一大汉，推着一辆车子，到店门首歇了；入店坐下，

边唤酒保："快斟酒来吃，我待赶入城去投军。"玄德看其人：身长
九尺，髯长二尺；面如重枣，唇若涂脂；丹凤眼，卧蚕眉：相貌堂
堂，威风凛凛。玄德就邀他同坐，叩其姓名。其人曰："吾姓关，名
羽，字长生，后改云长，河东解良人也。因本处势豪，倚势凌人，
被吾杀了；逃难江湖，五六年矣。今闻此处招军破贼，特来应募。"
玄德遂以己志告之。云长大喜。同到张飞庄上，共议大事。

刘备"以己志告之。云长大喜"，从刘备对张飞所做的表白中，可以知
道，其志向在于以汉室宗亲的身份"破贼安民"，关羽本来就是要去从军，才
路经此地与刘备、张飞相见，云长"大喜"的情感反映，表明在其意识深处，
有着根深蒂固的正统观念，他既敬重刘备的志向，更为景仰刘备汉室宗亲的
身份，正是这一意识基础，构成了关羽形象具体展开和刻画的核心。他们桃
园结义的理想是"同心协力，救困扶危；上报国家，下安黎庶"，而且立志誓
同生死。不可否认，在他们的意识中，包含着封建伦理道德中的正统观念，
这一点毫无疑问。但在他们结义的价值定位中，也渗透着对民间心理模式的
高度概括，寄托着下层民众对生死相交、终生不移的人际关系的渴望与憧憬，
这是小说所产生的时代心理特征在人物形象塑造中的折射，不单纯是封建道
德观念的反映。

在小说中，关羽对汉王朝的忠得到了具体描绘与刻画，他要去投军，是
因为黄巾起义在造汉王朝的反，其目的是"破贼"，为汉王朝镇压黄巾起义效
劳出力，他之所以追随刘备，其汉室宗亲的身份起着重要作用，再加上刘备
同样是以儒家理想为召唤力，这才使他与刘备、张飞结成了异姓兄弟，经过
结义的仪式，非血缘的朋友关系罩在了共同认可的血缘意味之中，其亲近程
度，犹如具有天生的血缘关系一般。从追随刘备之后，关羽一生都在为匡扶
汉室而努力，至少在他的意识中是这样。小说第二十回"曹阿瞒许田打围
董国舅内阁受诏"中写曹操在许田射猎时僭受众臣高呼"万岁"时，小说
写道：

转过土坡，忽见荆棘丛中赶出一只大鹿。（汉献）帝连射三箭不
中，顾谓操曰："卿射之。"操就讨天子宝雕弓、金鈚箭，扣满一箭，
正中鹿背，倒于草中。群臣将校，见了金鈚箭，只道天子射中，都
踊跃向帝呼"万岁"。曹操纵马直出，遮于天子之前以迎受之，众皆
失色。玄德背后云长大怒，剔起卧蚕眉，睁开丹凤眼，提刀拍马便
出，要斩曹操。玄德见了，慌忙摇手送目。关公见兄如此，便不敢

动。玄德欠身向前称贺曰："丞相神射，世所罕及！"操笑曰："此天子洪福耳。"乃回马向天子称贺，竟不献还宝雕弓，就自悬带。

毛评本在关羽欲斩曹操时的夹批中议论说："义气凛凛，须眉如睹。"对关羽的举动大为赞赏，实际上，赞赏的即是关羽出于维护汉室正统的"忠义"。小说写事后关羽问刘备制止他杀曹操的原因时说："操贼欺君罔上，我欲杀之，为国除害，兄何止我？"反映出了关羽内心深处的正统观念和维护汉家正统的道德自觉。

关羽心目中的刘备，则既是结义之兄，更是延续汉家正统的仁义之君，一次张辽问关羽，"兄与玄德之交，比弟与兄之交何如？"关羽回答说："我与兄，朋友之交也；我与玄德，是朋友而兄弟，兄弟而主臣也，岂可共论乎？"坦诚地承认他追随刘备不仅是因为他是结义之兄，更主要的是因为刘备的"皇叔"身份，他与刘备之间是多重关系，朋友、兄弟、主臣，其核心则在于主臣关系，此时刘备还远远不具备图霸称王的条件，关羽已是将他作为继承汉室基业的帝王来侍奉与扶保了。在他人面前，对刘备谨称"皇叔"，心念不忘。在他被困下邳之时，张辽前往游说，要他投降曹操，此时因为他保护着刘备的二位夫人，他权衡得失，决定暂降曹操，但提出了他认为是合乎忠义的"三约"，口称皇叔不绝，并表明态度，如果曹操不允，则"吾宁受三罪而死"，其"三约"是："一者，吾与皇叔设誓，共扶汉室，吾今只降汉帝，不降曹操；二者，二嫂处请给皇叔俸禄养赡，一应上下人等，皆不许到门；三者，但知刘皇叔去向，便当辞去：三者缺一，断不肯降。"在曹操应允之后，关羽便在降汉不降曹的名义下降了曹操。关羽降曹操之后，曹操为留住他，竭力相待，但关羽则时时不忘皇叔之恩。曹操见关羽战袍已旧，便以一领新袍相赠，结果关羽用旧袍罩住新袍，在曹操以为关羽过于节俭时，关羽道出了其中缘故："某非俭也。旧袍乃刘皇叔所赐，某穿之如见兄面，不敢以丞相之新赐而忘兄长之旧赐，故穿于上。"曹操将吕布所骑赤兔马送与关羽，关羽拜谢曹操，原因在于"吾知此马日行千里，今幸得之，若知兄长下落，可一日而见面矣"，使曹操后悔不已。在张辽受曹操之意去探听关羽心理时，关羽对他说："吾固知曹公待我甚厚。奈吾受刘皇叔厚恩，誓以共死，不可背之。"终其一生，这是他不可动摇的信念，在他被东吴俘获后，在孙权面前说："碧眼小儿，紫髯鼠辈！吾与刘皇叔桃园结义，誓扶汉室，岂与汝叛汉之贼为伍耶！我今误中奸计，有死而已，何必多言！"。在关羽看来，孙权也是"叛汉之贼"，他一生的志愿即是追随刘备，"誓扶汉室"。从这些话语中，可以见出关羽的意识状态，他是以扶保汉室为自己的人生价值定位的。

对于关羽的"义"，小说更是做了淋漓尽致的描绘。关羽所尊奉的"义"，虽然与"忠"有着必然联系，但刘、关、张三人，都是从乱世民间崛起的有志于为国效力的英雄豪杰，尽管刘备有着汉室宗亲的名号，他不过是织席贩履的小人物而已。如前所述，他们的桃园结义，概括着丰富复杂的社会心理内涵。一方面，其结义反映了封建正统观念，另一方面，则概括出了渴望建立诚信笃厚的人际关系的民间心理行为模式，这是在市民阶层发展壮大的社会背景下产生的社会心理，具有其时代因素，正是这一特征，使关羽形象的内涵更为丰富和复杂，既有可为统治阶级利用的加强封建道德教化的因素，还有为广大社会阶层所渴望与崇尚的人与人之间相互扶助、不忘旧情分、知恩图报等道德因素。

小说中着力表现关羽"义"的情节莫过于"千里走单骑"的情节了。关羽以降汉不降曹的名义归顺曹操后，但他时刻不忘刘备的恩义，一直恪守着土山所约的"三事"。无论是曹操的小宴三日、大宴五日、赠送金银美女，还是封侯赏爵，都不能使关羽动心，最后曹操赠送吕布所骑赤兔马，关羽相谢的原因竟是借此马之力可在一日之内与刘备相见，使曹操懊悔不已。关羽也恪守对曹操的诺言，他在为曹操斩颜良、诛文丑解了白马之围以后，得知刘备的消息，在辞别曹操而不得的情形下，便挂印封金，只带原来的随行人员，保护二位嫂夫人的车驾，竟自离去，一路上斩将夺关，历尽艰险而不悔，终于在古城与张飞相遇，弟兄三人得以在古城重聚。其决不动摇的信念、坚韧不拔的意志、豪壮慷慨的情怀、所向无敌的勇武，显示出令凡夫俗众不可企及的高度理想化了的英雄本色。

为了褒扬和颂赞关羽的"义"，小说精心描绘了关羽义释曹操的情节。曹操由于骄纵轻敌等原因，兵败赤壁，败走华容道，被诸葛亮设下的关羽一路伏兵所截获，关羽由于想起当年在曹营时曹操对他的许多恩义，又见曹军各个垂泪，动了恻隐之心，自己冒着甘当军令的死生风险，放过了曹操。在这一过程中，应当说，关羽的内心是经过了情感风暴的，不放曹操，有负于曹操当年的恩义，放过曹操，则既意味着对大局的损害，乃至背叛，还要冒军令处置的危险，但关羽在经过激烈思想斗争之后，个人恩义的道德准则占了上风，使他放过了曹操，这是他所崇尚的"义"的具体体现，即将个人恩义视为立身扬名的美德，这种人格追求中，应当承认，从现实功利的方面来看，将个人恩义凌驾于整体利益之上，不值得称道；而从道德方面来看，关羽这种知恩图报、追求个人人格完善的选择，又不失为一种美德。事情往往具有双重性，从不同的角度去审视和领会，则会引发出不同的价值和意义。关羽释放曹操的选择，之所以可从不同角度去理解，在于其选择本身包含着道德内涵的复杂性。一是曹操当年确是待他恩重义厚，二是关羽释放曹操并非是偷偷摸摸的背叛自己的集团，而是公开按照自己的性情行事，就使他的行为在某种程度上产生了道德意义上的崇高感，与卑劣无耻的背叛行径有所不同。对这一点，小说做了必要的情节铺垫。诸葛亮已预知曹操不当灭，在分兵派将时便有意识地将这一人情让与关羽，以回报曹操对他的厚待。关羽放过曹操，回来交令时，丝毫未掩饰自己放走曹操的事实，而是直接对诸葛亮说："关某特来请死。"并做了个无可奈何的解释："是从那里来。关某无能，因此被他走脱。"这一情节过程，一方面体现了小说遵循历史事实的创作态度，另一方面，有助于表现诸葛亮超凡绝伦的智慧，尤为重要的是，它刻画出了关羽以"义"为核心的人格内涵从而使这一形象产生的丰富复杂的伦理内涵，既有不足称道的一面，更有可以从中生发引申出值得崇尚与赞美的道德理想因子，因而，对其内涵，不同的阶层可以按照自身的需要，做出不同的理解与强调，关羽形象对后世社会生活产生了影响深远，其原因主要在于形象塑造的这一特征。毛评本在关羽释放曹操后的情节中，加了这样的赞语，"拼将一死酬知己，致令千秋仰义名"，正是就这种特征而发的评论。

小说对关羽勇武盖世的武将才能和儒雅大度的才士风范集于一身的个性特征更是钦敬不已，通过一系列情节，生动鲜明地展示了这一特征。"温酒斩华雄"是为读者熟知的凸显关羽勇武非凡的情节，当时，十八路诸侯联合讨伐董卓，华雄在关前挑战，连斩骁将俞涉、太守韩馥手下大将潘凤之后，当时只是充任刘备马弓手的关羽请缨出战，在袁绍、袁术兄弟以为令一马弓手出战会被华雄耻笑时，曹操则能慧眼识英雄，力主让关羽去战华雄，小说写道：

> 袁绍曰："使一弓手出战，必被华雄所笑。"（曹）操曰："此人仪表不俗，华雄安知他是弓手？"关公曰："如不胜，请斩某头。"操教酾热酒一杯，与关公饮了上马。关公曰："酒且斟下，某去便来。"出帐提刀，飞身上马。众诸侯听得关外鼓声大振，喊声大举，如天摧地塌，岳撼山崩，众皆失惊。正欲探听，鸾铃响处，马到中军，关羽提华雄之头，掷于地上。——其酒尚温。

这段文字以衬托和虚写的艺术技巧，描绘出了关羽所向披靡、威不可挡的神勇，先以一位骁将和一位上将被华雄轻而易举所杀的过程，渲染出了华雄的勇武，再以"众皆失色"予以强化，此时，关羽出战，竟以"其酒尚温"的神速斩了华雄，其英武威猛的程度则自会令读者充分发挥想象力，领略其风神壮采了。在为曹操解白马之围，斩颜良、诛文丑的过程中，同样是施展了他不可阻挡的神勇。颜良在斩了原吕布手下猛将宋宪，接着又斩了魏续后，曹操手下大将徐晃与颜良战二十合后，也败归本阵，关羽在这种形势下出战，小说写道："关公奋然上马，倒提青龙刀，跑下山来，凤目圆睁，蚕眉直竖，直冲彼阵。河北军如波开浪裂，关公径奔颜良。颜良正在麾盖下，见关公冲来，方欲问时，关公赤兔马快，早已跑到面前；颜良措手不及，被云长手起一刀，刺于马下，忽地下马，割了颜良首级，栓于马项之下，飞身上马，提刀出阵，如入无人之境。河北兵将大惊，不战自乱。"人借马力，马助人威，刻画出了关羽的威猛无伦、勇武超群的神采雄姿。作者渲染关羽的神勇，并非是只突出了关羽的马快，而是从不同方式刻画关羽本身的勇，在诛文丑时，则写文丑与关羽对阵时，"战不三合，文丑心怯，便拨马绕河而走"，结果，"关公马快，赶上文丑，脑后一刀，将文丑斩下马来"。作者在描绘关羽与对方交战的过程中，不只是渲染其勇武，更着力表现其儒雅大度的神采。在与纪灵交战时，二人战了三十回合，未分胜负，纪灵大叫少歇，关羽则"拨马回阵，于阵前候立"，毛评本议论说："儒雅之极。"

在刻画关羽儒雅形象特征方面，莫过于对关羽在斗勇较力的过程中对其读儒家经典《春秋》的描绘了。关羽过关斩将之时，其辛劳可想而知，但他还能在冲杀拼争的空隙挑灯夜读。经过荥阳时，太守王植欲害关羽，假意承迎，准备将关羽烧死于馆驿之中，负责放火的从事胡班想要一见关羽的神采，"胡班潜至厅前，见关公左手绰髯，于灯下凭几看书"，胡班不禁失声惊叹为天人，这才使关羽幸免于难。为后世津津乐道的"单刀会"，本是东吴设下的犹如虎穴龙潭般的"鸿门宴"，关羽明知宴会上会是杀机四伏，却以非凡的胆识和超常的儒雅气派前去赴会，似乎是以其神威和胆略慑服了对方。关羽熟读《春秋》，也为曹操所知，在华容道上，曹操便是以这一点来打动关羽的，"大丈夫以信义为重。将军深明《春秋》，岂不知庾公之斯追子濯孺子之事乎？"儒家崇奉的伦理道德准则对打动关羽的情感状态，起了至关重要的作用。

与其神勇刚猛相辅相成，小说着力突出了关羽超越常情的忍耐力和意志力，在两军阵前的冲杀较量中，关羽也常常受到敌手暗算，但他能够以自己的意志承受剧痛，奋发神威，使其形象更是具有了超凡入圣的色彩。千里走单骑经过洛阳时，牙将孟坦以诱兵计出战关羽，不料关羽马快，被关羽赶上所杀，太守韩福放冷箭，射中关羽左臂，关羽则以牙拔出箭，虽是血流不住，却是毫无惧色，飞马径奔韩福，冲散众军，斩了韩福。在攻打樊城时，被曹仁的弓弩手所发毒箭射中右臂，华佗前来为关羽疗治箭伤。在华佗刮骨疗毒的过程中，"帐上帐下见者，皆掩面失色"，关羽却"饮酒食肉，谈笑弈棋，全无痛苦之色"。治疗结束后，小说通过华佗与关羽二人的对话，强化了关羽无所畏惧，胆气豪壮的英雄本色：

> 公大笑而起，谓众将曰："此臂伸舒如故，并无痛矣。先生真神
> 医生也。"佗曰："某为医一生，未尝见此。君侯真天神也！"

　　二人的对话，堪称这一情节的点睛之笔，形象鲜明地展示出了关羽超凡盖世的勇气与毅力，使他那种威武刚猛的武将本色又增添富有神采的一笔。

　　从历史小说塑造人物形象的要求来说，既要遵循历史的真实，同时，更要刻画出人物丰富的个性特征，使人物产生独一无二的鲜明性和生动性。小说在塑造关羽的个性时，体现出了这一特征。关羽在小说中是作为"古今名将中第一奇人"来塑造的，小说自然会着力突出其威猛绝伦的一面，展现其传奇英雄的胆略、勇气与意志，但作者并没有将关羽形象绝对抽象地神化，而是按照其自身的个性特征和性格逻辑，刻画了他傲慢自负，刚而自矜的性格弱点，这种弱点，和其自恃勇武的超越常情的自信紧密联系在一起，也就使关羽形象具有了人间传奇英雄的情味，而不是仰视亦不可见、只可顶礼膜拜的神明，这就使这一形象产生了艺术真实性和感人的艺术力量。

　　小说对关羽傲慢自负、刚而自矜性格的刻画，是与他的英雄本色融合为个性整体的，即个性缺点的根源在于其对人格追求和勇略神威的超常自信，恰如曹操败走华容道时谋士程昱对关羽性情的概括："某素知云长傲上而不忍下，欺强而不凌弱；恩怨分明，信义素著。"当时，曹操带着残兵败将，为诸葛亮伏下的关羽一路人马所拦截，在这种情势下，曹操手下众将人马困疲，硬拼不啻于以卵击石，必被全部擒获。程昱可谓深知关羽的个性与人格追求，毛评本议论说："不但孔明能料云长，程昱亦能料之"，他对曹操的进言，使曹操当时顿悟，对关羽只能以义游说，以情哀告，或有可能脱身逃命，情势的变化果不出程昱所料。

　　关羽这种个性特征，在小说的情节进程中，也体现出了发展的脉络，在斩华雄时，他并没有自视过高，斩颜良、诛文丑之后，随着其名号的传扬，其傲慢自负的一面急剧膨胀，而且达到了只想抬升自己的名号而不顾大局的程度，这一点，导致了他自己为东吴擒获的悲剧，也为蜀汉集团的覆灭，种下了祸根。

　　联吴抗曹是诸葛亮为蜀汉集团定下的立国方略，但关羽在其傲慢性情的支配下，自恃勇武，对这一方略未予以高度重视，乃至"忽略不计"，诸葛瑾

来讨荆州，被关羽以剑威胁，训斥他狼狈而去。东吴为与刘备和好，共敌曹操，又使诸葛瑾前来求婚，欲使关羽之女许配孙权之子，以示两家和好，关羽听后却勃然大怒，说道："吾虎女安肯嫁犬子乎？不看汝弟之面，立斩汝首！再休多言！"可见其傲慢自负到了什么程度。在这种情境之下，关羽如能识大局的话，即使不同意东吴的求婚，也应借故婉言推脱才是，他却任性孤行，不仅是自己与东吴结怨，还使整个刘备集团蒙受了不可挽回的后果。关羽这种傲慢个性，也不只是对外，对自己集团内部，也同样是以我为尊的姿态俯视他人。马超投刘备后，关羽得知马超武艺高强，竟不顾自己镇守荆州的重任，要入川与马超比武，亏得诸葛亮深知关羽性情，及时写了一封信，给他戴了一顶令他心满意足的高帽，才使他打消了入川的念头，诸葛亮的信写得很是婉转，满足了他的傲慢心理：

> 亮闻将军欲与孟起分别高下。以亮度之，孟起虽雄烈过人，亦乃黥布、彭越之徒耳；当与翼德并驱争先，犹未及美髯公之绝伦超群也。今公受任守荆州，不为不重；倘一入川，若荆州有失，罪莫大焉。惟冀明察。

关羽看到这信时，"自绰其髯笑曰：'孔明知我心也'。将书遍示宾客，遂无入川之意。"在刘备进位汉中王，封他为五虎将之首时，他自视过高，耻于和年岁高的黄忠为伍，竟不肯受印，又亏得费诗及时进上了几句恭维的话，他才转怒为喜。实际上，当年若非黄忠知恩图报、未用自己百步穿杨的射箭本领射他，是否会有今日受封之事都很难说。这些情节，体现出关羽的傲慢已超过了虚荣的限度，预示了对他本人和对整体利益不利因素的急剧滋生。

就人物形象塑造的整体来看，小说着力突出了关羽以"忠义"为其内核的人格建构，在刻画其个性的过程中，既突出与强化了人物的刚猛、胆略、儒雅气度和意志力等方面超越常规常情所产生的强烈的英雄传奇色彩，同时，又按照人物性格的变化，刻画出了其自负自尊的骄矜而导致的个人悲剧和对集团整体造成的危害，使这一人物形象，具有了鲜明的个性特征，虽有过度推崇而产生的超凡性，其底蕴则是具有深刻现实性和历史复杂性的伦理情感内涵，使得这一形象不只是在文学领域，在社会生活中也产生了深远影响。

韬光养晦　深谋远虑：司马懿的个性和智慧

　　在三国故事广泛流传的过程中，司马懿的名字往往和诸葛亮实施的空城计联系在一起，因诸葛亮用人不当，由马谡镇守咽喉要路街亭，结果街亭失守，司马懿带兵扑奔西城，却被诸葛亮的空城计惊退。空城计的情节确实展示出了诸葛亮绝伦盖世的智慧与谋略，相形之下，令司马懿懊悔不已，自叹不如，实际上，司马懿之所以会上诸葛亮空城计的当，是因为他也是个韬略非凡的智谋人物。

　　在历史上，司马懿是三国后期和诸葛亮抗衡的主要人物，诸葛亮北伐大多受挫于司马懿。小说在历史记述的基础上，着重刻画了他善于韬光养晦、深谋远虑的性格，展示出了他的政治远见和军事谋略。

　　从人物的经历来看，司马懿是魏国历仕数朝的人物，在曹操自任汉丞相时，就已任他为文学掾，后来在几次关键性决策中向曹操进言，显示出了他超群出众的识见，充分展示其智慧和谋略，则是在曹丕称帝之后，尤其是在曹睿即位以后，他成了魏国的砥柱之臣，在抵抗蜀军北伐的过程中立下显赫战功，并为西晋代魏，铺平了道路。从小说的艺术结构来看，对司马懿才能的具体刻画主要也是在后半部分，这既体现着作者对史实的尊重，更体现着作者对小说整体结构严谨性和整体性的深刻领会。前期描绘的重点在于三国鼎立局面形成的基础，司马懿此时的作用尚未得到充分的展示，后期则是充分体现他作为由魏入晋的重要过渡人物的时期，在前期情节展开的进程中使他时而显露峥嵘，而将描绘重点确定在后期，体现出作者结撰情节的艺术匠心。

　　对司马懿的介绍，是在小说第三十九回"荆州城公子三求计　博望坡军师初用兵"中。小说在叙写刘备请诸葛亮出山辅佐、孙权在江东开宾馆接待四方人才之后，紧接着，以似乎是忙中偷闲之笔叙述曹操设置文官之事，着意突出了对司马懿的任用："却说曹操罢三公之职，自以丞相兼之。以毛玠为东曹掾，崔琰为西曹掾，司马懿为文学掾。懿字仲达，河内温人也，颖川太守司马隽之孙，京兆尹司马防之子，主簿司马朗之弟也。自是文官大备，乃聚武将商议南征。"这段文字虽未展开对司马懿本人的具体描绘，只是对他的家世做了较为细致的说明，堪称是简明精当的铺垫，预示着司马懿日后的才能与作为。对小说情节布局的精巧，毛评本评点说："叙司马懿独评其家世，盖在魏末代汉之先，早为晋之代魏伏笔，妙。"可谓深得作者结撰之意。

在曹操征战的过程中，小说着重写了五件事，以隐显递进的笔法逐渐展示出了司马懿的干练与计谋。第一件事是曹操得东川之后，此时已担任主簿的司马懿向曹操进言说，刘备以诈力新得西川，民心尚不安稳，可趁机进攻刘备，"智者贵于乘时，时不可失也"，曹操则以士卒远涉劳苦为理由，没有采纳他的建议，尽管如此，司马懿的识见已开始展示出来。第二件事写曹操留居邺郡，令长史王必总督御林军马之时，司马懿进言道："王必嗜酒性宽，恐不堪任此职。"曹操以为"王必是孤披荆棘、历艰难时相随之人，忠而且勤，心如铁石，最足相当"，遂将统帅御林军的重任交给了王必，结果，王必被耿纪、韦晃所定计策所蒙骗，险些失陷许昌，从这件事中，可见司马懿的知人之明。第三件事，写曹操得知刘备立为汉中王时，恼怒已极，欲起倾国之兵与刘备决战，此时，司马懿出班而谏，这一谏言，足以见出司马懿的战略远见，小说描绘如下：

> （曹操）即时传令，尽起倾国之兵，赴两川与汉中王决雌雄。一人出班谏曰："大王不可因一时之怒，亲劳车驾远征。臣有一计，不须张弓搭箭，令刘备在蜀自受其祸；待其兵衰力尽，只须一将往征之，便可成功。"操视其人，乃司马懿也。操喜问曰："仲达有何高见？"懿曰："江东孙权，以妹嫁刘备，而又乘间窃取回去；刘备又据占荆州不还：彼此俱有切齿之恨。今可差一舌辩之士，赍书往说孙权，使兴兵取荆州；刘备必发两川之兵以救荆州。那时大王兴兵去取汉川，令刘备首尾不能相救，势必危矣。"操大喜，即修书令满宠为使，星夜投江东来见孙权。

司马懿这一"鹬蚌相争，渔翁得利"之计，着实厉害，体现出了他对当时情势的深刻洞察，以挑起孙、刘两家矛盾的策略，而己方坐收渔利，倘兴兵取两川，则很可能促成孙刘两家的联合，若东吴乘虚袭击曹操，他则首尾不能相顾，曹操当即判断出司马懿的进言中所体现的战略远见。这一计谋实施后，确是导致了孙、刘两家矛盾的加深，产生了关羽失陷荆州的结果，此时的司马懿，已经起了战略谋士的作用。对司马懿这一进言，毛评本评点说："仲达此时渐渐出头。"无论是从其所起作用上，还是从小说情节安排的精细角度上看，都确实如此。第四件事，是曹操在关羽斩庞德、擒于禁威震华夏后想要迁都，此时，司马懿进谏说："不可。于禁等被水所淹，非战之故；于国家大计，本无所损。今孙权失好，云长得志，孙权必不喜；大王可遣使去东吴陈说利害，令孙权暗暗起兵蹑云长之后，许事平之日，割江南之地以封孙权：则樊城之围自解矣。"这一计谋，与他谏曹操不要兴兵与刘备决战的思路是一致的，其意图都是挑起孙刘两家争端，使己方不战而能屈人之兵，其军事谋略确非等闲可比。其五是东吴斩关羽之后，孙权用张昭之计，将关羽首级送与曹操，意欲令刘备痛恨曹操，以使东吴免遭战事之祸，小说写道：

> 时操从摩陂班师回洛阳，闻东吴送关公首级至，喜曰："云长已死，吾夜眠贴席矣。"阶下一人出曰："此乃东吴移祸之计也。"操视之，乃主簿司马懿也。操问其故，懿曰："昔刘、关、张桃园结义之时，誓同生死。今东吴害了关公，惧其复仇，故将首级献与大王，使刘备迁怒大王，不攻吴而攻魏，他却于中乘便而图事耳。"操曰："仲达之言是也。孤以何策解之？"懿曰："此事极易。大王可将关公首级，刻一香木之躯以配之，葬以大臣之礼；刘备知之，必深恨孙权，尽力南征。我却观其胜负：蜀胜则击吴，吴胜则击蜀。——二处若得一处，那一处亦不久也。"操大喜，从其计。

从三家的相互关系中明断其意图所在，洞察原委，陈说利害，使曹操也当即明了孙权的用意。司马懿虽是后起的谋略人物，从这几句进言中，已能够体现出他对三家纷争进程和其间人物关系的洞悉，这是他识见出众、谋略过人的前提所在，正是这种洞明时局、深藏韬略的性情，使他成了魏国后期的砥柱之臣。

由于司马懿识见非凡，料事敏锐，能够以其对时局情势的深刻体察提出正确的战略决策，其对情势的判断和决策与曹操心中所想一致，逐渐得到了曹操的信任，曹操在临终前托付身后事，小说写道："操召曹洪、陈群、贾诩、司马懿等，同至卧榻前，嘱以后事。"可见，此时曹操已将司马懿视为心腹之臣了。

从上述分析中可以看出，尽管曹操掌权时期，司马懿还没有成为举足轻重的重要人物，但从他的几次分量不断加重的谏言和曹操对其信任程度的上升中，表现出了他在一些事关大局的决策上的谋略与远见，对其政治、军事才能做了充分肯定和赞许，为后期具体展示司马懿的谋略与识见，刻画其形象，做了合乎逻辑的预示和铺垫。

曹操去世后，司马懿逐渐成了曹魏集团中的重臣，尤其是在曹睿即位之后。司马懿之所以能够成为曹魏后期的重臣，一方面是他在战略决策上与曹操一致，在曹操时期已深得信任，曹丕临终时，同样是将他作为嘱托后世的心腹重臣来看待的；二是他确有战略远见和军事谋略，在防御蜀军北伐的过程中，只有他才可以和诸葛亮对抗，小说以不同的艺术表现手段，对其谋略与智慧做了充分刻画，既表现出了他在保卫曹魏疆域中的功绩，也表现出了他在权力上升的过程中为司马氏最终篡夺曹魏政权所做的苦心经营，在这一方面，刻画出了他沉稳老辣、善于韬光养晦的个性。

小说对后期司马懿形象的刻画，具体而又充分，既有对他言语行动的直接刻画，也通过小说中人物对他的评价和认识，以凸显其才略。

诸葛亮智慧绝伦，料事如神，但他对司马懿的谋略深有所惧。当诸葛亮得知曹睿封司马懿提督雍、凉等处兵马时，诸葛亮大惊，说道："曹丕已死，曹睿即位，余皆不足虑：司马懿深有谋略，今督雍、凉兵马，倘训练成时，必为蜀中之大患。不如先起兵伐之。"诸葛亮采用马谡的离间计，使曹睿在疑虑不定中将司马懿削职时，诸葛亮心中大喜，说道："吾欲伐魏久矣，奈有司马懿总雍、凉之兵。今既中计遭贬，吾有何忧！"在诸葛亮北伐连连获胜之时，钟繇向曹睿保举司马懿以退蜀兵，此时，正是孟达想要举兵叛魏投蜀之时，诸葛亮得知司马懿被起用时，小说写到，"孔明大惊"，在马谡问诸葛亮为何吃惊时，诸葛亮说："吾岂惧曹睿耶？所患者惟司马懿一人而已。今孟达欲举大事，若遇司马懿，事必败矣。达非司马懿对手，必被所擒。孟达若死，中原不易得也。"从诸葛亮对司马懿削职起用的情感变化中，可以想见司马懿的谋略在诸葛亮心目中的位置。情势变化果然不出诸葛亮所料，司马懿在得到魏主重新起用诏命的同时，又同时得到了孟达欲反魏投蜀的密报，以其机警和识见，果断决定先不申奏魏主，先去擒获孟达，一面用计先稳定孟达，一面命火速进兵。结果，孟达措手不及，被司马懿所杀，使诸葛亮失去了一次进占中原的大好时机。

诸葛亮初出祁山，连战连捷，在与司马懿对峙之后，其所向披靡般的攻伐锋芒则遇到了明显的阻力。诸葛亮用人不当，令马谡镇守汉中咽喉街亭，结果，街亭失守，使蜀军全线退却，虽然诸葛亮以空城计惊退司马懿得以自我保全，毕竟是退却中的小胜，诸葛亮整个北伐意图严重受挫了。

在与诸葛亮的相互对照中，刻画出了司马懿的军事谋略和心理素质，他对吴、蜀间的内部矛盾有深刻认识，对魏、吴间时而合作、时而攻伐的冲突又了如指掌，对魏、蜀间的敌对关系更是有着深刻洞察，这是他一直奉行的长远战略。诸葛亮再出祁山，夺取陈仓后，又接满宠奏表，说孙权称帝，与蜀同盟，遣陆逊在武昌训练人马，准备进攻曹魏，魏主曹睿惊慌失措，召司马懿商议，司马懿对当时情势做了精辟分析，使曹睿再无忧虑，他说："孔明尝思报猇亭之仇，非不欲吞吴也，只恐中原乘虚击彼，故暂与东吴结盟。陆逊亦知其意，故假作兴兵之势以应之，实使坐观成败耳。陛下不必防吴，只须防蜀。"足可见其对各方微妙关系的洞察。他深知诸葛亮的用兵特点和用兵规律，在与诸葛亮对峙时，更是时刻提防，唯恐会中诸葛亮的计谋。司马懿以张郃为先锋，来破蜀军，出关下寨后，将张郃请至帐中说："诸葛亮平生谨慎，未敢造次行事。若是吾用兵，先从子午谷径取长安，早得多时矣。他非无谋，但怕有失，不肯弄险。今必出军斜谷，来取郿城。若取郿城，必分兵两路，一军取箕谷矣。吾已发檄文，令子丹拒守郿城，若兵来不可出战。令孙礼、辛毗截住箕谷道口，若兵来则出奇兵击之。"在张郃问司马懿从何处进兵时，司马懿料定诸葛亮必从街亭和列柳城进兵，对张郃说："吾与汝径取街亭。"张郃临行，司马懿又叮嘱说："诸葛亮不比孟达。将军为先锋。当传与诸将：循山西路，远远哨叹。如无伏兵，方可前进。若是怠忽，必中诸葛亮之计。"从这段对话中，可以看出司马懿对诸葛亮个性特点和用兵规律的熟知程度。的确，诸葛亮出兵时，魏延曾向诸葛亮进献兵出子午谷的突袭之计，但诸葛亮为保万全，没有采纳魏延的计谋，而是依法从大路进兵，其用兵特点和进军路线，尽在司马懿的预料之中。实际上，在这种描绘中，司马懿将自己与诸葛亮的特点做了对照，其中，"若是吾用兵，先从子午谷径取长安，早得多时矣"，以司马懿的自负衬出了诸葛亮的谨慎。过于谨慎恐怕既是诸葛亮个性上的长处，也是其弱点所在。在重大决策中过于谨慎，虽然更为稳妥，却可能使自己失去有利时机，看准时机，经过权衡得失和周密布置大胆尝试，虽然会承担风险，却可能一举成功，诸葛亮则错过了以奇兵突袭长安的计谋，连司马懿也不免为他惋惜，但诸葛亮在用兵计谋上，则比司马懿智高一筹。司马懿把握了这一点，并以自己一方的加倍小心，以防误中诸葛亮之计。毛评本在写到司马懿叮嘱张郃不可大意时，议论说："亦以小心对小心。"可谓概括出了在当时情势下的双方心态，这种心理定式，使司马懿误中了诸葛亮的空城计，在他的经验中，诸葛亮从不弄险，更何况空城计已是将险弄得出了格。对二人的心理对峙的惊险与奇妙，毛评本在回评中说："孔明若非小心于平日，必不敢大胆于一时。仲达不疑其大胆于一时，正为信其小心于平日耳。"有意思的是，诸葛亮在司马懿退去之后，拍手大笑，说道："吾若为司马懿，必不便退也。"毛评本议论说："使仲达为先生如何？"这里，是有意识地将司马懿和诸葛亮做了深知对方谋略与个性的对照，堪称才与才敌，棋逢对手，司马懿没有进空城，不是他无谋之过，恰是他足智多谋、深知对方个性的缘故。诸葛亮未用魏延之计，失去了一次可能进占中原的有利时机，已在司马懿预料之中，诸葛亮兵败之时，上演了一出前所未有的空城计，又使司马懿失去了一次进占蜀地的有利时机，更是在诸葛亮的预料之中，使他空有自愧不如之叹。

　　小说除了刻画出司马懿的谋略与智慧，还按照人物在地位、权势变化的过程中人物性情的迁移，这是小说刻画人物个性的深刻之处。在曹睿封司马懿为大都督，要他去抵御蜀军时，曹睿欲令近侍到曹真家中去取总兵将印，此时，司马懿则说："臣自去取之。"小说写道：

　　　　（司马懿）遂辞帝出朝，径到曹真府下，先令人报知，懿方进见。问病毕，懿曰："东吴、西蜀会合，兴兵入寇，今孔明又出祁山下寨，明公知之乎？"真惊讶曰："吾家人知吾病重，不令我知。似此国家危急，何不拜仲达为都督，以退蜀兵耶？"懿曰："某才薄智浅，不称其职。"真曰："取印与仲达。"懿曰："都督少虑。某愿助一臂之力，只不敢受此印也。"真跃起曰："如仲达不领此任，中国必危矣！吾当抱病见帝以保之！"懿曰："天子已有恩命，但懿不敢受耳。"真大喜曰："仲达今领此任，可退蜀兵。"懿见真再三让印，遂受之。

　　在这段文字中，将司马懿深隐心计而又约略出头一试的性情刻画的鲜明形象。他不用近侍去取印，而要自己去，显示着他在魏主面前的权威日重，并深得信任，他在曹真面前一番言不由衷的表白，则既显示出他在朝中重臣心目中的地位，又为自己虚饰了一幅只图为国、别无所想的面具，还起到了博得曹真家人信任的作用。在这段文字中，毛评本连续加了"极写司马懿之诈""老奸猾、老世事"等评论，可谓深为领会了司马懿这一番举动的内在心理动机。

　　司马懿深明韬光养晦之术，在他受曹睿遗命，与曹爽同辅曹芳之后，曹爽接受手下众官谋略，以加司马懿太傅为名，削夺了司马懿的兵权。自此，曹爽以为再无所忧，耽于享乐之中，而司马懿则以称病不出，麻痹曹爽。在魏主除李胜为荆州刺史时，曹爽令他到司马懿家中以辞行为名打探虚实，结果，司马懿装出一副耳聋老迈的样子，蒙骗了李胜，曹爽以为司马懿确实已是老朽无用，越发游玩无度。结果，就在曹爽陪曹芳出城谒明帝陵时，司马懿发动兵变，曹爽既无勇，更无谋，在措手不及之中，被司马懿连同其党羽，一网打尽，为曹魏政权落入司马氏之手，廓清了道路。

　　从上述介绍可以看出，小说既展示出了司马懿的谋略与识见，更刻画出了其心理、性格发展变化的轨迹，使之成为小说中一个个性鲜明、性格内涵也相当饱满的成功形象。从艺术技巧来说，前半部分时而让他表现出其见识，后半部分则予以具体刻画，既符合于历史真实，又犹如镜头由远而近逐步推进，渐次展开，突出了人物的作用，强化了人物的个性特征。

深邃宏廓　冲远通脱

——卷首词《临江仙·怀古》赏析

　　滚滚长江东逝水，浪花淘尽英雄。是非成败转头空。青山依旧在，几度夕阳红。

　　白发渔樵江渚上，惯看秋月春风。一壶浊酒喜相逢。古今多少事，都付笑谈中。

　　这首被用为电视连续剧《三国演义》主题歌歌词的〔临江仙·怀古〕一词，其沉郁浑厚、悠远深邃的艺术意境和江水浩瀚、奔涌不息的形象画面，互为背景，彼此映衬，以一种先声夺人的雄浑气势，从整体上总括了《三国演义》这部历史小说的整体意蕴与内涵，用这首词作为引导观众进入《三国演义》艺术世界的开篇序曲，可以说是再精当不过了。《三国演义》取材于魏、蜀、吴三国开基创业、形成鼎立局面、最后并入于晋的真实的历史行程，在这一将近百年由治而乱、又由乱而一统的历史行程中，涌现出许多渴求在乱世有所作为的英雄人物，可以说，这是一个群英相逢、各展雄才的时代。当然，对于不同的人来说，由于每个人的生活环境、人生阅历各有差异，动机因人而异、品行高下有别、才干参差不等、机缘各有不同，但是，在这些豪杰人物的身上，有一点则是近似的，那就是渴望在动荡时代有所作为，以实现自己的生命价值，或是凭借自己的优势和才能角逐争霸，或是倚仗个人之长一展锋芒，一时间，豪杰并起，英雄辈出，争端迭起，世态纷繁，无论是乱世霸主的兴亡决策、逐鹿中原，谋臣策士的多谋善断、运筹帷幄，还是猛将勇士的驰骋沙场、冲锋陷阵，在其人生追求的底蕴上，有着相似的意味。在《三国演义》这部历史小说所构筑的艺术世界中，通过鲜活生动、栩栩如生的人物形象的塑造，真实地再现了这一特定历史阶段起伏奔涌的时代烟云，在对众多英雄人物追求历程、命运遭际的艺术描绘中，交织着小说作者回味历史、咏叹人生的意绪情怀。如果从这一角度来对照和品味小说世界的内涵和这首词的艺术意境，自然会从中深切地感受到其深层底蕴的一致性，也自然会由衷地叹服词作者体味领略的深广悠远和艺术概括的形象精当。

　　这首词耐人寻味的艺术感染力，应该说首先源于作者回溯和观照历史的方式。在作者面对江山胜景追怀遥想三国的历史之时，他是自觉地推开了历史距离，以淡泊超脱的心绪对盛衰更替的历史现象作整体把握并发出心中感喟的。在艺术传达方式上，作者从奔涌不息、滚滚东去的长江水落笔，首句即展示出了一幅辽远壮阔、浑茫浩瀚的艺术画面，用以和下一句"浪花淘尽英雄"所总括出的朝代更替、人世变迁作对照。在这一具体的艺术情境中，江水滚滚、东流而去的形象画面，是有象征意味的。在我国古代早已形成的观念意识中，流水是时间流逝的象征，其中所用的"逝"字，显而易见，包含着永不停滞、一去不返的意味，凝聚着深沉厚重的社会心理内涵。在《论语》中，就记载了孔子曾面对流水，发出过"逝者如斯，不舍昼夜"的感喟。后世许许多多的作者对流水的象征意味作了不同角度的思考和追寻，如宋代文学家苏轼，在他咏古抒怀的名篇《前赤壁赋》中，就曾以江水、江月为比，对"逝者如斯"的内涵做了形象化地阐释。应该说，这首词在所表现的情感内涵上，与熔铸在前代作品中的文化积淀一脉相承。在词作者的遥想与追寻中，他深切地感受到，在过去的历史上，曾经涌现出许许多多建功立业、兴亡图霸的英雄人物，可是时光是对生命和历史的无情仲裁，无论当年如何抱负非凡、功业卓著，那些英雄豪杰们无一例外地随着长江逝水的东去波涛，消融在了历史的长河中。作者的这种艺术视角，不是就某种具体的历史现象或某个历史人物品鉴得失、抒写情怀，而是在整体上，从社会历史变迁演进的客观进程着眼。这一方面体现出词作者思接千载、感悟历史的胸襟，另一方面，传达出作者咏叹兴亡、感喟生命的情怀，由此引发出"是非成败转头空"的深沉感慨。在作者的思绪中，从整体上看，单个人的力量与作为，在社会历史客观变迁的行程中，其影响实在微不足道，个人短暂的生命旅程，与相对而言亘古如初的自然形胜来对照，则不过是历史长河的上空曾经飘过、随即消散的丝丝缕缕的烟云。在这种思绪中，体现着作者在面对江山胜景、回顾历史行程时对个体生命的咏叹。接下去，作者进一步拓展了思绪，从自然造化所生成的动静相称的艺术画面中，浓缩和囊括了这一深层意蕴："青山依旧在，几度夕阳红"，在怀古思绪的审美视野中，大自然为世人所呈现出的美的形态，既有日出日落，流转不息往复循环，更有青山常在，古今如一的静默与永恒。滚滚长江和青山依旧两种自然景观，一动一静，相互衬托，同时，又都被统摄在了"几度夕阳红"的动态画面之中，构成了天地交会、上下相映的宏阔境界。从中可以看出，作者的描绘极有层次，技巧上也能匠心独运，使动静、远近、上下的自然景观和社会历史的变迁，在作者的情怀和胸襟的包孕之下，形成整体性的多层次的映衬与对照，画面壮阔悠远而形象鲜明，内涵则丰厚沉郁，耐人寻味。因为其中虽表现出无奈感伤的思绪，却也蕴含着令读者回味追寻的人生哲理。

词的下片，作者承接上片所表现出来的江山永恒、人生短暂的生命感触，宕开笔势，以道家清静无为、淡泊自安的隐逸情怀，抒写出了弃绝俗念、达观超脱的人生态度。在与世无争的那些隐逸之士的冷眼观瞧中，人世间的角逐争斗，是非成败，其结果只不过是为江渚隐士留下了一些相逢佐酒的谈资话题而已。隐逸之士以看穿世情、参破红尘的心态，远离俗世，隐退山林，徜徉于大自然的景色风物之中，怡然自得，超然物外，在交游往还、对饮共话中强化着胸襟的恬淡和心绪的宁静，所谓"古今多少事，都付笑谈中"即包孕着这种丰富的内涵。初看起来，词中所表现出来的是一种消极的人生态度，细细品味之后，则不难感受和品味到，虽然其表层的情感特征是恬淡旷达，但在其深层底蕴中，所包含着的又何尝不是在无奈的思绪中对个体生命的珍重和惋惜呢？下片的表现方式主要是作者直抒情怀式的议论，读来却并不觉得枯燥乏味，其原因在于上片形象化描绘的铺垫，而议论的内涵，则是从上片的艺术意境中自然而然的生发和引申出来的，这一点，也体现出作者构思的细致与完整。

从整体来看，词中并没有具体的描绘历史上曾经出现过的人物和事件，而是在作者独特视角的审美观照之下，对壮阔恢宏的自然景观进行艺术的组构，描绘出时光悠远、空间无垠的艺术境界，而凝重深沉的人生哲理的底蕴，就寄寓在这种直观生动、意境完整的艺术画面之中。这首词的语言凝练简劲，具有鲜明的节奏感和顿挫感，增添了这首词吟咏和演唱过程中感发性情、激发共鸣的艺术魅力。

这里需要进一步说明的是，这首在今天盛传不衰的绝妙好词的原作者既不是小说作者罗贯中，也不是这部小说的清代评点家毛宗岗，而是明代著名的文学家杨慎。在现存最早的嘉靖元年的《三国志通俗演义》中，并没有这首词，它是清初毛纶、毛宗岗父子评点、修饰《三国演义》时借用过来的，用为第一回前面的卷首词，来总括《三国演义》的丰富内涵，应该说，毛氏父子是很有艺术鉴赏力的。这首词经过《三国演义》的流传被后人普遍接受并征引不衰的事实，就已经证明了这一点。这首词本是杨慎《历代史略十段锦词话》（后改称《二十一史弹词》）中第三段《说秦汉》的开场词，用以概括秦汉间的事，并不专指三国，由于其具有高度的艺术概括性，且境界鲜明、内涵丰厚而被借用过来。这一点，或许是杨慎当时填写这首词时所始料未及的，但这也恰恰是他的幸运。这首词在《三国演义》中的借用，在艺术欣赏领域，或许体现出这样一种规律，那就是，真正有独创性的文学作品，其价值是不会被后人所遗忘的。

审时度势　纵论天下:《隆中对》赏析

　　《隆中对》这一传诵不衰、影响深远的古代散文名篇，被视为习学古文的经典范文之一。这篇文章选自《三国志·蜀志·诸葛亮传》，记述的主要是在刘备到隆中躬请诸葛亮出山辅佐自己成就帝业之时，诸葛亮对刘备纵谈天下局势的一番议论，这番议论，简洁全面，透辟精到，从对时局的深刻洞见中阐发出了刘备应当具体实施的战略步骤和霸业方略，使刘备有如拨云见日，顿开茅塞。这篇简明精悍的以议论为主体的记叙文字，虽然是从史籍中节选出来的，确能相对完整，独立成篇。在小说《三国演义》中，诸葛亮的形象无疑是占有突出位置的，对于成功地塑造诸葛亮形象有着至关重要作用的《隆中对》自然不会被作者所遗忘。在嘉靖刊本的卷之八"定三分亮出茅庐"一节中，作者在根据艺术想象描绘出二人相见时的情景之后，在诸葛亮为刘备分析当时的局势和阐明刘备应当实施的策略时，全文应用了史书中这篇《隆中对》的文字，在毛评本中，这段引用文字见于第三十八回"定三分隆中决策　战长江孙氏报仇"。对于史书记载的征引应用，一方面增强了小说人物塑造的历史真实感，另一方面，在语体色彩上，也更为切合历史小说叙述语言的语境真切感。

　　有一点在这里需要说明，小说的情节叙述和历史记载的叙述方式是有差异的，在小说中，刘备与诸葛亮相见的过程叙述得更为具体形象，以对话、外貌和人物行动的描绘具体展示出了二人见面寒暄叙礼的场面，直接引述的部分，则是刘备与诸葛亮二人的对话，而在史书中，则是叙述的范围更宽一些，叙述语言的概括性更强一些，为保持史书中《隆中对》自身的完整性，这里所做的分析范围略宽，以史籍中所载为主，当然重点是为小说叙述所征引的诸葛亮纵论天下时局、为刘备决策如何开创帝业的那一段全面精到、语语中的的文字。因原文不长，并便于参考对照，《隆中对》原文附录于此:

　　　亮躬耕陇亩，好为《梁父吟》，身长八尺，每自比于管仲、乐毅，时人莫之许也。惟博陵崔州平、颍川徐庶元直与亮友善，谓为信然。

时先主屯新野。徐庶见先主，先主器之，谓先主曰："诸葛孔明者，卧龙也，将军岂愿见之乎？"先主曰："君与俱来。"庶曰："此人可就见，不可屈致也，将军宜枉驾顾之。"

由是先主遂诣亮，凡三往，乃见。因屏人曰："汉室倾颓，奸臣窃命，主上蒙尘。孤不度德量力，欲信大义于天下，而智术浅短，遂用猖獗，至于今日。然志犹未已，君谓计将安出？"

亮答曰："自董卓以来，豪杰并起，跨州连郡者不可胜数。曹操比于袁绍，则名微而众寡，然操能克绍，以弱为强者，非惟天时，抑亦人谋也。今操已拥百万之众，挟天子而令诸侯，此诚不可与争锋。孙权据有江东，已历三世，国险而民附，贤能为之用，此可以为援而不可图也。荆州北据汉、沔，利尽南海，东连吴会，西通巴、蜀，此用武之国，而其主不能守，此殆天所以资将军，将军岂有意乎？益州险塞，沃野千里，天府之土，高祖因之以成帝业。刘璋暗弱，张鲁在北，民殷国富而不知存恤。智能之士思得明君。将军既帝室之胄，信义著于四海，总揽英雄，思贤如渴，若跨有荆、益，保其岩阻，西和诸戎，南抚夷越，外结好孙权，内修政理；天下有变，则命一上将将荆州之军以向宛、洛，将军身率益州之众出于秦川，百姓孰敢不箪食壶浆以迎将军者乎？诚如是，则霸业可成，汉室可兴矣。"

先主曰："善！"于是与亮情好日密。

关羽、张飞等不悦，先主解之曰："孤之有孔明，犹鱼之有水也。愿诸君勿复言。"羽、飞乃止。

这篇相对完整的《隆中对》可按照已划分出的自然段，分为四个部分。第一部分以简要的笔墨，概括介绍诸葛亮躬耕隆中、待时而起的抱负与才略。诸葛亮隐居隆中，躬耕田亩，但从他对古代贤相良将的自比中，即可明了，他在隆中的隐居，并非真的是想在草泽林下退避乱世、忘怀世情，而是关注时局，待时而起。管仲是战国时齐国名相，字夷吾，名仲，实行了一系列改革举措，辅佐齐桓公成就霸业。乐毅，战国时燕昭王的名将，曾率五国联军大败齐兵，攻陷齐国七十余城。从他的自比中，其理想和抱负自非等闲可比。而在当时，他的理想与才能不为时人所认可，只有两个最为要好的朋友崔州平和徐庶才真正了解他、理解他。这种介绍方式，恰恰衬出了诸葛亮超越凡俗的神采与胸襟。第二部分写朋友徐庶向刘备举荐诸葛亮。因为徐庶"与亮友善"，他了解诸葛亮远大的志向和超凡出众的才能，而又因为徐庶"见先主，先主器之"的际遇，才会使他的举荐具有说服力。而当刘备轻轻松松地说："君与俱来"时，徐庶所回答的"此人可就见，不可屈致也，将军宜枉驾顾之"的话，进一步以侧面介绍，渲染出了诸葛亮的品节与才学。在叙述方法上，则是更进了一层，取得了令听者、也令读者想见其气度风神的艺术效果。在叙述者的引导下，读者的思绪自会展开丰富的想象，以对人物形象的遥想领略充实自己的阅读期待。从这里可以看出，这段叙述文字非常简洁，但叙述方式却非常高明，在叙述者的笔下，人物尚未登场，而人物的神采已映现闪耀于字里行间了。这种叙述方式，为演义小说的作者创造性地承继下来，整个过程描绘得更为有声有色。文章的第三部分包括三个自然段，叙述刘备三次躬身前往去求见诸葛亮、向诸葛亮征询争霸良策和诸葛亮纵论时局、预见事态的远见卓识。这段文字，先用简明的叙述说明刘备去见诸葛亮的经过，"遂诣亮，凡三往，乃见。"虽然只是寥寥数语的概述，却有着承上启下的作用。一方面，表明刘备求贤若渴的真诚，另一方面，则照应了前文中对诸葛亮风神气度的铺垫渲染。有"不可屈致""宜枉驾顾之"的前因，自会引发出"凡三往，乃见"的过程。至此，对诸葛亮形象的铺垫已达到极致，在这一基础上，文章进入主体部分，主人公出场亮相，一展才略识见、辩才辞锋，而人物形象的勾画也已相当完整了。在这里，需要再作些说明的是，这段史书记载中，语言简明，具有高度的概括性，这自是史家笔墨的风格：以记事为主体，要言不烦。同时，史家的叙述方式却给后世的小说家充分驰骋艺术想象力，留下了广阔的空间。史书上只是记载了刘备去见诸葛亮的次数"三往"，既没有说明原因，也没有说这三次前往的所思所想、所见所感。事实上，"三"这一数字暗含着某种传奇性的意味，小说家就在这一暗示的基础上，传神入化地虚构出了暗含其中的具体内涵，形象化地展示出了人物的风采神韵。两相对照，可以对小说的构思特点有进一步的了解。

诸葛亮回答刘备的提问，纵论时局，预见前景，自是这篇文章的主体部分。这段对刘备问话的回答，充分体现出了诸葛亮洞察天下、深谋远虑的怀抱胸襟和决策才能。诸葛亮按照回溯以往、剖析形势、阐明方略的步骤，分析了刘备的优势和他应当采取的战略方针，步步深入，逐层剖析，主旨鲜明而视野开阔，足以体现出诸葛亮博学多识、睿智善断的个性和文思敏捷、议论风声的辩才。诸葛亮的这一番论辩，中心议题是明确的，因为这是由刘备的问话所决定了的，诸葛亮自然是要围绕着这一中心议题阐明自己的识见，同时，他也明知这不是日常生活中无关紧要的闲聊，而是自己择主出山的选择，因而，在论辩方式上，则是以高度的概括力，全面而又具体地表现出自己对时局的洞察和对事态发展入情入理的剖析和判断，以使自己不负"卧龙"

的美誉，也使未来的"主公"对自己有充分的了解和十足的信任。当然，这是以诸葛亮对时局的了如指掌和他对自己能够一展才略的信心与期待为基础的。这种心理特征，体现在论辩思路和结构上，则是总揽全局，以具有高度概括力的语言，先总括出当时主要割据者的整体优势，然后步步深入，逐层剖析。他先是分析了曹操的优势，曹操当时势力强大，是刘备意欲创立帝王基业的北方劲敌，值得注意的是，诸葛亮在分析中，着重强调了曹操击败袁绍中"人谋"的作用，这必然会引起刘备的兴趣，因为此时刘备既无地盘，又无可以倚仗的军事实力，相对而言，他会尤为重视在兴亡图霸的过程中人的作用，这种议论，起到了引发下文的作用。对于孙权，则着重从地利的角度强调了与之结援的必要性，自然也附带说明了孙权的另一优长"贤能为之用"。由此，议论转入了中心论题，具体分析了荆州和益州的地理优势和"其主不能守"的状况，为刘备指明了成就霸业的起点。接下去的一层，则紧承前面的思路，具体阐发了开创基业的战略步骤和立业方针，那就是，先占有荆、益之地，以为根本，在长远的战略方针上，则是要联合孙权，共抗曹操，以逐步壮大自己的势力。从诸葛亮这番对策中可以看出，他的中心论题明确具体，论辩思路则视野开阔，包容天下，在方式上，由远及近，逐层剖析，有理有据，完备全面，并进而阐明了可以具体实施的方针策略，形成了层次清晰而又缜密细致的论辩结构。这种构思方式，和长短相间的句式结合在一起，可谓议论风生，语语中的，具有不可辩驳的逻辑力量。这番论辩，令乱世英雄刘备心悦诚服、大喜过望，因为刘备本是胸怀大志的英雄豪杰，对这番议论的价值，自然能够心领神会、茅塞顿开。通过这一番睿智精敏的隆中对策，诸葛亮在未来的主公面前展示出了自己的远见卓识，而思贤若渴的刘备也在与这番议论的会心感悟中，确认了卧龙先生的经时济世之志和谋略非凡之才，这番对策，也就成了刘备和诸葛亮君臣相得、风云际会的契机，奠定了刘备与诸葛亮"情好日密"的关系基础。

文章最后一部分的简要叙述必不可少，实际上这段文字是通过关、张二人的态度反衬刘备对诸葛亮非同寻常的器重与信任，一方面表明了诸葛亮选择的明智，另一方面，则尤为显示出刘备知人善任、洞察贤明的雄才大略。

从整体上看，这篇以记言为主体的叙事文章，虽是节选自史籍，却相对完整，可以独立成篇，叙事完整，层次鲜明，在简短叙事和对话中刻画出了人物形象的神采特征，被后世视为古代散文名篇，自是理所当然的了。

慷慨激昂　沉郁深厚：曹操《短歌行》赏析

对酒当歌，人生几何；譬如朝露，去日苦多；慨当以慷，忧思难忘；
何以解忧，唯有杜康。青青子衿，悠悠我心；但为君故，沉吟至今。
呦呦鹿鸣，食野之苹；我有嘉宾，鼓瑟吹笙。明明如月，何时可掇？
忧从中来，不可断绝；越陌度阡，枉用相存；契阔谈宴，心念旧恩。
月明星稀，乌鹊南飞；绕树三匝，无枝可依。山不厌高，海不厌深；
周公吐哺，天下归心。

　　这首《短歌行》是曹操诗歌创作中的名篇，抒写了他渴望招纳贤才、一统天下的胸怀和抱负。《短歌行》本属于乐府《相和歌·平调曲》，曹操的创作是以乐府旧题自作新词，曹操这首《短歌行》作于何时，在文学史上没有明确记载，在小说《三国演义》中，这首《短歌行》用于赤壁大战前夕曹操大筵群臣时所歌，在嘉靖本中见于卷之十"曹孟德横槊赋诗"一则，在毛纶、毛宗岗评本中，见于第四十八回"宴长江曹操赋诗　锁战船北军用武"。从这首歌行体诗歌所表达的情感特征和艺术表现方式来看，小说对这首诗的引用是成功的，有助于展示曹操当时志得意满的心态，对于刻画曹操的形象、调剂小说情节进程中的情感基调，都有着不可或缺的作用，从这里可以见出小说作者对人物形象理解的深刻和卓越的艺术鉴赏力。

　　从曹操这首《短歌行》自身来看，这首诗以反复倾吐的抒情方式，围绕着"忧思"二字言志抒情，着力抒写出了曹操招贤纳士以求建功立业的急切心情，感情深切凝重，风格清俊沉郁。"对酒当歌，人生几何；譬如朝露，去日苦多"四句，是诗人对时光无情、人生苦短的深沉感慨，他的感慨，不是无所事事中的无病呻吟，而是一个身处乱世想要成就一番事业的志士的感慨，他渴望在有生之年能够有所成就，实现自己的理想和抱负，可是日月如梭，时不我待，使诗人产生了深切沉郁的人生感慨，在表层的消沉情感的深处，包孕着的是珍惜时光、珍重生命的紧迫感，诗歌的情感基调并不是消沉的，而是深沉激越的，在其深沉的感慨中，显示着诗人非同一般的抱负与胸襟。后面四句，紧承前面表达的思绪，抒写出渴求贤才来归的忧思，因为意识到了时光流逝之速和个体生命的短暂，因而对贤才的渴求更为强烈，其强烈的程度，则只是在以酒浇愁中才会使自己的心绪得到一时的平静。接下去，诗人引用了《诗经》中的成句，具体展开了思念、渴求贤才的深层心理活动。"青青子衿，悠悠我心"两句出自《诗经·郑风·子衿》，青衿是周代学子的服饰，此处作者借以表达对贤才的渴慕之情，由于贤才难得，使得作者的思念之情连绵不断而反复沉吟。接下去的四句，借用《诗经·小雅·鹿鸣》中的成句，以表达自己礼遇贤才的心情，情感格调由低沉而转向了明朗和快意。后面两句，则以明月为比，再次表达渴望贤才的心绪之重，忧虑之深。在表达了自己的心绪之后，紧接着诗人便又写出了贤才既得的愉悦和快慰，他渴望故友能够远道而来，饮宴欢聚。接下去的"月明星稀"四句，则以乌鹊的形象，生动地比喻当时的贤才四处奔走、择主而仕的情势，惟恐天下贤士不来归附的焦灼心情。诗的最后，用周公吐哺的典故，抒写出一定会善待嘉宾、礼遇贤才的由衷的愿望。周公，周武王之弟，姓姬名旦，相传他为了招揽人才，吃饭时常常几次放下碗来接待贤才。《史记》中载周公自谓："一沐三握发，一饭三吐哺，起以待士，犹恐失天下之贤。"诗人用这一典故，是用以向天下自明心迹，一定会诚意虚心，以待天下贤才。

　　这首诗以诗人的自我抒情为主要的表现形式，感情的表达跌宕悠扬，起伏曲折，真实完整地表现出了曹操这个乱世英雄的胸襟与识见，他珍重有限的人生，更意识到了招揽积聚人才对于成就一番事业的价值和意义。在抒情过程中，他引用了《诗经》中的成句，使诗中的情感表达更为含蓄深沉，起伏有致，"乌鹊南飞"则是古代诗歌创作中的比兴手法，使诗歌产生了形象性。诗运用四言句式，语言朴质自然，使诗产生了诵读中的顿挫之美。

　　以上对曹操的这首《短歌行》作了具体分析，此处对《三国演义》小说对这首诗的应用再做一些说明。在《三国演义》中，这首诗是曹操在赤壁决战的前夕大宴群臣时所歌，应当说，这首诗的选择是再恰当不过的。从小说的情节发展来看，此时，曹操已平定北方，势力正盛，他满怀一统天下的信心率军南下，经过了双方几番斗智斗力的较量，决定三方前程命运的大战即将展开，这场赤壁之战，对实现曹操统一北方的雄心至关重要，此时此刻，踌躇满志的曹操，面对江山胜景，回想戎马半生的经历，紧迫感油然而生，使他一方面产生了时光无情、人生苦短的慨叹，另一方面，则在感慨人生短暂的同时，使他意识到在有限的生命旅程中招贤纳士对于尽早完成统一大业的重要性，这首《短歌行》由曹操在赤壁决战前夕横槊作歌，能够真实地反映出他建功立业、求贤若渴的抱负。在赤壁大战的刀光剑影之中，曹操横槊赋诗这一插曲，使小说在紧张激烈的杀伐之气中，呈现出暂时的宁静秀丽的格调，使得小说情节进展有张有弛，同时，这段具有诗情画意情调的描写，在小说中不仅不是多余的插曲，而且对于刻画曹操这一不朽艺术形象的典型性格，有着极为重要的作用。从小说对曹操形象的塑造来看，曹操是一个具有多侧面性格特征的艺术形象，他有奸诈残暴的一面，但他也确有雄才大略的一面，还有在具体情势下为情绪所支配的一面，因而《短歌行》一诗用在这里，对于成功地刻画曹操形象，具有重要作用。在小说的艺术世界中，作者还以艺术虚构，更深层地展示出曹操当时的心态，那就是他在慨叹人生短暂中还流露出了来日无多、及时行乐的感伤，"吾今年五十四矣，如得江南，窃有所喜。昔日乔公与吾至契，吾知其二女皆有国色。后不料为孙策、周瑜所娶。吾今新构铜雀台于漳水之上，如得江南，当娶二乔，置之台上，以娱暮年，吾愿足矣！"他的这种内心表白，和他一统天下的胸怀与抱负，构成了曹操这一艺术典型形象的内在矛盾，从而充分深刻地反映出封建时代的政治家、军事家的本质性特征。此外，在小说家的笔下，这种宁静与欢乐是短暂的，酒宴以曹操用槊刺死刘馥不欢而散，预示了在来日的决战中曹军的惨败。此时此刻，自以为胜券在握而骄矜十足的曹操，根本听不进任何与他的想法和情绪有所抵触的进言，刘馥以为"月明星稀，乌鹊南飞。绕树三匝，无枝可依"一句为大战前夕的"不利之言"，曹操听罢，便勃然大怒，手起一槊，刺死刘馥。这一情节表明，在赤壁之战整个过程中，曹操在军事指挥上，屡屡失误而不自觉，如中周瑜之计而错杀了水军将领蔡瑁、张允，为周瑜、黄盖精心策划的苦肉计所蒙蔽，误信阚泽的诈降书，不明自身弱点采用庞统的连环计等，他在大战前夕刺死刘馥的情节，则是一系列的情节发展过程中产生的必然行为，表明曹操骄矜狂傲的性格已达到了极限，预示了他在赤壁之战中必败无疑。等到曹操接受程昱建议想要阻止黄盖诈降的粮船时，为时已晚，他只能落得败走华容道的结局了。骄兵必败，是自古以来的历史教训，可是，被平定北方的胜利冲昏了头脑的曹操恰恰就是忘了这一历史教训。

从诗歌本身和对小说情节的分析中，可以看出，曹操这首《短歌行》作于何时虽无明确记载，但从人物形象塑造和小说情节安排来看，让曹操在赤壁之战前夕横槊作歌，是小说家出于整体艺术构思的需要而作的具有艺术匠心的选择。

借物兴感　沉郁俊逸：杜牧《赤壁》赏析

折戟沉沙铁未销，自将磨洗认前朝。
东风不与周郎便，铜雀春深锁二乔。

　　这首《赤壁》诗，是晚唐著名诗人杜牧的咏史名篇。杜牧，字牧之，是晚唐诗坛上的著名诗人，与李商隐并称"小李杜"，其近体诗情致俊爽，明快流丽，七绝尤为后人所称道，这首《赤壁》是杜牧任黄州刺史时所作。三国时赤壁之战的赤壁，在今湖北省蒲圻县西北，黄州治所在今湖北省黄冈县，城外有赤鼻矶，并不是当年赤壁鏖兵的赤壁，诗人只不过是借此抒写情怀而已。在小说《三国演义》中，作为对赤壁之战后世人的评论，引用了杜牧这首诗，在明代嘉靖刊本中，见于卷之十"曹孟德横槊赋诗"一则，在毛纶、毛宗岗评本中，见于第四十八回"宴长江曹操赋诗　锁战船北军用武"。

　　杜牧这首七言绝句，是一首借物兴感的咏史之作，表达出了浓重的历史兴亡之感。这首诗可分为两层，前两句为一层，写兴感之由，"折戟沉沙铁未销，自将磨洗认前朝。"借前朝的历史遗物以传达出对历史人物和他们功名业绩的深沉感慨。那是一枝折断了的戟，随着三国时代历史风烟的消散，沉落在流水沙底之中，六百年之后，这只戟还没有被销蚀的无影无踪，仍然能够被后世人所发现，诗人经过一番磨洗之后，辨识出是赤壁之战时的历史遗物，不禁使他对那一段人才辈出、风云变幻的历史产生了遥想追怀的思绪。在对古代人物的凭吊怀想中，诗人的思绪由纷乱而明晰起来，他的思绪，集中在了对战役成败的决定因素的回味。历史上的赤壁之战，是形成三国鼎立局面的关键性战役，到底是什么因素决定了周瑜胜利、曹操败北的结局？在诗人的思绪中，他把这种因素归结到了偶然的机缘，引出了作者对历史进程中兴亡成败的思考，他的思考，是自出机杼的思考，着力强调了偶然的自然因素在战役中的决定性作用，"东风不与周郎便，铜雀春深锁二乔"，这两句议论，以假设之词从侧面落笔，标新立异，显示出作者对历史现象的独到感受。在诗人的思绪中，倘若不是偶然刮起的强劲东风，恐怕战役的结局就会是另一番景象了。在这里，诗人并没有直接道出曹操获胜、周瑜败北的结局，而是从二乔被曹操所俘设想出周瑜的惨败，如果曹操获胜，则二乔会被曹操所得，被他关在铜雀台上，供他恣意享乐了。吴国两个绝色女子落得如此命运，吴国彻底残破的结局也就可想而知了，大乔和小乔这两个女子，不只是容貌绝伦，而且是东吴最高阶层中的贵夫人，大乔是东吴前国主孙策的夫人，小乔是赤壁之战中东吴的军事统帅周瑜的夫人，她们的地位与身份，实际上象征着东吴作为当时的国家实体的尊严，从她们的命运中，即可见出东吴国势的命运。作者从大乔、小乔的命运发出议论，使诗既增强了形象性，又使诗产生了婉转蕴藉的情致，引人思索，也更为耐人寻味。

这首诗在后世广为流传，其原因在于诗人的立意新颖独到，不落窠臼，能够引发读者对历史现象多重角度的思索与回味，而且诗的语言浅近自然，明快流畅，增添了诗歌的艺术感染力。

在小说《三国演义》中，曹操在大战前夕的志得意满之时，令置酒设乐于大船之上，面对江景如画，对文武百官回顾自己平生经历、表达必胜信念时，小说作者作为故事的叙述者，直接出面引用了杜牧这首诗，作为对这场战役的评论。在小说中，曹操在骄纵狂傲之时，周瑜、鲁肃在他的眼里，是"不识天时"之人，刘备、诸葛亮则更是"不料蝼蚁之力""欲撼泰山"之辈，而他自己在这场战役中，则是必胜无疑，甚至想到要俘获大乔和小乔以供自己享乐，小说中写道：

> （曹操）顾谓诸将曰："吾今年五十四岁矣，如得江南，窃有所喜。昔日乔公与吾至契，吾知其二女皆有国色。后不料为孙策、周瑜所娶。吾今新构铜雀台于漳水之上，如得江南，当娶二乔，置之台上，以娱暮年，吾愿足矣。"言罢大笑。

接下去，小说就引用了杜牧这首诗，一方面由这首诗的意蕴使读者的思绪从小说的艺术情境中脱离出来，去品味历史的兴亡变迁，另一方面，则又立即引导读者的思绪从小说的情节进程中去感受人物形象塑造的真实与生动，曹操在此时的骄矜傲慢中，只是一厢情愿地想象到了自己的必胜无疑，而对于自己一方不习水战的弱点和周瑜的精心谋划不管不顾，曹操的骄纵，预示着他骄兵必败的结局，他垂涎于大乔、小乔的毫不掩饰的自我表白，则充分表现出封建时代的政治家的本质性特点；从小说情节结构上来看，小说在"孔明智激周瑜"的情节中，诸葛亮曾以编造曹操下江南的目的在于抢夺大乔和小乔的说辞激起了周瑜抗曹的决心，此处则通过曹操的自我表白予以巧妙的回应，从中可以见出小说情节安排的细密与精巧。

志尽文畅　如诉肺腑：《出师表》赏析

　　《出师表》这篇文章，由于它展示的是志士情怀，表现的是忠臣节操，因而千古传颂，历久弥新，曾感染过封建时代许许多多有志于兼济天下的儒生志士。明代冯梦龙编辑的《古今小说》第四十卷《沈小霞相会出师表》，讲述刚直不阿的明代忠臣沈鍊抨击严嵩专权的故事。沈鍊平生喜诵诸葛亮的《出师表》，经常抄录，奉为自己的座右铭，这篇小说就是以沈鍊抄录的《出师表》作为结构线索的。从对历史人物和小说创作的影响中，可以想见《出师表》的感染力。

　　《出师表》这篇文章见于《三国志·蜀书·诸葛亮传》，在小说《三国演义》中，根据情节发展的需要，全文应用了这篇《出师表》，在明代嘉靖刊本中，见于卷之十九"孔明初上出师表"一节，在清代毛纶、毛宗岗评本中，见于第九十一回"祭泸水汉相班师　伐中原武侯上表"。小说中写魏国曹睿即位之初，诸葛亮用马谡进献的反间计，派人到魏国传布流言，说司马懿意欲谋反，结果曹睿将司马懿削职回乡，诸葛亮认为这是北伐中原、一统天下的大好时机，就在后主早朝之时，出班上了这道《出师表》。在《诸葛亮传》中，记载的是建兴五年，诸葛亮率诸军北驻汉中临行前给后主刘禅的疏文，没有说明当时的具体情势。但是，小说家把这篇《出师表》置于诸葛亮北伐之前，对于塑造诸葛亮一心报国、忠贞贤明的艺术形象，是具有重要作用的。"疏"和"表"都是古代臣下向帝王进言、陈述己见的应用文体，这篇文章，后世多称之为"表"。

　　《出师表》这篇文章的命意，在于通过自剖心迹，一方面表明自己对先帝刘备的遗愿时时铭记在心，一定辅佐后主完成统一汉室的帝业，另一方面，则对自己出师后的方方面面，提出了安排谏言，同时，以自己对先帝的追怀和对后主的忠诚，勉励刘禅为实现先帝遗愿振作精神，励精图治，并在政事的谋划安顿中，联系前朝历史教训，耐心诚挚地向刘禅提出了帝王应有的品德修养和主政原则，谆谆教诲，语重心长。在文章中，诸葛亮所展示的忠臣情怀、志士理想和他所阐发的修己正身的箴言，至今仍然具有启迪心志、感发性情的作用。

　　这篇文章由于是作为臣下的诸葛亮向晚辈帝王的进谏，而后主刘禅又是一个懦弱平庸的君主，体现在行文方式上，侧重于心迹自剖、以情感发，文章的结构，则随着作者思绪的展开，因情组句，连句成文，层次转换清晰自如而又完整和谐，构成了统一的整体。

　　这篇文章可以分为四部分，第一部分从"先帝创业未半"至"使内外异法也"。这一部分，主要向后主说明先帝去世之后蜀国的状况和面临的形势，劝勉刘禅能够承继先帝遗风，广开言路，善纳忠谏，申明法度，赏罚公允。在行文上，首先从刘备创业未半的遗憾谈起，进而说明蜀国的形势，以引起刘禅内心的感触和震动，不尽之意，寄寓在字里行间。蜀国当时所面临的形势相当严峻，三分天下，鼎足对峙，而"益州疲弊"的现实状况，自然是令先朝老臣忧虑焦灼的"危急存亡之秋"了，而就是在这种形势之下，蜀国之所以能够和魏、吴两国鼎足对峙，原因在于那些不能忘怀先帝恩遇的忠臣义士的克尽职守、一心报国，从追怀先帝和说明忠臣志节的话题，自然而然地引发出了对刘禅的进谏劝勉之意，语义沉重深切而语气平和自然，体现出作者说理艺术的高明，因为诸葛亮身为臣下，不可能以激切尖锐的言语去训示对方，只能以循循善诱的说理来打动对方。

　　第二部分从"侍中、侍郎郭攸之、费祎、董允等"至"则汉室之隆，可计日而待也"。这一部分，是诸葛亮紧承上文的劝勉之意，向刘禅介绍实际也是荐举昔日刘备选拔任用的文臣武将，对他们的品行才能，作了简要概括，当然，这些文臣武将，都是诸葛亮所了解并任用的，以刘备曾经首肯赏识的角度向后主荐举，自然会加强打动刘禅的力量。由此借机生发，以极为简洁经济的笔墨回顾了历史教训，总括出了君主的立国之本和用人之道："亲贤臣，远小人，此先汉所以兴隆也；亲小人，远贤臣，此后汉所以倾颓也。"在对历史教训的回顾和总结中，又是以刘备的态度和取向引导启发刘禅所应担当的责任来强化说服力的，在字里行间，诸葛亮还刻意突出了当年君臣二人强烈激切的情感态度，"先帝在时，每与臣论此事，未尝不叹息痛恨于桓、灵也。"这种强烈的情感态度，实际上，也包含着一种暗示，那就是，刘禅的所作所为已经出现了重蹈桓、灵二帝亲小人，远贤臣的历史覆辙的苗头。在对历史作了必要的总结和阐明了用人之道以后，紧接着，诸葛亮又向刘禅荐举了三位"贞良死节之臣"，真可谓是谆谆教诲，用心良苦。遗憾的是，诸葛亮所察觉、所担忧的事最后还是发生了。后来，刘禅宠信善于谄媚的宦官黄皓，导致了蜀国的覆亡。从历史事实上，也可想见诸葛亮的远见卓识。

　　第三部分从"臣本布衣"至"臣不胜受恩感激"。经过阐明道理，提出劝勉规谏，诸葛亮在这段文字中，阐明了率师北伐、兴复汉室的目的，抒发了自己鞠躬尽瘁、以报先帝知遇之恩的心愿。在这里，诸葛亮更为深入地运用了晓之以理、动之以情的写作技巧，而重点又放在动之以情的方面。先是回顾了自己当年在隆中隐居之时，受先帝刘备三顾之恩的际遇，用"尔来二十又一年矣"总括了自己受命于危难之中，辅佐刘备建立帝业的人生经历以后，立即由刘备的托孤申明了自己所应担当的责任和自己受命以来的心态与行动。在心态上，是"夙夜忧叹"，深恐有伤"先帝之明"，在行动上，则是为了稳固蜀汉基业，率军南征，平定南方反叛，为兴师北伐奠定基础。至此，文章具体明确地表明了诸葛亮的平生所愿——"北定中原""兴复汉室"，这既是诸葛亮的人生理想，也是他报答刘备知遇之恩的途径。言辞恳切，如诉肺腑。因为这是临行前所上的表章，所以在剖明自己的心迹之后，诸葛亮又再次把思路转到了对刘禅的嘱托规谏上。这一次，更为具体确凿，遥接第一部分的进言，阐明君臣应恪守职分，兢兢业业，为蜀汉的基业各尽所能，而且，诸葛亮自己以身垂范"愿陛下托臣以讨贼兴复之效，不效则治臣之罪"，对于朝中文臣，则要求进献"兴德之言"，如有失职，则要"以彰其咎"。臣下安排已定，并明确了恪守职分的具体要求，进而对刘禅提出了期望值更高的希望与嘱咐，由于有望刘禅能从前面这一番苦心孤诣、情重意长的规谏中有所感悟，体味出治国兴邦之道，故而这里的劝勉规谏语气和缓而态度明朗，希望刘禅能够从正身修己的治国情怀上、而不只是从赏罚分明的具体事件的办理上，明了自己的治国重任，"陛下亦宜自谋，以咨诹善道，察纳雅言"，同时，又一次提醒他要"深追先帝遗诏"，而这一部分的最后一句"臣不胜受恩感激"一句，则既是臣下，又是长者前辈对晚辈的殷殷之望了。

最后一部分虽然只有短短的十二个字，用在这里，感情的分量则是非同一般的。他很明确地分派了那么多的人和事，又阐明了那么多的道理，结尾处却说"临表涕零，不知所云"，这既不是诸葛亮的故弄玄虚，更不是他真的忘了自己写下的话，从这几句的表白中，可以想见诸葛先生此时此刻思绪的纷繁和心情的沉重，进而可推想出诸葛先生境遇的艰难。作为一个封建时代的有志之士，在诸葛亮的思想中，有忠君观念是可以理解的，问题是这种忠君观念，却使他付出了沉重的代价。诸葛亮自隐居隆中之时起，就对三分天下做出了自己的预见，而他的真正理想，则是辅佐明君、一统天下。刘备去世以后，刘禅即位，但他庸弱无能，诸葛亮既想实现自己的平生之愿，又想报答刘备的知遇之恩，更想做一个忠良之相，他就只能竭忠尽智地辅佐这位"捧不起的刘阿斗"，可是，刘禅偏偏不是一个可堪造就的年轻帝王。在诸葛亮"不知所云"的话语中，应当说包含着深沉丰厚的底蕴，他既想以自己情怀的坦荡挚诚感发刘禅，使他能够以前辈的创业精神为参照，振作起来，励精图治，同时，在这种表述中，也隐隐流露着诸葛先生内心的忧虑与担心。至此，通过这篇表章，真挚深切地展示出了封建时代"鞠躬尽瘁、死而后已"的忠臣志士的情怀，从这篇表章中，读者自可想见诸葛亮的志节品行、操守人格，他所归纳出的亲贤人、远小人、广开言路、赏罚公允等主政原则，应当说，具有永恒的启示意义。

　　这篇文章，最为突出的写作特点，是在动之以情的基础上晓之以理，在行文过程中的字里行间，融注着写作者浓郁厚重的情感，读来感人至深。由于本文是以作者通过剖明心迹、抒发情怀来说理的，因而在布局上，则是详略兼用、主次分明的，也正因为是因情而成文，在结构上，则是自然和谐的。文章所用的语言平易畅达，简洁洗练，具有浓厚的情感色彩，强化了文章的艺术力量。刘勰在《文心雕龙·章表》篇中评论《出师表》说："孔明之辞后主，志尽文畅"，可以说是从写作风格的角度，概括出了这篇表章的整体特点。

凝重深挚　包孕深广：杜甫《八阵图》赏析

功盖三分国，名成八阵图。

江流石不转，遗恨失吞吴。

　　这首《八阵图》本是杜甫初到夔州（今四川奉节县）时所作的一首咏怀诸葛亮的诗，诗作于唐代大历元年（766）。在小说《三国演义》中，这首诗用于颂赞诸葛亮能够预见日后事态的超凡智慧。在明代嘉靖刊本中，这首诗见于第十七卷第八则，在毛评本中，见于小说第八十四回"陆逊营烧八百里孔明巧布八阵图"，在这一回中，写刘备为了给关羽、张飞两位结义兄弟复仇，不顾群臣谏阻，发倾国之兵去征讨东吴，在交战过程中，刘备自恃经验丰富，颇知兵法，结果却被东吴年轻将领陆逊火烧联营，几乎全军覆没。陆逊在夷陵获胜之后，率军追击刘备，在追至距离夔关不远时，突然之间，在前面临山傍江之处，"一阵杀气，冲天而起"，陆逊大为疑惧，恐怕中了埋伏，遂令大军倒退十里。他几次派探马前去打探虚实，却是同一结果，最后派去心腹人前去探看，回报说江边只有乱石八九十堆，并无人马，陆逊仍是放心不下，遂找来当地人询问，据当地土人说，才得知此地名为鱼腹浦，曾是诸葛亮入川时取石布阵的所在，后来常常有气如云，从内而起。陆逊听了这话之后，便亲自率领数十骑人马去探看石阵，他立马于山坡上，看见石阵四面八方，都有门有户，看罢之后，陆逊大不以为然，笑着说："此乃惑人之术耳，有何益焉！"于是率领随行人马进入石阵之中，众将劝说他，天色已晚，早些回去为好，岂料就在他想要退出石阵的刹那间，小说中写道："一霎时，飞沙走石，遮天盖地，但见怪石槎枒似箭，横沙立土，重叠如山，江声浪涌，有如剑鼓之声。"陆逊见状大惊，以为又中了诸葛亮的计策，想要回去，却又无门可出，正在惊恐之时，恰好遇到了诸葛亮的岳父黄承彦，黄承彦告诉陆逊说："昔小婿入川之时，于此布下石阵，名'八阵图'。反复八门，按遁甲休、生、伤、杜、景、死、惊、开。每日每时，变化无端，可比十万精兵，临去之时，曾吩咐老夫道："'后有东吴大将迷于阵中，莫要引他出来。'老夫适在山岩之上，见将军从死门而入，料想不识此阵，必为所迷。老夫平生好善，不忍将军陷没于此，故特自'生门'

引出也。"当陆逊问黄承彦是否学过这种阵法时，黄承彦说："变化无穷，不能学也。"黄承彦将陆逊等人带出阵外后离去。在此处，小说引用了杜甫这首诗，以颂赞诸葛亮的超常智慧。陆逊回寨之后，大为赞叹："孔明真卧龙也！吾不能及！"

从小说的情节描绘中可以看出，作者为了突出诸葛亮的智慧，对诸葛亮的"八阵图"做了极度渲染和夸饰，以至于具有了深不可测的神化色彩。早在上一回中，诸葛亮在东川看了马良画的营寨图本之后，便大惊失色，已预料到蜀军的失败结局，并对马良说："主上若有失，当投白帝城避之。吾入川时，已伏下十万兵在鱼腹浦矣。"当马良说自己多次从鱼腹浦经过都没有见过一兵一卒时，诸葛亮对他说，"日后自然知晓，现在不用多问"。前后联系起来看，则可明了作者巧为伏线的艺术匠心，在于着力表现了诸葛亮深谋远虑、预知将来的超凡智慧。

诸葛亮布"八阵图"之事，在《三国志·蜀书·诸葛亮传》中有这样的记载："推演兵法，作八陈（陈：通"阵"）图，咸得其要云，"后来"八阵图"一事越传越广，且凝聚了后世人对诸葛亮创造才能的赞叹。诸葛亮布"八阵图"的遗址位于夔州西南部，是古代的战略要地，"八阵图"在开阔的卵石河滩上聚石而成，夏季水盛时会没于水下，待枯水季节时则又全部呈现于地表之上，同时还能够保持原有状态不变。郦道元《水经注》记载："亮所造八阵图，东跨故垒，皆累细石为之。自垒南去，聚石八行，行间相去二丈，因曰：'八阵既成，自今行师，庶不覆败，皆图兵势行藏之权。自后深识者所不能了'。"王应麟《玉海》载："诸葛武侯治蜀，以八阵教练将士。"从这些记载中推测，"八阵图"可能是诸葛亮用于对军士进行军事训练的地方，从中反映出了诸葛亮杰出的军事才能。

从对小说的情节介绍中可以知道，小说作者在这里引用杜甫这首诗，对于诸葛亮形象的塑造，有着重要作用，能够激发读者对诸葛亮出神入化的智谋产生丰富的联想并留下深刻的印象。毛氏父子在评点中，更是强调了这一点，在黄承彦将陆逊引出石阵时，小说的夹批说："孔明知陆逊不该死的，却留个人情与丈人做。"虽然这是评书人从小说情节中引申出来的，但对于诸葛亮的形象特征具有强化作用，则是没有疑问的，小说所引用的杜甫这首诗，是对这种强化作用的进一步说明和印证。

就杜甫这首诗本身而言，这是一首精悍凝练、具有高度艺术概括力的五言绝句，在短短的二十个字中，既概括出了诸葛亮的军事才能，抒写出了对诸葛亮这位前代先贤的景仰之情，同时，也从对刘备伐蜀的失策而招致蜀国覆亡的慨叹中，对诸葛亮未能尽展其才表现出了深切的叹惋之情，浓缩了丰厚深沉的社会历史内蕴，传达出了凝重深挚的情感。杜甫对一生敬仰诸葛亮的志节风范和在三国鼎立的历史时期所做出的历史业绩，对诸葛亮壮志未酬怀有深切的痛惜之情。事实上，在杜甫对诸葛亮的凭吊中，寄寓着杜甫对自己怀才不遇、理想难遂的感慨之情，在一首体式短小的绝句中，能够包孕如此丰富的内涵，体现出杜甫炉火纯青的艺术功力。

　　绝句这种诗歌形式，因其体式简短，要求在创作中体现出高度的艺术匠心，落墨如金而能笔下传神。杜甫这首绝句的前两句，"功盖三分国，名成八阵图"，赞颂了诸葛亮在三国时代辅佐刘备建立蜀汉基业，从而形成三国鼎立局面的丰功伟绩，笔力劲健，气势雄浑，仅用十个字，即概括出了诸葛亮的平生功业。"功盖"与"名成"相对，"三分国"与"八阵图"相对，工稳简明而涵盖深广，既使读者在整体上对诸葛亮的卓越作为有所感受，也使读者对诸葛亮军事才能的具体体现有所领悟，炼字精到，质朴而富有神韵，具有高度的艺术概括力，使读者对三国的历史行程和诸葛亮的功业产生丰富的联想。"八阵图"一词又切合吊古时地，体现了杜甫对诸葛亮军事才能的崇敬之情，同时也具有引起下文的作用。"江流石不转，遗恨失吞吴。"这后两句诗就"八阵图"的历史遗迹抒发感慨，随着时光的无情推移，三国时代的历史风烟业已消散，但历史上仁人志士的人生追求和他们所完成的作为业绩，则为后人留下了精神的启示与历史的借鉴。自古及今，江水东去，日夜不息，但"八阵图"的石堆，经历了不知多少次水涨水落，数百年来依然如故，只遗憾刘备在冲动之下违背了诸葛亮早已定下的联吴抗曹的战略原则，导致兵败夷陵，使蜀国元气大伤，使诸葛亮失去了辅佐蜀汉集团统一天下的实力。在作者的艺术概括中，"江流"与"石不转"相对而言，一动一静，相互衬托，使"八阵图"这一历史遗迹具有了象征意味，并强化了诗人主观抒情的色彩。在作者的思绪中，随着历史的变迁，许许多多的历史遗迹会逐渐为后人所淡忘，但诸葛亮对蜀汉政权忠贞不二的精神志节，则如同不会为江水冲刷而去的石堆，昭示着后人的人格追求。同时，"八阵图"的石堆遗迹，似乎也在呈现着诸葛亮自己赍志以殁的痛惜情怀。

　　杜甫这首怀古五绝，在艺术构思和具体表现形式上，具有以议论成诗的特点，但诗人的议论是与对历史现象的浓缩和对他所凭吊的历史文化遗迹的情感体验结合在一起的，因而，议论直截了当却不枯燥，也不抽象，而是能够激发读者丰富的联想，其炼字用词，紧密联系怀古时地，从对历史行程和人物特征中经过提炼生发而出，其深层内涵则与诗人的情感活动交织融合在一起，因而诗歌仍然具有形象描绘的特征，使这首诗既有作者直接议论的明晰与确切，在读者欣赏过程的艺术联想活动中，又会产生艺术形象的感染力，尤为显得情感浓郁，耐人寻味。

通过以上的分析，可以了解到杜甫这首诗的构思和艺术特征，在小说的情节进程中，小说作者将这首诗用于对诸葛亮预先布下"八阵图"的超群智慧的称颂，其内涵和人物形象特征的刻画，交错贯穿在了一起，从小说的情节中，读者可以感受到诸葛亮的智慧，而作者所引用的这首诗，一方面会拓展读者的思路，在感受这一情节单元的描写时，与诸葛亮的平生联系起来；另一方面，则是杜甫这首诗的印证作用，从这位"诗圣"的真挚情怀中，无疑会引发读者心中的情感共鸣，使小说的叙事，增强艺术的真实性。从这里，可以窥见小说作者的艺术鉴赏力。

构思独到　情感深挚：杜甫《蜀相》赏析

丞相祠堂何处寻，锦官城外柏森森。
映阶碧草自春色，隔叶黄鹂空好音。
三顾频烦天下计，两朝开济老臣心。
出师未捷身先死，长使英雄泪满襟。

这首题为《蜀相》的七律，是唐代大诗人杜甫于唐肃宗乾元三年（公元760年）初到成都时所作。杜甫一生景仰诸葛亮的志节风范，抱负功业，他到成都后不久，就去瞻仰了武侯祠，写下了这首千古传诵的咏古抒怀的诗篇。

因为这首诗是杜甫以前去瞻仰武侯祠的思路所作，因而首联按照寻觅祠堂的行踪，以自问自答的方式领起全篇。作者这样写，一方面切合杜甫是第一次来成都的实际，另一方面，则在描绘与概括中，融合了诗人放开思绪，而后又聚拢情思的心理活动。唯其放开思绪，才能以寻觅武侯祠为凭借，传达出对诸葛丞相的由衷的敬意，唯其聚拢情思，才能通过从对祠堂的瞻仰，于繁复的思绪中催化出对诸葛亮平生志向、功业与结局的临风结想，诗人将诗题定为"蜀相"而不是"武侯祠"，即可明确杜甫写作此诗的命意在缅怀诸葛亮的志节风范，不在对祠堂本身做更多的描绘，可见这种设问式的艺术构思，是从诗人百转千回的意绪中孕育化生而出的，凝聚着诗人深沉厚重的情感体验。用于作答的下句"锦官城外柏森森"一句，融注了诗人对诸葛亮的由衷钦敬。在作者的笔下，武侯祠位于锦官城外，由齐整繁茂、郁郁葱葱的古柏所环绕，要"寻"诸葛武侯祠，可写之景、可写之物有许许多多，诗人单单选择了"古柏"，联系这首诗的整体来看，则不难从中领悟到作者在意象选择中所蕴含的象征意味。在历史的发展过程中，松柏因其凌霜胜寒、终岁不凋的生存特性，被人赋予了象征人格的文化内涵，孔子在《论语》中就曾说过："岁寒，然后知松柏之后凋也。"诗人笔下所刻意突出的古柏，自是诸葛丞相忠直磊落、刚正廉明的人格写照。诗人虽然未直接写诸葛亮本人的立身行事，但从诗中意象的象征意味中，已使诸葛亮的气度志节浮现在字里行间了。这落笔的第一联，前后相承，自开自合，既具有自身相对的完整性，又具有引起下文的作用。

接下去的颈联，诗人的思绪做了大幅度的跨越，视野由远及近，视线则由上而下，"映阶碧草自春色，隔叶黄鹂空好音"，诗人笔下的映阶草碧、隔叶禽鸣的景色，是诗人已到武侯祠时，环顾四周环境的所见所闻，前一句写春来草碧，点明季节特征，后一句写黄鹂鸣叫，进一步强化了春天的季节特征，这两句诗，前后相映，动静相衬，展示出了一幅春日景色的艺术画面，而诗人在诗中用了"自"和"空"两个字，则使这一艺术画面具有了强烈的主观感觉的色彩，传达了诗人心底深处纷繁复杂的思绪，清幽静谧的春日景色，在诗人内在情感的投射下，呈现出了怅惘郁切的情感色调。从大的环境来说，武侯祠为参天古柏所环绕，祠堂的四周，则是春草映阶，黄鹂隔叶，描绘得极有层次，与上联一样，其自身即构成了完整的艺术境界。在这种艺术境界之中，于宁静之中见肃穆，于清幽之中显凄清，更于静谧之中呈荒凉，从中寄寓了诗人纷繁复杂的思绪。诸葛亮从走出茅庐、辅佐刘备以后，一生对蜀汉忠贞不二，他忠诚廉明，足智多谋，严于律己，勤勉为国，为后世树立了贤相的楷模。他胸怀远志，渴望以自己的智慧和对天下时局的正确预见，辅佐蜀汉一统天下，实现自己的平生志愿，遗憾的是，由于刘备伐吴的失策和后主刘禅的昏聩庸弱，诸葛亮虽竭忠尽志，却是回天无力，耗尽心血病逝营中。在诗人的凭吊思绪中，他既对诸葛亮未能实现自己的理想和志愿痛惜不已，又对一代贤相只是留下了一座被自由自在的春光所围绕的祠堂，品味到了些许人生的落寞，更对诸葛亮为后世人留下了志节风范、人生追求的精神启示，感到由衷的钦敬。因为人生的追求，在于精神世界的自我渴望，缕缕思绪，种种回味都通过诗人描绘的艺术境界呈现出来，内涵凝重，含蓄蕴藉。

有了具体形象描绘的铺垫，诗人的思绪从纷杂中明晰集中起来，着力肯定和赞颂了积极奋发、进取不辍的人生追求，概括了诸葛亮的平生抱负与人生追求。"三顾频烦天下计，两朝开济老臣心"，诸葛亮隐居隆中，经刘备三次相请，出山辅佐，君臣相得，犹如鱼水顾合，从此步上了创建蜀汉基业的人生旅程。在诗人的思绪中，诸葛亮得遇刘备，是他一生的幸运，为他实现自己的人生理想、在动荡乱世展示自己的平生所学和超群智慧，铺开了自己的人生道路。他后来辅佐后主刘禅，一统天下的志愿虽然未能如愿以偿，但他为后人树立了志节品行的榜样，才学智谋的典范，人生追求的楷模，受到了后世有志之士的尊崇与钦敬，由此直接引出了作者的无限感慨，这就是尾联诗人的直抒情怀，"出师未捷身先死，长使英雄泪满襟"，诸葛丞相多次北伐，希望能够完成统一大业，这既是为了实现自己的抱负，也是为了报答当年先帝刘备的知遇之恩和托孤之信任，由于国力不足和后主的庸弱等客观历史原因，致使他积劳成疾，带着对未竟事业的遗憾，病逝在军旅之中，但他以天下为己任的情怀，高尚磊落的道德修养，成为后世渴望成就一番事业的有志之士所追步效法的人格理想，成为昭示有志之士的精神凭借。在这句诗中，杜甫对诸葛亮的人生遗憾，抒写出了深挚的追怀与痛悼之情，这种痛悼之情，不是消沉悲切地感叹人生苦短的无奈，而是痛悼之中交织和融注着崇尚之情，更是包孕着从中汲取精神启示之后所生发出的鞭策与激励。事实上，在对诸葛丞相的凭吊与追怀中，读者可以感受到诗人自己渴望效法诸葛亮，实现自己"致君尧舜上，再使风俗淳"人生理想的炽热情怀，从诗人对环境的感受，对具体情境的体味和情感抒写中，已经在诗歌的意境之中塑造出了一个胸怀抱负、渴求作为的自我形象，使读者能够在自己的回味与联想中，感受到诗人徘徊于武侯祠四周，临风结想的神情与心境，从而强化了诗的形象感染力。

这首诗构思独特，结构严谨，对仗工稳，每一联自成完整的艺术境界，下联又从上联的思绪中蒸馏浓缩而出，层次鲜明，一脉贯穿，构成了完整有机的艺术整体，传达出了丰富的情感内蕴，开掘出了深刻的人生启示，因而这首诗在留传过程中，历久弥新，具有永恒的艺术生命力。

这首诗在小说《三国演义》中，见于诸葛亮安葬定军山之后，后主令在沔阳建庙的情节之中，用于表达对诸葛亮一生功业的赞美。由于杜甫是按照寻访武侯祠的构思来写的，将这首诗置于此处，是体现了小说作者的艺术匠心，这对于突出小说的思想倾向，增强诸葛亮形象的艺术感染力，具有重要的辅助作用。在明代嘉靖本中，这首诗见于第二十一卷"武侯遗计斩魏延"一则，在毛评本中，见于第一百〇五回"孔明预伏锦囊计　魏主拆取承露盘"。

凝重丰厚　深沉顿挫：刘禹锡《西塞山怀古》赏析

> 王濬楼船下益州，金陵王气黯然收。
> 千寻铁锁沉江底，一片降幡出石头。
> 人生几回伤往事，山形依旧枕寒流。
> 今逢四海为家日，故垒萧萧芦荻秋。

　　这首诗是中唐诗人刘禹锡的代表作之一，是刘禹锡于唐长庆四年（824）由夔州刺史调任和州刺史，途经西塞山时的吊古咏怀之作。西塞山在今湖北大冶，位于长江边上，地理形势险要，是六朝时期的军事要地。刘禹锡生活的中唐时期，社会环境刚刚从安史之乱的疮痍中稳定下来，但藩镇割据的危险依然存在。刘禹锡经过西塞山时，有感于历史的兴亡变幻和对当时又有所抬头的藩镇割据现象提出警示与针砭，即景抒怀，写下了这首怀古名作。

　　诗以高度的艺术概括性和内涵的丰厚沉郁为其主要特征。诗的前四句，以简短的诗句概括出了西晋灭吴的历史行程，在描绘的过程中，以对比的方式突出了双方力量的强弱差异之大，体现出了对这一段历史行程的深刻思考和深沉感慨。首联"王濬楼船下益州，金陵王气黯然收"，极力渲染出了晋军力量的壮盛强大和东吴不堪一击的衰朽。王濬时任益州刺史，司马炎决定举兵伐吴后，任王濬为龙骧将军，率水军从益州顺江东下，直抵金陵。楼船，是一种高大的战船。黯然，暗淡无光。这里，作者选用了两个动词"下"和"收"，突出与强化了首联前句和后句之间的因果关系，同时，也产生了空间压缩一般的速度感，并概括出了进军路线和结局。王濬的水军战船，顺江而下，势不可挡，东吴已是衰朽已极的割据王朝，实在是不堪一击。晋军的赫赫声威与东吴的气息奄奄，形成了鲜明的对照。在晋军的进攻之下，似乎是在转瞬之间，东吴割据势力已是灰飞烟灭，传说中金陵所独具的"王气"也护佑不了它，更不能使它逃脱彻底覆亡的历史命运。

　　这里的概括，包含了作者对历史的深沉思考。在繁复纷纭的历史事件中，诗人慧心独具地选择了晋灭吴的历史行程，用以寄托历史情思，一方面，东吴是历史上六朝时代的开始，为后文中对历史现象的整体概括作了铺垫，使诗的内涵更为深沉厚重；另一方面，则是东吴后期，吴王荒淫昏聩，残忍暴虐，朝政腐败，民怨沸腾，却企图以虚妄的"王气"、地理形胜的天然优势和自以为是的工事防御苟延残喘，其覆灭的过程，充分体现了历史的无情：走向统一是历史的必然趋势，王朝的兴衰不是取决于山川之险，而在于人事。刘禹锡在《金陵怀古》中写道："兴废由人事，山川空地形。"恰是这首诗内涵的注解与总括。

颈联承接首联后一句的思绪展开，将东吴覆亡的过程作了形象具体地概括性描绘，"千寻铁锁沉江底，一片降幡出石头"。吴主孙皓酷虐无道，却妄图凭借长江之险，拦截晋军的进攻，打造百余条铁环锁，在长江险要处横江锁拦，并在江中设置铁锥，幻想刺破越过铁锁的战船，结果，铁锁被王濬用灌了麻油的巨型火炬烧断；暗锥被王濬做成的数十方大木筏冲走，等待孙皓的必然是"降幡出石头"了。这一联聚焦于东吴的灭亡结局，"千寻"以见其长，"一片"则极言其败亡之速与败亡之彻底，字里行间，也表现出对东吴不堪一击，瞬间败亡的鄙弃。吴主孙皓荒淫失政，只幻想凭借于山川之险中加上一些自以为是牢不可破的"千寻铁锁"，便企图阻挡历史进程，实在是荒唐可笑；而在晋军的进攻之下，却几乎是望风而降，又是多么可耻可鄙。据《晋书·王濬传》载，吴主孙皓"备亡国之礼"，"肉袒面缚，衔璧牵羊"，到王濬营前请降，这两句诗，是对这一历史事件的形象化概括，寄寓了深沉的历史情思。

在对晋灭吴的历史行程做了概括之后，诗的颔联转入了抒情。作者的抒情，不是单纯地抒写对历史现象的感慨，而是表现出他对历史现象的深入思考和追寻。"人生几回伤往事，山形依旧枕寒流"，作者承接前文对晋灭吴的历史行程的回顾，进一步拓展了思绪，其历史情思回溯到了数代兴亡的历史行程中，用"几回"对六朝时代的兴亡变迁做了整体概括，接着，则是在人世变迁与江山永恒的对照中，抒写出了内心的感慨，传达出了意味深长、内涵丰厚的哲理意蕴。西塞山这一古代重要的军事要塞，由于历史上出现了那么多的分裂王朝，使它阅尽了历史上的兴亡变幻，在两相对照的感慨之中，寄寓了对历史客观进程的认同感。继东吴被晋所灭之后，人世历史又经过了西晋、宋、齐、梁、陈几个王朝和北朝对峙的局面，人世间的这几个短命王朝随着社会的演进、历史的变迁，沉入了历史长河之中，但阅尽人间兴亡的西塞山在长江寒流的环绕之下，依然如故。诗中着一"枕"字，将西塞山拟人化了，它似乎是那样冷漠，又似乎是洞察人世变迁后的平静；用一"寒"字，强化了诗歌咏叹兴亡的抒情基调，使寄寓的情感更为深沉和凝重。

在抒写出了咏叹兴亡、感悟历史变迁的客观进程之后，诗人直抒情怀，表达出了对自己所处的国家一统时代的欣喜之情，也对当时的割据苗头提出了警示。"今逢四海为家日，故垒萧萧芦荻秋"，中唐时期，平定安史之乱后，社会基本恢复了统一，但时隔不久，割据势力又有所抬头，诗人在这里，对意欲割据称雄者提出了规箴。在国家已经恢复一统的历史条件下，如仍想割据称霸，则必被历史长河所吞没。诗人着意描绘了六朝营垒遗迹，如今已被笼罩在了萧瑟荒寒的秋风芦荻之中，残败肃杀的六朝营垒遗迹，既是割据势力必然覆亡的历史见证，更是国家走向统一的必然结果。诗人将自己对历史进程的认识与感悟，通过具体形象的艺术情境呈现出来，既深沉厚重，又形象鲜明，令读者回味沉思。

从上述分析中可以看出，高度的艺术概括性是这首诗的首要艺术特征，用四句诗即概括出了晋灭吴的历史行程，与此紧密相关，诗人描绘的重点聚焦于东吴的覆亡，极言山川形势不足凭恃，国家的兴衰的保证在于顺应历史潮流的"人事"，这就强化了诗歌的思想深度，丰富了诗歌的情感内涵，为抒发作者对现实的认识，做了必要的铺垫，可见艺术构思之妙；诗在整体上以抒写对现实的警示和针砭为立意宗旨，但由于切合具体时地，概括出了从晋灭吴之后几个王朝的兴亡变迁，使诗歌强化了形象性与鲜明性；诗中炼字精当传神，增强了诗歌的艺术表现力。

关于这首诗的艺术表现力，薛雪在《一瓢诗话》中评论说："似议非议，有论无论，笔著纸上，神来天际，洵是此老一生杰作"，可供阅读时参考。

这首诗在《三国演义》中，见于毛评本末回，作为对三国割据时代结束的总括，从这首诗概括的形象精当和识见的深刻凝重来看，与小说所描绘的历史进程和深层底蕴契合一致，从诗歌的艺术表现技巧来看，其深沉的思绪，阔大的意境，又能够与小说精湛的情节结构艺术和人物形象塑造艺术相互辉映，为小说的意蕴和艺术感染力生色增光，由此，可见毛氏父子确有非同一般的艺术鉴赏力。

洞察情势　果敢善断：官渡之战赏析

　　历史上的官渡之战发生于汉献帝建安五年（公元 200 年）八月，是曹操以少胜多击败袁绍的重要战役，更是曹操得以统一北方的决定性战役。当时，袁绍击败公孙瓒，占有冀、青、幽、并四州，曹操则占有兖、豫、徐三州，经过多年的兼并之后，袁绍和曹操二人成了北方主要的割据势力，要想统一北方、并进而统一全国，则必然要先剿灭对方，一场较量智慧与力量的兼并战争必不可免。据《三国志·魏书·武帝纪》载，曹操一直视刘备为劲敌，在击溃刘备后，引兵还官渡，建安五年二月起，与袁绍相持官渡，到了八月，则是双方决定命运的较量。在这场战役中，曹操知人善任，果敢善断，最终以少胜多，彻底剿灭了袁绍的势力，取得了统一北方的决定性胜利。《三国演义》在史料记述的基础上，充分发挥了艺术创造力，将这场战役描绘得波澜起伏，惊心动魄，尤为突出的是，作者专注于人物形象的塑造，着力刻画了交战双方军事统帅的鲜明个性，使这一情节单元成为展示人物性格必不可少的有机组成部分。

　　小说遵循生活的逻辑和艺术创作的规律，环环相扣、步步推进，真实地描绘出了袁绍和曹操在两军对峙过程中强弱形势的变化以及由这一变化导致的战争结局，在这一过程中，主帅的素质、个性和谋略起着主导作用。

　　就情节进程而言，小说对这场战役的叙述可划分成三个阶段。

　　第一阶段，写袁绍听得陈震说孙策已亡、孙权继立并被曹操封为将军后大怒，起冀、青、幽、并等处人马七十余万，由官渡进兵，来攻许昌，夏侯惇发书告急，曹操留荀彧守许都，亲帅七万人马前往迎敌，双方在官渡相持对峙，曹军闻袁绍兵多，皆有怯意，曹操接受荀攸"利在急战"的建议，当即传令军队鼓噪而进。两军对峙，双方战将厮杀时，曹操下令冲阵，结果被袁绍军中弓弩所阻而败，袁绍随后驱兵掩杀，曹军大败，退回官渡，双方形成对峙局面。在对峙过程中，袁绍先是在曹操寨边筑土山，以弓弩优势迫使曹操放弃官渡，曹操以刘晔所献发石车破了弓弩阵，袁绍军又企图以掘地道的方法攻进曹营，结果又被刘晔献绕营掘长堑的计谋所破，白白浪费了许多军力。一时间，袁绍无良策可施，曹操亦无妙计可用，双方处于僵持状态。

但从客观情势来看，曹操深知自己一方在兵力和粮草上均处于劣势，利在速战，经不起长时间的对峙消耗。从八月初到九月底，曹军军力渐乏，粮草不继。在犹疑不定之时，曹操作书问计于荀彧，荀彧对两军情势简明扼要的分析，使曹操坚定了必胜的信心，小说中写道："曹操得书大喜，令军士效力死守。"这一决策，奠定了曹操击溃袁绍的心理基础。当徐晃部下捕获袁军细作，知道袁将韩猛早晚运粮草到军前接济，曹操采用荀彧建议，当机立断，派兵劫了袁军粮草，袁绍接受审配建议，派重兵守卫乌巢屯粮之地，结果，却不能知人善任，派了性刚好酒的淳于琼。淳于琼到乌巢后，不思职责，终日与诸将聚饮，是袁绍自己为曹操劫粮埋下了祸根。

第二阶段，由于相持既久，曹军粮草不继，曹操发书要荀彧作速措办粮草，结果使者为袁绍军士俘获，解见谋士许攸。许攸持曹操信向袁绍进袭击许都的计策，结果袁绍却认为是曹操的诱兵之计，而没有采纳，恰好审配来书，说许攸在冀州时滥收民间财物事，还纵容子侄辈多科税，钱粮入己，已将其子侄下狱的事，袁绍立即将这两件事联系在一起，认为许攸是在为曹操做奸细，逼迫许攸夜投曹操。许攸投曹操这段情节，在史料记述的基础上，通过合乎人物性格逻辑的艺术想象，写得绘声绘色，惟妙惟肖，刻画出了曹操热诚中藏奸诈、豁达中隐机谋的性格特征，他对许攸这位故友热诚相迎，却一再对许攸说谎，直到许攸拿出曹操的亲笔信揭出了"粮已尽矣"的老底，曹操才默认了事实，并当即向许攸问破袁绍之计，这是曹操的长处所在，他能够在瞬间从双方军事力量的对比中，敏锐地判断出许攸所献的突袭乌巢这一计谋对自己一方的价值，并果断地采纳了许攸的建议，做出了亲自帅军去袭击乌巢的决定。当然曹操并非是不加防范，小说中写道："操大喜，重待许攸，留于寨中。"这是他判断许攸是否是真的投靠他的依据，毛评本在小说这句叙述后评道："留许攸于寨中，是曹操精细处。"待张辽担心许攸有诈时，曹操对自己做出决定的依据作了解释："不然。许攸此来，天败袁绍，今吾军粮不给，难以久持；若不用许攸之计，是坐以待困也。彼若有诈，安肯留我寨中？且吾亦欲劫寨久矣。今劫粮之举，计在必行。君请勿疑。"曹操布置好了防范袁绍劫营的伏兵之后，亲自率领精兵五千人，打着袁军旗号，乘黄昏向乌巢进发，一路上，诈称蒋奇前往乌巢护粮，畅行无阻。四更十分到了乌巢发起猛攻，此时，淳于琼还酒醉未醒，被曹军打了个措手不及，淳于琼被曹军活捉后，曹操令削去耳鼻手指，绑缚马上，放回袁绍营寨，以羞辱袁绍。袁绍不听部将张郃全力解救乌巢的良策，而用郭图所献下策，分兵去劫曹操营寨，结果各不相顾，被曹军以诈谋各个击破，蒋奇被杀，并由于郭图的谗言，迫使张郃、高览投靠了曹操。曹操再用许攸劫寨之计，乘势劫了袁绍营寨，混战一场，袁绍军"折其大半"。曹操穷追不舍，再采纳荀攸所献以虚赚实的计谋，扬言要分兵两路，一路取酸枣，攻邺郡，一路取黎阳，断袁军退路，乘袁绍慌乱中分兵之时，乘势进攻。在曹军八路人马的攻击下，"袁军俱无斗志，四散奔走，遂大溃。"一举歼灭了袁军主力，袁绍本人也狼狈不堪，"披甲不迭，单衣幅巾上马"，幼子袁尚相随，仓皇逃命，"绍急渡河，尽弃图书车仗金帛，止引随行八百余骑而去。"本来兵力远远优于曹操一方，却由于一再决策失误，内部矛盾重重，在曹操少数兵力的接连攻击之下，竟是一败不可收拾。

第三阶段，曹操引得胜之兵，追击袁绍，直至黎阳河北岸，依靠所占地域广阔，收集四州人马二三十万人，再与曹操决战于仓亭，曹操在折损徐晃部将史涣后，采用程昱"十面埋伏"之计，令许褚为中军先锋，伪作劫寨，诈败诱敌，将袁绍军诱至河岸，然后左右各分五队伏兵，分批杀出，背水一战，使袁绍刚刚聚集起来的人马再次受到重创，袁绍拼死突出包围，但"军马死亡殆尽"，从此完全失去了在北方的统治势力，曹操则从此奠定了统一北方的坚实基础。

从上述的介绍中，我们可以看出，这一情节单元的结撰以人物性格展示为前提，重在塑造出人物的个性特征，主帅的素质、才能和智谋对战役情势的强弱变化起着决定性的作用。从小说情节发展的方面来看，在叙述过程中，小说高度重视细节描绘，既使人物形象的刻画鲜明生动，又使情节的发展变化合情入理，使情节具有艺术真实性。

首先，小说聚焦于人物个性的刻画，使这一情节单元成为塑造人物形象必不可少的组成部分。在这一情节单元中，对于曹操的形象，重在刻画了他作为军事统帅所具有的个人素质和雄才大略，充分体现出他作为政治家和军事家的非凡胆识与智慧。具体来说，小说重点刻画了曹操以下性格侧面。其一，坚韧不拔，意志顽强。相比之下，曹操的军队在数量上处于劣势位置，而且一直面临粮草不继的危难局面，但他能够保持必胜的信念，两军初次交锋，被袁绍军队击败，但他没有因此而失去信心，并以乐观心态面对艰难情势，在粮草不继时，询问荀彧是否继续相持下去直至击败袁绍为止。荀彧为他分析了形势，进谏他"此用奇之时，断不可失"，当即坚定了曹操必败袁绍的信念，虽面临种种不利，但他能"得书大喜，令军士效力死守"。在与袁绍军队对峙过程中，他听得许攸来投，小说写道："时操方解衣歇息，闻说许攸私奔到寨，大喜，不及穿履，跣足出迎。遥见许攸，抚掌欢笑，携手共入，操先拜于地。"虽说许攸从袁绍军中而来，从他口中能够了解到有关袁绍军虚实的情况，但在两军对峙、尚无破敌之策时，曹操能够如同在日常生活中接待故人来访一般，丝毫没有表现出忧烦愁闷的心情，可以想见其稳定坚韧的心理素质。第二，是机敏睿智的判断力。作为军事统帅，需要对双方的力量对比和所处情势有清醒的认识，并以此为基础，对可能发生的变化做出敏锐判断，所谓既需知己，又需知彼。在曹操面临进退不定的局面时，荀彧的回信坚定了曹操必胜的信念，这种信念，源于他对荀彧分析的客观形势所做的正确判断。荀彧在信中分析说："愚以袁绍悉众聚于官渡，欲与明公决胜负，公以至弱当至强，弱不能制，必为所乘：是天下之大机也"。在信中，荀彧对曹操所面临的形势做了精辟的分析，在以弱当强的形势下，只有唯一的选择——不进则败，倘若在这种形势下退兵，必然被袁绍乘势追杀，落得不可收拾的结局，曹操从客观形势、用兵经验与理论中迅即判断出了荀彧分析的正确性，决心凭借智慧与谋略取得以少胜多的战绩。许攸夜投营寨，在他以手中曹操的手书揭出曹操军粮已尽的实底时，曹操当即向许攸询问破袁绍之计。在许攸进献劫乌巢屯粮之地、以挫动袁绍军军心、并打击其力量时，曹操同样是在瞬间做出了自己的正确判断，当然这种判断要以对己对彼的深刻洞察为前提。他深知自己一方粮草不继，利在速战，且此时粮草已尽，更不能再对峙消耗下去，他敏锐地判断出许攸所献计谋对自己一方的价值，出奇兵瓦解对方军心，才会带来转弱为强的契机，并从许攸敢于留在自己营寨中，判断出许攸确是真心来投。在张辽进言说："袁绍屯粮之所，安得无备？丞相未可轻往，恐许攸有诈"时，曹操从所处形势和许攸留在营寨之中，说明了自己的判断依据。并决心已定，"今劫粮之举，计在必行"。当张辽提醒曹操要防范袁绍军乘虚劫寨时，小说写道："操笑曰：'吾已筹之熟矣。'"这一细节中，重点刻画了曹操机敏果敢的判断力，联系小说其他情节可以知道，曹操是一个深通用兵之道的军事家，识见敏锐，多谋善断，他自己所处的不利形势，必然使他着力于"用奇"，"用奇"则必然以知己知彼为前提，曹操笑着说"筹之熟矣"，确是他心理活动的真实反映。出奇谋以少胜多，是他唯一的战略选择，他自然会在如何出奇制胜上思虑斟酌，许攸进献的劫粮计谋，正是出奇兵速战取胜的良策，而这正是指挥者必备的胆识与才智。第三，善于识人，豁达睿智。这一方面，与前一方面紧密联系，小说对这一性格特征的刻画尤为鲜明深刻。善于识人，并能够以豁达大度的胸襟信任人才，延揽人才，对待人才，同样是取得成功的关键因素，同时，一个主帅或是领导者，只有具备机敏果敢的判断力，才有可能善识人才，放手使用人才。在官渡之战的过程中，曹操能够取得以少胜多、击败袁绍的胜利，其关键也在于此。在两军对峙、曹军处于劣势之时，是荀彧回书对他所面临局势的精辟分析，使他坚定了必须以弱胜强的信念；在处于僵持情势、一时没有破敌良策之时，是夜投曹营的许攸为他进献了突袭乌巢以瓦解袁绍军心的计谋，他根据已经掌握的双方形势，在瞬间做出了正确判断，当即采用；在袁绍将领畏惧谗言陷害、率领本部人马前来投奔，曹操当即留用，夏侯惇担心"未知虚实"，曹操则认为："吾以恩遇之，虽有异心，亦可变矣。"并封张郃为偏将军、都亭侯，高览为偏将军、东莱侯，随即委以重任，由二人为先锋，去劫袁绍营寨；曹操这种善于识人，又敢于用人的气度，对瓦解袁绍军心、增强自己一方力量，起了至关重要的作用，小说中写道："却说袁绍既去了许攸，又去了张郃、高览，又失了乌巢粮，军心惶惶。"曹操敢于对降将委以重任，同样是以他对袁绍不能用人的判断为依据的，二人到曹操寨中，"倒戈卸甲，败伏于地"，曹操又以善言抚慰相待，并拜将封侯，使"二人大喜"，有了使二人报恩的前提，他自会放手起用。尤为难得的是，击溃袁绍后，"于图书中捡出书信一束，皆许都及军中诸人于绍暗通之书，左右曰：'可逐一点对姓名，收而杀之。'操曰：'当绍之强，孤亦不能自保，况他人乎？'遂命尽焚之，更不再问。"曹操深知，虽已取得军事上的胜利，但袁绍还具有强大的势力，在这种形势下，核对名姓以处罚，不如在形势发生变化之后进一步稳定其心态，使之更为尽心竭力地为己所用。曹操的这种举动，当然包含了稳定阵营的机谋在内，但其中体现出他在当时情势下的宽宏器量，则是没有疑问的。对此，毛评本评论说："奸雄可爱。"肯定了曹操这一处理方式，它对于稳定阵营、赢得彻底击败袁绍的胜利，起了决定性的作用。从这几个方面，小说刻画出了曹操作为军事家的胆识与气度。

在与曹操相互对照之下，袁绍则充分体现出了"色厉胆薄，好谋无断；干大事而惜身，见小利而忘命"的本色，曹操所长，恰是袁绍所短，曹操在"煮酒论英雄"时对袁绍的评价，可谓确实允当。在与曹操的对峙中，他在兵力上本来处于优势地位，却由于他的决策屡屡失误，使形势发生了逆转，自己处在了被动挨打的位置上。小说在情节进程中，着力刻画了袁绍好谋无断、外宽内忌的性格，他的这种性情，遭致了彻底失败的结局。在这一情节单元中，重点刻画出了袁绍以下性格侧面：第一，心无方略，既不知己，又不知彼。本来，他的军事力量远远超过曹操，但他在两军对垒之时，却没有完整缜密的退敌策略，而且缺乏主见。谋士沮授进献"宜且缓守"的计策，使曹兵在对峙消耗中不战自乱，以等待进攻时机，袁绍却急躁冒进，希望以速战击败曹军。可是，他的速战决策却是以常规战术迎敌，并不知道曹军虽少，却是精锐部队，利在速战。在主动进攻失败，手下谋士所献计谋又为曹操所破后他又一筹莫展，不知如何应对，想不出以优势兵力击败敌手的计谋，只是在相持中消耗。殊不知，以优势兵力与对方过长时间的对峙，会涣散自己一方的军心，其战斗力必然衰减。此时，曹操却是不放过任何可能战胜或瓦解对方的机会，寻找破敌之策。这种局面，成为导致袁绍失败的先声。第二，良莠不分，忌刻寡恩。从小说的情节进程中，明显体现出袁绍集团内部矛盾重重的状态，这显然是长时间既已形成的局面，这与袁绍缺乏知人识人之明有直接关系，这种内部关系的弊害，在两军对垒的紧要关头，暴露无遗。淳于琼贪杯好酒，却被袁绍委以守护乌巢的重任，结果造成了不可收拾的局面。集团内部矛盾，多是由贤愚不分、忠奸不明的用人失误造成的恶果。内部沮授、田丰本是谋略过人的智谋之士，对他们所献计谋，袁绍却缺乏判断能力，不只是刚愎自用，还听信宵小谗言，先是囚禁二人，后又因"羞见此人"的阴暗心理将田丰杀害。对于一心为己、陷害忠良的奸佞小人逢纪、郭图，他却听之信之，使本来尽心效力的谋士许攸和良将张郃与高览先后投奔曹操，大大削弱了自己一方的实力。第三，忌刻虚荣，心胸狭隘。袁绍对自己的一再失误，不是毫无所知，而是清楚地知道没有听从田丰的进言是招致失败的原因，他也曾后悔地说："吾不听田丰之言，致有此败。"但他出于家世自尊和以前显赫时候所助长的傲慢，却使他失去了分辨轻重的能力，关心自己的脸面远远胜过关注创业的前景，为了保全自己的脸面，竟然听信逢纪谗言，不分青红皂白地杀害了田丰。以这种阴暗心理对待自己的部下，必然令谋士心寒，将士落魄，倘若他能够正视自己的过错，接受教训，从失败中辨明忠奸，以大度胸怀起用田丰等有识见的谋士，恐怕不会在曹操的连续进攻下一败再败，直到落了不可收拾的惨败结局。平心而论，在东汉末群雄并起的纷争中，袁绍曾有过煊赫一时的过去，他并非只是一无是处的平庸之辈。当初在各路英雄豪杰风云际会之时，他曾担当十八路诸侯讨伐董卓的盟主，也曾有过勇猛豪壮之气。小说写他与公孙瓒交战时，公孙瓒新得赵云，勇不可当，在赵云冲杀到面前时，田丰建议袁绍到空墙内躲避，袁绍却把兜鍪摔在地上，大呼说："大丈夫临阵斗死，岂可入墙而望活乎！"正是由于他的决断，手下军士才齐心死战，抵挡住了赵云（见第七回"袁绍磐河战公孙　孙坚跨江击刘表"）。但他在扩充地盘、实力壮大之后，他身上骄纵刚愎之气越来越重，目光短浅也越来越突出，既失去了对自己战略前景的筹划，又在用人上一错再错，注目天下的雄心萎缩了，对家庭内部的利益纷争却越来越用心，结果，在后起豪杰生气勃勃的进攻之下，他只有退出群雄角逐的份儿了。袁绍的性格弱点，在与曹操的对照刻画中，同样展示得生动鲜明。

从小说的情节结撰方面来看，有两点值得重视，其一，小说在历史记述的基础上，从战役进程角度，对情节做了精当提炼与艺术加工。小说描绘官渡之战的文字并不长，但在作者的叙述过程中，却是波澜迭起，生动曲折，扣人心弦。小说紧扣双方对峙中的关键因素做文章,即粮草的供应,这是双方对峙的焦点,在这一点上,曹操处于劣势,袁绍处于优势,曹操深知其所处情势,袁绍也深知其重要性,战役的进程围绕着加重对方的劣势或是打掉对方优势推进,结果,曹操以坚韧的个性和非凡的胆识,把握到了有利战机,从烧掉乌巢粮草为转机,使双方情势发生逆转,曹操一方变被动为主动,袁绍则在接连失策中被彻底击败。其二,是精当生动的细节描写。细节在情节推进中起着至关重要的作用,它使情节合情合理,产生艺术的真实性。如小说写到曹操亲自率军去劫乌巢军粮时,小说叙述完必要的情节之后,特意交代了当时的环境,虽是短短的四个字,却是必不可少,小说这样描写曹操夜行军的情状,"教张辽、许褚在前,徐晃、于禁在后,操自引诸将居中:共五千人马,打着袁军旗号,军士借束草负薪,人衔枚,马勒口,黄昏时分,望乌巢进发。是夜星光满天。"其中,只用"星光满天"四个字交代了当时的环境,但它却是推动情节的发展的必要因素与依据。曹军是假冒袁绍军队通过袁绍军别寨,只有星光,则使袁绍军队能够模模糊糊地看到自家旗号,但在疏于防范的大意之中,并不能分辨到底是自家人,还是别人假冒,这样才会使曹操冒险突袭的计划得以顺利实施,推动情节发展,既切合人夜间的视觉特征,又符合袁绍军在相持已久后松垮懈怠的心理特点。这里的交代,既符合生活的真实性,更强化了艺术的真实性,可见作者情节叙述的稳妥严密。在曹操迎许攸的片段中,细节描绘更是惟妙惟肖,形象逼真地刻画出了曹操坦率热诚却内藏机谋的个性。

毛评本第三十回回评对曹操、袁绍二人的个性做了细致分析,可供阅读时参考:"今曹操与袁绍,相拒于官渡,而操以乏粮而欲归,若非荀彧劝之勿归,袁曹之胜负,亦未可知也。读书至此,正是大关目处,如布棋者满盘局势,所争只在一着而已。袁绍善疑,曹操亦善疑。然曹操之疑,荀彧决之而不疑,所以胜也;袁绍之疑,沮授决之而仍疑,许攸决之而愈疑,所以败也。曹操疑所疑,亦能信所信。韩猛之粮,不疑其诱敌,许攸之来,不疑其诈降,所以胜也。袁绍疑所不当疑,又信所不当信。见曹操致荀彧之书,则疑其虚;见审配罪许攸之书,则信其实;听许攸袭许都之句,则疑其诈;听郭图谮张郃之语,则信其实,所以败也。"

层层渲染　凸显神采："三顾茅庐"赏析

在《三国演义》中，有一篇洋洋洒洒、纵情渲染的文字，那就是刘备躬亲三往、到隆中请诸葛亮出山辅佐他建立帝业的情节，经过小说作者生花妙笔的铺排与渲染，"三请诸葛亮"的故事流传广泛，影响深远，在历史的发展过程中已经有了典故和模式的意味，统称求才若渴、礼贤下士的诚意。

"三顾茅庐"的情节见于第三十七回"司马徽再荐名士　刘玄德三顾茅庐"，在情节展开推进的过程中，小说则用了层层渲染的方式，依次铺垫，从时人的嘉许推重，着力突出了诸葛亮能够安邦定国的匡世才能。在第三十六回中，化名单福、刚刚为刘备建功立业的徐庶被曹操囚禁了母亲，万般无奈中，徐庶辞别刘备，赴许昌去见母亲，刘备依依不舍，挥泪相送。二人告别之时，徐庶向刘备推荐了隐居襄阳隆中的"奇士"诸葛亮，在刘备询问诸葛亮之才与徐庶相比如何时，徐庶回答说："以某比之，譬犹驽马并麒麟、寒鸦配鸾凤耳，此人每尝自比管仲、乐毅；以吾观之，管乐殆不及此人。此人有经天纬地之才，盖天下一人也。"然后简要介绍了诸葛亮的身世、抱负和才学，认为"此人乃绝世奇才，使君急宜枉驾见之。若此人肯相辅佐，何愁天下不定乎？"这时，刘备想起了先前在水镜庄上，司马徽曾对他说过："伏龙、凤雏，二人得一，可安天下"的话。此时又经过徐庶的推荐，才了悟"伏龙"这一称号的具体含义。

正当刘备按照徐庶所言，置办礼物要到隆中去拜访诸葛亮的时候，门外有人通报："有一先生，峨冠博带，道貌非常，特来相探。"见面之后，方知是世外高人司马徽。经由司马徽的口，作者再一次渲染了诸葛亮志向非凡、才能绝世的胸襟与气度，司马徽介绍说："孔明居于隆中，好为《梁父吟》，每自比管仲、乐毅，其才不可量也。"当关羽认为诸葛亮自比管、乐"岂不太过时"，司马徽却更进一步，认为诸葛亮可比使周朝兴旺八百年的姜子牙、辅佐刘邦建立汉朝四百年江山的张子房，着力称颂了诸葛亮的济世之才，在司马徽的评判中，他堪为匡扶社稷、兴亡图霸的一代贤相，这一番话，使听者不知所措，无话可对了。经过司马徽语焉不详的赞叹，徐庶临行前的走马举荐和介绍，又再次经由司马徽的口做了推崇备至的嘉许，诸葛亮还没有在小说中出场亮相，就已经产生了先声夺人的气势，不独令小说中人物，也令读者禁不住去想象其人的风采神韵了。小说中运用的这种递进层深的描写与叙述，是典型的铺垫笔法，能够引发情节推进过程中的一环扣一环的悬念，增强小说引人入胜的艺术魅力。这种他人介绍引见的铺垫，还处在人物环境的外围，留给读者的想象余地虽然很大，毕竟只有轮廓而缺乏具体的内蕴，接下来的"三请"则又借环境的衬托、亲朋的衬托一步一步地接近了这位躬耕南阳、却是洞悉天下时局的隐居高士。

刘备、关羽、张飞第一次带着数十人到隆中见诸葛亮时，诸葛亮出游未归，回去的时候，刘备等人回望隆中景物，称羡不已，几句骈体文形式的写景，寥寥数语，却以高度的艺术概括力，总括出了隆中幽深雅洁、秀远清旷的整体特点，这种景物描写，既切合情节发展中刘备等人"回观"的视觉特点，又从景物的概括中衬托和象征了诸葛亮高人才士的风神性情。因为是"回观"，则必然是整体的，又因为是整体的视觉效果，才使得景物描绘包孕了衬托和象征的意味：

　　然山不高而秀雅，水不深而泉清；地不广而平坦，林不大而茂盛，松篁交错，猿鹤相亲。

在小说人物的回望中，这里的水光山色，从其整体风貌中，呈现出一种自然和谐、剔透清丽的美，"猿鹤相亲"的大自然活力倾溢而出的生趣，又使这种景色具有一种远离尘嚣的旷野情调，从中隐隐暗示着生活于其间的人所应有的不同流俗、襟怀超旷的神采。由生活环境景物的象征，主人公内在的志节操守，自可令小说中人物、也令读者约略想见。

作者对主人公出场的铺垫，可谓是苦心经营，在由自然景色做了内在精神气度的象征之后，又推进了一步，以主人公的交游往来和家人的雅致风神衬托其高风亮节。恰在观赏景色之时，见一个青衣道袍的人仗藜而来，目秀眉清，仪表不俗，刘备以为这必是诸葛亮无疑，近前答话才知道，这位是诸葛亮的朋友崔州平，他与刘备高谈阔论了一番人世间的兴衰治乱之道，然后飘然而去。几天后，时值隆冬，刘备使人探得诸葛亮住在庄上，便又带关羽、张飞前去拜请，在靠近茅庐的酒店中，见二人正对坐饮酒，其中一人放声作歌，这二人同样是一番隐居高士的气派，上前询问才知道，这二位也是诸葛亮的朋友，一位是孟公威，一位是崔广元。告别隐者，弟兄三人来到草堂，见一人拥炉抱膝作歌，歌词中确有建功立业而后功成身退的人生抱负，歌词是："凤翱翔于万里兮，无梧不栖。吾困守于一方兮，非主不依。自躬耕于陇亩兮，以待天时。聊寄傲于琴书兮，吟咏乎诗。逢明主于一朝兮，更有何迟？展经纶于天下兮，开创镃基。救生灵于涂炭兮，到处平夷。立功名于金石兮，拂袖归。"刘备认定此人是诸葛亮，忙上前施礼，此人却是诸葛亮的弟弟诸葛均，刘备在无奈之中，只得留下一封书信，告辞而返。刚出庄外，见一人带一个小童，提一壶酒，骑驴踏雪而来，刘备忙上前施礼，原来又是误会，此人是诸葛亮的岳父黄承彦，他前来探望女婿，刘备只好闷闷不乐地带领关羽、张飞返回新野。转过年来，正是新春时节，刘备找人占卜，选定日期之后，还斋戒三天，沐浴更衣，又一次要前往卧龙岗，去访诸葛亮。这一次张飞耐不住性子，说道："他如不来，我只用一条麻绳缚将来。"快人快语，豪爽得不禁令人失笑，直到张飞答应了"不失礼"的要求后，刘备才答应带他前去。

　　这一次总算如愿以偿，诸葛亮正在草堂春睡之中，刘备让关羽、张飞等在门外，自己慢慢进入草堂，见诸葛亮仰卧在几榻之上，刘备毕恭毕敬地在阶下等了一个时辰（按现在说，即是两个小时的时间），急得门外的张飞要去屋后放火，想把诸葛亮给烧起来，要不是关羽把他给拉住，按他的性情是不是真的会把诸葛先生给烧起来，也未可知。张飞的性急，衬出了刘备的诚挚恳切，也使这一情节产生了生动活泼、妙趣横生的艺术效果，增强了艺术情境的真实感和生活气息。在张飞早以按捺不住之后，诸葛亮翻了几个身，又睡了一个时辰，刘备整整立了半天，都觉得体力不支了，诸葛亮才春睡方足，起身与刘备相见。诸葛亮整治衣冠，出迎刘备时，刘备眼中的诸葛亮更是一种心笼天地、超凡脱俗的"仙士"气派："身长八尺，面如冠玉，头戴纶巾，身披鹤氅，眉聚江山之秀，胸藏天地之机，飘飘然当世之神仙也。"这里，以刘备的视角描绘诸葛亮的外在风神特征，是由这一情节的叙事焦点决定的，因为是刘备前来相请，自然要由刘备的观察印象呈现主人公的风神性情，这一段描绘，实际上也照应着司马徽、徐庶二人推崇举荐诸葛亮的议论，同时，也预示二人此后的亲密关系。相见之后，便是那千古盛传的"隆中对"，诸葛亮当即为刘备定下了据荆州、占益州、进西川的创业决策和东结孙权、北拒曹操而三分天下的战略方针，诸葛亮并让童子拿出西川五十四州地图，指点着说："此西川五十四州之图也。将军欲成霸业，北让曹操占天时，南让孙权占地利，将军可占人和。先取荆州为家，后即取西川建基业，以成鼎足之势，然后可图中原也"，一番话，使刘备茅塞顿开，豁然开朗，这番话，实际上使刘备明确了发挥自己优长以建立帝王基业的具体战略步骤，以至于令刘备"顿首拜谢"。从诸葛亮这番审时度势、明辨时局、并具有长远战略眼光的"隆中对"来看，诸葛亮这一形象，体现了古代儒士典型的以儒道互补为核心的文化人格，他的隐居，并不是真的忘怀世事，超然物外，而是在隐居中时刻关注着社会历史变化的动向，思考着自己人生价值的实现途径，等待着经时济世的机缘，其人生态度、价值取向的根基，是积极进取的用世热情，同时既有洞明世态、胸藏玄机的智谋韬略，又有高蹈人世、超旷飘逸的风采神情，使这一形象，体现出传统文化底蕴的多层次复合内涵。诸葛亮的济世情怀，在刘备恳请他出山辅佐的情节片段中，得到了形象鲜明的描绘：

> 玄德拜请孔明曰："备虽名微德薄，愿先生不弃鄙浅，出山相助。备当拱听明诲。"孔明曰："亮久乐耕锄，懒于应世，不能奉命。"玄德泣曰："先生不出，如苍生何！"言毕，泪沾袍袖，衣襟尽湿。孔明见其意甚诚，乃曰："将军既不相弃，愿效犬马之劳。"玄德大喜，遂命关、张入，拜献金帛礼物。孔明固辞不受。玄德曰："此非聘大贤之礼，但表刘备寸心耳。"孔明方受。于是玄德等在庄中共宿一宵。次日，诸葛均回，孔明嘱咐曰："吾受刘皇叔三顾之恩，不容不出。汝可躬耕于此，勿得荒芜田亩。待吾功成之日，即当归隐。"

这段描绘，形象地展示出了诸葛亮的心理特征，他有着以儒家兼善天下为内核的用世抱负，他的隐居，实际是他关注时局、等待时机的途径，他的用世准则，以平定天下、救助苍生为前提，这就使诸葛亮人生道路的选择和人生价值的定位，生发出了崇高感，其用世理想，不是为了自己的功名，而是以天下苍生为念，这在刘备以"先生不出，如苍生何"的感召下，诸葛亮应允出山辅佐的对话中得到了形象化的体现，这一点，与刘、关、张三人结义时的誓言契合一致，体现了刘备集团创建帝业的"仁义"性质。从此，诸葛亮由此走出茅庐，步上了辅佐刘备开创帝业的人生旅程，在诸葛亮盖世奇谋的运筹下，刘备集团逐渐由常常败退转入了以"人和"扩张地盘的攻势，转变了一直被动溃败的局面。这种君臣相得而转变时局的机缘，深得后人的推崇与赞叹，唐代的大诗人李白曾在《赠长安崔少府叔封昆季》一诗中把诸葛亮与刘备相见概括为"鱼水相顾合，风云四海生。"

小说中这一篇"三顾茅庐"的文字，曲曲折折，层层铺垫，步步渲染，千呼万唤，才把这位主人公从卧龙岗的草堂中请了出来。就艺术描绘技巧来看，其中既有自然环境描写的暗示与象征，又有诸葛亮亲友的气度风神的依次烘托，一方面增强了情节的吸引力和感染力；另一方面，也着意突出了诸葛亮在小说中的第一主人公的地位，在以后的描写中，读者可以明确地感受到，有关诸葛亮的情节，无不绘声绘色，扣人心弦，从这一点来说，《三国演义》还真有点儿"诸葛亮传"的意味。其次，这一情节片段，也同时体现出小说作者对人物个性把握的准确，刘备的恳切至诚，张飞的莽撞急躁，关羽的沉稳持重，都刻画得具体生动。

其实，这一番洒脱流丽、笔酣墨畅的文字，主体部分完全是小说家罗贯中虚构出来的，史书记载只是为罗贯中天才的艺术创造提供了一个框架；而生动活泼、细致生动的艺术描绘，则是罗贯中按照生活的逻辑，充分发挥艺术想象力的结果，自然，在作者的艺术想象和淋漓尽致的艺术表达中，渗透和包容着作者的理想和愿望。

在陈寿《三国志·蜀书·诸葛亮传》中，关于诸葛亮的身世、交游、志向只有寥寥数语的简略记载："（诸葛）亮躬耕陇亩，好为《梁父吟》，身长八尺，每自比管仲、乐毅，时人莫之许也，惟博陵崔州平、颍川徐庶元直与亮友善，谓为信然。"这是关于诸葛亮交游的记载。关于"三请"，史传中只是记载了刘备去请的次数，而没有记载去请的具体经过。历史资料中有两处提到"三请"，一是《诸葛亮传》中"由是先主遂诣亮，凡三往，乃见。"的简略记述；二是诸葛亮《出师表》中说："先帝不以臣卑鄙，猥自枉屈，三顾臣于草庐之中，咨臣以当世之事，由是感激，遂许先帝以驱驰。"由此可见，刘备请诸葛亮出山辅佐，确实是去了三次，但是，什么时候去的，怎么去的，有哪些所见所闻，却都没有提及。罗贯中在创作《三国演义》时，则充分发挥了艺术想象力的作用，把相关材料贯通融合在一起，尤其是紧扣了可以大加发挥铺排的"三"字做文章，从中开掘出了传奇性的因素，让诸葛亮的亲友在"三顾"的过程中展示出了各自的气韵神情，当然，这是为衬托诸葛亮的神采而写的。由此可以感悟到，历史文献与文学创作的主要差异，一般来说，历史文献记述事件简要明了，而文学创作的着眼点在于通过具体细致的描绘刻画出人物的风神性情，产生一种丰满活脱的艺术效果，同时，在这种描写的过程中寄予作者的情感态度和评判倾向，这一点在塑造文学形象时是不可忽视的艺术要素。

匹马对敌　粗中有细：张飞长坂桥退敌赏析

　　张飞在长板桥上匹马对敌，喝退曹操大军的情节片段，广为流传，为读者津津乐道，这一片段，与赵云大战长坂坡的情节紧密相承，着力突出和强化了刘备集团在总体溃败过程中的气派与声威，使读者在阅读过程中产生刘备集团虽败犹胜之感，既刻画出了鲜活生动的人物形象，又充分体现出小说的思想倾向。张飞单枪匹马、独退曹兵的场面，与赵云独闯曹军的情景前后相映，各有千秋。

　　这一情节片段的艺术真实性，实际上是在整体情节链条中叙写出来的，在作者的笔下，写得层次鲜明，丝丝入扣，将这一具有浓厚传奇色彩的情节描绘得惊心动魄而又令人叹服。

　　张飞到长坂桥上横矛立马，其原本的用意并不是去接应赵云，抵挡曹兵，而是因糜芳带伤回报刘备说赵云往西北而去，定是为贪图富贵反投曹操去了，张飞一听，火往上撞，不由分说，便要去找赵云，小说这样写，突出了张飞粗豪莽撞、疾恶如仇的个性，也从中显示出刘备的知人之明，他以为"子龙从我于患难，心如铁石，非富贵所能动摇也"，而张飞则是另一番态度，小说写道：

　　　　飞曰："待我亲自寻他去。若撞见时，一枪刺死！"玄德曰："休疑错了。岂不见你二兄诛颜良、文丑之事乎？子龙此去，必有事故。我料子龙必不弃我也。"张飞哪里肯听，引二十余骑，至长坂桥。见桥东有一带树木，飞生一计：教所从二十余骑，都坎下树枝，拴在马尾上，在树林内往来驰骋，冲起尘土，以为疑兵。飞却亲自横矛立马于桥上，向西而望。

　　在这段文字中，着力突出的是张飞的品质和性情，他误解了正在曹军中往来冲突寻找刘备家小的赵云，但他的误解，也从他的莽撞中体现出可爱的一面，他所认可的关系与情谊，应是坚贞如一、心如磐石，性情不定，见利忘义是不能容忍的，这就在道义的天平上，突出了张飞的形象，为他以精神力量威慑曹兵，做了有力的渲染。张飞能够利用地理环境，巧布疑兵计，则为他能够成功地慑服曹军，做了必要的铺垫。

张飞到长坂桥上等候，赵云先是救了简雍，后又解救糜竺回来，送至长坂桥，张飞还在将信将疑的心态中，大叫："子龙！你如何反我哥哥?"待赵云解释是因为寻找主母与小主人落后时，张飞说出了简雍回来报信的事，而赵云为寻找主母与小主人，再回旧路，等到赵云救回阿斗，赶奔长坂桥时，背后曹军追来，赵云已是人困马乏，大呼"翼德援我"，描绘的对象转到了张飞，张飞的答话"子龙速行，追兵我自当之"，则既表明张飞对赵云疑问的彻底消释，更是鼓起了他无所畏惧、匹马对敌的气概神威。毛评本在张飞这句话之后的夹评中说："本欲杀子龙而来，今反得为子龙之援。妙。"其妙处恐怕就在于赵云的求援唤起了他的精神力量的缘故。本来，当阳溃败，已是溃不成军，但君臣而又兄弟之间的患难与共，生死相随，自会激起无可比拟的心理强度和精神力量，以无所畏惧的胆识震慑对方，这一描绘，为展现张飞的勇武气概，又做了进一步的铺垫。

曹操部将文聘引军追赶赵云到长坂桥，见赵云从桥上策马而去，张飞单人独骑立于桥上，又见对面树林中尘土飞扬，心中狐疑，不敢近前，随即曹军大队人马赶来，同样不敢贸然近前，只好报知曹操，待曹操赶来，两相对峙，出现了戏剧性的场面。一方是张飞只身一人，怒目横矛立马桥上，独当大军，另一方则是兵将簇拥，欲进不能，犹疑不定。小说通过自然的视角转换，从曹军将领和曹操的视角，刻画出了张飞威猛盖世、勇悍绝伦的神采气派，面对强敌的三声大喝，竟使曹操部将夏侯杰肝胆俱裂，使曹操大军蜂拥而退：

张飞圆睁环眼，隐隐见后军青罗伞盖、旄钺旌旗来到，料得是曹操心疑，亲自来看。飞乃厉声大喝曰："我乃燕人张翼德也！谁敢与我决一死战?"声如巨雷。曹军闻之，尽皆股栗。曹操急令去其伞盖，回顾左右曰："我向曾闻云长言：翼德于百万军中，取上将之首，如探囊取物。今日相逢，不可轻敌。"言未已，张飞睁目又喝曰："燕人张翼德在此！谁敢来决死战?"曹操见张飞如此气概，颇有退心，飞望见曹操后军阵脚移动，乃挺矛又喝曰："战又不战，退又不退，却是何故！"喊声未绝，曹操身边夏侯杰惊得肝胆俱裂，倒撞于马下。操回马便走。于是诸军众将一齐往西奔走，正是：黄口孺子，怎闻霹雳之声；病体樵夫，难听虎豹之吼。一时弃枪落盔者，不计其数，人如潮涌，马似山崩，自相践踏。

这段文字，重在描绘张飞三次大喝所产生的震撼与威慑效果，写得极富层次感。第一次，是张飞见曹操亲自到来发出的挑战，张飞的形象与气概本来已给曹军造成了精神压力，他的厉声大喝发出的挑战，自然会使曹军将士心惊胆战，更会使心性多疑的曹操在不明底细中去判断虚实，因而"急令去其伞盖"，想要观察得更为清楚，他对身边众将所回忆的关羽当年对张飞的评价，已在透露着他内心的胆怯，因为关羽斩颜良、诛文丑是他与众将亲眼所见，可是，所向无敌的关羽却自愧不如，此时，张飞的勇武气概，自会使他心怀畏惧，在这种特殊的对峙情势下，其用意本是提醒自家将士的话语，却恰恰长了张飞的威风，减了自家的志气，就在曹操犹疑不定之时，张飞趁势加大自己的精神攻势，睁目大喝，重复喊出了向曹军的挑战，句式更简短，力量更强劲，这一喝，更使不明虚实的曹操犹豫不决。面对这种从未见过的对峙挑战阵势，主帅又一时间无从决断，曹军众将已无战心，后军已开始移动，张飞在桥上见曹军后军移动，不失时机地又大喝一声，这一次是"挺矛又喝曰"，挑战的情绪更高昂，语含鄙夷之意，张飞定要和曹军决一死战的威风气派和胆识，加上张飞的神采威名，竟使曹操身边的夏侯杰"肝胆俱裂，倒撞于马下"，惊慌失措之际，身为主帅的曹操也乱了方寸，竟然忘了主帅的行动对军心产生的影响力，"回马而走"，由于主帅慌乱惊惧，怯阵逃窜，自然使大队人马失去控制，混乱不堪，在自相践踏中溃败而走。张飞的三声大喝，竟然产生了难以想象的震慑威力。

显而易见，作者是以赞扬惊叹的笔调叙述描绘这一艺术场面的，对张飞神威气概的渲染，具有浓厚的传奇色彩，不只是刻画出了张飞那以静制动、如同巨型雕塑般的形象，而且通过这一场面，刻画出了张飞粗中有细而又细不掩粗的性格侧面，使张飞这一人物形象更为生动饱满。张飞带着二十名军士去寻找赵云，到了长坂桥上，他见桥东有一带树木，便教军士在马尾上拴上树枝，在树林中来往奔跑，从远处望去，犹如埋伏着大队人马一般，这一疑兵计，才使得他单矛匹马独当曹军，有了具体情势的依托，才使他有可能以无所畏惧的精神力量，慑服曹操的大队人马。在与曹兵对峙之时，他猜测是曹操亲自前来查看，才大喝第一声，等到他见到曹操后军移动，便又乘势大喝了第三声，从而彻底压垮了曹兵的心理承受力，呈现出了只身退曹兵的战场奇观。

张飞巧用疑兵计喝退曹兵，体现了张飞这位粗豪将军的细心之处，他以自己的观察判断作为采取行动的依据，针对对方主帅发动心理攻势，使他的疑兵计取得了空前绝后的成功，紧接着作者便描绘出了张飞毕竟是"莽撞人"的用计特点，他在曹兵退去之后，自以为三声大喝已是决定性的胜利，不妨再为曹操制造引兵追赶的障碍，这样一来，自家安全则有了绝对保障，殊不知这种行动，恰恰暴露了并无重兵埋伏的胆怯心理，他的拆桥行动，在对刘备说明情况后，当即被刘备所否，判断出曹操必然从拆桥的行动中洞悉张飞的心理和底细而引兵追来。果然不出刘备所料，曹操在使张辽、许储探知张飞断桥之后，立即做出判断："彼断桥而去，乃心怯也。"传令搭建浮桥，火速进兵。若不是关羽从江夏借来一万军马，在通往汉津的路上埋伏接应，恐怕刘备众人是难以逃脱曹操大军追杀的。这一描写，不仅使情节进程再生波澜，尤为重要的是，作者这样描写，充分展示了人物性格的丰富性，张飞用计，有其胆大心细之处，但他的粗豪本色，使他的用计有始无终，留下了险些招致覆没的"尾巴"，而这又是张飞的性格逻辑中所必然生发出来的结果，这就使张飞的个性特征更为鲜明突出，更具有艺术的真实性。对于小说的这一情节，毛评本评点说："马尾树枝是翼德巧处，拆断桥梁是翼德拙处。莽人使乖，到底是莽。"可谓是从人物性格特征的角度精当地概括出了小说情节的作用。小说这一情节还表明，在叙事性小说的创作中，情节的艺术使命，并不是一味追求曲折离奇的故事，而在于从其发展推进的过程中刻画出人物不同的性格侧面，塑造出个性鲜明而又真实完整的人物形象。

在小说展示艺术世界的过程中，情节和人物形象塑造是相辅相成的两个方面，情节应成为人物性格的历史，人物性格应是情节推进的决定性因素，才会取得艺术描绘的成功。张飞在长坂坡喝退曹兵的传奇性情节，之所以真实可信，就在于作者在深入把握人物个性的前提下，对这一情节做了充分的铺垫，从而使张飞的孤胆英雄形象能够在长坂桥上矗立起来。一是诸葛亮出山之后，火烧博望坡、火烧新野一连串计谋使曹军心有余悸，使曹军面对张飞的疑兵计时心神不定，以为又是诸葛亮在运筹帷幄；二是赵云独闯曹军余威尚在，曹军众将，对只身闯阵的赵云无计奈何；三是当年关羽对曹操所讲的话言犹在耳，使曹操对张飞不同寻常的挑战狐疑不决；四是张飞自身的气派胆识，在精神上胜过了曹军将士。这些因素的层层铺垫，才使得张飞的疑兵计产生了震慑效应，以三声大喝，惊退了曹军。

总括起来看，这一情节片段以张飞大闹长坂桥为主体，着力凸显了张飞胆识非凡、勇略盖世的武将神采，豪壮刚猛之气，升腾于字里行间，同时，又刻画出了人物性格的另一侧面，使人物形象更为鲜活饱满，而这一情节的完成，则是通过情节进程中的层层铺垫来完成的，又隐含着衬托的艺术技巧，体现了小说情节构思的绵密细致，使这一片段，既有令人怀想叹服的传奇色彩，又有令人信服的艺术真实性。对小说情节结撰的这一特征，毛评本在第四十二回回评中说："翼德喝退曹军，若非有云长昔日夸奖之语，曹操当时未必如此之惧也。不但此也。翼德横矛立马于桥上，而曹兵疑为诱敌之计，若非有孔明两番火攻惊破曹兵之胆，当时曹操又未必如此之疑也。则非翼德之先声夺人，而实则云长之先声足以夺人；非翼德之先声夺人，而实则孔明之先声足以夺人耳。"这段话，从衬托技巧运用的方面来看，概括出了这一情节片段的艺术真实性，因为作者在情节进程中所做的铺垫，为张飞个人威猛神采的展现提供了必不可少的支撑与依托，这才使张飞的形象能够在长坂桥上矗立起来。

沉稳从容　奇谋制胜：草船借箭赏析

"草船借箭"是《三国演义》中着力描绘的故事，它对于塑造诸葛亮奇谋绝伦、料事如神的艺术形象，起了重要作用。在这一情节单元中，小说通过起伏跌宕、扣人心弦的艺术情节，描绘了赤壁之战前夕诸葛亮和周瑜之间相互斗智的过程，展示出了这两个智谋之士各自不同的鲜明个性和心理状态，其中，鲁肃的形象也得到了充分刻画。这一故事，情节紧张，悬念迭出，同时，还能够在有惊无险的情节进程中表现出一定的喜剧色调和幽默情趣，使诸葛亮的形象更为富于智慧的神采。"草船借箭"的故事见于毛评本第四十六回"用奇谋孔明借箭　献密计黄盖受刑"，本文的鉴赏即以毛评本的描绘为依据。

"草船借箭"的故事发生在赤壁之战的前夕。曹操统一北方之后，意欲统一天下，率领大军南下，在击溃刘备之后，又进攻孙权，此时，刘备新败不久，势力微弱，而且还没有自己的立身之地，孙权虽承继父兄基业，占据江南，但实力仍然有限，不足与曹操单独抗衡，在这种历史形势下，诸葛亮作为刘备集团的使臣，出使东吴，凭借自己的外交才能，舌战群儒，智激孙权，激起了吴主孙权和军事统帅抗曹的决心，从而赢得了孙刘两家在特定形势下，为了自我保全而结成的战略联盟。在刘备到隆中请诸葛亮出山辅佐时，诸葛亮那一番识见非凡的"隆中对"，早已对这种战略联盟做了预见与展望，在以后的行动中，诸葛亮一直维护着孙刘两家的这种战略联盟关系，因为他对当时的形势有着深刻的洞察，孙刘两家的任何一方，单凭自身的力量，都不能与曹操抗衡，只有两家的战略联合，才能够使孙、刘两家不致遭受被各个击破的历史命运，以三分鼎立的局面各自保全。在"草船借箭"这一情节单元中，贯穿着诸葛亮凭借超群的智慧对这一战略联盟关系的维护，而小说的情节，正是在这一基础上，显得波澜迭起。

如上所述，诸葛亮在推动孙刘联盟的建立和在谋划运筹对曹军作战的方略中，表现出了超人才智，使得东吴的军事统帅周瑜认定诸葛亮久后必为东吴之患，既产生了与诸葛亮相互斗智、以较高下的心理。同时，又在对诸葛先生智谋的惧怕中，萌发了诸葛亮不归东吴则必当除之的念头，随着事态的发展，周瑜除掉诸葛亮、为东吴消除后患的念头越来越强烈，"草船借箭"的情节即是由此展开的。

在小说第四十五回中写到，周瑜将计就计，以"诈睡""假书""梦语"等手段骗过蒋干，致使曹操误杀水军都督蔡瑁、张允，大大削弱了曹操水军的实力时，周瑜大喜过望，要鲁肃到诸葛亮处去打探消息，看诸葛先生是否能够识破自己精心筹划的计谋，但周瑜之计虽能瞒过众将，却早已在诸葛亮的明察和掌握之中，在鲁肃到诸葛亮的小船上探听之时，诸葛亮将鲁肃迎入小船，在回答鲁肃的寒暄"连日措办军务、有失听教时"，即有意点明鲁肃的来意，"便是亮亦未与都督贺喜"，当鲁肃问"何喜"时，诸葛亮便直截了当说出了鲁肃的来意："公瑾使先生来探亮知也不知，便是这件事可贺喜也。"一句话，使鲁肃大为惊讶，只得用言语支吾一番，便回去复命了。鲁肃临走时，诸葛亮叮嘱鲁肃不要在周瑜面前说自己已经知道了周瑜的计谋，鲁肃毕竟是东吴谋臣，他虽然答应不说此事，却还是如实地告诉了周瑜，周瑜得知后大惊，更是认定了诸葛亮迟早必为东吴之患，说："此人绝不可留！吾决意斩之。"周瑜本是吴军统帅，又自信为是足智多谋之士，在大敌当前之时，当然不会使用粗暴野蛮的手段达到自己的目的，他自认为能够通过自己的智谋，为诸葛亮设下一个让他必死无疑的圈套，他在鲁肃面前说："吾以公道斩之，教他死而无怨"，而这一"公道"是什么，则对鲁肃也没有明言，要他来日再看分晓。小说的情节进展到这里，一方面，制造了令读者迷惑也令读者急于想明了其究竟的悬念；另一方面，更是为智者斗智的情节展开做了充分铺垫。

在接下来的描绘中，小说的情节围绕着周瑜的用计和诸葛亮佯装中计而展开，层层设疑，逐层推进，使情节过程一波三折，扣人心弦。也正是在这种表面上风平浪静内里却险象环生的情境中，刻画出了诸葛亮、周瑜二人的个性，也揭示了孙权、刘备两个集团之间既相互联合，又矛盾重重的状况。

小说中描写，到了第二天，周瑜聚众将于帐下，便教请孔明议事，周瑜的以"公道"除掉诸葛亮的计谋开始实施了，这段描绘，一个假意礼让，心藏杀机，另一个则胸有成竹，竭力承应，在"自取其祸"的从容应对中，尤为显得智高一筹。小说的描绘一环紧扣一环，煞是惊险：

> 次日，（周瑜）聚众将于帐下，教请孔明议事。孔明欣然而至。坐定，瑜问孔明曰："即日将与曹军决战，水路交兵，当以何兵器为先？"孔明曰："大江之上，以弓箭为先。"瑜曰："先生之言，甚合愚意。但今军中正缺箭用，敢烦先生监造十万支箭，以为应敌之具。此系公事，先生幸勿推却。"孔明曰："都督见委，自当效劳。敢问

十万支箭，何时要用？"瑜曰："十日之内，可办完否？"孔明曰："操军即日将至，若候十日，必误大事。"瑜曰："先生料几日可办完？"孔明曰："只消三日，便可拜纳十万支箭。"瑜曰："军中无戏言。"孔明曰："怎敢戏都督！愿纳军令状：三日不办，甘当重罚。"瑜大喜，唤军政司当面取了文书，置酒相待曰："待军事毕后，自有酬劳。"孔明："今日已不及，来日造起。至第三日，可差五百小军到江边搬箭。"饮了数杯，辞去。鲁肃曰："此人莫非诈乎？"瑜曰："他自送死，非我逼他。今明白对众要了文书，他便两肋生翅，也飞不去。我只吩咐军匠人等，教他故意迟延，凡应用物件，都不与齐备。如此，必然误了日期。那时定罪，有何理说？公今可去探他虚实，却来回报。"

从这段描绘中，可以看出周瑜"公道"计谋的具体实施方案。周瑜是想以对曹军作战急需为名，要诸葛亮在十日之内督造十万枝箭；而另一方面则是吩咐工匠有意急工拖延，并在物料供给上刻意刁难，使诸葛亮不能按期完成，这样就可以名正言顺的除掉诸葛亮了。令周瑜欣喜过望同时也让他和众将迷惑不解的是，诸葛亮竟然聪明反被聪明误，在周瑜的故意误导启示之下，迫不及待地自投圈套，提出连十日都用不着，而只用三天的时间，即可备办十万只箭，而后回来复命。周瑜一听这话，自是喜不自禁。在周瑜的计划中，就是十天时间，诸葛亮也是完不成的，何况自己还惟恐不周，而密令工匠有意拖延，只要诸葛亮答应了，他的"公道"计谋就已是天衣无缝，就等名正言顺地按军法处置诸葛先生了。而现在，诸葛亮自己提出用三天时间，自然令周瑜大喜过望，在他看来，诸葛亮理所当然的是无力回天，必死无疑了，所以他感到这无异于天赐良机，立即与诸葛亮在军帐立下了军令状，好让诸葛亮"死而无怨"。从情节进展的过程中，可以看出，作者的描绘极有层次，一步一步地推开了周瑜设计而诸葛亮的主动"中计"的场面，既使小说中人物不知诸葛先生为何自投罗网而不解，更使读者不禁为诸葛亮的命运好生担忧，每一层，都在投放着疑团，每一层，都在设置着更为紧张的悬念，增强了情节发展的紧张度。

事实上，周瑜对诸葛亮在大帐中的表现也是心存迷惑的，诸葛亮告辞以后，周瑜就要鲁肃到诸葛亮处查看动静，并要鲁肃探明虚实之后"却来回报"。果然诸葛亮一见鲁肃就向他求救："吾曾告子敬，休对公瑾说，他必要害我。不想子敬不肯为我隐讳，今日果然又弄出事来。三日之内如何能造出十万支箭？子敬只得救我！"当鲁肃感到无计可施时，诸葛亮向他提出了救助的方式，说道："望子敬借我二十只船，每船要军士三十人，船上皆用青布为幔，各束草千余个，分布两边。吾别有妙用。第三日包管会有十万支箭。只不可又教公瑾得知。——若彼知之，吾计败矣。"鲁肃答应了诸葛亮的请求，但不解其意，这一次，他深知事关诸葛亮性命，只向周瑜说诸葛亮不用造箭用的"箭竹、翎毛、胶漆"等物品，对诸葛亮借船之事则避而不谈，结果周瑜听罢，也是大惑不解，只能是在观望诸葛亮的动静之中探查其究竟了。

鲁肃虽然不知道诸葛亮的用意所在，但他还是按照诸葛亮的请求，私自拨给了诸葛亮船只、兵卒，由诸葛亮调遣使用，可是一连两天却不见诸葛亮有何行动。至此，小说的情节紧张度达到了极限，读者阅读过程中的紧张情绪也同样上升到了极点，作者这才将情节的进展推向了高潮，揭示了孔明先生智谋更高的原委。

第三天夜里凌晨，已是四更时分，实际上已到了周瑜要箭的最后时限，诸葛亮才有了行动，不过，开始的时候，依然令鲁肃不知究竟。诸葛亮悄悄地将鲁肃请到船上，告诉鲁肃要去取箭，并要鲁肃先不要问，只要前去便可。鲁肃在莫名其妙之中，来则来矣，只好陪诸葛先生乘船前往，去看个究竟。夜里，江面上雾气霏霏，漆黑一片。诸葛亮遂命人用长索将船连在一起，起锚向北岸曹军水寨进发。五更十分，船队驶近曹操的水寨，诸葛亮令士卒将船头西尾东一字摆开，横于曹军水寨之前，然后令士卒擂鼓呐喊，造出了乘夜劫营的声势。鲁肃不明底细，不免大惊失色，诸葛亮则悠然自得，笑着对鲁肃说："吾料曹操于重雾中必不敢出。吾等只顾酌酒取乐，待雾散便回。"果然不出诸葛亮所料，曹操疑惧夜沉雾重而遭遇伏兵，不敢贸然迎战，从旱寨调来弓弩手六千人赶到江边，会同水军射手，共约一万余人，一齐向江中放箭，当然，大部分箭射在了诸葛先生"借箭"的船上，等到船一边草把上的箭满了之后，诸葛亮又令"借箭"船队调头，并靠近水寨受箭，并要士卒继续擂鼓呐喊，更是做出了加紧进攻的阵势。等到日高雾散之时，船的草把上已排满箭枝，诸葛亮令船队收船返回，并要各船军士齐声大喊："谢丞相箭!"当曹军得知真相报知曹操时，诸葛亮的"借箭"船队因船轻水急，已经离去二十余里，曹军追之不及，令曹操懊悔不已。

船队靠岸之时，周瑜已经差遣五百军兵在江边等候搬箭了，这是三天前立军令状时诸葛亮的要求，而周瑜派兵前来，则是在将信将疑中盼望着见到无计奈何的结局。诸葛亮要军士从船上搬箭，共得十万余枝，都搬入军帐中交纳。当鲁肃把诸葛亮"借箭"的详细经过告知周瑜时，周瑜大为惊异，更是大为叹服："孔明神机妙算，吾不如也!"从诸葛亮巧施计谋，到曹操营寨"借箭"的过程，周瑜对诸葛亮既是钦佩，又是敌视，因为他早已认定诸葛亮将来必为东吴之患，但在大敌当前之时，他还需要诸葛亮的计谋为自己破曹出力，而且更想再一次与诸葛亮斗智，因而在诸葛亮进寨见周瑜时，周瑜"下帐迎之"，并称羡说："先生神算，使人敬服"，进而向诸葛亮探问具体的破曹之计。当然，随着诸葛亮智慧的展示和周瑜的自叹不如，周瑜除掉诸葛亮的决心也越来越强烈，当然这是小说以后的情节了。

从以上的介绍中可以了解到，"草船借箭"这一情节单元并不长，但在艺术表现上，却是极为出色。整个情节过程紧凑跌宕，一环紧扣一环，层层铺垫，步步设疑，直到将情节进程的紧张度推到了极限，才道破孔明用计的原委。随着情节的逐层展开，小说中观望着事件发展过程的人物鲁肃、周瑜的情绪逐步上升，读者的情绪则逐步舒缓下来，而后则不禁为诸葛亮的超人智慧拍案叫绝。

这段情节，紧张曲折却能丝丝入扣，逻辑严密，使小说的艺术描绘产生了强烈的艺术真实性，周瑜是有意加害，却能从"公道"出手，诸葛亮是深知其中利害，却能凭借自己的智慧谋略圆满地跃出了周瑜设置的"公道"陷阱，使周瑜的盘算再次落了空。

小说情节过程的逻辑严密性源于对人物性格的准确把握和精准的艺术描绘。在这一情节单元中，作者着力描写了三个人物，一是故事的主角诸葛亮；二是东吴统帅周瑜；三是东吴谋士鲁肃。因为诸葛亮对周瑜用计使曹操斩了水军都督一事了如指掌，而周瑜心高气傲，他既得意于自己的智谋，又想和诸葛亮一较高下，便派鲁肃前去打探诸葛亮的虚实，这就拉开了这段情节的序幕。诸葛亮一见鲁肃便知其来意，随即说出了周瑜用计的全部底细，使鲁肃大惊失色，待鲁肃临行时，诸葛亮嘱咐鲁肃不要在周瑜面前说他已知此事，说："望子敬在公瑾面前勿言亮先知此事。恐公瑾心怀嫉妒，又要寻事害亮。"诸葛亮这番话，在鲁肃听来，包含着推测的成分，而且没有举目可见的威胁，对于周瑜用计底细的明了，已是成为过去的事，他已料定诚实忠厚的鲁肃会把他已知晓周瑜用计的事告诉周瑜，因为鲁肃毕竟是东吴的谋士。不出诸葛亮所料，鲁肃果然把他明了周瑜计谋的事告诉了周瑜，由此，引出了第二天周瑜设计的"公道"。诸葛亮在周瑜的营帐中写下军令状之后，周瑜又要鲁肃到诸葛亮处去打探虚实，这一次，二人一见面，诸葛亮就埋怨鲁肃不该对周瑜明说，而且向鲁肃求救，表明了事已至此的严重性，诸葛亮说明借船只、军士等事项之后，叮嘱鲁肃："只不可又教公瑾得知。——彼若知之，吾计败矣。"鲁肃回去向周瑜复命时，果然没有向周瑜说出诸葛亮借船之事，只说诸葛亮不借寻常造箭的必需之物。因为从周瑜"此人绝不可留，吾决意斩之"的心态中，鲁肃确认了诸葛亮"恐公瑾心怀嫉妒，又要寻事害亮"的准确性，同时，诸葛亮已在营帐中立下了军令状，未来事态的发展则是非同小可，如有差池闪失，不惟诸葛先生性命不保，孙刘两家合兵一处、共抗曹操的战略联盟必然毁于一旦，后果不堪设想，所以，鲁肃虽然自己也不解其意，但在周瑜面前还是替诸葛亮做了遮掩，这当然就为诸葛亮计谋的如愿实施提供了前提，也为情节的发展做了说明与铺垫。就鲁肃的性格来说，他忠厚老实，待人诚恳，但他绝不是一个庸愚昏聩之辈，而是一个具有战略眼光的谋士，他深知孙刘两家的战略联合对于两家各自保全的重要性，从他力主孙权抵抗曹操、竭力维护孙刘两家联盟即可见出他非同寻常的识见。就周瑜来说，他屡次意欲加害诸葛亮，主要并非是出自嫉妒天性，而是出于他对吴主的忠诚。他因诸葛亮的哥哥诸葛瑾去招降不成，并认识到诸葛亮辅佐刘备是东吴之患才决意除掉诸葛亮的，这也就决定了周瑜只会以自认为是妙计的"公道"方式去行事，才为诸葛亮施展更高一筹的智谋留下了空间。

从小说的情节发展过程来看，对诸葛亮能够用智取胜在小说第四十五回"三江口曹操折兵　群英会蒋干中计"中已做了必要的伏笔。在这一回中，周瑜假借与刘备会面为名，想要杀掉刘备，只是由于刘备有关羽的保护，才免于被周瑜所害。在诸葛亮送刘备返回樊口时，说："亮虽居虎口，安如泰山。今主公但收拾船只军马候用。以十一月二十甲子日后为期，可令子龙驾小舟来南岸边等候。切勿有误。"在刘备想要问其用意时，诸葛亮说："但看东南风起，亮必还矣。"这里的描绘，实际上已经对诸葛亮在与周瑜斗智中的获胜做了伏笔，周瑜的盘算，早已在诸葛亮的预见之中，从这里的伏笔中，可以见出小说作者安排情节的缜密与仔细。

悬念迭起　波澜壮阔：赤壁之战赏析

　　历史上的赤壁之战发生于建安十三年（公元 208 年），它是形成三国鼎立局面的决定性战役。曹操在击败袁绍，统一北方之后，统领数十万大军南下，意欲统一天下，当时刘备新败不久，且兵微将寡，孙权势单力孤，力量不足，若不联合，就有被曹操各个击破的危险，客观形势，促成了孙刘两家合兵携手、共抗曹操的战略联合。孙刘联军以五万兵力，与曹操数十万大军抗衡，巧用火攻，击败了曹操的主要军事力量，使曹操失去了统一全国的军事实力，为魏、蜀、吴三分鼎立历史局面的形成，奠定了基础。在这次具有决定历史进程与风貌的重大历史战役中，活跃一时的割据君主、能征惯战的用武将军、胸藏玄机的各色谋士，大多在这次群英会中亮了相。这一历史状况，自然会成为小说家予以浓墨重彩进行艺术描绘的重要素材来源，使之成为展示人物个性的艺术舞台。

　　在《三国志》中，对赤壁之战的记载较为散乱，也不甚详细，分散见于许多主要人物的传记之中。小说家则在历史素材和前代艺术创作的基础上，充分发挥了自己的艺术创造才能，以刻画人物形象为主体，集中笔墨，艺术地展示出了这次战役的全过程，情节进程中，悬念迭起，起伏腾挪，各种人物则神采毕见，灵动鲜活，奔走活跃在艺术化了的历史情境之中。小说中的赤壁之战，有历史记载的依据，但其在本质特征上，则是艺术的，不是对历史事件的记录，而是在历史真实基础上的艺术创造，是概括与挖掘了社会历史本质性特征的审美化的历史画卷。

　　毫无疑问，赤壁之战是小说中最长的情节单元，更是叙事密度最大的情节单元，整整用了八回篇幅，几乎是以天为时间单位叙写出来的，具体生动、细致详尽地描绘了智者斗智、武将显威的全过程。作者着力最多的人物形象自然是诸葛亮，在战役过程中，他以使臣身份客寓东吴，协助周瑜抵抗曹操，在小说所展开的艺术世界中，周瑜是战役前台指挥者，实际上，则是诸葛亮以卓异超群的智慧预见着局势的变化，以自己奇绝盖世的能力铺设着赤壁之战取得胜利的基石，似乎诸葛亮才是真正的战役指挥者，他不仅是在左右着周瑜的军事部署，甚至也在操纵着曹操的指挥。在这个历史上罕见、艺术画卷中前所未有的群英会中，三个集团的首领、主要谋士、各色武将，还有正在寻找时机、渴望一展身手的隐士，都在小说家的笔下，呈现出了各自的性情气度。

相对来说，赤壁之战这一情节单元，既是整体结构中不可分割的有机组成部分，又是具有独立性的情节单元，其进展过程包括序曲、开端、发展、高潮和结局，可以说其本身即具有自在结构的整体性。

具体来看，赤壁之战的情节过程可分为以下段落：

序曲：小说在整体结构上很是细致，通过层层铺垫和推进，才展开了这次决定性的战役，从这一角度来看，第三十九回诸葛亮火烧博望坡和四十回火烧新野至当阳之战，紧锣密鼓的一系列交战，构成了赤壁之战的序曲。这段情节，主要是刘备请出诸葛亮之后与曹操的交锋，这几次军事上的较量，一方面描绘了曹操在官渡之战击溃袁绍后，将锋芒指向了刘备和孙权，表现出他意欲统一天下的抱负与愿望，这是小说情节得以进一步展开与深化的历史驱动力；另一方面，则是渲染了小说最主要的主人公诸葛亮的超群智慧与才能，为情节展开和人物形象塑造相统一的审美化叙述原则做了充分铺垫。

情节开端：写诸葛亮出使东吴，孙刘联盟形成。曹操追击刘备，直至汉津，正在前有大江阻挡，后有曹操追兵的惊险时刻，多亏关羽从江夏借兵赶来，埋伏于此，才使刘备化险为夷。曹操惟恐刘备抢先，先进兵江陵，荆州守军降顺曹操。曹操与将士商议说，刘备已投江夏，担心他与东吴联合逐渐强大起来，便采用谋士荀攸的计谋，乘势进兵江南，发檄文给孙权，请求与孙权合作，以顺利地剿灭刘备势力，当然这是曹操各个击破的策略。于是曹操发兵八十三万，诈称一百万，水陆并进，沿江而来。此时，孙刘两家中，凭借单方力量谁也不能和曹操抗衡，客观历史形势，促成了孙刘两家的战略联合，这是诸葛亮隆中决策具体实施的最为关键的一步。在鲁肃到江夏来探听虚实之时，诸葛亮借机出使东吴，开始了在赤壁联合抵抗曹操的第一步。面对曹操的军事攻势，孙权集团内部产生了对立主张，以文臣为主体的一派，力主以投降归顺的结果以保江东安宁，而以武将为主体的一派则力主抵抗，孙权则在怀疑自己抵抗实力的忧郁中迟疑不决，诸葛亮以他谋略家和外交家集于一身的智慧与辩才，舌战群儒，智激孙权，再激周瑜，在鲁肃和周瑜都力主抵抗的支持下，并经过诸葛亮和周瑜对双方优劣的细致分析，孙权终于痛下决心，一定和曹操一决雌雄，要周瑜、鲁肃和程普一同进兵，并亲自为周瑜作后应。至此，孙刘联盟形成，扬起了赤壁鏖兵的前奏。

情节发展：在小说的叙述中，这一过程描绘得曲折跌宕，扣人心弦。作者集中笔墨，着力突出三方在这一特定情势中的谋略较量，波澜不断，悬念迭起，就吴、蜀关系而言，主要体现于诸葛亮与周瑜的关系，是既相互联合，又相互争夺，就吴、蜀两家与曹操的关系来说，则是决然的敌对关系。周瑜出于对东吴的忠诚，见诸葛亮有超群智慧，便想使其为东吴所用，诸葛瑾游说不成，周瑜则动了除掉诸葛亮之心，屡次设计加害诸葛亮，结果都被诸葛亮以超凡的智慧所折服。在这一情节过程之中，刻画出了周瑜的个性与才干，与诸葛亮相比，虽是略逊一筹，却不失为一个有远见、有胆略、有智慧的人物形象，他在处理与诸葛亮的关系上，做了不少蠢事，其原因主要是他意识到了诸葛亮的超群智慧必是东吴的祸患。他对本集团内部的文臣武将，是宽宏大度的。他两次戏弄自作聪明的蒋干，借曹操本人之手除掉了曹操深明水战的水军统帅蔡瑁、张允，为击败曹操水军清除了障碍。在破曹方略上，他的主张与诸葛亮完全一致，可谓是英雄所见，用火攻以少胜多，与老将黄忠密谋苦肉计，以使装载柴草的船得以顺利接近曹操水寨，请当时居住在东吴的谋士庞统献连环计，以最大限度地发挥火攻的威力。通过这些情节，描绘出了周瑜的胆识与谋略，但在最为关键的因素上，周瑜则一筹莫展，这就是冬季难得一见的东南风，在这种情况下，诸葛亮要求高搭祭坛，为周瑜借来三日东风，以助破曹。实际上，这不过是诸葛亮故弄玄虚，以自神其术罢了，恐怕他是以所掌握的天文地理知识，以季节更替风向转换的规律来做出预测的，曹操也深知其中道理，只是小说对诸葛亮故弄玄虚的心理活动和方式展示得不够具体细致而已，这一点，就不能苛求几百年前的小说家了。

情节高潮：写吴军和曹军军事较量的过程和结果。在诸葛亮所"借"东风的助动之下，周瑜调兵遣将，发起对曹操水寨的总攻，黄盖以诈降为名，率领早已准备好的火船，顺风扬帆，直发曹操水寨。曹操谋士程昱在黄盖火船接近水寨时，发现有诈，报与曹操，意欲阻拦，可是为时已晚，黄盖火船闯入曹操水寨，火借风势，风助火威，在各路人马的配合下，杀得曹操措手不及，惨败不堪，曹操被张辽救上岸，仓皇奔逃。至此，周瑜的火攻计谋取得了预期的成效。

情节结局：写曹操赤壁惨败后奔逃的过程。在叙述周瑜指挥吴军大破曹军后，情节的叙事焦点立即转向了诸葛亮，以进一步展示诸葛亮料事如神的智慧，更深层次地凸现人物个性。在这一过程中，诸葛亮运用自己的智慧，先是乘赵云预先等候的小船回到夏口，从容地摆脱了周瑜的追杀，到夏口之后，立即分兵派将，以对地理状貌和军事形势的分析为依据，派出赵云、张飞和关羽三路人马截击溃败中的曹操。在华容道，关羽因动故人之情，放过了早已不堪一击的曹操，曹操安排好守军之后，退回许都养精蓄锐，但是，这次惨败，使曹操失去了统一天下的军事力量，促成了三国鼎立局面的形成。

在战略要地的争夺战中，由于诸葛亮的神机妙算，刘备几乎是坐收渔利式的从军事弱势中崛起，初步奠定了蜀汉基业。

尾声：写诸葛亮借赤壁之战胜利的时机，与周瑜斗智，抢南郡、夺襄阳、取荆州战略要地的过程。这一描绘，既是对赤壁之战影响的具体说明，同时，也是对战略形势发展变化的必要交代，因为荆州战略地位险要，他是魏、蜀、吴三家争夺的中心，围绕着荆州的争夺，展示出一系列战争的画面。从题材意义上说，占据荆州是刘备集团进占蜀川的先决战略步骤，从情节意义上来说，则是小说情节进展的必要铺垫。

以上从题材内容的角度，简要介绍了这一情节单元的进展过程，小说实际描绘的内容比介绍的内容不知要丰富多少倍。在生动具体的艺术叙述中，作者不仅仅是展示出了战役的过程与结局，更为深刻的是，作者以其自身对历史的理解与把握，经过自有慧心的审美开掘，刻画出了一大批性情如见、神采毕现的人物形象，使笔下的艺术世界概括出了更具有普遍性的社会历史内涵。在这一艺术世界中，融注了作者的历史情思，寄托了作者的审美理想，它不是对历史现象的客观记述，而是饱含激情的艺术创造，从艺术特征来看，这一情节单元体现出以下特点：

一、情节结撰上，体现出艺术真实和历史真实的高度统一

历史演义小说创作有其不同于一般小说的特殊性，即作者的艺术想象和艺术虚构必须以历史记述为依据，作者艺术创造力的发挥应在历史真实的框架之内，这既是对作者的约束，也是对作者艺术创作才能的检验。就整体而言，《三国演义》的首要艺术特征就在于艺术真实与历史真实的统一，这一点，在赤壁之战这一情节单元中体现得尤为集中和出色。

在对历史素材的处理上，体现出了作者自出机杼的艺术匠心。曹操在平定北方之后，进兵江南，想借和孙权联手共伐刘备的如意算盘，先剿灭刘备，再对付孙权，以达到各个击破统一天下的目的，这种客观的历史情势，促成了孙权与刘备的联合抗曹。据历史资料记述，曹操率军南下，刘备派诸葛亮出使东吴，东吴集团内部经过主战与主合的两派争论之后，主战派取胜，孙权派周瑜和程普统兵和刘备协力抗曹，在赤壁与曹军相遇，刘备先和曹军交锋，后来刘备和周瑜军都曾用火攻击败曹军，曹操由于作战失利，加上疫情蔓延（据今人考证为血吸虫病），造成军队作战力衰减，自己烧毁余下的战船，从华容道退却撤兵，刘备率军截击，因放火稍晚，使曹军从华容道走脱。从历史记载和小说的艺术描绘来看，小说的情节结构框架和历史记载大致吻合，但其活脱灵动、精彩纷呈的形象刻画部分却是在史实记述的基础上虚构

出来的，在这一过程中，融注了作者的审美情感，寄托了作者的审美理想。作者对史实的调整体现在三个方面，第一，改变了吴蜀两军的主从关系，在历史记载中，蜀军是抗曹的主要力量，在小说中，则是以吴军为前台主体，以强化小说的情感力量。第二，有意回避了疫情对曹军的不利影响。第三，在前人创作基础上，进行艺术上的加工与升华，运用移花接木、调整次序、增饰细节、虚构人物关系和事件等多种方式与技巧，构建出一个曲折腾挪、扣人心弦的形象世界。在小说的叙述过程中，这一情节单元中的精彩片段接连不断，如舌战群儒、智激周瑜、草船借箭、智赚蒋干、阚泽下书、庞统献计等，每一段情节都那样形象活泼，展示出了人物的神情心理、气度胸襟，诸葛亮的料事如神、沉稳从容，周瑜的识见敏锐、多谋气盛，曹操的奸诈自负、骄纵忘形，阚泽的胆略非凡、敏言善辩，黄盖的坚韧果敢、忠勇兼备，庞统的稳健机智、才高心细，都得到了鲜明生动的刻画，环环相扣，起伏贯穿。事实上，这些精彩情节大多是在前代创作的基础上，或是依据史料记述通过发挥艺术想象力创作出来的，这些艺术描绘，是历史记述和艺术虚构有机结合的结果，达到了历史真实和艺术真实的高度统一，展示出了历史事件的形象画卷，体现了作者对历史的独特认识，寄寓了作者的人格理想和审美情思。

二、精于裁剪，聚焦于参战三方战略选择、应对决策和智慧较量的过程，充分展示出战争的复杂性，突出智慧因素在战役进程中的决定性作用

赤壁之战这一情节单元之所以写的生气勃勃、灵动活脱，与作者对题材的艺术处理密切相关，作者的叙述聚焦于三方智慧较量的方面，着力展示出在这种特定历史情势下三方的战略选择和运筹帷幄的过程，对于战场上的兵戎相见，则写得非常简略。叙述焦点的选择与确定，体现了作者把握历史的深度和对艺术创作规律的深刻理解。赤壁之战是决定三国鼎立局面形成的决定性战役，它预示着曹魏集团的前景，决定了孙刘两家的命运，不只是关系到三方君主（曹操一生并未称帝，刘备和孙权此时也未称帝，曹操是"挟天子以令诸侯"，孙权是割据势力的首领，刘备则是立足未稳的割据者，姑称之为"君主"）帝业的成败，也关系着各集团内部人物的命运，在这种紧要险峻的形势下，出于对时局正确分析和判断的战略选择，意味着对自身前程与命运的决断，任何一方，也不会掉以轻心。在曹操率军南下时，孙权集众谋士商议对策，鲁肃进言，因刘表新亡，他愿以到江夏吊丧为名，说服刘备与东吴共抗曹操；此时，刘备也正与诸葛亮、刘琦商议应对之策，在诸葛亮的判断中，先与孙权联合，共抗曹操，然后观察形势变化，见机行事，诸葛亮说：

"曹操势大，急难抵敌，不如往投东吴孙权，以为应援，使南北对峙，吾等于中取利，有何不可？"在刘备担心孙权不肯相容时，诸葛亮断定在大敌当前之时，东吴必派人来打探虚实，说道："今操引百万之众，虎踞江汉，江东安得不使人来探听虚实？若有人到此，亮借一帆风，直至江东，凭三寸不烂之舌，说南北两军互相吞并。若南军胜，共诛曹操以取荆州之地；若北军胜，则我乘势以取江南可也。"事态发展果不出诸葛亮所料，正在说话间，东吴鲁肃前来吊丧，相见之后，诸葛亮随鲁肃前往东吴，拉开了孙刘两家联合抗曹的序幕。

诸葛亮到东吴之后，凭他谋略家的胆识、外交家的辩才，舌战群儒，说服孙权，智激周瑜，坚定了孙权抗曹的决心，促成了两家的协作。在这一过程中，东吴和刘备集团之间，为了各自的利益，既有联合，又有对抗。周瑜见诸葛亮的智谋才能高过自己，偏偏为刘备所用，便以其对吴主的忠诚和对自己军事才能的自信，屡次设计要除掉诸葛亮，以绝东吴日后祸患，而诸葛亮则以他卓异绝伦的智慧，只身周旋于东吴君主及其谋臣武将之间，维护了两家联盟，又使自己一方犹如坐享其成一般，从战役的尾声中收获了进占蜀川的战略要地。其中，草船借箭是集中展示诸葛亮非凡智慧的精彩片段之一。

对于曹操和东吴集团来说，则是决然的敌对关系，曹操进兵江南，抱着各个击破的目的，他发檄文与孙权说："孤近承帝命，奉诏伐罪。旄麾南指，刘琮束手；荆襄之民，望风归顺。今统雄兵百万，上将千员，欲与将军会猎于江夏，共伐刘备，同分土地，永结盟好。幸勿观望，速赐回音。"字里行间，透露出威胁的口气，实际上是要孙权尽早归顺，这样一来，刘备自然难以与他抗衡，若孙权不顺从，则是各个击破。孙权的谋士鲁肃和周瑜都看出了这一点，力主孙权联合刘备，抗击曹操，这样自可保住江东基业，这一战略选择，正是孙权心中所想，在张昭等人力主投降时，鲁肃进言，别人可降，唯他不可降时，孙权叹息道："诸人议论，大失孤望。子敬开说大计，正与吾见相同。此天以子敬赐我也。"他之所以迟疑不决，是担心曹操势力强大，难以抵敌，在周瑜向他分析了具体情势时，他决心与曹操一决雌雄。在孙权决意与曹操决战之后，军事指挥是都督周瑜，双方的智慧较量，主要是在曹操和周瑜之间展开的。双方各施机谋，力图挫败对方，在这一过程中，着力刻画了周瑜识见机敏、智勇兼备的形象，周瑜的智谋和诸葛亮相比，虽略逊一筹，但不失为智谋之士，同时刻画出了曹操奸诈骄纵的性格。眼高手低的蒋干，两次为周瑜设计愚弄，从其机谋实施的过程中，充分显示出周瑜的智慧与谋略。

作者的叙述聚焦于三方的斗智过程，作用在于从政治、军事、外交各个不同的角度和侧面，以及各有利害的人事纠葛中，展示出战役的复杂性。同时，有利于在这一过程中刻画出具有高度艺术概括力和审美特征的人物形象。这一堪称是群英会的情节单元，虽然人物众多、事件繁复，作者的叙述却是有条不紊，主线突出，层次明晰，形象地揭示出随着智谋的递进层出对峙形势所产生的变化，曹操在兵力上，本具有压倒对方的优势，由于屡次中计，由优势转成了劣势，在他误杀水军都督蔡瑁、张允后，更是向其不利形势急剧倾斜。这种叙述方式，体现了作者对如何以少胜多的军事思想的深刻理解，也是他对如何在艺术创作领域再现战争画卷的成功实践。

三、情节进程起伏跌宕，张弛相间，既有生活的真实性，又能够调动和引导读者的欣赏心理，使读者的思绪和情感积极活跃地参与到艺术再创造的过程

小说的叙述不是简单的单向度叙写，按照时间顺序直接记述战役进程，而是以总揽全局的视角，展示出战役进程的丰富性和多层次性，作者首先要使自己的叙述符合于生活真实，使之呈现出生活本身所具有的丰富生动的情状，还要在生活的基础上予以升华，使其叙述不是实录式的记述，而应包含对生活现象底蕴的把握与开掘。同时，更应从读者接受心理的角度，使叙述情节张弛结合，一方面关注于战争本身的进展；另一方面，则目注于战争中的内外矛盾纠葛，使读者的思路由外及内，直接从人物形象的运筹谋划中感受到影响和制约战争胜负的错综复杂的各种因素，这种艺术构思，使得小说情节在延伸推进的过程中，体现出场面情调的变化，使欣赏情绪在这种情调的变化中经历紧张、放松、再紧张、再放松的起伏过程，而不是一味地紧张到底，或是在平铺直叙中感到厌倦。作者叙述场面的交错，叙述笔调的转换，是与战争进程的次第展开密切联系在一起的，激发着读者的阅读期待。如小说写孙权要与曹操决战后，周瑜请诸葛亮议事，诸葛亮告诉周瑜，此时还不可以决策，因为孙权心忧曹操兵多，周瑜见过孙权证实了诸葛亮的预见之后，认定诸葛亮智慧高出自己，便想除掉他，波澜陡起，而诸葛瑾愿说服诸葛亮同侍吴侯，紧张情绪稍有缓解，诸葛瑾游说不成，而周瑜对诸葛瑾说他自有伏孔明之计，又令读者心弦为之一紧。在周瑜要借断曹操粮草为计除掉诸葛亮时，诸葛亮反唇相讥，道破周瑜心机，并以合兵破曹的善言相劝，紧张情绪又有所缓和，草船借箭的片段，更是写得笔酣墨畅，出神入化，这本是周瑜的又一机谋，却在诸葛亮的决胜智慧中有惊无险。诸葛亮"借箭"回来，二人相见的场面，更富有戏剧性，周瑜自叹不如，下帐迎接诸葛亮，并立即向诸葛亮请教破曹之策，俨然一片言欢祥和的景观，二人都在手中写出的

"火"字，正体现了"才与才敌"的奇妙精彩，看似转机由此开始，实际上，却是暗藏玄机，是更为激烈冲突的开端。小说在描绘斗智和交战的过程中，还穿插了具有诗情画意般的"特写"场面，以忙里偷闲之笔，延缓叙事节奏，转换叙事格调，调节欣赏过程中的紧张度，渲染了情节推进中的情感色调，强化了张弛有度、引人入胜的艺术魅力，如草船借箭中对大江垂雾景色的描绘，庞统挑灯夜读、曹操横槊赋诗的场面，都有这样的艺术效果。

四、在描绘交战场面上，善于渲染战场气氛，追求神似的艺术效果

小说对军事较量描写的场面不多，但作者的叙述能够通过渲染战场气氛，使交战场面能够在"神似"中取得令读者如同身临其境的艺术效果，由于叙述焦点的定位在斗智的方面，作者对交战场面的艺术处理是完全正确的，在情节进展的铺垫中，读者已经能够从双方优劣局势的转化中，预见到交战的结局了。因此，只需要将交战中的整体状貌渲染出来就已足够了，既衬出了斗智的价值与意义，又交代了交战的结局，更体现出详略得当的艺术原则，节省了许多笔墨，其艺术效果则更为浓烈。精彩片段如黄盖诈降进逼曹军水寨时的描写：

> 黄盖用刀一招，前船一起发火。火趁风威，风助火势，船如箭发，烟焰涨天。二十只火船，撞入水寨，曹寨中船只一时尽着；又被铁环锁住，无处逃避。隔江炮响，四下火船齐到，但见三江面上，火逐风飞，一派通红，漫天彻地。

这段文字，简洁凝练，形象传神，从整体上渲染出了战场氛围，在吴军火攻的奇袭之下，曹军措手不及，一败不可收拾，从小说所渲染的火势威力中，自可想见曹军溃不成军的惨败情状。

从上述分析可以看出，赤壁之战是作者在史实基础上创作出来的战争画卷，形象地展示出了战役的全过程，从客观地历史情势、三方决策到战役的影响各个方面，都纳入了艺术情节的结撰之中。其中，叙事焦点的定位，主次关系的把握，形象塑造的技巧，艺术虚构的运用，都达到了深谙艺术创作规律的程度，确立了古代军事文学的典范，使这一情节单元成了每次重读，都会得到新启示的经典片段。

洞察心理　智胜一筹：空城计赏析

　　经过《三国演义》的精彩描绘和人物塑造，空城计的故事广为流传，脍炙人口，今天这一故事已经具有了典故的意味，既可用于称道出奇制胜的智慧，也可用于以幽默方式揭出对方实力不足的底细，强化语言的表达效果，产生典故意味的原因，就在于《三国演义》对"空城计"这一情节片段精彩绝伦的艺术描绘。

　　"空城计"的情节见于小说第九十五回"马谡拒谏失街亭　武侯弹琴退仲达"，这是作者为了将诸葛亮的绝顶智慧、盖世奇谋推向极致的最富有传奇性的情节，由于作者严格遵循人物形象的个性特征，紧扣具体情境下的内在心理活动展开情节，使得这段情节既有超出情理之外的传奇性，又具有本在情理之中的艺术魅力和审美效应。

　　在小说的情节进程中，空城计是诸葛亮一出祁山退却收兵时，在迫不得已的困境中所用的"险计"，平生行事最为谨慎的人在洞察具体情势和对方心理状态的情况下，大胆冒险，做出了常人所不敢为的最不谨慎的事，正是诸葛先生的急中用险计，才使得蜀军的主要军事力量在退却中得以保全，避免了一败涂地的结局。小说中写到，诸葛亮采用了马谡所献的"离间计"，使魏主在疑惧中，削夺了司马懿的兵权，为诸葛亮出师北伐创造了有利条件，小说写道："却说孔明自出师以来，累获全胜，心中甚喜。"就在这时，细作来报说，魏主曹睿，驾幸长安，并起用司马懿为平西都督，君臣要在长安聚会，诸葛亮听到这一消息，"大惊"，因为他深知司马懿谋略过人，善于用兵，是他北伐最大的敌手，在孟达叛魏投蜀的行动被司马懿兵贵神速的用兵挫败之后，诸葛亮料定司马懿出关，必取街亭，以断蜀军退路。诸葛亮深知街亭的守护关系到蜀军的命运，在马谡请令守街亭时，诸葛亮并非疏忽大意，只是由于要求强烈，并立下军令状，诸葛亮才将守护街亭的重任交付于他，并派了做事谨慎的王平为副将以助马谡，一再叮嘱下寨之法，并要求王平安营下寨之后，画好安营形势图本送来过目，仍是放心不下，又派出高翔、魏延两路人马以为救援。马谡到街亭后，大意轻敌，没有按照诸葛亮的要求去做，致使街亭失守。诸葛亮见到王平送来的图本之后，大惊失色，就在诸葛亮准备要长史杨仪替回马谡时，街亭、列柳城失守的消息已传来，诸葛亮只好紧急安排撤军，在将身边武将派出之后，自引五千兵去西城搬运粮草，却不料魏军乘势而追，司马懿亲统十五万大军，扑奔西城，此时，诸葛亮身边没有武将，只有一班文官，所引五千士兵，已分出一半搬运粮草去了，众文官听到这个消息，尽皆失色。诸葛亮登城而望，已经能够见到飞扬的尘土，司马懿大军分两路杀奔西城而来，此时的形势极为凶险，抵抗，无异于以卵击石，弃城而逃，与束手就擒也没什么两样，骤然逆转的对垒形势，将诸葛亮和整个蜀军退却的部署推进了既不能打，又逃不掉的绝境之中，情节发展到此，达到了紧张的极限，读者的心情自然也会随着情节一发千钧的紧张极限而为蜀军担忧，不知足智多谋、料事如神的诸葛先生该如何应对。

在这危难关头，诸葛亮一反平生谨慎的行事风范，毅然果断地传令："将旌旗尽皆隐匿；诸军各守城铺，如有妄行出入，及高声言语者，立斩！大开四门，每一门上用二十军士，扮作百姓，洒扫街道。如魏兵到时，不可擅动，吾自有计。"他的计则是"乃披鹤氅，戴纶巾，引二小童携琴一张，于城上楼前，凭栏而坐，焚香操琴。"这也就是为后世读者盛赞不衰的"空城计"了。

诸葛亮情急而生的"空城计"，在军事力量实在不成比例的两军阵前，却产生了简直无从想象的神奇效力。司马懿大军来到近前时，将士都不敢贸然进城，报与司马懿知道，司马懿闻此情景"笑而不信"，这是因为诸葛亮的这种举动实在是他无从理解的，他亲自策马从远处瞭望，见到的竟然是比他"笑而不信"的情景更为令他大感不解的景象："果见孔明坐于城楼之上，笑容可掬，焚香操琴。左有一童子，手捧宝剑；右有一童子，手执麈尾。城门内外，有二十余百姓，低头洒扫，旁若无人。"在两军阵前，大开城门，只有百姓洒扫街道，全无兵马迹象，主帅在城楼上若无其事的焚香操琴，这种阵势，前所未有，闻所未闻，在诸葛亮平生用兵之中，更是不可思议，于是便出现了"空城计"所奏出的奇效："懿看毕大疑，便到中军，教后军作前军，前军作后军，望北山路而退。"对于眼前的阵势，司马昭怀疑诸葛亮是在故弄玄虚，摆"空城计"，而其父司马懿却对孔明用的是诱敌之计这一点，深信不疑，说道："亮平生谨慎，不曾弄险。今大开城门，必有埋伏。我军若进，中其计也。汝辈岂知，宜速退。"就这样，司马懿两路大兵都退去，诸葛亮见魏军退走，"抚掌而笑"。在众官询问魏国名将司马懿统精兵十五万人到来，见丞相为何退兵时，诸葛亮向众人做了解释："此人料吾平生谨慎，必不弄险；见如此模样，疑有伏兵，所以退去。吾非行险，盖因不得已而用之。此人必引军投山北小路去也。吾已令（关）兴、（张）苞二人在彼等候。"在众人惊叹丞相玄机时，诸葛亮解释到："吾兵只有二千五百，若弃城而走，必不能远遁。得不为司马懿所擒乎？"诸葛亮解释了他用计的奥妙所在之后，预见司马懿必然复来，于是诸葛亮离开西城，退往汉中，天水、安定、南安三郡吏民，也陆续而来。而司马懿在退军过程中，投武功山小路而走，被诸葛亮预先布下的两路疑兵关兴和张苞在山谷中扬起的喊杀声、鼓角声惊得魂飞胆丧，溃败而去。至此，诸葛先生的"空城计"取得了自我保全的结果。

从小说的情节进程中可以感受到，在这一艺术情境中，情节极度紧张，人物命运危在刹那之间，在这惊险之至的危急情势中，诸葛亮却能以知己知彼的冒险决断，在镇定从容之中使自己一方绝处逢生，化险为夷，为退兵中的自我保全赢得了必要的时间。诸葛亮这一次险而又险的"空城计"，之所以能够取得成功，惊退司马懿，是诸葛亮在特殊情境下，以对对手心理反应的深刻洞察和对自己冒险计谋必胜效果的预测信心为前提的，这种计谋必须以特定情势和特殊实施对象为先决条件。

从外在的军事形势方面来看，"空城计"是魏、蜀两军军事力量的不成比例的对阵，实际上则是两个军事家、谋略家的心理抗衡，这种特殊的客观形势，是对双方判断能力和心理素质的考验。对于思维着的人来说，心理活动是人对各种信息进行归纳、综合并做出价值判断的整体性的运行过程，在所处的具体情势下，心理活动会以某个侧面作为内在反映的主体活动，其他过程则围绕着主导方面而展开。在"空城计"这种具体情势下，对于司马懿来说，他面对着难以捉摸、不可思议的形势，诸葛亮是在故弄玄虚，惑乱对方，还是精心布置下的诱敌之计，是缠绕在他头脑中的主要方面，要他在瞬间做出自己的判断；对实施计谋的诸葛亮来说，则重在心理素质，在强敌压境的危难时刻，诸葛亮明知自己一方毫无抵抗能力，能否以自己的镇定自若迷惑对方，使对方做出错误的判断，是决定他自己更是决定蜀军整体安全的关键，这是对他心理承受能力和心理调节自控能力的实战检验。正是由于诸葛亮成功地调整了自己的心理状态，使自己在惊极险绝的境遇下，凭借强劲至极的心理能力虚拟出了诱敌深入、一举全歼的伏兵陷阱，令对方先是迷惑不解，而后深信不疑，从心理上彻底压倒了对方，迫使司马懿做出了急速撤兵的错误判断，使自己一方转危为安。

在情节进程中，小说对双方的心理较量做了较为充分的展示，既使小说描绘的艺术情境符合生活真实和人物性格的心理逻辑，又使人物形象从另一个侧面，使其个性特征得到了进一步丰富。小说以一个细节描绘形象地凸显出了二人的内在心理活动。司马懿策马从远处观望之时，见城楼上的诸葛亮"笑容可掬，焚香操琴"，而打扫街道的百姓则是"低头洒扫，旁若无人"，诸葛亮的神态和乔扮百姓的蜀兵，从心理上给司马懿造成了强大的心理攻势，使司马懿由迷惑到思考，由思考而判断，最后，不得不做出自认为准确无误的结论。在大军近在眼前的处境下，诸葛亮心中不可能没有丝毫的担心和忧惧，但他能够以自己超常的心理控制能力，使自己表现出身后埋伏着百万雄兵的从容，这是他的计谋能够成功的保证，对军兵神态的描绘同样必不可少，因为它们同样是空城计能否取得预期成效的关键因素，在这里，小说一方面照应了诸葛亮安排布置的细心精当，也体现出蜀军对诸葛丞相神机妙算、智慧绝伦的绝对信任，小说这样描绘，体现出情节构思的缜密细致。诸葛亮在布置空城计时说："如有妄行出入，及高声言语者，立斩。"在瞬间即至眼前的危急形势下，这是每个人必须遵循的严厉军令，倘稍有惊慌之举，必被司马懿识破，后果将不堪设想，下了严厉军令之后，诸葛亮对众人只是做了肯定而又含混的说明，"如魏兵到时，不可擅动，吾自有计。"诸葛亮的智谋，是众人所熟知的，他们深信诸葛丞相自有胜算，大可不必为魏兵的到来而惊慌失措，有丞相在，自会万无一失。而诸葛亮这样说，又恰恰是诸葛亮智慧的具体体现，利用了人在不知险境中会保持稳定心态的心理定式，此时不说实情，是令军士在以为他确有破敌良策而保持心理稳定和神态的自若，倘若事先向众人揭出实底，恐怕不是每个人都能够做到临危不惧，一旦产生风吹草动，也同样会使自己的空城计瞬间败露，等候被司马懿所俘获的结局，故而到司马懿退去之后，并确信自己预先布下的两路疑兵会令司马懿远远退去，在他们众人退回汉中之前，不会追来，才向众人道明了自己空城计的原委和依据，使众人叹服不已，当然，也令后世读者遥想不已。

空城计这段情节，诸葛亮之所以能够以自己的心理优势取得成功，需要从情节的整体进程和人物的个性特征来理解，因为情节进程中人物个性特征的展示为空城计的实施提供了坚实的依据：

首先，空城计的成功实施，是知己知彼和兵不厌诈的军事计谋相结合的产物。诸葛亮和司马懿都是深通谋略的人物，诸葛亮对司马懿的用兵韬略非常了解，知道司马懿带兵，必是蜀中大患，而司马懿更是对诸葛亮的足智多谋和用兵谨慎有着深刻印象和清醒认识，就在这次两军对阵的开始，诸葛亮出祁山时，本来有两条路可供选择，一条是以奇兵取路褒中，循秦岭以东，然后由子午谷投北，则可在十日内直抵长安；另一条路，是从陇右取平坦大道，依法进兵。这两条路，前者的优势在于兵贵神速，出其不意，但需要担当风险，后者扎实稳妥，步步为营，但需要持久对峙，消耗过多。这两条路，不只是诸葛亮本人早有定夺，诸葛亮的部将魏延也对此深有所悟，曾向诸葛亮献计，自告奋勇带精兵五千出子午谷，因其可能在山间小路遭遇伏兵袭击，诸葛亮没有采纳魏延的建议，坚持从陇右大路依次进兵的策略，使魏延感到心中不爽。精通韬略的司马懿对这一点分析得更是深入透彻，他从以往的经验中，深知诸葛亮平生谨慎，必不从子午谷进兵，他对部下先锋张郃说："诸葛亮平生谨慎，未敢造次行事。若是吾用兵，先从子午谷径取长安，早得多时矣。他非无谋，但怕有失，不肯弄险。今军必出斜谷，来取郿城。若取郿城，必分兵两路，一军取箕谷矣。"他对诸葛亮心理特征和所做决策的分析，与诸葛亮本人的行事基本吻合，料定街亭和列柳城为汉中咽喉，诸葛亮必由此进兵，一面派人将军事部署告知曹真，一面亲自带领张郃进兵街亭和列柳城，这是为曹真所忽略的军事要地，并切切叮嘱张郃说："诸葛亮不比孟达。将军为先锋，不可轻进。当传语诸将：寻山西路，远远哨探。如无伏兵，方可前进。若是忽忽，必中诸葛亮之计。"诸葛亮的进军方略确被司马懿所言中，只是诸葛亮用了"不可大用"的马谡，才造成了收兵退却的被动局面。正是司马懿在这种分析判断并应验了其预见的基础上形成了心理定式，使司马懿面对诸葛亮的空城计时才狐疑不绝，诸葛亮则从他与司马懿在街亭的遭遇中，确信司马懿必然认为他对自己的个性与用兵准则的掌握无可置疑，诸葛亮利用了这一点，摆下空城计，惊退了自己的对手。倘若不是司马懿本人亲自前来，或是魏军主帅不是司马懿，恐怕诸葛亮是断不敢冒险设空城之计的。也恰是在这种特殊情势中，诸葛亮做出了最不谨慎的事，使司马懿做出了错误判断。实际上，是其特定情境下的心理定式和以往经验的干扰起了决定性作用，使他不敢在瞬间判定出兵不厌诈的计谋，应当说，司马懿同样做到了知己知彼，但在程度上，比诸葛亮略逊一筹，使他不得不在孔明退去之后，他再次进兵西城，从当地人口中得知实情后，不禁感慨道："吾不如孔明也！"

其次，空城计的实施，是人物个性特征中胆略侧面的集中体现。从性格特征上看，诸葛亮和司马懿都是智谋非常的军事家，军事对阵的过程，实际是智慧、武力和各种具体条件的综合较量。任何一方都在寻找战役中的效益，以最少的付出，使对方造成最大的消耗，这就决定了战役中双方局势的波动变化，要求主帅对具体情势的变化在尽可能短暂的时间内做出正确判断，以把握有利时机，变被动为主动，而在这种综合较量中，必然会产生越出常情的现象，有利时机也往往就蕴涵在稍有迟疑即会溜走的时机中。这就需要主帅不仅要有超众的智慧，更需要有出人意料的胆略，以克敌制胜。小说的这一情节，深刻地展示出军事家的胆略在军事指挥中的作用。诸葛亮在统兵过程中，对每次作战，总是缜密筹划，调度有方，但在形势骤然逆转的情势中，他并没有惊慌失措，而是集中体现出了一个军事家应有的胆略，胆大而心细，严密布置，大胆行事，体现了军事学上的"出奇"原则，一改小心翼翼的行事风格，做出了令对手不敢想象的决策，超常的胆略，是其计谋能够完满实施的核心因素，如无过人的胆略，即使他想出空城计，也不敢贸然而用，更难以保证在实施中由于心态失控而露出破绽。就司马懿来说，在这一情境中，他确是被诸葛亮的心理攻势所击败，其军事家的胆略相对来说，同样是退居其次了。胆略是综合心理素质的一个重要层面，在计谋实施的决策中，胆略是先决要素，到了两军对峙的关键时刻，则是心理自控能力成了首要因素，这一点，与上文中对心理素质较量的分析紧密联系，可先后参看。毛评本在回评中对诸葛亮善于以自己跨越两极的心理变化来设计迷惑对方的行为方式，做了这样的评述："惟小心人不做大胆事，亦惟小心人能做大胆事。魏延欲出子午谷，而孔明以为危计，是小心者惟孔明也。坐守空城只以二十军士扫门，而退司马懿十五万之众，是大胆者亦惟孔明也。孔明若非小心于平日，必不敢大胆于一时。仲达不疑其大胆于一时，正为信其小心于平日耳。"

通观空城计这一情节片段，可以看到，小说情节大起大落，陡然起伏，由于铺垫充分和艺术描绘的严密细致，使这一情节奇巧惊险，却最后落在情理意料之中。同时，还可以体味到，小说这样写，体现了小说整体艺术构思的一个层面，是整体情节的有机组成部分，因为诸葛亮的空城计虽是整体收兵退却中的一个胜利环节，也弥补不了所蒙受的全部损失，却通过对其盖世绝伦的智慧和常人不可企及的心理素质的艺术展示，使诸葛亮的形象再次增添出神入化的风采，使读者产生蜀军虽败犹胜的审美效应，体现了小说艺术构思的缜密严谨和整体情节的有机统一性，无论是从情节安排，还是从人物形象塑造的角度看，这一情节都为后世的创作提供了宝贵的艺术经验。

用智者胜　骄纵者败：夷陵之战赏析

　　夷陵之战是小说中继官渡之战、赤壁之战之后的最后一次大战役，这次战役，由于刘备一意孤行，指挥失当，结果被东吴年少将领陆逊火烧连营，使蜀汉集团大伤元气，刘备即帝位不久，便由于这次惨败，托孤于诸葛亮，病逝白帝城。经过这次战役，诸葛亮在隆中对策时提出的从荆州和益州两路进兵、北伐中原的战略步骤严重受挫，国力大减，这也是后来诸葛亮兵出祁山北伐未能成功的制约因素之一。

　　在历史上，夷陵之战发生于章武元年至章武二年（221年－222年），刘备因东吴袭击荆州，擒杀关羽，起兵伐吴，张飞当率万人，自阆中出兵，与刘备在江州会合，结果张飞被部将张达、范强所杀，持其首级投奔东吴，更加深了刘备对东吴的仇视，遂起倾国之兵，与东吴交战。从历史上来看，刘备攻伐东吴，主要原因在于荆州地理位置的重要，小说中，则着力渲染了刘备一定要为关、张二弟复仇的伦理情感"义"，强化了刘备形象的理想化光环。《三国志》对夷陵之战的记述相当简略，见于《蜀书·先主传》和《吴书·陆逊传》，小说中的形象场面主要是在艺术虚构的基础上完成的。

　　　　初，先主忿孙权之袭关羽，将东征，秋七月，遂帅诸军伐吴。孙权遣书请和，先主盛怒不许，吴将陆议（陆逊本名"议"）、李异、刘阿等屯巫、秭归；将军吴班、冯习自巫攻破异等，军次秭归，武陵五溪蛮夷遣使请兵。

　　　　二年春正月，先主军还秭归，将军吴班、陈式水军屯夷陵，夹江东西岸。二月，先主自秭归率诸将进军，缘山截岭，于夷道猇亭驻营，自佷山通武陵，遣侍中马良安慰武溪蛮夷，咸相率响应。镇北将军黄权督江北诸军，与吴军相拒与夷陵道。夏六月，黄气见自秭归十余里中，广数十丈。后十余日，陆议大破先主军于猇亭，将军冯习、张南等皆没。先主自猇亭还秭归，收合离散兵，遂弃船舫，由步道还鱼复，改鱼复县曰永安。

　　　　　　　　　　　　　　　　　　　　　　　　　　　　《蜀书·先主传》

黄武元年，刘备率大众来向西界，权命逊为大都督，假节，督朱然、潘璋、宋谦、韩当、徐盛、鲜于丹、孙恒等五万人拒之。备从巫峡、建平连至夷陵界，立数十屯，以金锦爵赏诱动诸夷，使将军冯习为大督，张南为前部，辅匡、赵融、廖淳、傅彤等各为别督，先前遣吴班将数千人于平地立营，欲以挑战。诸将皆欲击之，逊曰："彼必有谲，且观之。"备知其计不可，乃引伏兵八千，从谷中出。逊曰："所以不听诸君击班者，揣之必有巧故也。"……乃先攻一营，不利。诸将皆曰："空杀兵耳。"逊曰："吾已晓破之之术。"乃敕各持一把矛，以火攻，拔之。一尔势成，通率诸军同时俱攻，斩张南、冯习及胡王沙摩柯等首，破其四十余营。

《吴书·陆逊传》

把历史记述和小说中的艺术描绘相互对照，便可看出，小说的情节叙述是以历史框架为基础和前提的，作者在史料记述的基础上，对战役进程中的细节进行了合理虚构，使小说中的战役描绘得跌宕起伏，波澜壮阔；主要人物形象个性鲜明，生动活泼，使这一战役的描绘，与官渡之战和赤壁之战形成了架构小说整体艺术结构的战争叙事框架，使战役的描绘过程成了小说艺术世界的有机组成部分。

就战役进程来看，夷陵之战大致可划分为以下阶段：

序幕：写刘备得知关羽为东吴所害消息后，执意要为关羽报仇，就在此时，得知曹丕自立为大魏皇帝，刘备随即在群臣拥戴下续统称帝，不听诸葛亮、赵云等心腹之臣进谏，操练军马，以进攻东吴，因诸葛亮苦谏，刘备稍有转意，结果张飞来见刘备，抱刘备双足哭诉桃园结义之情，使刘备痛下决心，定要为关羽报仇，结果，张飞因鞭挞士卒遇害，仇人逃往东吴，更是加深了刘备对东吴的仇恨。

第一阶段：蜀军声势浩大，接连取胜。写刘备令吴班为先锋，关兴、张苞护驾，杀奔东吴，孙权采纳诸葛瑾进言，以他为使臣见刘备，申述利害，请求罢兵，为刘备斥回。不得已之时，孙权降魏，被封为吴王。孙恒请缨去敌蜀军，结果被蜀军击败，孙恒被困夷陵，朱然大败于江中，向孙权求救，孙权再遣韩当为正将，来敌蜀军。两军在猇亭对阵，结果吴兵大败。糜芳、傅士仁杀马忠，反投刘备，为刘备所杀，以祭关羽，蜀军声威更盛，江南尽皆胆裂，孙权遣程秉为使臣，带张飞首级，并囚范疆（彊）至猇亭见刘备，请求罢战结盟，刘备不听马良进言，定要灭吴。

第二阶段：吴蜀相持，陆逊坚忍刚毅，胸有成竹，用以逸待劳之计涣散蜀军军心。在蜀军势力强劲、所战皆克时，东吴谋士阚泽保举陆逊为都督，以破蜀军。孙权采纳阚泽进言，并再次接受阚泽之谏，以筑坛拜将的传统仪式拜陆逊为大都督，赐以宝剑印绶，令其总督各路军马，并表现出十足的信任："阃以内，孤主之；阃以外，将军制之。"陆逊到任后，与蜀军相持于夷陵猇亭一带，以坚韧刚毅、沉稳持重的个性和吴主赋予的军权控制诸将，令各处紧守隘口，不得与蜀军交战，无论蜀军如何搦战，陆逊只是坚守不出。他并非怯敌，而是韬略深藏不露，只待蜀军懈怠移营山林茂盛之处后，发动火攻。其坚守不出之计，挫败了刘备的诱兵计，手下众将亲眼看见陆逊的预见并听他解释了用兵之道后，此时大为叹服，这一点，也为吴兵同心协力击败刘备奠定了心理基础。

第三阶段：写陆逊在观察到蜀军已疲惫懈怠的情状后，又谨慎地派兵试探蜀军虚实，然后根据掌握的情况严密布置，分兵派将，以火攻大破刘备连营，蜀兵在突如其来的火攻之下，溃乱不堪，伤亡惨重，刘备得赵云救护，才得突出包围，仅剩百余骑相随，逃入白帝城。陆逊追至诸葛亮所布八阵图，经诸葛亮岳父黄承彦指点而出。吴军大获全胜，陆逊为防魏兵乘虚而入退兵。

这次战役，因是蜀吴两国交战，在卷入其间的人物个性的展示程度上，似不及赤壁之战那么细致具体，但其规模声势，并不亚于赤壁之战。在这一情节单元中，具体描绘了战役的进程，并形象地展示出当时的整体情势，反映出了魏、蜀、吴三方之间复杂错综的矛盾关系。具体来说，这一情节单元的特征可概括为以下方面：

一、层次鲜明地描绘出战役的经过，从中开掘出了决定战役胜负的深层因素，既体现出了历史真实性，又具有深刻的艺术概括力，使这一情节在审美情境中凝聚了发人深省的历史教训

如前所述，在小说展开的艺术世界中，强化并突出了刘备为关、张二弟复仇的伦理情感，使小说这一情节单元的艺术描绘产生了撼人心魄的悲剧艺术力量。刘备刚刚登基，便是关羽被害，紧接着，又是张飞被部下所害，刘备为给结义二弟复仇，抛弃江山社稷也在所不惜，连最为受他信任的重臣诸葛亮和赵云的谏阻也无济于事，这就使刘备伐吴之举从叙述过程中的伦理情感的强化，升腾出了道义价值的崇高感。从现实功利和局势来看，刘备伐吴之举违背了诸葛亮早在隆中对策时就已提出的联吴抗曹的立国方略，破坏吴蜀联盟，意味着蜀汉的孤立，而从情感道义的方面来看，刘备自是恪守了当年誓同生死的结义誓言，做出了别无选择的选择，正是在道义与个人功利的两难选择中对道义的选择，使这一情节产生了具有震撼力量的审美意义。从叙述方式的角度来看，小说的这种强调，无疑使小说情节进程的因果链条更为严密，导引出具有浓烈悲剧氛围的必然如此的结局，使这一情节的叙述成了体现整体倾向和塑造理想化人物形象的有机组成部分。若单纯从战役胜负的原因来分析的话，刘备军事指挥的失误是其败于陆逊之手的主要原因，由于小说强化了刘备身上的伦理情感色彩，则在叙述中淡化了刘备指挥过程中谋略失当的方面，而着力突出了他在强度达到极限的复仇心理的驱动下产生的骄纵心态，使情节的发展更为合情合理。

在情节进程中，小说着力强化了刘备的复仇心理，他先是不听诸葛亮、赵云的谏阻，执意要为被害的关羽复仇，在诸葛亮的苦谏下，才有转意，张飞对他的一番哭诉，使他坚定了必灭东吴而后快的心理冲动，东吴两次请和，都被他强硬拒绝。在这种心理支配下，他对进兵后所取得的战果感到快慰，对陆逊坚守不出的机谋，误以为是其怯敌，当马良提醒他说："陆逊之才，不亚周郎，未可轻敌。"时，他则以为，"朕用兵老矣，岂反不如一黄口孺子耶！"这种骄纵轻敌、自视过高的心理成了他败于陆逊之手的内在决定性因素。当陆逊令末将淳于丹统兵劫营试探虚实之后，帐前中军旗幡无风自倒，程畿担心会是吴军劫营之兆时，刘备则以为"昨夜杀尽，安敢再来"，还没有引起他的重视，程畿提醒他这可能是陆逊试敌，此时，人来报说山上望见吴兵沿山往东去了，刘备仍是以为"此是疑兵"，哪里知道，这已是陆逊利用他的懈怠骄纵心理发动火攻的时候了。从小说的情节进程中可以看出，刘备复仇欲望的极度膨胀使他在进兵开始时一度所向披靡，一时的取胜，又使其骄纵轻敌心理不断膨胀，以至蒙蔽了他的判断力，他自以为用兵多年，却连起码的屯兵常识都被漠视疏忽了，连营七百里，屯兵于山林茂盛之处，最怕火攻，诸葛亮为他出谋划策多年，多以火攻取胜，他在骄纵心理支配下，连这种经验也丝毫未予注意。毛评本在刘备说"昨夜杀尽，安敢再来"之后评点说："骄兵极矣，安得不败。"

从陆逊用兵的角度来看，他深知蜀军自出兵后，接连取胜，士气正盛，如与蜀军死打硬拼，不仅是难以取胜，更会损失惨重。他下令坚守不出，一是要以柔克刚，用以逸待劳之计挫败蜀军锐气，蜀军连续挑战，陆逊依然不出，果然，"先主见吴军不出，心中焦躁"；二是蜀军长时间求战不得，必以为吴军怯敌，疏于防范，既松懈疲怠，又会滋生骄纵轻敌心态；三是陆逊深明两军情势，蜀军士众，己方兵少，必用奇计才能获全胜，使蜀军在措手不及之中无丝毫应战之力。他依据时令特征，胸有成竹地定下火攻之计，只是一时不对众将明言，时当盛夏，蜀军求战不得，必移营于山林茂密之处，为他发动火攻、大获全胜提供条件，这才是最重要的一点，他对众将说："刘备举兵东下，连胜十余阵，锐气正盛；今只乘高守险，不可轻出，出则不利。但宜奖励将士，广布守御之策，以观其变。今彼驰骋于平原旷野之间，正自得志；我坚守不出，彼求战不得，必移屯于山林树木间。吾当以奇计胜之。"表现出了他的个性与谋略。情势发展果不出陆逊所料，蜀军因气候炎热，移营于林木茂盛之处。刘备错误的屯兵方式，诸葛亮见了马良的图本后拍案叫苦，魏主曹丕得知探报后也预见刘备必败，都说明刘备兵败猇亭是其必然结局，而其决定性因素，则是刘备在以情感冲动的支配下指挥作战，不是在冷静地判断和谨慎地运筹帷幄中把握情势的。

二、作者的叙事焦点自如从容地往返于蜀、吴、魏三方，建构出完整立体的艺术世界，真实地反映出三方之间错综尖锐的矛盾关系

到夷陵之战发生时，东汉王朝已彻底成了历史，连虚名也不复存在，当时的情势成了实实在在的三国鼎立，图谋新的统一，则是三方各自都有的愿望设计。就每一方来说，都在观望和把握自己一方的有利时机，这就形成了复杂尖锐而又错综变化的相互关系，渴望与其中一方联合，共击另一方。同时，又在暗打自己的算盘，或是坐观其变，以获渔利，或是利用时机，发动攻势，而其中两方矛盾激化时，又要随时警惕另一方的乘虚而入。小说以叙事焦点的灵活转换，深刻鲜明地反映出了当时的这种历史情势，作者的叙事操作，显示了作者对历史的社会生活状况的深切体味和对历史进程中具有规律性现象的深刻洞察。

在反映当时整体社会情势的叙述操作中，充分体现出小说概括生活的深度和广度，强化了小说的艺术真实性。小说写刘备欲起兵伐吴时，诸葛亮及百官进谏道："陛下初登宝位，若欲北讨汉贼，以伸大义于天下，方可亲统六师；若只欲伐吴，命一上将统兵伐之可也，何必亲劳圣驾？"体现了将主要矛盾放在曹魏一方的长远战略。在刘备决意伐吴，秦宓苦谏，刘备恼恨之中要斩他时，诸葛亮上表以救秦宓，并再次进谏，表达了同样的战略眼光，"窃谓魏贼若除，则吴自宾服"，刘备则执意亲自伐吴，在部署中，他也考虑到了魏兵可能乘机而犯，"遂命丞相诸葛亮保太子守两川，骠骑将军马超并弟马岱，助镇北将军魏延守汉中，以当魏兵"。刘备对当时情势虽有考虑，但在其情感冲动之下，其战略决策却是草率的，破坏吴蜀联盟，会为蜀汉的生存招致不可避免的祸患。

小说在叙述蜀、吴两国交战的过程中，其叙述焦点以蜀汉为中心，兼顾蜀、魏、吴三方情势。在叙写刘备驾屯白帝城之后，孙权遣诸葛瑾为使来见刘备，陈说利害，请求两家和好，共灭曹丕，被刘备叱回。孙权在无奈之中，接受中大夫赵咨进言,向曹丕写表称臣,请曹魏乘虚袭击汉中,曹丕接受了孙权的请降,封孙权为吴王,但他也有自己的长远方略,在大夫刘晔进言要他趁势与蜀汉合作以灭吴国时,曹丕认为:"孙权既以礼服朕,朕若攻之,是阻天下欲降者之心;不若纳之为是",并表明了自己坐山观虎斗的态度,"朕不助吴,亦不助蜀。待看吴、蜀交兵,若灭一国,止存一国,那时除之,有何难哉。"应当说,曹丕的态度表现出了他的长远谋略。在刘备下令移兵于山林茂密之处时,又借马良向刘备进言之口再次交代了当时情势:"近闻诸葛丞相在东川点看各处隘口,恐魏兵入寇。陛下何不将各营移居之地,画成图本,问于丞相?"这里用虚写的方式写出了诸葛亮对曹魏的防范。刘备移营后,细作报知魏主,魏主曹丕当即断定刘备必败:"刘玄德不晓兵法:岂有连营七百里,而可以拒敌者乎?包(通'苞',草木丛生之地)原隰险阻屯兵者,此兵法之大忌也。玄德必败于东吴陆逊之手。——旬日之内,消息必至矣。"而且预计陆逊若胜,必引兵取西川,随即令三路人马,虚托助战之名,乘虚攻取东吴。这一机谋着实体现出了曹丕的精明老练、智谋不凡,只可惜,他的如意算盘却也在陆逊的预见之中,陆逊大破刘备后,随即下令班师,以挡魏兵,不出陆逊所料,退兵不到两日,便得飞报,曹兵已有三路人马逼至边境,在这里,又是"才与才敌"的智者斗智。因东吴已有准备,曹兵三路皆大败而回。小说经过这种转换视角的叙述,展示出当时微妙复杂而又尖锐错综的相互关系,构建了呈现真实历史进程的立体艺术空间,丰富了情节,更凝聚了深厚的社会历史内涵。

三、刻画出了人物鲜明的个性特征

与赤壁之战相似,这次蜀、吴之间的战役,同样对三方的前程都有着至关重要的影响,因而,三方都卷入其中,不同的是,这次战役,是三方为了各自的利益卷入其中的,不是其中两家联合抵抗另一方,形成这种状况的根本原因自然是历史情势的变化,这就使得人物形象的塑造也与赤壁之战有所不同,对于其中任何一方来说,其他两方都是敌对关系,这就使人物塑造更为倾向于强化人物的某一性格侧面,突出其力量与强度。在这次战役中,小说出于理想寄托的需要,着重刻画出了刘备重义的一面。在前面的情节中,小说着力刻画了关羽、张飞对刘备的"义",他们自桃园结义之后,为刘备建立蜀汉基业拼杀了一生,结果关羽为东吴所害,杀害张飞的仇人也逃到了东吴,这实际上是为刘备的道德选择还是自身利益选择积聚了心理冲突的力量。刘备选择了为二弟复仇的行动,举倾国之兵与东吴决战,这就突出了刘备另一个性格侧面,他同样是一个知情重义的人,不是一个贪图自身享乐的昏聩帝王，使刘备仁君的性情得到了强化，他以自己的帝位，乃至性命去偿还二位结义兄弟的"义"，这就使刘备的形象产生了道义上的崇高感，他虽是由于情感的支配失败了，其道义则得到了升华，这种强化，在刘备身上，开掘出了具有道德美感的审美意义。

小说中，另一个成功的形象无疑是陆逊。他在为吕蒙献计夺取荆州时，显示出了他非同一般的谋略，在夷陵之战这一情节单元中，则集中笔墨刻画出了他能够审时度势的雄才大略和沉稳持重、具有强烈自信心的个性。吴军在蜀军的浩大攻势下，一再受挫，此时，孙权接受阚泽进言，任用他为大都督，这位"面如美玉"的书生既没有推辞，更没有畏怯，只是担心自己资历不够，众人不服，"江东文武，皆大王故旧之臣；臣年幼无才，安能制之？""倘文武不服，何如？"待孙权取佩剑交给他说："如有不听号令者，先斩后奏。"他则说道："荷蒙重托，敢不拜命；但乞大王于来日会聚众官，然后赐臣。"体现出了十足的自信。在他到任之后，便以对当时情势的深刻洞察确定了坚守不出、养精蓄锐以挫败蜀军锐气的战略决策，既能知己，又能知彼，对战事全局了如指掌，当周泰进言去救孙恒时，陆逊则胸有成竹地说："吾素知孙安东深得军心，必能坚守，不必救之。待吾破蜀后，彼自出矣。"在蜀军连续搦战，甚至羞辱吴军时，陆逊则以忍辱负重的态度仍是坚守不出，只待蜀军疲惫懈怠之后再以计谋获取全胜。

呼唤苍天　志士遗恨："秋风五丈原"赏析

　　在叙事过程中倾注浓烈深挚的主观情感，是小说通过人物塑造寄寓情感态度、表现审美理想的艺术操作途径，体现出文学叙事以情动人的本质特征。诸葛亮的形象，无疑是《三国演义》作者寄托最深的主人公，诸葛亮的出场亮相，小说以层层铺垫、步步渲染的叙事程序，才将诸葛亮从隐居的隆中请出了山，辅佐刘备。诸葛亮出场后，小说更是以饱满充沛的赞叹崇敬之情，对他忠贞廉洁的风范、超群绝伦的智慧和多方面的才能，做了细致完整、形象传神的具体刻画。"秋风五丈原"是描绘诸葛亮形象生命旅程最后一个阶段的情节单元，小说以对人物志节风范的具体描绘和内心感受的深层刻画，在感人至深的悲剧艺术情境中，凸显出了诸葛亮形象的崇高感，使其内在文化意蕴的开掘更为深刻，强化了这一形象体味命运、感召生命情怀的艺术力量。

　　辅佐蜀汉集团开创帝业，并最后一统天下，是诸葛亮在隐居隆中时就已确定的人生选择，他在出山之后，尽心竭力，按照他对当时天下时局的分析判断所定下的战略决策，辅佐刘备创建了蜀汉基业，刘备白帝城托孤之后，他更是以率军北伐、统一天下为己任，他在统兵平定孟获之乱后，遂上表后主刘禅，出师伐魏。在他北伐的过程中，由于国力不足和刘禅昏弱等原因，北伐未能取得预想的成效，但他舍身忘己，殚精竭虑，对国事，事无巨细，躬亲操劳，对自身，则克己奉公，一心为国，以其忠贞辛劳，支撑着蜀汉局面，最终在第六次北伐与司马懿对峙时，因积劳成疾，病逝于五丈原军中，小说对诸葛亮生命旅程最后阶段的艺术描绘，融注了深沉痛切的情怀，聚合了纷繁凝重的思绪，迂徐跌宕，婉曲顿挫，层次鲜明，感人至深。

　　在这一情节片段中，小说运用了衬托、人物行动、感受和言语描写等多种艺术表现方法，将诸葛亮的形象塑造得更为完整，其具有崇高感的悲剧性命运展示得更充分。在情节延伸的过程中，步步推进，次第展开，对诸葛亮的心理状态和身体状况做了具体描绘，使情节的发展合情入理、严密有致。出师前，在太史谯周进言"丞相只宜谨守，不可妄动"时，诸葛亮备下祭品，拜祭于刘备之庙，申述了自己的平生之愿，"臣亮五出祁山，未得寸土，负罪非轻！今臣复统全部，再出祁山，誓竭力尽心，剿灭汉贼，恢复中原，鞠躬尽瘁，死而后已！"从其祭言中，可见其积聚于内心深处的以天下为己任的深厚情怀。诸葛亮是把统一天下，作为自己人生价值定位的，虽然他所辅佐的后主是一个庸碌昏聩的皇帝，但诸葛亮依然为了一统天下而不辞辛劳，既是为了刘备的遗愿，更是为了自己的济世理想和抱负。小说在描绘了诸葛亮祭祀刘备之后，写诸葛亮回到汉中，正与众将商议出师之时，得报关兴病亡的消息，小说写道："孔明放声大哭，昏倒于地，半晌方苏。众将再三劝解，孔明叹曰：'可怜忠义之人，天不与以寿！我今番出师，又少一员大将也。'"小说这里插叙的诸葛亮痛哭关兴的片段，实际上，对"五丈原"的情节起了铺垫作用，其一是充分表现出了诸葛亮的焦灼心态。蜀汉国力本来已是急剧衰弱，正在用人之际，失去得力大将，北伐中的力量又受到了意想不到的损失，自会使诸葛亮痛彻于心；其二，小说对诸葛亮"昏倒于地，半晌方苏"的描绘，形象地展示出诸葛亮内心深处集聚多时的对北伐前景的忧虑，关兴病亡，是对他这种心理状况的直接触动，他用兵多年，自己年事已高，尚没有实现天下一统，仍在为自己的平生志愿而抗争，他有感于关兴病亡时所说的话："可怜忠义之人，天不与以寿"，既是对关兴的痛悼，在其内在底蕴上，则是真实深切地传达出了他自己盛时已过而理想难遂的人生感慨，可谓情动于中，思绪万端，内涵深广，动人心魄。

在蜀军获胜、诸葛亮屯兵五丈原之后，诸葛亮为了激司马懿出战，派人送巾帼和妇人缟素之服给司马懿，可是，深明韬略、熟知诸葛亮性情和用兵特点的司马懿接受了诸葛亮的羞辱，不为诸葛亮的激将法所动，并借魏主的诏令压制众将，依然坚守不出，想以坚守之策懈怠蜀军军心。就在僵持对峙之际，费祎来到军中，对诸葛亮说他约请东吴夹击曹魏的军马全部败回，陆逊所定的前后夹攻之计，也因机关泄露而失败，吴军无功而返。诸葛亮得知这一消息，"长叹一声，不觉昏倒于地，众将救醒，半晌方苏"，醒来后叹息说："吾心昏乱，旧病复发，恐不能生矣。"这里对诸葛亮心理的展示深了一层，对其身体状况的描绘词句虽一致，因是第二次昏倒，且半晌方苏，其恶化程度可想而知。诸葛亮深知蜀汉国力不振的形势，对自己已过天命之年尚未实现一统天下的抱负深怀忧患。这次出师，他曾遣费祎出使东吴，希望以两家的战略联合取得北伐的预期成效，东吴的失败，无疑使诸葛亮北伐成功的设想罩上了渺茫无望的浓重阴影，长期集聚的焦虑心态，食少事烦的兢兢业业，已使诸葛亮的心理和身体的承受能力达到了极限，这次昏倒，终于使他心力交瘁、无从平复了。从情节推进过程中可以看出，小说在叙述过程中，将心理内涵和身体状况紧密联系在一起，既使情节具有严密的逻辑性和真实性，同时，又在诸葛亮以其用世理想和命运抗争的悲剧性和崇高感的艺术传达中，强化了小说思索与体味人生的深层内涵。

在对诸葛亮心力交瘁的过程做了具体充分而又内涵深刻地铺垫之后，小说描绘了诸葛亮在生命的最后时刻迸发出的智慧光焰和他以国事为先的志士情怀。小说细致地叙写了诸葛亮自知命在旦夕之时对撤军经过、朝政国制等重大事项的安排，展示出了诸葛亮鞠躬尽瘁、死而后已的风范节操。小说先写了他一边在"吐血不止"的状况下"扶病理事"，一边步罡踏斗祈禳寿数的处境，表现出他对蜀汉的耿耿忠心。在魏延闯进大帐报知"魏兵至矣"时，将主灯扑灭，此时，诸葛亮关注的不只是个人寿数，更是蜀军安危，当即判断出这是司马懿前来探视虚实，令魏延引兵迎敌。然后小说集中笔墨，逐层推进地叙写了诸葛亮对后事的安排。

魏延击退魏军，回归本寨后，姜维前来问安，诸葛亮将平生所学的著述，传与姜维，并叮嘱他日后的防范要略，"惟阴平之地，切须仔细，此地虽险峻，久必有失"，然后，依据他对魏延品行的洞察，分别将马岱、杨仪唤入帐中，授以在魏延反叛时斩杀他的锦囊计，以确保蜀军安然撤回。诸葛亮在又一次昏迷苏醒后，表奏后主，在与后主所遣尚书李福相见时，诸葛亮更是痛惜于自己未能完成统一大业，流着眼泪叮嘱李福，谆谆告诫，语重心长："吾不幸中道丧亡，虚废国家大事，得罪于天下。我死后，公等宜竭忠辅主。国家旧制，不可改易，吾所用之人，亦不可轻废。吾兵法皆授予姜维，他自能继吾之志，为国家出力。吾命已在旦夕，当即有表上奏天子也。"话语简短，却是语语中的，既表明了他心中无从尽言的身世感慨，又为蜀汉能够保持内部稳定确定了治国用人方略，并向后主推荐了可继承自己志向的姜维。从这里，可以见出诸葛亮在生命垂危之时对国事思虑的全面与久远，体现了他对蜀汉集团能够稳定持久的殷切期望。

叙写了诸葛亮对国事的安排之后，接下来，形象生动地描绘了诸葛亮最后一次巡视营寨的情形，这一片段，着力突出了人物在特定心理和身体状态下对自然环境的内心感受，这种感受，是病重体虚的人对外物的真实感受，更是诸葛亮这位理想不遂的志士心底深处的生命体验与感叹，情景相生，形象鲜明，是传达诸葛亮壮志未酬的人生遗恨不可或缺的传神之笔：

> 孔明强支病体，令左右扶上小车，出寨遍视各营。自觉秋风吹面，彻骨生寒，乃长叹曰："再不能临阵讨贼矣！悠悠苍天，曷此其极！"叹息良久。

这段文字，鲜明生动，简洁传神，具有强烈的情感色彩，真实深刻地表现出了诸葛亮的体态神情和心理体验，凸显出了诸葛亮追怀平生、悲慨命运的悲剧性形象。在叙述过程中，涵容了深邃凝重、丰厚沉郁的人生哲理意蕴，令读者感叹不已，品味再三，从中了悟生命意志和客观规律的必然冲突。诸葛亮以一个儒士的盖世谋略，为一统天下，率领军队南征北讨，辅佐刘备建立了蜀汉基业，本想在天下一统、济世安民之后，再回隆中，徜徉于山水垄亩之间，却由于不可抗拒的自然规律，中道而废，使诸葛亮为自己的壮志难酬、理想失落发出了呼唤苍天的悲叹，"悠悠苍天，曷此其极"，悲凉凄切，痛彻肺腑，其间涌动着执着理想、叩问命运的情怀，传达出追寻生命价值的内在底蕴，读来感人至深。就叙述文字而言，可谓深得以少胜多、传神写意之妙，用"强支病体"四字即写出了此时诸葛亮病势之重和心理意志之坚韧，"出寨遍视各营"一句，则道尽他对人世的挚爱、对蜀军的责任感，而"自觉秋风吹面，彻骨生寒"的描绘，既是诸葛亮对自然情境的感受，体现了他病势已深的状况，更是他内心深处悲凉意绪的形象外化，"自觉"二字，从人物自身主观感受的角度来展示环境特征，是在心理特征和身体状况整体合一的层面上刻画人物形象的传神之笔，毛评本在夹批中评述说："写尽病躯，妙在'自觉'二字。"确是体味出了这二字的蕴含与分量。

诸葛亮在巡视军营之后，"回到帐中，病势转重"，这一次的"转重"，自是难以支持长久的征兆，此时，自然而然地转入了对具体撤军事项的安排上，可见情节叙述的严密有致。诸葛亮唤杨仪到帐中，对撤军中的人员安排和撤军策略，做了具体交代，要求"凡事俱依旧法而行。缓缓退兵，不可急骤。"并明确安排"姜伯约智勇足备，可以断后"。在对撤军过程做了具体部署后，诸葛亮在卧榻上为后主写下了遗表，其中对后主提出了深挚恳切的告诫，"伏愿陛下，清心寡欲，约己爱民，达孝道于先皇，布仁恩于宇下。提拔幽隐，以进贤良；屏斥奸邪，以厚风俗"，其内涵与《出师表》完全一致，而简练精当，言约意丰，真实地表现出病势危重时的情状，既体现出志士贤相的规箴心声，更凝聚着长者前辈的拳拳之意，字里行间，也流露对蜀汉前景的深深忧患。对朝政国事和撤军事项都做了具体安排之后，在《遗表》中，诸葛亮对自己家事的说明，更是体现着封建时代贤相的节操风范，"臣家有桑八百株，田五十顷，子孙衣食，自有余饶。至于臣在外任，随身所需，悉仰于官，不别治生产。臣死之日，不使内有余帛，外有余财，以负陛下也"，应当说，这只是诸葛亮对家事的"说明"，并不是对家事的安排，充分展示出克己奉公、清廉守正的立身准则和济世情怀，在生命弥留之际，他依然只是为朝政国事计，对家人只是希望能够衣食自足而已，这就使人物形象内涵的开掘，更为完整，也更为深刻，尤为增添了令志士仁人所景仰的人格志节的魅力，体现了作者对道德美感和人格理想的思考与渴慕。

在对所有事项都做了安顿与部署之后，诸葛亮再次向杨仪交代了撤军中以自己的木雕像惊退司马懿的具体举措，以保证蜀军退却中的万无一失，在这一次用计中，其超群绝伦的智慧，最后一次焕发出了令人叹为观止的神采。在诸葛亮再次昏迷复醒后，向二次前来营中、询问谁可继任的李福推荐了蒋琬和费祎之后，带着他对未竟事业的遗恨，离开了人世。诸葛亮去世后，毛评本引用了杜甫和白居易的诗，以表达对寄托最深的主人公的凭吊，以曾因过失被诸葛亮处罚的廖立、李严对诸葛亮的哭悼，衬托诸葛亮的用人之公，更以具有浓重情感氛围的整体景物勾画，以叙述人的意绪心态，传达出对诸葛亮之死的深切痛悼之情，"是夜，天愁地惨，月色无光，孔明奄然归天。"

总括起来看，"秋风五丈原"这一情节片段，与"三顾茅庐"的情节前后相应，使人物形象内涵的开掘更为完整和深刻，更好地寄托作者的人格理想和道德美感的价值追求。在具体的艺术表现方式上，也有着相通之处，其一是二者都恰到好处地运用了铺垫方式，使情节次第展开，严密有致；二是都用了自然景物的衬托，以强化艺术情境的情感氛围。其不同之处在于，"三顾茅庐"的层层铺垫，主要是为了衬出诸葛亮的气度神采，"秋风五丈原"则是重在开掘诸葛亮形象的深层心理和人格内涵，这是由人物所处的不同人生阶段所决定的，体现了小说作者对生活逻辑把握的精当和艺术表现的准确。

"秋风五丈原"这一情节片段，不只是小说整体情节的有机组成部分，其深层底蕴在于它开掘出了具有普遍意义的人生困惑，在诸葛亮呼唤苍天的纷繁心绪中包含着的志士遗恨，别具一种感召生命意志、激发进取精神的艺术力量。

最后需要说明的是，在这段情节中，夹杂着诸葛亮踏罡步斗、压镇将星等具有神异色彩的描写，在一定程度上干扰了小说的真实性，这种描绘，与小说处于初创阶段的历史条件及当时的历史背景有关，不应过多地苛求于几百年前的小说家。就整体而言，"秋风五丈原"的情节是成功的，对于诸葛亮形象塑造的完整性，起了至关重要的作用。

解读拾零

桃园结义的历史依据和小说家的艺术创造

　　《三国演义》开宗明义的第一回，便是"桃园结义"的故事。这一故事深入民间、影响广泛，小说中所描绘的异姓朋友结交为生死兄弟的故事内容和结拜模式，其影响远远超出了艺术审美领域，对各个历史时期现实的社会生活，也发生过深远影响。小说以这一故事为开端，显示出作者在艺术创作领域重塑三国历史的情感导向。一方面，小说以刘备集团为描绘重点，另一方面，结义模式所表现出来的"义"，是作者所崇尚和赞美的伦理价值。刘、关、张三人的桃园结拜，成了表明作者情感态度和思想倾向的引子，由他们三人在三国乱世中的行踪与作为，把读者带入那一群雄并起、兴亡争霸的历史风云的艺术画卷之中。

　　小说用简洁明了的笔墨介绍了东汉末年的历史状况和黄巾起义爆发的经过、军事攻势之后，以幽州太守刘焉出榜招募义兵作为情节开端的引线，引出了刘备的登场，小说中写道："时榜文到涿县张挂了，涿县楼桑村引出一个英雄。"之后，对刘备的身材容貌、家世怀抱作了概括性的介绍。因为刘备在榜下长叹，受到后面来人的厉声回敬"大丈夫不与国家出力，何苦长叹？"随即张飞出场，二人一见如故，正在店中饮酒之时，关羽推车而来，到店外歇下车子，进店饮酒。关羽因杀掉家乡豪霸，已在江湖上流落五六年了，因为他生得"相貌堂堂，威风凛凛"，刘备邀请他一同入座，相互介绍之后，三人相识。饮酒间，刘备以平生志向怀抱相告。由于三人志愿相投，张飞邀请二人同到自己庄上。接下去，小说具体描写了"桃园结义"的经过：

　　　　三人大喜，同到张飞庄上，共论天下之事。关、张年纪皆小如玄德，遂欲拜为兄。飞曰："我庄后有一桃园，开花茂盛，明日可宰白马祭天，杀乌牛祭地，俺兄弟三人结生死之交，如何？"三人大喜。次日，于桃园中列下金银纸钱，宰杀乌牛白马，列于地上。三人焚香再拜而说誓曰："念刘备、关羽、张飞虽然异姓，结为兄弟，同心协力，救困扶危，上报国家，下安黎庶，不求同年同月同日生，只愿同年同月同日死。皇天后土，以鉴此心，背义忘恩，天人共戮！"誓毕，共拜玄德为兄，关某次之，张飞为弟。祭罢天地，同拜

玄德老母；将祭福物聚乡中英雄之人，得三百有余，就桃园中痛饮
一醉。

从小说对结义经过的具体描写来看，重点放在了三人结义的誓言上。三
人的结义誓言，一方面呈现出在纷争动荡时代渴求作为的豪杰情怀；另一方
面，则凝聚了人世间对于至淳至善的朋友关系的心理渴望。他们三人，本不
相识，更不同宗，只是由于共同的志向怀抱，就在动荡乱世的邂逅相逢中立
下生死与共的誓言，结下终生不悔的情谊。应该说，桃园结义作为一种确立
新的人际关系、情感纽带的郑重仪式，在小说的描绘中，是具有艺术感染力
的，因为通过这种仪式，把非血缘性的朋友关系，直接地罩上了血缘关系的
色彩。这种仪式，一方面符合我国重宗亲、尚伦理的文化传统，另一方面，
更能够反映出离开家乡土地、奔走江湖的下层民众的理想和愿望。随着社会
的发展，自然会有越来越多的人离开家乡、摆脱土地的束缚，凭借一技之长
去寻求自己在社会生活中的位置，而离开家乡宗亲、置身于陌生环境之中时，
自然会渴望及时遇到性情相投、有难同当的朋友。事实上，小说对结义仪式
的描写所包含的深层底蕴，是具有鲜明的时代特征的。宋代以后，随着社会
经济的发展、生产技术水平的提高，手工业得到了进一步的繁荣，出现了许
多大型城市，这些涌入城市的手工业者，还处在封建专制制度的层层重压之
下，他们渴望在陌生的环境中建立起相互扶持、亲和友善的人际关系，陌生
人不期而遇，生死结交，自然会是他们梦想中完美的生存境界。从这一方面
来看，作者在进行小说创作的时候，不自觉地把自己所处时代的社会心理融
进了小说的艺术世界之中。

在小说情节发展的过程中，刘、关、张三人立下生死誓言之后，终其一
生，都在恪守当年立下的誓言。三人关系的亲密程度，是后来加入到刘备集
团中的文臣武将所不能攀比并论的，对这一点，小说通过一系列生动具体的
情节反复渲染、不断强化。小说中"张辽义说关云长"一节，写刘备兵败小
沛，弟兄失散，关羽保护刘备的二位夫人守下邳，被曹操用计困于土山，不
得已之中，以"降汉不降曹的名义"归附曹操，保护二位皇嫂，身在曹营十
二年，在白马坡斩颜良、诛文丑报答了曹操的厚待之后，听到刘备在袁绍处
的消息，就护卫二位夫人，不虑危难艰险，千里走单骑，投奔刘备。到了古
城之后，张飞还误以为关羽早已彻底投靠曹操，要杀关羽，直到关羽在张飞
三通鼓罢，斩了前来为外甥秦琪报仇的蔡阳之后，张飞才把关羽迎入古城，
互道以往的经历。小说的这一情节，是由于他们恪守着当年立下的誓言。同
样，刘备登基称帝之后，同样恪守着当年桃园结义立下的生死誓言。在关羽

被东吴所杀、而杀害张飞的范强、张达也逃到东吴之后，刘备为了给二位结义兄弟报仇，不顾社稷安危，更不顾群臣谏阻，发倾国之兵与东吴决战，结果被东吴的年少将军陆逊火烧连营，兵败猇亭，刘备自己也因为悲切郁愤病逝于白帝城。刘备与东吴交战的惨败，断送了诸葛亮定下的南合孙权、北拒曹操的战略方针，为蜀国的覆亡留下了祸患，但从另一方面来看，小说对刘备形象的塑造，则体现出把"义"看得高于一切而达到人格完善的伦理力量。按小说的描写，刘备之所以与东吴决战，同样是因为他恪守着当年结义的誓言，虽然已贵为皇帝之尊，但他把结义兄弟的手足之情置于江山社稷之上，他不能独自一人安享尊荣，这种心愿的强烈构成了刘备完善悲剧性人格的推动力量。他想兑现结义誓言，就要以蜀国的国运为代价，他要独自偷生，则必然以背弃结义誓言为条件，正是在这种不可得兼的矛盾境地和人物形象所做的抉择中，强化了人物形象的伦理力量，从这一角度来看，刘备的形象塑造是具有艺术真实性和艺术感染力的。

对刘、关、张三人之间的"义"的描绘，构成了小说思想意蕴的重要方面，那么，"桃园结义"是否出于确切的历史记载呢？不是！在《三国志》中，只是简略记述了他们三人之间的亲密关系，并没有明确地记载三人"桃园结义"之事。《三国演义》所描绘的"结义"和由此展开的许多精彩生动的故事情节，大部分是在民间传说的基础上虚构出来的。

但是，在传说基础上不断充实、完善并在小说中被仪式化了的结义，也并非完全出于艺术的想象和虚构，而是有历史记述依托的。在《三国志·蜀书·关羽传》记载刘备作平原相时，关、张二人相随，三人"寝则同床，恩若兄弟"，《张飞传》记载说"羽年长数岁，飞兄事之"，《关羽传》中载，关羽被曹操所擒后，曾对前来劝降的张辽说他们三人"誓以生死，不可背之"。从中可以看出，在《三国志》中，主要是在关羽、张飞二人的传记中分别记述了他们之间的亲密关系，而且记述非常简略。但这些记载，却为后来的民间艺人、戏剧家、小说家留下了驰骋艺术想象的凭借，他们不仅把这些记载的片段联系起来，而且还在历代相沿的丰富扩展中，续接成了具有情感模式意味的结义情节，这充分体现出了想象力在文学创作中的作用。

"桃园结义"这一故事，作为文学创作的题材，在元代就已经出现了。现存元杂剧中就有《刘关张桃园结义》一剧，叙演刘关张三人结义的故事。在元刊《全相三国志平话》（以下简称《平话》）中，也是以刘关张三人结义为开端的，不过，《平话》中所写的故事，在内容上，与《三国演义》不完全相同。《平话》中写关、张二人先见面，后与刘备见面，与《三国演义》所叙次序有差异。从这种差异中，可以看出，这一故事是在流传的过程中被不同历史时期的民间艺人和文人不断加工和改写的。《三国演义》叙写这一故事,先写刘备在榜下长叹,而后叙述张飞和关羽的出场,则既有正统观念的影响,也有强化小说所推崇的"义"的伦理价值的作用。

赤壁之战中火攻计策的提出者

　　发生在公元 208 年的赤壁之战，是历史上形成三国鼎立局面的关键性战役，当时刘备新败不久，喘息未定，孙权兵微将寡，势单力孤，而曹操此时已统一北方，虎视江东，气势正盛，这种客观的历史形势，促成了孙刘两家通力协作、共抗曹操的战略联合。由于占天时、得地利，孙刘联军在赤壁用火攻以少胜多，大败曹兵，使曹操从此失去了一统天下的军事实力，最后形成了三国鼎立的局面。在古代战争中，能够具体地根据地理环境和自然条件，在敏锐判断和正确决策的基础上应用火攻，是克敌制胜、稳操胜券的有效手段。在《三国演义》中，读者会感受到，许多描绘得多姿多彩、历历在目的战役，大多运用了火攻。在小说中，运用火攻战术最为惊心动魄、也最为成功的战役，自然首推赤壁之战。

　　在《三国演义》中，赤壁之战这一情节单元，被作者描绘的曲曲折折，摇曳生姿，悬念迭起，扣人心弦。在大敌当前，吴国君臣对是战是降难以决断之时，诸葛亮出使东吴，以他机敏善辩的外交家气度和出神入化的谋士才略，舌战群儒，智激孙权，草船借箭，为孙刘两家合兵抗曹，奠定了强有力的基础，也更进一步坚定了周瑜必破曹兵的信念。在这一大规模军事行动的过程中，诸葛亮作为刘备集团长住东吴的"全权代表"，他只身一人，周旋于东吴的将帅谋士之间，以超凡的智慧和惊人的预见性，不仅保全了自己的安全，而且在幕后操纵和导演了赤壁之战的全过程，尤为重要的是，他在战役最为关键的环节中起了决定性作用，那就是，他与东吴力主抗曹的军事统帅周瑜英雄所见相同：欲破曹公，宜用火攻。他甚至在周瑜为冬季天公不作美、刮不了东南风而愁得身心憔悴、病患缠身时，凭借自己异人所传的道术，高筑借风坛台，仗剑作法，为周瑜借来了三日东风，以助周瑜破曹。诸葛亮还预见到，借风成功之时，周瑜必来加害，等到东南风一起，诸葛亮便乘上赵云早已等候在江边的小船，顺流而去。在周瑜乘火势全力破曹之时，诸葛亮自己则已回到江夏，调兵遣将，乘机扩充了蜀国的地盘。这段情节单元可谓绘声绘色、波澜起伏，刻画了魏、蜀、吴参战三方的主帅、谋臣和武将鲜明生动的个性。那么，诸葛亮借东风以助周瑜破曹的故事，是否出于历史记载呢？

事实上，在这场战役中，真正的军事统帅是东吴的周瑜，诸葛亮并没有起那么大的作用，小说中的艺术描绘，出于人物形象塑造的需要，包含着许多想象与虚构的成分，不只是借东风的情节是出于艺术虚构，而且运用火攻以破曹操的决胜策略，既不是诸葛亮提出来的，也不是周瑜自己谋划出来的。在《三国志》记载中，进献火攻策略的原本是东吴统帅周瑜的部将黄盖。《三国志·周瑜传》记载：

> （孙）权遣（周）瑜程普与（刘）备并力逆曹公，遇于赤壁。时曹公军众已有疾病，初一交战，公军败退，引次江北。（周）瑜等在南岸。（周）瑜部将黄盖曰："今寇众我寡，难与持久。然观曹军（方连）船舰，首尾相接，可烧而走也。"

这段记载清清楚楚地表明，赤壁之战中火攻策略的提出者是黄盖，在这段记载中，黄盖虽说话不多，但从中表现出了他敏锐的判断能力和分析能力。从接下来的记载中，还可以了解到，这一建议被周瑜所采纳，这场大火，成了孙刘联军取胜的关键（当然，在火攻破曹的过程中，是以东吴军事力量为主体的）。

从明确历史记载中火攻计谋的进献者，又会引发出这样的问题，既然运用火攻是黄盖提出来的，那么，小说中写得活灵活现的"周瑜打黄盖"是否确有其事呢？"周瑜打黄盖"的情节一方面塑造出了黄盖忠勇志诚、胆略过人的鲜明个性，另一方面，也使小说的情节逻辑更为合理。这段情节同样是出于小说家出于塑造人物形象的需要而做的艺术虚构。但是，在历史记载中，黄盖诈降曹操则确有其事。在《三国志·周瑜传》注引《江表传》中，保存了黄盖诈降曹操的书信。小说就是以这些历史记载为依据，遵循文学创作的规律，合乎情理地虚构出了黄盖与周瑜密谋苦肉计、阚泽下书、黄盖纵火烧曹军等一系列精彩生动的故事情节。这些情节，与其他情节单元相互绾接交错，构成了赤壁之战的艺术描绘不可或缺的组成部分，使赤壁这一决定吴、蜀两家命运前景的战场，同时也成了魏、蜀、吴三方主帅、谋臣、武将展示各自品行识见、谋略性情的艺术画廊。就黄盖诈降的情节而言，小说作者的艺术加工和虚构是成功的，虽然不合史实，但这种改动符合于艺术的真实，符合于小说情节发展的内在逻辑，使小说展示出来的内容更具有艺术的真实性。在《周瑜传》中，叙述完黄盖进献火攻策略之后，接下去，就是对火攻过程与结果的简略记述，原文如下：

乃取艨艟斗舰数十艘，实以薪草，膏油灌其中，裹以帷幕，上建牙旗，先书报曹公，欺以欲降。又预备走舸，各系大船后，因引次具前，曹公军吏士皆延颈观望，指言盖降。盖放诸船，同时发火。时风威猛，悉延烧岸上营落。顷之，烟炎张天，人马烧溺水者甚众，军遂败退，还保南郡。（刘）备与（周）瑜等复共追。曹公留曹仁等守江陵城，径自北归。

从这段记述文字中，可以感受到，史书中只是着重记述了事件发生的原因与结果，而对于过程，则从略了。相对而言，小说的艺术描绘，则更侧重于事件发展变化的形象化描绘。试想，以小说中曹操的才略识见和那种生性多疑的性格，只凭一纸书信，是绝不可能使曹操对黄盖的投靠深信不疑的。而小说把火攻策略的提出者加到了料事如神的诸葛亮和文武兼备的周瑜身上，使黄盖担当了实施苦肉计的角色，则合情合理、顺理成章了。这种描绘，既在相互斗智中，突出了诸葛亮比周瑜更高一筹的谋略，也在强化情节进程有机性的同时，刻画出了曹操非等闲可比的军事统帅的心机与个性。他对于黄盖的诈降，并非毫无疑虑，他之所以上当，自然是黄盖担当主角的苦肉计起了决定性的作用。

这里，需要再说明一点的是，诸葛亮借东风的描绘，对诸葛亮的鬼神不测之能渲染的有些过了头，这应该是不合生活的真实。历史上的赤壁之战发生在冬末春初，按照自然节律，在这个时令中出现风向变化，刮起一时的东南风，也是可能的。在这段引文中，只是说"时风威猛"，既没有说明风向，更没有提到"借来"东风之事，这一点，则只能从作者对诸葛亮形象的高度理想化塑造的方面去理解了。

鞭打督邮的并非张飞

　　在《三国演义》中，张飞那种粗豪爽直、疾恶如仇的性格特征，刻画得生动鲜明，活灵活现。其中，"鞭打督邮"则是展现这种性格特征的主要情节之一。"鞭打督邮"的故事，见于小说第二回"张翼德怒鞭督邮　何国舅谋诛宦竖"。故事叙述的是刘备、孙坚同在征讨黄巾军中立功，因孙坚有人情，被朝廷授予司马官职，而刘备等候多时，却毫无音讯。后来得郎中张钧举荐，才被当时操纵朝政的十常侍不怀好意地授予定州中山府安喜县尉。到任一月，与民秋毫无犯，百姓皆被感化，可是，到任还不足四月，朝廷降诏，因为军功而被任为长吏的人当时被免职，刘备正在思虑自己是否也在其中时，恰好赶上督邮来到安喜县。督邮是当时负责考察官吏政绩的官员，他到了安喜县后，为索取贿赂，对县尉刘备傲慢无礼，且百般刁难县吏，硬要县吏指称县尉害民，刘备几次亲自前往求见，都被门役挡在门外，不得入内。当地自愿前来为刘备求情的五六十个老人，均被阻挡于门外，还受到把门人赶打，正当他们在馆驿前痛哭之时，恰好张飞喝了几杯闷酒，从馆驿门口经过，在听了那些老人的哭诉之后，不禁气往上撞，按捺不住压抑多时的心头之火，闯入馆驿，上演了一出令人拍手称快的"鞭打督邮"。小说的描写形象明快，声情毕现：

　　　　却说张飞饮了数杯闷酒，乘马从馆驿前经过，见五六十个老人，皆在门前痛哭。飞问其故。众老人答曰："督邮勒逼县吏，欲害刘公；我等皆来苦告，不得放入，反遭把门人赶打！"张飞大怒，睁圆环眼，咬碎钢牙，滚鞍下马，径入馆驿，把门人哪里阻挡得住，直奔后堂，见督邮正坐厅上，将县吏绑倒在地。飞大喝："害民贼！认得我么？"督邮未及开言，早被张飞揪住头发，扯出馆驿，直到县前马桩上缚住，攀下树条，去督邮两腿上着力鞭打，一连打折柳条十数枝。

　　这段描写，充分表现出了张飞疾恶如仇而又粗豪鲁莽的性格，在描写过程中，人物的语言、神态、动作刻画的真切鲜明，如在目前。几个动词的选择，准确精当的呈现出了张飞怒不可遏的神情，"揪"字显示出张飞对督邮的痛恨，而一个"扯"字，更是体现出张飞那种勇武威猛的武将气派，被揪住头发的督邮，在张飞的手下，如同一个不值钱的物件一样，被"扯"了出去。作者在叙述中，很是注意行文的严密，张飞之所以产生这样的行动，是因为本来就性情暴躁，又"喝了数杯闷酒"，这就使张飞这种此时只顾自己痛快而不虑行事后果的做法有了逻辑上的依托。张飞因酒使气，痛打督邮这一情节，写的合情合理，鲜明生动。那么，在历史记载中，督邮确实是被张飞所打吗？

其实，在史书记载中，鞭打督邮的本不是张飞，而是刘备亲自所为。从历史记载中明了了事件的本相，或许并不会使人大为惊异，因为刘备的形象在小说《三国演义》中，着重突出了他谦恭平和、宽仁长厚的一面，但他作为乱世英雄的本色，在小说中还是得到了较为充分的描绘与刻画的。刘备本是胸怀帝王之志的乱世豪杰，胸藏城府，性情刚毅，武艺虽不及他那两位结义兄弟，也非庸弱无能之辈，必要时，也能持双剑上阵拼杀。小说中对刘备这一方面的才能，还是有所展示的，毛评本第五回"发矫诏诸镇应曹公　虎牢关三英战吕布"就描写到张飞、关羽正与吕布厮杀之时，"刘玄德擎双股剑，骤黄鬃马，刺斜里也来助战。这三个围住吕布，转灯儿般厮杀。"虽然后来吕布抵挡不住，是从刘备所在的位置荡开阵脚的，如果没有相当的武艺和自信，以吕布之勇，恐怕刘备也是不敢参与到与吕布争锋之中的，时人把刘备目为一代"枭雄"，则是对他所做的完整人格的评价了。这样看来，历史记载中是刘备亲自打了督邮，则是易于理解的了。据《三国志·蜀书·先主传》和裴注所引《典略》记载，刘备与督邮二人本来相识，由于刘备知道督邮前来要解除自己的官职，就前去求见督邮，而督邮称病不肯见刘备，刘备就把他着实"训示"了一番，让督邮领略了刘备的英雄本色：

先主率其属从校尉邹靖讨黄巾贼有功，除（任命官职）安喜尉。督邮以公事到县，先主求谒，不通（指不给通报），直入缚督邮，杖二百，解绶系其颈着马柳（解下系官印的丝带，挂在督邮的脖子上，将人捆在马桩上），弃官亡命。

《先主传》

其后州郡被诏书，其有军功为长吏者，当沙汰之，（刘）备疑在遣中。督邮至县，当谴备，备素知之。闻督邮在传舍，备欲求见督邮，督邮称疾不肯见备，备恨之，因还治，将吏卒更诣传舍突入门，言"我被府君密教收督邮。"遂就床缚之，将出到界，自解其绶以系督邮颈，缚之著树，鞭杖百余下，欲杀之。督邮求哀，乃释去之。

《典略》

从这两段记载中，可以了解到事情的本相了，历史上的刘备本是一个不肯屈于人下、敢作敢当的有血性的人。《三国演义》小说的创作者为了能够塑造出刘备宽仁长厚的仁君形象，便在继承民间传说和前代文学创作的基础上，运用移花接木的方式，把这件事移植到了结义三弟张飞的身上，既可以保全和维护刘备宽厚仁慈性格的主导侧面，又可以突出和强化张飞粗豪莽撞的个性。在这一方面，小说作者是深明文学创作中人物形象塑造的原则与规律的。因为对于长篇叙事性文学作品来说，能否塑造出个性鲜明、血肉丰满的艺术形象，是作品成败的关键。

对于"鞭打督邮"这一情节，小说作者为了更充分地表现自己的创作倾向，同时，也为了使这一情节更为合情合理，具有令读者信服的艺术力量，他不只是简单地把这件事从史书记载中本是刘备所为直接移植改写成是张飞所做就算了事，而是动了一番脑筋的。他参考了前代创作中对这一故事的描写，并做了进一步的艺术加工，从而使这一故事更为具有自身的逻辑性和艺术的真实性。

在元代出现的《三国志平话》中，叙写刘备到任之后，蒙受太守元峤羞辱，张飞杀了元峤一家，督邮受朝廷之命前来查证此事，督邮认定此事一定是刘备所为，要拿下刘备，关、张二人闯上大厅，捉了督邮，然后把他捆在系马桩上，由张飞教训督邮的。《三国演义》继承了这一情节描写，但做了较大改动，一是对刘、关、张三人因朝廷不公而多时闷闷不乐做了充分铺垫；二是特意点明此事是张飞刚喝过闷酒后独自所为；三是改写了事件的性质，这是小说作者对这一情节所做的最大的改动，也是最为成功之处，那就是舍弃了史书中刘备本与督邮相识的记载，并进而把督邮改写成一个傲慢跋扈、贪婪可憎的赃官，他到安喜后，倚仗权势，欺压县吏，诬陷刘备，是想要索取贿赂。经过这样的艺术加工和提高，就使张飞痛打督邮的情节具有了正义的性质。张飞那一声大喝："害民贼！认得我么？"喝得正义，也喝得威严，而他对督邮的教训，也打得痛快，打得豪迈，惹人喜爱，令人起敬。

精心润色　倍增神采：许攸夜投
曹操情节的艺术加工

　　《三国演义》的创作，是在史料记载的基础上，以前代艺术创作的积累为主体，由罗贯中创造性的艺术加工而成书。在创作过程中，罗贯中依据史料记述的框架，按照人物自身的性格特征、生活的逻辑以及人物所处的特定情境，对具体情节进程和场面做了精心细致的艺术加工，使人物的个性在情节发展的过程中，以其自身富有性格特征的言语、神情和行为方式活灵活现地凸现出来，在这一方面，充分体现了罗贯中杰出的创作才能。

　　小说中许攸夜投曹操的情节片段，从一个角度，显示了罗贯中严谨仔细的创作态度和善于构筑具体场面的艺术想象力。

　　曹操与袁绍在官渡两军对峙，本为袁绍谋士的许攸向袁绍进献乘虚袭击曹操后方许都的计策，却未被袁绍所采纳，一气之下，许攸夜投曹操，当即向曹操进献了袭击袁绍屯粮之地乌巢的计谋，为曹操所采纳，对曹操变被动为主动，及时击溃袁绍，起了至关重要的作用。这件事，在《三国志》中，确实有所记述，在《三国志》注所引《魏略》中，还有了较为详细的过程描写。实际上，《魏略》中的记述，已经包含了传说和艺术加工的成分，其记述方式，侧重具体场景的描述，并不只是交代了事件的结果，到了《三国演义》中，罗贯中笔下的许攸见曹操，则更为生动细致，情节严密，尤为重要的是，着力突出了曹操诡谲奸诈而又胸怀开阔的"奸雄"性格，爽朗热诚之中藏奸诈，诡谲之中显大度，从作者的笔下，灵动活脱地呈现出了"奸"与"雄"集于一身的乱世豪杰的本色。

　　在《三国志·魏书·武帝纪》中记载："（袁）绍谋臣许攸贪财，绍不能足，来奔，因说公击（淳于）琼等。左右疑之，荀攸、贾诩劝公。公乃留曹洪守，自将步骑五千人夜往，会明至。"

　　在《三国志·魏书·武帝纪》注引《曹瞒传》中，作了这样的记述：

　　　　公（指曹操）闻（许）攸来，跣出迎之，抚掌笑曰："子远卿来，吾事济矣！"既入坐，谓公曰："袁氏军盛，何以待之？今有几粮乎？"公曰："尚可支一岁。"攸曰："无是，更言之！"又曰："可支半岁。"攸曰："足下不欲破袁氏耶？何言之不实也！"公曰："向言戏之耳。其实可一月，为之奈何？"攸曰："公孤军独守，外无救援而粮谷已尽，此危急之日也。今袁氏辎重有万余乘，在故市、乌巢，屯军无严备；今以轻兵袭之，不意而至，燔其积聚，不过三日，袁氏自败也。"

小说《三国演义》中作了这样的描写：

> 时操方解衣歇息，闻说许攸私奔到寨，大喜，不及穿履，跣足出迎。遥见许攸，抚掌欢笑，携手共入，操先拜于地。攸慌扶起曰："公乃汉相，吾乃布衣，何谦恭如此？"操曰："公乃操故友，岂敢以名爵相上下乎！"攸曰："某不能择主，屈身袁绍，言不听，计不从，今特弃之来见故人。愿赐收录。"操曰："子远肯来，吾事济矣！愿即教我破绍之计。"攸曰："吾曾教袁绍以轻骑乘虚袭许都，首尾相攻。"操大惊曰："若袁绍用子言，吾事败矣。"攸曰："公今军粮尚有几何？"操曰："可支一年。"攸笑曰："恐未必。"操曰："有半年耳。"攸拂袖而起，趋步出帐曰："吾以诚相投，而公见欺如是。岂吾所望哉！"操挽留曰："子远勿嗔，尚容实诉：军中粮实可支三月耳。"攸笑曰："世人皆言孟德奸雄，今果然也。"操亦笑曰："岂不闻兵不厌诈"遂附耳低言曰："军中只有此月之粮。"攸大声曰："休瞒我！粮已尽矣！"操愕然曰："何以知之？"攸乃出操与荀彧之书以示之曰："此书何人所写？"操惊问曰："何处得之？"攸以获使之事相告。操执其手曰："子远既念旧交而来，愿即有以教我。"

只要将史书记载、私家著述和小说的描绘做一番比较，自然会见出其中的差异所在。史书中只是对事件作了交代，《曹瞒传》中则对二人相见的过程做了较为细致的描述，主要是记述了二人的对话，到了小说中，则对二人相见的情形做了具体形象的刻画，从情节的进程中，可以见出曹操鲜明的个性特征。

为了使情节的发展更为合情合理，小说作者在描绘这一场面之前，写了许攸截获曹操给荀彧的催粮手书，此时，曹军粮草已尽，许攸立即向袁绍献了乘虚袭击许都的计谋，却由于审配写给袁绍的信中说许攸在冀州时，曾滥收民间财物，还纵令子侄辈多科税，已经把他的子侄收在狱中。袁绍因此而大怒，没有采纳许攸进献的良策，许攸本想自杀，在身边人的点拨之下，许攸夜投曹操，献了袭击袁绍屯粮之处的计谋，当即为多谋善断的曹操所采纳。小说的这一改动，使得许攸的形象有了一些变化，他并不是因为自己贪财袁绍不能满足他而投曹操，主要是因为家人牵累，袁绍不能采纳良策使他投了曹操，这一改动，是与史书记载有所差异的，但这一改动，突出了许攸作为谋士的一面，从这里衬出了曹操机敏善断的个性特征，这一点，与袁绍忌刻多疑、识陋量狭形成了鲜明的对照，从中已见出二人识见胸襟的差异。小说中增饰的许攸截获曹操手书的细节铺垫，使情节的发展更为合乎逻辑，为揭穿曹操军粮已尽的底细，做了伏笔，单凭推测的话，则难于见出曹操的奸雄本性。

在《曹瞒传》中，对事件过程的描述较为详细，从其记述方式中，可以看出其中包含着想象的成分，很难想象二人之间的对话是在当时的情景中即做了记录，只能是按照情景特征而做的揣测之词，而小说根据这一记述，则从刻画人物的鲜明个性出发，进一步发挥了艺术想象力，增饰了对于展示人物性格具有典型意义的细节，如其中增加的曹操"大喜"的心情，"携手共入，操先拜于地"描写，这是真实地呈现曹操当时心态的笔墨，因为他的"真诚恳切、礼贤下士"，无论如何，会从许攸的口中得到一些袁绍军情的信息。在情节过程中，还增加了不少二人情态的描写，最为精彩之处，莫过于曹操对许攸附耳低言、却仍然没有说出实话的那一句"军中只有此月之粮"，许攸由于截获了曹操催粮草的手书，早已明了曹军的底细和处境，因而在他说出"粮已尽矣"的时候，曹操才无话可说，引出曹操的表现，"操执其手曰：'子远既念旧交而来，愿有以教我'"。

在这段描写中，曹操从军粮可支一年、半年、三月、一月，一次比一次恳切亲近，谎却一次比一次大，直到被许攸揭出了实底。在这段描绘中，曹操那种奸雄个性得到了生动形象的刻画，想从对方口中了解一些有关袁绍的情况，表现得很是真诚，却步步都对许攸有所防范。许攸揭出曹操的底细之后，曹操"愿有以教我"的请教，则是真诚的，在这种情势下，他确想从许攸的建议中清理出自己的思绪。当许攸向他进献袭击袁绍屯粮之所的计谋时，他当即采纳了，这是因为在这种特殊情势之下，曹操已处于危困艰险之境，只有速战，才有获胜的希望，再拖下去，必然军心涣散，而调动自身背水一战的战斗力，袭击对方弱点，造成对方军心涣散以转变局面，正是曹操所希望的，他敏锐地判断出，许攸的计谋是对己方有利的计谋，因而毫不疑虑。由于小说铺垫细致，逻辑严密，使这段情节有声有色，生动活泼，人物神情跃然纸上，而又真实可信。在《曹瞒传》中，虽也有了较为具体的场景描写，但人物在特定情势的性情，则展示得不够充分，既没有铺垫许攸得知曹操底细的文字，也没有写到曹操"附耳低言"的更高水平的说谎，人物个性神情的艺术表现自然有所不足。而且，在曹操说到军中粮草可支三月时，曹操就采纳了许攸袭击袁绍屯粮之处的建议，则不如在曹操已是山穷水尽之时更为真实合理，严密可信。

在这种比较中，可以看出史书记述和小说艺术创作的差异所在，小说所要求的，不是单纯地交代事件的结局，而是在具体过程的描绘中，展示出一个活跃着鲜活生命的审美世界，使读者从形象的底蕴中去领略和品味丰富厚重的深层内涵。

历史上的周瑜

在《三国演义》中，周瑜是小说着力塑造的艺术形象之一，他才貌双全，文武兼备，年少得志，家庭生活也能如愿以偿。周瑜对吴主忠心不二，殚精竭虑，扶保江东基业，是一个识见卓异、有勇有谋的人物。在小说中，由于作者着力颂扬与赞美的"智绝"人物形象是诸葛亮，从某种程度上说，周瑜形象，是作为对诸葛亮形象的映衬塑造出来的。周瑜是一个谋略超群的人物，在赤壁之战中，他统领东吴军队，与刘备集团联合抗曹，运用了许多出色的智谋，为孙吴联军的胜利奠定了基础。他将计就计，智赚蒋干，借曹操本人之手除掉了善于指挥水军的蔡瑁、张允，以充分发挥自己水军的优势；为稳操胜券，一举破曹，他与忠心耿耿的老将黄忠密谋，忍痛设下苦肉计，以诈降来骗取曹操的信任，第二次将计就计，故意让曹军中的诈降将领给曹操通风报信，使自己的破曹计谋能够如愿实施。在每次用计中，他善于从双方所处的情势中敏捷地作出正确的判断，其计谋筹划，细密周详，谨慎沉稳，连自家人一时也难以知晓其用意所在，但他的每一次用计，都为诸葛亮所预见和识破，诸葛亮为维护孙刘联盟，以自己更高一筹的智慧与谋略，在周瑜有意加害的陷阱中从容周旋与应对，既保全了自身的安然，更维护了孙刘两家鼎立协作，联合抗曹的同盟关系，并为周瑜破曹借来了三天东风，相形之下，周瑜的智慧与谋略则显得逊色一筹了。这种描写，则是在智者斗智、强中有强刻意渲染与凸显出了诸葛亮超凡脱俗的气度、盖世绝伦的谋略。在小说所构筑的艺术世界中，小说有意突出了他与诸葛亮二人之间的智慧较量。在赤壁之战中，周瑜几次要设计除掉诸葛亮，后来又屡次设计，想要索回荆州，遗憾的是，他的每次用计，在诸葛亮智谋的笼罩下，总是弄巧成拙，自讨苦果。对小说中所描绘的这种特征，清代毛纶、毛宗岗父子在《读三国志法》中说："观才与不才敌，不奇，观才与才敌则奇；观才与才敌，而一才又遇众才之匹，不奇；观才与才敌，而众才尤让一才之胜，则更奇。"这段话，是对小说这一特点的恰当概括，其中，周瑜和诸葛亮二人的斗智，自然是"才与才敌"的重要组成部分。也正由于诸葛亮与周瑜二人之间的智慧较量，并以周瑜接连不断的输一着、逊一筹为结局，在对周瑜形象的分析与评价中，历来有周瑜心胸狭窄、妒贤嫉才的评价。实际上，这是小说家出于塑造理想化的艺术形象的需要，对史料记载做了改动调整，并做了大量艺术虚构的结果。

在史料记述中，周瑜本是一个忠心秉正、气度恢宏的智谋之士与军事将领，他识见非凡，料事长远，文武兼备，是吴主孙权的股肱之臣，对于周瑜的识见、才能、气度，在《三国志·吴书·周瑜传》中有明确的记述，自可使后世读者了解历史上的周瑜。

当曹操击败袁绍，统一北方之后，随即率领大军南下，意欲让孙权归附，统一全国，在孙权周围的群臣畏惧曹军势盛，主张归降曹操时，周瑜力排众议，以敏锐的眼光，对双方所处的情势做了深入精辟、有理有据的分析，而其出发点，则是东吴的立国基业，深得孙权的赞同，这一番挚诚恳切、明辨时局的话语，既体现出了一个智谋之士的多谋善断，又体现着一个勇武将领的强烈自信，同时，更是呈现着周瑜对东吴集团的一片赤诚，合情入理，丝丝入扣，使孙权坚定了抗曹的信念：

> 瑜曰："不然。操虽托名汉相，其实汉贼也。将军以神武雄才，兼仗父兄之烈，割据江东，地方数千里，兵精足用，英雄乐业，尚当横行天下，为汉家除残去秽。况操自送死，而可迎之耶？请为将军筹之：今使北土已安，操无内忧，能旷日持久，来争疆场，又能与我校（校通'较'）胜负于船楫，可也；今北土既未平安，加马超、韩遂尚在关西，为操后患。且舍鞍马，仗舟楫，与吴越争衡，本非中国（中国指中原）所长，今又盛寒，马无蒿草，驱中国士众远涉江湖之间，不习水土，必生疾病。此数四者，用兵之患也，而操皆冒行之。将军擒操，宜在今日。瑜请得精兵三万人，进驻夏口，保为将军破之。"

这段话，充分表现出了周瑜对己方优势和敌方劣势的准确分析和精当总括，分别从力量对比、军事形势、季节特征和南北方习俗差异四个方面预见了抵抗必能取胜的把握，为孙刘两家联合抗曹定下了方略主张。

有意思的是，这里本是周瑜在分析客观历史形势时所说的"操虽托名汉相，其实汉贼也"的话，到了小说《三国演义》当中，则成了诸葛亮舌战群儒的外交辞令用语。在诸葛亮出使东吴、舌战群儒之时，薛综问诸葛亮"孔明以曹操何如人也"，诸葛亮回答说："曹操乃汉贼也，又何必问？"从作者把周瑜对曹操"汉贼"的评价，改为由诸葛亮口中说出，实际上体现了作者拥刘贬曹的价值取向，更是为了突出诸葛亮外交家的风采而做的改动。

至于为后世多所误解的周瑜的品质，即他妒贤嫉才的一面，则更是由于小说对诸葛亮与周瑜二人之间较量智慧的夸饰与渲染而形成的印象，其实，小说中的周瑜也并非妒贤嫉能之辈，历史上的周瑜则更非如此。事实上，历史上的周瑜本是一个心胸豁达、器量恢宏之人。在《周瑜传》中有这样的记述："（周瑜）性度恢廓，大率为得人，惟与程普不睦。"从中可以看出，周瑜绝非器量狭窄之辈，而"惟与程普不睦"的原因，在程普，不在周瑜，在这段文字的注文所引《江表传》中，则进一步说明了周瑜的胸襟与气度：

> （程）普颇以年长，数陵侮（周）瑜。瑜折节容下，终不与校（校通"较"）。普后自敬服而亲重之，乃告人曰："与周公瑾交，若饮醇醪，不觉自醉。"时人以其谦让服人如此。

周瑜以自己的大度宽宏，感化了比自己年长的程普，不仅使他改变了对自己的态度，更使他深受感动。从这种记述中，可以知道，历史上的周瑜，是一个宽宏大量、胸怀广阔的人，其为人深为时人所敬佩。

周瑜不仅是有谋略，有才能，并在扶保吴主中大有作为，而且家庭生活美满如愿，周瑜的妻子小乔，当时有"国色"之誉。周瑜不仅是文武兼备的军事将领，还是一个多才多艺之人。《周瑜传》中记述说："瑜少精意于音乐，虽三爵之后，其有阙误，瑜必知之，知之必顾，故时人谣曰：'曲有误，周郎顾。'"周瑜人生经历中所获得的成功，连他的对手，也不免心怀嫉妒，进谗言以诋毁其声誉，希望离间他与吴主孙权之间的关系，在《江表传》中，有这样两段颇有意味的记述：

> 刘备之自京还也，（孙）权乘飞云大船，与张昭、秦松、鲁肃等十余人共追送之，大宴会叙别。昭、肃等先出，权独与备留语，因言次，叹瑜曰："公瑾文武韬略，万人之英，顾其器量广大，恐不久为人臣耳。"瑜之破魏军也，曹公曰："孤不羞走。"后书与权曰："赤壁之役，值有疾病，孤烧船自退，横使周瑜虚获此名。"瑜威声远著，故曹公、刘备咸欲疑僭之。

在刘备的眼中，周瑜是一个"器量广大"之人，不会久居人下，提醒孙权要多加防范，而曹操则是在对赤壁之败耿耿于怀中，还在提醒孙权不要信任周瑜，周瑜在赤壁获胜，不过是一时侥幸而已，他本人并非是一个有真材实料的人。曹操和刘备，一个乱世奸雄，一个乱世枭雄，都对周瑜的才干和作为深感疑惧，心地狭隘的鼠辈宵小，该如何心怀妒忌，自然是可想而知了。

　　周瑜给世人所留下心胸狭窄的印象，是由于通俗文学领域中艺术形象塑造的结果。在宋代时，周瑜作为历史人物，还是人们所尊崇的豪杰人物，最能说明这种状况的是宋代文学家苏轼所作的《念奴娇·赤壁怀古》那首影响深远、脍炙人口的词，其下阕写道："遥想公瑾当年，小乔初嫁了，雄姿英发。羽扇纶巾，谈笑间，樯橹灰飞烟灭。故国神游，多情应笑我，早生华发。人生如梦，一樽还酹江月。"在苏轼这首吊古伤今的词中，周瑜的形象是作为作者自身形象的衬托而塑造的，交织着对周瑜年轻有为的崇敬之情。到了元代的通俗文学领域，周瑜的形象发生了变化。在元杂剧《刘玄德醉走黄鹤楼》《两军师隔江斗智》中，周瑜成了心胸狭窄之辈，在元代的《三国志平话》中，也同样是一个妒才嫉能而又性情暴躁的人，到了小说《三国志通俗演义》中，虽然是以周瑜作为诸葛亮的陪衬来写的，毕竟和历史贴近了一步，但由于小说中的描绘并没有更深层地展开对周瑜形象的刻画，因而没有改变从戏剧中流传开的周瑜形象。周瑜这种形象特征，在后世的戏剧创作中得到了进一步的强化，如果和历史记载中的周瑜做一番对照之后，便可了解到，文学创作中的周瑜形象，确实是让历史上的周瑜受了委屈，不过，艺术创作中的形象自有其自身的价值，那自然是另外的话题了。

历史上的蒋干

　　《三国演义》中描绘的赤壁之战，波澜壮阔，场面恢宏，各具性情的智谋之士，深谋远虑的战略决策，出神入化的机谋权变，令读者目不暇接。从诸葛亮出使东吴开始，小说用了八回篇幅描绘了这场对形成三国鼎立局面具有决定性意义的战役。这场战役的出色描绘，在于作者精当地把握住了小说艺术特征的所在，即在尖锐激烈的矛盾冲突中塑造出鲜明生动的人物形象，在这一过程中，仅仅出场两次的过场人物蒋干，给读者留下了深刻的印象。

　　在小说中，蒋干形象的塑造，实际上是作为对周瑜形象的衬托而塑造出来。周瑜是个文武兼备、智谋超群的军事统帅，虽然他的用计，与诸葛亮相比逊色一筹，但他的识见才干、韬略智谋，自是庸常浅陋之辈所不能望其项背的。在战役过程中，写了两次周瑜的将计就计，为击溃曹军清除了障碍，这两次用计，都是以蒋干为戏弄对象的。

　　蒋干在曹军与孙刘两家联军隔江对峙之时，因为周瑜斩了曹操的使臣，一怒之下，与吴军交战，结果自家水军因部分久不操练和部分不习水战，为周瑜先锋甘宁所败。当曹操向众将问用何计可破周瑜时，蒋干出场，他在曹操面前夸口许愿，要去东吴说降周瑜，这当然是曹操求之不得的事情，当即应允。在描写中，着重突出了蒋干的自信，他以为单凭自己与周瑜本为昔日同窗，即能说降周瑜：

　　　操问众将曰："昨日输了一阵，挫动锐气；近又被他深窥吾寨。吾当作何计破之？"言未毕，忽帐下一人出曰："某自幼与周郎同窗交契，愿评三寸不烂之舌，往江东说此人来降。"曹操大喜，视之，乃九江人，姓蒋，名干，字子翼，现为帐下幕宾。操问曰："子翼与公瑾相厚乎？"干曰："丞相放心。干到江左，必要成功。"操问："要将何物去？"干曰："只消一童随往，二仆驾舟，其余不用。"操甚喜，置酒与蒋干送行。

　　这是蒋干在小说中的出场亮相，在这段描写文字中，写出了曹操在刚刚被周瑜击败之后的心理。蒋干若能成功，是令他大喜过望的事，如周瑜肯降，则江南即日可平，因而在兴奋之中，对蒋干的夸口未作深思，这种心理是当时的军事情势所决定的。而蒋干到周瑜营中，却正好被周瑜所利用，来了个将计就计，故意让蒋干偷走了一封伪造的蔡瑁、张允写给周瑜的书信，使曹操情急盛怒之下，斩了二人，虽立即明白中了周瑜之计，却不好对手下人明言，只能是编个搪塞理由，自吃哑巴亏了。

在小说描写的蒋干盗书的过程中，蒋干以一个迂腐书生的眼光，只是从自己用计蒙骗他人的角度作为考虑问题的出发点，而根本没有考虑到在两军对垒的生死较量中，对方也同样会用计使自己一方吃亏上当。他忘了自己在对方眼中本是曹操幕宾的身份，而只是以一厢情愿的同窗情分去蒙骗对方，结果，陷入了周瑜巧作安排的将计就计的陷阱之中，为周瑜的假意热诚和友情所蒙蔽，大上其当而不自知，生动地刻画出了一个既不知己、又不知彼的迂腐书生本色的谋士形象。

曹操收到诈降吴军的蔡和、蔡中说甘宁欲背吴投曹的密信和阚泽写给曹操的密信，心中迷惑不定，实际上，甘宁和阚泽的背吴投曹，都是周瑜巧施机谋的步骤。就在曹操心思不定之中，蒋干再次自告奋勇，愿去周瑜营中打探虚实。结果，又被周瑜将计就计，巧为筹划，让蒋干把当时负有盛名的庞统请到了曹营，向曹操进献了连环计，为周瑜以火攻破曹操做了充分准备。蒋干这一次的表现，和上一次如出一辙，周瑜与他相见时的一番假意气恼，便使他信以为真，在见到正在夜读的庞统之时，只是实实在在地相信庞统为当时名士，为周瑜所轻，却同样是忘了在这种特殊的情势下，其中所可能包含的计谋。因为事情发生得如此之巧，让他在西山背后小庵遇到庞统，二人又轻而易举地在江边寻到原来的船只，毫无阻挡，顺利从容地离去，他竟丝毫未能察觉其中可能藏着的计谋。两军隔江对垒，剑拔弩张，在这种形势下，以周瑜水军都督的身份和他为人的精细，却对蒋干的行踪毫不留意，更对沿江地带毫无防范，这种种迹象，蒋干竟丝毫没有过心，反以为自己聪明过人，同样是呈现了一个有心建功、却才浅智陋的性格特征。

从两次到周瑜营中打探虚实的情节，小说刻画出了蒋干身上所具有的眼高手低的性格特征，身为蠢材而不自知。这段情节，实际上，也是通过对蒋干形象的刻画，以衬托周瑜本为智谋之士的形象特征。他两次将计就计戏弄蒋干，体现了他对局势的明辨能力和在当时情势下的知人之明，相形之下，蒋干的猥琐和鄙陋，益发鲜明而突出。

其实，这段绘声绘色的"同学斗智"，并非出于真实的史料记述。历史上的蒋干其人，也不是如同小说中描写的那样，是个自以为是却识浅智陋的人物。这段文字，是罗贯中在前人创作的基础上虚构出来的。在元代的《三国志平话》中，蒋干已被描绘成了一个没有实际才学的蠢材，其江东一行，中了黄盖的反间计和诈降计，使曹操上了当。在元代关汉卿的杂剧《关大王独赴单刀会》的唱词中，提到了蒋干和周瑜本是布衣之交的事。罗贯中在前代艺术创作的基础上，根据人物形象塑造和思想情感寄托的需要，进一步发挥了艺术想象，塑造出了蒋干的形象。而历史记述中的蒋干，则确实是一个有才学、有仪容的人物，据《三国志》注引《江表传》载：

> 初，曹公闻瑜年少有美才，谓可游说动也，乃密下扬州，遣九江蒋干往见瑜。干有仪容，以才辩见称，独步江淮之间，莫与为对。乃布衣葛巾，自托私行诣瑜。瑜出迎之，立谓干曰："子翼良苦，远涉江湖为曹氏作说客耶？"干曰："吾与足下州里，中间别隔，遥闻芳烈，故来叙阔，并观雅规，而云说客，无乃逆诈乎？"瑜曰："吾虽不及夔、旷，闻弦赏音，足知雅曲也。"因延干入，为设酒食。毕，遣之曰："适吾有密事，且就出馆，事了，别自相请。"后三日，瑜请干与周观营中，行观仓库军资器仗讫，还宴饮，示之侍者服饰珍玩之物，因谓干曰："丈夫处世，遇知己之主，外托君臣之义，内结骨肉之恩，言行计从，祸福共之，假使苏张更生，郦叟复出，犹抚其背而折其辞，岂足下幼生所能移乎？"干但笑，终无所言。干还，称瑜雅量高致，非言辞所间。

从这段史料记述中可以了解到，蒋干的确去为曹操作过说客，不过，史料记述中的蒋干，决非小说描写中的那种鄙陋猥琐之辈，他本为相貌堂堂的男子汉，而且很有辩才，并非等闲可比，"独步江淮间，莫与为对"，而且，他去游说周瑜，并非自己在曹操面前大夸海口，而是受曹操委派而去，他在听了周瑜言辞坚定的内心表白之后，已是认定周瑜不是那种可用游说就可打动的人，因而"但笑，终无所言"，没有表现出任何猥琐鄙陋之态，回去后对周瑜大加称道："瑜雅量高致，非言辞所间"，没有任何周瑜设计愚弄蒋干的迹象。

小说中的描绘，从民间创作和前代创作中汲取了题材，并进一步发挥了艺术想象力，描绘出了趣味横生的"同学斗智"的故事情节，在相互对照之中，塑造出了两个生动鲜明的艺术形象，以体现小说崇尚具有真才实学的人才观。作者想象的依据，很可能是记述中"因延干入，为设酒食。毕，遣之曰：'适吾有密事，且就出馆，事了，别自相请。'"几句，在这里，由于周瑜只是说有密事，一时不能陪蒋干了，但密事的内容，则没有具体交代。其中，"密事"二字为小说家驰骋想象、藻饰润色和铺叙情节，提供了耐人寻味的艺术空白。作者自可根据人物塑造和情节发展的需要去补白和填充。可以推测，小说中的情节，应是从周瑜在招待蒋干期间又去忙了一阵为蒋干所不明内情的"密事"中生发延展而出的。同时，蒋干这次去游说周瑜的时间，据《资治通鉴》所载，是在汉献帝建安十四年，即发生于赤壁之战之后，如这一时间系年无误的话，则赤壁之战中曹操杀蔡瑁、张允和"请庞统献连环计"的情节，则都属于小说家的艺术创造，与历史上的蒋干毫无瓜葛。

因为小说把蒋干塑造成了一个蠢材的形象，加上后世戏剧创作中的再度渲染，蒋干的形象与史料记述中的本来面目，则距离更远了。如此说来，小说作者为了表达自己理想和愿望的需要，确实是委屈了蒋干，不过，作为一个艺术形象来看，小说中的蒋干形象是成功的。

史料记述中的火烧博望坡

　　《三国演义》第三十九回"荆州城公子三求计　博望坡军师初用兵"中，写自从刘备将诸葛亮请出山之后，以师礼相待，结果关羽、张飞二人大为不悦，而且，刘备还对二人说了"吾得孔明，犹鱼之得水也"的话，使得关、张二人心中着实闷闷不乐。就在诸葛亮训练从新野招募的军士时，曹操派夏侯惇引兵十万，杀奔新野，在刘备向关、张二人问讯如何迎敌时，张飞直率而风趣地讥刺刘备说："哥哥何不使水去？"只是由于诸葛亮向刘备乞借了剑印，又碍于刘备的情面，二人才不得不听从诸葛亮的委派差遣，带着疑惑，领兵按计行事去了。在诸葛亮为刘备也派了差事，并要人准备喜庆宴席、安排功劳簿时，连刘备也心存疑惑。等到夏侯惇带兵赶来，为赵云、刘备两路伏兵的诱兵之计引入道路狭窄且两旁山上芦苇丛生之处的埋伏圈时，一场大火，把夏侯惇烧得损兵折将，又被关羽的伏兵截住厮杀一阵，张飞刺死了想要救粮草车的夏侯兰，结果，诸葛亮初次用兵，便大获全胜。在这场伏击战中，诸葛亮巧妙地利用了季节、地形这两种自然环境因素，正确判断了曹军的行军速度，以骄兵计诱使敌将深入伏击地点，并借刘备的授权控制了内部关系，保证了这次战役的胜利，使关羽、张飞二人得胜回来后，见到了端坐在小车中的诸葛亮时"下马拜伏于车前"，自是心悦诚服了。

　　小说中描写的这段有声有色的情节，第一次展示出了诸葛亮名不虚传、确有奇才的"卧龙"本色。作者还明确地以叙述人的身份，用一首诗来称颂了诸葛亮出山后所指挥的第一仗："博望相持用火攻，指挥如意笑谈中。直须惊破曹公胆，初出茅庐第一功。"

　　可以说，博望坡一仗是作者精心结撰的情节，因为他对诸葛亮这一"智绝"人物的塑造，起着展开主导性格侧面的重要作用。但在史料记述中，并没有诸葛亮指挥博望坡之战的任何记载，实际情况是刘备本人亲自指挥了这次伏击战，同时，小说中的描绘与史书中的记述也有所不同。

　　在《三国志·蜀书·先主传》中有这样的记载：

　　　　（刘表）使（刘备）拒夏侯惇、于禁等于博望。久之，先主设伏兵。一旦自烧屯伪遁，惇等追之，为伏兵所破。

在《三国志·魏书·李典传》中又载：

> 刘表使刘备北侵，至叶，太祖（指曹操）遣（李）典从夏侯惇
> 拒之。备一旦烧屯去，惇率诸军追击之，典曰："贼无故退，疑必有
> 伏。南道狭窄，草木深，不可追也。"惇不听，与于禁追之，典留
> 守。惇等果入贼伏里，战不利，典往救，备望见救至，乃散退。

从这两段记载中，可以看出以下几点：一是这场伏击战的指挥者是刘备
本人，不是诸葛亮；其二，作战中的火不是用于攻击手段，而是刘备所用的
诱兵之计，他自己放火之后撤去，引诱夏侯惇引兵追赶，以设伏兵取胜；其
三，此时刘备依附于刘表，是刘表遣刘备向北进兵，而不是曹操派夏侯惇进
攻刘备；其四，刘备用伏兵计击败夏侯惇的这一仗，发生在官渡之战时，比
小说中描写诸葛亮用计的时间要早六年。

这两段记载，对夏侯惇在博望坡为刘备所败的情况交代的较为完整，其
中，《李典传》的记载较详细一些，但并没有交代作战的具体过程。《李典传》
中，称刘备一方为"贼"，这是因为《三国志》是以曹魏为正统的缘故。

随着三国故事的流传和在后世文学创作中的艺术加工和虚构，刘备设伏
兵击败夏侯惇的事，逐渐变形走样，移植到了诸葛亮的身上，以充分展示卧
龙先生超群出众的智慧，并以此奠定诸葛先生在刘备集团中智谋军师、实际
也是蜀军统帅的位置。

在元代《平话》中，就已把击败夏侯惇的功绩拨给了诸葛亮。《平话》中
写诸葛亮出山后正在教练军队，夏侯惇率十万大军，前来攻打新野。诸葛亮
分别给关羽、赵云和张飞分派了计谋，但没有交代计谋的具体内容，更没有
描绘计谋实施的具体过程，而且主要描写的是夏侯惇在新野的惨败，没有直
接描绘在博望坡的作战，蜀军取胜的军事手段，也不是用火攻，而是以炮石
垒木和水淹。元杂剧中《博望烧屯》一剧，描写的重点是张飞与诸葛亮赌气，
最后，夏侯惇以欺骗张飞的方法溜走，使张飞上了当，剧以张飞服输而结束。

到了小说《三国演义》中，则不仅是细致地描绘了诸葛亮用计火烧博望
坡、击溃夏侯惇的整个经过，而且具体描绘了诸葛亮用智的内容，并按照生
活的逻辑，充分展示了诸葛亮因时、因地制宜的盖世谋略，使诸葛亮这一智
谋之士的艺术形象凸显于小说所展开的艺术世界之中，并着力突出诸葛亮在
小说中的地位。

诸葛亮在出山辅佐刘备之前，小说以层层铺垫的叙事方式，尽情渲染，才把隐居隆中以待用世时机的诸葛亮请出茅庐。在三请诸葛亮的过程中，先是徐庶走马荐举，后又经隐居的当世高人司马徽的极力称道，在诸葛亮尚未出山之前即已产生了令小说中人物，也令读者遥想其风采神韵的艺术吸引力。刘备前两次前去隆中相请，见到的都是诸葛先生的陪衬人物，第三次才见到了诸葛先生其人，而诸葛亮则是身在隆中，却是熟知天下时局，当即为刘备定下了联合孙权、北拒曹操以求三分天下的战略决策。诸葛亮出山之后，刘备又以师礼相待。毫无疑问，诸葛亮是作者寄托理想和愿望最为挚切的主人公，如何使诸葛亮出山之后的初试身手便能凸显其时人崇尚、主公礼遇的智慧与谋略，就成了小说人物形象塑造中最为重要也最为关键的一环。作者在前代创作的基础上，将刘备用计击败夏侯惇的历史材料移植到诸葛亮身上，则是再好不过的选择了，一是历史上确有刘备击败夏侯惇之事，二是历史记述为小说增饰细节提供了框架。经过作者的精心构思和巧妙结撰，刘备自己用计击败夏侯惇这件事就成了在小说的艺术世界中，刻画诸葛亮形象的浓墨重彩而又生动活泼的艺术情节了。

此外，从历史记述中也可看出，历史上的刘备本是一个有谋略的人物，能够自己率军独挡一方，而且能够以智取胜。小说作者为了进一步突出诸葛亮的智慧与谋略，便把刘备的智谋也借用到了诸葛亮的身上，在这一点上，小说作者让刘备这位礼贤下士的主公，还倒贴上了自己曾经用过的制胜谋略，这应当说是艺术创作本身的需要对他的要求吧。

赵云大战长坂坡的史实依据

　　《三国演义》第四十一回"刘玄德携民渡江　赵子龙单骑救主"中所描绘的赵云单枪匹马，在曹军中往来冲杀，救出后主刘禅的故事，广为传诵，脍炙人口。在这段故事中，小说着重刻画了赵云忠勇豪俊、威猛坚贞的艺术形象。赵云这一番在曹操大军之中的匹马冲杀，神采四溢，威风凛凛，人物的个性神情，跃然纸上，塑造出了具有传奇色彩的英雄形象。小说中的艺术描绘，显而易见具有浓厚的传奇色彩。

　　小说中写在曹军追上刘备的军队和随从的百姓之后，赵云自四更时分与曹军厮杀，一直杀到天亮，既找不见刘备，也找不到刘备的家小，便决意要寻找到刘备的夫人和儿子阿斗。他在乱军之中，往来冲杀，起初，还有三四十骑跟随他，在他杀了曹操的背剑之将夏侯恩、夺得曹操的青釭宝剑后，只剩下他孤身一人，但他却丝毫没有退却的念头，直到他寻找到甘夫人，救回了幼主阿斗，直杀得人困马乏，血满征袍。这一番冲阵斩将的长坂雄风，令赵云声威显赫，威名远播。

　　实际上，赵云匹马单枪，大战长坂坡的情节，是作者在继承前代创作的基础上，充分发挥艺术想象力描绘出来的，是高度艺术化了的拼杀场面。在史书中，关于赵云在当阳长坂救阿斗的事，记述得非常简略，只是说明了曾经有过这件事，对具体过程，则丝毫没有涉及。

　　在《三国志·蜀书·赵云传》记载：

　　　　（刘）琮左右及荆州人多归先主。比到当阳，众十余万，辎重数千两（两通"辆"），日行十余里，别遣关羽乘船数百艘，使会江陵。

　　　　及先主为曹公所追于当阳长坂，弃妻子南走，（赵）云身抱弱子，即后主也，保护甘夫人，即后主母也，皆得免难。

　　《三国志·蜀书·先主传》记载：

　　　　曹公（即曹操）以江陵有军实，恐先主据之，乃释辎重，轻军到襄阳。闻先主已过，曹公将精骑五千急追之，一日一夜行三百余里，及于当阳之长坂，先主弃妻子，与诸葛亮、张飞、赵云等数十骑走，曹公大获其人众辎重。

《三国志·蜀书·二主妃子传·甘皇后传》：

（甘皇后）随先主于荆州。产后主。值曹公军至，追及先主于当阳长坂，于时困逼，弃后及后主，赖赵云保护，得免于难。

《赵云传》注引《云别传》：

初，先主之败，有人言云以北去者，先主以手戟之曰："子龙不弃我走也。"顷之，云至。

这几段史料记述都很简略，联系起来看，则可以勾画出大致的轮廓。《赵云传》和《甘皇后传》中明确说明刘备在当阳为曹操击败后，是赵云保护了幼主和甘夫人，而另据《先主传》记载，赵云当时是和诸葛亮、张飞在一起的，至少不会相距太远，而落得单枪匹马、在曹军中往来冲杀以救幼主的境况，再从《先主传》中的有关记载来看，当时的客观情势并非如小说中的艺术渲染那样，曹操带百万军马追赶上了刘备。刘备带十万百姓是确实的，而曹操惟恐刘备抢先占据军事要地江陵，派了五千精锐骑兵去追。在这种情况下，虽然刘备的军队难以抵挡曹操的精兵，但要在十万百姓中追到刘备，在短时间内，也并非是轻而易举的事情，恐怕只有在众百姓四处奔逃的人流中，赵云才有可能在乱军之中保护幼主和甘夫人，而且从《先主传》中透露的情况来看，其中也很有可能会包含着其他人的作用，但保护幼主和甘夫人的责任，主要是由赵云来承担，这一点，是没有疑问的。

到了元代的文学创作领域，长坂坡一战，则成了展示赵云忠勇坚贞形象的关键性情节，同时，也能以溃败中某些智勇人物的神采渲染以强化小说整体的思想倾向，使读者在阅读接受的过程中产生刘备集团虽败犹胜之感。

在元代的《三国志平话》中，写到了赵云单马杀入曹军中救出阿斗的经过，不过写得很是简略，而且赵云是从甘夫人手中接过的阿斗，甘夫人因肋下中箭身亡。这一描写，则与历史记述相去过远了，因为史料记述中明确说在赵云保护下，阿斗和甘夫人在这次兵败中"皆免于难"，甘夫人是后来才故去的，但《平话》中的简略描述，已初步具备了小说中赵云大战长坂坡的雏形。

在元代杂剧《隔江斗智》中，剧中人物赵云在自报家门中说："某姓赵名云，字子龙，乃真定常山人也。本公孙瓒部将，后于青州遇着刘玄德，投其麾下，曾在当阳长坂，与曹操大战三天三夜，百万军中救得后主回还，曹操称我子龙浑身都是胆，信不虚也。"从赵云这一段自报家门中可以看出，赵云大战长坂坡的事在元代已是广为流传，为民众所熟悉，同时，这虽然是舞台上的人物"英雄自述"，但其对赵云所面对情势和救主经历的高度概括，则为小说进一步通过艺术加工，以具体细致的形象刻画，呈现赵云的艺术形象，起到了直接的启示作用。

小说中刘备不相信赵云会在他兵败之时投奔曹操的情节。在《云别传》中有简略的记述，在《平话》中，写得稍详，但并没有对具体过程的叙述与说明。在小说中，则是把误解赵云的话由糜芳口中说出，增强了这种误解的力量，而刘备对赵云的深信不疑，则一方面刻画了赵云的忠勇形象，也从另一个方面，表现出了刘备的知人之明，显示了小说对刘备集团内部关系的崇尚之情。

从史料记述、民间传说、前代创作到小说《三国演义》的定型，长坂坡之战的故事情节经过了许多人的艺术创作，融合了许多人丰富卓绝的艺术想象和细致精巧的叙事智慧，终于在罗贯中的笔下，塑造出了赵云在长坂坡大显神威的武将形象。

"空城计"的史载依据

在《三国演义》中，"空城计"是作者包含推崇赞叹之情予以描绘的艺术情节，情节惊险曲折，人物个性跃然纸上。在诸葛亮和司马懿两个军事家面对面的心理对抗中，着力刻画出了诸葛亮在心理素质上比司马懿更胜一筹、在谋略上更高一层的智慧化身形象。在小说情节过程中，诸葛亮足智多谋、料事如神的形象已经得到了充分展示，而后期北伐中的这一出"空城计"，犹如画龙点睛之笔，使诸葛亮形象再添神采，使其性格侧面展示的更充分，形象的整体特征更饱满。在情节的结撰上，充分体现出"才与才敌，则奇"的艺术辩证法。事实上，"空城计"的故事并不见于史籍记载，它是小说家在综合史书记述、民间传说和前代创作成果的基础上，按照塑造人物形象的美学原则，通过驰骋艺术想象描绘出来的。作者的叙述入情入理，情境描绘生动逼真，使这一情节产生了深刻地艺术真实性和强烈的艺术感染力量，体现出民间创作和作家创作相结合的叙事智慧，使诸葛亮的形象成为寄托古代人民理想和愿望的不朽艺术形象。

《三国志·蜀志·诸葛亮传》在全文引用诸葛亮《出师表》后写道："遂行，屯于沔阳。"引《蜀记》载郭冲说：

（诸葛）亮屯于阳平，遣魏延诸军并兵东下，亮惟留万人守城。晋宣帝（指司马懿）率二十万众拒亮，而与延军错道，径至前，当亮六十里所，侦候白宣帝说亮在城中兵少力弱。亮亦知宣帝垂至，已与相逼，欲前赴延军，相去又远，回迹反追，势不相及，将士失色，莫知其计。亮意气自若，敕军中皆卧旗息鼓，不得妄出庵幔，又令大开四城门，扫地却洒。宣帝常谓亮持重，而猥见势弱，疑其有伏兵，于是引军北趣山。明日食时，亮谓参佐拊手大笑曰："司马懿必谓吾怯，将有强伏，循山走矣。"候逻还白，如亮所言，宣帝后知，深以为恨。

从这段引文来看，其中记述的内容与诸葛亮所实施的空城计相去甚远。

按这段文字所载，诸葛亮所用的空城计是令司马懿怀疑自己是因为胆怯而设下伏兵计使司马懿退去的，即使如此，关于这段记载，裴松之自己在按语中以对史料的分析，否定了这一记载的真实性。其理由有二，一是这种说法不合情理，司马懿率大军二十万，且已经知道诸葛亮兵力不足，如果怀疑诸葛亮设有伏兵，正应当加强防范守卫才对，不至于因疑有伏兵便撤军；其二，是更为有辩驳力的一点，就是这一记述与司马懿和诸葛亮二人的经历不合，诸葛亮屯兵汉中阳平之时，司马懿任荆州、豫州都督，镇守宛城（今河南南阳一带），未到汉中来过，司马懿与诸葛亮率兵对阵，是曹真死后的事，不过，那是太和五年（231）了，即将近四年以后的事情了。从这两点来看，裴松之的分析是正确的，诸葛亮未曾在屯兵汉中时与司马懿对峙，当然，也不会有诸葛亮摆空城计的事了。

诸葛亮空城退司马的事虽然于史无证，相关传闻也经史学家做了辨析，但这一传闻，却是小说家从审美的方式把握历史、刻画人物形象的绝好素材。因此，为史学家否定的记述文字，却在文学家生花妙笔雕琢之下，呈现出了这一传闻所包含的艺术光华和审美要素，使这一传说成了"一箭双雕"式的同时塑造两个谋略人物形象的绝妙情节。

诸葛亮摆空城计虽是不见正史记载，但在《三国志》对其他人物的记载中，涉及了近似于"空城计"的事件。这些记载，对小说家描绘"空城计"的情节，刻画鲜活生动的人物形象，应当说是产生了积极的启发作用的。

《三国志·魏书·文聘传》载："孙权以五万众自围聘于石阳，甚急。聘坚守不动，权住二十余日乃解去。聘追击破之。"在这一记载后，裴松之注引鱼豢《魏略》载："孙权尝自将数万众卒至。时大雨，城栅崩坏，人民散在田野，未及补治。聘闻权到，不知所施，乃思莫若潜默可以疑之。乃敕城中人使不得见，又自卧舍中不起。权果疑之，语其部党曰：'北方以此人忠臣也，故委之以此郡，今我至而不动，此不有密图，必有外救。'遂不敢攻而去。"

《三国志·蜀书·赵云传》载："（诸葛）亮令云与邓芝往拒（曹真军队），而身攻箕山。云、芝兵弱敌强，失利于箕谷，然敛众固守，不至大败，军退，贬为镇军将军。"

在这段记载之后，裴注引《云别传》中，有这样的记述：

> 夏侯渊败，曹公（指曹操）争汉中地，运米北山下，数千万囊。黄忠以为可取，云兵随忠取米。忠过期不还，云将数十骑轻行出围，迎视忠等。值曹公扬兵大出，云为公前锋所击，方战，其大众至，势逼，遂前突其陈（通"阵"），且斗且却。公军散，已复合，云陷

敌，还趣围。将张著被创，云复驰马还营迎著。公军追至围，此时
沔阳长张翼在云围内，翼欲闭门拒守，而云入营，更大开门，偃旗
息鼓。公军疑云有伏兵，引去。云雷（通"擂"）鼓震天，惟以戎弩
于后射公军，公军惊骇，自相踩践，堕汉水中死者甚多。

这两段记载，一是文聘曾以"空城计"使孙权退兵；二是赵云曾用"空
城计"使曹操退兵，相对来说，对赵云轶事的记载要详细一些。小说作者利
用了史书记载中的相关材料，经过富有独创性的艺术加工，运用了移花接木
的艺术创作方法，将"空城计"的事移植到了小说着力刻画的智谋人物身上，
使主要人物的性格更丰满，更统一，小说的情节推进也更为富有艺术吸引力。

诸葛亮用"空城计"惊退司马懿的情节，不见于《三国志平话》，很可能
出于作者自己的艺术创造，也可能利用了其他可供参考的民间传说，但这一
情节包含了小说作者自出机杼的艺术虚构，渗透了作者对艺术创作规律的深
刻领悟，融注了作者通过主要人物形象塑造来寄托审美理想的创作热情，是
毫无疑问的。

从上述介绍中，还可以看出，小说与历史记述、历史传闻的差异，历史
记述要求客观真实性，尽可能以记述文字还原出历史的本来面貌；历史传闻
先是经过口头传说，然后记述下来的故事，其中，包含着历史的踪影，但其
主要特征，则在于其传奇性和故事性，但有些传说未免粗糙一些，缺乏细致
的统一构思；小说创作则是在历史记述和民间传说的基础上，由作者的艺术
创作才能所开拓出来的一个全新的审美世界，它摆脱了历史资料的局限，摒
弃了民间传说中的粗糙成分，经过作者心灵和情感的哺育，构成一个严整自
足的形象世界。它有生活本身所具有的鲜活气息，同时，又在具有艺术真实
性的人物形象的塑造中，闪现了特定时代的作者以审美的方式透视历史、感
悟人生的睿智目光。

审美眼光的选材：赤壁之战胜负的各种因素

　　由于叙述目的不同，小说家审视历史的眼光和历史学家大异其趣。史学家是力图真实地记述历史上曾经发生过的事件，在对史料的收集与综合中寻绎其历史意义。史学家的记述，力求真实客观地对历史面貌予以还原；小说家的目的则在于，它以审美方式把握历史，通过对历史素材的集中、提炼和升华，超越客观真实的史实限制，构建出一个更为具有概括意义的审美世界。作者是以个人性的视角与方式认识历史和把握现实，在鲜明生动的人物形象的塑造中，寄寓和渗透自己的价值评判尺度和审美理想，更好地为塑造人物形象服务，小说家可以根据自己对历史资料的认识与理解，以自己的审美眼光，对史料做出整理、鉴别和取舍，使小说创作更为符合艺术创作的规律和要求。对于历史小说创作来说，小说家完全可以在遵循历史框架的前提下，对用作创作素材的历史文献进行自出机杼的选择裁剪与重新组构，以使小说所展现出来的生活更富有艺术逻辑性。

　　对材料的选择取舍，并不是简单地从驳杂繁复的历史材料中选出一部分材料写进小说就算了事，它是纳入作者整体艺术构思的，需要经过作者审慎的鉴别和筛选，在这一过程中，渗透着作者的思绪与情感，他的选择，意味着他对历史的独特审视方式和自具慧心的理解。

　　就小说精心描绘的赤壁之战这一情节单元来说，如果把历史记述和小说的艺术描绘做一对照，即可发现，小说中的描绘在框架和进程上，大致与史书记载相符，但在许多具体事件上，则与史实有较大出入。下面是《三国志》中对赤壁之战的相关记载：

　　　《三国志·武帝纪》："公（曹操）至赤壁，与（刘）备战，不利。于是大疫，吏士多死者，乃引军还。备遂有荆州、江南诸郡。"裴松之注引《山阳公载记》说："公（指曹操）船舰为（刘）备所烧，引军从华容道步归，遇泥泞，道不通，天又大风，悉使羸兵负草填之，骑乃得过。"

　　　《三国志·先主传》："先主遣诸葛亮自结于孙权，权遣周瑜、程普等水军数万，与先主并力，与曹公战于赤壁，大破之，焚其舟船。先主与吴军水陆并进，追至南郡，时又疫疾，北军多死，曹军引归。"

《三国志·吴主传》："（刘）备进住夏口，使诸葛亮诣（孙）权，权遣周瑜、程普等行。是时曹公新得（刘）表众，形势甚盛，诸议者皆望风畏惧，多劝权迎之。惟瑜、肃执拒之议，意与权同。（周）瑜、（程）普为左右督，各领万人，与备具进，遇于赤壁，大破曹公军。公烧其余船引退，士卒疾疫，死者大半，备、瑜等复追至南郡，曹公遂北还，留曹仁、徐晃于江陵，使乐进守襄阳。"

《三国志·周瑜传》："权遣瑜及程普等与备并力逆曹公，遇于赤壁。时曹公军众已有疾病，初一交战，公军败退，引次江北。瑜等在南岸。"

《周瑜传》裴注引《江表传》载："（周）瑜之破魏军也，曹公曰：'孤不羞走。'后书与（孙）权曰：'赤壁之役，值有疾病，孤烧船自退，横使周瑜虚获此名。'瑜威名远著，故曹公、刘备咸欲疑僭之。"

《三国志·郭嘉传》："太祖（曹操）征荆州还，于巴丘遇疾疫，烧船，叹曰：'郭奉孝（郭嘉字）在，不使孤至此。'"

上述记载略有出入，但其主要方面是明确的，从中可以见出以下几个方面的问题：其一，曹操在赤壁之战的过程中，恰好赶上疫情蔓延，据今人考证，当时的疫情是血吸虫病，这种疾疫多发于南方，在当时的医疗条件下难以控制。疫情的蔓延，使曹军战斗力大为衰减，这是曹操兵败赤壁的一个原因。对赤壁之战这样大规模的战役来说，其胜负原因往往不是单一的，而是天时、地利、人谋各种因素综合作用与影响的结果，从历史学的角度来分析与判断，则应尽可能从各种因素的综合作用予以思考和研究，对于小说家来说，为使笔下的艺术形象更为鲜明突出，作者的审美理想表现得更为充分，他有必要对历史记载做出自己的选择和进一步的艺术加工，在这一过程中，他完全可以有意识地回避历史记载对塑造人物形象有负面影响的因素，而着力强化能够凸现人物个性的因素。在小说的形象世界中，作者全力以赴所描绘的艺术情节，聚焦于人的因素，逐层展示了三方运筹帷幄的斗智过程，无论是诸葛亮与周瑜之间，周瑜与曹操之间，还是诸葛亮与曹操之间，在小说家的生花妙笔之下，无不绘声绘色，形神毕现。其中，诸葛亮舌战群儒、草船借箭和周瑜智赚蒋干是最为精彩的片段，描绘出了变化多端的机谋与韬略，刻画出了一批各具性情的主帅、谋士和武将形象，对于造成曹军作战能力衰减的疫情，则写得极为简略。关于这一点，只是在两处以人物运筹机谋时的虚写，作了交代，没有做具体直接的描绘，在小说第四十四回，写周瑜向孙权分析曹操兵进江南多犯兵家之忌时，其第四忌为："驱中国士卒，远涉江湖，不服水土，多生疾病，四忌也。"第四十七回写庞统向曹操进献连环计时，佯为酒醉，问曹操军中是否有良医，小说描述道："时曹军因不服水土，俱生呕吐之疾，多有死者。"从《周瑜传》记载来看，疾疫在曹军进驻赤壁之时，已经开始蔓延，对其军队的应战能力产生了不利影响，赤壁交战后，疫情更是进一步扩散恶化，迫使曹操全线撤军。小说作者结撰赤壁之战的艺术情节时，疫情对曹军的影响被虚化和淡化了，作者集中笔墨，刻意突出了人才、智慧和心理因素对战事成败的决定性作用，诸葛亮与周瑜既协作，又争斗的智慧，是小说所要突出的方面，在"才与才敌"的对照中，曹操形象生气勃勃，周瑜形象性情毕现奕奕，诸葛亮形象则更是神采绝伦，这是作者对历史素材精当辨别与筛选的结果，是呈现人物形象的个性特征和能力结构所必需的艺术处理方式，毫无疑问，这一过程，是通过作者自己思绪与情感的审美滤镜完成的。倘若作者拘泥于史料记述的局限，对曹军疫情蔓延的因素予以具体描绘的话，则战役中人的作用必然会降低，这样一来，人物个性的鲜明程度也会相应地减弱，从这一角度来看，小说作者对历史素材的综合与选择是恰当稳妥的，在整体框架上，既符合于历史真实，更符合艺术创作的规律，尤为精当巧妙的是，作者将这一真实的历史现象纳入了人物形象的才能结构之中，使之直接为塑造人物形象服务，周瑜对曹军劣势的分析，庞统向曹操献连环计，都是作为人物智慧与谋略的有机组成部分展示出来的，在这里，体现了作者处理和驾驭历史素材的卓越艺术才能，为后世提供了宝贵的艺术经验。其二，小说中对战役中人物主次关系做了细心调整。从历史材料的记述来看，诸葛亮为了吴蜀联合，确实是曾出使东吴，但并没有关于舌战群儒、智激周瑜、草船借箭等关键性情节记载的踪影，这些情节，对于刻画人物形象，具有不可或缺的艺术力量。显然，这些情节多出自艺术创造，更为值得注意的是，从历史记载中可以看出，在这次战役中，孙刘两家联合，应是以刘备一方为主体的，实际指挥者，也是刘备本人，当时的形势本是，刘备派诸葛亮出使东吴，孙权派出周瑜、程普与刘备合兵，而并非如小说所写，是诸葛亮一直留在东吴"支使"战役的进程。据记载，曹操进兵赤壁后，是先与刘备交锋的，很可能刘备也用的是火攻，双方会战可能不止一次，因为《周瑜传》中明确记载周瑜曾接受部将黄盖计谋，以火攻击败过曹军。就曹操来说，可能确实自己在退却过程中烧过自己余下的战船，并不是在黄盖诈降的袭击之下就立即不可收拾、一败涂地的，曹操从华容道收兵退却，是刘备本人带兵截击的，只是放火稍晚，使曹操走脱了。在小说的艺术世界中，刘备的作用明显地退居次要位置，似乎是在坐享其成的收获赤壁之战的果实一般，还险些被周瑜的"鸿门宴"所害，小说叙述诸葛亮从东吴安然返回后，立即调兵遣将，安排各路截击曹军的人马，事件发展的每一个步骤，都在诸葛先生分毫不爽的预见之中。小说这样写，同样是为了凸显人物形象服务的。诸葛亮是寄寓了作者伦理理想和审美理想的人物形象，在赤壁之战的过程中，似乎是他超凡入化的绝世才能，支使与主导着战役的全过程。这样，有利于充分展示诸葛亮的超常智慧，同时，将刘备集团置于军事力量的弱势地位，更能够从他夺南郡、取襄阳、占荆州的崛起过程中，显示出诸葛亮对于蜀汉基业建立的价值与作用，既表明决策与谋略人才的重要性，同时，也从情感天平上，强化了刘备集团创业过程的情感力量。这一点，与小说的整体思想倾向紧密相关，强化了对蜀汉集团内部关系的歌颂与赞美的情感态度，增强了小说整体结构的艺术感染力。

从上述介绍中可以清楚地看出，成功的小说作品，其本身是一个完整的艺术整体，其艺术成就体现在小说创作的每一个环节中，对于原始素材的收集筛选与具体应用，必须在作者的思绪与情感的浸润下，和小说的整体艺术构思、情节安排，特别是人物形象的塑造密切联系在一起，使其成为艺术整体的有机组成部分，才会凸显其审美的意义和价值。

华容道义释曹操的情节演变

　　《三国演义》第五十回"诸葛亮智算华容　关云长义释曹操"是小说中最具有戏剧性，也是最能突出小说所宣扬的"义"的情节。在小说的情节进程中，曹操统一北方之后，兵多将广，势力强大，他亲率大军南下，意欲统一天下，结果，在赤壁被孙刘联军击败。周瑜是孙刘联军的总指挥，幕后的总导演则是刘备的军师诸葛亮。当时，曹操虽是以大军压境，他的军士却有不习水战的弱点，在诸葛亮激将法的推动下，周瑜经过严密策划，以火攻在赤壁大败曹军，曹操的八十三万大军几乎全军覆灭。曹操带领残兵败将上岸逃生，一路上，又接连受到吴军和蜀军伏兵的截击，狼狈不堪。需要特别注意的是，在情节发展的过程中，作者并不是枯燥地叙述曹操逃命的经过，而是在这一情节中，强化了人物个性特征的刻画。曹操在匆匆奔走中的三次大笑，每一次都会引出一支伏兵，这就在对照中，展示出了人物鲜明的个性特征。曹操的大笑，刻画出曹操的"奸雄"性情，他的笑，一方面体现出他那种在危难中不失豪杰本色的胸怀和气度，意志与自信，这本是军事统帅所应具备的心理素质，他的大笑，在这种特殊的情境中，成为激励士气、逃生有望的精神支柱。同时，他每次大笑都引出伏兵的描绘，则是在对照中，尤为显示出曹操与诸葛亮、周瑜三人强手相逢而诸葛亮更高一筹的非凡才略。曹操历尽艰难，最后逃至华容道，就在曹操高声大笑，嘲讽诸葛亮不会用兵之时，一声炮响，一支伏兵杀出，为首大将坐下赤兔马，手中青龙偃月刀，正是刘备结义二弟关云长，此时，曹军早已是精疲力竭，焦头烂额，哪里还有迎战的气力。无奈之中，曹操只得纵马向前，以和关羽的叙旧来打动关羽，关羽本是个重义的武将，刚烈自负，斗强不凌弱，此时，又想起当年在曹营中时曹操待他的恩义，又见曹操军中人皆垂泪，好不凄惨。虽然他来扼守华容道时，已经给军师诸葛亮立下了军令状，在经过一番内心斗争之后，他还是把大刀一横，放过了曹操。这段"义释曹操"的情节，成为小说中刻画关羽"义绝"形象的有机组成部分。这一情节通过人物之间的相互映衬，鲜明生动地展示出了小说中三个主要人物的心理与个性，绘声绘色，精彩传神。

　　小说中这一段精心结撰的"义释曹操"的情节，事实上并不见于史书记载，它是在民间传说和前代创作的基础上，进一步加工润色而成的，体现出小说作者的艺术匠心。对于小说创作而言，重要的不是按照历史记载交代清楚事件的首尾经过，而是在对事件进程具体形象的描绘中刻画出人物鲜明突出的个性，对历史素材的重新组合、建构，并予以形象生动的艺术描绘，能够显示出作者的艺术创造才能。在历史记载中，曹操被孙刘联军击败之后，率领残兵败将确实是从华容道逃走的，而当时在华容道与曹操相逢的本不是关羽，而是刘备。刘备自然不是有意放走了曹操，而是因为再用火攻时迟了一步，被曹操抢先通过而脱身。在历史记载中，曹操对刘备的智谋非常钦佩，认为与自己不相上下，只是这一次实施火攻计谋的考虑时间长了一点，才使曹操侥幸逃命。《三国志·魏书·武帝纪》注引《山阳公载记》中有这样的记述：

> 公（指曹操）船舰为备所烧，引军从华容道步归，遇泥泞，道不通，天又大风，悉使羸兵负草填之，骑乃得过。羸兵为人马所蹈藉，陷泥中，死者甚众。军既得出。公大喜，诸将问之，公曰："刘备，吾俦也。但得计稍晚；向使早放火，吾徒无类矣。"（刘）备寻亦放火而无所及。

从这一历史记载来看，曹操确实是从华容道逃脱追杀的，而当时截杀曹军的不是关羽，而是刘备，只是因为刘备用火攻之计稍晚，曹操才逃出了全军覆没的结局。至于刘备为什么"得计少晚"，记载中没有提到，但从曹操"刘备，吾俦也"的评论和他深感侥幸的心态中，可以想见，刘备本是个善于用兵的人，他用计"少晚"，可能是出于客观条件的原因。这里，没有提到关羽，当然也更不会有关羽"义释曹操"之事了。

随着三国故事在民间的流传和成为文学创作的题材，曹操败走华容道时，曹操所遇到的对手不再是刘备，而成了关羽。而且，曹操不是从华容道侥幸脱身，而是关羽想起昔时他在曹营时曹操待他的恩义，而有意放走了曹操。在朱凯所撰元杂剧《刘玄德醉走黄鹤楼》中，关羽有这样的宾白："某关云长奉军师将令，着某在华容道等曹操，不想乱阵间走了曹操也。"从中可以看出，"义释曹操"的主人公在元代已产生了变化，只是曹操是在乱阵间逃脱，不是关羽有意放走的。在元代产生的《平话》中，这一故事情节得到了进一步强化，写得更为具体细致一些，关羽伏兵华容道，与曹操相遇时，因为二人对话间"面生尘雾"才使曹操走脱，关羽还曾"赶数里复回"，当然谈不上主动放走曹操了。到了小说《三国演义》中，对这一情节做了创造性的艺术加工，不只是让关羽和曹操在华容道相遇，而且他还担着违抗军令的后果放走了曹操。小说家这样改写，一方面从对曹操是走大路、还是走小路的预见突出了诸葛亮的智慧，同时，也从这一具有戏剧性的情节中，着力凸显出了关羽身上的"义"，刻画出了关羽刚烈勇武但不忍凌弱的个性。

恃才傲物　自作聪明：杨修的性格悲剧

　　从小说的整体叙事方式来看，杨修的形象主要是以补叙的方式塑造出来的，但这一形象却能够给读者留下深刻的印象。其原因在于，作者把握住了杨修性格的主导方面，使这一人物的个性特征生动鲜明地凸显出来。

　　小说第七十二回"诸葛亮智取汉中　曹阿瞒兵退斜谷"中写曹操与蜀军在阳平关对峙，相持日久，不能取胜，屯兵于斜谷界口，此时，"欲要进兵，又被马超拒守；欲收兵回，又恐被蜀兵耻笑：心中犹豫不决"，在这种进退维谷的两难情境下，庖官为曹操进鸡汤，曹操见碗中有鸡肋，不禁有感于怀，恰在此时，夏侯惇进帐请夜间口令，曹操顺口说道："鸡肋！鸡肋！"结果，夏侯惇传令，当夜口令为"鸡肋"。行军主簿杨修听到这一口令后，便擅自教随行军士做撤军准备，夏侯惇得知后，请杨修到营中相问，杨修解释说："以今夜号令，便知魏王不日将退兵归也：鸡肋者，食之无味，弃之可惜。今进不能胜，退恐人笑，在此无益，不如早归：来日魏王必班师矣。故先收拾行装，免得临行慌乱。"夏侯惇以为"公真魏王肺腑也"，便也令军士收拾行装，当夜曹操心绪不宁，绕寨私行，见夏侯惇寨中军士都在准备行装，心中大惊，将夏侯惇召至帐中问其缘故，夏侯惇将杨修对"鸡肋"含义的解释告知曹操后，曹操盛怒之下，以惑乱军心的罪名将杨修斩首。曹操斩杨修，体现了曹操残暴酷虐的性情，但从杨修自身来看，则是他那种恃才放旷的性格使他遭受了杀身之祸。

　　姑且不论曹操顺口而出的口令"鸡肋"的含义是否如杨修所理解的那样，他以自己的判断来揣测曹操心理是可以的，但他擅自令军士收拾行装，并扩大其影响，使主要战将也忙于打点行装，的确对军心会产生难以想象的涣散作用。曹操在盛怒之下将其斩首，虽是过于残暴，却也不无道理。杨修在两军对垒且自己一方处于两难境地之下，不该将不利于军队信心的言论擅自在军中扩散开去，使军士皆有退心，仅此一点，即可见出杨修不顾大局、恃才放旷的性格。在两军对峙的情形下，即使对主帅心理的猜测是正确的，也应以大局为重，或是知而不言，或是寻找适宜的机会直接进谏，才有可能使自己的判断产生积极的作用与效应。他的举动，实在是有违军旅常规，在当时情势下，一旦蜀军发动进攻，后果将不堪设想，其举动使主帅情急盛怒，自是不可避免，只不过是所采取的方式会有所差别而已，杨修的主帅又恰恰是惜才而又忌刻、豁达而又酷虐的奸雄曹操，其凶多吉少的结局则自是在情理之中了。

小说写了杨修被斩的结局之后，以补叙的方式叙写了杨修的几件轶事，以明杨修被杀的必然性。这几件事，构成了连续系列，体现了曹操对杨修嫉恨心理的不断加深。先是总括了杨修的性格特征，"原来杨修恃才放旷，数犯曹操之忌"，为依次展开叙写定下了聚焦点，可见作者构思的细致。第一件事，是曹操建造花园时，曹操去看，没有表示自己的态度，只是在门上写了个"活"字便离去了，杨修猜测门字内加一活字是"阔"字，曹操嫌门建宽了，将门缩小后，曹操感到满意，当他得知是杨修猜中其心思时，小说写道："操虽称美，心甚忌之。"就曹操的个性而言，他佩服杨修的才思，他所忌的，是杨修对他心理的准确猜测，此时，曹操已对杨修产生了忌刻心理。第二件事，是曹操在塞北所送的酥盒上写了"一合酥"三字，杨修则凭恃自己拆字的小聪明，按照"一人一口酥"来领会，擅自将酥与众人分吃了，曹操的心理是："操虽喜笑，而心恶之。"心理上加深了一层。如果说，前面一件事或许是正确的话，这件事中妄猜的成分就更重了，恐怕曹操信笔而写时未必是有意让众人猜出其意而分吃。第三件事，是曹操为防人暗算，上演了一出梦中杀人的把戏后，在被杀的近侍临葬时，杨修指着说："丞相非在梦中，君乃在梦中耳！"实际上，杨修这是当众揭穿了曹操的内心隐秘，曹操得知后，其反映自然是"操闻而愈恶之"了。

尤为令曹操恼怒的是，杨修卷入了曹操家庭中的立嗣争端之中。后三件事即叙写了这一方面的事，其一是曹丕用大簏抬吴质入府商议对策的事被杨修知晓，告知曹操，结果被吴质真假相混的计策所惑，使曹操以为杨修是在诬陷曹丕而"愈恶之"。其二是曹操欲试曹植、曹丕兄弟才干时，杨修教曹植在门吏阻拦时以王命为理由斩杀门吏，曹操得知是杨修的主意时，"大怒，因此亦不喜植"。其三是杨修为曹植做答教十余条，以便在曹操问讯时应对，曹操知道是杨修所为时，"操见了大怒曰：'匹夫安敢欺我耶！'此时已有杀修之心。"对杨修的气恼已达到了极限。在封建时代，立嗣事关权力继承、财产控制，乃至家族的前程命运，曹操本想了解兄弟二人的真实才能，而杨修卷入其中，意欲以自己的小聪明混淆曹操视听，则自然为曹操不能容忍，杨修的悲剧结局已是基本注定，只不过是早晚的区别了。

从上述介绍可以看出，小说对杨修几件事的介绍是有内在连续性的，就杨修而言，他更多的是想显示自己的才气，他对曹操心理的猜测越来越不知深浅；就曹操而言，他对杨修的忌恨越来越重，对其卷入自己家庭的纷争更是大为震怒。从曹操情感的变化过程中，合乎逻辑地描绘出了杨修悲剧命运的必然性。

小说对杨修形象的正面描绘虽只有妄猜"鸡肋"口令心理内涵这一件事，其他几件事都是以补叙方式叙写出来的，由于选材集中在杨修"恃才放旷"的性格特征上，并在其性质上逐层加深，心理反应步步强化，使杨修的主导性格侧面得到了突出刻画。同时，也强化了曹操忌刻酷虐的性格侧面，这种次要人物的刻画方式，既节省许多笔墨，保持主要情节的完整与协调，又能使人物最突出的性格侧面鲜明生动地展现出来，这一情节为后来的创作，提供了值得借鉴的艺术经验。

从杨修的悲剧结局中，或许还可以得到这样的启示，人不该恃才自负，发挥自己的才能应以大局为重，不应不识时务地卖弄自己的聪明，更不应在主帅尚未决断时妄加猜测，并擅做主张，而对整体行动可能产生消极后果。

在历史上，杨修确实是被曹操所杀，不过，小说所写情节与历史记述并不完全一致。据《后汉书》和《续汉书》记载，杨修是在曹操从汉中撤兵之后被杀的，死时四十五岁，小说将杨修被杀的时间提前到两军对峙、进退维谷之时，使杨修被杀更合乎人物性格的逻辑性，体现出了小说作者的艺术匠心。

庞统其人及其他

在《三国演义》的谋士谱中，庞统的名字是和诸葛亮并称的，时人有"凤雏"之目，小说第三十五回"玄德南漳逢隐贤　单福新野遇英主"，写刘备跃国过檀溪之后，在童子指引下，刘备与水镜先生司马徽相见，司马徽对他说："今天下之奇才，尽在于此，公当往求之。"并告诉他："伏龙、凤雏，两人得一，可安天下。""凤雏"即指庞统，极力渲染了庞统的定国安邦之才。刘备得徐庶辅佐，初战得胜后，因曹操囚禁徐母，迫使徐庶离开刘备，临行时，徐庶走马荐举诸葛亮，并对刘备说明司马徽所说"伏龙"即指诸葛亮，"凤雏"即襄阳庞统，引出了刘备三请诸葛亮出山的情节，但庞统却迟迟没有在小说中露面。直到赤壁之战时，周瑜要用火攻以胜曹军，庞统才出场亮相，为周瑜顺利实施火攻计谋，在周瑜的精心安排下，经由周瑜同窗蠢材蒋干引荐，到曹营进献连环计。后诸葛亮气死周瑜后，以吊祭周瑜为名，到东吴寻访才士，以信荐举庞统到刘备处。小说以赤壁之战中向曹操献连环计，为徐庶想出脱身之策，耒阳半天时间了断白日案件和向刘备进言急取益州等情节，展示了庞统的才能。

从小说的情节进程中来看，尽管作者对庞统的才能有所描绘，但在整体上，其"两人得一，可安天下"的才能并没有得到全面的展示，与其名望似不相称，在历史记述中，庞统是否是一个有经天纬地之才的人物呢？

据《三国志·蜀书·庞统法正传》记载，在庞统率兵进攻雒城时，被流矢射中身亡，时年三十六岁，或许是因为英年早逝、未得尽展其才的缘故，小说中对其才干展示的不充分。从记载中，刘备对庞统确实非常器重，对刘备进占西川的战略决策的实施，确起过作用。传中记载说："诸葛亮亦言之于先主，先主见与善谭，大器之，以为治中从事。亲待亚于诸葛亮，遂与亮并为军师中郎将。亮留镇荆州。统随从入蜀。"庞统死后，记载说，"先主痛惜，言则流涕"。从这里可以看出，庞统确实是一个有战略远见的智谋之士。小说在历史记述的基础上，塑造出了一个怀抱轶才、却未得尽展其用的谋士形象，其英年早逝，着实令人惋惜。

从上述介绍中可以看出，小说对庞统形象的塑造，基本上符合史料记述中的庞统，不过，小说毕竟是艺术创作，作者遵循历史记载，并不等同于完全依赖于史实的记载，而要在历史记述的基础上进行艺术再创造，以更好地刻画人物形象，传达思想意蕴。

按史书记载，司马徽确实褒奖过庞统。庞统弱冠去见司马徽时，二人的交谈方式颇有名士风采，司马徽在树上采桑，庞统坐在地上，二人从白天一直谈到夜间，司马徽感到很是惊异，称庞统为"南州士之冠冕"。经过司马徽的褒奖，名声显达起来。不过，据传中裴注引《襄阳记》记载，小说中的"卧龙"、"凤雏"的美誉，不出自司马徽，而是出自庞统叔父庞德公："诸葛孔明为卧龙，庞士元为凤雏，司马德操为水镜，皆庞德公语也。"小说的改写则使被褒奖者司马徽成了褒奖者，既简化了人物事件，又突出了诸葛亮、庞统之才。

由于历史记述中对庞统具体事件记述不是很充分，后世艺术创作领域又以极力凸显诸葛亮的智慧为主，《三国演义》的作者只好在史料记述的基础上进行独立的艺术创造，通过艺术虚构，尽可能地刻画出庞统的鲜明形象来。

小说中写赤壁之战时庞统因避乱寓居江东，鲁肃曾荐之于周瑜，庞统未及往见。为实施火攻，周瑜请庞统相助。这一介绍是小说为了突出庞统的名士风采而写的，以尽可能渲染庞统不同凡响的气度。事实上，庞统此时正任周瑜手下功曹。传中记载说，"后郡命为功曹"，据本传裴松之引《江表传》记载：

> 先主与统从容宴语，问曰："卿为周公瑾功曹，孤到吴，闻此人密有白事，劝仲谋相留，有之乎？在君为军，卿其无隐。"统对曰："有之。"备叹息曰："孤时危急，当有所求，故不得不往，殆不免周瑜之手！天下智谋之士，所见略同耳。时孔明谏孤莫行，其意独笃，亦虑此也。孤以仲谋所防在北，当赖孤为援，故决意不疑。此诚出于险涂，非万全之计也。"

从这段文字记述来看，当时庞统是在周瑜部下任功曹，并非只是寓居江东，而且周瑜密谏孙权留下刘备的事，庞统知道其内幕。同时，也可见出，赤壁之战的过程与小说所写不尽相同，可能刘备是亲自到东吴见过孙权，与周瑜并力抗曹的，这段文字，可能是周瑜邀请刘备过江，摆"鸿门宴"要除掉刘备的情节来源，从刘备的方面来看，他并非完全是"坐收渔利"，而是对当时时局有深刻洞察且胆识非凡的人物，作者的改动，则着力突出了诸葛亮的智慧。就庞统来说，则是突出了他的名士风范，使他在艺术领域中的性格更为统一。

本传中记载："吴将周瑜助先主取荆州，因领南郡太守。瑜卒，统送丧至吴，吴人多闻其名。"从这几句记述来看，庞统当时所任的南郡太守，当是东吴辖地的太守，周瑜死后，他送丧回东吴的介绍，可以想见他是一个有肝胆的人，小说中则写道："鲁肃送回周瑜灵柩，孙权接着，哭祭于前，命厚葬于本乡。"至于他何时投了刘备，其原因又是什么，记述中没有提到。从这些记述中可知，小说中所写吴主孙权因庞统形容古怪、举止疏狂而不用的情节，则是小说家的虚构。鲁肃在吴侯面前保举庞统不成，便作书举荐庞统去投刘备，并说："公辅玄德，必令孙、刘两家，无相攻击，同力破曹。"小说这样写，既突出庞统的才能，更是显示出了鲁肃非同一般的战略远见，使人物的个性更为生动和突出。

小说第五十七回"柴桑口卧龙吊丧　耒阳县凤雏理事"中有一段生动活泼、颇有趣味的情节，写庞统还是因容貌不佳，被刘备发落到耒阳县任县令，却不理政事，终日饮酒为乐，刘备派张飞去巡视：

> 张飞领了言语，与孙乾前至耒阳县。军民官吏，皆出郭迎接，独不见县令。飞问曰："县令何在？"同僚覆曰："庞县令自到任及今，将百余日。县中之事，并不理问，每日饮酒，自旦及夜，只在醉乡。今日宿酒未醒，犹卧不起。"张飞大怒，欲擒之。孙乾曰："庞士元乃高明之人，未可轻忽。且到县问之。如果于理不当，治罪未晚。"飞乃入县，正厅上坐定，教县令来见。统衣冠不整，扶醉而出。飞怒曰："吾兄以汝为人，令作县宰，汝焉敢尽废县事！"统笑曰："将军以吾废了县中何事？"飞曰："汝到任百余日，终日在醉乡，安得不废政事？"统曰："量百里小县，些小公事，何难决断！将军少坐，待我发落。"随即唤公吏，将百余日所积公务，都取来剖断。吏皆纷然赍抱案卷上厅，诉词被告人等，环跪阶下。统手中批判，口中发落，耳中听词，曲直分明，并无分毫差错。民皆叩首拜伏。不到半日，将百余日之事，尽皆毕了，投笔于地而对张飞曰："所废之事何在？曹操、孙权，吾观之若掌上观文，量此小县，何足介意！"飞大惊，下席谢曰："先生大才，小子失敬。吾当于兄长处极力举荐。"

这段描绘，展示出了庞统超群出众的才干和他疏狂自负的个性，同时，也刻画出了张飞粗中有细的性格特征。这段文字，实际上是作者为展示庞统的才能虚构出来的，据本传记载，"先主领荆州，统以从事守耒阳令，在县不治，免官。"并载鲁肃举荐庞统的书信说："庞士元非百里才也，使处治中、别驾之任，始当展其骥足耳。"诸葛亮也在刘备面前举荐他，刘备任他为治中从事。小说中活灵活现的精彩描绘，可能是以这一记载为凭借，虚构出来的。

在史料记述中，庞统是一个胸藏韬略的性情耿介之士，在刘备夺取成都的过程中，庞统连续向刘备献计。在刘璋回成都后，庞统向刘备献了上、中、下三条计策，其第二计的内容是："杨怀、高沛，璋之名将，各仗强兵，据守关口，闻数有笺谏璋，使发遣将军还荆州。将军未至，遣与相闻，说荆州有急，欲还救之，并使装束，外作归形；此二子既服将军英名，又喜将军之去，计必乘轻骑来见，将军因此执之，进取其兵，乃向成都，此中计也。"刘备采取了中计，"先主然其中计，即斩怀、沛，还向成都，所过皆克"。小说据此进行了艺术虚构，写杨怀、高沛设计，身藏利刃，欲害刘备，被刘备所擒，这样，就保全了刘备的仁君形象，因为记载中根本未提及杨、高二人要杀刘备的事。

在刘备进占涪州后，《庞统传》中有这样的记述：

于涪大会，置酒作乐，谓统曰："今日之会，可谓乐矣。"统曰："伐人之国而以为欢，非仁者之兵也。"先主醉，怒曰："武王伐纣，前歌后舞，非仁者耶？卿言不当，宜速起出！"于是统逡巡引退。先主寻悔，请还。统复故位，初不顾谢，饮食自若。先主谓曰："向者之论，阿谁为失？"统对曰："君臣俱失。"先主大笑，宴乐如初。

在小说中，则改写成了如下文字：

次日劳军，设宴于公厅。玄德酒酣，顾庞统曰："今日之会，可为乐乎？"庞统曰："伐人之国而以为乐，非仁者之兵也。"玄德曰："吾闻昔日武王伐纣，作乐象功。此亦非仁者之兵欤？汝言何不合道理？可速退。"庞统大笑而起。左右亦扶玄德入后堂。睡至半夜，酒方醒。左右以逐庞统之言，告知玄德。玄德大悔；次早穿衣升堂，请庞统谢罪曰："昨日酒醉，言语触忤，幸勿挂怀。"庞统谈笑自若。玄德曰："昨日之言，惟我有失。"庞统曰："君臣俱失，何独主公？"玄德亦大笑，其乐如初。

所改动字数并不多，但其人物的精神气度则显出了差别。在史料记述中，呈现着庞统疏狂倔强的个性，体现了刘备善于笼络谋臣的心机，而到了小说中，则以强调酒醉的程度，使庞统的个性略有削弱，而刘备仁君的面目则进一步得到了强化，在言语表述中，刘备的语气舒缓了许多，以显其诚挚。

　　总括起来说，小说对庞统形象的塑造是基本成功的，所叙事件大多有史实依据，并在史实的基础上进行了丰富的艺术创造，不单是刻画出了庞统的个性，而且通过对庞统形象的改写，连带突出了与之相关的几个人物的个性特征，从这一角度来讲，小说通过庞统形象的塑造，强化了小说的整体倾向，充分展示出了作者驾驭历史素材的卓越艺术才能。

贪图享乐　庸弱昏聩：纨绔子弟曹爽

　　小说中塑造的曹爽形象，虽然着墨并不太多，却是一个具有典型意义的形象。他与司马懿一起，是魏主曹睿的托孤重臣，但他在与司马懿的权利较量中，却是败得凄惨无比，不仅是自己丢了性命，连其三族和手下门客也株连遇难，这虽是表现出了司马懿的奸诈凶残，但曹爽本人纨绔子弟的劣根性则是其惨败的决定性因素。

　　小说写魏主曹睿病危之时，召曹爽、司马懿等四人共辅幼主曹芳，时曹爽已是大将军，他是曹魏原大都督曹真之子，属曹氏宗族，自幼即出入宫中，因其谨慎，深得明帝爱敬。在他开始与司马懿共同辅佐曹芳时，他"事懿甚谨，一应大事，必先启知"，毛评本在此处评论说："曹爽无用。"可谓是把握了曹爽的本性所做的评论，从这里即可看出，曹爽虽是出身于簪缨世家，此时又掌握兵权，却是毫无主见，这是他彻底败于司马懿之手的性格因素。

　　与其养尊处优的生活环境紧密相关，一味贪图享乐、胸无大志是曹爽的本性，与这一本性直接相关的，则是其庸弱昏聩，毫无知人之明。小说中写到，他有门客五百人，其中他最为宠信的是何晏、邓飏等五人，其性情在于"以浮华相尚"，只有大司农桓范是一个智谋之士，号称"智囊"。曹爽手下的门客，是因为曹爽的权势，才投其门下，从其财势中为自己的享乐讨得一些残羹冷炙，其品行也就可想而知了。

　　曹爽接受何晏进言，以加司马懿为太傅为名，削夺了司马懿的兵权，司马懿为韬光养晦，称病不出，朝中权势尽落于曹爽之手，这时，"于是曹爽门下宾客日胜"。他又任自己的弟弟曹羲为中领军，曹训为武卫将军，曹彦为散骑常侍，各引三千御林军，任其出入宫禁，何晏等人也各封官职。曹爽以为兵权掌握在了自己手中，并以自己兄弟和亲信将兵后，其纨绔子弟的劣根性便暴露无遗，不思国事，一味贪图肆意奢华、荒淫享乐。小说中写道："爽每日与何晏等饮酒作乐：凡衣服器皿，与朝廷无异；各处进贡玩好珍奇之物，先取上等者入己，然后进宫；佳人美女，充满府院。——黄门张当，谄事曹爽，私选先帝侍妾七、八人，送入府中；爽又选善歌舞良家子女三四十人，为家乐。又建重楼画阁，造金银器皿，用巧匠数百人，昼夜工作。"可见其在享乐中的忘乎所以达到了何种程度。威权日重，却不思报国，而且其所作所为已经超越了封建时代欺君犯上的界限，这无异于自取其祸，即使不为司马氏所灭，恐怕也会为他人所灭。

在城中享乐不尽，还常常外出畋猎，恣意游乐，其弟曹羲曾进言提醒他："兄威权太甚，而好出外游猎，倘被人所算，悔之无及。"曹爽则说："兵权在吾手中，何惧之有？"司农桓范也曾进谏，他依然自恃兵权在手而无恐，根本不去考虑其专权独断而又放纵无度可能导致的祸患。他不仅没有想到自己的行径可能招致的祸患，更没有想到被他削夺了兵权的司马懿是一个老谋深算、韬略非常的对手，他虽然沾家世的光，做了辅佐幼主的大将军，但他既没有自我砥砺的意识，更没有任何统兵经验和朝中争权斗争的经验，也不去深入了解前朝人物的根由与经历，只是以为印绶在手即可万事无忧，自可放心大胆的骄纵跋扈、胡作非为。其性情与司马懿当年初露头角时的识见与谋略，不知相去多远。

由于曹爽位高德薄，且又根本没有在政治集团中角逐的经验，因而他很容易为司马懿装出的假象所蒙蔽。在李胜除为荆州刺史时，他要李胜到司马懿府中辞行，就便探听司马懿的动静，结果司马懿装出一副耳聋体衰、老迈龙钟之态，骗过了李胜。李胜将其情形回报曹爽时，"爽大喜曰：'此老若死，吾无忧矣。'"他根本没有想到司马懿会以装态作势蒙骗他，他的"大喜"态度，表明了他可悲的幼稚，预示了他的凄惨结局。事实上，与司马懿这样的对手较量，他随时提防，时时在意，恐怕都不是司马懿的对手，更何况如此轻信。

既知兵权在手，能够在关键时刻以手中兵权脱危解难，也不失还多少有点"大将军"的气息。可惜，曹爽丝毫应付实际事变的能力也不具备，在司马懿趁他拥魏主出城谒明帝陵时，司马懿以自己的旧部和家将为主要力量，在城中发动兵变，先占据了武库，然后引兵屯于洛河，守住浮桥，阻截了曹爽进城之路。此时的曹爽，正在"飞鹰走狗之际"，听到城中有变时，他却毫无应变的心理能力，只是"大惊，几乎落马"，他在听完司马懿的表章后，手足无措，回头问两个弟弟："为之奈何？"可见其只具有在养尊处优中恣意享乐的本事，没有任何决断和应变的心理素质与才能。其统帅禁军的两兄弟，与其兄同样是纨绔之辈，竟然劝曹爽"自缚见之，以免一死"，其愚笨昏聩到了何等地步。司农桓范冒死从城中脱身而出，进言要以天子为号召，调兵讨伐司马懿，他却犹疑不决：

司农桓范骤马而至，谓爽曰："太傅已变，将军何不请天子幸许都，调外兵以讨司马懿耶？"爽曰："吾等全家皆在城中，岂可投他处求援？"范曰："匹夫临难，尚欲望活！今主公身随天子，号令天下，谁敢不应？岂可自投死地乎？"爽闻言不快，惟流涕而已。范又曰："此去许都，不过半宿。城中粮草，足支数载。今主公别营兵马，近在关南，呼之即至。大司马之印，某将在此。主公可急行，迟则休矣！"爽曰："多官勿太催逼，待吾细细思之。"

毛评本在此段议论说："活画一无用之人。"确是从形象描绘的角度做出的精彩评点。实际上，桓范所分析的确是中肯深刻，如曹爽此时能当机立断，听从桓范之言，充分利用有利条件，未必会败于司马懿之手。因为司马懿手中并没有多少兵马，是以家将为主的，倘能采纳正确谋略，与司马懿对抗，司马懿也未必会对其家人下手，贪恋家人本没有错，问题是在特殊事变中，该以何种方式去护佑。从曹爽只知道恋家，却毫无对策中即可明了，他在家中也根本没有做过应付事变的安排，事到临头，只有束手无策的份儿了。

曹爽"细细思之"了一夜，"自黄昏直流泪到晓，终是狐疑不定。"在桓范的催促下，他的结论竟是："掷剑而叹曰：'我不起兵，情愿弃官，但为富家翁足矣！'直气得桓范大哭着出帐而去"曹子丹以智谋自矜！——今兄弟三人，真豚犊耳！"虽是在怨恨中做出的结论，也确是恰到好处的评判。

曹爽交出大司马印绶后，其手下从人大多做鸟兽散，从这里也可见出曹爽在知人识人上的愚蠢，他的那些门客，恐怕其中的大多数连酒肉朋友的格也不够。曹爽回到城中之后，"懿用大锁锁门，令居民八百人围守其宅"，此时，曹爽还昏聩不悟，以借粮来试探司马懿是否有加害之意。当司马懿派人把一百斛粮送入宅中时，曹爽还"大喜曰：'司马公本无害我之心也！遂不以为忧。"毛评本在此议论说："愚人愚到底。"可谓是透视其本性之论。曹爽哪里知道，此时，司马懿正在勘审黄门张当，又捉了何晏等勘问，网织其谋逆罪状，意欲灭其三族，在其网织的罪名成立后，司马懿将曹爽三族及其部分党羽，一网打尽了。

曹爽死到临头时，或许有所感悟，这一点，小说没有写，或许是对这样的纨绔子弟的心态，作者认为已不值得再浪费笔墨了。

小说情节安排得非常紧凑，集中笔墨刻画出了曹爽这一纨绔子弟的形象。小说通过叙述人、人物的言语神情和对举止动作的描绘，使曹爽的形象刻画得生动鲜明，并概括出了封建时代纨绔子弟的本质性特征：养尊处优，胸无大志，只知奢华享乐，毫无实际才能，用小说中蒋济对曹爽的评价是"驽马恋栈豆"。小说中的这一形象，还具有另一种启示意义，即交游应以对方的志节人品为前提，若对方只是因为在自己财势的庇护下可以享乐，才与自己来往，这种朋友往往靠不住，需要谨慎识别才是。

曹爽形象基本上是在史实记述的基础上塑造出来的，作者综合了《三国志·魏书·曹真传附曹爽传》及裴松之注引《魏书》、《魏末传》、干宝《晋书》等材料，塑造出了曹爽这一纨绔子弟的形象。史书记载曹爽的所作所为，比小说中所描绘的有过之而无不及，但小说中描绘得更为生动鲜明，以人物的情态描绘突出了人物的形象性和开掘的深度、概括的广度，如正史中记载曹爽听到司马懿奏事时只写了一句话："爽得宣王（司马懿封号）奏事，不通，迫窘不知所为。"而小说中，则具体描绘了曹爽险些惊下马、与桓范等对话时泪流满面等细节，使人物性情更为具有艺术的真实性。

纸上谈兵　不知变通：言过其实的马谡

　　由于诸葛亮"空城计"的影响，马谡这位饱读兵书却不能临阵破敌的"儒将"形象，广为人知。诸葛亮以平生最为谨慎的人冒了一次最大的险，其原因就在于马谡不识兵机、刚愎自用，没有听从诸葛亮的嘱托，也没有听副将王平的劝告，一意孤行，造成军事要塞街亭失守，才迫使诸葛先生上演了一出千古绝伦的空城计。马谡因其失陷街亭，使蜀军的北伐功亏一篑，还险些全军覆没，在蜀军退回汉中后，马谡为诸葛亮所斩。

　　在小说中，马谡的形象刻画是成功的，虽只是重点刻画了他失街亭这一件事，却足以形象地展示出其胸有韬略却短于独当一面的才能特征和自恃过高、言过其实的个性特征，可见作者把握人物个性的准确和刻画人物形象的艺术功力。

　　小说对马谡的介绍，是在第五十二回"诸葛亮智辞鲁肃　赵子龙计取桂阳"中，写刘备得到荆州之后，与众人商议久远之计，伊籍向刘备推荐荆襄贤士，说道："荆襄马氏兄弟五人并有才名：幼者名谡，字幼常；其最贤者，眉间有白毛，名良，字季常。乡里为之谚曰：'马氏五常，白眉最良。'公何不求此人而与之谋？"刘备于是请马良问计。这里先提到马谡之名，主要是起着为后文伏线的作用。到了刘备自领益州牧时，刘备封赏文武，马谡也在其中，可知马谡也已投到蜀汉集团之中。由于马谡在小说中并非主要人物，其前期也没有大的作为，故小说对其前期活动没有具体描绘。到刘备白帝城托孤之时，诸葛亮赶到白帝城，刘备在病危托孤的紧要时刻，要身边的马谡回避，问诸葛亮马谡才智如何，当诸葛亮回答说"此人亦当世之英才"时，刘备叮嘱诸葛亮说："不然，朕观此人，言过其实，不可大用。丞相宜深察之。"从这里，刻画出了刘备的知人之明，由刘备的这一评判，实际上概括了马谡前一时期无所作为的原因所在，也为后来诸葛亮委以重任而遭退败做了伏笔。

　　在塑造马谡形象时，作者并没有将马谡描绘成一个一无所用的庸才，而是刻画了他敏于判断、善于出谋划策的才干，这是其才能之所长，但他既自视过高、又缺乏独当重任的实践经验和决策能力，则是其所短，在他身上，有着更多的文人意气，高谈阔论，敏思善辩，参赞谋略，时有卓见，但到了实际考验中，则往往会表现出暴躁冲动却是茫然无措的性情，毫无疑问，这种性情可能招致自取其败的悲剧结局，也会给整体造成无从挽回的损失，对于马谡的这一特征，刻画得鲜明深刻，使这一形象也具有了高度的艺术概括性。

对于马谡的谋略，小说着重描写了两件事，其一是诸葛亮在南征孟获时，马谡作为朝中使臣到诸葛亮军中劳军，诸葛亮向马谡问计时，马谡向诸葛亮进献"攻心为上"的长远之策，使诸葛亮大有同感：

> 孔明问曰："吾奉天子诏，削平蛮方；久闻幼常高见，望乞赐教。"谡曰："愚有片言，望丞相察之：南蛮恃其地远山险，不服久矣；虽今日破之，明日复叛。丞相大军到彼，必然平服；但班师之日，必用北伐曹丕；蛮兵若知内虚，其反必速。夫用兵之道：'攻心为上，攻城为下；心战为上，兵战为下。'愿丞相但服其心足矣。"孔明叹曰："幼常足知吾肺腑也！"于是孔明遂令马谡为参军，即统大兵前进。

从这段对话中，可见马谡确有非同一般的见识，体现了他对蜀汉面临局势、地理特征所决定的南方叛军心理的深刻洞察，只有以"攻心"为长远决策，才会使蜀汉集团赢得稳定的后方，才有可能积聚力量与北方的曹魏集团抗衡，这才是蜀汉的主要对手所在，所以诸葛亮以马谡的攻心谋略为"足知吾肺腑也"，并将马谡留在军中。

其二是曹丕死去，曹睿即位后，任命司马懿总督雍、凉军马，诸葛亮担忧司马懿的谋略，想要起兵讨伐。此时，马谡以为军队平南才回，需要存恤，不如用反间计令曹睿除掉司马懿，诸葛亮采纳了马谡这一建议，虽未使曹睿杀掉司马懿，却使他削夺了司马懿的兵权，为其首次北伐去除了一大障碍。

从这两件事可以见出，马谡是一个有谋略的人物，他对当时情势的分析判断是正确与深刻的。他作为智谋人物，能够充分施展其才能，但他却不是一个帅才，在他独当大任的时候，其个性上的弱点和才略上的不足则暴露无遗。

在魏主重新启用司马懿、孟达措手不及被司马懿除掉后，诸葛亮与司马懿两强相逢，都明了街亭军事地位的重要性，在诸葛亮分兵派将之时，马谡主动请缨，去守街亭，诸葛亮深知其地位之重，开始时也疑虑不定，"街亭虽小，干系甚重。倘街亭有失，吾大军皆休矣。汝虽深通谋略，此地奈无城郭，又无险阻，守之极难。"在马谡自恃"自幼熟读兵书，颇知兵法时"，诸葛亮再次表现出了心中的疑虑："司马懿非等闲之辈；更有先锋张郃，乃魏之名将，恐汝不能敌之。"在马谡的一再要求，并立下军令状的情形下，诸葛亮应允了，并委派办事谨慎的王平与马谡一同去守街亭，将下寨方法细致告知王平，并要求安营之后，画四至八道地形图本亲自过目，并再三叮嘱"凡事商议停当而行，不可轻易。如所守无危，则是取长安第一功也。戒之！戒之！"叮嘱之后，仍是放心不下，又安排了高翔、魏延两路接应人马和赵云、邓芝用于疑兵的人马，诸葛亮才安下心来，由此可见诸葛亮对街亭的重视程度。可是，在这一过程中，马谡则是表现得狂傲自负，自以为饱读兵书，即可临阵对敌。他先是说："某自幼熟读兵书，颇知兵法。岂一街亭不能守耶？"在诸葛亮表现出担忧时，他竟然更是过高地估计了自己的能力："休道司马懿、张郃，便是曹睿亲来，有何惧哉！若有差失，乞斩全家。"正是他这种自负骄纵的心态和他自视过高的个性，导致了街亭之败。因他既主动请缨，又立下军令状，加上他平日表现出的谋略，使诸葛亮不得不令其前往了。

到街亭看了地势之后，更是表现出了他自命不凡、骄纵轻敌的个性。他先是笑着说："丞相何故多心也？量此山僻之处，魏兵如何敢来！"当王平建议在五路总口下寨、以为久计时，马谡大不以为然，坚持要在山上屯兵；当王平料想屯兵山上被魏兵包围会无计可施时，马谡还搬出兵书嘲笑王平："汝真女子之见！兵法云：'凭高视下，势如破竹。'若魏兵到来，吾教他片甲不回！"王平再以从诸葛亮行军的经验提醒马谡，若魏军断了水道，后果不堪设想时，马谡又搬出了让他教条化了的兵法："汝莫乱道！孙子云：'置之死地而后生。'若魏兵断我汲水之道，蜀兵岂不死战？以一可当百也。吾素读兵书，丞相诸事尚问于我，汝奈何相阻也？"由于有了兵书的指教，遂不听王平忠言相劝，一意孤行，在山上屯兵。事态结果不出王平所料，被魏兵团团包围后，不战自乱，马谡此时又束手无策，只有等待外应来救了。

从马谡失陷街亭的过程可以看出，其悲剧的根本原因在于马谡狂傲自负的性情和他刚愎自用、不纳忠言的态度，自以为熟读兵书即可临阵退敌，连司马懿也深知马谡这一性情，"徒有虚名，乃庸才耳！孔明用如此人物，如何不误事！"诸葛亮在斩了马谡之后，想起刘备当年的叮嘱，不禁"大哭不已"，诸葛亮的哭，确如他自己所说："乃深恨己之不明，追思先帝之言，因此痛苦耳！"

由失街亭这一情节，可以领悟到，作者是将人物置于生死关头来刻画人物性情的，在这种情势下，更能鲜明生动地刻画出一个人的个性与才能。马谡自恃过高、刚愎自用的个性体现得淋漓尽致，而且这一形象，也有着深刻的概括性。

　　马谡的悲剧，对现实人生有着有益的启示，一是人应该正确估计自己的能力，不要去承担自己力所不及的事；二是要能够将书本知识转化为个人能力，不能死守书本知识而不化；三是要正确听取与分析他人的意见，万不可自恃熟读典籍而不顾实践经验的启示。

　　从上述分析中，可以肯定马谡的形象塑造是成功的，如果将马谡形象塑造和历史记述做一对照的话，则会看出，小说在发挥艺术想象力、塑造人物个性上的艺术匠心。

　　在《三国志》中，马谡的传附于其兄马良之后，且记述非常简单，作者就在简略记述的基础上，刻画出了个性鲜明的艺术形象，记载如下：

　　　　（马）良弟谡，字幼常，以荆州从事随先帝入蜀，除绵竹、成都令、越巂太守。才器过人，好论军计，丞相诸葛亮深加器异，先主临薨，谓亮曰："马谡言过其实，不可大用，君宜察之！"亮犹谓不然，以谡为参军，每引见谈论，自昼达夜。

　　　　建兴六年，亮出军向祁山，时有宿将魏延、吴壹等，论者皆言以为宜令为先锋，而亮违众拔谡，统大众在前，与魏将张郃战于街亭，为郃所破，士卒离散。亮进无所据，退军还汉中。谡下狱物故，亮为之流涕。良死时三十六，谡年三十九。

　　另据裴松之注引《襄阳记》记载，马谡确在诸葛亮征南时进献"攻心为上"的计谋。小说主要依据的历史素材就是这些，但作者充分发挥了艺术想象力，将马谡的形象塑造得生动鲜明，将失街亭的过程描绘得绘声绘色，引人入胜。从记载中，可以看出，马谡兵败街亭，确有其事，但他是败于张郃之手，并非败给司马懿，因为据其他传记记载，此时司马懿在荆州都督任上，并没有参加街亭之役。从记述更可见出，马谡败于张郃之手是实，但为何而败，则没有具体说明，再有，记载中说："亮违众拔谡"，则表明诸葛亮是有责任的，是诸葛亮没有听从他人意见，选拔马谡为先锋。小说则对历史记述做了根本性的改造，首先是将诸葛亮任用马谡改成了马谡主动请缨，并立下了军令状，这样，主要责任人就归到了马谡身上，再有马谡身上所体现出来的骄纵轻敌、狂傲自负的个性也主要是出于艺术虚构，这虽然与历史记述不尽相符，但他符合艺术创作的要求与规律，一方面，突出了诸葛亮超群的智慧和谨慎小心的个性，另一方面，则刻画出了具有高度艺术概括性、个性鲜明的文学形象。

徐庶荐诸葛亮的艺术创造

在《三国演义》第三十六回"玄德用计取樊城　元直走马荐诸葛"中
（在明代嘉靖刊本中，见于卷之八"徐庶走荐诸葛亮"一则），有一段情感浓
烈、描绘细致的文字，那就是刘备送徐庶、徐庶走马荐诸葛亮的描写。这段
故事的前因是，徐庶化名单福，投奔刘备，帮助刘备在新野打败曹军，曹操
谋士程昱了解徐庶底细，向曹操献计，先是软禁徐庶的母亲，后程昱又赚得
徐庶母亲的笔迹，模仿徐母笔迹给徐庶写了一封信，意欲招降徐庶，徐庶是
至孝之人，见到这封假信后"泪如泉涌"，向刘备讲出了实情，万般无奈之
中，辞别刘备，赶往许都，去见母亲，刘备为徐庶送行，在小说中，刘备为
徐庶送行的场面是这样描写的：

> 玄德请徐庶饮酒，庶曰："今闻老母被囚，虽金浆玉液不能下咽
> 矣。"玄德曰："备闻公将去，如失左右手，虽龙肝凤髓，亦不甘
> 味。"二人相对而泣，坐以待旦。诸将已在郭外安排筵席饯行。玄德
> 与徐庶并马出城，至长亭，下马相辞。玄德举杯谓徐庶曰："备分浅
> 缘薄，不能与先生相聚。望先生善事新主，以成功名。"庶泣曰：
> "某才微智浅，深荷使君重用。今不幸半途而别，实为老母故也。纵
> 使曹操相逼，庶亦终身不设一谋。"玄德曰："先生既去，刘备亦将
> 远遁山林矣。"庶曰："某所以与使君共图王霸之业者，恃此方寸耳；
> 今以老母之故，方寸乱矣，纵使在此，无益于事。使君宜别求高贤
> 辅佐，共图大业，何便灰心如此？"玄德曰："天下高贤，恐无出先
> 生右者。"庶曰："某樗栎庸才，何敢当此重誉。"临别，又顾为诸将
> 曰："愿诸公善事使君，以图名垂竹帛，功标青史，切勿效庶之无始
> 终也。"诸将无不伤感。玄德不忍相离，送了一程，又送一程。庶辞
> 曰："不劳使君远送，庶就此告别。"玄德就马上执庶之手曰："先生
> 此去，天各一方，未知相会却在何日！"说罢，泪如雨下。庶亦涕泣
> 而别。玄德立马于林畔，看徐庶乘马与从者匆匆而去。玄德哭曰：
> "元直去矣，吾将奈何？"凝泪而望，却被一树林隔断。玄德以鞭指

曰："吾欲尽伐此处树木。"众问何故。玄德曰："因阻吾望徐元直之目也。"

正望间，忽见徐庶拍马而回。玄德曰："元直复回，莫非无去意乎？"遂欣然拍马向前迎问曰："先生此回，必有主意。"庶勒马谓玄德曰："某因心绪如麻，却忘一语：此间有一奇士，只在襄阳城外二十里隆中，使君何不求之？"玄德曰："敢烦元直为备请来相见。"庶曰："此人不可屈致，使君可亲往求之。若得此人，无异周得吕望、汉得张良也。"玄德曰："此人比先生才德何如？"庶曰："以某比之，譬犹驽马并麒麟、寒鸦配鸾凤耳。此人每尝自比管仲、乐毅；以吾观之，管、乐殆不及此人。此人有经天纬地之才，盖天下一人也！"玄德喜曰："愿闻此人姓名。"庶曰："此人乃琅琊阳郡人，复姓诸葛，名亮，字孔明，乃汉司隶校尉诸葛丰之后。其父名珪，字子贡，为泰山郡丞，早卒，亮从其叔玄，玄与荆州刘景升有旧，因往依之，遂家于襄阳。后玄卒，亮与弟诸葛均躬耕于南阳。尝好为《梁父吟》。所居之地有一岗，名卧龙岗，因自号为卧龙先生。此人乃绝代奇才，使君急宜枉驾见之。若此人肯相辅佐，何愁天下不定乎！"玄德曰："昔水镜先生曾为备言：'伏龙、凤雏，两人得一，可安天下。'今所云莫非即伏龙、凤雏乎？"庶曰："凤雏乃襄阳庞统也。伏龙正是诸葛孔明。"玄德踊跃曰："今日方知伏龙、凤雏之语。何期大贤只在目前！非先生言，备有眼如盲也！"后人有诗赞徐庶走马荐诸葛，诗曰：

痛恨高贤不再逢，临歧泣别两情浓。片言却似春雷震，能使南阳起卧龙。

徐庶荐了孔明，再别玄德，策马而去。

在《三国演义》中，这段描写是富于情感色彩的，刘备对徐庶留恋不舍，长亭相送，洒泪作别，徐庶乘马远去后，刘备因一片树林遮挡他远望徐庶背影的视线，甚至想把那片树林全都砍掉，写出了刘备对徐庶真诚的留恋之情。当然，在刘备的情感中，包含着二人之间的情感因素，更多的则是刘备对自己兴亡图霸前程的忧虑和伤感，这一点，从徐庶策马而回，向刘备举荐了诸葛亮之后刘备的表现中即可看出，当徐庶说"此人有经天纬地之才，盖天下一人也"的时候，刘备的情态是"喜曰"，等到徐庶说明了伏龙、凤雏的含义之后，刘备的情态则是"玄德踊跃曰"。从小说简略而能刻画出人物情态的描绘中，可以见出小说对人物深层心理活动把握的准确和深刻，刘备确是留恋徐庶，但他对徐庶的感情，更多的是与他对开创帝王基业的理想和抱负联系在一起的，其情感变化之快，令人惊讶，也正是从这种情态的变化中，真实深刻地刻画出了刘备的"枭雄"特征。从这里可以看出，作者准确地把握住了人物的个性特征，并能够以极为简洁精当的笔墨刻画出人物内在的精神气韵来。对这一特点，毛纶、毛宗岗平本的回评中做了这样的评论："观玄德与徐庶作别一段，长亭分手，肠断阳关，瞻望弗及，伫立以泣。胜读唐人送别诗数十首，几令人潸然泪下矣。乃忽然荐起一卧龙先生，顿使玄德破涕为欢，回愁作喜。一回之内，半幅之间，而哀乐倏变。奇事！奇文！"这段评论，从描绘文字波澜骤起的角度，肯定了小说艺术描绘的精彩奇妙，而如果深入一层，从人物性格特征的角度去分析小说的艺术描绘的话，则会认识到，小说描绘过程之所以能够产生"奇事！奇文！"艺术效果，是因为作者准确地把握和刻画出了人物个性的缘故。

这段精彩的文字，对刘备这一人物形象性格侧面的刻画，起了重要作用，有助于全面了解刘备的性格特征，尤为重要的是，这段文字是为小说着力刻画的主人公诸葛亮的出场作铺垫的，经过徐庶的走马荐举，使刘备明了了伏龙、凤雏的含义，使小说的艺术笔触，更为接近了隐居隆中、以待时机的诸葛亮。

事实上，这段"徐庶走马荐诸葛"的文字，与历史记载并不相符，它完全是作者根据人物形象塑造的需要，在历史记载的基础上虚构出来的。在《三国志·蜀书·诸葛亮传》中，对徐庶进曹营的过程的记载是这样的：

> 时先主（刘备）屯新野。徐庶见先主，先主器之，谓先主曰："诸葛孔明者，卧龙也，将军岂愿见之乎？"先主曰："君与俱来。"庶曰："此人可就见，不可屈致也。将军宜枉驾顾之。"由是先主遂诣葛，凡三往，乃见。……于是（先主）与亮情好日密。……俄而（刘）表卒，（刘）琮闻曹公（曹操）来征，遣使请降。先主在樊闻之，率其众南行，亮与徐庶并从，为曹公所追破，获庶母。庶辞先主，而指其心曰："本欲与将军共图王霸之业者，以此方寸之地也。今已失老母，方寸乱矣，无益于事，请从此别。"遂诣曹公。

从这里可以看出，小说中的艺术描绘对历史记载做了较大改动，其中最重要的一点是，小说把刘备到隆中请诸葛亮的时间做了推延，在历史记载中，"三顾茅庐"在徐庶辞别刘备之前，到了小说的艺术世界中，则是发生在徐庶辞别刘备之后。从记载中还可以看出，徐庶向刘备推荐了诸葛亮是事实，而且二人还曾有过一段共同相处辅佐刘备的时日，刘备弃樊城南行被曹操击败时，徐庶和诸葛亮是一同随刘备南行的，徐庶的母亲是在溃败时为曹操俘获的，并不是像小说所写那样，是曹操后来才把徐庶的母亲软禁起来的。作者的改写，从文学创作的角度来看，是成功的艺术创造，其成功之处，体现在以下三个方面，第一，有助于全面地刻画刘备的形象，这一点，前面已做了具体分析。第二，为诸葛亮的出场做了充分铺垫。在小说的描绘过程中，先是有水镜先生司马徽对诸葛亮的盖世才能做了并不十分清晰的介绍，此处再由徐庶的荐举进一步说明，这就使小说对诸葛亮形象的塑造产生了先声夺人的艺术效果，使读者遥想其人的风采神韵。第三，让徐庶在临行前走马荐诸葛，也出于塑造诸葛亮智谋超群的艺术形象的需要。在小说的情节进程中，此时徐庶作为刘备的谋士，已帮助刘备打了几次漂亮仗，而小说中要浓墨重彩予以塑造的诸葛亮形象，更是智谋绝伦、料事如神，如果在刘备溃败时，身边有两个谋略过人的谋士，还竟然使徐庶的母亲落入曹操之手，未免会有损于人物形象的完整性，作者对历史记载做了必要的改动，则既能够保全人物性格的完整性，又能够增强小说的艺术效果。

从艺术表现的方面来看，小说中"徐庶走马荐诸葛"的描写，充分体现出了作者驾驭历史题材的创作才能，是成功的艺术创造。

后　记

　　这本自以为能将研究性和普及性合为一体的著述是在 2002 年攻读博士学位期间开始撰写的，希望能以更通俗的方式使读者感受领悟《三国志演义》驾驭史传素材、呈现历史风云的叙事艺术成就。稿子主体部分与学位论文《〈三国志演义〉艺术新论》相伴而成，返校工作后由于种种原因拖延至今。现在有幸在身体不适的情况下，得到教研室同仁王双教授、孙春青教授的热诚帮助，得到校科研处领导的大力支持，同时得到马小会博士、杜光熙博士的热情帮助，对稿件做了仔细校对。辽宁大学出版社王健编辑为本书出版付出了热情与辛劳，在此一并致谢。

刘博仓谨识

2017 年 11 月 9 日